Christoph Driessen

Die Muskatprinzessin

Amsterdam, frühes 17. Jahrhundert: Eva sieht sich gezwungen, ihre geliebte Heimat Holland zu verlassen, denn die Geschäfte ihres Vaters, des Bierbrauers Claes Corneliszoon Ment, laufen schlecht. Bedrängt von seinen Gläubigern, kommt es ihm gerade recht, dass der wohlhabende Generalgouverneur der Vereinigten Ostindischen Compagnie, Jan Pieterszoon Coen, ein Auge auf seine Tochter geworfen hat. Gegen ihren Willen muss die blutjunge Frau die Ehe mit dem über zwanzig Jahre älteren Pfeffersack eingehen und lernt schon in der ersten gemeinsamen Nacht seine dunkelste Seite kennen.

Kurz nach der Vermählung tritt Coen seinen Generalgouverneursposten in Ostindien an, und Eva muss bis auf ihren lebenslustigen Bruder Gerrit und ihren Kater Jasper alles zurücklassen.

Acht Monate dauert die Fahrt nach Batavia in drückender Hitze, um sodann wie ein Herrscherpaar in ihrer neuen Heimat empfangen zu werden. Die Welt, in die Eva nun eintaucht, könnte exotischer nicht sein. Sie hat plötzlich den Status einer Prinzessin mit einer riesigen Schar asiatischer Diener und einem Elefanten als Reittier. Eva kann sich dem Zauber und der Schönheit des fremden Landes nicht entziehen.

Sie lernt Jacques Specx und seine geheimnisvolle Tochter Sara kennen, den dicken Crijn van Raemburch, Mitglied des Indienrats, und vor allem den jungen Aufsteiger Antonio van Diemen, der ihre Aufmerksamkeit erregt.

Rasch gewinnt die rothaarige Eva an Einfluss, kümmert sie sich doch um benachteiligte Frauen und Kinder und wird hierfür von den Einheimischen verehrt, während ihr Mann mit äußerster Strenge über das Land und seine eigene Frau herrscht.

Ein leidenschaftlicher Roman voller Sinnlichkeit und Abenteuer –
wie der Duft der Muskatblüte.

CHRISTOPH DRIESSEN

DIE MUSKAT-PRINZESSIN

Historischer Roman

Copyright © 2020 by Maximum Verlags GmbH
Hauptstraße 33
27299 Langwedel
www.maximum-verlag.de

1. Auflage 2020

Lektorat: Diana Schaumlöffel
Korrektorat: Angelika Wiedmaier
Satz/Layout: Alin Mattfeldt
Covergestaltung: Alin Mattfeldt
E-Book: Mirjam Hecht

Druck: CPI - Clausen & Bosse, Leck
Made in Germany
ISBN 978-3-948346-16-4

Für Barbara

ERSTER TEIL

AMSTERDAM

Schreck in der Morgenstunde

Der Tag, der das Leben von Eva Ment für immer veränderte, begann damit, dass sie morgens eine tote Maus in ihrem Bett fand. Die Maus war sehr klein und hatte eine spitze Nase. Sie lag auf dem Rücken mitten auf dem schneeweißen Laken und hatte alle viere von sich gestreckt. Da das Maul ein wenig offen stand, konnte Eva zwei winzig kleine vorstehende Zähne erkennen.

„Jasper?" Eva sah sich im Zimmer um. Aber der Kater hatte seine Gabe wohl nur abgelegt und war wieder verschwunden. Sie ließ sich aus dem Bett gleiten, schlüpfte in ihren Unterrock und tappte über den knarrenden Dielenboden. Im Haus war es still. Die Tür des Nachbarzimmers quietschte, als sie sie öffnete. Sie spähte hinein. Es war dunkel, weil die Läden noch geschlossen waren, nur durch einen Spalt fiel etwas Licht von draußen herein.

Sie tastete sich bis zur gegenüberliegenden Wand vor, wo ein Schrankbett stand, und zog die Vorhänge zurück. Auf dem Kopfkissen zeichnete sich eine wilde Haarmähne ab. „Gerrit!", rief sie und fasste ihn an der Schulter. „Gerrit!" Sie rüttelte an ihm. „In meinem Bett liegt eine tote Maus. Hast du gehört? Jasper hat mir eine tote Maus ins Bett gelegt. Aufwachen!"

„Lass mich in Ruhe!", tönte es dumpf aus dem Kissen zurück. Eva ließ sich nicht beeindrucken: „Warst du gestern doch wieder mit den Jungs unterwegs? Gerrit, antworte!"

„Hör auf damit! Du hast mir gar nichts zu sagen!"

„Natürlich habe ich das, ich bin deine ältere Schwester." Diesen Satz hatte sie schon hundert-, nein tausendmal gesagt, und jedes Mal schoss ihr dabei durch den Kopf, dass sie ihm auch die Mutter ersetzen musste. Die Mutter, die drei Tage nach seiner Geburt im Wochenbett gestorben war. Auch Eva selbst hatte keine Erinnerung mehr an sie, denn sie war erst ein Jahr alt gewesen, als es passiert war. Allerdings war ihr ihre Mutter schon mehrmals im Traum erschienen. Ihre Züge waren immer klar umrissen, sie hatte große Ähnlichkeit mit Gerrit. Denn ihre Verwandten wurden nicht müde zu betonen, dass Gerrit seiner Mutter wie aus dem Gesicht geschnitten sei.

Gerrit war siebzehn Jahre alt und bildhübsch. Dabei sah er ganz und gar nicht so aus wie ein typischer holländischer Junge. Immer wieder wurde er mit dem dummen Scherz aufgezogen, sein Vater sei wohl ein spanischer Soldat gewesen. Gerrit hatte einen schwarzen Lockenschopf, große dunkelbraune Augen, mit denen er mal herausfordernd, mal melancholisch dreinblicken konnte, eine lustige geschwungene Nase und einen sinnlichen Mund. Aber am meisten liebte Eva die Grübchen in seinen Mundwinkeln, die sich immer dann bildeten, wenn er etwas Herausforderndes, Freches oder Spöttisches gesagt hatte. Nur dann waren sie zu sehen – und nicht etwa, wenn er einfach nur freundlich lächelte.

Dass Eva seine Schwester sein sollte, konnte man eigentlich nicht glauben. Eva hatte eine Haut, die fast so weiß war wie das Laken, auf dem jetzt die tote Maus lag, und vor allem hatte sie lange rote Haare. Rot mit einem Stich Orange. So wie die Schärpe, die ihr Vater jedes Jahr zum Festessen seiner Schützengilde anlegte. Oder wie der Hummer auf dem Stillleben, das bei Onkel Pieter an der Wand hing und über das Eva als kleines Mädchen immer mit den Fingern gestrichen hatte, um zu sehen, ob der Hummer nicht doch lebte. Eva kannte niemanden in Amsterdam, der so rote Haare hatte wie sie. Ihr Vater, ja, der hatte zwar auch welche, aber sie waren lange nicht so kräftig rot, sie erinnerten Eva eher an das Rotbraun des

Ziegelsteins, in dem die prächtige Fassade des Bartolotti-Hauses an der Herengracht gemauert war.

In ihrer Kindheit, als sie die Haare noch offen hatte tragen dürfen, war sie eine Attraktion auf der Straße gewesen. Die Leute waren stehen geblieben und hatten sie angegafft. Mehrmals hatten Fremde ihr ungefragt hindurchgestrichen; einer hatte sich sogar zuvor mal erkundigt, ob die abfärben könnten. Von anderen Kindern war sie oft gehänselt worden. „Hexe, Hexe!", hatten sie gerufen. Jetzt war in der Öffentlichkeit immer nur der Haaransatz über der Stirn zu sehen, alles andere verschwand unter einer strengen weißen Haube. Eva fand das schade. Sie mochte ihre Haare. Sie machten sie zu etwas Besonderem. Nicht in dem Sinne, dass sie sich als etwas Besseres gefühlt hätte. Aber die Haare sicherten ihr von vornherein eine gewisse Eigenständigkeit. Sie war nicht irgendein beliebiges Mädchen, sie war Eva Ment, Tochter des Bierbrauers Claes Corneliszoon Ment, Schwester des angehenden Bierbrauers Gerrit Ment, Besitzerin eines schwarz-grau getigerten Katers namens Jasper, wohnhaft in dem Haus *Der Weiße Adler* am Oudezijds Voorburgwal, gleich gegenüber der Alten Kirche, die exakt in der Mitte von Amsterdam stand.

Der Name *Der Weiße Adler* stammte von einem Giebelstein über der Haustür, auf dem ein Vogel zu sehen war. Gerrit behauptete immer, es sei bestenfalls eine Möwe, aber alle anderen sprachen von einem Adler.

Außer den roten Haaren hatte Eva nach eigener Überzeugung nichts Besonderes an sich. Sie war weder schön noch hässlich, weder schlau noch dumm, weder gut noch schlecht. Ihr Französischlehrer – ein Katholik aus Wallonien – hatte ihr einmal gesagt, das sei ganz normal; ihre Persönlichkeit müsse sich im Laufe ihres Lebens erst noch herausbilden. Dagegen war ihr Vater überzeugt, dass der Charakter eines jeden Menschen seit Anbeginn der Welt unabänderlich feststand, da in Gottes großem Plan schon alles vorgezeichnet sei. Zum Beweis dafür verwies er darauf, dass Gerrit von Geburt an ein Tunichtgut und Eva ein Trotzkopf gewesen sei. Er fand, dass sie zu oft Widerworte gab. Im Übrigen war sie ihm zu dünn. In regelmäßigen Abständen pflegte er sie daran zu erinnern, dass Männer füllige Frauen bevorzugten, was ohne Zweifel stimmte.

„Du kommst jetzt und räumst die Maus für mich weg!", befahl Eva und begann, ihren Bruder aus dem Bett zu ziehen. Er lag vollständig bekleidet darin, nur die Stiefel hatte er ausgezogen.

„Kannst du das nicht selber machen?", stöhnte er, ließ sich dann aber doch aus seiner Betthöhle auf den Boden gleiten, raffte sich auf und schlurfte mit hängenden Schultern und blinzelnden Augen in ihr Zimmer. Vor dem Bett angekommen, hob er die Maus mit zwei Fingern am Schwanz hoch, riss das Fenster auf und warf sie in hohem Bogen in den Kanal vor ihrem Haus. Dahinter ragte der Turm der Alten Kirche auf; die goldenen Zeiger der Uhr standen auf Viertel nach sieben. „Und jetzt lässt du mich in Ruhe!"

„Habt ihr wieder durchgezecht?", fragte Eva. „Du hattest doch fest versprochen, dich gestern mal zurückzuhalten, weil heute die Kirmes anfängt."

Wortlos verließ er das Zimmer, im nächsten Moment hörte sie ihn seine Tür zuschlagen.

Der Junge trank zu viel. Einen über den anderen Abend zog er mit seinen Freunden los und kam jedes Mal erst spät in der Nacht wieder heim. Wenn sie nicht im Wirtshaus saßen, vertrieben sie sich die Zeit mit Golf oder Tennis.

Tennis spielten sie in einer Halle, was teuer war, und beim Golf hatten sie mit den harten Bällen schon mehrfach Fensterscheiben zu Bruch gehen lassen, was ebenfalls eine Rechnung nach sich zog, wenn sie erwischt wurden.

Eva zog das Betttuch ab, schließlich hatte darauf die Maus gelegen. Bettwäsche musste, was sie betraf, immer pieksauber sein. Aus einer Truhe, die unter ihrem Fenster stand, holte sie ein neues weißes Laken hervor. Als sie mit dem Beziehen fertig war, benetzte sie sich Hände und Gesicht mit etwas Wasser aus einer Schüssel. Dann rief sie nach Tanneke, der Dienstmagd. Die stämmige junge Frau musste ihr beim Ankleiden helfen, denn nie und nimmer hätte sie sich selber in das steife Korsett zwängen können. Tanneke war jedes Mal eine ganze Weile damit beschäftigt, die Rückenkordeln festzuziehen, um dadurch Evas Busen platt zu drücken und ihre sowieso schon nicht üppigen Rundungen zu verstecken, so wie es die Mode gebot. Auch das Anlegen des Rockes war nicht gerade einfach: Sie musste ihn über den sogenannten Weiberspeck spannen, eine dick ausgepolsterte Stoffrolle, die weit von der Taille abstand. So fiel der Rock in einigem Abstand vom Körper nach unten, wodurch die Hüften besonders betont wurden. Anschließend half Tanneke ihr noch in ein eng anliegendes schwarzes Leibchen. Darüber kam ein langes, ärmelloses Gewand aus schwarzem Satin. Dann konnte Tanneke gehen. Vor ihrem Spiegel band sich Eva eine weiße Halskrause um und verstaute ihre rote Mähne unter einer Spitzenhaube, die mit Spangen befestigt wurde. So zurechtgemacht, ging sie die Treppe hinunter in den Saal.

In diesem größten Wohnraum des Hauses befand sich der Schlafplatz ihres Vaters, ein Säulenbett mit Baldachin. Er pflegte jedoch schon in der Morgendämmerung aufzustehen und die Brauerei aufzusuchen. Umso mehr überraschte es Eva, als jetzt die Tür zum Nebenzimmer aufging und ihr Vater hereinkam. „Ah, da bist du ja!", sagte er. „Guten Morgen. Wir müssen etwas besprechen."

„Ihr seid nicht in der Brauerei?"

„Nein, wie du siehst. Heute gibt es zunächst etwas Wichtigeres." Er wandte sich der Treppe ins Souterrain zu und rief nach unten: „Tanneke – Frühstück!" Mit einer Handbewegung lud er Eva dazu ein, an dem großen Esstisch in der Mitte des Saals Platz zu nehmen. Er selbst ließ sich auf einen der mit Leder gepolsterten Stühle fallen.

Claes Corneliszoon Ment war ein stattlicher Mann, wie man so schön sagte, was jedoch nichts anderes bedeutete, als dass er außerordentlich fett war. Für seine Wämser und Pluderhosen benötigte der Schneider doppelt so viel Stoff wie normal. In gewaltigen Wülsten hing ihm der Speck im Sitzen über die Oberschenkel. Das Merkwürdige war, dass sein Kopf nicht so recht dazu zu passen schien. Im Verhältnis zu dem massigen Leib wirkte er winzig, und in seinen Gesichtszügen hatte sich Claes Corneliszoon Ment einen Hauch von Jugendlichkeit bewahrt. Es sah aus, als hätte man den Kopf auf den falschen Körper geschraubt.

Eva konnte sich erinnern, dass ihr Vater früher weit weniger dick gewesen war. Aber je mehr seine Brauerei unter der Konkurrenz zugezogener Bierbrauer gelitten hatte, je radikaler er das Unternehmen hatte verschlanken müssen, desto stärker war er selbst in die Breite gegangen. Nun aber war offenbar der Punkt erreicht, an dem es nicht mehr weiterging. Dicker als jetzt konnte er nicht mehr werden, und auch die geschäftliche Situation der Brauerei konnte sich kaum noch verschlechtern. Schon einige Male hatte ihr Vater erwähnt, dass er sich zur Ruhe setzen wolle. Unklar war allerdings, wer seine Schulden bezahlen sollte. Denn dass er Schulden hatte – hohe Schulden – war sicher.

„Kind", hob ihr Vater jetzt an. „Ich habe eine sehr gute Nachricht für dich. Eine sehr gute Nachricht für uns alle. Du kannst dich freuen!" In diesem Moment kam Tanneke mit zwei Kannen Frühstücksbier herein. Sie stellte die Kannen auf den Tisch und noch zwei Trinkbecher daneben. Dann hörte man ihre Holzschuhe wieder die Treppe hinunterklappern.

„Um was geht es?", fragte Eva. Sie hatte ein ungutes Gefühl.

„Schau mal", sagte er, „du weißt, dass unser Geschäft nicht gut läuft. Meine Gläubiger bedrängen mich immer stärker, sie fordern die Tilgung meiner Schulden, sie rauben mir meine letzten Kunden, indem sie mich mit Spottpreisen unterbieten. Das sind Preise, bei denen sie selbstverständlich draufzahlen, aber es ist ihnen alles egal, wenn ich nur zugrunde gehe …"

„Vater", unterbrach ihn Eva, „was wolltet Ihr mir sagen?"

Einen Moment lang blickte er sie überrascht an, so als wüsste er gar nicht, was sie meinte, dann fasste er sich. „Ja, ja, du hast recht." Jetzt kam Tanneke zurück und stellte Brot, Butter und einen großen Käselaib auf den Tisch. Claes Corneliszoon Ment schnitt sofort eine dicke Scheibe Käse ab und belegte sich ein Brot. Dann begann er zu kauen. Offenbar wartete er darauf, dass die Magd wieder in der Küche verschwand. „Nimm dir auch etwas, Kind, du musst essen!" Eva ging nicht darauf ein.

Sobald sie wieder allein waren, fuhr ihr Vater fort: „Schau, Eva, es geht um Folgendes: Du bist nun achtzehn Jahre alt." Er hatte den Satz noch nicht ausgesprochen, da wusste sie bereits, was er als Nächstes sagen würde. Und sie behielt recht. „Das ist ohne Zweifel das richtige Alter, um zu heiraten."

Ein Schock durchfuhr sie. Das unangenehme Gefühl baute sich im Bauch auf, stieg empor bis zum Hals und schnürte ihr die Kehle zu. Er wollte sie verheiraten! Von einem Moment auf den anderen hatte sich ihr Leben verändert. Der große Zeiger am Turm der Alten Kirche mochte sich noch nicht einmal bewegt haben, so klein war die Zeiteinheit, die seit der Mitteilung dieser Botschaft verstrichen war, und doch würde ihr Leben fortan in zwei Hälften zerfallen: in die Zeit davor und danach.

Eva brauchte einige Augenblicke, bis sie wahrnahm, dass ihr Vater weiter auf sie einredete. „... und deshalb glaube ich wirklich, dass es ein Geschenk des Herrn ist! Dass der Herr uns nach einer Zeit der Prüfung nun etwas Gutes tun will." Er machte eine Pause. „Nun, willst du denn nicht wissen, wer es ist?"

Eva rührte sich nicht. „Also. Als ich gestern Abend bei Onkel Pieter war, hat er mir gesagt, er hat den perfekten Bräutigam für dich. Ich konnte es zunächst gar nicht glauben. Es ist wirklich eine fantastische Partie, vielleicht die beste in ganz Holland! Meine liebe Eva, dieser Mann könnte jede Frau haben. Aber er hat ein Auge auf dich geworfen!"

„Kenne ich ihn?"

„Er hat dich im Gottesdienst gesehen. Übrigens ist er ein sehr frommer Mann, vielleicht ist ihm deine ehrliche Andacht aufgefallen. Jedenfalls ist er auf Brautschau und hat Onkel Pieter gebeten, einen Kontakt herzustellen."

„Warum Onkel Pieter?"

„Du weißt doch, dass Onkel Pieter enge Verbindungen zur Vereinigten Ostindischen Compagnie hat. Und dieser hohe Herr steht in Diensten der Compagnie."

Er schwieg wieder. Vermutlich wartete er darauf, dass Eva nach dem Namen fragen würde, und als sie es nicht tat, sagte er: „Es ist Jan Pieterszoon Coen, der langjährige Generalgouverneur der Compagnie in Ostindien. Er war Herr und Meister über alle Besitzungen der Compagnie auf den Gewürzinseln im Indischen Ozean und an der indischen Küste. Onkel Pieter hält ihn für den fähigsten Mann, auf den die Compagnie je hat bauen können. Und, Eva, die Compagnie hat ihn für seine Dienste reich belohnt. Er ist vermögend."

„Und deshalb der Richtige, um unsere Schulden zu bezahlen", dachte Eva, aber sie sprach es nicht aus. Ihr Vater, der bisher beim Reden meist an die Wand oder an die Decke geschaut hatte, sah ihr nun ins Gesicht, und sie spürte, dass er darin das Maß ihrer Erschütterung ablesen konnte. „Eva!" Er ergriff ihre Hand. „Eva! Ich kann mir vorstellen, dass das jetzt alles sehr plötzlich für dich kommt. Aber es ist ein Grund zu allergrößter Freude. Wir hätten nie damit rechnen können, dass ein so großer Mann dich erwählen würde. Es ist so unerwartet, dass man dahinter nur das Wirken des Herrn vermuten kann. Du brauchst gar nicht erst auf die Suche nach einem geeigneten Ehegatten zu gehen, dieser Sorge bist du enthoben. Das Glück ist ganz von allein zu dir gekommen."

An dieser Stelle trat Tanneke wieder in den Saal. „Ich habe noch Hering – will jemand Hering?" Evas Vater ließ ihre Hand los: „Ja, gewiss doch, frag nicht erst, bring ihn rauf!" Dann beugte er sich über den Tisch. Eva wusste, dass er ihr in die Augen schauen wollte, aber sie hielt den Blick fest auf den Eichentisch gerichtet. Nur wenige Dinge auf der Welt kannte sie so gut wie die Maserung dieser Eichenplatte, an der sie seit Kleinkindertagen ihre Mahlzeiten eingenommen hatte. Da war die breite Kerbe, die entstanden war, als sie einmal versehentlich den großen Silberpokal hatte fallen lassen. Sein Fuß hatte sich tief in das Holz gebohrt, und die Furche, die dadurch entstanden war, glich den Plattbodenschiffen, die die Amsterdamer Grachten befuhren. Rechts darüber befand sich ein Holzauge mit einem schwarzen Strich in der Mitte. Eva fand, dass es so aussah wie ein Auge von Jasper.

„Wie alt ist er?" Eva kam ihre eigene Stimme plötzlich fremd vor.

„Er ... er dürfte so um die vierzig sein."

Jetzt sah Eva vom Tisch auf. „Dann ist er mehr als doppelt so alt wie ich!"

„Nun, er sieht jünger aus, und er ist groß, enorm groß! Er war auch noch nie verheiratet, sein ganzes Leben hat er bisher der Compagnie geweiht. Morgen schon wirst du ihn kennenlernen und kannst dich dann selbst davon überzeugen, dass ich die Wahrheit gesagt habe. Wir werden ihn morgen vor der Kirche treffen und gemeinsam mit ihm den Gottesdienst besuchen. Anschließend kommen er und Onkel Pieter zum Mittagessen mit zu uns."

„Und wenn ich nicht will?"

„Wie meinst du das, wenn du nicht willst?"

„Wenn ich ihn nicht heiraten will."

„Eva, versteh doch, dies ist der Glücksfall deines Lebens, dies ist weit mehr, als du und ich je hätten erwarten können." Tanneke marschierte mit einer Platte herein, auf der drei entgrätete Heringe lagen. Evas Vater fasste den einen beim Schwanz, sperrte den Mund auf und biss den ganzen Fischleib ab. Den Schwanz warf er auf die Platte zurück. Anschließend wiederholte er die Prozedur noch zweimal. Dann wuchtete er seinen massigen Körper mühsam vom Stuhl hoch.

„So, mein Liebes, und nun muss ich weg. Du darfst heute Abend mit Gerrit auf die Kirmes, das hatte ich dir ja versprochen, und ich halte mein Wort. Ich verlange aber – und das ist mir ernst – dass ihr es nicht zu doll treibt. Morgen ist ein wichtiger Tag für dich, vielleicht der wichtigste in deinem Leben. Ich möchte nicht, dass du oder auch Gerrit morgen mit dunklen Ringen unter den Augen am Mittagstisch sitzt. Beim ersten Rufen des Nachtwächters seid ihr zu Hause, hast du gehört?"

Er setzte sich seinen Hut auf. In der Tür zum Vorderhaus blieb er noch einmal stehen und drehte sich um. „Eva, nimm dich jetzt zusammen! Wenn ich zurückkomme, will ich ein fröhliches Gesicht sehen!" Damit verschwand er.

Eva blieb regungslos auf ihrem Stuhl sitzen, während Tanneke den Tisch abräumte. „Was ist los?", fragte sie. „Ach, nichts", murmelte Eva. Sie hatte keine Lust, Tanneke ins Vertrauen zu ziehen. Ja, wenn es Els gewesen wäre, ihre alte Magd und Kinderfrau, der hätte sie alles erzählt. Aber Els war vor zwei Jahren an einer Krankheit gestorben. Seitdem hatten sie Tanneke hier. Und die war eben nur eine Dienstmagd.

Eva ging hinauf in ihr Zimmer. Das Fenster stand noch offen. Es war ein schöner Septembermorgen, und die hellen Klänge des Glockenspiels der Alten Kirche wehten zu ihr über das ruhige Wasser des Oudezijds Voorburgwal.

Sie schaute hinaus. In dem Haus mit dem heiligen Nikolaus im Giebel gleich gegenüber wohnte ein junges Paar, Stephanus und Isabella. Eva hatte nie mit den beiden gesprochen, aber sie hatte ihnen oft von ihrem Fenster aus zugeschaut. Wenn sie das Haus verließen, trat Isabella immer als Erste hinaus, Stephanus hielt ihr von innen die Tür auf. Dann hakte sie sich bei ihm ein, sie gingen zusammen die paar Stufen von der Haustür bis zum Bürgersteig hinunter und spazierten davon. Meist waren sie in ein angeregtes Gespräch vertieft. Aber manchmal geschah es, dass Stephanus plötzlich anhielt, Isabella unvermittelt ansah

19

und dann sanft mit der Hand ihre Wange berührte und sie mitten auf den Mund küsste. Mit Sicherheit wusste er, dass viele Leute diese öffentliche Zärtlichkeit nicht guthießen, aber das störte ihn nicht. Man ahnte das, auch wenn man die beiden nur von einem offenen Fenster auf der anderen Kanalseite aus beobachtete. Stephanus und Isabella waren ein echtes Liebespaar. Evas mittlerweile verstorbene Freundin Judith hatte gehört, dass Isabellas Eltern mit Stephanus zunächst gar nicht einverstanden gewesen waren, weil sein Vater nur ein einfacher Schreiber im Rathaus war, wohingegen es Isabellas Familie im Ostseehandel zu Wohlstand gebracht hatte. Aber die beiden hatten sich darüber hinweggesetzt. Es war eine Liebesheirat gewesen. So etwas hatte sich Eva auch immer für sich vorgestellt. Und jetzt: ein doppelt so alter Mann namens Coen. Was war das überhaupt für ein Name? Angenehm klang er nicht.

Plötzlich spürte Eva ein vertrautes Kitzeln an ihren Unterschenkeln. Ohne dass sie es bemerkt hatte, war Jasper ins Zimmer gekommen und strich ihr unter ihrem nicht ganz bodenlangen Rock um die Beine. Sie bückte sich nach unten und kraulte ihn unter dem Kinn, wobei er genießerisch die Augen schloss. „Jasper, mein Kleiner", sagte sie leise. „Du bleibst in jedem Fall bei mir."

Erste Begegnung

„Komm jetzt endlich!"

Den ganzen Tag über war Eva wie gelähmt gewesen. Sie hatte auf ihrem Bett gelegen, aus dem Fenster geschaut und sich geweigert, zum Essen zu erscheinen. Erst jetzt, da Gerrit im Türrahmen stand, raffte sie sich auf. Eigentlich hatte sie an diesem ersten Tag der Septemberkirmes ihre besten Ärmel mit den goldenen Stickereien anlegen wollen. Sie konnte die Ärmel ihres schwarzen Leibchens abtrennen und dann andere mit Schleifen an den im Schulterbereich eingearbeiteten Ösen befestigen. So ließen sich Stoffe und Farben variieren. Aber unter den gegenwärtigen Umständen verspürte sie keine Lust mehr dazu. „Ja, ich komme", sagte sie und schloss das Fenster.

Gerrits Aufzug war dergestalt, dass sie laut darüber gelacht hätte, wenn ihr nicht so elend zumute gewesen wäre. Auf den ersten Blick glich er einem Kanarienvogel, denn sowohl Wams wie Pluderhose waren von einer grellgelben Farbe. Die Unterschenkel steckten in so eng sitzenden weißen Strümpfen, dass sie Eva an zwei Würstchen erinnerten, deren Pelle gleich platzen würde. Die Schuhe hatten hohe Absätze und wurden fast vollständig von einer feuerroten Schleife bedeckt. Das Komischste aber war ein gewaltiger Schlapphut mit langen roten Federn. Die Krempe hing Gerrit so tief ins Gesicht, dass er kaum etwas sehen konnte. Auch der Degen, der martialisch im Gürtel steckte, war eindeutig überdimensioniert.

„Das muss ja ein Vermögen gekostet haben", meinte Eva. „Hab ich günstig auf dem Neumarkt gekauft", entgegnete ihr Bruder. „Gebraucht. Stammt von einer Zwangsversteigerung. Schick, was?"

„Na ja."

„Gut, wenn man so wie du auf Schwarze Witwe macht …" Er musterte abfällig ihre konservativ-dunkle Aufmachung. „Du könntest die Haube abnehmen, dann hättest du wenigstens ein kleines Leuchtfeuer auf dem Kopf, aber so wie du jetzt aussiehst, schaut dir sowieso kein Mann hinterher."

„Das ist auch gar nicht mehr nötig", entgegnete Eva.

Gerrit bemerkte die Anspielung nicht, sondern wandte sich zum Gehen. Es bereitete ihm sichtlich Schwierigkeiten, auf den hochhackigen Schuhen die Treppe hinunter zu balancieren und dabei nicht über den Degen zu stolpern, der an seinem Gürtel wild umherbaumelte und ihm immer wieder zwischen die Beine geriet. „Säbel dir bloß nicht deine beiden Golfbälle ab!", bemerkte Eva und wunderte sich darüber, dass sie noch scherzen konnte. Gerrit revanchierte sich auf der Straße, indem er den Degen aus dem Gürtel zog und mit der Spitze über den gepflasterten Gehweg kratzte – er wusste genau, dass Eva das hohe, quietschende Geräusch nicht ausstehen konnte.

Amsterdam war märchenhaft verwandelt. In der Abenddämmerung warf das Licht der Fackeln bizarre Schatten auf Buden und Zelte. Überall gab es Verkaufsstände, dazu Puppenspieler, Zauberer und Quacksalber, die ihre Pillen und Pulver anpriesen. Ein Theater ließ Figuren aufmarschieren, die scheinbar von selbst Arme und Beine bewegten – einer der Umstehenden sagte, sie würden von einem geheimen Uhrmechanismus gesteuert. In der Mitte des Jahrmarkts stand ein fast haushoher bunt bemalter Goliath aus Holz, der den Kopf hin und her drehte und dabei mit den Augen rollte.

Akrobaten führten Kunststücke vor. Zwei Männer tauchten ihre Hände in einen Tiegel voll geschmolzenen Bleis – es schien ihnen nichts auszumachen. Ein Engländer schluckte flüssigen Schwefel und kaute Kohlen, ein Pferd führte seine Rechenkünste vor. Bienen flogen auf Befehl ihres Besitzers in den Korb zurück. Eva und Gerrit bestaunten eine Pyramide aus Menschen, die in gefährlicher Höhe ihre Künste vorführten. Die größte Menschentraube stand vor einer Schauspielbühne. Eva sah, wie ein Mann im Gewand des Todes einen jungen Gesellen mit sich fortziehen wollte.

Plötzlich schossen Eva Tränen in die Augen. Warum gerade jetzt, konnte sie nicht sagen. Sie schlug die Hände vors Gesicht.

„Schwesterchen, was hast du?" Gerrit legte den Arm um sie.

„Vater will mich verheiraten."

„Was?"

„Ja. Heute hat er's mir gesagt."

„Und mit wem?"

„Irgendein hohes Tier von der Compagnie. Vierzig Jahre oder älter. Der könnte mein Vater sein."

„Hat er Geld?"

„Ja, was denkst du denn? Das ist doch der Grund, warum ich ihn heiraten soll. Ich soll ihn heiraten, damit Vater seine Schulden bezahlen kann."

„Verdammt!", fluchte Gerrit. „Das ist heftig, richtig heftig. Du darfst dir das nicht gefallen lassen! Du musst dich weigern!"

„Das werde ich vielleicht auch. Aber Vater ist völlig begeistert." Sie äffte seinen Tonfall nach: „Das hättest du niemals erwarten können, dass sich so ein hoher Herr um dich bemüht!"

„Wenn du dich weigerst, kann er dich nicht zwingen!", meinte Gerrit. Er schien ehrlich schockiert. „Stell dich quer!"

„Das sagt sich so leicht", wandte Eva ein. „Du weißt doch, dass Vater kurz vor dem Bankrott steht."

In diesem Augenblick rannten drei Gestalten auf Gerrit zu und warfen ihn zu Boden. Einer beugte sich über ihn und machte sich an seinem Gesicht zu schaffen. Eva packte ihn an der Schulter und versuchte, ihn wegzuziehen. „Lass das, lass ihn los!" Doch der Unbekannte ließ sich davon nicht beeindrucken. Als er schließlich aufhörte und sich wieder hinstellte, sah Eva, dass Gerrits Gesicht weiß war. Es war ein alter Kirmesscherz, dass sich junge Leute überfielen und das Gesicht ihres Opfers mit Wachs und Mehl einrieben. Eva musste bei dem Anblick unwillkürlich an den geschminkten Schauspieler denken, der auf der Bühne den Tod verkörpert hatte.

Gerrit hatte sich inzwischen aufgerappelt und versuchte zu Evas Entsetzen, seinen Degen zu ziehen. Weil der sich aber irgendwo verhakt hatte, gelang ihm das nicht – wütend rüttelte er am Knauf seiner Waffe. Die drei Männer, die ihn niedergeworfen hatten, brachen in schallendes Gelächter aus. Gereizt bis aufs Blut, wollte Gerrit mit bloßen Händen auf sie losgehen, doch mit einem Mal ließ er die geballten Fäuste sinken und begann ebenfalls zu lachen: „Willem … Lucas … Nicolaes …", prustete er. „Ihr seid wohl verrückt geworden, was? Na wartet, ich werd's euch schon noch heimzahlen!"

Nun schlugen sich alle vier begeistert auf die Schulter und boxten einander gegen die Brust. Dazu grölten sie französische Begrüßungsformeln. Gerrit wandte sich an Eva: „Ich dreh noch kurz eine Runde mit denen."

„Gerrit, Vater hat gesagt, du musst heute pünktlich zu Hause sein!"

Seine Kumpane lachten, doch Eva achtete nicht darauf. „Ich bin dagegen, dass du mitgehst. Man muss um dein Leben fürchten. Der geringste Anlass, und du verlierst die Beherrschung und greifst zum Degen, wie man eben gesehen hat. Das kann sehr schnell böse enden, besonders auf der Kirmes."

„Keine Angst", rief ihr einer der jungen Männer zu, „wir passen auf ihn auf!" Schon verschwanden sie mit ihm in der Dunkelheit.

„Das ist die schlimmste Kirmes, die ich jemals erlebt habe", dachte Eva. Und jetzt musste sie sich auch noch ohne männliche Begleitung auf den Heimweg machen. Eine Frau am Kirmesabend allein auf der Straße – das war das reinste Spießrutenlaufen. Sie zog den Kopf ein und beeilte sich wegzukommen. Aus den Augenwinkeln fiel ihr ein junges Liebespaar auf: Er hatte ihr gerade an einem Stand einen Kirmeskuchen gekauft. Mit Zuckerguss stand darauf geschrieben: *In Liebe*. Eva ging noch schneller.

Am nächsten Morgen war Gerrit nicht zu Hause. Claes Corneliszoon Ment bekam einen Wutanfall, so wie Eva ihn selten erlebt hatte. Sein kleiner Kopf lief puterrot an. Weil Gerrit nicht anwesend war, musste sich Eva einiges anhören. Sie habe nicht auf ihren kleinen Bruder aufgepasst, hielt der Vater ihr vor. „Kleiner Bruder?", entgegnete sie. „Der ist einen Kopf größer als ich."

Insgeheim freute sich Eva, dass der Tag, dem ihr Vater so große Bedeutung beimaß, nicht so begann, wie er sich das vorgestellt hatte. Gerrits Verschwinden fand sie allerdings beunruhigend. Doch für Nachforschungen blieb keine Zeit, sie mussten zur Kirche.

Eva hatte sich so verhalten wie möglich gekleidet. Auf keinen Fall wollte sie den Eindruck erwecken, Coen gefallen zu wollen. Ihr Vater hatte sie zwar kurz gemustert, aber nichts gesagt – für einen Gottesdienstbesuch hielt er die dezente schwarze Aufmachung vermutlich angemessen.

Bis zur Alten Kirche ging es nur über eine Brücke. Eva hätte den Weg mit verbundenen Augen gefunden, so gut kannte sie ihn. Das alte Gemäuer war ihre Taufkirche, und solange sie zurückdenken konnte, war sie mindestens einmal in der Woche dort gewesen.

Eva hatte schon den ganzen Morgen ein brennendes Gefühl in der Magengegend, und als sie nun auf dem Platz vor der Kirche eintrafen, nahm es an Heftigkeit zu. Mehrere kleine Gruppen von Kirchgängern standen beisammen. Ihr Vater sah sich kurz um, dann entdeckte er ihren Onkel, und sofort geschah, was Eva schon so häufig an ihm beobachtet hatte: Wahrscheinlich ohne es selbst zu bemerken, beugte ihr Vater den Oberkörper ein wenig vor und setzte ein anbiederndes Lächeln auf. Dies hatte ohne Zweifel damit zu tun, dass er in Pieter Hasselaer alles sah, was er auch gern gewesen wäre: guldenschwer und geachtet. Hasselaers Brauerei stand im Ruf, eine Goldgrube zu sein, doch mehr noch hatte der Herr Schwager mit Grundstücksspekulationen verdient. Dabei kam ihm zugute, dass er als Ratsmitglied immer etwas früher als die anderen wusste, wo als Nächstes neues Bauland für den nie abreißenden Strom von Neubürgern erschlossen werden sollte.

Eva fragte sich, ob einer von Onkel Pieters Gesprächspartnern ihr künftiger Ehemann sein könnte. Es fiel ihr auf, dass einer von ihnen – er stand mit dem Rücken zu ihr – ein geradezu hünenhafter Kerl war. Sollte das etwa …?

Pieter Hasselaer hatte sie nun auch gesehen und winkte sie ein wenig gönnerhaft heran. Schon im Näherkommen nahm Evas Vater den Hut ab. Die Männer öffneten den Kreis. „Guten Morgen, Onkel Pieter", grüßte Eva. Hasselaer zog den Hut. „Guten Morgen, Eva. Das hier ist Herr van Neck, ich glaube, ihr seid euch schon begegnet."

Eva senkte ehrfürchtig den Kopf – der alte van Neck war eine Amsterdamer Berühmtheit, denn er hatte ein Vierteljahrhundert zuvor als Pionier des Ostindienhandels sagenhafte Profite erzielt. „Das hier", fuhr Hasselaer fort, „ist Herr Visscher." Der Name sagte Eva nichts. Sie verbeugte sich routiniert.

Hasselaer wandte sich nun dem Letzten in der Runde zu. Es war der Hüne. „Und das hier ist General Coen." Eva durchzuckte es. Langsam hob sie den Kopf. Ihre Augen befanden sich gerade einmal auf Brusthöhe des Mannes. Sie musste zu ihm emporschauen. Er war hager, fast ausgezehrt, mit hervorstehenden Backenknochen und einem schmalen Mund, der von Knebel- und Spitzbart eingerahmt wurde. Die Nase war groß und gebogen wie der Schnabel eines Raubvogels. Die kleinen Augen lagen tief in den Höhlen, doch ihr Blick war so durchdringend, dass Eva unwillkürlich wieder zu Boden schaute.

Jetzt erinnerte sie sich, dass ihr Coen in der Kirche schon einmal aufgefallen war – sie hatte ihn nur von Weitem gesehen, und doch hatte er ihr Respekt und sogar etwas Furcht eingeflößt. Es war nicht allein seine Riesenhaftigkeit, es war der Ernst, der von ihm ausging, gepaart mit einer, wie es schien, natürlichen Überlegenheit. Zusammen ergab dies eine Ausstrahlung von zwingender Autorität.

Coen hatte noch nicht gesprochen, und Eva hatte ebenfalls geschwiegen. Ohne den Blick ganz zu heben, brachte sie ein „Sehr erfreut" heraus. Es war eher gehaucht als gesprochen. Coens Lippen bewegten sich nicht. Eva sah erneut zu ihm auf. Nun endlich rührte er sich. „Die Freude ist ganz auf meiner Seite, verehrtes Fräulein Ment." Seine Stimme war nicht ganz so tief, wie sie erwartet hatte. „Sollten wir jetzt reingehen?" Die anderen nickten. Für Eva entstand ein Augenblick der Unsicherheit, da sie nicht wusste, ob sie hinter Coen hergehen sollte. Doch da war schon ihr Vater zur Stelle und bedeutete ihr, sich neben ihm zu halten. Auch die Ehefrauen von Hasselaer, van Neck und Visscher, die sich nahe der Eingangstür miteinander unterhalten hatten, schlossen sich an.

Die Gesellschaft verteilte sich über zwei Bänke. Eva versuchte, sich zu sammeln. Es beruhigte sie immer, in der Kirche zu sein. Die kahlen, weiß getünchten Wände und Säulen und die durchsichtigen, farblosen Fenster ließen sie tiefer und langsamer atmen. Hier gab es nichts, was die Augen ablenken konnte. Nach einiger Zeit legte sich das Schwirren im Kopf, die Gedanken ordneten sich. Mehr und mehr zog sie sich in ihr inneres Gehäuse zurück.

Eva horchte auf das Rascheln der Kleider und das Ächzen der Bänke, wenn sich wieder jemand setzte. Einige tuschelten. Sonst war es still, denn die Calvinisten hatten neuerdings durchgesetzt, dass die Orgel nicht mehr bespielt werden durfte. Sie meinten, dass die Musik vom Wort Gottes ablenke. Eva dachte daran, wie sehr sie die Orgelmusik immer geliebt hatte. In ihren Kindertagen hatte in der Alten Kirche noch der große Organist Jan Pieterszoon Sweelinck gewirkt. Er war einer der warmherzigsten Menschen, die Eva jemals getroffen hatte, und der Einzige, der mit Kindern genauso freundlich umging wie mit Erwachsenen. Einmal – sie musste ungefähr zehn Jahre alt gewesen sein und Gerrit acht – hatten sie ihm einen ganzen Vormittag beim Üben zugehört. Als sie schließlich aufgestanden waren, hatte er sie wieder zurückgerufen und gebeten, noch etwas zu bleiben. Sie dürften auch aussuchen, was er spiele. Eva hatte sich daraufhin ihr Lieblingslied *Der lustige Mai* gewünscht. Sweelinck spielte es nicht nur einmal, sondern immer und immer wieder, und jedes Mal hörte es sich anders an. Gerrit, der schon damals ein famoser Fiedler war, saß die ganze Zeit mit offenem Mund in der Kirchenbank. Eva hatte nie vergessen, was er draußen zu ihr gesagt hatte: „Gott spricht gar nicht durch den Pfarrer. Er spricht durch Herrn Sweelinck."

Pfarrer Sylvius predigte an diesem Sonntag passend zur Kirmes über die Verderbtheit der Jugend. Die Donnerpredigt schien wie für Gerrit bestimmt, doch der fehlte noch immer. Eigentlich sollten sie alle gehen und ihn suchen, anstatt hier in der Kirche den Moralpredigten des Pfarrers zu lauschen, dachte Eva. Aber es ging ja um Wichtigeres. Ihr graute davor, wenn sie an das gemeinsame Mittagessen dachte.

Schließlich forderte Johannes Sylvius die Gemeinde auf, in sich zu gehen und über ihre Sünden nachzudenken. Andächtige Stille trat ein. Die Ruhe war nahezu vollständig. Bis plötzlich … ein Knarren! Eva drehte sich um und sah, dass das Hauptportal einen Spalt weit offen stand. Eine Hand, die einen sehr großen Hut festhielt, tauchte auf, dann ein Gesicht – es war Gerrit. So leise wie möglich versuchte er, die Tür wieder zu schließen, aber offenbar aus Nervosität ließ er sie nicht richtig einschnappen, sodass sie noch einmal aufging. Daraufhin warf er sie mit größerem Schwung ins Schloss, was ein dumpfes Poltern zur Folge hatte. Nun reckte etwa die Hälfte der Gemeinde den Hals. Eva winkte dem Störenfried, was ihr sofort einen leichten Ellbogenstoß ihres Vaters einbrachte. Mit gesenktem Kopf steuerte Gerrit auf ihre Bank zu. Alle rückten etwas auf, sodass er sich noch neben ihr in die Bank quetschen konnte. Er sah schlimm aus. Die Haare hingen ihm verstrubbelt und fettig in der Stirn, im Gesicht sah man noch Reste der Wachs-Mehl-Mischung, mit der ihn seine Freunde eingeschmiert hatten, und sein gelbes Kostüm war verdreckt. Sein Vater warf ihm einen vernichtenden Blick zu.

Eva flüsterte: „Schön durchgefeiert?"

„Maul halten!", fauchte Gerrit und starrte düster vor sich hin.

Trotz dieser Frechheit blieb Eva auch nach dem Ende des Gottesdienstes dicht bei Gerrit. Alles war besser, als neben Coen stehen zu müssen. Als sie ihr Haus, den *Weißen Adler*, erreichten, hatte Claes Corneliszoon Ment kurz Gelegenheit, seinem Sohn etwas zuzuzischen: „Wir sprechen uns noch!"

Am Tisch nahm Eva rechts von ihrem Vater Platz, Gerrit links. Ihnen gegenüber saßen Coen, Onkel Pieter und dessen Frau Aechtje. Diese begann sofort davon zu erzählen, wie sie beide vor einigen Wochen den Prinzen von Oranien – den Oberbefehlshaber der niederländischen Streitkräfte – und dessen Frau Amalie zu Solms-Braunfels in Den Haag besucht hatten. „Ich glaube, die Gräfin Amalie hat einen Narren an mir gefressen", behauptete Aechtje. „Sie konnte sich gar nicht mehr von mir losreißen. Wir haben sogar den kleinen Prinzen gesehen – ein außerordentlich hübsches Kind."

Evas Vater versuchte, Coen in das Gespräch einzubeziehen: „General Coen verkehrt natürlich ständig mit hohen und höchsten Persönlichkeiten, nicht wahr?"

„Eher weniger", erwiderte der. „Ich war nur einmal beim Prinzen. Ich hatte ihm für seine Menagerie einen Leoparden mitgebracht."

„Was ist ein Leopard?", fragte Ment.

„Ein Löwe mit Flecken. Sehr gefährlich, ein Menschenfresser. Wir transportierten ihn in einem Käfig und mussten uns beim Füttern immer in Acht nehmen. Die lange Überfahrt ist der Bestie allerdings nicht gut bekommen, ich glaube, sie ist kurz danach verendet."

Tanneke war inzwischen mit der Suppe hochgekommen. „Bei Gräfin Amalie gab es eine delikate Mandelsuppe, garniert mit Hahnenkamm, Pistazien und Granatapfelkernen, wirklich köstlich!", berichtete Tante Aechtje. „Danach ging es weiter mit einer pikanten Fleischpastete mit Früchten, da hab ich mir später sogar vom Küchenmeister das Rezept geben lassen. Wollt Ihr's hören?"

Ohne darauf einzugehen, richtete sich Vater Ment wieder an Coen: „Gewiss kennt Ihr aus den fernen Landen, die Ihr bereist habt, auch einige empfehlenswerte Gerichte?"

Zum ersten Mal spielte ein Lächeln um die Lippen des Ehrengastes. „Wisst Ihr, die asiatische Küche ist völlig anders als die unsere. Zum einen ist sie natürlich sehr stark gewürzt, weil die Gewürze dort vor der Haustür wachsen und entsprechend billig zu haben sind. Grundlage der meisten Gerichte ist Reis …"

„Davon habe ich schon einmal gehört", sagte Eva – sie erschrak geradezu darüber, dass sie freiwillig das Wort ergriffen hatte. Coen sah sie aber sofort an und nickte ihr aufmunternd zu: „Sehr gut", lobte er. „Die meisten Niederländer sind zu ignorant, um je davon gehört zu haben."

„Bei der Gräfin …", wollte Aechtje Hasselaer ihre Schilderung fortsetzen, doch diesmal wurde sie von ihrem Mann unterbrochen: „Ist es nicht so, dass die Asiaten die kuriosesten Dinge essen?"

„Lasst es mich so sagen: Sie bevorzugen andere Gerichte, als wir sie gewohnt sind." Coen nahm einen Löffel Suppe. Eva schaute zur Seite und sah, dass Gerrit seinen Teller noch nicht angerührt hatte. Er starrte mit leerem Blick auf die ihm gegenüber sitzende Tante Aechtje.

„Ich habe mir zum Beispiel sagen lassen, dass in einigen Teilen Asiens geröstete Spinnen vertilgt werden", erzählte Coen weiter. „Vom Geschmack her sollen sie an Hühnchen erinnern. Die Spinnen in Asien sind weit größer als bei uns, müsst Ihr wissen. Andernorts werden Tintenfische bei lebendigem Leibe verzehrt.“

„Das ist ja widerwärtig!“, ließ sich Tante Aechtje vernehmen.

„Am chinesischen Kaiserhof gilt Schwalbennestersuppe als die köstlichste aller Spezialitäten. Diese Nester sind nicht aus Zweigen oder dergleichen gewebt, sondern aus dem hart gewordenen Speichel der Schwalben, den sie wie eine Art Kleister einsetzen. Sammler holen diese Nester unter großer Gefahr für Leib und Leben aus Felsenhöhlen. Die Nester werden in Wasser eingeweicht, damit sie aufquellen, und anschließend mit Kalbfleisch und Brühe gegart.“

Niemand sagte mehr etwas. Alle löffelten ihre Suppe, allerdings recht langsam.

„Auf den Philippinen wiederum schwört man auf ausgebrütete Enten- und Hühnereier. Ich habe sie selbst einmal gekostet, ein chinesischer Kapitän hatte mich dazu eingeladen, und es wäre unhöflich gewesen, es abzulehnen. Die Eier hatten zwei Wochen in einem warmen Korb gelegen und sich dabei prächtig entwickelt. Nun wurden sie etwa eine halbe Stunde gekocht und anschließend serviert. Als ich meines öffnete, erblickte ich darin einen fast schon vollständigen Vogel: Schnabel, Federn, Augen – all das war bereits ausgebildet. Der Kapitän erklärte mir, dass ich zunächst die Flüssigkeit herausschlürfen müsse. Danach war der Körper an der Reihe. Ich erinnere mich noch, dass das schwarzbraune Fleisch von recht scharfem Geschmack war. Der Speise wird in Asien vor allem deshalb zugesprochen, weil sie der Manneskraft zugutekommen soll.“

„Soll ich abräumen und die Muscheln auftragen?“,

fragte Tanneke. Claes Corneliszoon Ment nickte nur.

Coen schaute in die Runde. „Ja, es gibt viel zu entdecken in Ostindien." Gerade als er das sagte, öffnete sich die Tür zum Nachbarzimmer, und Jasper stahl sich herein. „Katze ist in weiten Teilen Chinas ein ganz normales Gericht", fuhr Coen fort. „Auch der Magen und die Eingeweide werden gegessen. Wichtig ist, dass die Katze gut abgehangen ist."

In diesem Moment hörte Eva aus Gerrits Richtung ein klägliches Stöhnen, und dann sah sie, wie er langsam den Mund öffnete und sich quer über den Tisch auf die vor ihm sitzende Aechtje erbrach. Es war ein Schwall wie bei einem Deichdurchbruch. Die Tante schrie, Onkel Pieter sprang auf, nur Coen blieb ungerührt sitzen. Danach herrschte Stille. Entgeistert sah Tante Aechtje an sich hinab.

„Verzeihung", murmelte Gerrit. „Ich glaube, ich habe gestern Abend ein bisschen viel getrunken."

Lektion im Elendsviertel

In der folgenden Nacht wachte Eva auf, und mit einem Mal wurde ihr klar, dass sie mit Coen würde schlafen müssen. Die Vorstellung schockierte sie. Zwar war ihr die männliche Anatomie durchaus vertraut, zum Beispiel hatte sie im Sommer des Öfteren nackten Männern beim Schwimmen in den Entwässerungskanälen vor der Stadt zugesehen. Und natürlich kannte sie Gerrit. Sie war mit ihm aufgewachsen, und noch immer schliefen sie ganz selbstverständlich in einem Bett, wenn eines ihrer Zimmer für Besuch benötigt wurde. Sie hatte verfolgt, wie Gerrit Haare an Stellen wuchsen, an denen zuvor keine gewesen waren, und auch, wie er sie sich wieder abrasiert hatte, weil es seit einiger Zeit Mode war, einen unbehaarten Körper zu haben. Sie hatte sogar schon mehrmals erlebt, dass sich sein Geschlecht morgens beim Aufstehen auf das Doppelte seiner normalen Größe aufgebläht hatte und nicht mehr zur Erde zeigte, sondern gen Himmel. Beim ersten Mal war ihr der Anblick gänzlich unwahrscheinlich vorgekommen. Gerrit hatte sich hastig der gegenüberliegenden Wand zugedreht und die Spargelstange in seiner weiten Pluderhose verschwinden lassen.

Es war also nicht so, dass sie scheu gewesen wäre. Das Verlangen, einen Mann körperlich zu lieben, brannte seit Langem in ihr. Judith, die sehr bibelfest gewesen war, hatte ihr gesagt, dass es sogar in der Heiligen Schrift Stellen gab, die davon erzählten. Doch, sie wollte diesen Rausch erleben, aber nicht mit Jan Pieterszoon Coen. Er war zu alt und zu groß. Er war ihr unendlich fremd. Ihre Fantasie reichte nicht aus, um sich vorzustellen, wie er sie berühren, umarmen und küssen wollte. Er machte nicht den Eindruck, als würde er sich auf diese Dinge verstehen. Vermutlich hatte er seine Triebe bisher in Bordellen ausgelebt. Natürlich kannte sie ihn erst sehr flüchtig, aber sie wusste bereits, wie er sprach, sich bewegte, ein wenig auch, wie er dachte. Und all das erschien ihr nicht sehr ermutigend.

In den nächsten drei Tagen gab sie sich der Hoffnung hin, die Verbindung würde vielleicht doch nicht zustande kommen. Ihr Vater sprach nicht mehr von Coen – er sprach überhaupt nicht mehr. Gerrit war von ihm an jenem Sonntag zum ersten Mal seit Jahren geohrfeigt worden – natürlich erst, nachdem die Gäste gegangen waren. Mit seinen Freunden durfte er sich vorerst nicht mehr treffen. Eva hütete sich, noch einmal auf Coen zu sprechen zu kommen.

Doch am darauffolgenden Donnerstag sagte ihr Vater beim Mittagessen zu ihr: „Herr Coen wird uns am Sonntag wieder beehren. Du wirst dann auch Gelegenheit erhalten, mit ihm unter vier Augen zu sprechen."

Der Bissen blieb ihr im Halse stecken. „Vater", sagte sie, „ich bin überhaupt noch nicht im richtigen Alter. Kaum jemand heiratet vor Mitte zwanzig."

„Kaum jemand? Das erscheint mir ein wenig übertrieben", wandte ihr Vater ein. „Und selbst wenn: Du hast eben schon früh das große Los gezogen. Endlich ein Hauptgewinn für uns!" Es war wohl witzig gemeint, denn er grinste. Tatsächlich hatten sie in der Lotterie trotz reger Beteiligung nie mehr gewonnen als einmal eine Garnitur von Damenunterröcken, die Eva zu groß gewesen waren. Das silberne Tafelservice, die Goldketten, die Tapisserien und alle weiteren wertvollen Preise waren immer an andere gegangen.

„Ich betrachte ihn keineswegs als das große Los. Er ist viel zu alt für mich. Ein so großer Altersunterschied ist immer schlecht."

„Das kann man so allgemein nicht sagen. Und ich

35

frage mich wirklich, was es hier noch zu meckern gibt! Du kannst einen Mann heiraten, der reich ist, der einen Namen hat, der – wie du gehört hast – mit den Mächtigen umgeht. Da solltest du nicht noch auf sein Alter schauen. Wer alles will, geht leer aus.“

„Wenn er so eine tolle Partie ist, dann frage ich mich, was er ausgerechnet von mir will.“

„Das muss ich dir ja wohl nicht erst sagen. Unsere Familie mag geschäftlich schon bessere Zeiten erlebt haben, aber wir stammen immer noch aus einem alten Amsterdamer Patriziergeschlecht. Onkel Pieter dürfte demnächst Bürgermeister werden. Über dich erhält Jan Pieterszoon Coen Zutritt zu diesen Kreisen.“

„Aha. Dann bin ich also ein Vehikel für seine Karriere, ein Mittel zum Zweck. Habt Ihr Euch schon einmal gefragt, ob ich irgendetwas für ihn empfinde? Nein, das interessiert Euch erst gar nicht. Aber ich sage es Euch trotzdem: Nein, ich empfinde nichts für ihn. Höchstens Abscheu.“

„Liebe kann wachsen …“

„Vater, es ist nicht mehr wie früher! Die Zeiten haben sich geändert, wir leben im 17. Jahrhundert!“

Da schlug Ment mit der flachen Hand auf die Tischplatte. „Jetzt reicht es! Du bist undankbar und verzogen! Weißt du was? Wir werden jetzt einen Spaziergang machen. Zieh deinen Umhang über!“

„Wo sollen wir denn hingehen?“

„Das wirst du schon sehen!“

Wortlos tat Eva, was ihr Vater verlangte. Sie konnte sich beim besten Willen nicht denken, was er vorhatte.

Draußen spürte sie zum ersten Mal, dass es Herbst geworden war. Die Backsteinfassaden glänzten von einem kurz zuvor niedergegangenen Regenschauer, das Gewölk des Himmels ließ gerade wieder etwas Halbsonne durch.

Am Kanal streuten die Linden ihr goldgelbes Laub in das Wasser.

Evas Vater strebte über die Brücke. Trotz seiner Leibesfülle war er noch verblüffend gut zu Fuß. Es ging an der Alten Kirche vorbei und quer über die Warmoesstraat mit ihren verlockenden Geschäften. Dann führte der Weg sie weiter über den Dam-Platz, auf dem immer noch die Kirmeszelte standen. Dahinter begann die Neustadt mit ihren von Bäumen gesäumten Wasseravenuen, den vor zehn Jahren angelegten Hauptkanälen Herengracht, Keizersgracht und Prinsengracht. Die erste, die Herengracht, war die feinste Adresse der Stadt. Eva hatte sich immer gewundert, dass in Amsterdam die Herren vor den Kaisern kamen, aber ihr Vater hatte ihr erklärt, dass sie nun einmal in einer Republik lebten, ohne König oder Kaiser.

Claes Corneliszoon Ment lief unbeirrt weiter, bis sie eine andere Gegend der Stadt erreichten. „Weißt du, wo wir hier sind?" Eva schüttelte den Kopf: „Weiter als bis zur Prinsengracht bin ich nie gewesen."

Ihr Vater nickte. „Dies ist der Jordaan. Hier wohnen diejenigen, die in ihrem Leben weit weniger vom Glück begünstigt sind als du. Ich möchte, dass du dir jetzt alles ganz genau anschaust!"

Es begann eine Wanderung, wie Eva sie noch niemals erlebt hatte. Sie blickte in Gerberhöfe, in denen bleichgesichtige Gestalten Häute entfleischten, wässerten und in ätzenden Laugen enthaarten. Sie sah Färbereien, von denen ihr Vater erzählte, dass dort Knechte giftige Farbbrühen mischten. Sie atmete den Gestank der Zuckerraffinerien und Seifensiedereien. Sie kam durch Gassen und Stiegen, die so schmal waren, dass sie, wenn sie die Arme ausstreckte, die Hauswände an beiden Seiten berühren konnte. Sie wich den Blicken der Kinder aus, die sie aus großen glasigen

Augen anstarrten und sich wohl ein Almosen erhofften. An einer Stelle, wo sich zwei der schlauchartigen Straßen kreuzten, hielt ihr Vater an, um zu verschnaufen. „Schau dich nur um", sagte er.

Dicht gedrängt standen die Menschenpackhäuser, vier, fünf Stockwerke hoch, unterwandert und durchkreuzt von einem Geflecht aus Gassen, Treppen, Hinterhöfen und Durchgängen. Farblose Häuser in fahlem Licht. Ab und an ertönte ein Warnschrei, und dann ergoss sich von oben der Inhalt eines Nachttopfs auf den ungepflasterten Weg. Eva sah auf ihre Schuhe: Sie schienen bereits ruiniert, denn der Straßenbelag bestand aus nichts anderem als platt getretenem Dreck. Beim nächsten Regenguss würde sich alles in Schlamm verwandeln; und dann würde man sich nicht nur die Schuhe, sondern auch die Kleider verderben. „Es geht weiter", keuchte ihr Vater.

Immer wieder musste Eva frei herumlaufenden Hunden und Schweinen ausweichen, die im Straßendreck nach etwas Essbarem wühlten. Kanäle gab es zwar auch in diesem Teil Amsterdams, doch anders als in den besseren Vierteln konnte man hier auf den ersten Blick erkennen, was sie eigentlich waren: das Gedärm des Stadtkörpers. Von den Häusern und Werkstätten aus lief das Abwasser durch Rinnsteine direkt in die Grachten. Eva wusste, dass auch alle Schlacht-, Betriebs- und Marktabfälle sowie der auf der Straße liegen gebliebene Pferdekot in die Kanäle geschüttet wurde. Sie sah einen toten Hund in der schäumenden Brühe treiben und ein Stück weiter den Kadaver einer Ziege. Am Rand eines der Kanäle hatten sich ganze Abfallberge angesammelt. Viele Häuser waren abgesackt und neigten sich bedenklich zur Seite. Auf den Dächern reckten sich Schornsteine wie schwarze Finger in den Himmel.

Eva empfand es als eine Erlösung, als ihr Vater endlich umdrehte und sie nach einigen Brücken wieder an der Prinsengracht standen.

„Kannst du dir vorstellen, warum ich dich hierhergeführt habe?" Eva konnte es, aber sie sagte es nicht.

„Hier kannst auch du einmal enden. Vielleicht nicht gerade in den dunkelsten Höhlen und Baracken, aber in dieser Gegend allemal. Das geht ganz schnell, und dann wirst du froh sein, wenn Onkel Pieter dir einen Platz in einem der öffentlichen Wohnstifte besorgt."

„Vater, Ihr glaubt doch nicht im Ernst, dass unsere Familie so tief sinken könnte", wandte Eva ein.

„Ich kenne durchaus vergleichbare Fälle", entgegnete ihr Vater. „Du bist im Luxus aufgewachsen, du hast immer alles gehabt und scheinst dies als selbstverständlich hinzunehmen. Das ist es nicht. Du weißt, dass es mit uns nicht zum Besten steht. Deine Position ist gefährdet. Viel hast du nicht anzubieten, eigentlich nur den tadellosen Ruf unserer alteingesessenen Familie und unsere guten Beziehungen. Das ist das Pfund, mit dem du wuchern musst. Aber du musst es dir so vorstellen, dass viele andere junge Frauen das Gleiche oder sogar etwas Besseres offerieren. Es ist, als würde jede von euch an einem kleinen Steg stehen und auf ein großes Schiff warten, mit dem ihr in den Hafen der Ehe einlaufen könnt. Und jetzt kommt so ein Schiff, ein so großes und prächtiges, wie es noch keine von euch je gesehen hat. Und – was für ein unbeschreibliches, völlig unerwartetes Glück! – es hält auch noch genau an deinem kleinen Steg. Du kannst an Bord gehen. Zögerst du? Das Schiff hält nur ein einziges Mal bei dir, wenn du es jetzt vorbeifahren lässt, wird es nie mehr wiederkommen." Er machte eine Pause. „Überlege dir also gut, was du tust. Du bist verwöhnt, du bist nicht belastbar. Du würdest ohne einen Mann, der dich versorgt, nicht zurechtkommen. Und in dieser Welt hier" – er zeigte zu der finsteren Passage, aus der sie gekommen waren – „würdest du nicht lange überleben."

Damit wandte er sich wortlos um und stapfte nach Hause. Eva folgte ihm in einigem Abstand.

Fieberträume

Coen war pünktlich auf die Minute, als er am Sonntagnachmittag zu seinem zweiten Besuch erschien. Eva erkannte es daran, dass das Glockenspiel der Alten Kirche einsetzte, als er klopfte. Drei Uhr. Tanneke öffnete ihm, führte ihn herein und bot ihm ein Glas Rheinwein an. Der Stuhl, auf dem Coen Platz nahm, war eigentlich zu niedrig für ihn – er wusste nicht recht, wo er seine Beine lassen sollte.

Die beiden Männer unterhielten sich zunächst über den Verlauf des Krieges gegen Spanien. Dann erhob sich Ment von seinem Platz und sagte: „Ich möchte mich fürs Erste empfehlen." Damit verschwand er.

Eva hatte die Augen niedergeschlagen, aber sie konnte den Blick ihres Gegenübers regelrecht spüren. Sie hatte keine Ahnung, worüber sie mit ihm reden sollte. Es war eine äußerst unangenehme Situation.

„Woher wusstet Ihr, dass in Asien Reis gegessen wird?", fragte Coen.

Eva sah auf. „Das hat mir ein Kaufmann erzählt, der einmal für einige Tage bei uns gewohnt hat. Ein Bekannter von Onkel Pieter."

Wieder entstand eine Stille. Dann sagte Eva: „Ich bewundere alle, die den Mut haben, eine solche Reise anzutreten. Ich könnte das nie."

„Warum nicht? Seid Ihr nicht neugierig?"

„Doch, schon. Ich mag es zum Beispiel, Karten anzuschauen. Onkel Pieter hat einen Globus. Er muss überaus kostbar sein."

„Globen gehören in der Tat zum Teuersten, was es gibt", bestätigte Coen. „Aber sagt mir, wenn Euch ferne Länder doch offenbar anziehen, warum könnt Ihr Euch dann nicht vorstellen, selbst dort zu leben?"

„Gerade weil alles so anders ist. Die Menschen essen seltsame Dinge, wie Ihr selbst berichtet habt. Sie tragen vermutlich andere Kleidung, sie haben Gewohnheiten, die von den unseren abweichen. Gewohnheiten, die wir vielleicht gar nicht verstehen können. Ich glaube, was am meisten auf mir lasten würde, wäre der Gedanke, dass diese Menschen einer anderen Religion angehören. Und folglich über die Welt und das Zusammenleben der Menschen völlig anders urteilen müssen als wir Christen."

„Das lässt sich ändern", gab Coen zu bedenken. „Wir sind aufgerufen, die Botschaft des Herrn in die Welt zu tragen."

„Das ist gewiss eine ehrenwerte Aufgabe, solange es nicht mit Zwang und Gewalt geschieht, so wie es die Spanier in Westindien getan haben. Wie gesagt, ich bewundere jeden, der ans andere Ende der Welt reist. Aber ich möchte noch nicht einmal in einer anderen holländischen Stadt wohnen. Ich möchte nicht weg aus Amsterdam. Wobei es nicht etwa so ist, dass ich meinen würde, es gäbe auf der Welt keinen schöneren Ort, gewiss nicht ..."

„... Ihr müsstet Italien sehen!", warf Coen ein.

„Ich bezweifle nicht, dass es ein sehenswertes Land ist. Aber dies hier ist eben mein Zuhause, diese Welt ist mir vertraut, und sie zu verlassen, würde mir vorkommen, wie einen Teil meiner selbst aufzugeben."

Darauf erwiderte er nichts mehr. Auch Eva fiel nichts mehr ein, was sie noch hätte sagen können. Von draußen hörte man Kindergeschrei.

Plötzlich sagte Coen: „Ich habe bei Eurem Vater um Eure Hand angehalten."

Der Satz kam wie ein Donnerschlag. Eva starrte ihn an.

„Ihr seid erschrocken? Selbstverständlich hängt alles von Eurem Einverständnis ab. Nur ein Wort, und ich ziehe mich zurück."

Eva schwieg. Schließlich sagte sie: „Kann ich … kann ich darüber nachdenken?"

„Selbstverständlich." Coen stand auf. „Eine Entscheidung von solcher Tragweite will wohlüberlegt sein. Ich muss sowieso für einige Tage nach Hoorn. Wenn ich zurück bin, werde ich mich erkundigen, wie Ihr Euch entschieden habt."

Am nächsten Morgen erwachte Eva mit Fieber. Ihre Stirn war heiß, aber ihr selbst war so kalt, dass sie zitterte. Ihr Vater ließ sofort einen Arzt rufen. Noch vor neun Uhr morgens stand er an ihrem Bett, Jacob Janszoon de Wit, ein höflicher, schon etwas älterer Herr, der in Schweden geboren war, einem Land, das – wie er Eva erzählt hatte – völlig anders aussah als Holland, weil es nämlich ganz und gar von Wald bedeckt war. De Wit ließ sich von Tanneke Evas Nachttopf unter dem Bett hervorholen und füllte einen Teil ihres darin aufgefangenen Urins in ein Glas um, das er aus seiner großen Arzttasche hervorholte. Dieses Glas hielt er vor dem Fenster gegen das Licht und betrachtete es eingehend von allen Seiten.

Dann wandte er sich an Claes Corneliszoon Ment und verkündete: „Ein typischer Fall von *Furor uterinus*."

„Um Gottes willen!", rief Ment. „Was ist denn das?"

„Wir sprechen von der wandernden Gebärmutter", erläuterte de Wit. „Seht, die weibliche Gebärmutter vermag im Körper umherzuwandern, wobei sie je nach Position bestimmte Organe zusammenpresst und dadurch die unterschiedlichsten Krankheiten verursacht. Fast jedes ernsthafte Frauenleiden lässt sich darauf zurückführen."

„Es ist also ernsthaft?", hörte Eva ihren Vater fragen.

„Ich fürchte ja", war die Antwort. „Das Wichtigste ist jetzt, dass Fräulein Eva aus dem Bett kommt und sich möglichst aufrecht auf einen Stuhl setzt. Dann besteht die Chance, dass die Gebärmutter von selbst wieder nach unten rutscht, auf den Platz, wo sie hingehört."

Ment wandte sich an Eva: „Hast du das gehört? Bitte setz dich auf den Stuhl dort."

„Ich fühle mich sehr schwach", protestierte sie.

„Du hast gehört, was der Doktor gesagt hat. Es mag beschwerlich sein, aber es ist der einzige Weg zur Gesundung und Verkürzung deines Leidens. Tanneke, kannst du den Stuhl vielleicht mit Kissen polstern? Herr de Wit, das wird doch wohl erlaubt sein oder stört das den Genesungsprozess?"

„Dagegen ist nichts einzuwenden, sofern sich Fräulein Eva um eine möglichst aufrechte Haltung bemüht."

Unter den Augen des Arztes krabbelte Eva mühsam aus dem Bett und schleppte sich auf den Stuhl. „Lange halte ich es hier nicht aus", klagte sie. „Ich schaff das einfach nicht."

„Stell dich nicht so an!", ermahnte sie der Vater. „Es ist doch nur zu deinem Besten."

Doktor de Wit packte seine Tasche zusammen. „Ich werde morgen wieder vorbeikommen. Sollte sich ihr Zustand verschlimmern, so unterrichtet mich umgehend." Im Flur unterhielt er sich danach noch eine Zeit lang im Flüsterton mit dem Hausherrn.

Als de Wit gegangen war, bestimmte Vater Ment, dass Gerrit heute nicht mit in die Brauerei kommen, sondern bei seiner Schwester bleiben solle. Gerrit setzte sich neben sie und hielt ihre Hand. „Schwesterchen, Schwesterchen, was machst du für Sachen?" Schon nach kurzer Zeit erklärte Eva, sie könne sich nicht mehr länger auf dem Stuhl halten, und wechselte ins Bett. Gerrit stapelte dort mehrere Kissen übereinander, sodass ihr Oberkörper erhöht lag. Bald schlief sie ein und wachte erst am Abend wieder auf. Das Fieber hatte nicht nachgelassen.

Am nächsten Tag erschien de Wit abermals, hielt erneut ein Glas mit Urin gegen das Licht, betrachtete Eva und bestätigte seine Diagnose einer wandernden Gebärmutter im fortgeschrittenen Stadium. Möglicherweise befinde sie sich bereits oberhalb des Magens. Nachdrücklich ermahnte er die junge Frau, so viel Zeit wie eben möglich in sitzender statt in liegender Haltung zu verbringen. Damit empfahl er sich.

Nach dem Arztbesuch schlief Eva. Als sie wach wurde, sah sie, dass Jasper sich neben ihr zusammengerollt hatte. Noch immer war ihr kalt, obwohl ihre Wangen glühten. Gerrit fragte, ob er ihr etwas auf seiner Fiedel vorspielen sollte. Er war ein hervorragender Musikant, aber Eva wollte jetzt Ruhe. Gerrit brachte ihr Bier zu trinken, setzte sich wieder neben sie und begann, ihr von der Fechtschule Thibault zu erzählen, die er seit einiger Zeit besuchte. Zusätzlich wollte er sich nun auch noch in der Tanzschule Vallet anmelden, die erst vor einem Jahr geöffnet hatte, sich aber bereits eines enormen Zulaufs erfreute. „Vater meint allerdings, es wäre zu teuer."

Eva lächelte matt. Gerrit mochte ein rechter Taugenichts sein, aber er hatte das Herz am rechten Fleck. Als ihm jetzt nichts mehr einfiel, was er noch erzählen könnte, holte er aus dem Saal die Familienbibel nach oben und schlug sie in der ersten Hälfte auf. Er habe da eine Stelle gefunden, die ihr sehr gefallen werde, sagte er zu Eva, und fing gleich an zu lesen. Es ging um den Feldherrn Holofernes, der zu einem Vernichtungsfeldzug gegen die Länder des Westens aufbrach. Eine typische Männergeschichte! *„Die ganze Erde werde ich mit den Füßen meiner Truppen bedecken und den Besitz der Menschen meinen Männern zur Plünderung preisgeben"*, las Gerrit vor. *„Ihre Täler sollen sich mit Gefallenen füllen. Jeder Bach und Fluss soll übervoll werden von Toten."*

Eva sah mit Leichen bedeckte Landschaften vor sich. Dann tauchte am Horizont eine Silhouette auf. Es war der Feldherr Holofernes, riesenhaft groß. Er drehte seinen Kopf hin und her und rollte mit den Augen. Eva spürte, dass er sie suchte, er hatte es auf sie abgesehen. Schnell versteckte sie sich hinter einem verkohlten Baumstumpf. Der Feldherr kam näher. „Ich habe bei deinem Vater um deine Hand angehalten! Du gehörst mir!" Immer schneller rollten seine großen runden Augäpfel in ihren Höhlen herum, bis sie schließlich aus seinem Kopf sprangen und wie Golfbälle über den Boden hüpften. Im Nu hatten sie hinter den Baumstumpf gespäht und Eva entdeckt. Der Feldherr lachte dröhnend und schwenkte einen Degen. Eva drehte sich um und lief, lief, lief … Hinter sich hörte sie die dumpfen Schritte des Riesen und das leise Klatschen, das entstand, wenn einer der Augäpfel wieder auf dem Boden aufschlug. Gleich würde er sie packen, gleich würde er sie stechen … „Hilfe! Nein! Nein!"

„Eva, Eva!" Verschwommen sah sie Gerrits Gesicht vor sich. Er rüttelte an ihr. „Ich glaube, du fantasierst!", sagte er. Die Angst stand ihm ins Gesicht geschrieben. „Du musst dich wieder auf den Stuhl setzen, so wie es der Doktor gesagt hat. Hier im Bett verschlimmert sich dein Zustand! Komm!" Er fasste sie unter die Arme und hievte sie aus dem Bett. Eva lief der Schweiß herunter, ihre roten Haare hingen ihr verklebt im Gesicht. „Ich werde Tanneke zu Vater schicken. Er soll den Doktor noch mal holen!"

Eva bekam kaum noch mit, was geschah. Sie krallte sich an den Lehnen des Stuhls fest, um nicht herunterzurutschen. Irgendwann ließ sie sich auf den Boden gleiten. Wenig später schwanden ihr die Sinne.

Als sie wieder die Augen aufschlug, lag sie auf ihrem Kissenlager im Bett und blickte in das Gesicht von Doktor de Wit. An ihrem rechten Arm fühlte sie einen leichten Schmerz. Sie drehte den Kopf – und sah, dass ihr Blut abgezapft wurde. Es lief in eine Schüssel. „Was tut Ihr?", fragte Eva.

„Ich nehme einen Aderlass vor", antwortete der Doktor. „Ihr habt zu viel Blut im Körper, was zu einem Ungleichgewicht der vier Körpersäfte geführt hat. Dadurch hat sich das Fieber noch weiter erhöht. Indem wir Eure Blutfülle durch Abzapfen des überflüssigen Blutes verringern, können wir die Säfte wieder in Balance bringen."

„Welche Säfte?", hörte Eva Gerrit fragen, ohne dass sie ihn sehen konnte.

„Blut, gelbe Galle, schwarze Galle, Schleim. Daraus besteht unser menschlicher Körper."

Eva ließ den Kopf zurück auf ihr Kissen sinken. Sie fühlte sich so elend wie noch nie in ihrem Leben. Nach einiger Zeit verließen der Doktor, ihr Vater und Tanneke das Zimmer. Sobald sie draußen waren, kam Jasper, der beim Eintreffen des Doktors den Raum fluchtartig verlassen hatte, zurück und sprang wieder ins Bett. Gerrit setzte sich auf die Bettkante, streichelte ihre Hand und sah sie aus seinen großen Augen mitleidig an. „Wenn du wieder gesund bist, machen wir eine Bootsfahrt über die Kanäle bis zu den Dünen", versprach er.

Eva hörte ihn nur noch sehr entfernt. Sie irrte durch einen Wald, sehr dunkel, sehr tief. Die Bäume waren mit Moos überzogen und von Spinnweben umhüllt, in sich versunken und verkapselt. Einer dieser Baumriesen war von innen hohl, seine Krone wurde nur noch von drei kleinen Teilstücken des Stammes getragen. Eva trat in ihn hinein und sah auf dem Boden ein Ei liegen. Sie nahm es hoch und betrachtete es. Zunächst schien es unversehrt, doch dann bemerkte sie einen Sprung. Es schien von innen auseinandergedrückt zu werden. Die Schale fiel ab, und nun sah sie, dass darin eine noch nicht voll entwickelte Katze steckte. Sie war nackt, ohne Fell, aber ihr eines Auge bewegte sich und fixierte sie. Erschrocken ließ sie das Ei fallen und rannte davon, aber hinter sich hörte sie die Katze rufen: „Ich bin dein Kind! Ich bin dein Kind! Nimm mich mit! Komm zurück!"

Als Eva diesmal wach wurde, erkannte sie niemanden mehr, nur noch eine schemenhafte Gestalt, die vor ihr stand und zu ihr sagte: „Trink das hier! Trink das!"

An alles unmittelbar Folgende konnte sie sich später nie erinnern. Irgendwann schlug sie die Augen auf und bekam von Gerrit Bier eingeflößt. Nach einer gewissen Zeit – sie hätte nicht sagen können, ob nach Stunden oder Tagen – wachte sie öfter auf. Jedes Mal drängte Gerrit oder ihr Vater sie zum Trinken. Irgendwann aß sie zum ersten Mal etwas Brei. Und dann – es war gerade Morgen, wie sie am Licht des Himmels erkannte – fühlte sie sich mit einem Mal besser.

Ihr Vater saß an ihrem Bett. „Kind", sagte er, „ich glaube, du bist über den Berg!"

„War ich sehr krank?"

„Wir haben um dein Leben gefürchtet. Du hast sehr schnell enorm hohes Fieber bekommen. Doktor de Wit wusste nicht mehr, was er tun sollte."

„Und dann?"

„Dann ist etwas schier Unglaubliches passiert. General Coen ist aus Hoorn zurückgekehrt. Und er hat uns einen Trank gegeben, in dem er die Rinde eines Urwaldbaums aufgelöst hatte. Er sagte, die Javaner verwendeten dieses Mittel gegen hohes Fieber, und er wisse aus eigener Anschauung, wie gut es wirke. Aus purer Verzweiflung haben wir dir dieses Mittel gegeben. Und seitdem hat sich dein Zustand gebessert."

Eva sah ihn ungläubig an.

„Kind", sagte ihr Vater wieder. „General Coen hat dir wahrscheinlich das Leben gerettet." Er machte eine Pause. „Er wird dich in den nächsten Tagen besuchen. Und wenn er dich dann noch einmal fragen sollte, ob du ihn heiraten willst, dann bin ich mir sicher, dass du ihm die richtige Antwort geben wirst."

Hochzeitsnacht

Wenige Tage nach Evas vollständiger Genesung verlobte sie sich mit Jan Pieterszoon Coen. Im Beisein ihrer Familien – auf Coens Seite lebte nur noch seine Schwester, die aus Hoorn angereist war – gaben sie sich ein feierliches Eheversprechen und tauschten Ringe aus, die von Coen bezahlt worden waren.

Bis zur Hochzeit waren es nun noch acht Wochen.

Eva war zutiefst niedergeschlagen, aber nur Gerrit schien sie zu verstehen. Alle anderen hielten es für selbstverständlich, dass sie ihren Lebensretter, der zudem so angesehen und reich war, nicht abwies. Der Druck war so groß gewesen, dass sie ihren Widerstand aufgegeben hatte. Wenn sie aber daran dachte, dass sie nun den Rest ihres Lebens mit einem Mann verbringen musste, den sie nicht liebte, ja noch nicht einmal mochte, war sie verzweifelt.

Mitunter holte Coen sie nun zu Spaziergängen ab. Er zeigte ihr die Börse, die zur Handelszeit um die Mittagsstunde so voll besetzt war wie eine Kirche während des Ostergottesdienstes. Im Rathaus erklärte er ihr die Bedeutung der städtischen Wechselbank, in deren Keller Geld im Wert von mehreren hundert Tonnen Gold lagern sollte. Eva hörte nicht zu. Stattdessen sah sie einem Liebespaar nach, das ins Rathaus gekommen war, um seine Hochzeit anzumelden. All dies würde sie niemals erleben – das Schönste im Leben würde an ihr vorbeigehen. Ihr schossen Tränen in die Augen.

Wenn halbwegs gutes Wetter war, wanderten sie über die Stadtmauer. Auf der einen Seite blickte man über die Giebel und Dächer der Stadt, auf der anderen Seite auf sumpfige Weiden. Hier oben hörte man nur das Ächzen und Surren der Windmühlenflügel. Wie kolossale Wächter umstanden die Mühlen die ganze Stadt und ruderten Tag und Nacht mit ihren Armen durch die Luft. Coen hatte auch sehr lange Arme … Bald würde er sie damit umschließen, dieser entsetzlich große Mann. Und dann … was dann geschehen würde, daran wollte sie lieber nicht denken.

Jedes Mal war sie froh, wenn der Spaziergang endlich zu Ende war. Dann flüchtete sie nach Hause zu Gerrit. Ihr Bruder war der Mensch auf der Welt, der ihr mit Abstand am meisten bedeutete. Vom Tag der Hochzeit an würde sie zum ersten Mal, seit sie denken konnte, nicht mehr im selben Haus wie er schlafen.

„Auf keinen Fall will ich ein Kind von diesem Mann", sagte sie.

„Dann halt immer schön die Beine zusammen", feixte Gerrit.

„Ich meine es ernst. Ich bin viel zu jung für Kinder."

„Er wird dich aber kaum in Ruhe lassen. Sobald ihr verheiratet seid, kannst du dich nicht mehr weigern."

„Das weiß ich. Aber es gibt doch zumindest Wege, eine Schwangerschaft zu verhindern."

„Und welche?"

„Tu nicht so dumm!"

„Ich weiß nicht, wovon du sprichst."

„Genau weiß ich es auch nicht. Aber die Huren wissen alles darüber. Darum möchte ich, dass du hingehst und sie fragst."

„Was? Ich soll für dich zu den Huren gehen und sie bitten: ‚Nun erzählt mir mal schön, wie macht ihr das, dass eure Kunden ihre schmutzigen Pinsel in eure Farbtöpfe stecken und ihr doch sauber bleibt?'"

„Was spricht dagegen? Du kannst ihnen Geld dafür bieten. Außerdem bist du doch bestimmt schon mal dort gewesen, oder?"

„Nein, bin ich nicht!" Gerrit schüttelte den Kopf, dass seine Locken hin und her wippten, aber Eva hörte an seiner Stimme, dass er log.

„Ich weiß übrigens, dass du mit deinen Kumpanen neulich Rabatz gemacht hast. Ihr habt Blumenkästen umgeworfen und eine Scheibe zertrümmert."

„Was ... woher ...?"

„Ich habe meine Zuträger in der Nachbarschaft, glaub mir. Natürlich habe ich Vater nichts verraten. Ehrensache. Aber ich frage mich, wieso du mir dann nicht diesen kleinen Gefallen erweisen kannst?"

Gerrit stieß einen Seufzer des Missfallens auf, dann sprang er auf und zog sich das Wams gerade. „Also gut, ich gehe. Aber dafür schuldest du mir was."

Am Abend des übernächsten Tages kam er zu ihr ins Zimmer.

„Ich habe was bekommen", sagte er. Er öffnete ein kleines Säckchen und holte ein hauchdünnes Stofftüchlein hervor. „Das Ding ist mit allem möglichen Zeug präpariert. Akazie, Koloquinte, und den Rest hab ich vergessen. Das musst du dir in dein Schatzkästlein legen, und dann ist es wohl fast garantiert, dass du keine Kinder bekommst. Die, die mir's gegeben hat, scheint eine absolute Kennerin zu sein. Sie sagt, sie experimentiert mit so vielen Kräutern, dass man zwei Wiesen damit füllen könnte."

Eva war sehr erleichtert, als sie das Tüchlein in ihrer Leinentruhe verstaute. Sie hatte das Gefühl, dass sie der Hochzeitsnacht nun nicht mehr wehrlos entgegensehen musste. Sie war gewappnet.

Die Zeit bis zu ihrem großen Tag verging schnell. Es gab viel zu tun: Sie musste die Einladungen schreiben und verschicken, das Aufgebot bestellen, das Brautzimmer schmücken und die Heirat im Vorhinein der städtischen

Kommission für Eheangelegenheiten melden. Und dann musste sie natürlich das Hochzeitskleid auszusuchen. Sie entschied sich für ein vorne offenes Übergewand aus glänzendem Seidendamast und einen weit abstehenden Rock. All dies war in vornehmem Schwarz gehalten. Dadurch wurde der Blick des Betrachters wie von selbst auf das spektakuläre Brustmieder gelenkt, das unter dem Übergewand hervorschaute: Es war von oben bis unten in einem komplizierten Blumenmuster mit Gold- und Silberfäden durchwirkt und mit Perlen bestickt. Dazu trug sie einen blütenweißen Mühlsteinkragen, dessen gefältelter Stoff ausgebreitet über alle Stockwerke des *Weißen Adlers* gereicht hätte. Als sie all das zur Probe angelegt hatte, gaben sich der französische Schneider und seine beiden Gehilfen schier fassungslos und sprachen von einem der schönsten Brautkostüme, das sie je hergestellt hätten. Eva ärgerte sich nur darüber, dass der Schneider beim Anprobieren der Haube die Bemerkung fallen ließ, dieser Kopfputz sei auch deshalb so wunderbar für sie geeignet, weil er ihre feuerroten Haare vollkommen verberge.

Einige Tage vor der Hochzeit feierte Eva mit ihren besten Freundinnen ihren Junggesellinnenabschied. Sie verzierten den *Weißen Adler* gemäß alter Tradition mit grünen Zweigen – die zu dieser Jahreszeit nicht leicht zu bekommen waren – und aßen und tranken zusammen in der Taverne *Im Äffchen*. „Du kannst so stolz sein", sagte ihre alte Schulfreundin Feyntje zu ihr. „Ein solcher Fang, wie du ihn gemacht hast, wird keiner von uns je gelingen." Fast begann sie selbst zu glauben, dass alles gar nicht so schlimm war.

Die letzte Nacht in ihrem Elternhaus verbrachte sie bei Gerrit. Wie selbstverständlich kroch sie zu ihm ins Bett und umarmte ihn von hinten, wie früher, als er noch klein gewesen war und sie ihn in dieser Haltung geschützt hatte. Noch einmal versuchte sie, im gleichen Rhythmus zu atmen wie er, aber Gerrits Brust hob sich jetzt viel langsamer als ihre.

Dann kam der Tag. Morgens wurde Eva von zwei befreundeten Nachbarinnen geweckt, die ihr beim Ankleiden und Herrichten halfen. Bis zur Trauzeremonie am Mittag mussten sie dann noch einige Stunden überbrücken. Einige Freunde und Verwandte trafen ein, um sie vorab zu bestaunen. Gerrit hatte sich aus gegebenem Anlass goldene Ohrringe zugelegt und Schönheitsflecken auf sein Gesicht aufgemalt. Allerdings hatte er es damit übertrieben, sodass es nun aussah, als hätte er die Pocken. Jasper trug eine goldene Schleife um den Hals.

Als sie gegen ein Uhr mittags zur Kirche gingen, konnte Eva kaum glauben, wie viele Leute dort schon standen, allesamt in Samt und Seide gehüllt. Herren mit leuchtenden Schärpen um den Leib stemmten die Hand in die Hüfte, auf dass der Ärmelstoff prächtiger leuchte, und präsentierten den Federhut. Vorgestreckte Amtsbäuche und perlengeschmückte Frauenhälse wetteiferten um Aufmerksamkeit. Sie zweifelte nicht daran, dass dieser Auftrieb in erster Linie der Prominenz und dem Einfluss Jan Pieterszoon Coens geschuldet war.

Beim Betreten des Kirchhofs wurde sie mit Hochrufen empfangen, dazu streuten junge Mädchen Blumen vor ihr aus. Dann sah sie ihren Bräutigam auf sich zukommen, alle anderen Menschen auf dem Platz um mindestens eine Haupteslänge überragend. Er trug eine kurze, eng taillierte Jacke, lediglich verziert durch Reihen kleiner Goldknöpfe. Das auffälligste Gewandteil waren die Ärmel, die mit leuchtenden Goldfäden bestickt waren. Dazu hatte er eine leger gefältelte Krause um den Hals und auf dem Kopf einen

Hut mit breiter Krempe, die über der Stirn schräg nach oben geschlagen war. Auch wenn ihr seine Gesichtszüge nach wie vor zu hart erschienen, so sah er doch Respekt einflößend aus.

Zur Begrüßung gab er ihr einen scheuen Kuss auf die Wange und flüsterte ihr zu: „Die schönste Madame von Amsterdam …" Sie errötete. Dann hakte sie sich bei ihm ein, und gemeinsam schritten sie in die Kirche. Zwei Stühle mit Armlehnen standen für sie bereit.

Pfarrer Sylvius hätte angesichts von so viel eitlem Putz eigentlich sofort zu einer Strafpredigt ansetzen müssen, doch Eva hatte schon öfters bemerkt, dass gerade die strenggläubigen Geistlichen immer sehr genau wussten, mit wem sie sich gut stellen mussten.

So beschränkte er sich in seiner Ansprache darauf, Braut und Bräutigam zu Gottesfurcht und Treue zu ermahnen und die Braut außerdem zum Gehorsam.

Dann kam der Moment, in dem Sylvius sie fragte, ob sie Jan Pieterszoon Coen zu ihrem Mann nehmen und ihm treu bleiben wolle bis zum Tod. Eva sagte ohne nachzudenken Ja – es wäre auch undenkbar gewesen, in dieser Zeremonie vor den Augen aller Menschen, die sie kannte, etwas anderes zu antworten. Das Ja von Coen klang fest und klar, wie man es von ihm erwartete. Anschließend streifte Eva ihren rechten Handschuh ab und ließ sich von ihm den Ehering auf den Zeigefinger stecken. Für einen kurzen Moment sah sie sich um, weil sie Gerrits Gesicht sehen wollte, aber er wurde von einer Säule verdeckt.

„Der Himmel gebe", sagte Sylvius, „dass, bis Euer Leben schließt, die Liebe lebe."

„Die Liebe!", dachte Eva. Die Liebe lebte nicht einmal jetzt. Als sie die Alte Kirche verließen, ging ein Blumenregen auf sie nieder. Coen gab ihr einen schnellen Kuss auf den Mund. Kurz danach stürzte Gerrit auf seine Schwester zu, riss sie an sich, umarmte sie stürmisch und küsste sie. Eva meinte aus den Augenwinkeln zu erkennen, dass Coen die Stirn runzelte, doch dann wurde er von Pieter Hasselaer in Anspruch genommen. „Ich hoffe, du vergisst mich nicht", flüsterte Gerrit ihr ins Ohr.

Ihr Vater umarmte sie ebenfalls und drückte sie an sich, wie er es lange nicht mehr getan hatte. Schon seit Tagen wirkte er beflügelt. Die Aussicht auf die Hochzeit und damit auf das Ende seiner finanziellen Sorgen hatte eine große Last von ihm genommen. „Du wirst sehen, mein Kind, ihr werdet glücklich", prophezeite er. „Sehr glücklich sogar."

Eine lange Reihe von Kutschen fuhr vor, die meisten davon Mietkarossen. Die erste, die für das Brautpaar bestimmt war, wurde von sechs Pferden gezogen. Als sich die gesamte Kolonne in Bewegung gesetzt hatte, steckte Eva den Kopf aus dem Fenster und sah so weit, wie sie die Gracht überblicken konnte, nur die Kutschen der Hochzeitsgesellschaft. Leider dauerte die Fahrt nicht lange: gerade einmal eine Brücke, und dann den Oudezijds Voorburgwal hinunter. Am unteren Ende befand sich der *Prinsenhof,* wo die Hochzeit gefeiert werden sollte. Als sie vor dem stattlichen Backsteinbau vorfuhren, ergriff Coen ihre Hand. Sie stiegen aus, und er geleitete sie in den Gasthof.

Sie traten durch eine Laube aus Blattwerk. Der Zeremonienmeister begrüßte sie und setzte Eva die Brautkrone aus künstlichen Blumen auf. Der Saal selbst war mit Girlanden geschmückt, an den Wänden hingen Blätter mit Sprüchen und Rätseln. Für das Brautpaar standen zwei thronartige Sessel bereit. Nun kamen nacheinander alle Gratulanten zu ihnen und überreichten Geschenke, vor allem kleine Möbelstücke, Silberbesteck und

Küchenzubehör. Gerrit übergab ihnen eine Creme, von der er sagte, dass sie sowohl mit Zucker wie mit Salz bestreut sei, was sie zu einem Symbol für die süßen und bitteren Stunden des Ehelebens mache.

Bei Einbruch der Dämmerung wurden die Kerzen entzündet. Nun begab man sich zu Tisch, und es wurde in schier endlosen Gängen aufgetragen: gegrillte Forelle mit Kapern, Lachs in Wein, gebackener Thunfisch in Zitronensauce, herzhafte Braten und überzuckerte Torten. Später am Abend – Pfarrer Sylvius war gegangen – wurden einige Tische beiseite geräumt, und dann wagten sich viele Gäste auf die Tanzfläche. Gerrit spielte auf seiner Fiedel und erntete endlich einmal keinen Tadel, sondern Lob. Er führte den Bogen so schnell, dass man die Bewegungen zuweilen nicht mit den Augen nachverfolgen konnte.

Coen erwies sich während des ganzen Abends als gewandter Gastgeber. Eva spürte zwar, dass er sich zum Scherzen und Schmeicheln erst überwinden musste, doch wenn er wollte, konnte er auch das. Seine Manieren waren tadellos, nie suchte er nach einem Namen oder machte eine spaßhafte Bemerkung, wo sie nicht angebracht war. Das Einzige, was ihm zum perfekten Gesellschafter fehlte, war Herzlichkeit. Seine Freundlichkeit wirkte eine Spur zu souverän, und selbst wenn er lachte, haftete ihm ein Rest von Reserviertheit an.

Mitternacht war längst vorüber, als Eva ihre Brautkrone in die Menge warf – die Nachbarstochter Aletta erhaschte sie, was der Überlieferung zufolge bedeutete, dass sie als Nächste heiraten würde. Die gesamte Gästeschar folgte dem Brautpaar nun mit Kerzen hinunter auf die Straße, nicht wenige nahmen Töpfe und Pfannen mit und schlugen darauf mit Kochlöffeln ein. Dazu wurden zweideutige Lieder gegrölt. Inmitten dieser Katzenmusik bestiegen

Eva und Coen ihre Karosse und rauschten davon. Als der Kutscher links abbog, anstatt den Weg zum *Weißen Adler* einzuschlagen, glaubte Eva für einen kurzen Moment, er hätte einen Fehler gemacht, doch dann fiel ihr ein, dass ihr Zuhause jetzt ein anderes war.

Die Wohnung lag im Dunklen, doch als sie eintraten, bemerkte Eva, dass durchaus Vorkehrungen getroffen worden waren. Im Kamin brannte ein Feuer, ein Dienstbote war allerdings nicht zu sehen. „Ich möchte Euch etwas zeigen", sagte Coen und öffnete die Tür zu einem Nebenzimmer. Dort war ebenfalls im Kamin vorgeheizt, zudem wurde der Raum von einem Dutzend Kerzen auf einem großen kupfernen Ständer erhellt. Die zuckenden Flammen beleuchteten ein Inventar, das offenkundig neu war. Das größte Möbelstück war ein Himmelbett mit Baldachin und Vorhängen. An der Wand stand ein massiver schwarzer Ebenholzschrank. Ein Tisch mit einer gewebten Decke, ein Wäscheschrank und zwei Armstühle vervollständigten die kostbare Einrichtung. „Ich habe mir erlaubt, Euer Zimmer schon einmal mit dem notwendigsten Mobiliar zu versehen", erklärte Coen. „Ich hoffe, Ihr könnt Euch damit fürs Erste anfreunden."

„Anfreunden? Das ist wunderschön! Und ein Zimmer nur für mich?"

„Ich dachte, die Umgewöhnung fällt Euch leichter, wenn Ihr mich nicht die ganze Zeit um Euch habt. Wir sind unterschiedlich alt, was allein schon dazu führen wird, dass wir in unseren Gewohnheiten und Ansichten nicht völlig übereinstimmen werden. Es ist gewiss nicht von Schaden, wenn Ihr einen eigenen Raum habt, in den Ihr Euch zurückziehen könnt."

Eva wusste gar nicht, was sie darauf sagen sollte. Es war nicht üblich, getrennte Zimmer beizubehalten, wenn man verheiratet war, aber sie nahm es mit großer Erleichterung auf. Sein Verhalten war ausgesprochen rücksichtsvoll, das konnte man nicht anders sagen. Auch gefiel es ihr, dass er den Altersunterschied offen ansprach. „Ich weiß Eure Großzügigkeit sehr zu schätzen."

Coen deutete eine Verbeugung an. „Bitte entschuldigt mich einen Moment." Er verließ den Raum und kehrte kurz danach mit einer jungen Frau zurück, die er Eva als seine Dienstmagd Johanna vorstellte. Sie sollte ihr beim Auskleiden helfen.

Johanna war ein noch sehr junges und schüchternes Mädchen; sie stellte keinerlei Fragen zur Hochzeit oder zu irgendeinem anderen Thema. Nur einmal schien sie zu staunen. Das war, als sie Eva die Haube abnahm und ihr die roten Haare auf ihre schneeweißen Schultern fielen.

Auf dem Bett lag das Hemd für ihre Hochzeitsnacht bereit. Eva betrachtete es eingehend und befühlte den anschmiegsamen, seidenen Stoff. Sie würde es in dieser Nacht tragen – und dann erst wieder auf ihrem Totenbett. So war es Sitte. Bevor Eva das Hemd anzog, bedankte sie sich bei Johanna und entließ sie. Dann blies sie die Kerzen aus und holte hastig das dünne Stofftuch hervor, das Gerrit ihr aus dem Bordell besorgt hatte. Um es nur ja nicht zu verlieren, hatte sie es in der Innentasche ihres Übergewands aufbewahrt und auf diese Weise während der gesamten Hochzeit unter ihrem Herzen getragen. Das Einsetzen des Tuches hatte sie mehrmals geübt. Es fühlte sich unangenehm an, und sie fragte sich, ob es ihrem Gatten nicht auffallen würde. Vermutlich hing es davon ab, über wie viel Erfahrung er verfügte. Dass sie nicht die Erste war, mit der er die Liebe betreiben würde, stand für sie fest. Es gab immer Frauen, die einem Mann in so hoher Position zu Diensten waren.

Eva legte sich ins Bett und wartete. Ihre Aufregung war größer als ihre Müdigkeit. Im Kamin knisterten die brennenden Holzscheite. Einmal glaubte sie, die Wohnungstür zu hören – war Johanna gegangen? Auf die Straße konnte man sie zu dieser nächtlichen Stunde auf keinen Fall mehr hinausschicken, aber vielleicht bewohnte sie eine separate Kammer auf dem Speicher.

Das Feuer im Kamin brannte langsam herunter. Eva deckte sich zu und schloss die Bettvorhänge an zwei Seiten. Das Bett gefiel ihr gut, es war eine gemütliche Höhle, genau wie ihre alte Schranknische.

Nun war im Kamin nur noch glühende Asche übrig. Finsternis legte sich über das Zimmer. Ein Nachtlicht konnte sie nirgends entdecken. Kam ihr Ehemann nicht mehr? War er zu erschöpft? Oder hatte er sich kurz ausruhen wollen und war dabei eingeschlafen? Sie verspürte Erleichterung, aber auch einen Hauch von Enttäuschung. Sie musste wirklich alles andere als begehrenswert sein, wenn ihr eigener Mann sie in dieser magischen ersten Nacht schon verschmähte.

Allmählich wurde sie doch von Müdigkeit ergriffen und kämpfte gegen den Schlaf an. Morgen würde sie beim Wachwerden zum ersten Mal nicht die hölzerne Decke ihrer alten Bettstatt sehen, sondern den Tuchhimmel ihres neuen Schlafplatzes. Es war durchaus denkbar, dass sie ihre Nächte bis ans Ende ihres Lebens in diesem Bett verbringen würde. Vielleicht, so kam ihr in den Sinn, lag sie schon auf ihrem Sterbebett …

Plötzlich schreckte sie hoch. Hatte sie geschlafen? Sie versuchte, etwas zu erkennen, aber die Dunkelheit war undurchdringlich. Nach einigen Augenblicken wusste sie, dass sie nicht mehr allein war. Sie spürte die Nähe eines anderen. Sie hörte sein Atmen. Er stand neben ihr, und er war größer als sie. Viel größer. Stocksteif lag sie unter ihrer Decke und fühlte in sich das Stück Stoff, das sie schützen sollte.

Neben sich nahm sie den Luftzug einer Bewegung wahr. Ein mächtiger Körper war jetzt über ihr. Er berührte sie nicht, aber sie spürte, wie er sich auf der Matratze abstützte, und sie roch ein Gemisch aus Schweiß und etwas Unbekanntem. So verharrte er über ihr, der Eindringling, der noch nicht einmal ein Schatten war, weil ihn die Dunkelheit vollständig verbarg. War sie ebenso wenig sichtbar für ihn? In jedem Fall wusste er genau, wo sie war. Ihr Gesicht war unter ihm, auf Höhe seiner Schultern. Sie konnte nichts tun. Ihn ansprechen, mit ihm reden? Unmöglich! Wie lange er auf diese Art über ihr lauerte, hätte sie nicht sagen können. Aber auf einmal kam der Angriff mit großer Vehemenz. Ruckartig wurde ihr die Decke weggezogen und das Nachthemd über den Kopf gerissen. Zwei große Hände fassten sie an, packten sie wie eine Puppe bei den Schultern und pressten sie in die Kissen. Im nächsten Moment drängte er ihre Schenkel auseinander und war in ihr. Sie lag da und fühlte, wie er sich in ihr regte, fühlte die tief in sie eingedrungene Waffe. Er nahm Besitz von ihr, wühlte ihr Innerstes auf, so tief, so verletzend, wie sie es sich niemals hatte vorstellen können. Sie ahnte, wie er es genoss, sie völlig zu beherrschen, auch wenn ihm dabei kein Ton über die Lippen kam. Sie dagegen konnte ein Wimmern nicht unterdrücken. Da wurden seine Bewegungen schneller, gewannen eine Heftigkeit, als wollte er sie aufspalten. Vor jedem neuen Stoß hatte sie das Gefühl, dieser nächste werde ihren Körper von der Mitte her zerreißen. Dann führte er einen letzten, gewaltigen Streich aus, einen Streich bis ins Herz, wie ihr schien. Sie schrie auf. Seine Lust blieb stumm, doch spürte sie in sich sein jähes Erschaudern. Er hatte sich mit ihr verbunden – endgültig und unwiderruflich. Im Vergleich dazu verblassten die Zeremonien des vorangegangenen Tages zur Bedeutungslosigkeit.

So plötzlich wie er gekommen war, verschwand er auch wieder. Sie blieb zurück wie ein verwundetes Tier. Das Laken war feucht – lag sie in ihrem Blut? Nach einiger Zeit probierte sie, ob sie das Tuch noch ertasten konnte, doch wusste sie schon, dass es fort war. Sie suchte in den darauffolgenden Tagen immer wieder danach, aber sie fand es nicht, weder in den Ritzen ihres Bettes noch in den Tiefen ihres Körpers.

Der Tote in der Schleuse

Während des Frühstücks bekam Eva von Coen noch ein Geschenk, zwei mehrreihige Perlenarmbänder. Die Ereignisse der vergangenen Nacht erwähnte er mit keinem Wort, sodass sich Eva kurzzeitig fragte, ob ein Einbrecher ins Zimmer geschlichen sein und sich an ihr vergangen haben könnte. Nach dem Essen spazierte sie mit Johanna hinüber zum *Weißen Adler*, um zusätzliche Kleidung zu holen. Als Tanneke öffnete, wirkte sie verstört.

„Ich wollte Euch an diesem Tag nicht zu früh stören, aber ich bin sehr besorgt! Der Herr ist nicht da! Wisst Ihr, wo er stecken könnte?"

Eva erschrak. „Nein, keine Ahnung. Aber frag doch bitte sogleich im *Prinsenhof* nach. Vielleicht war er am Ende nicht mehr in der Lage, den kurzen Weg nach Hause zurückzulegen, und hat sich dort für eine Nacht einquartiert? Wenn es nicht so ist, dann wissen sie dort vielleicht, ob er mit jemandem mitgegangen ist."

Nach einer halben Stunde war Tanneke zurück und berichtete: „Im *Prinsenhof* weiß niemand etwas. Übernachtet hat er dort jedenfalls nicht." Nun wurde die Magd zu Pieter Hasselaer geschickt. Sie brachte jedoch nicht mehr in Erfahrung, als dass Vater Ment als einer der Letzten gegangen sein musste. Und dass er zu dieser Zeit nicht mehr ganz nüchtern gewesen war. Als die Stunden vergingen und er auch am frühen Nachmittag noch nicht aufgetaucht war, beschloss Eva, selbst noch einmal zu Pieter Hasselaer zu gehen. Sie fand ihn in seiner Brauerei. „Onkel, ich habe wirklich Angst, dass ihm etwas zugestoßen ist – habt Ihr vielleicht die Möglichkeit, nach ihm suchen zu lassen?" Hasselaer zögerte keinen Augenblick, sondern machte sich sofort auf den Weg zum Rathaus, um dort Erkundigungen einzuholen. Als Mitglied des Rats würden ihm die städtischen Beamten zu Diensten sein.

Mit bangem Gefühl kehrte Eva in den *Weißen Adler* zurück. Mehrere Stunden vergingen mit Warten. Dann, um sechs Uhr abends, wurde der Türklopfer betätigt. Eva hastete durch den Flur, öffnete – und sah bereits am Gesicht ihres Onkels, dass sich ihre Befürchtungen bestätigt hatten. „Was ist geschehen?", stieß sie hervor. „Lasst uns hineingehen", sagte er. Sie setzten sich in das Zimmer neben der Vorhalle, in dem Coen um ihre Hand angehalten hatte. Auch Gerrit kam dazu.

„Ich habe leider eine schlimme Nachricht für euch", hob Hasselaer an. „Heute Vormittag ist in der Schleuse am Grimburgwal eine Leiche aus dem Wasser gefischt worden. Ich habe sie mir zeigen lassen. Es ist euer Vater."

Eva starrte ihn an. „Aber wie … wie …?"

„Es sieht ganz danach aus, dass er heute Nacht auf dem Weg von der Feier nach Hause im Dunkeln in die Gracht gefallen und ertrunken ist. Es tut mir sehr leid."

„Vater ist tot?", fragte Eva. „Das kann doch nicht sein … das kann nicht sein …"

Onkel Pieter nickte langsam. „Ich fürchte, es ist so. Bedauerlicherweise stürzen des Nachts immer wieder Leute ins Wasser, gerade wenn sie angetrunken sind."

Eva fühlte sich, als hätte sie einen Schlag mit einem riesigen Hammer bekommen. „Was für ein schrecklicher Tod! So plötzlich, so unerwartet. Von einem Moment auf den anderen, ohne vorhergehende Krankheit, ohne dass er Zeit hatte, sich vorzubereiten …"

„*Der Tod ist uns so nahe, dass stets sein Schatten auf uns fällt*", zitierte Hasselaer eine Redensart.

Gerrit schwieg nur und sah auf den Boden.

Nach einigen Momenten fragte Eva: „Kann ich ihn sehen?"

„Der Leichnam wird noch heute Abend hierherge-bracht. Dann könnt ihr von eurem Vater Abschied nehmen. Wenn es irgendetwas gibt, das ich für euch tun kann, dann sagt mir Bescheid." Damit erhob Hasselaer sich, setzte den Hut auf und ging.

Eva schüttelte kaum merklich den Kopf. „Ich verstehe das nicht … Am Tag nach der Hochzeit. Gestern um diese Zeit haben wir noch mit ihm gefeiert, und jetzt soll er tot sein? Das muss eine Ursache haben."

„Was für eine Ursache?", fragte Gerrit.

„Es ist ein Fingerzeig Gottes", sagte Eva. „Das ist doch offenkundig. Gestern haben wir meine Hochzeit gefeiert, heute wird Vater tot aus dem Wasser gezogen. Das steht miteinander in Verbindung. Gott hat Anstoß daran genommen, wie wir gestern Hochzeit gehalten haben … Und ich glaube, ich weiß auch schon, warum. Ich habe in der Kirche kein einziges Mal wirklich gebetet, ich habe nur daran gedacht, dass ich meinen Mann nicht wirklich liebe. Dies ist die Strafe. Vater musste büßen für meine Sünden."

„Ach, Unfug!", entgegnete Gerrit. „Das weißt du doch gar nicht."

„Meinst du, es ist Zufall, wenn der Brautvater in der Hochzeitsnacht auf diese Weise umkommt? Das kannst du nicht ehrlich meinen! Einen solchen Zufall gibt es nicht. Vaters Tod hält eine Botschaft für mich bereit."

„Welche Botschaft?"

In diesem Moment klopfte es an der Tür. Es waren Bedienstete des Begräbnisunternehmers. Hinter ihnen erkannte Eva in schummrigem Laternenlicht einen Wagen mit einem Sarg. „Unser Beileid", sagte der Mann, der geklopft hatte. „Es ist höchst ungewöhnlich, einen Sarg nicht aus einem Haus, sondern in ein Haus hineinzutragen. Aber es hat doch seine Richtigkeit damit, oder?"

„Ja", war Evas tonlose Antwort.

Es war ein beklemmender Anblick, als nun nicht weniger als sechs Männer den ungewöhnlich großen Sarg vom Wagen schoben, anhoben und mit ihm ins Haus schwankten. Neben dem Bett stellten sie ihn ab. „Sollen wir den Toten hier aufbahren? Er ist allerdings völlig durchnässt."

„Ja, bitte tut das."

Die Männer öffneten den Sargdeckel und wuchteten den massigen Körper auf das Bett. Dann zogen sie ihre Hüte, senkten die Köpfe und murmelten im Chor: „Der allmächtige Gott gebe ihm eine fröhliche Auferstehung!" Damit zogen sie sich zurück.

Eva trat näher. Das Gesicht ihres Vaters war dermaßen aufgequollen, dass er ihr wie ein Fremder erschien. Sie fiel auf die Knie, ergriff die klamme Hand des Toten und drückte ihre Stirn dagegen: „Verzeih mir, Vater, verzeih mir!", flüsterte sie.

In den nächsten Tagen wusste Eva nicht, welches Gefühl in ihr stärker war: Schmerz oder Schuld. Aber ihr fehlte die Zeit, darüber nachzudenken, weil hundert Dinge erledigt werden mussten, um das Begräbnis vorzubereiten. Zum Glück waren sie und Gerrit nicht auf sich allein gestellt. Nach alter Sitte übernahmen es die Nachbarn, den Leichnam zu waschen, zu rasieren, zu kämmen und in seine kostbarsten Kleider zu hüllen – genau jene, die er auch auf der Hochzeit getragen hatte.

Coen, der ehrlich betroffen schien über den plötzlichen Tod seines Schwiegervaters, bestand darauf, ihm ein prächtiges Begräbnis auszurichten. Eva war ihm dankbar dafür. Es war die Tragödie ihres Vaters gewesen, dass er in einer Stadt voller Aufsteiger zu den Absteigern gezählt hatte. Wenn er jetzt wenigstens wie ein reicher Amsterdamer begraben wurde, war das vielleicht eine kleine Entschädigung.

Da Jacob Janszoon de Wit, der Arzt, davor warnte, den mit Wasser vollgesogenen Leichnam so lange wie üblich aufzubahren, fand das Begräbnis schon nach drei Tagen statt. Unter dem Läuten der Totenglocke setzte sich der Trauerzug nach Einbruch der Dämmerung in Richtung Kirche in Bewegung. Der Sarg stand auf einem mit schwarzen Tüchern behangenen Wagen, der von Laternenträgern flankiert wurde. „Das hätte ihm gefallen", dachte Eva.

Pfarrer Sylvius stellte seine Predigt unter das Motto *Der Himmel legt in alles Zweck*. Zwar könne der Mensch mitunter nicht erfassen, was der Herr mit einer bestimmten Fügung beabsichtige, doch geschehe im Plan der göttlichen Vorsehung nichts ohne Sinn.

Wenig später senkte sich eine schwere schwarze Grabplatte über den Sarg von Claes Corneliszoon Ment. Dank einer großzügigen Spende Onkel Pieters fand er seine letzte Ruhestätte unmittelbar hinter der Kanzel.

Eva hatte die Predigt so sehr berührt, dass sie Pfarrer Sylvius um ein persönliches Gespräch bat, das zwei Tage darauf in seiner Wohnung stattfand. Sie berichtete ihm, dass sie sich schuldig fühle am Tod ihres Vaters, weil sie sich während ihrer Trauung nicht auf Gott konzentriert habe.

Johannes Sylvius erwies sich als taktvoller Seelsorger, anders als Eva es in Kenntnis seiner Strafpredigten befürchtet hatte. Er wisse, dass viele junge Frauen während ihres Hochzeitsgottesdienstes abgelenkt seien, versuchte er sie zu trösten. Es helfe nicht, wenn sie sich nun mit Vorwürfen quäle. Stattdessen gebe er ihr folgenden Rat: „Fragt Euch künftig bei jeder wichtigen Entscheidung, was Euer Vater von Euch erwartet hätte. So könnt Ihr ihm weiterhin einen

Platz in Eurem Leben geben und ihm gleichzeitig posthum den Gehorsam zollen, von dem Ihr meint, dass Ihr ihn zu seinen Lebzeiten mitunter habt vermissen lassen."

Ein neues Leben

Der Tod ihres Vaters bedeutete für Eva den endgültigen Abschied vom *Weißen Adler*. Ihr Elternhaus war Eigentum von Pieter Hasselaer, der es seinem Schwager zu einem günstigen Preis vermietet hatte. Nun wurde der Haushalt aufgelöst, ebenso wie die abgewirtschaftete Brauerei. Gerrit wurde in die Brauerei von Onkel Pieter übernommen und sollte fortan in einer günstigen kleinen Wohnung im Hafengebiet wohnen. Tanneke fand eine neue Anstellung in der Nachbarschaft.

Eva schmerzte es, zuzusehen, wie die Möbel aus dem *Weißen Adler* getragen wurden, um versteigert zu werden. Ihr bisheriges Leben löste sich auf. Zahllose Empfindungen und Eindrücke, die bisher zu ihrem Alltag gehört hatte, waren auf einen Schlag verschwunden. Der nagelneue Esstisch aus Nussbaumholz im Hause Coen fühlte sich anders an als der an den Rändern abgestoßene Eichentisch, an dem sie bisher ihre Mahlzeiten eingenommen hatte. Der geliebte Blick auf den Turm der Alten Kirche war ihr genommen, auch wenn sie in seiner unmittelbaren Nähe geblieben war: Bisher hatte sie auf der östlichen Seite gewohnt, jetzt war es die westliche. Aber von hier hatte man keine Aussicht. Das Glockenspiel konnte sie weiterhin hören, aber es klang verfremdet, weil es nun aus einer anderen Richtung kam. Außerdem gab es hier stets noch andere Geräusche: Stimmen, Hufgeklapper und Wagenrollen. Die Warmoesstraat war eine der belebtesten Einkaufsstraßen der Stadt.

Das Einzige, was Eva noch blieb, waren ihre Wäschetruhe mit dem blütenweißen Leinen und Jasper. Wenn sie ihm die Stirn kraulte oder durch das Fell strich, dann fühlte sich das genauso an wie vorher. Jasper schien ebenfalls

Probleme mit dem Eingewöhnen zu haben: Er wirkte unruhiger und kratzte an Matratzen und Stuhlbezügen, was er vorher nicht getan hatte. Coen wollte nicht, dass Eva ihn mit Leckereien von der Tafel verwöhnte, und beförderte ihn des Öfteren nach draußen. Dann hatte Eva Angst, dass er auf der Warmoesstraat unter die Räder kommen könnte. Tagsüber waren sehr viele Wagen unterwegs, und sie fuhren oft mit überhöhter Geschwindigkeit, auch wenn dafür Geldbußen drohten.

Eva verbrachte viel Zeit damit, über die Straße zu flanieren und die Auslagen auf den ausgeklappten Ladentheken zu begutachten. Es gab hier einfach alles, vor allem was Stoffe betraf: Leinen aus Haarlem, Seide aus Lyon, Taft aus Spanien. Dazu Silber- und Goldwerk, Juwelen, Bücher, Kupferstiche und Gemälde.

Coen war am Tag oft geschäftlich unterwegs, was Eva merkwürdig fand, da er doch genau genommen im Ruhestand war. Im Übrigen war er ein aufmerksamer und gleichzeitig zurückhaltender Ehemann. Jedenfalls solange es Tag war. Nachts gingen die unterirdischen Verwüstungen weiter. Immer wenn es so dunkel geworden war, dass man die Hand vor Augen nicht mehr sah, stand er vor ihrem Bett und bemächtigte sich ihrer. Eva erwartete ihn mit Abscheu und Furcht. Eine Zeit lang hatte sie versucht, sich zu schützen, indem sie rundum die Vorhänge ihres Bettes zuzog. Aber das hielt ihn nicht ab, er kam durch den Vorhang. Wenn er seinen Willen gehabt hatte, verschwand er – sie schliefen weiter in getrennten Räumen. Niemals wurden die nächtlichen Ereignisse angesprochen, und nicht ein einziges Mal sah sie ihn auch nur teilweise nackt. Wenn sie morgens aufstand, hatte er das Haus schon verlassen oder saß fertig angezogen mit Manschette und Krause beim Frühstück. Doch auch wenn sie ihn noch nie ohne Kleider gesehen hatte, wusste sie, wie er darunter beschaffen war. Sie kannte die Maschine, die Nacht für Nacht ihre Körpersäfte durchrührte, was sie mitunter in eine regelrechte Panik versetzte. Jedes Kind wusste, dass die schlimmsten Krankheiten ausbrechen konnten, wenn die Säfte aus dem Gleichgewicht gerieten, und vor diesem Hintergrund konnte kein Zweifel daran bestehen, dass der pulsierende Schaumschläger in ihrem Inneren ein erhebliches gesundheitliches Risiko darstellte. Sie fragte sich auch, was geschehen würde, wenn er versehentlich ihre Gebärmutter anstach oder derselben einen solchen Stoß versetzte, dass sie wieder auf Wanderschaft ging.

Die Sorge darüber nahm nach und nach solche Ausmaße an, dass sie schließlich in aller Vertraulichkeit Doktor de Wit in seiner Praxis konsultierte. Die Angelegenheit war natürlich furchtbar delikat, doch wollte sie nicht sterben, nur weil sie sich geniert hatte, einen Arzt hinzuzuziehen. De Wit hörte sich alles sehr ernst und aufmerksam an, und meinte dann: „Frau Ment, ich kann sehr gut verstehen, dass Ihr Euch Sorgen macht, doch kann ich Euch beruhigen. Wenn die medizinische Wissenschaft eines unumstößlich festgestellt hat, dann ist es der gesundheitliche Nutzen eines regelmäßigen Geschlechtsverkehrs gerade für die Frau. Der weibliche Ackerboden muss immer wieder vom Manne durchpflügt werden, denn so will es die Natur und damit Gott. Gerade Abstinenz erhöht die Gefahr, an *Furor uterinus* zu erkranken, also an einer wandernden Gebärmutter. Darf ich fragen, ob Ihr Cats kennt?"

„Ja, ich habe gerade seinen Ratgeber *Ehe* gelesen."

„Dann werdet Ihr Euch vielleicht erinnern, dass auch er seine Leserinnen zu regelmäßigem Beischlaf ermuntert. Aus ärztlicher Sicht kann ich dies nur bestätigen."

Danach war Eva beruhigt. Was blieb, war das Gefühl,

mit zwei verschiedenen Menschen zusammenzuleben: einem für den Tag und einem für die Nacht. Manchmal dachte sie an das Paar von gegenüber, das sie immer von ihrem Fenster im *Weißen Adler* aus beobachtet hatte, Stephanus und Isabella. Sie konnte sich nicht vorstellen, dass Stephanus die Liebe mit seiner Isabella so betrieb, wie Coen es mit ihr tat. Sie stellte sich ihn zärtlich und rücksichtsvoll vor.

So ging die Zeit dahin, bis Coen eines Tages während des Mittagessens sein Messer zur Seite legte und ihr eröffnete, dass er etwas Wichtiges mit ihr besprechen müsse. Er kam auch gleich zur Sache: „Schaut Eva, ich habe die Möglichkeit, noch einmal als Generalgouverneur nach Ostindien zu gehen. Und zwar unter ganz anderen Bedingungen als beim ersten Mal."

Eva stockte der Atem.

Coen fuhr fort: „Ich habe die Siebzehn … Ihr wisst, wer die Siebzehn sind?"

Sie schüttelte den Kopf.

„Die Siebzehn sind die Mitglieder des Vorstands der Vereinigten Ostindischen Compagnie, siebzehn an der Zahl. Ich habe sie endlich davon überzeugen können, dass wir in Asien eine große Kolonie aufbauen müssen, so wie die Spanier das in Westindien – in Südamerika – getan haben. Ihr werdet jetzt vielleicht fragen, wo diese Kolonie sein soll? Nun, ich habe sie bereits gegründet. Es ist die Stadt Batavia auf der Insel Java. Nun geht es darum, sie wachsen zu lassen. Batavia muss der größte europäische Stützpunkt in ganz Asien werden. Eva, es kann in Ostindien etwas Großes verrichtet werden. Und Ihr könnt eine entscheidende Rolle dabei spielen."

„Ich?"

„Ganz bestimmt. Wisst Ihr, zwar werde ich offiziell auch diesmal wieder den Titel eines Generalgouverneurs führen, aber in Wahrheit werde ich viel mehr sein. Ich werde herrschen wie ein Fürst, wie ein König, und Ihr werdet meine Königin sein. Die strahlende Herrscherin von Java, auf die einen Blick zu erhaschen man sich glücklich schätzen kann. Ihr könnt Euren Teil dazu beitragen, dass wir Niederländer endgültig zur stärksten Handelsnation in Asien aufsteigen."

„Aber ... wenn wir dorthin gehen ... dann bedeutet das auch, dass ich Amsterdam verlassen muss. Kommen wir irgendwann zurück?"

Coen beugte sich über den Tisch, sodass er ihr ein Stück näher war. „Glaubt mir, Eva: Wir bauen uns in Batavia ein neues, ein besseres Amsterdam, in dem die erlesensten Früchte wachsen. Es liegt in einer Landschaft, die an den Garten Eden erinnert. Klingt das nicht faszinierend? Ein neues Leben an einer fremden Küste. Ihr werdet nicht mehr zurückkommen wollen."

„Und Gerrit?"

„Ihr könnt ihn einladen mitzukommen. Wir brauchen dort junge Männer wie ihn."

Als Eva nicht antwortete, erkundigte er sich: „Darf ich Euch noch etwas von dem Rebhuhn auflegen?"

„Nein, danke. Ich glaube nicht, dass ich noch etwas essen kann. Ihr werdet verstehen, dass diese Nachricht mich erschüttert. Ich soll meine Heimat verlassen und mit Euch ans andere Ende der Welt gehen ... Ehrlich gesagt, hat mir schon der Umzug von der einen auf die andere Seite der Kirche zu schaffen gemacht."

„Ihr werdet mit Eurer Aufgabe wachsen. Ich glaube an Euch. Denkt doch einmal daran, welches Leben Euch hier erwartet: Es ist ein Dasein, das schon jetzt in enge Bahnen gelenkt ist. Das Dasein einer holländischen Hausfrau.

Nicht dass ich dies herabwürdigen will: Es ist die der Frau zukommende Aufgabe. Ihr aber seid zu Höherem berufen – zu weit Höherem! In Ostindien habt Ihr die Möglichkeit, Euren Namen in den Annalen der Menschheit festzuschreiben. Für immer. Eva Ment, die erste Fürstin von Batavia! Noch in vierhundert Jahren wird man sich Eurer erinnern. Der Name Ment kann unsterblich werden."

Eva schaute ihn an. Warum hatte dieser Mann unter allen Frauen nur sie ausgesucht, um mit ihm die Welt zu verändern? Sie, die nichts weiter wollte als ihr kleines, privates Glück in ihrer vertrauten Umgebung?

„Denkt in Ruhe über alles nach", versuchte er, sie zu beruhigen. „Nur eines noch: Ihr solltet wissen, dass ich die Möglichkeit meiner Rückkehr nach Asien im Gespräch mit Eurem Vater bereits angedeutet hatte. Er gab mir zu bedenken, dass Ihr noch sehr jung wäret, und riet deshalb dazu, lieber noch etwas zu warten. Auf der anderen Seite freute er sich sehr darüber, dass seine Tochter eine so großartige Möglichkeit zur Entfaltung all ihrer gottgegebenen Talente erhalten sollte. Ich weiß sehr wohl, dass Euer Vater für sich selbst größeren Erfolg in diesem Leben erwartet hatte. Gerade deshalb schien er glücklich über die Aussicht, seine Hoffnungen nun in Euch verwirklicht zu sehen. Leider ist er zu früh gestorben, um es noch mitzuerleben."

Ein dumpfes Gefühl durchzog Evas Magengegend. „Und wann wollt Ihr … ich meine, wann würden wir …?"

„Jetzt, da ich die Unterstützung der Siebzehn habe, ist keine Zeit zu verlieren. Ich kann es noch nicht ganz genau sagen, aber nach Möglichkeit möchte ich noch im Februar aufbrechen."

„Im Februar?" Evas Stimme war plötzlich laut geworden. „Das wäre in noch nicht einmal zwei Monaten!"

„Kennt Ihr die Redensart *Zu langem Abschied fühlt mein*

Herz zu tief? Wenn man doch Abschied nehmen muss, soll man es nicht zu lange hinauszögern."

„Darf ich wenigstens meinen Kater mitnehmen?"

Coen lächelte. „Katzen kann man auf einem Schiff gar nicht genug haben. Sonst riskiert man eine Mäuseplage."

Dann stand er auf und ging. Eva war wie betäubt. „Ich muss Gerrit sprechen", dachte sie. Vielleicht fiel ihm noch ein Ausweg ein. Rasch lief sie zur Brauerei von Pieter Hasselaer, fragte sich zu Gerrit durch und bat ihn, sie auf einen kurzen Spaziergang zu begleiten. Als sie draußen standen, brach es sofort aus ihr heraus: „Ich muss mit ihm nach Ostindien!"

Gerrit blieb der Mund offen stehen. „Du musst … was?"

„Er geht als Generalgouverneur nach Ostindien zurück und will, dass ich mitkomme. Im Februar."

„Das … das … darfst du nicht tun!"

„Und wie soll ich es verhindern? Wir sind verheiratet! Außerdem sagt er, Vater hätte gewollt, dass ich mitgehe."

„Woher will er das wissen? Hat er mit Vater darüber gesprochen?"

„Offenbar."

„Ach. Also wussten beide Bescheid, aber verraten haben sie dir nichts. Erst jetzt, da du unter der Haube bist und nicht mehr zurückkannst. Wenn du mich fragst: hundsgemein!"

„Vater soll ihm gesagt haben, vielleicht wäre es besser zu warten, bis ich älter bin."

„Das hat er ja nun nicht getan. Er hat uns alle hinters Licht geführt, der Coen."

Mit einem Mal kamen ihr die Tränen: „Gerrit, begreifst du, was das für uns heißt?"

Er starrte auf den Boden. Sie nahm ihn in den Arm.

„Das darf nicht sein", sagte er leise. „Das darf er nicht tun."

„Er hat gesagt, du könntest mitkommen." Sie ließ zwei Herzschläge verstreichen. Dann schloss sie an: „Aber das sollst du natürlich nicht. Du gehörst hierher. Und es wäre auch viel zu gefährlich."

Gerrit sagte nichts.

So standen sie mitten auf dem Gehweg, während Männer und Frauen an ihnen vorbeihasteten. Jetzt, genau jetzt war der Moment, an den sie sich vielleicht ihr ganzes restliches Leben auf irgendeiner gottverlassenen Insel zurückerinnern würde. „Ich weiß noch", würde sie denken, „wie wir da standen, kurz nachdem ich ihm gesagt hatte, dass ich weggehen würde."

Sie musste sich alles einprägen: das leicht kitzelnde Gefühl seiner weichen Haare in ihrem Gesicht. Seinen Geruch, eine Mischung aus Rasiercreme und Seifenschaum, Kaminrauch und einer Sache, die sie nicht zuordnen konnte, aber an Karamell denken ließ.

Noch immer währte der Moment, noch immer hielt sie ihn fest, schmiegte ihre Wange an sein Kinn. Möwen kreischten. Sie wollte, dass dieser Augenblick niemals vorüberging. Wenn die Zeit jetzt anhielt, dann wäre sie für immer glücklich und hätte sich alles, was die Zukunft an Leid und Schmerz für sie bereithalten mochte, erspart. Noch immer ließ sie ihn nicht los. Aber dann rief jemand: „He da, ihr beiden Turteltäubchen! Könnt ihr mal ein bisschen zur Seite gehen?"

Sofort lösten sie sich aus der Umarmung, Eva hätte nicht sagen können, wer von ihnen sich als Erster bewegt hatte. Der Moment war vorbei.

Unter Pfeffersäcken

Eva machte sich große Sorgen um Gerrit. Zwei Wochen später wurde er zusammen mit einigen seiner Freunde von den Häschern des Schöffen aufgegriffen, weil sie völlig betrunken einen Nachtwächter angegriffen und mit ihren Degen malträtiert hatten. Am nächsten Tag wurden sie wieder freigelassen, doch musste sich Gerrit vor Onkel Pieter rechtfertigen. Der bestrafte ihn, indem er einen Teil seines Lohns einbehielt.

Eva befand sich in einem Zustand, den sie selbst als „melancholisch" beschrieb. Der bevorstehende Abschied von Gerrit und allem, was ihr lieb und vertraut war – außer Jasper –, drückte sie nieder. Wenn sie morgens wach wurde, war ihr erster Gedanke noch immer: „Wo bin ich? Das ist nicht mein Zimmer!" Dann erst fiel ihr ein, was geschehen war, und sie verlor fast den Mut. Oft wachte sie sehr früh auf und konnte nicht mehr einschlafen. Stattdessen grübelte sie. Im Grunde würde der Abschied von Gerrit für sie fast gleichbedeutend mit seinem Tod sein, denn nach menschlichem Ermessen würde sie ihn nie mehr wiedersehen. Es war, als wüsste sie, dass er an einer tödlichen Krankheit litt und nur noch bis Februar zu leben hätte.

Sie begann, die Stadt zu durchstreifen, obwohl dies einer verheirateten Frau nicht anstand. Einmal ließ sie sich an einem stillen Sonntagmorgen über die Grachten rudern. Es war der erste glasklare Wintertag. Bald würden die Kanäle zufrieren, aber noch war alles offen. Eva sah zu, wie das hauchzarte Spiegelbild der Giebelreihen von den Rudern zertrennt wurde. Ihr Blick wanderte zu den Fassaden der eng aneinandergeschmiegten Patrizierhäuser, den immer neuen Variationen in Backstein mit den weißen Gittern der Fensterrahmen, den Simsen, Giebeln, Schnörkeln und Flaschenzügen.

Sie kannte das alles so genau, und doch war es schon nicht mehr ihre Stadt, denn sie wusste, dass sie gehen würde. Einmal sah sie auf einem ihrer Spaziergänge einen Umzugswagen vor einem Haus stehen; ein junges Paar war gekommen, um hier ein neues Leben zu beginnen. Die große Stadt mit all ihren Möglichkeiten lag vor ihnen. Diese beiden jungen Leute würden Amsterdams Zukunft erleben und mitgestalten. Sie hingegen war nur noch Zaungast.

Coen wollte seiner Schwester, die in Hoorn wohnte, ein lebensgroßes Porträt von sich stiften und ließ dafür den Maler Jacob Waben aus seiner Heimatstadt nach Amsterdam kommen. Auch Eva sollte gemalt werden. Viele Stunden musste sie dem Künstler Modell sitzen. Coen hatte ihr dafür in einer Rekordzeit von zwölf Tagen ein golddurchwirktes Prunkgewand aus Damast schneidern lassen; dazu trug sie am rechten und linken Handgelenk die Perlenarmbänder, die er ihr am Morgen nach der Hochzeit geschenkt hatte, sowie einen Fächer aus Pfauenfedern.

Waben, ein schon älterer Mann, schwärmte von den klaren Konturen ihres Gesichts. Das Porträt werde ihr zweites Ich sein, das sie für immer auf dem Höhepunkt ihrer Schönheit konservieren werde. Im Moment der Fertigstellung würden sie beide gleich aussehen, aber dann werde die leibhaftige Frau Ment unweigerlich den Weg allen Fleisches gehen, während ihr Porträt niemals altern werde. Wenn es nicht gerade durch Feuer oder Kriegsgewalt zerstört werde, könne es noch weit über ihren Tod hinaus von ihren Reizen künden und die Menschen erfreuen.

Eva fand das Porträt am Ende etwas geschmeichelt. Sie bestand darauf, dass er ihre Sommersprossen zumindest andeutete. Waben weigerte sich lange, aber sie erklärte ihm: „Ihr habt doch gesagt, es wäre schön, wenn Menschen in einem späteren Zeitalter das Bild ansehen würden. Ich vermute, diese Menschen werden ahnen, dass unsere Maler die Leute immer schöner dargestellt haben, als sie in Wirklichkeit waren. Wenn sie aber die Sommersprossen sehen, werden sie wissen: Diese Punkte auf der Nase, die hat es einmal wirklich so gegeben. Denn Sommersprossen erfindet man nicht." Davon ließ er sich überzeugen und tupfte die Sprossen in wenigen Augenblicken hin.

Während sie dem Maler Porträt saß, war Eva der Gedanke gekommen, ein Landschaftsbild zu kaufen und als Erinnerung an ihre Heimat mitzunehmen. Sie sah sich an Marktständen und in Geschäften um und erstand schließlich eine Darstellung der Zuiderzee, der großen, lang gestreckten Bucht, die Amsterdam mit dem offenen Meer verband. Das Bild zeigte im Grunde nichts Besonderes: Zwei oder drei Boote mit geblähten Segeln zeichneten sich gegen einen niedrigen Horizont ab. Zwei Drittel der gesamten Bildfläche wurden vom Himmel eingenommen, der nicht gerade freundlich aussah. Eva fand, dass das Gemälde auf treffende Weise die Atmosphäre der heimatlichen Witterung einfing. Coen hatte ihr gesagt, dass in Ostindien ein völlig anderes Klima herrschte.

In ihrem Zimmer in der Warmoesstraat begann Eva, ihre Sachen zu packen. Sie konnte so viel mitnehmen, wie sie wollte, da das Schiff auf der Hinfahrt kaum Ladung an Bord haben würde. Europa könne Asien nichts bieten, erklärte ihr Coen. Deshalb zahle die Compagnie dort mit Geld und nicht mit Waren, was zur Folge habe, dass sie vor allem Kisten mit Silbermünzen nach Ostindien verschiffe, zudem Steine und anderes Baumaterial, Kanonen und Psalmbücher. Danach sei noch massenhaft Platz, wenn nötig für ihr gesamtes Inventar. Allerdings riet Coen davon ab, alle Möbel in den Osten zu verfrachten. Manches davon sei dort eher unpraktisch und der Sitz des

Generalgouverneurs zudem schon gut ausgestattet. Auch erinnerte er Eva immer wieder daran, dass alles im Bauch des Schiffes eingelagert werden würde und damit für die Dauer der Reise – er schätzte acht Monate – unerreichbar sein würde. In der winzigen Koje, die Eva zugedacht sei, bleibe so gut wie gar kein Platz, um etwas unterzubringen.

Im Januar waren sie beide ins Ostindische Haus eingeladen, die Zentrale der Compagnie, nur zwei Brücken weit weg von der Warmoesstraat. Sie sollten ein festliches Mittagessen mit den Siebzehn einnehmen. Coen instruierte sie vorher: „Vergesst nie, dass die Männer, mit denen wir zusammen sein werden, sehr mächtig sind. Sie gebieten über viele Tausend Menschen und dirigieren mehr als hundert Schiffe. Alle von ihnen suchen den Profit der Compagnie zu mehren, aber mitunter sind sie sich uneinig darüber, wie dies am besten geschehen kann. Zudem spinnt jeder von ihnen seine eigenen Fäden. Wenn sie Euch etwas fragen, dann antwortet so verbindlich wie möglich, doch achtet darauf, dass Ihr es allgemein haltet und nicht zu viel preisgebt. Geht immer davon aus, dass diese Herren bei allem stets eine Absicht verfolgen."

Als sie sich an jenem Tag auf den Weg machten, war Amsterdam tief verschneit. Die Giebelhäuser schienen mit Zuckerguss überzogen, und alle Geräusche waren gedämpft, weil sie von der dicken Schneeschicht verschluckt wurden. Eva trug eines ihrer besten Kleider und darüber eine Samtjacke mit Pelzverbrämung. Die obere Hälfte ihres Gesichts bedeckte sie zum Schutz gegen die Kälte und die Sonneneinstrahlung mit einer schwarzen Maske. Sie war aufgeregt, denn sie wollte nichts falsch machen.

Das Ostindische Haus war ihr seit Kindertagen ein Begriff, denn kein anderes Gebäude in ihrem Viertel strömte einen so intensiven Geruch aus. Gelegentlich stank es nach den Ochsen, die im Hof geschlachtet und zu Proviant verarbeitet wurden – dann hatte Eva immer einen weiten Bogen darum gemacht. Drei Mal im Jahr aber, wenn die Ostindienflotte eingetroffen war, duftete der Komplex auf drei Brücken Entfernung nach Pfeffer und anderen Gewürzen. Als Eva und Gerrit noch klein waren, hatte Els, ihre damalige Kinderfrau, sie manchmal mit vor das Tor genommen und sie aufgefordert, den Gewürzduft tief einzuatmen. „Das hält euch gesund", hatte sie gesagt.

Jetzt allerdings schien der Schnee auch die Ausdünstungen des Ostindischen Hauses zu überdecken – Eva roch gar nichts. Als sie durch das große Tor schritten, nahm sie die Maske ab. Im Hof warteten bereits zwei Bedienstete, die sie ehrerbietig willkommen hießen und in das Gebäude führten. Dort sagte der eine von ihnen, ein schlaksiger Mann mit vorstehenden Zähnen: „Die Herren lassen ausrichten, dass sie zunächst noch eine dringende Angelegenheit mit Euch, Herr Coen, besprechen müssten. Vielleicht würde es Eurer Gattin gefallen, wenn ich sie zu ihrer Unterhaltung solange ein wenig durch das Haus führen würde? Anschließend brächte ich sie dann zu Euch zurück zum gemeinsamen Mittagessen."

„Warum nicht?", fragte Coen. „Mögt Ihr?"

„Ja, gern", antwortete Eva.

Während Coen eine Treppe hinaufgeführt wurde, stellte sich der Mann, der sie empfangen hatte, als Wijbrand Kesselaer vor. Als Erstes zeigte er Eva die enormen Vorräte an Pökelfleisch, Stockfisch, Räucherspeck, Bohnen, Erbsen und Gerste. Sie lagen bereit für den Abtransport zu den Schiffen. Dann gingen sie ein Stockwerk höher. Kesselaer öffnete eine Tür, und Eva glaubte, von allen Wohlgerüchen Arabiens überwältigt zu werden. Die Duftmischung war so stark, dass es ihr fast den Atem nahm. In unabsehbaren

Reihen und Stapeln lagerte hier abgepackt in Säcken der Vorrat an Pfeffer, Muskat, Zimt, Ingwer und Gewürznelken. Wenn Eva daran dachte, wie viel schon ein kleines Säckchen mit Pfefferkörnern kostete, dann konnte sie sich eine ungefähre Vorstellung von den hier versammelten Werten machen. „Und alles nur, weil die Menschen so gern gut essen …", ging ihr durch den Kopf.

Sie schritt die langen Reihen mit Ballen von indischer Seide ab und schaute in ein halbes Dutzend Kisten mit chinesischem Porzellan. Auch konnte sie nicht der Versuchung widerstehen, sich auf eine große Gewürzwaage zu stellen, um ihr genaues Gewicht zu erfahren.

Auf andere Art beeindruckend war die Waffenkammer voller Geschütze, Musketen und Hellebarden. Eingetrieben in die Kanonenrohre erkannte Eva das Zeichen, das ihr auch auf einer Keramiktafel über dem Eingang des Gebäudes aufgefallen war: Es bestand aus einem großen V, in das sich ein O und ein C einfügten. „Es ist das Emblem unseres Handelsunternehmens", erläuterte Kesselaer. „Das V steht für Vereinigte, das O für Ostindische, das C für Compagnie."

„Und warum Vereinigte?", fragte Eva.

„Ursprünglich gab es mehrere Compagnien, die sich gegenseitig Konkurrenz machten. Die Regierung hat dann dafür gesorgt, dass sie sich zusammenschlossen."

Über knarrende Holzstufen gelangten sie in die Apotheke, in der die Schiffsärzte ausgestattet wurden. „Gibt es hier auch Medizin aus Ostindien?"

„Das würde mich überraschen", sagte Kesselaer. Eva erzählte ihm, wie Coen ihr schweres Fieber mit einem Mittel aus der Rinde eines asiatischen Baums kuriert hatte. „Verblüffend", meinte Kesselaer. „Der Osten kennt viele Geheimnisse. Schaut einmal, was wir hier in diesem Gang haben!"

Er führte sie um eine Ecke in einen langen schmalen Flur, an dessen Wänden allerhand Kuriositäten aufgehängt waren: getrocknete Korallen, ein kleines ausgestopftes Krokodil, zwei Tigerfelle, Speere und das Gebiss eines Raubfischs. Kesselaer ließ Eva jeweils raten, was es war. Bei einem der Exponate hatte sie keine Ahnung. „Eine Muschel?"

„Nein, es ist der Schnabelaufsatz eines Dodos. Das sind Vögel, groß wie ein fünf oder sechs Jahre altes Kind, die aber nicht fliegen können. Sie leben nur auf einer Insel im Ozean, die wir Niederländer Mauritius genannt haben."

Danach war es Zeit für das Mittagessen. Kesselaer brachte sie wieder in die Eingangshalle und geleitete sie die Treppe hinauf, bis sie vor zwei geschlossenen Flügeltüren standen. Er klopfte, öffnete, stellte sich an die Seite und rief: „Die Frau Gattin des wohledelgestrengen Herrn General Coen!" Und dann zu ihr, deutlich leiser: „Bitte tretet ein!"

Eva spürte, wie ihr Herz klopfte. Einige Direktoren saßen in kleinen Gruppen an einem sehr langen Tisch, Coen stand mit ein paar anderen am Fenster. Alle trugen schlichte schwarze Kleidung, weiße Krausen und hohe Hüte und unterschieden sich damit in nichts von jedem gewöhnlichen Krämer. Auch die beiden Männer, die am Kamin Holz nachlegten, waren so gekleidet; nur ihre fehlende Kopfbedeckung wies sie als Bedienstete aus. Abgesehen davon, dass der Raum gut beheizt war, gab es keinerlei Anzeichen von Luxus.

Als Eva eintrat, verstummten die Gespräche, und alle schauten zu ihr. Sie merkte, dass sie rot wurde. Die Herren lächelten, nickten ihr zu oder grüßten. Einer von ihnen, ein zierlicher kleiner Mann mit freundlichem Gesicht, kam auf sie zugeeilt und lüftete den Hut. „Hochverehrte Frau Ment, lasst Euch gesagt sein, dass es uns eine ungemeine Freude ist, Euch heute hier begrüßen zu dürfen. Den ganzen Tag studieren wir Akten und diktieren Briefe, da lacht uns das Glück zu, wenn wir einmal einen so anmutigen Gast bei uns haben. Bitte setzt Euch, es wird sogleich aufgetragen werden. Mein Name ist übrigens Reael, Doktor Laurens Reael."

Er begleitete sie an den Tisch und bat sie, links neben ihr Platz nehmen zu dürfen. Coen nahm den Stuhl an ihrer rechten Seite, war jedoch in ein Gespräch mit einem anderen Direktor vertieft. „Dass unser beinharter Coen eine so zarte Schönheit für sich gewinnen konnte, stimmt mich glücklich und zeigt mir, dass er noch ganz andere Qualitäten besitzen muss, von denen wir hier nichts ahnen können."

Eva wusste nicht, was sie darauf erwidern sollte. Sie lächelte unsicher.

„Ihr versteht mich doch nicht falsch?" Reael zwinkerte ihr verschwörerisch zu. „Wir schätzen Euren Gatten über die Maßen. *Il grand economo* möchte ich sagen, ein großer Ökonom. Aber nicht nur das, er ist auch ein geborener Soldat. *Vertraut euch Gott an, aber haltet euer Pulver trocken!*, das ist sein Motto!"

Er lachte. Mittlerweile wurde der Tisch von Dienern umschwärmt, die Tücher ausbreiteten und Teller, Messer und Löffel verteilten. Eva bekam einen Kohleofen gereicht, klein wie eine Fußbank, den sie sich unter den Rock stellte, damit sie nicht fror. Es gab für eine Frau nichts Behaglicheres, als langsam die Wärme an ihren nackten Schenkeln emporkriechen zu fühlen und sich zwischen ihren Beinen vom Rauch kitzeln zu lassen.

„Und dann ist er natürlich auch ein unermüdlicher Arbeiter", fuhr Reael fort. „Er kann wie ein Besessener schreiben, zwölf, dreizehn Stunden lang, ohne etwas zu essen. Die Diener stellen ihm Suppe und Brot hin und räumen später alles unberührt wieder weg. Ich muss das wissen, denn ich hatte jahrelang die Ehre, mit ihm in Asien zusammenzuwirken. Was Zahlen betraf, gab es niemandem, der ihm das Wasser reichen konnte. Er schien alles gelesen zu haben und nichts zu vergessen."

„Ihr wart auch in Asien?"

„Oh gewiss, viele Jahre. Und dabei habe ich Euren Gatten sehr gut kennengelernt. Er ist ein Mann von furchtloser Entschlusskraft, Kaltblütigkeit und Geistesgegenwart, Eigenschaften, die ihn selbst in der größten Gefahr nicht verlassen haben."

Nun wurde Wein ausgeschenkt. Reael ergriff das Glas und prostete ihr zu. „Auf Euch! Auf Euer Glück!"

Eva nahm einen Schluck. Der Wein war schwer und gut.

„Bitte erzählt mir von Asien", sagte sie. „Ihr müsste wissen, ich fürchte mich davor. Alles wird mir so fremd sein. Neulich habe ich nachts am Fenster gestanden, weil ich nicht schlafen konnte, und da habe ich den Mond gesehen und gedacht: ‚Dich kenne ich wenigstens von Weitem, Asien kenne ich gar nicht.'"

„Was für ein erstaunlich scharfsinniger Gedanke!" Reael schaute sie nun ganz anders an. Bisher hatte er sie wohlwollend, aber oberflächlich gemustert, jetzt schien sein Blick zu fragen: „Habe ich dich etwa unterschätzt?"

Dann sprach er weiter: „Ich korrespondiere seit vielen Jahren mit einem italienischen Gelehrten, Signor Galileo Galilei aus Florenz, und der hat den Mond durch ein Fernrohr sehr genau beobachtet, sodass er ihn anschließend in vielen Details beschreiben konnte. Ich habe das Buch in meiner Bibliothek, es heißt *Sternenbote*, das würde Euch interessieren."

„Ein Fernrohr, mit dem man bis zum Mond sehen kann?"

„Ein ganz spezielles, von ihm selbst konstruiert. Dieser Mann hat ein überlegenes Gehirn. Doch warum ich Euch das alles erzähle, ist: Ich kann Euch beruhigen. Asien ist Euch sehr viel näher als der Mond. Galileis Buch zeigt nur Klüfte und Krater, schrundig und voller Pockennarben. Ich möchte da nicht hin. Wohingegen ich noch immer fast jede Nacht von Ostindien träume."

Damit begann Reael von Asien zu schwärmen. Von der Abenddämmerung auf Java, wenn die Diener exotische Gerichte auftrügen, die Eidechsen über die Wände kletterten und das Konzert der Grillen, Frösche und Flughunde ertöne. Vom finsteren Wald, der die gesamte Insel bedecke und nicht nur von Krokodilen, Elefanten und Tigertieren bevölkert werde, sondern auch von Waldmenschen. Diese seien am ganzen Körper mit so roten Haaren bedeckt, wie Eva sie habe. Anstatt auf der Erde fristeten sie ihr Dasein hoch in den Baumwipfeln. Die Javaner behaupteten von ihnen, dass sie wohl reden könnten, wenn sie es wollten. Sie täten es aber nicht, weil sie fürchteten, dann arbeiten zu müssen.

Reaels Geschichten zogen Eva so sehr in ihren Bann, dass er sie immer wieder auffordern musste, doch zuzugreifen und dem Fasan zuzusprechen, der längst aufgetragen war. Mit der Zeit legte sie ihre Scheu vollständig ab, stellte Fragen, lachte und erzählte von ihren Erwartungen und Ängsten. „Wenn ich wüsste, dass ich wiederkäme, dann würde mir alles halb so schwerfallen", seufzte sie.

„Geht Ihr denn davon aus, nie mehr zurückzukommen?"

„Mein Mann spricht nicht von Rückkehr. Ich glaube, er will dort als eine Art Kaufmann-König alt werden." Sie lachte, aber als sie in Reaels Augen sah, wusste sie, dass sie einen Fehler gemacht hatte. Es lag ein Funkeln darin.

Auf dem Heimweg fragte Coen sie, was Reael von ihr gewollt habe. „Wir haben uns einfach unterhalten", sagte sie. „Er hat mir viel von Ostindien erzählt und in den höchsten Tönen von Euch gesprochen."

„Ihr habt ihm hoffentlich nichts von mir erzählt?"

Als Eva nicht sofort darauf antwortete, bohrte er nach: „Eva? Habt Ihr ihm irgendetwas über mich gesagt?"

„Nichts Besonderes … nur an einer Stelle, dass wir nicht vorhaben, noch einmal zurückzukommen …"

Coen blieb stehen und sah sie an. „Das hättet Ihr nicht tun dürfen. Formell bin auch ich nur ein Diener der Sieb-zehn, sie können mich jederzeit abberufen. Ich hoffe, meine Position durch den Aufbau einer blühenden Kolonie bald so sehr zu festigen, dass es faktisch kaum noch denkbar sein wird, mich gegen meinen Willen zurückzubeordern. Doch ist es ratsam, von diesen Plänen zu schweigen."

„Es tut mir sehr leid." Eva fühlte sich als Versagerin. „Aber ich bin mir sicher, dass Doktor Reael Euch nur Gutes will."

Coen lächelte sarkastisch. „Doktor Reael, wie Ihr ihn nennt, ist mein erbittertster Feind."

Eva sah ihn ungläubig an.

„Er war mein Vorgänger als Generalgouverneur und vertrat einen ganz anderen Kurs als ich. Freihandel statt Monopolisierung. Es würde zu weit führen, Euch das jetzt zu erklären. Jedenfalls entschieden sich die Siebzehn damals für meine Linie. Reael wurde abberufen. Mittlerweile ist er aber selbst einer der Siebzehn geworden und opponiert gegen mich. Er will Rache. Noch sind er und seine Freunde in der Minderheit, doch tut er alles dafür, damit sich das ändert. Ihr seht, warum ich nicht länger damit warten kann, nach Asien zurückzugehen und mein Werk zu vollenden: Mir bleibt nicht mehr viel Zeit."

„Aber ... aber ... er hat so gut von Euch gesprochen!"

„Er ist ein harter Mann von zarter Statur, geschmeidig im Umgang, doch allein seinen Zielen verpflichtet. Ein gefährlicher Mann. Ihr müsst lernen, nicht nach dem ersten Anschein zu urteilen, sondern misstrauisch zu sein. Kluge Menschen sind nicht leicht zu durchschauen, und Ihr werdet es in Zukunft nur noch mit klugen Menschen zu tun haben. In den Sphären, in denen ich mich bewege, gibt es keine Dummköpfe mehr."

Eiskonzert

Am nächsten Tag erfuhr Eva den Grund dafür, warum die Siebzehn zunächst allein mit Coen hatten sprechen wollen. Der englische Botschafter in Den Haag, Sir Dudley Carleton, hatte bei der niederländischen Regierung gegen seine erneute Ernennung zum Generalgouverneur protestiert. Coen erläuterte ihr, dies habe damit zu tun, dass er die englische East India Company mit allen Mitteln bekämpft habe. Die niederländische Regierung hatte die Protestnote des Botschafters an die Vereinigte Ostindische Compagnie weitergeleitet. Die Siebzehn hatten daraufhin beschlossen, Coens Ernennung vorerst nicht öffentlich zu machen und ihn unter strengster Geheimhaltung nach Ostindien abreisen zu lassen. Wenn er in acht Monaten dort ankomme, werde die Welt schon wieder anders aussehen.

Dies bedeutete jedoch auch, dass Coen und Eva getrennt voneinander zur Reede von Texel fahren sollten, wo die großen Schiffe der Compagnie auf sie warteten. Es wurde nicht ausgeschlossen, dass sie von englischen Spionen beobachtet wurden, und eine separate Abreise würde weniger auffallen. Zudem sollten sie möglichst kein Gepäck mitnehmen.

An den Tag des Abschieds versuchte Eva gar nicht zu denken. Stattdessen genoss sie mit Gerrit die Freuden des Winters. Nachmittags holte sie ihn an der Brauerei ab, und dann gingen sie zusammen Schlittschuh laufen, was Eva nicht schlecht und Gerrit meisterhaft beherrschte. Sie liefen Hand in Hand oder hielten die beiden Enden eines Taschentuchs fest. Eva schloss die Augen – sie schwebte.

Der gesamte Hafen war zugefroren. Die Schiffe lagen fest und trugen einen blanken Panzer aus Eis. Von ihren Masten hingen glitzernde Eiszapfen. Darüber wölbte sich ein tiefblauer Himmel. Auf leise knirschenden Kufen glitten die Geschwister durch die stille, frostige Luft, vorbei an Schiffsrümpfen und Ankerketten, bis hin zur Zuiderzee.

Wenn die Schatten länger wurden und die letzte Sonne des Spätnachmittags ihre erhitzten Gesichter mit einem Bronzeton überzog, suchten sie eines der Zelte auf, die man schon von Weitem an der rot-weiß-blauen Flagge erkennen konnte. Dort stärkten sie sich mit warmem Bier und Pasteten und erleichterten sich anschließend hinter senkrecht aufgestellten Booten.

Für den letzten Abend hatte Gerrit ihr etwas Besonderes versprochen: „Damit es noch mal schön wird." Sie erwartete den Abend jedoch vor allem mit einem Gefühl der Beklemmung.

Erst als es schon dunkel war, holte er sie ab. Die Wohnung in der Warmoesstraat war mittlerweile fast leer geräumt, bis auf einige Möbelstücke, die sie nicht mitnehmen würden. Coen hatte Amsterdam schon verlassen, er war vorausgefahren zum Schiff.

Eva wurde von Gerrit bei der Hand genommen und zur Alten Kirche geführt. Sie hatte dort in den vergangenen Wochen täglich gebetet: für Gerrits Gesundheit und Wohlbefinden, für eine glückliche Überfahrt nach Ostindien und – verbunden mit einem Dank dafür, dass ihre Gebete bisher erhört worden waren – um weiter ausbleibenden Kindersegen trotz täglichen Beischlafs. Jetzt war die Kirche geschlossen. Die Segelflicker, die tagsüber auf dem Vorplatz ihrer Arbeit nachgegangen waren, hatten Schluss gemacht, die Händler hatten ihre Stände abgebaut, und die Schauspieltruppe, die dort ein paar Tage gastiert hatte, war weitergezogen.

Gerrit ging nicht zum Hauptportal, sondern zur leuchtend rot gestrichenen Tür der Sakristei. Dort nestelte er einen Schlüssel aus seiner Hosentasche und schloss auf. „Woher hast du …?", fragte Eva.

„Von Lucas", kam als Antwort. „Sein Vater ist Kommissar der Kammer für Ehekrach, und die tagt hier." Eine Lampe vor sich her tragend, führte er sie durch die Sakristei zu einer Tür, von der Eva wusste, dass dahinter der Kirchenraum lag. Er stellte die Lampe ab und holte aus seiner Tasche ein Tuch hervor. „Augen zu!", befahl er und band es ihr um. Nun sah Eva nur noch Schwarz. Sie hörte, wie er die Tür öffnete. Dann ergriff er wieder ihre Hand und geleitete sie in die Kirche. Sie hörte es an ihren hallenden Schritten. Sonst war es ganz still. „Moment noch!" Er ließ ihre Hand los. Sie war so gespannt! Es verging jedoch eine sehr lange Zeit, und als sie schließlich ungeduldig nachfragte, wann es denn so weit sei, kam seine Stimme aus einiger Entfernung: „Warte noch, gleich!"

Es dauerte eine halbe Ewigkeit. Endlich verkündete er: „So, jetzt kannst du!" Eva nahm das Tuch ab und wähnte sich in einem Traum. In dem dunklen Kirchenraum brannten Hunderte Kerzen. Gerrit hatte nicht nur die großen goldenen Kronleuchter entzündet, er hatte zusätzlich an den unmöglichsten Stellen Kerzen aufgestellt. Sie flackerten auf den Grabplatten am Boden, auf den Simsen von Wänden und Pfeilern, den Chorschranken und den Denkmälern für verdiente Persönlichkeiten. Überall warfen die Flammen ihre riesenhaften, sich ständig verändernden Schattenbilder an die Wände. Gerrit selbst stand ein Stück weit von Eva entfernt – um ihn herum leuchteten besonders viele Kerzen –, hatte seine Fiedel unter dem Kinn eingeklemmt und den Bogen gezückt. „Setz dich!", lud er sie ein. Sie suchte sich eine Stelle, an der sie sich gegen eine Säule lehnen konnte. Es war sehr kalt, sie sah ihren Atem, aber sie trug mehrere Röcke übereinander. Gerrit fuchtelte mit dem Bogen durch die Luft, so als müsse er erst ein paar Gespenster vertreiben, dann begann er zu spielen. Es war jedoch kein Lied, nein, es war das Konzert der Tierstimmen, mit dem er Eva früher immer so zum Lachen gebracht hatte. Inzwischen hatte er seine Fähigkeiten vervollkommnet. Er strich eine helle Saite, dann eine dunkle, und schon ergab sich das Iah eines Esels. Er zirpte wie eine Grille, krähte wie ein Hahn und miaute wie Jasper. Eva konnte noch immer darüber lachen. „Und nun", rief er plötzlich, „Jan Pieterszoon Coen und seine allerliebste Eva!" Diesmal ließ er die Saiten seufzen, zwitschern, grollen und flüstern – ganz so wie es im ehelichen Alltag zugehen konnte. Es war verblüffend, welche Töne er der Fiedel zu entlocken vermochte und mit welcher Geschwindigkeit er die Griffe wechselte.

Ohne Zweifel: Diese Vorstellung hätte auch ein großes Publikum begeistert. Aber es war ein Konzert nur für sie. Die Kirche war bis auf sie beide menschenleer – und die Atmosphäre dadurch noch erhabener und feierlicher als sonst. Sie fühlte sich geborgen und behütet wie Jona tief im Bauch des Walfisches – eine ihrer Lieblingsgeschichten aus der Bibel. Auch schien es ihr, dass sie die Größe des Kirchenschiffs erst jetzt richtig ermessen konnte: Sie spürte den Raum durch den Klang – den Klang der Geige, der von den Wänden widerhallte.

Nach der Stimmenimitation kamen Lieder an die Reihe, die sie früher zusammen gesungen hatten: *Wilder als wild, Potzblitz Donnerwetter Sapperment, Nimm mich an der Hand* und viele andere wohlbekannte Weisen aus dem Liederbuch *Der friesische Lusthof*. Was da erklang, waren die Melodien ihrer Kindheit, ihrer Jugend, die nun, an diesem Abend, zu Ende ging. So empfand sie es. Dieses Konzert war ein Abschied, wie er endgültiger nur im Sterben vorstellbar war.

Leicht führte Gerrit den Bogen, während seine Finger die Saiten zupften. Seine Locken hingen ihm in der Stirn, sein Federhut wackelte. Immer weiter brannten die Kerzen herunter, bis sie schließlich eine nach der anderen erloschen und nur noch jene, die um Gerrit herumstanden, brannten, weil sie ein Stück größer waren. „Das letzte Lied!", kündigte er an. Eva brauchte nur zwei, drei Töne zu hören, und schon erkannte sie es. Sofort begannen ihr die Tränen über das Gesicht zu strömen. Es war *Der lustige Mai*, ihr altes Lieblingslied, das der Organist Sweelinck einst für sie auf der Orgel gespielt hatte. Genau wie er intonierte Gerrit nun mehrere Variationen. Eva hätte ihm ewig zuhören können, doch schließlich verhallte der letzte Ton in der Tiefe des Raumes. Gerrit ließ sein Instrument sinken. Eva stürzte auf ihn zu, warf sich ihm an den Hals und küsste ihn auf den Mund, die Wangen, die Ohrläppchen mit den goldenen Ringen, auf die Spitze seiner frechen kleinen Nase, auf die Stirn, auf die Grübchen, die sie ganz besonders mochte. Sein Gesicht wurde nass, sie wusste nicht, ob es nur ihre Tränen waren oder ob er ebenfalls weinte. Sie schmiegte sich an ihn. So standen sie lange, lange im Schein der letzten Kerzen in der Alten Kirche genau in der Mitte von Amsterdam. Niemand außer ihnen beiden würde je davon erfahren.

Schließlich flüsterte Gerrit ihr ins Ohr: „Geh jetzt. Ich muss hier noch aufräumen."

Sie löste sich aus der Umarmung, bis sich zuletzt nur noch die Fingerkuppen ihrer rechten und seiner linken Hand berührten. Dann nahm sie eine Kerze vom Boden auf und ging. Sie ging, ohne sich noch einmal umzuschauen, aus der Kirche, durch die Sakristei und nach draußen über den Vorplatz bis zur Warmoesstraat. Hinter der Tür wartete Jasper auf sie. Sie streichelte ihn kurz, dann warf sie sich aufs Bett. In dieser Nacht wünschte sie, Coen würde vom Schiff fallen, auf den Meeresgrund sinken und mitsamt seiner Rute dort vermodern.

Noch bevor der Morgen dämmerte, machte sie sich reisefertig. Sie lockte Jasper mit einem Stück Hering in eine Kiste, die mit einer Gitterluke versehen und mit Pelz ausgepolstert war. Sie selbst zog wie am Vorabend mehrere Röcke übereinander an.

Ein milchiges Licht verlieh der Stadt sanfte Konturen. Zum letzten Mal ging sie an der Alten Kirche vorbei. Ganz kurz hielt sie inne und sah noch einmal über den Platz, wo die Verkäufer ihre Stände aufbauten. „Das Leben geht weiter", dachte sie. „Egal, ob ich da bin oder nicht." Dann wandte sie sich ab und eilte, die Kiste mit Jasper in der Hand, zum Schreiersturm im Hafen. Dort sollte der Schlitten auf sie warten, der sie zunächst über die zugefrorene Zuiderzee in die Stadt Medemblik bringen würde. Von dort musste sie mit der Kutsche über Land bis zur Nordspitze Hollands reisen, um schließlich mit einem Boot in das Dorf 't Schilt auf der Insel Texel überzusetzen. Dort sammelte sich die Ostindienflotte.

Tatsächlich stand der Schlitten schon an der verabredeten Stelle. Es war ein prächtiges Gefährt, das an den Seiten und hinten mit einem goldenen Löwen dekoriert war. Noch schöner anzusehen, war das Ross: An seinem Zaumzeug hingen Glöckchen, und auf dem Kopf trug es eine Krone aus Federn in den niederländischen Farben Rot, Weiß und Blau. Der Kutscher stellte sich als Jan vor. Eva setzte sich in den Schlitten, stellte die Kiste mit Jasper zwischen ihre Füße und wickelte sich in eine bereitliegende Pelzdecke ein. Ihr Gesicht verbarg sie wieder hinter einer Samtmaske.

„Kann's losgehen?", erkundigte sich Jan.

Die Antwort kam etwas leise: „Ja, bitte."

Der Schlitten setzte sich in Bewegung. Trotz der morgendlichen Stunde herrschte schon reger Betrieb auf dem Eis. Eva sah einen Maronenverkäufer, der gerade eine Portion abwog. Kinder bewarfen sich mit Schneebällen.

Als sie ein Stück weit gefahren waren, drehte sie sich um. Ihr letzter Blick auf Amsterdam. Der Blick, den sie mitnehmen würde. Sie sah das Gespinst der Masten und dahinter die gezackten Giebelreihen. Der Turm der Alten Kirche grüßte noch einmal. Sie versuchte, das Bild in sich aufzunehmen. Dann schaute sie wieder nach vorn. Amsterdam stand jetzt für ihre Vergangenheit, und irgendwo vor ihr jenseits der Dunstschleier lag ihre Zukunft.

Die Hufe klapperten, das Pferd schnaubte, die Glöckchen läuteten. Vor ihnen breitete sich eine unabsehbare Eisfläche aus, die zugefrorene Zuiderzee. Der Horizont lag verschwommen im Nebel, den die fahle Wintersonne gelblich tönte. Hin und wieder überholten sie einen anderen Schlitten, oder einer kam ihnen entgegen. Zweimal passierten sie den Kadaver eines verendeten Pferdes. So vergingen zwei Stunden. Dann wurde Jaspers Miauen zu einem Wehklagen. Außerdem musste Eva mal einen Abtritt aufsuchen. „Jan! Jan!"

Der Schlittenkutscher wandte sich zu ihr um: „Gnädige Frau?"

„Ich glaube, meine Katze droht zu erfrieren. Können wir vor Edam eine Pause einlegen? Es muss doch bald kommen, oder?"

„Können wir machen. Wir sollten nur nicht allzu viel Zeit verlieren, denn das Wetter scheint nicht besser zu werden."

Er lenkte den Schlitten nach Westen, dorthin, wo sich

die Küste befand. Bald zeichneten sich die Umrisse eines Kirchturms im Dunst ab. Schon von Weitem erkannte Eva zahllose eingemummelte Gestalten, die genau wie die Amsterdamer ihre freie Zeit auf dem Eis genossen. Beim Näherkommen wurde allerdings auch deutlich, dass die Leute hier nicht ganz so wohlhabend waren: Manche Kinder benutzten skelettierte Pferdeköpfe als Schlittenersatz. Eine Frau wusch in einem Eisloch ihre Wäsche. Und ein Bauernehepaar schob auf einem Schlitten ein mageres Kalb mit zusammengebundenen Beinen vor sich her.

Ein Stück weit vor der Stadt waren zehn Zelte in einer Reihe aufgebaut. Es zeigte sich, dass sie nicht die ersten aus Amsterdam kommenden Reisenden waren, die hier Rast machten. Viele andere waren schon vor ihnen eingetroffen. Vor einigen Essenszelten musste man sich anstellen. Der Kutscher ging, um etwas zu besorgen, während sich Eva mit Jasper in seiner Kiste an einem Feuer wärmte. „Wo soll der denn hin?", fragte eine Frau neben ihr mit Blick auf den Kater. „Nach Ostindien", antwortete Eva. Die Frau schaute verärgert zur Seite, sie glaubte ihr natürlich nicht.

Nach einem Imbiss und einem Besuch des Latrinenhäuschens stiegen sie wieder in die Schlittenkutsche. Eva hatte gerade wieder ihre Maske aufgesetzt, da begann es zu schneien. „Ich habe es ja geahnt", sagte Jan.

Sie trabten los ins konturlose Grau. Alle Farbe war aus der Landschaft gewichen. Eva hatte einmal in einem Künstleratelier vor einer grundierten Leinwand gestanden, die die Schüler für den Meister vorbereitet hatten. Dies hier sah ähnlich aus. Und nun ging es richtig los, jedoch nicht mit sanften dicken Flocken, sondern mit kleinen harten Kügelchen. Sie kamen von oben, von den Seiten, dem Anschein nach sogar von unten.

Nach einiger Zeit konnte Eva den Kopf des Pferdes

nur noch schemenhaft erkennen. Mit lautloser Beharrlichkeit setzte sich der Schnee in Nase und Ohren ab. Jasper miaute jetzt nicht mehr – war er erfroren?

Und dann hörte sie es. Töne im Schnee. Erst nur so leise, dass sie glaubte, ein Geräusch fehlgedeutet zu haben, dann etwas lauter. Sie reckte den Kopf ins weiße Nichts – kein Zweifel möglich: Es war *Der lustige Mai*. Da draußen in der Schneewüste geigte jemand *Der lustige Mai*!

Sie musste verrückt geworden sein. Die Trennung von ihrem Bruder, der Abschied von der Heimat – all das hatte sie offenbar überfordert. Sie hörte Dinge, die es nicht geben konnte. Doch sie wollte Gewissheit. „Halt an!", schrie sie dem Kutscher zu. „Anhalten!" Die Glöckchen verstummten.

„Hörst du das auch?"

Der Kutscher lauschte. „Das … das kann doch nicht wahr sein!", entfuhr es ihm.

„Versuch, auf die Musik zuzufahren!", befahl Eva.

„Gnädige Frau, ich weiß nicht …"

„Wir müssen da hin! Ich lasse mich nicht umstimmen. Fahr zu!"

Der Schlitten setzte sich in Bewegung, die Melodie kam näher. Eva starrte ins Wirbeln und Stöbern. Jetzt hatte die Musik plötzlich ausgesetzt. Oh nein! „Bitte spiel weiter!", flehte sie in Gedanken. Bange Momente verstrichen. Und dann, als sich schon bleierne Enttäuschung in ihr breitmachen wollte, vernahm sie wieder die Klänge des vertrauten Liedes. Jetzt konnten sie nicht mehr weit von dem Geiger entfernt sein. Und da, tatsächlich, tauchten aus den Schleiern schemenhafte Umrisse auf. Die Gestalt wurde größer und größer – es war ein Mann mit einem Hut, der eine Fiedel von sich gestreckt hielt. „Gerrit! Gerrit!", rief Eva. Sie sprang aus dem Schlitten und stürmte durch den Schnee. Er ließ die Fiedel sinken, und glitt auf seinen Kufen auf sie zu. Sie fielen sich in die Arme, küssten sich das kalte Gesicht ab – ihre Maske hatte Eva fortgeworfen.

„Was machst du hier?", keuchte sie.

„Ich bin dir nachgereist", erwiderte er. „Aber dann fing's an zu schneien. Da hab ich gedacht: Ich muss auf meiner Fiedel spielen, dann hört mich vielleicht jemand, der mit einer Schlittenkutsche unterwegs ist. Und das bist du dann gewesen."

„Wie hast du denn die Fiedel transportiert?"

Er deutete auf einen Rucksack.

„Und warum bist du mir nachgereist?"

„Ich hab's mir anders überlegt, ich komme doch mit. Ich will wissen, wie gut die Inder im Eisgolfen sind." Er sagte es in einem Ton, als hätte er lediglich seine Pläne für den Abend geändert.

„Gerrit, das ist doch Unsinn! Du musst hierbleiben! Du weißt, wie gefährlich es ist. Und der Abschiedsschmerz geht vorbei, glaub es mir. Schon bald wirst du nicht mehr so viel an mich denken."

„Glaub mal nicht, dass es wegen dir ist. Ich will etwas sehen von der Welt. Ich habe keine Lust mehr auf Onkel Pieters Brauerei. Und jetzt Schluss! Die Entscheidung steht fest, ich geh nicht mehr zurück."

Gestützt auf Eva balancierte er zum Schlitten. Dort legte er die Fiedel ab und zog sich die Kufen aus.

„Hoffentlich hast du dir nicht den Tod geholt!", sagte Eva. „Komm, kriech unter die Decke!"

Kutscher Jan machte ein Gesicht, als wäre ein Geist bei ihm eingestiegen.

„Du kannst jetzt weiterfahren", meinte Eva zu ihm.

Dicht aneinandergedrückt, Kopf an Kopf gelehnt, saßen sie auf der Bank. Sollte es wirklich wahr sein, würde er sie begleiten? Mit Gerrit vereint, verloren die schlimmsten Gefahren ihren Schrecken, mit ihm zusammen war es die reinste Vergnügungsreise!

Noch immer schneite es so heftig, als würden Säcke von Mehl ausgeschüttet, aber Eva spürte es nicht mehr. Sie saß in diesem Schlitten, unter einer Decke mit Gerrit, den hoffentlich noch lebenden Jasper zwischen ihren Füßen, und war glücklich. Unendlich glücklich trotz eindringender Nässe und eiskalter Füße.

Nicht mehr Medemblik war nun ihr Ziel, sondern das südlicher und damit näher gelegene Hoorn. Nach geschlagenen zwei Stunden erspähten sie im Schneetreiben endlich die Stachelsilhouette aus Kirchtürmen und Verteidigungswerken.

Sie steuerten die nächste Herberge an und beeilten sich, aufs Zimmer zu kommen. Dort zogen sie rasch ihre nassen Kleider aus und krochen dann so dicht ans Kaminfeuer, wie es gerade noch möglich war, ohne sich zu verbrennen. Sie schlossen die Augen. Langsam wich die lähmende Kälte aus ihren Gliedern und ein unbeschreiblich wohliges Gefühl überkam sie. Jasper lag zwischen ihnen – er hatte an diesem Tag wohl eines seiner sieben Leben aufgezehrt. Als ihre Haut rot war von der Wärme, legten sie sich zusammen ins Bett, nahmen sich fest in den Arm und schliefen ein. Jasper rollte sich am Fußende zusammen.

Am nächsten Vormittag mussten sie sich zuerst neue Kleider besorgen lassen, da ihre eigenen noch immer nicht trocken waren. Sie blieben den ganzen Tag und noch eine weitere Nacht und fuhren erst dann mit ihren Kleidern im Gepäck weiter. Das Wetter war immer noch nicht gut, aber es schneite nicht mehr. Am Nachmittag des dritten Reisetages erreichten sie Medemblik. Dort übernachteten sie wiederum in einer Herberge und bestiegen dann die

Kutsche, die sie nach Helder brachte. Hier war das Meer nicht zugefroren, aber Berge von Eisschollen türmten sich auf, sodass kein Boot den Hafen verlassen konnte. Sie mussten sich wieder einquartieren und drei Tage warten, ehe ein Fährboot von Texel eintraf, das sie bei Ebbe erreichen konnten. Das letzte Stück durchs eiskalte Wasser musste sich Eva von einem Mann in hohen Stiefeln tragen lassen.

Eine blasse Sonne spiegelte sich in der See, als sie durch hauchdünne Eisschollen auf die Insel zuglitten. Gerrit zeigte zum Horizont. Wie Scherenschnitte lagen dort einige majestätische Schiffe mit gerefften Segeln im Gegenlicht. Die Ostindienflotte.

Eva ergriff seine Hand. „Das ist der Anfang", sagte sie.

ZWEITER TEIL

MAURITIUS

Auf schwankendem Boden

Auf Texel quartierten sie sich in einer Herberge im Hafen 't Schilt ein. In der Luft lag ein Geruch von Salz und Tang. Eva fragte sich, wo Coen war, aber sie hütete sich, Nachforschungen anzustellen.

Am nächsten Morgen ließen sie sich von einem Fischer zu der Ostindienflotte segeln. Sie bestand aus fünf Schiffen: vier mächtigen Dreimastern und einem kleineren Segler. Kähne und Boote brachten Ladung und Proviant zur Flotte. Mit Zugseilen, die über Holzrollen liefen, wurden die Kisten, Fässer und Säcke in Netzen an Bord gehievt. „Zu welchem Schiff müsst Ihr?", fragte der Fischer.

„Das wissen wir auch nicht", antwortete Eva. Sie musste schreien, um gegen den Wind anzukommen. „Welches ist das beste?"

„Ihr meint, welches ist das Flaggschiff?", verbesserte sie der Mann. „Das kann man nur an der Beflaggung erkennen, und da ist nichts zu sehen."

„Dann bring uns zu dem Schiff aus Amsterdam", entschied Eva.

Ein Eisregen wehte sie an, sodass sie ihr Gesicht in den Händen verbarg. Sie war froh, dass sie sich wieder dick eingepackt hatte, wohingegen Gerrit lediglich einen Umhang trug. Mit einer gewissen Schadenfreude erinnerte sie ihn daran, wie er sie am Morgen als „fette Zwiebel" verspottet hatte.

Als sie wieder aufschaute, lag vor ihnen der Ostindienfahrer unter der Flagge Amsterdams, drei weiße Andreaskreuze in einem schwarzen Balken auf rotem Grund. Der Fischer rief etwas, Eva drehte sich zu ihm um, und er wiederholte es: „Das ist die *Mauritius*!"

Sie hielten auf das Schiff zu, bis ihnen ein Ruderboot

entgegenkam. „Ihr müsst umsteigen", sagte der Fischer.

„Warte hier in der Nähe", wies ihn Eva an. „Wir wollen uns heute erst einmal umschauen und fahren danach zurück an Land."

„Seid Ihr Passagiere?", rief ihnen einer der Männer aus dem Ruderboot zu.

„Ja, sind wir", antwortete Eva. „Ist das hier das Flaggschiff?"

„Wissen wir auch nicht genau, aber soweit wir gehört haben, wird die Flotte von Oberkaufmann Pieter van den Broecke kommandiert, und der fährt hier auf der *Mauritius* mit. Wer ist Euer Gatte?"

Eva zögerte kurz. „Ich bin Witwe … und fahre zusammen mit meinem Bruder auf besondere Einladung von Herrn van den Broecke mit." Sie wunderte sich, wie glatt ihr die Lüge über die Lippen ging. Aber schließlich hatte Coen ihr eingeschärft, dass seine Abreise nach Ostindien so lange wie möglich geheim bleiben müsse.

„Dann bitten wir, zuzusteigen, gnädige Frau."

Rasch bewältigten sie nun das letzte Stück bis zur *Mauritius* und legten sich seitwärts an den steil aufragenden Schiffsrumpf. Eine Strickleiter baumelte herab. Nach mehrmaligem Rufen erschien oben über der Bordwand ein Kopf. „Passagiere!", rief der Ruderer. Und dann an Eva gewandt: „Nehmt immer nur eine Sprosse auf einmal und schaut nicht nach unten. Ich folge unmittelbar hinter Euch." Gerrit gab er den Rat: „Setzt besser den Hut ab, der fliegt Euch hier weg!"

Eva schaute an der steilen Wand aus dicken Eichenbalken empor, dann begann sie den Aufstieg. Bei jeder Bewegung schlug die Strickleiter zur Seite aus. Sie musste höllisch aufpassen, dass sie nicht auf den Saum ihres Rockes trat und ausrutschte. Als ob das nicht schon unangenehm genug gewesen wäre, wurde ihr plötzlich klar, dass der Ruderer ihr nun genau unter den Rock schauen konnte. Fast oben angekommen, wandte sie den Kopf zur Seite und sah durch Zufall genau in die Augen eines geschnitzten Meeresgottes. Streng und prüfend lastete sein Blick auf ihr, so als wollte er sagen: „Meinst du wirklich, dass du diese Reise ans andere Ende der Welt antreten solltest, wenn dir schon die ersten Schritte so schwerfallen?"

Dann war es geschafft. Männerhände griffen nach ihr und zogen sie über die Reling an Bord.

Eva sah sich um. Das Erste, was ihr auffiel, war, dass sich das Schiff bewegte. Es war keine starke Bewegung, aber doch ein spürbares Hin- und Herrollen auf der sich hebenden und senkenden Oberfläche des Meeres.

Als Nächstes bemerkte sie, dass es nicht nur ein Deck gab, sondern mehrere. Nach hinten hin wurden die Decks immer höher und schmaler. Die verschiedenen Ebenen waren über Treppen miteinander verbunden. Dazwischen sah man überall geöffnete Türen, die ins Innere des Schiffs führten.

Es herrschte reger Betrieb. Seeleute waren damit beschäftigt, Kisten in finstere Laderäume hinabzulassen, Fässer zu den Türen zu rollen oder Seile und Segelzeug umzulagern. Befehle, Zurufe und Flüche ertönten, das meiste davon konnte Eva nicht verstehen: Die Männer sprachen Dialekt oder mit fremdem Akzent.

Da schrie plötzlich jemand: „Kopf runter! Kopf runter!" Unwillkürlich duckte sich Eva – und wich so im letzten Moment einem Balken aus, den zwei Matrosen auf ihren Schultern vorbeitrugen. Vorsichtig um sich schauend, richtete sie sich wieder auf. Ein gut gekleideter Mann von etwa fünfunddreißig Jahren kam grinsend auf sie zu. Er hatte ein rundes, rosiges Gesicht mit großen Augen und trug auf dem Arm ein acht bis zehn Monate altes Kind. „Das war knapp!" Mit der freien Hand lüftete der Mann seinen Hut. „Willem de Bondt ist mein Name, ich bin hier der Schiffspfarrer."

„Ich bin Eva Ment, und das hier ist mein Bruder Gerrit. Danke, dass Ihr mich gewarnt habt, Herr Pfarrer. Das war wirklich knapp."

„Ja. Wäre schade gewesen um Eure schöne Haube." Er kicherte. Eva hatte noch nie einen Geistlichen getroffen, der so scherzhafte Bemerkungen machte und auf diese Art lachte. „Wer ist denn der kleine Passagier?", fragte sie.

„Das ist mein Sohn Noah. Passender Name, nicht wahr? Als er geboren wurde, wollte ich allerdings noch gar nicht mit ihm auf solch einer Arche verreisen. Es hat sich aus den Umständen ergeben – ich begleite meinen Bruder, der im Auftrag der Compagnie nach Batavia geht, um die asiatische Medizin zu erforschen."

„Und Eure Frau, ist sie ebenfalls hier?"

„Leider nein." Das Lachen auf seinem Gesicht erstarb abrupt. „Sie ist tot. Eine Krankheit. Es ging alles ganz schnell."

„Oh, das tut mir sehr leid", sagte Eva. Sie schämte sich, dass sie den beinahe Unbekannten so direkt gefragt hatte, aber für einen Moment hatte sie gehofft, die lange Reise in weiblicher Gesellschaft zu verbringen.

Pfarrer de Bondt schien ihre Gedanken zu erraten. „Soweit ich weiß, fahren an Bord dieses Schiffes keine weiteren Frauen mit, wohl aber auf den anderen. Vielleicht könnt Ihr noch wechseln. Reist Ihr nur mit Eurem Bruder?"

Eva wusste nicht sofort, was sie antworten sollte. Gerrit kam ihr zu Hilfe: „Sie reist mit ihrem Mann", erwiderte er, ohne den Namen zu nennen. „Aber er ist noch nicht da."

„Ach", sagte de Bondt, „ich hoffe, er kommt bald.

Wisst Ihr schon, wo sich Eure Kabine befindet?"

„Nein, könntet Ihr uns zu den Kabinen führen?"

„Das tue ich gern."

Der Pfarrer ging voraus. „Viel weiß ich auch nicht über Schiffe", sagte er, „aber das Deck, wo wir eben gestanden haben, heißt die Kuhl, weil es am niedrigsten liegt. Jetzt betreten wir das Verdeck, den überdachten Bereich. Über uns liegt das Halbdeck, und darüber kommt noch das Achterdeck. Verwirrend, oder? Hier ist der Kolderstock." Er blieb vor einer Stange stehen, die aus dem Boden fast bis zur Decke ragte. „Damit wird das Schiff gesteuert. Man bewegt den Stock nach rechts oder links und drückt ihn dabei gleichzeitig nach unten. Er ist mit dem Ruder verbunden."

Eva fiel auf, dass der Stock im Maul eines Seeungeheuers steckte, das aus seinen bemalten Holzaugen nach oben glotzte. „Was ist denn das?", fragte sie.

De Bondt kicherte wieder. „Der Rudergänger soll sich immer beobachtet fühlen, damit er nicht seine Pflichten vernachlässigt."

Dahinter kamen sie in einen großzügigen Raum mit hoher Balkendecke, der zudem gut beleuchtet war, weil sich an der Rückseite eine Fensterreihe befand. In der Mitte stand ein langer, schwerer Eichentisch, an dem gut und gern zwanzig Leute Platz finden konnten. „Die Kajüte", verkündete de Bondt. „Hier werden wir die Mahlzeiten einnehmen."

Eva bemerkte, dass der Boden auch hier nicht eben, sondern abschüssig war. Die Tischplatte neigte sich bedenklich der Bugseite zu. Abermals erriet de Bondt ihre Gedanken: „Wir werden unsere Teller gut festhalten müssen", bemerkte er glucksend.

„Man hätte die Beine des Tisches einfach an der hinteren Seite kürzer machen müssen", sagte Eva.

„Ein sehr praktischer Vorschlag von Euch. Aber an eines werden wir uns wohl alle gewöhnen müssen: Auf diesem Schiff gibt es keinen Komfort."

„He!", rief jetzt Gerrit, „schau mal hier, das Scheißhaus! Genau das such ich schon die ganze Zeit." Eva warf dem Pfarrer einen entschuldigenden Blick zu, aber dieser lachte schon wieder in sich hinein. „Das ist in der Tat die Heckgalerie mit den Latrinen", bestätigte er. Eva erkannte, dass es sich um eine Art Erker handelte, der seitlich am Schiff klebte und ihr schon vom Fischerboot aus aufgefallen war. Gerrit hatte bereits seine Hose heruntergelassen und schwang sich auf eines der kreisrunden Löcher. „Hier füttert man direkt die Fische", verkündete er mit kindlicher Begeisterung. „Alles fällt hinunter ins Meer."

„Ich werde auch gleich die Gelegenheit nutzen", sagte Eva. „Könnt Ihr mal wegschauen?" Sie raffte ihre Röcke hoch und setzte sich auf eines der Löcher. Sofort wurde ihr Hintern unangenehm kalt. „Zugig hier!", rief sie den anderen zu. Sie war froh, als sie fertig war und die Röcke wieder herunterlassen konnte.

„Ganz schön schaurig", meinte Gerrit. „Was passiert, wenn es stürmt und dieser Latrinen-Anbau abreißt? Dann stürzt man ins Meer und ertrinkt."

„Das, mein Verehrtester, sind die Gefahren der christlichen Seefahrt!" Diesmal kam de Bondt gar nicht mehr aus dem Kichern heraus. Eva musste auch lachen. In den Heiterkeitsausbruch mischte sich ein lautes Quengeln von Noah. „Ich glaube, er ist hungrig", sagte de Bondt. „Ich zeige Euch noch schnell die Schlafgelegenheiten. Die Kajüte ist stets für den Oberkaufmann und den Kapitän reserviert. Die Quartiere für die Passagiere sind oben." Er zeigte zur Decke. „Eine Kabine mit drei Betten und zwei weitere Kabinen mit jeweils einem Bett. Ganz oben auf dem Achterdeck gleich unter der Schiffslaterne gibt es noch eine weitere Kabine. Das ist es auch schon."

Der kleine Noah schrie jetzt.

„Es sind nur ein paar Stufen", sagte de Bondt, „hier geht's rauf!"

Sie folgten ihm. Oben deutete er auf drei Türen. „Das sind die Kabinen auf dieser Ebene. Wo Ihr genau untergebracht seid, weiß ich allerdings auch nicht. Jetzt muss ich sehen, dass ich etwas zu essen für den Kleinen auftreibe, entschuldigt mich bitte." Er lächelte noch einmal, zog den Hut und verschwand.

„Das ist mal ein umgänglicher Pfarrer", meinte Eva. „Und so lustig."

Sie schritt die Behausungen ab, und als sie ihren Kopf durch die dritte Tür steckte, stieß sie einen kleinen Schrei freudigen Erstaunens aus.

Gerrit schlurfte heran: „Was ist los?"

„Hier stehen schon meine Wäsche- und meine Kleidertruhe! Diese Kabine muss für mich bestimmt sein."

„Schön für dich. Und was ist mit mir? Bisher weiß ja überhaupt noch niemand, dass ich mitkomme. Mit dem Pfarrer gehe ich auf keinen Fall in eine Kabine, wahrscheinlich wacht sein Kind ständig auf und plärrt."

Eva achtete nicht auf ihn. „Ich bin so erleichtert, dass meine Sachen hier sind!"

„Du kannst dich doch kaum noch umdrehen, wenn du sie hier stehen lässt."

„Das macht nichts", meinte Eva. „Hauptsache, ich habe alles dabei, was ich brauche. Ohne frische Bettlaken und Kleidung würde ich mich bald schmutzig fühlen."

Zufrieden stellte sie fest, dass die Kabine auch ein kleines Fenster hatte. „Das zieht nur entsetzlich", wandte Gerrit ein. Der Luftzug war in der Tat deutlich zu spüren.

„Wir können jetzt gehen", entschied Eva. „Dieses schwankende Schiff bekommt mir nicht."

„Ja, außerdem ist es furchtbar kalt. Wo ist hier eigentlich der Kamin?"

„Ein Feuer auf einem Holzschiff? Wir müssen unbedingt noch in den Ort und zusätzliche Kleidung für dich auftreiben."

Sie stiegen auf das niedrigste Deck hinunter, wo nach wie vor Geschäftigkeit herrschte. Ein Mann herrschte eine Gruppe von sehr jungen Kerlen an, die dem Anschein nach zum ersten Mal in ihrem Leben ein Schiff betraten. „Macht eure Ohren auf, ihr Landratten, ihr Moffen, ihr westfälischen Grünlinge!"

„Deutsche!", sagte Gerrit zu Eva. „Deutsche sollen unser Schiff segeln. Wenn das mal gut geht."

Eva sprach den Mann an, der die Anweisungen gegeben hatte: „Kannst du uns ein paar Ruderer beschaffen, die uns zu dem Fischerboot dort hinten bringen?"

Sofort zog der Mann seine Mütze vom Kopf, nickte, trat an die Reling und winkte ein Ruderboot heran. Dann half er Eva über die Bordwand. Wieder musste sie auf die schwankende Strickleiter, doch diesmal bemühte sie sich, nicht in Richtung des Meeresgottes zu schauen.

Als sie mit Gerrit auf der schmalen Bank saß, sah sie ein anderes Ruderboot herankommen. Zu ihrer großen Überraschung erkannte sie darin Willem de Bondt. „Siehst du, was ich sehe?", fragte sie Gerrit. „Da vorne sitzt der Pfarrer. Wie ist das möglich?"

„Vielleicht war er schon von Bord gegangen, hat aber festgestellt, dass er etwas vergessen hat", mutmaßte Gerrit.

„So schnell?", fragte Eva. „Und wo hat er den Kleinen?" Sie stand auf und begann zu winken. „Herr de Bondt! Herr de Bondt!"

Der Angerufene drehte sich um, musterte Eva, zuckte dann mit den Schultern und wandte sich wieder ab. „Das gibt es doch nicht!", rief Eva.

„Setz dich! Du gehst sonst noch über Bord!", warnte Gerrit.

„Kannst du dir das erklären?", fragte sie empört. „Er tut so, als würde er uns gar nicht kennen! Oder hat er schlechte Augen?"

Gerrit machte eine wegwerfende Handbewegung. „Pfaffe bleibt Pfaffe."

Der Perser

Wieder auf der Insel, bemerkte Eva, dass nun doch einige Frauen eintrafen, um sich auf der Ostindienflotte einzuschiffen. Gern hätte sie mit ihnen geplaudert, aber sie hielt sich zurück, weil sie Fragen zu ihrem Mann befürchtete.

Am nächsten Mittag kamen ihr auf der Dorfstraße etwa zwanzig Mädchen entgegen, alle in der schwarzen Uniform eines Waisenhauses. Tags darauf begegnete ihr die Gruppe erneut. Diesmal sprach sie eines der Mädchen an, das hinter den anderen zurückgeblieben war.

„Geht ihr auch nach Ostindien?"

„Ja, wir fahren mit dem Schiff", sagte das Mädchen.

„Und wie kommt das?"

„Männer mit hohen Hüten sind zu uns gekommen und haben gesagt, dass wir in ein Land gehen, wo immer die Sonne scheint und die Bäume nie ihre Blätter verlieren. Es ist dort wie bei Adam und Eva im Paradies."

„Und, freust du dich?"

„Nein."

„Warum nicht?"

„Ich möchte nicht ins Paradies. Ich möchte bei Catharina bleiben."

„Wer ist Catharina?"

„Catharina ist meine Freundin. Aber sie fährt nicht mit."

„Wie heißt du?"

„Geesje."

Das Gespräch konnte nicht weitergehen, weil das Mädchen von seiner Aufpasserin gerufen wurde.

Eva sah ihr nach. „Viel Glück, kleine Geesje", sagte sie leise.

Elf Tage waren Eva und Gerrit danach noch auf

festem Boden vergönnt, dann erschien ein Matrose und tat unter Fanfarenstößen kund, dass ein günstiger Wind aufgekommen und die Ostindienflotte zur Abfahrt bereit sei. Obwohl es mittlerweile März war, hatte immer noch kein Tauwetter eingesetzt. Eva bestand darauf, dass diesmal auch Gerrit mehrere Wämser und Hosen übereinander zog. Außerdem hatten sie für ihn einen alten Fischerkittel aufgetrieben. „Gut, dass mich meine Freunde so nicht sehen können", stöhnte er. Eva musste daran denken, dass er seine Freunde wohl nie mehr wiedersehen würde.

In dem Boot, das sie zum Schiff brachte, sagte Gerrit: „Jetzt wird es langsam Zeit für deinen Coen. Am Ende versteckt er sich so lange, dass wir ohne ihn abfahren."

Jasper miaute. Das Schwanken des Bootes gefiel ihm nicht. Als sie die *Mauritius* erreichten, bat Eva einen der Ruderer: „Kannst du ihn für mich hinauftragen?"

„So große Angst vor Ratten?", fragte er.

„Nein. So große Liebe zu Katzen", gab sie schnippisch zurück.

Oben angekommen, zeigte sich, dass die Kuhl und das nach vorn hin gelegene Deck mit Menschen überfüllt waren. Die Decks hinter dem Großmast, wo ihre Kabinen lagen, wirkten dagegen wie leer gefegt.

Die meisten Männer waren nur wenige Jahre älter als Eva und erkennbar um einen abgeklärten Eindruck bemüht. Doch mochten sie auch mit keck nach hinten geschobener Mütze gegen die Reling lehnen oder mit zur Schau gestelltem Selbstbewusstsein die Arme vor der Brust verschränken, Eva erkannte in ihren Augen Angst und Unsicherheit. Wahrscheinlich war der eine oder andere von ihnen mit seinen Gedanken bei seiner Mutter, von der er nun jahrelang nichts mehr hören würde.

Eva hatte die Katzenkiste in der Hand, Gerrit sein

Kleiderbündel und seine Fiedel. „Ich geh mir mal die Kabine ganz oben anschauen", sagte er zu Eva. Sie nickte und betrat den unteren Kabinenbereich. Gleich links war die Behausung, die man ihr zugedacht hatte. Doch was war das? Unter der Ritze quoll Rauch hervor! Unsanft setzte sie die Kiste mit Jasper ab und riss die Tür auf. Weißer Qualm kam ihr entgegen. Sie wich einen Schritt zurück, hustete, fächerte sich Luft zu und wagte sich dann in die Kammer. Erst konnte sie nichts erkennen, dann lösten sich aus dem Dunst die Umrisse eines Kopfes. Es war ein Mann mit einem langen schwarzen Bart und einer Kopfbedeckung, die aus einem kunstvoll gewundenen Tuch zu bestehen schien. Seine dunklen Augen funkelten Eva unter buschigen Brauen zornig an.

Entsetzt stürzte sie aus der Kabine auf den Gang, rannte auf den Ausgang zu – und prallte dort mit jemandem zusammen. „Warum so stürmisch, junge Frau?"

Eva blickte in das Gesicht eines Mannes, der ungefähr so alt war wie Coen. Wie dieser trug er Knebel- und Spitzbart, dazu jedoch keinen akuraten Bürstenschnitt, sondern eine Mähne, die in alle Richtungen abstand. Und während Eva bei Coen immer dessen blasse Gesichtsfarbe auffiel, die um den Mund herum in einen bläulichen Bartschimmer überging, war die Haut dieses Mannes von Wind und Wetter gegerbt. Die Augen wurden von zahllosen Krähenfüßen eingerahmt, der Mund von Lachfalten, was ihm ein gutmütiges Aussehen gab. Eva fasste sofort Vertrauen zu ihm.

„Vor wem seid Ihr auf der Flucht?" Seine Stimme war tief, mit einer Spur von Heiserkeit.

Eva geriet ins Stottern: „Da … da vorne … da macht einer Feuer!"

„Ich sehe es schon. Sehr bedenklich."

Damit ging er an Eva vorbei in die Kabine; sie folgte dicht hinter ihm. Nun bemerkte sie, dass der Bärtige mit dem finsteren Blick eine Art Silberpokal mit einem langen schwarzen Schlauch vor sich stehen hatte. Als sie sich ihm näherten, öffnete er ganz langsam den Mund und ließ daraus einen Rauchkringel entweichen. Evas Begleiter deutete eine Verbeugung an und begann, den merkwürdigen Mann anzureden – allerdings in einer Sprache, die ihr völlig fremd war. Offenbar beherrschte er sie nicht sicher, denn mehrmals schien er nach Worten zu suchen, stockte und gestikulierte mit den Händen. Eva konnte sich aber zusammenreimen, dass er den Mann dazu bewegen wollte, mit dem Rauchen aufzuhören, denn er zeigte mehrmals auf das Gerät und nach draußen. Damit war dieser aber ganz und gar nicht einverstanden, sodass sie einige Zeit aufeinander einredeten, bis der Fremde schließlich nachgab und die Kabine verließ – wutschnaubend und mitsamt seiner Rauchmaschine. Der andere folgte ihm, wobei er sich im Weggehen zu Eva umdrehte und ihr zuraunte: „Ich bin gleich zurück!"

Die Kabine war völlig verräuchert. Eva öffnete die Fensterluke und wartete eine Weile. Plötzlich stand Gerrit neben ihr. „Weißt du, dass hier ein Türke herumläuft?", stieß er hervor. „Und was für ein unverschämter! Er hat mich aus der obersten Kabine vertrieben. Ein Kerl, der ihn begleitete, meinte, diese Hütte wäre leider schon belegt von ‚Seiner Exzellenz'!" Er schnaubte und äffte einen unterwürfigen Ton nach: „*Seiner Exzellenz!*"

„Der Türke war auch in meiner Kabine", berichtete Eva. „Er hat hier mit einer seltsamen Pfeife alles vollgequalmt."

„Ach, und dann hast du ihn zu mir geschickt, ja? Und wer ist dieser andere Mann? Hat der überhaupt was zu sagen?"

„Ich bin hier der Oberkaufmann."

Gerrit schaute erschrocken zum Eingang, wo der Mann stand. Er lächelte. „Pieter van den Broecke, zu Diensten." An Eva gewandt, sagte er: „Ihr seid Frau Ment, wie ich annehme?"

„Ja, das bin ich. Und das hier ist mein Bruder Gerrit. Er hat sich erst im letzten Moment entschlossen, mit nach Ostindien zu kommen. Sagt, Herr van den Broecke, was hat es denn mit diesem Türken auf sich?"

„Oh, lasst ihn das bloß nicht hören!", antwortete er lachend und drohte scherzhaft mit dem Zeigefinger. „Das ist Musa Berg, der Botschafter Persiens. Die Türken sind seine Todfeinde. Er hat eineinhalb Jahre in Den Haag gewohnt und – soweit man hört – in dieser Zeit versucht, die Regierung für ein gemeinsames Vorgehen gegen den Sultan in Konstantinopel zu gewinnen. Damit war er allerdings erfolglos, denn die Türken sind ebenfalls wichtige Handelspartner für uns. Wir wollen es uns mit der Hohen Pforte genauso wenig verderben wie mit dem großmächtigen Schah in Isfahan, der Hauptstadt von Persien."

„Und wieso sprecht Ihr Persisch?"

„Ich spreche leider kein Persisch, aber dafür ein wenig Arabisch. Vor vielen Jahren habe ich die erste Faktorei der Compagnie in Arabien gegründet."

„Und warum befindet sich der Botschafter auf unserem Schiff?"

„Er ist auf dem Heimweg. Er wird erst mit uns nach Batavia segeln, von dort gehen Schiffe nach Surat an der indischen Westküste. Von Surat aus ist es dann nicht mehr allzu weit bis zur persischen Küste."

„Und was war das für eine seltsame Rauchmaschine?"

„Eine Wasserpfeife, wie sie überall im Orient in Gebrauch ist. Aber hier auf unserem Schiff ist natürlich jedes Hantieren mit Feuer gefährlich. Das Rauchen ist nur auf dem sogenannten Gaunernetz erlaubt, dem Gitterrost vor dem Großen Mast. Daran werden sich auch Seine Exzellenz halten müssen – so schwer es ihm auch fällt, sich von einem so unbedeutenden Menschlein wie mir etwas sagen zu lassen. Zumal er sich dann auch noch von mir anhören musste, dass er sich in der falschen Kabine befand."

„Das war sehr freundlich von Euch."

„Ich habe ihm gesagt, dass die oberste Kabine ganz in der Spitze die begehrteste sei, weil man von dort den besten Ausblick habe. Allein sie sei gut genug für ihn." Er zwinkerte ihnen zu.

„Kennt Ihr meinen Mann?", fragte Eva.

„Oh ja, ich kenne ihn seit vielen Jahren und schätze mich glücklich, jetzt wieder unter ihm dienen zu können."

„Ich frage mich, wo er steckt", sagte Eva. „Jetzt könnte er sich langsam blicken lassen."

„Es ist die Weisung der Direktoren, dass dies erst geschehen darf, wenn wir das offene Meer erreicht haben. Bis dahin könnt Ihr Euch in allen Anliegen an mich wenden."

„Ich wüsste gern, wo ich unterkomme", meldete sich Gerrit.

„Die Kabine dort vorn ist für General Coen. Euch bleibt dann nur noch ein Platz in der Dreierkabine, zusammen mit dem Pfarrer und dem Doktor."

„… und dem Kleinkind!" Gerrit verdrehte die Augen.

„Da müsstet Ihr Euch einmal ansehen, wie die anderen dreihundert Männer an Bord reisen … Entschuldigt mich jetzt bitte, wir wollen in spätestens zwei Stunden die Anker lichten."

Van den Broecke entfernte sich, und Gerrit schlurfte lustlos in Richtung seiner Kabine.

Eva öffnete Jaspers Kiste. „Dein neues Reich!", pries

sie das Schiff an. Jasper sprang heraus und hielt die Nase in die Luft. Dann untersuchte er den Gang und verschwand in Richtung Halbdeck. „Verloren gehen kann er auf einem Schiff ja eigentlich nicht", dachte Eva.

Nachdem sie überprüft hatte, dass kein Wasser oder Schmutz in ihre beiden Truhen eingedrungen war, holte sie Puder und einen kleinen Handspiegel heraus, nahm ihre Haube ab und begann, sich die Haare zu pudern. Wenn es stimmte, dass sie die einzige Frau auf dem Schiff sein würde, dann würden sich in den nächsten Stunden die Blicke aller Männer auf sie richten. Und dafür musste sie gewappnet sein. Als sie mit der Haarpflege fertig war, wischte sie sich das Gesicht gründlich mit einem weißen Tuch ab. Anschließend nahm sie einen kleinen, rauen Lappen zur Hand und rieb sich damit die Zähne ab, damit sie schön weiß waren. Auf ihr vollständig erhaltenes Gebiss war sie stolz. Anschließend band sie ihr Haar wieder zusammen und setzte die Haube auf, sodass kaum etwas von der roten Pracht darunter hervorschaute. Alles andere wäre unzüchtig gewesen. Und einen unzüchtigen Eindruck wollte sie auf diesem Schiff voller wilder Männer auf keinen Fall erwecken.

Ein kräftiger Wind wehte, als sie wieder auf das Deck hinaustrat. Das Schiff schwankte merklich. Wie schon bei ihrem ersten Besuch machte sich ein Gefühl leichter Übelkeit bemerkbar. Gierig sog sie die frische Luft ein.

In der Kuhl und auf dem nach vorn hin gelegenen Deck hatten sich offenbar sämtliche Mitfahrenden eingefunden. Dicht an dicht standen sie beieinander, ein Haufen von Männern auf sehr engem Raum. Zunächst erkannte Eva keinerlei Struktur in der Menge, aber als sie länger hinsah, bemerkte sie, dass ein Teil der Männer Seeleute waren. Das erkannte sie an der Kleidung, die ihr als einem

117

Mädchen aus dem Amsterdamer Hafenviertel vertraut war. Ihr Aufzug war zweckdienlich und eher dunkel. Sie trugen Mützen, bauschige Kniebundhosen mit viel Bewegungsfreiheit und weite Hemden. Manche hatten Mäntel an, viele andere standen ohne wärmende Winterkleidung da und rieben sich immer wieder frierend die Arme. Eva erinnerte sich daran, dass Onkel Pieter ihr einmal gesagt hatte, die meisten Ostindiengänger besäßen nur das, was sie am Leib trügen.

Die anderen Männer mussten Soldaten sein. Zwar waren sie nicht bewaffnet, aber eine Vorliebe für auffälligere Farben wie Rot und Gelb unterschied sie von den Seeleuten. Auch bevorzugten sie Hüte statt Mützen und dünne Leinen- statt Wollstrümpfe. Soldaten und Seeleute standen jeweils in Grüppchen zusammen – jeder hielt sich an seinesgleichen, einen Austausch gab es anscheinend nicht. Eva fragte sich, wozu eine Handelsgesellschaft so viele Soldaten brauchte.

Durch die Pulks von Menschen bewegte sich ein einzelner Herr mit einem hohen Hut und einer Halskrause. In der Rechten hielt er einen Rohrstock umklammert, mit dem er sich mitunter seinen Weg bahnte, wenn die Männer nicht sofort auf die Seite gingen. Sein Gesicht war grob zu nennen, verunziert von einer klobigen Nase, hängenden Backen und hervortretenden Augen. Einen richtigen Bart hatte er nicht, nur ein gerupft wirkendes Oberlippenbärtchen. Dem Anschein nach war er dabei, die Mannschaft einer letzten Musterung zu unterziehen. Manchmal musste jemand für ihn den Mund aufsperren. Ein ziemlich großer Kerl erregte offenbar seinen Unwillen, jedenfalls schlug er wie wild mit seinem Stock auf ihn ein. Nachdem Eva der Prozedur längere Zeit zugesehen hatte, hörte sie hinter sich eine Stimme: „Ah, diese Haube kommt mir bekannt vor!"

Eva drehte sich und sah Pfarrer de Bondt auf sich zukommen. Er schien sich zu freuen, sie zu sehen. Einen Moment lang überlegte sie, ob sie ihn auf seine seltsame Reaktion bei ihrer Abfahrt vom Schiff ansprechen sollte. Aber er ließ ihr keine Zeit dazu: „Denkt Euch", erzählte er, „mein Bruder ist bereits seekrank. Er liegt unten im Bett, vor sich eine Schüssel. Dabei ist er doch Doktor der Medizin! Ein Arzt, der selber krank wird und sich nicht helfen kann, das nenne ich …"

„… ein Paradox", ergänzte Eva.

„Ja, genau ein Paradox." Er sah sie an. „Welche Ausbildung habt Ihr genossen, wenn ich fragen darf?"

„Nach der Schule habe ich in Amsterdam von Monsieur d'Audinghen vier Jahre Französischunterricht bekommen." Sie verschwieg, dass ihr Vater dem Privatlehrer danach aus Kostengründen gekündigt hatte, obwohl sie ihn geradezu angefleht hatte, dies nicht zu tun. Stattdessen sagte sie: „Und dann bin ich noch in Geografie und vaterländischer Geschichte unterwiesen worden. Am meisten habe ich mich für Mathematik interessiert, aber das ist ja ein reines Jungenfach."

„Ja, das brauchen Frauen natürlich nicht."

„Wo ist Noah?", fragte Eva.

„Er schlummert in einer Kinderwiege, die ich in unserer Kabine aufgestellt habe. Euer Bruder ist auch bei uns untergebracht. Ich hoffe, er hat einen guten Schlaf, sonst wird es schwer für ihn." Er kicherte. „Wo ist denn jetzt Euer Gatte?"

Eva druckste herum. „Er ist wohl im Anmarsch."

Die Verwunderung war de Bondt anzusehen. „Im Anmarsch?" Als Eva keine Anstalten machte, eine Erklärung zu geben, sagte er: „Hoffentlich schafft er es noch."

Eva wechselte das Thema: „Wisst Ihr, wer dieser Mann dort unten mit dem Stock ist?"

„Das ist unser Kapitän Thomas Pool."

„Er geht ja ziemlich rabiat mit den Leuten um."

„Auf einem solchen Schiff ist Disziplin schon sehr wichtig. Wir werden sieben, acht, neun Monate – im schlimmsten Fall noch länger – mit all diesen Männern auf engstem Raum eingeschlossen sein. Es sind ungehobelte Kerle – unfähig, ihren eigenen Namen zu schreiben. Ich glaube, viele sprechen noch nicht einmal unsere Sprache, sie kommen von jenseits des Rheins aus dem Deutschen Reich oder hoch aus dem Norden. Und nicht zu vergessen: Es sind junge Männer! Sie wissen nicht, wohin mit ihrer Kraft, und sind deshalb unberechenbar. Es ist für den Kapitän keine leichte Aufgabe, diese Meute im Zaum zu halten. Vergesst nie: Das Schiff ist zwar eingeteilt in den Bereich hinter dem Mast – das ist hier, wo wir wohnen – und den Bereich vor dem Mast – das ist der Lebensraum von denen dort unten. Es ist aber keine Mauer da, die uns schützt, noch nicht einmal irgendeine Markierung. Die Trennlinie verläuft nur in unser aller Köpfen."

In diesem Moment klappte über ihnen eine Tür auf, und als sie sich umdrehten, sahen sie Musa Berg in einem wehenden, pelzbesetzten roten Mantel das Achterdeck hinunterkommen. Dort stellte er sich an das Geländer und ließ seinen Blick über das Schiff schweifen, als wäre es sein persönliches Eigentum. Die Männer auf den tiefer gelegenen Decks schauten zu ihm auf, als wäre der Leibhaftige erschienen. „Ein Türke! Ein Türke!", riefen viele. Andere standen nur einfach mit offenem Mund da.

Nun schnellte – Eva hätte nicht sagen können, woher – Pieter van den Broecke die Treppen zum Achterdeck hinauf. Er deutete eine kurze Verbeugung an, wollte wohl etwas sagen, doch noch bevor er dazu kam, überfiel ihn der Perser mit einem Wortschwall. Offenbar war er über irgendetwas ungehalten. Als er fertig war, nickte van den Broecke und winkte Eva und de Bondt zu sich auf das höher gelegene Deck. Kapitän Pool war ebenfalls schon auf der Treppe. Noch auf dem Halbdeck stieß Eva fast mit ihm zusammen. Er zog den Hut: „Frau Ment, wie ich annehme? Euer untertänigster Diener." Er machte eine tiefe Verbeugung. Willem de Bondt wurde dagegen kaum von ihm beachtet. „Ich bedaure sehr, dass ich Euch nicht selbst zum Schiff geleiten konnte. Seid versichert, dass Euer persönliches Wohl während dieser Fahrt für mich an erster Stelle stehen wird. Falls ich Euch den Aufenthalt in irgendeiner Weise erleichtern kann, scheut Euch bitte nicht, es mir zu sagen."

„Vielen Dank, Kapitän", erwiderte Eva. Nun sah sie auch Gerrit über das Halbdeck kommen. Der Kapitän schaute ihn misstrauisch an.

„Das ist mein Bruder", erklärte Eva. „Er hat sich erst sehr kurzfristig entschlossen, uns zu begleiten." Sofort setzte Pool wieder ein beflissenes Gesicht auf und lüftete den Hut. Gerrit nahm ebenfalls seinen Schlapphut mit einigen mittlerweile sehr zerknitterten Federn ab. „Willkommen an Bord der *Mauritius*!", sagte Pool. „Ich hoffe …"

Doch er wurde von wütendem Geschrei Musa Bergs unterbrochen. Der Botschafter fuchtelte mit den Armen in der Luft herum und konnte von van den Broecke nur mit Mühe besänftigt werden.

„Was hat er denn?", fragte Pool.

„Er hat gesagt, er habe schon längst das Kommando zum Segelsetzen gegeben, und will wissen, warum dies noch nicht geschehen ist", antwortete van den Broecke.

„Das Kommando zum Segelsetzen? Hält er sich etwa für den Kapitän dieses Schiffes?"

„Nun, er betrachtet sich zumindest als die höchste

Instanz, fürchte ich." Und dann, deutlich leiser: „Übrigens solltet Ihr vorsichtig sein: Er versteht durchaus ein bisschen Niederländisch."

Pool war deutlich anzusehen, dass er einen Wutanfall nur mit Mühe unterdrücken konnte. „Nun, dann sagt ihm doch – ob auf Niederländisch oder auf Türkisch ist mir egal ..."

„... er ist kein Türke, er ist Perser!"

„... wie auch immer: Sagt ihm, dass ich hier die Befehle erteile!"

Man sah, wie schwer es Pool fiel, die Fassung zu bewahren. Van den Broecke blieb ganz ruhig: „Ich glaube, es wäre gut, wenn ich die Mannschaft kurz über ihn aufkläre."

Er trat an das Geländer und rief: „Männer, hört her! Ihr wundert Euch vermutlich über unseren Gast. Nun, wir haben die Ehre, den Botschafter des Großkönigs von Persien bei uns an Bord zu haben. Seine Exzellenz sind auf der Rückreise an den Hof des allermächtigsten Schahs. Es versteht sich von selbst, dass dieser Staatsgast mit der größten Ehrerbietung zu behandeln ist."

Musa Berg schien mitbekommen zu haben, dass von ihm die Rede war, und reckte seinen Kopf in die Höhe.

Jetzt trat Kapitän Pool nach vorn. „Männer!", schrie er, „ihr steht am Beginn einer großen Reise. Ihr mögt aus den unterschiedlichsten Gegenden unseres Landes kommen oder von noch weiter her; ihr mögt dem wahren reformierten Bekenntnis anhängen oder irgendeiner Irrlehre; ihr mögt Waisen sein oder daheim Vater und Mutter zurückgelassen haben – all das zählt jetzt nicht mehr. Vergesst, was gewesen ist! Ihr seid nun alle vereint über dem Kiel dieses Schiffes. Von nun an seid ihr Diener der Herren Direktoren. Sie sind eure Gebieter. Ihr solltet sie stets in eure Gebete einschließen, und jedes Mal, wenn ihr etwas zu essen oder zu trinken bekommt, solltet ihr bedenken, dass ihr all dies den edlen Direktoren zu verdanken habt.

Vergesst aber auch nie, dass eure Herren nicht nur edel sind, sondern auch streng! Ihr schuldet ihnen unbedingten Gehorsam. Und als Repräsentant der Direktoren für die Dauer der Reise werde ich diesen Gehorsam einfordern, jeden Tag, jede Stunde, jeden Augenblick, den ihr an Bord seid. Wer schon einmal mit mir gefahren ist, weiß: Ich sehe alles! Versucht erst gar nicht, mich zu betrügen. Erfüllt eure Pflicht! Sonst habe ich meinerseits die Pflicht, euch zu bestrafen. Und nun: Jeder an seinen Platz! Soldaten unter Deck! Setzt die Segel!"

Sofort kam Bewegung in die Menge. Die Soldaten steuerten die Türen an, die zu den Zwischendecks führten, viele Seeleute folgten ihnen. Andere strebten in die Höhe und kletterten die Takelage hinauf, wo sie damit begannen, die gewaltigen Segel loszubinden und zu entrollen. Befehle ertönten, und einige Seeleute hoch oben in den Toppen stimmten ein Lied an.

Kapitän Pool stellte sich neben Eva. „Jetzt werden die Anker gelichtet", erläuterte er. Unter Deck befindet sich eine große Winde, die von zwanzig unserer stärksten Matrosen bedient wird. Damit werden die Anker nach oben gezogen."

Es war ein unvergessliches Schauspiel. Die Segel rauschten nach unten. Die *Mauritius* begann sich zu recken und zu strecken wie ein Hund, der nach langer Zeit von der Kette gelassen wird. Das Gebälk ächzte. Etwas zögerlich drehte das Schiff bei, bis der Wind von hinten voll in die Segel blies. Eva kam es vor, als würde die *Mauritius* tief Luft holen für ihre Reise ans andere Ende der Welt. Und nun kam richtig Leben in das Schiff: Die Segel plusterten sich auf, in der Takelage summte und sirrte der Wind, die Flaggen und

Wimpel flatterten, und ein Matrose gab Fanfarensignale. Mit majestätischer Ruhe verließ der mächtige Segler seinen Ankerplatz. Ein trockener Knall – das Schwesterschiff *Salamander* hatte Salut geschossen. Die anderen Ostindienfahrer waren gleichfalls in Bewegung, und ebenso strebten viele kleinere Schiffe jetzt, da endlich der richtige Wind aufgekommen war, dem offenen Meer zu.

Eva indessen konnte den Anblick nicht genießen, denn das leichte Auf und Ab des Schiffes war nun wesentlich stärker geworden. Trotz der Kälte hatte sie das Gefühl, dass ihr Schweiß auf die Stirn trat.

„Wir verlassen jetzt die Reede und fahren durch die Meerenge zwischen Texel und der Nordspitze Hollands", erklärte Pool. Eva hörte kaum hin. Sie war müde, und in ihrem Magen rumorte es. Der Kapitän beugte den Kopf vor, sodass sie die Pockennarben auf seiner Nase vor Augen hatte. Verschwörerisch raunte er ihr zu: „Sobald wir draußen sind, kann es nicht mehr lange dauern, bis Ihr ihn wiederseht. Ich bin in alles eingeweiht!" Er machte ein bedeutungsvolles Gesicht. Eva versuchte zu lächeln, doch dann wandte sie den Blick so schnell wie möglich ab und blickte auf das schiefergraue Meer. Linker Hand lag die holländische Küste. Vielleicht war es das letzte Mal in ihrem Leben, dass sie sie sah.

„Ihr müsst wissen, ich verehre Euren Gatten", fuhr Pool fort. „Ein geborener Führer! Und dazu noch so groß, nicht wahr?" Er lachte, und trotz des Windes nahm Eva seinen Mundgeruch wahr.

„Ist Euch nicht gut?", fragte er. „Ihr dürft Euch den Bewegungen des Schiffes nicht widersetzen, Ihr müsst Euch ihnen anpassen. Ihr müsst mitgehen, so als wäret Ihr ein Teil des Schiffes."

„Ich glaube, ich muss mich für einen Moment zurückziehen", murmelte sie. Damit wandte sie sich um und tastete sich über das leicht schwankende Deck bis zu der roten Tür vor, die zu den Quartieren führte, betrat ihre Kabine und ließ sich ins Bett fallen. Dann löste sie die Spangen ihrer Haube, warf sie auf den Truhendeckel und schüttelte sich die Haare frei. Die heftige Kopfbewegung verursachte einen sofortigen Anfall von Übelkeit. Sie konnte gerade noch die Schüssel packen, die vor ihrem Bett stand, dann begann sie zu würgen. Allmählich wurde ihr klar, dass diese Reise eine Heimsuchung werden würde.

In der Hölle

Eva schlug die Augen auf und sah nichts. Sie wollte sich mit der Hand ins Gesicht fassen, aber auch der Arm versagte ihr den Dienst. War sie blind und gelähmt? Oder tot? Falls sie tot war, befand sie sich in der Hölle, denn sie fühlte sich so elend wie nie zuvor. Offenbar war sie also nicht in der Gnade des Herrn gewesen, sie hatte nicht zu den Erretteten gehört. Oder aber – falls doch die Katholiken recht hatten – hatte sie nicht genug Gutes getan, zu viele sündige Gedanken gehabt und nicht oft genug zu Gott, Maria und den Heiligen gebetet und um Vergebung gefleht. Vielleicht hatte sie es auch an der Liebe zu Gott mangeln lassen. Und jetzt strafte er sie.

Hier lag sie also in der Hölle und litt. Wäre der Tod doch nur ein traumloser Schlaf, ein Versinken ins Nichts – was wäre das für eine Erlösung gewesen! Der Tod als milder Schiedsmann. Aber so war es natürlich nur bei den Tieren. Für die Menschen bedeutete der Tod nicht das Ende, sondern den Übertritt in eine andere Welt. Und diese Welt war in ihrem Fall die ewige Verdammnis. Merkwürdigerweise war es nicht Angst oder Panik, die sie bei dieser Erkenntnis ergriff, sondern nur tiefe Verzweiflung. Ihr einziger Wunsch war, nicht mehr zu sein: keine Schmerzen, kein elendes Gefühl mehr, nur Ruhe. Wie viel hatte ein Mensch schon während seines irdischen Lebens zu leiden – die wenigen glücklichen Stunden konnten das niemals aufwiegen. Aber wenn das, was sie jetzt durchmachte, das Leben nach dem Tod war, dann begriff sie nun, warum die Menschen so am Diesseits hingen.

Es stampfte unter ihr in der Hölle. Ein gleichmäßiges, quälendes Stampfen. Und dazu ein Pochen, so als ob irgendwo in der Tiefe ein schwerer Balken anstoßen würde.

Die Hölle stand nicht still, sie war in Bewegung. Sie rollte wie eine Kutsche über steinige Wege. Oder nein, es war keine Kutsche. Denn von draußen hörte sie das Aufspritzen von Gischt. Kein Zweifel möglich: Der Teufel fuhr Schiff.

Und nun fiel es ihr wieder ein: Dies war die *Mauritius*. Also doch nicht die Hölle. Obwohl: Vielleicht war das auch ein und dasselbe. Jedenfalls hatte sie sich noch niemals so krank gefühlt. Ihre Existenz war ihr zu einer unerträglichen Belastung geworden. Wenn es nur aufhören würde, nur aufhören! Sie hatte schon einmal versucht, ihren Qualen ein Ende zu setzen. Ob das vor Stunden oder vor Tagen gewesen war, wusste sie nicht. Auf jeden Fall hatte sie sich aus dem Bett gerollt und war auf allen vieren aus der Kabine gekrochen, durch den Gang und weiter bis nach draußen. Da hatte sie sich am Geländer hochgezogen, um hinüberzuklettern. Aber sie hatte es nicht geschafft. Sie war zu schwach gewesen, das Hindernis zu überwinden. Statt ins eiskalte Wasser war sie auf das harte Deck zurückgesunken. Was dann geschehen war, wusste sie nicht mehr.

Nun lag sie hier und konnte weder sehen noch sich regen. Aber allmählich war es ihr immerhin wieder möglich, einen klaren Gedanken zu fassen. Auf ihren Augen lastete ein Druck: Jemand hatte ihr ein Tuch umgebunden. Und ihre Arme konnte sie deshalb nicht anheben, weil sie von Stricken gehalten wurden. Sie war gefesselt wie eine Gefangene. Es konnte nicht wahr sein, dass sie ihr das angetan hatten.

Das Schiff ging auf und nieder. Es stieß ins Wellental hinab und wurde von der nächsten Woge wieder emporgetragen. Wenn es doch bloß einmal stillgestanden hätte! Aber es würde fahren und fahren, Tag um Tag, Woche für Woche …

Schritte kamen übers Halbdeck. Ein dumpfer Schlag

– die Tür von draußen zum überdachten Achterdeck war aufgestoßen worden. Sie dachte daran, dass sie in ihrer verzweifelten Lage jedem Mann hilflos ausgeliefert war. Die Kabinentür ließ sich nicht abschließen. Sie selbst war gefesselt, sehen konnte sie nichts – der Schänder würde unerkannt bleiben. Natürlich konnte sie schreien. Aber in ihrem derzeitigen Zustand war es fraglich, ob sie auch nur einen einzigen Ton herausbringen würde. Außerdem könnte er sie knebeln.

Die Schritte hielten vor der Tür. Der Unbekannte verharrte. Überprüfte die Lage. Wollte sichergehen, dass sein Verbrechen unentdeckt bleiben würde. Ein Knarren, die Kabinentür ging auf. Sie hatte es gewusst! Jetzt wieder Schritte. Es mussten schwere Stiefel an großen Füßen sein, die sich ihrem Bett näherten. War es der widerliche Pool? Es konnte auch einer von vor dem Mast sein, der sich heraufgeschlichen hatte, im Schutze der Nacht, getrieben von jugendlicher Geilheit. Ein blutjunger Kerl, ein Knecht, der es normalerweise nicht wagen würde, sie anzusprechen. Hier, im Schutz der Dunkelheit, würde er sie erniedrigen wie eine Sklavin. Er würde ihr die schlimmsten Beleidigungen ins Ohr flüstern und dabei „Du" zu ihr sagen. Und dann würde er seine starken Hände unter ihre Kleider schieben und ihre Brüste berühren, würde seinen steinharten Schwanz in sie hineintreiben, sich in ihr winden und ergießen. Und verschwinden.

Niemand würde ihr glauben, dass es geschehen war. Nur sie allein würde es wissen. Und jedes Mal, wenn sie danach der Meute gegenüberstehen würde, würde sie sich fragen, wer von ihnen es gewesen war. Der da mit dem schuldbewussten Blick? Oder jener mit dem Kindergesicht über den zu breiten Schultern? Oder doch der, der so frech zu ihr hinaufgrinste und dabei seine Hand in die Hose steckte?

Die Stiefel waren vor ihrem Bett stehen geblieben. Jetzt würde es geschehen. „Wer ist da?", flüsterte sie. Keine Antwort. Stattdessen spürte sie Finger an ihren Schläfen. Im nächsten Moment hatte der Eindringling ihre Augenbinde gelöst. Vor der halb geöffneten Luke, durch die etwas Mondlicht hereinfiel, sah sie den kantigen Kopf von – Jan Pieterszoon Coen.

„Wie geht es Euch?", fragte er, während er ihre Arme losband.

„Warum bin ich gefesselt?"

„Der Kapitän hielt dies zu Eurer eigenen Sicherheit für nötig. Ihr wolltet Euch ins Meer stürzen, er hat Euch gerade noch retten können. Dann hat er Euch hier kurzzeitig festgebunden, um mich zu holen. So macht man es mit Seekranken, wenn auch nicht unbedingt mit jungen Damen. Aber er wollte niemanden wecken, um Euch in Eurer peinlichen Lage nicht fremden Blicken auszusetzen. Es kann auch wirklich nur sehr kurz gewesen sein."

„Und die Augenbinde?"

„Das ist ein bewährtes Mittel gegen Seekrankheit. Ihr solltet die Augen auch jetzt wieder schließen."

Sie tat es. Pool also. Er hatte sie von draußen hereingetragen. Er hatte ihren Körper berührt. War es vorstellbar, dass er ihre Ohnmacht ausgenutzt hatte? Sie würde nie wissen, was er getan hatte. Der Gedanke, ihm je wieder unter die Augen treten zu müssen, war kaum zu ertragen.

Coen reichte ihr einen Becher. Vorsichtig nippte sie daran.

„Ich habe es schon mehrmals erlebt, dass Seekranke versucht haben, sich über Bord zu stürzen", sagte Coen. „Ihr seid keine Ausnahme. Selbst Odysseus soll seekrank gewesen sein."

„Die Seefahrt ist nichts für mich", seufzte Eva.

Coen ergriff ihre Hand – was er noch selten getan hatte. „Ich werde heute Nacht bei Euch bleiben. Ich setze mich auf Eure Truhe."

„Danke", sagte Eva. Dann lauschte sie auf das Stampfen und Pochen …

Als sie die Augen wieder aufschlug, saß Coen immer noch an seinem Platz auf der Truhe, aber nun wurde er vom Tageslicht beschienen, das durch die Luke fiel.

„Seid Ihr die ganze Zeit über wach geblieben?", fragte Eva.

„Selbstverständlich. Das hatte ich doch gesagt. Wie geht es Euch?"

„Ein wenig besser."

Coen stand auf, kam zu ihr und setzte sich auf die Kante der Bettnische, was angesichts seiner Größe nicht einfach war. Aus seinen tief liegenden Augen schaute er auf sie herab. Sie musste furchtbar aussehen, doch sein Blick sagte ihr etwas anderes. Es war aber nicht ihr Gesicht, das ihn in seinen Bann zog. Es waren ihre Haare, die er zum ersten Mal offen sah. Sie lagen wie ein flammender Strahlenkranz auf dem Kissen.

„Wisst Ihr, dass rotes Haar in Asien nahezu unbekannt ist?", fragte er.

„Nein, warum?"

„Es gibt dort so gut wie keine rothaarigen Menschen."

„Dann wird man mich auslachen."

„Oh nein, Euch wird große Verehrung zuteil werden. Dort, wo wir hingehen, werden Rothaarige nach einem alten Volksglauben als Abkömmlinge der Götter betrachtet."

Laternengeflüster

Nach drei Tagen klang die Seekrankheit ab. Eva zog ihre muffigen Kleiderschichten aus – auch wenn sie befürchtete, dass ihr dabei sämtliche Gliedmaßen abfrieren würden – rieb sich sorgfältig mit einem weißen Tuch ab, besprühte sich mit französischem Parfüm, fettete und puderte ihr Haar und schlüpfte in frische Kleider. Danach fühlte sie sich wieder sauber. Kalt war ihr noch immer, zumal ihr die Unterröcke ziemlich weit geworden waren – sie hatte durch die Krankheit so viel Gewicht verloren, dass sie ihre Taille nun bis auf eine Fingerlänge mit beiden Händen umfassen konnte.

Coen hatte sich der Mannschaft noch nicht gezeigt, sondern darauf gewartet, dass seine Frau wieder wohlauf war. Am Morgen des vierten Tages auf See erschien er nun mit ihr und den anderen zum gemeinsamen Frühgebet auf dem Halbdeck. Er sagte kein einziges Wort, sondern schaute die Männer einfach nur an. Jeden Einzelnen schien er zu fixieren und einer kurzen Prüfung zu unterziehen. Wenige konnten seinem Blick standhalten, die meisten senkten den Kopf oder drehten sich weg.

Schließlich trat Pool vor und sagte: „Männer, wir haben die große Ehre, den Generalgouverneur Coen auf unserem Schiff zu beherbergen. Er ist nichts weniger als der starke Arm der Herren Direktoren. Keiner hat sich je größere Verdienste um die Compagnie erworben. Und General Coen fährt nicht allein, er wird begleitet von seiner lieblichen Gemahlin Eva Ment. Lasst uns uns als würdig erweisen, dass dieser bedeutende Mann und seine Frau unser Schiff für ihre Überfahrt ausgewählt haben!"

Passend dazu zitierte Pfarrer de Bondt einen Psalm aus dem Alten Testament: „*Wie geht ein junger Mann seinen*

Pfad ohne Tadel? Wenn er sich hält an dein Wort." Anschließend ersuchte er Gott den Herrn um Vergebung ihrer Sünden, versicherte ihm ihre Reue und bat um Verschonung von Schiffbruch, Sturmschaden, Windstille, Krankheit, Feuer und feindlichem Angriff.

Danach wurden die Männer entlassen. Viele von ihnen strebten der äußersten Spitze des Schiffes zu. Vor der weit voraus ragenden Nase des Schiffes befand sich dort über dem offenen Meer ein Holzgitter. Eva konnte aus der Entfernung und wegen des Gedränges nicht erkennen, was die Männer dort taten, deshalb fragte sie Gerrit: „Was machen die da?"

„Pissen und scheißen", war seine lapidare Antwort.

„Wie bitte?"

„Ja meinst du, die haben so schöne abgetrennte Latrinen wie wir? Bei denen geht es etwas rustikaler zu."

Eva wandte sich ab. Vor ihr fasste Coen den Pfarrer gerade am Arm. „Kann ich kurz mit Euch sprechen?"

De Bondt schluckte. „Aber natürlich, Herr General."

Coens versteinerte Züge verhießen nichts Gutes. „Es erstaunt mich in hohem Maße, dass Ihr eben Fürbitten geäußert habt. In meinen Augen ist das Gotteslästerung."

„Aber … es waren doch nur ganz allgemein gehaltene Bitten", versuchte sich de Bondt zu rechtfertigen.

„Herr Pfarrer, muss ich als unkundiger Kaufmann Euch wirklich darüber belehren, dass es zutiefst kindisch ist, zu glauben, der allmächtige Gott könnte sich in seinem Handeln durch uns beeinflussen lassen? Haltet Ihr es wirklich für denkbar, dass wir auf den Schöpfer von Himmel und Erde einwirken können, indem wir zwischen Aufstehen und Wasserlassen ein hastiges Gebet wispern? Und schwingt in Euren Worten nicht sogar etwas von einem Tauschhandel mit, wenn Ihr Gott zunächst versichert, dass wir unsere

Sünden bereuen, um anschließend, gleichsam als Gegenleistung, eine Reihe von Wünschen an ihn heranzutragen? Ich fürchte, Ihr habt nicht darüber nachgedacht, was Ihr tatet."

„Herr General, wenn Ihr erlaubt – alles was Ihr sagt, ist richtig, und doch: Würdet Ihr bestreiten, dass auf dieser Reise keine andere Form des Gebets für die Männer so wichtig ist wie die Bitte um Schutz vor Unbill und Gefahr? Nicht im Sinne eines Überredens oder gar Drängens, dass die göttliche Vorsehung doch noch einmal abgewandelt werden möge, sondern im Sinne eines vertrauensvollen Flehens? Ähnlich wie ein Kind, das in bangen Stunden den Vater um Beistand bittet?"

„Pfarrer de Bondt", entgegnete Coen. Er sprach langsam, was die Wirkung seiner Worte noch verstärkte. „In Dingen, die die Religion betreffen, darf es nie darum gehen, was dem Menschen gefällt. Es kann nur darum gehen, was vor Gott richtig ist, denn Gott hat unendlich größere Bedeutung als der Mensch. Gott anzurufen, obwohl wir wissen, dass es falsch ist, hieße, ihn zu beleidigen."

„Aber sagt der Apostel Paulus nicht auch: *Wie unergründlich sind seine Entscheidungen, wie unerforschlich seine Wege? Denn wer hat die Gedanken des Herrn erkannt?*"

„Soweit ich diese Stelle in Erinnerung habe, meint Paulus damit, dass wir die Entscheidungen des Herrn nicht voraussehen und auch nicht immer nachvollziehen können. Seine Aussage ist gewiss nicht so zu verstehen, dass wir auf gut Glück alle möglichen selbstsüchtigen Bitten an ihn richten sollten – gleichsam aus der Haltung heraus, dass es ja zumindest nicht schaden kann. Gott hat uns Vernunft gegeben, und meine Vernunft sagt mir: Entweder der Herr hat entschieden, dass wir mit Mann und Maus untergehen, oder er hat entschieden, dass wir ankommen. In beiden

Fällen wird er sich von uns nicht umstimmen lassen. Uns bleibt nur zu akzeptieren, was Gott in seiner für uns nicht zu erfassenden Weisheit beschlossen hat. Kein logisch denkender Mensch kann daran zweifeln. Ich rate Euch dringend, Euch in Zukunft daran zu halten."

„Jawohl, Herr General", murmelte de Bondt. Mit gesenktem Kopf trat er zur Seite.

Coen nickte Eva zu. „Ich hoffe, dass Euch das Frühstück bekommen wird."

Sie gingen voraus, de Bondt folgte ihnen. In der Kajüte saßen am großen Tisch Gerrit, Kapitän Pool, van den Broecke und – de Bondt! Eva blieb wie angewurzelt stehen. Dann drehte sie sich um: Hinter ihr stand de Bondt ebenfalls! Derselbe Mensch zweimal!

„Ich sehe Euch Eure Verwunderung an, Frau Ment", lachte Pieter van den Broecke. „Habt Ihr die Gebrüder de Bondt noch nicht zusammen gesehen? Es sind Zwillinge." Das war also die Erklärung für das rätselhafte Verhalten de Bondts, als sie ihm beim Übersetzen von der *Mauritius* zur Insel zugewinkt hatte! In dem Boot, das ihnen begegnet war, hatte sein Bruder gesessen.

Nun stand der de Bondt auf, der schon am Tisch gesessen hatte, und zog den Hut. „Es tut mir leid, wenn ich Euch verwirrt habe", sagte er. „Gestatten, Jacob de Bondt, doch bevorzuge ich die latinisierte Form Jacobus Bontius. Ich bin Doktor der Medizin und werde im Auftrag der Compagnie die Krankheiten und Arzneien Ostindiens erforschen."

„Das ist bestimmt eine Aufgabe von großer Wichtigkeit", erwiderte Eva. „Denn mir selbst hat mein Mann mit einer solchen Medizin das Leben gerettet."

„Sie stammte aus der Rinde eines Baumes", erläuterte Coen. „Schon in meinen jungen Jahren in Bantam hat mich dieses Mittel von seiner erstaunlichen Wirkung überzeugt. Allerdings sollte Euch das nicht zu allzu hohen Erwartungen verleiten."

„Warum nicht?", fragte der Doktor. Er sah seinem Bruder, der sich nun neben ihn gesetzt hatte, wirklich zum Verwechseln ähnlich.

„Zum großen Teil beruht die asiatische Medizin auf Hokuspokus. Mit Wissenschaft hat das nichts zu tun. Die Chinesen und Japaner sind zum Beispiel davon überzeugt, dass sie die meisten Krankheiten heilen können, indem sie Nadeln in den Körper stechen."

„Nadeln?", fragte Eva. „Das muss doch furchtbar wehtun."

„Merkwürdigerweise tut es das nicht", räumte Coen ein. „Aber die heilende Wirkung dieser Methode wird man bezweifeln dürfen." Er lächelte abfällig. „Ein anderes Verfahren besteht darin, einzelne Punkte des Körpers zu erwärmen."

„Die Chinesen machen sowieso die verrücktesten Sachen", warf Pool ein. „Die wischen sich den Hintern mit Papier ab. Ehrlich! Das wird sogar eigens dafür hergestellt, verkauft und bezahlt."

Eva dachte kurz daran, dass sie daheim in Amsterdam immer auf Stroh oder Hanf zurückgegriffen hatten. Außerdem war neben ihrem Plumpsklo im Innenhof eine Regentonne platziert gewesen. Gerrit behauptete allerdings, zur Selbstreinigung sei nichts zweckmäßiger und angenehmer als der weiche, gefiederte Hals einer Gans.

Mittlerweile stellte ein schlaksiger Junge mit sehr blauen Augen und sehr blonden Haaren Brot, Käse und Bier auf den Tisch.

„Ist das der Schiffsjunge?", wollte Eva von Gerrit wissen, der neben ihr saß.

„Ja, das ist Fransje."

Eva hatte gerade den ersten Bissen zu sich genommen, da rauschte Musa Berg in die Kajüte. Er schaute sich kurz auf dem Tisch um, dann begann er zu schimpfen.

„Was hat er schon wieder?", stöhnte Pool.

„Er sagt, so ein erbärmlicher Fraß würde in Isfahan nicht mal den Armen angeboten", übersetzte van den Broecke. Dann hörte er zu, was der Botschafter des Weiteren zu bemängeln hatte. Anschließend erklärte er: „Seine Exzellenz haben einen eigenen Weinvorrat im Laderaum und verlangen sogleich mehrere Flaschen. Ich kann das übernehmen, ich gehe mit zwei Männern hinunter."

Musa Berg war jedoch noch nicht zu Ende.

„Er fordert den Platz neben Euch, General."

„Ich stehe schon auf …" Eva erhob sich, doch Coen hielt sie zurück und richtete sich selbst zu voller Größe auf. Er stieß fast mit dem Kopf an die Decke. Nachdem er van den Broecke gebeten hatte zu übersetzen, sagte er: „Euer Exzellenz! Wir fühlen uns geehrt durch Eure Anwesenheit auf unserem Schiff. Wir sind Bewunderer Persiens und verstehen uns als ergebene Diener Seiner Majestät, des Schahs. Gleichwohl scheint es mir wichtig, Folgendes klarzustellen: Ihr seid unser Gast, nicht unser Befehlshaber. Der Kommandant dieser Flotte bin ich, und die Abläufe auf diesem Schiff bestimmt Kapitän Pool."

Wieder übersetzte van den Broecke, und je länger er sprach, desto mehr stieg Musa Berg die Zornesröte ins Gesicht.

„Ich glaube, dass es für uns alle besser ist, wenn wir uns das eben Gesagte klarmachen. Wir müssen schließlich für lange Zeit miteinander auskommen. Nun lade ich Euch ein, den Platz mir gegenüber einzunehmen."

Dazu war Musa Berg aber offenkundig nicht bereit: Als

van den Broecke mit seiner Übersetzung fertig war, stürzte er zur Kajüte hinaus, ohne Coen noch eines Blickes zu würdigen.

Nach dem Frühstück hatte Eva das Bedürfnis, frische Luft zu schnappen. Draußen wehte jedoch ein schneidender, eiskalter Wind. Sie suchte wieder auf dem halb offenen Verdeck Schutz und fragte den vorbeikommenden van den Broecke: „Gibt es auf diesem Schiff eigentlich keinen einzigen Fleck, an dem es warm ist?"

Der Oberkaufmann lachte. „Doch, den gibt es. Die Kombüse des Schiffskochs. Ihr könnt ihm ja mal einen Besuch abstatten!"

Eva nickte. Sie wusste nicht, ob das ernst gemeint war, schließlich war die Kombüse im vorderen Teil des Schiffes. Und lieber fror sie, als allein zu all diesen wilden Männern zu gehen.

Nachdem sie den überwiegenden Teil des Tages in Decken eingehüllt im Bett verbracht hatte, kam ihr abends, als sie nach dem Essen zusammen mit Gerrit auf dem Halbdeck stand, eine Idee: „Weißt du, wo es auch noch schön warm sein müsste?" Sie gab selbst die Antwort, indem sie auf die Hecklaterne ganz hinten am Schiff zeigte. Nun nach Einbruch der Dunkelheit war dies die einzige Lichtquelle an Deck.

„Lass uns doch mal gucken gehen", meinte Gerrit. „Die ist auf jeden Fall so groß, dass wir beide darin Platz haben müssten."

Sie stiegen auf das Achterdeck, das mit der Kabinenhütte von Musa Berg abschloss. Das Dach dieser Hütte bildete den höchsten Punkt der Heckaufbauten. Dort oben musste man sich wie auf einem Berggipfel vorkommen.

Eva sah sich um. Die große, vergoldete Laterne strahlte ein geheimnisvolles fahles Licht aus. Sonst war es schwarz.

Kein Mond, keine Sterne. Irgendwo in der Ferne glaubte Eva allerdings einen winzigen blass-weißen Punkt zu erkennen.

„Was ist das?", fragte sie. Der Wind ging so stark, dass sie schreien musste.

„Das wird die Laterne eines unserer Schwesterschiffe sein."

Es war gut zu wissen, dass sie nicht völlig allein waren. Vielleicht war es das Schiff, auf dem das Waisenkind Geesje mitfuhr. Ob es noch an Catharina dachte, seine zurückgelassene Freundin? Natürlich dachte es an sie – jeden Tag. So wie Eva auch jeden Tag an Feyntje und ihre anderen Freundinnen in Amsterdam dachte, an die Alte Kirche, an den *Weißen Adler* und alles, was sie zurückgelassen hatte.

Die Laterne erinnerte sie von der Form her an die Kanzel der Alten Kirche. Sie bestand aus acht Glasscheiben, die von geschnitzten Zierleisten eingefasst waren. Jede Leiste hatte die Form einer aufrecht stehenden nackten Frau, deren goldene Farbe im Schein der Lampe feierlich aufleuchtete.

Die Tür von Musa Bergs Kabine war geschlossen, aber unter der Ritze quoll Rauch hervor. Offenbar benutzte er wieder seine Pfeife.

„Dieser Halunke!", meinte Gerrit.

„Wir müssen über das Dach seiner Kabine", gab Eva zu bedenken.

„Macht nichts. Der Wind ist so laut – er hört uns nicht!", schrie Gerrit ihr ins Ohr.

Es war gut zu erkennen, dass die Laterne vorn eine Luke hatte, durch die man einsteigen konnte, um das Tran-öl der Lampe zu erneuern. Was man allerdings auch sehen konnte, war, dass die Laterne nicht direkt auf der Spitze des Hecks befestigt war, sondern an einer recht schmalen

Halterung, einer Art gebogenem Stiel.

„Bist du dir sicher, dass das hält?"

Anstatt zu antworten, erklomm Gerrit das Dach. Eva folgte ihm. Es war nicht hoch, aber aufgrund der ständigen Bewegung des Schiffes bereitete es ihr dennoch einige Mühe.

Als sie sich bis zum äußersten Punkt vorgearbeitet hatte, wurde ihr etwas klar: Die Laterne besaß unter der Luke zwar ein kleines Trittbrett, aber um dorthin zu kommen, musste man einen langen Schritt über den Abgrund tun. Sie blickte hinunter – alles, was sie im Schein der Laterne erkennen konnte, war die große niederländische Flagge, die vom Heck herunterhing. Darunter war nur noch Schwärze. Ein paar Tropfen Salzwasser sprühten ihr ins Gesicht.

„Da geh ich nicht drüber!", rief sie Gerrit zu. Der flackernde Lichtschein belebte die Gesichter der geschnitzten Frauen auf geradezu unheimlich natürliche Art.

Sollte sie es wagen oder nicht? Eigentlich war das ganze Vorhaben Kinderei. Gefährliche Kinderei. Wer kam schon auf die Idee, sich bei finsterer Nacht in die Hecklaterne eines fahrenden Schiffes zu setzen? Nein, sie würde es nicht tun. Es war Sünde, sein Leben aufs Spiel zu setzen.

Da hörten sie vom Deck her ein Geräusch. „Der Perser!", schrie Gerrit. Im nächsten Moment war er auf das Trittbrett gesprungen und hatte die Luke geöffnet. Er hielt Eva die Hand hin: „Komm schon!"

Sie sprang. Es war ein kurzer, schrecklicher Augenblick. Als sie auf der Stufe aufkam, geriet sie ins Wanken, doch Gerrit schlang seinen Arm um sie. Die Laterne federte vor und zurück. Wenn die Halterung abbrach, waren sie verloren. Doch schon schob Gerrit sie ins Innere und schloss die Luke.

Im blendenden Schein der Tranlampe konnten sie nicht mehr nach draußen sehen. Es war gerade so viel Platz, dass sie sich zwischen die Lampe und die Glaswände quetschen konnten. Eine Zeit lang harrten sie aus, horchten, bangten … Aber es geschah nichts. Langsam entspannten sie sich. Eva versuchte, sich so wenig wie möglich vom Fleck zu rühren, um die Halterung der Laterne nicht zusätzlich zu belasten, denn bei jeder Bewegung erzitterte das Gehäuse.

Es war eine schaurige, aber auch fesselnde Vorstellung, dass direkt unter ihnen das Meer brauste. Schon möglich, dass gerade jetzt ein namenloses Ungeheuer aus der Tiefe unter ihnen her tauchte. Auch die Holzgeripp versunkener Schiffe lagen da verstreut. Menschen voller Hoffnungen waren einst darauf gefahren. Menschen wie sie, die des Nachts über ihre Zukunft fantasiert hatten, nicht wissend, dass ihre Zeit schon abgelaufen war. Was hatte Coen noch gesagt? Vielleicht hatte Gott im Himmel längst entschieden, dass auch ihr Schiff niemals ankommen würde.

„Schön warm, was?" Gerrit hielt seine Hände über die Lampe. Es war wirklich ziemlich mollig.

„Und?", begann Eva, „tut es dir schon leid, dass du mitgekommen bist?"

„Es gab da so einen Moment, als mir auch speiübel war. Aber ich will jetzt wissen, wie's da aussieht, in Ostindien."

„Und wie findest du die anderen?"

„Dieser Kapitän ist fies, mit den übrigen kann man auskommen. Ist dir aufgefallen, wie dieser komische Pfarrer immer kichert? Für einen Kirchenmann ist er etwas seltsam. Was war denn da mit Coen heute Morgen?"

„Er hat ihn für das Bittgebet getadelt. Dass wir von Stürmen verschont bleiben sollen und so weiter."

„Sollen wir etwa untergehen?"

„So war es nicht gemeint. Aber er glaubt, dass man Gott sowieso nicht umstimmen kann."

„Entweder er schickt uns zu den Fischen oder nicht? Da könnte etwas dran sein. Aber dass die Menschen immer meinen, Gott würde über ihr Leben entscheiden! Ich habe nicht das Gefühl, dass ich gesteuert werde so wie dieses Schiff. Obwohl ich auch gern so 'nen großen Kolderstock hätte …"

„Du glaubst also, dass Gott sich gar nicht einmischt?"

„Ich glaube jedenfalls nicht, dass er sagt: ‚Dieses Schiff hier lasse ich untergehen und das andere nicht.' Wahrscheinlich schaut er gar nicht hin."

„Gerrit!"

„In Ordnung, vergiss, was ich gesagt habe, ich kenn mich in diesen Dingen nicht aus. Find's auch gar nicht schlecht, dass wir hier nicht in die Kirche müssen." Dabei sah er sie an und lächelte das von ihr so geliebte schelmische Jungen-Lächeln, bei dem man seine weißen Zähne sah und sich die niedlichen Grübchen in seinen Mundwinkeln bildeten. Dann konnte sie ihm einfach nicht böse sein – obwohl man sich natürlich Sorgen um ihn machen musste. Er schien auf dem besten Weg, ein Freigeist zu werden, der keine Glaubensgrundsätze mehr anerkannte.

„Nur nicht aufregen, Schwesterchen!" Gerrit begann ihr Lied vom Lustigen Mai zu summen. Eva starrte ins Licht. Dies war der erste schöne Moment ihrer Reise – eine Fahrt in einer Lampe übers Meer. „Manchmal denke ich, dass dies alles nicht wahr ist", sagte sie. „Dass wir das alles nur träumen."

„Vielleicht träumen wir ja", meinte Gerrit nach einer Pause. „Wir träumen, aber wir glauben, dass es echt ist. Und in dem Moment, in dem wir sterben, merken wir: War alles nur Gaukelspiel."

Überraschung unter Deck

Es war zutiefst beunruhigend, dass Jasper seit dem ersten Tag nicht wieder aufgetaucht war. „Vielleicht haben ihn die Männer gebraten", meinte Gerrit. „Oder sie treiben grausame Spielchen mit ihm."

„Du Scheusal!"

„Die sind so! Die haben eine Schwäche für derbe Scherze und zwischendurch ziemlich viel Langeweile."

„Wir gehen ihn jetzt suchen. Du kommst mit!"

„Von wegen. Fransje hat eine Stunde frei, und wir wollen probieren, ob man vom Schiff aus angeln kann."

Damit ließ er sie stehen.

Eva biss sich auf die Lippen. Dann stieg sie zur Kuhl hinunter. Am Großmast zögerte sie kurz, dann überschritt sie die unsichtbare Grenze und betrat das Gebiet der Soldaten und Seeleute.

Sie ging an den beiden Beibooten vorbei, die hier gelagert waren, und über eine Treppe auf das zum Bug hin gelegene Deck. Ein Meckern ertönte. In einem engen Bretterverschlag kauerten fünf Ziegen.

Eva ging weiter. Auf dem Holzrost, den die Männer als Abort benutzten, stand gerade ein Mann mit heruntergelassenen Hosen. Sie konnte sein Geschlecht sehen, aber das schien ihm nichts auszumachen. Der Mann holte ein langes, nasses Tau ein – es hatte offenbar im Meer gehangen – und zog es sich durch die Ritze seines Hinterns. Dann ließ er es wieder ins Wasser zurückgleiten. Hinter ihm stand schon der nächste, der das Tau ebenfalls benötigte. Als er es aber heraufziehen wollte, beugte sich das Schiff unvermittelt nach vorn, und der Mann glitt aus und rollte über den Rost. Im letzten Moment konnte er sich an einem Balken festhalten. Die aufspritzende Gischt durchnässte ihn völlig.

Jasper war nirgends zu sehen. Also musste sie unter Deck, in den Laderaum der *Mauritius*. Während sie die Stufen hinabstieg, hörte sie von unten Gemurmel. Doch in dem Moment, als sie das Kanonendeck erreichte, erstarb es. Alle Blicke waren auf sie gerichtet, was sie eher spürte als sah, denn hier unten war es schummrig. Licht fiel nur durch die halb geöffneten Geschützluken für die Kanonen. Wegen der niedrigen Balkendecke musste sie den Kopf einziehen. Es roch nach Brackwasser, nassem Holz und geteertem Tau.

Ihre Augen brauchten einige Momente, um sich an das Halbdunkel zu gewöhnen. In dieser Zeitspanne sagte niemand ein Wort. Schließlich säuselte ein Seemann, der auf einer Kiste saß und mit zwei anderen Karten spielte, mit spöttischem Unterton: „Können wir Euch helfen, schöne Frau?"

„Ja ... ja ...", stammelte Eva unsicher. „Ich ... ich habe ein vielleicht etwas merkwürdiges Anliegen: Ich suche meine Katze. Meinen Kater besser gesagt. Ich habe ihn mit an Bord genommen, aber seit ein paar Tagen nicht mehr gesehen. Könntet ihr mir vielleicht helfen, ihn zu suchen?"

Keiner der Seeleute regte sich. Alle blieben da sitzen oder liegen, wo sie waren, und gafften sie an.

Schließlich erhob sich der Seemann, der sie angesprochen hatte, schwerfällig von seiner Kiste und verkündete: „Natürlich, wir helfen Euch." Eva bemerkte, dass ihm beide Schneidezähne fehlten. „Wir haben ja im Moment alle frei – die da machen die Arbeit." Er deutete mit dem Finger nach oben. „Da können wir doch gut nach dem Schoßkätzchen von Madame suchen."

Er wandte sich den anderen zu und rief: „Hat hier einer von euch in letzter Zeit eine Katze gesehen?"

Keine Antwort.

„Ich würde demjenigen, der ihn findet, auf der Stelle einen Gulden geben", kündigte Eva an.

Wieder herrschte eisige Stille. Doch dann meldete sich ein Mann mit verfilzten Haaren und Lederhaut: „Hier lief eine rum, ich glaube vorgestern."

„Welche Farbe?"

„So grau. Mit Streifen."

„Das war er", befand Eva. „Wo hast du ihn gesehen?"

„Achtern. Bei der Büchsenmeisterei." Er zeigte in den hinteren Teil des Schiffes.

Eva ging los. Sie musste aufpassen, dass sie nicht ausglitt – durch den vielen Regen der vergangenen Tage war offenbar einiges an Wasser durchgesickert. Aus den Augenwinkeln konnte sie sehen, dass hinter den Vorhängen einiger Bettschränke weitere Matrosen hervorlugten. Sie stand von allen Seiten unter Beobachtung.

Ganz hinten döste ein Mann unter einem Strohsack. Als sie näher kam, öffnete er die Augen und stand auf.

„Welch hoher Besuch! Ich bin hier der Büchsenmeister. Befehlige die Kanoniere. Womit kann ich dienen?"

„Sie sucht ihre Katze", antwortete der Seemann mit den fehlenden Zähnen.

„Eine Katze? Hab ich leider nicht gesehen."

„Kann es sein, dass er da unter der Falltür eingeschlossen ist?", fragte Eva.

„Unmöglich", antwortete der Büchsenmeister. „Unter dieser Klappe befindet sich der am besten gesicherte Raum des ganzen Schiffes, die Pulver- und Waffenkammer."

„Ach so", sagte Eva mit einer gewissen Enttäuschung.

„Soll ich Euch vielleicht zeigen, wie die Geschütze bedient werden?" Er zeigte auf eines der schweren Kanonenrohre, die auf rot gestrichenen Gestellen mit Rädern lagerten.

„Ach, ein andermal", erwiderte Eva. „Jetzt muss ich erst meinen Kater wiederfinden. Es lässt mir sonst keine Ruhe."

„Sie hat's nicht so mit Kanonenrohren, weißt du!", rief irgendein Seemann von hinten, was die anderen in grölendes Gelächter ausbrechen ließ.

Etwas zu hektisch wandte sich Eva zum Gehen – und stieß sich prompt den Kopf an einem Deckenbalken. Das Lachen wurde noch lauter.

Eva biss die Zähne zusammen. Sie wollte sich nicht anmerken lassen, wie weh es tat. Im nächsten Moment aber erschrak sie schon wieder, denn neben ihr ergoss sich eine Ladung Wasser auf das Deck."

„Was ist das denn?"

„Das ist das Wasser, das sich ganz unten an der tiefsten Stelle des Schiffes ansammelt. Es wird hier zu uns nach oben gepumpt", erklärte der Büchsenmeister.

Eva sah, wie es über das zur Seite hin abfallende Deck floss und durch hölzerne Rohrleitungen nach draußen abgeführt wurde. „Es stinkt entsetzlich."

„Ja, eine widerliche Brühe, denn es ist mit mancherlei Ausscheidungen durchsetzt, wenn Ihr wisst, was ich meine." Eva verzichtete darauf, weitere Erkundigungen einzuholen. Sie war entschlossen, die Suche fortzusetzen. „Jasper!" Es kostete sie Überwindung, vor den Männern seinen Namen zu rufen. Aber es musste sein, denn wenn er völlig verschreckt irgendwo ausharrte, würde er vielleicht nur hervorkommen, wenn er seinen Namen hörte.

Sie schaute sich um und wartete einen Moment. Aber da war kein getigerter Kater, der aus irgendwelchen Taurollen hervorsprang. Stattdessen sah sie nun, woher das Pochen kam, das ihr nachts den Schlaf raubte: Es war eine lange, unter der Decke durch die Büchsenmeisterei laufende

Stange, die mal nach rechts, mal nach links ausschlug und dabei das Geräusch machte. Es war leicht zu erkennen, dass dies das Verbindungsstück zwischen dem Kolderstock und dem Schiffsruder war.

Eva ging nun das ganze Deck ab und rief Jaspers Namen. Hoffnung schöpfte sie, als sie an der Kombüse vorbeikam, einem kleinen abgetrennten Raum, der mit Ziegelsteinen ausgemauert und darüber mit Kupferplatten ausgekleidet war. Über dem Feuer hing ein riesiger Kessel, zwei Männer waren damit beschäftigt, eine Mahlzeit zuzubereiten.

„Wo es Essen gibt, da ist Jasper", war Evas Gedanke – aber als sie einen Blick darauf warf, was es zu essen gab, erkannte sie sofort, dass sie hier falsch war: Der Kessel war mit einem undefinierbaren Grützbrei gefüllt, dessen höchst unangenehmer Geruch Jaspers feine Nase beleidigt hätte.

„Wo geht es hier auf das nächsttiefere Deck?", fragte Eva.

„Da könnt Ihr nicht hingehen", antwortete der Seemann mit den fehlenden Zähnen. „Das ist ein Rattenloch."

„Ich entscheide selbst, wo ich hingehe."

Inzwischen hatte sie schon die Treppe entdeckt, die noch weiter in den Bauch des Schiffes hinabführte.

Auf dem darunterliegenden Deck war es beinahe finster. Und wenn es ein Stockwerk höher schon nicht gut gerochen hatte – hier war der Gestank unerträglich. „Kotze, Scheiße, Männerpisse", schoss es Eva durch den Kopf. Offenbar suchten doch nicht immer alle den ungemütlichen Abort über dem Meer auf. Besonders abschreckend aber war, dass man dieses Deck nur in der Hocke oder auf den Knien kriechend betreten konnte – so niedrig war der Raum. Gleichwohl lagen oder saßen hier sämtliche Soldaten herum – es mussten weit über hundert Mann sein.

Eva blieb auf der Treppe stehen und rief: „Männer, hört her! Ich suche einen Kater. Habt ihr einen gesehen?"

Wieder wurde sie von Dutzenden Augenpaaren zugleich angestarrt. Dann tönte es zurück: „Hier unten sind die Ratten so groß, dass sie es sind, die auf die Katzen Jagd machen."

„Aha", meinte Eva. „Wenn ihr ihn doch noch seht: Ich zahle einen Gulden an denjenigen, der ihn mir lebendig zurückbringt."

Damit stieg sie wieder nach oben. Sie wusste zwar, dass auch das Soldatendeck noch nicht der Boden des Schiffes war – darunter musste noch der eigentliche Laderaum kommen – aber ihr reichte es fürs Erste.

Oben an der Treppe wurde sie mit einer höhnischen Bemerkung empfangen: „Na, habe ich es Euch nicht gesagt, dass Ihr da nicht hinkönnt?" Der Seemann grinste frech, wobei seine große Zahnlücke besonders deutlich hervortrat.

Diesmal hatte Eva eine passende Replik parat: „Du bist ganz schön vorlaut. Kein Wunder, dass dir irgendwann einer die Zähne ausgehauen hat."

„Oh nein, gnädige Frau. Irrtum. Ich weiß zwar, dass uns alle feinen Leute für raufsüchtigen Pöbel halten, aber das ist eine Folge des Skorbuts. Ich bin schon einmal in Ostindien gewesen, und auf der Rückfahrt hat mich die Krankheit überfallen."

Eva beschloss, diese Unterwelt nun so schnell wie möglich zu verlassen. Doch kurz vor der Treppe nach oben löste sich plötzlich eine mächtige Gestalt aus dem Zwielicht und versperrte ihr den Weg. „Ihr wollt uns doch nicht schon wieder verlassen?"

Es war deutlich zu hören, dass der Mann betrunken war.

„Geh mir sofort aus dem Weg!" Sie sagte es laut, aber ihre Stimme zitterte leicht.

„Seit wann dürfen Weiber auf einem Schiff Befehle erteilen?", polterte der Riese. „Gar nichts dürfen die! Die dürften eigentlich noch nicht einmal einen Fuß an Bord setzen! Frauen auf einem Schiff bringen Unglück, das weiß doch jeder! Sie lassen sich auf Strohballen aufs Meer treiben, um da mit dem Teufel zu verkehren! Du bist bestimmt eine Hexe!"

Der Mann stand nun direkt vor ihr. Eva konnte seinen nach Schnaps riechenden Atem wahrnehmen, und wenn er sprach, bekam sie Spucke ins Gesicht. Langsam rückte er noch näher an sie heran.

„Wenn ich dir jetzt mit der einen Hand das kleine Mäulchen zuhalte und mit der anderen Hand unter deinen Rock fahre und dort ein kleines Feuer entzünde …" Drohend streckte er seine tellergroße Pranke aus.

Doch da wurde er am Handgelenk gepackt. „Du hast zu viel gesoffen! Lass die Frau vom Kommandanten in Ruhe!"

Der Mann, der das sagte, schaute den Betrunkenen furchtlos an. Aber er war wesentlich kleiner.

Im nächsten Moment hatte sich der Grobian dem Griff schon entzogen. Er machte eine schnelle Bewegung, und da blitzte die Klinge eines Messers in seiner Faust. Noch bevor Eva richtig begreifen konnte, was vor sich ging, hatte er damit ihrem Helfer eine Stichwunde an der Schulter beigebracht.

Nun endlich kamen auch die anderen in Bewegung. Zwei von ihnen packten den Goliath von hinten bei den Armen, ein dritter versuchte, ihm das Messer zu entwinden.

Dann schrie jemand: „Lass das Messer fallen oder ich schieße!" Vor ihnen stand der Büchsenmeister, in der Hand eine Pistole. Der Angreifer gab aber immer noch nicht nach, sondern versuchte, die anderen abzuschütteln. Erst als ihm der Büchsenmeister seine Waffe direkt an den Hals hielt, ließ er das Messer unter dem Ausstoßen wilder Flüche fallen. Sofort nahm einer der Männer es auf. „Bindet ihn, und holt den Aufseher!"

Eva stürzte auf den Verletzten zu. Ein großer roter Fleck zeichnete sich auf seinem Hemd ab. Sein glatt rasiertes Gesicht war leichenblass. „Verständigt sofort Doktor Bontius!", rief Eva. „Schnell!" Zwei Seeleute rannten nach oben.

Evas blutender Retter ließ sich auf den Boden gleiten und lehnte sich an die Treppe.

Eva kniete sich vor ihn: „Ich danke dir von Herzen! Es tut mir so leid, dass er dich verletzt hat!"

„Schon gut, das ist gar nichts …", sagte der Mann. Doch seine matte Stimme bewies das Gegenteil.

„Du bist sehr tapfer", sagte Eva. „Zumindest haben wir einen hervorragenden Arzt an Bord. Nicht irgendeinen Quacksalber, sondern einen Doktor der Medizin von der Universität Leiden." Mittlerweile war der Aufseher da. „Kettet ihn im Bug fest", befahl er. Unsanft wurde der Schuldige abgeführt – jetzt, da von ihm keine Gefahr mehr ausging, wurde er von einem ganzen Pulk von Männern umringt, von denen ihn einige traten und stießen. Aber auch um Eva und den Verletzten hatte sich ein Ring von Schaulustigen gebildet.

„Wie heißt du?", fragte Eva.

„Gabriel Müller, aus Wesel."

Eva war schon aufgefallen, dass der Mann mit deutschem Akzent sprach.

Nun polterten Stiefel die Treppe hinunter. Es waren Kapitän Pool, Doktor Bontius und Willem de Bondt mit seinem kleinen Sohn auf dem Arm.

„Was ist hier los?", schrie der Kapitän. Und dann zu Eva: „Seid Ihr verletzt, gnädige Frau?"

„Nein, mir geht es gut, aber dieser wackere Mann hier, der sich dem Unruhestifter in den Weg gestellt hat, ist schwer verwundet."

„Es ist nur ein Kratzer!" Müller probierte nun tatsächlich aufzustehen.

Pool würdigte den Verletzten keines Blickes. „Ein Glück, dass es Euch gut geht!", sagte er zu Eva. „Aber was um Himmels willen tut Ihr hier unten?"

„Ich suche meinen Kater."

Das verschlug Pool die Sprache. Er starrte sie so fassungslos an, als hätte sie gesagt, sie habe hier eine Verabredung mit dem Klabautermann.

„Das ist alles andere als ein Kratzer", verkündete Doktor Bontius nach einem kurzen Blick auf das blutdurchtränkte Hemd. Er öffnete eine Kiste, die er mitgebracht hatte. Sie war aufgeteilt in kleine Fächer mit Lederbeuteln, Fläschchen und Töpfchen. „Bleib schön ruhig sitzen! Ich werde die Wunde jetzt untersuchen."

Doch stattdessen wuchtete sich der Angesprochene mit schmerzverzerrtem Gesicht hoch. „Wirklich nicht nötig", versicherte er. „Ich gehe wieder an die Arbeit. Meine Wache beginnt."

„Was soll der Unsinn?" Bontius runzelte die Stirn. „Du blutest heftig. Setz dich hin!"

„Nein, ich will nicht."

Da ergriff ihn Pool bei den Schultern und drückte ihn auf den Boden zurück. Mit einem tiefen Seufzer gab Müller nach. Bontius kniete sich vor ihn hin und öffnete das Hemd. Und nun geschah etwas, das alle in höchstes Erstaunen versetzte: Zum Vorschein kamen die Brüste einer Frau.

Pool war der Erste, der etwas sagte: „Das ist ja wohl …
und das auf meinem Schiff! Dafür wirst du bezahlen, du
unverschämtes Weibsstück!"

Doch da ließ sich Eva vernehmen: „Herr Kapitän!
Dieses Weibsstück, wie Ihr es ausdrückt, hat mich gegen
den Betrunkenen verteidigt. Die anderen standen zunächst
nur dabei und gafften."

„Dann möchte ich fast sagen: Sie ist der einzige Mann
unter Deck!", scherzte Willem de Bondt.

„Das ändert nichts daran, dass diese impertinente
Person uns alle betrogen hat, um auf das Schiff zu
kommen", empörte sich Pool. „Wir können sie nun selbstverständlich nicht mehr einsetzen, haben also einen Mann
weniger, um die Arbeit zu machen. Dennoch müssen wir sie
wohl oder übel durchfüttern – ohne dass sie etwas leistet!"

„Das müsst ihr nicht", widersprach Eva. „Ich stelle sie
als mein persönliches Dienstmädchen ein. Falls sie einverstanden ist?"

Sie blickte die junge Frau an.

„Nur zu gern!"

„Meine Herren, meine Dame!", verschaffte sich der
Doktor Gehör. „Bevor hier weitere Pläne geschmiedet
werden: Ich muss mich nun erst einmal um die Verletzung
kümmern. Es besteht die Gefahr eines Wundfiebers." Er
holte eines der Töpfchen aus der Kiste, nahm den Verschluss
ab und strich eine gelbliche Masse auf die Wunde.

„Pfui, das sieht ja widerlich aus", bemerkte Pool angeekelt. „Wie der Rotz des Leibhaftigen."

Der Doktor ließ sich nicht aus der Ruhe bringen.
„Diese Substanz, verehrter Kapitän", sagte er, „ist nichts
anderes als guter Bienenhonig! Die Erfahrung hat gezeigt,
dass er in solchen Fällen Wunder wirken kann."

Anschließend verband er die Wunde.

„Du kannst mit in meine Kabine kommen", sagte Eva zu der Patientin. „Hier bei den Männern kannst du ja nicht bleiben."

Sie half ihr auf und stützte sie. Langsam stiegen sie die Treppe empor, gingen über das Deck, am Großmast vorbei und erklommen das Achterkastell. Die Brüder de Bondt folgten ihnen, während Pool noch zurückblieb.

In ihrer Kabine richtete sie auf dem Boden ein Lager aus Decken her. „Ihr seid zu gut zu mir", sagte die Deutsche.

„Du bist gut zu mir gewesen", erwiderte Eva. „Wie heißt du denn jetzt eigentlich wirklich?"

„Müller stimmt. Aber der Vorname ist Margaretha."

„Warum hast du dich als Mann verkleidet?", fragte Eva.

„Es war die einzige Möglichkeit, Arbeit zu finden. Von zu Hause bin ich weggegangen, weil ich von meinem Vater geschlagen wurde. Meine Mutter ist tot. Ich wollte in Amsterdam Dienstmagd oder Kindermädchen werden. Aber alle wiesen mich ab, weil ich noch keine Erfahrung hatte und keine Empfehlung vorweisen konnte. Wie Ihr wisst, sind die meisten Berufe den Frauen verwehrt. Da habe ich schließlich den Plan gefasst, mich als Mann auszugeben und bei der Compagnie anzuheuern."

„War das nicht schwierig?"

„Eigentlich gar nicht. Ich dachte, vielleicht wird man vorher noch von einem Arzt untersucht, aber sie haben mir nur einmal in den Mund geschaut."

„Und die anderen Männer, haben die nichts gemerkt?"

„Ich habe vorher geübt, wie ein Mann zu gehen. So breitbeinig und mit diesem wiegenden Gang. Von der Statur her bin ich kräftig, wie Ihr seht. Und fluchen wie ein Mann kann ich auch – ich habe einfach meinen Vater nachgemacht."

Eva lachte.

„Und dann hab ich mir noch was einfallen lassen."

„Was denn?"

Margaretha griff in ihre Pluderhose und zog einen Lederschlauch hervor, den sie an einem dünnen Riemen um die Hüfte trug. Darunter baumelte ein kleiner Sack mit zwei Kugeln darin. Aus einer gewissen Entfernung mochte das durchaus überzeugend aussehen. Grinsend entledigte sie sich der falschen Geschlechtsteile. „Künftig segle ich wieder ohne Mast", erklärte sie.

Eva hakte noch einmal nach: „Trotzdem ist es erstaunlich, dass sie nichts gemerkt haben. Wie hast du es zum Beispiel gemacht, wenn du ein natürliches Bedürfnis verspürtest?"

„Ich habe immer so getan, als würde ich scheißen, da konnte ich mich hinhocken. Außerdem ist mein Hemd ziemlich lang. Und dann hab ich immer sofort die Hose hochgezogen."

Sie plauderten noch eine ganze Zeit über den Geschlechtertausch, dann meinte Eva: „Ich sollte dich jetzt nicht mehr mit meiner Neugier plagen. Du musst dich ausruhen und schlafen."

Sie verließ die Kabine – und stellte fest, dass sie bereits erwartet wurde. Coen stand im Gang.

„Könntet Ihr mir bitte folgen?"

Eva schwante nichts Gutes. In seiner Kabine baute er sich vor ihr auf. „Was hat Euch dazu bewogen, Euch in die Mannschaftsquartiere unter Deck zu begeben?"

„Jasper ist verschwunden."

„Aha. Eine wertlose Katze ist einmal länger auf Mäusejagd oder vielleicht auch über Bord gegangen, und aus diesem nichtigen Grund verfallt Ihr auf den aberwitzigen Gedanken, auf eigene Faust das Kanonendeck abzusuchen?"

„Jasper ist für mich alles andere als wertlos."

„Euer Gefallen an dieser Katze ist eine kindische Spielerei. Ihr solltet jetzt erwachsen werden. Offenbar habt Ihr noch nicht begriffen, dass wir hier nicht auf einer Vergnügungsjacht sind. Hier geht es nicht um das Leben einer Katze, hier geht es um das Leben vieler Menschen. Wie schnell Blut vergossen ist, habt Ihr jetzt erlebt.

Macht Euch Folgendes klar: Auf diesem Schiff sind mehr als dreihundert Menschen für etwa acht Monate zusammengepfercht. Die meisten von ihnen gehören zum Abschaum der Straße. Es mögen Diebe darunter sein, vielleicht sogar Mörder. In den Tagen seit unserer Abfahrt haben sie festgestellt, dass sie in einem Gefängnis gelandet sind. Es gibt aber kein Zurück mehr für sie. Damit nicht genug: Zum ersten Mal in ihrem Leben müssen sie zu genau festgelegten Zeiten arbeiten. Sie müssen Aufgaben strikt nach Vorschrift erfüllen, denn von der genauen Befolgung hängt die Sicherheit des Schiffes ab. Während der übrigen Zeit leben sie dicht an dicht mit Menschen zusammen, die ihnen zuwider sein mögen, aber es gibt kein Entrinnen. Könnt Ihr Euch vorstellen, welche Spannung das in diesen Männern erzeugt? Sie sehnen sich danach, ihr Joch abzuwerfen, und lauern auf eine passende Gelegenheit.

Und nun führt Euch vor Augen, wie viele wir hier hinter dem Mast sind! Wir sind genau sieben Männer, wobei ich nicht weiß, ob man Euren Bruder bereits als Mann betrachten kann und ob der Perser auch nur einen Finger für uns rühren würde. Wir haben Waffen in der Kajüte, aber gegen die vereinte Macht der Männer können wir nichts ausrichten. Sie können uns noch heute überwältigen. Warum tun sie es nicht? Weil sie uns fürchten. Warum fürchten sie uns? Weil wir ihnen vormachen, dass wir es sind, die die Macht haben – nicht sie. Wir überziehen sie mit einem Netz von Regeln, und jeder, der dagegen verstößt, wird bestraft. Wir reden ausschließlich in Form von Befehlen mit ihnen. Wir schaffen Abstand durch räumliche Trennung, andere Kleidung und besseres Essen. Wenn wir das durchhalten, erscheinen wir als unüberwindlich. Doch beim ersten Anzeichen von Schwäche, beim ersten Nachgeben – und sei es auch nur in einer noch so kleinen Sache – wird der Bann gebrochen, mit dem wir ihre Hirne belegt haben. Dann besinnen sie sich darauf, dass sie uns zahlenmäßig weit überlegen sind, und dann sind es mit einem Mal sie, die die Befehle erteilen. All das hat es schon gegeben, auch auf Schiffen der Compagnie.

Ich hoffe, Ihr habt jetzt verstanden, dass Euer Handeln unsere Sicherheit gefährdet hat. Ein Kommandant, dessen Frau sich unters gewöhnliche Schiffsvolk mischt, und dann auch noch aus einem so nichtigen Grund, verliert jeden Respekt. Der Mann, der Euch den Weg versperrt hat, hätte dies unter normalen Umständen niemals getan, selbst nicht im Zustand der Trunkenheit. Aber weil Ihr Euch unter Deck begeben und damit auf eine Stufe mit den Männern dort gestellt habt, hatte er keine Achtung mehr vor Euch. Tut so etwas nie, nie mehr wieder! Und jetzt verlasst die Kabine!"

Tief erschüttert ging Eva hinaus. Wenn Margaretha nun an Wundfieber erkrankte und starb, dann war sie schuld daran. Ohne sie wäre es zu dem ganzen Vorfall nicht gekommen. Sie kam sich unendlich dumm vor.

Als sie wieder in ihre Kabine schaute, sah sie, dass Margaretha eingeschlafen war. Sie ließ Fransje, den Schiffsjungen, zwei saubere Strohsäcke holen und bezog sie mit weißen Laken aus ihrer Truhe. Sie schob Margaretha den kleineren Sack unter den Kopf und deckte sie mit dem größeren zu. Dann legte sie sich in ihre Bettnische. Wieder einmal fror sie entsetzlich. Wie hatte es nur so weit kommen können? Vor einem Jahr noch hatte sie ein ganz geregeltes Leben im Haus ihres Vaters geführt. Es gab einige Sorgen, hin und wieder auch einen Schicksalsschlag so wie der Tod ihrer besten Freundin Judith, damals, als die Pest die Stadt heimgesucht hatte. Im Allgemeinen aber war sie glücklich gewesen oder doch zumindest zufrieden. Wie zufrieden – das wusste sie erst jetzt, im Nachhinein. „Hätte ich es doch nur damals mehr genossen!", dachte sie. Und hätte sie sich der Heirat mit Coen doch nur stärker widersetzt. Nun war es zu spät.

Über solchen Gedanken musste sie eingeschlafen sein. Als sie wieder aufwachte, saß Margaretha aufrecht auf ihrem Lager. „Wie geht es dir?", fragte Eva.

„Die Wunde schmerzt etwas, vor allem wenn ich mich bewege. Aber das lässt sich aushalten."

„Was ist das für eine Stadt, aus der du kommst? Wie heißt sie noch mal?"

„Wesel. Sie ist sehr klein, im Vergleich zu Amsterdam. Es ist eine Festungsstadt. Bei uns herrschen die Spanier."

„Die Spanier? Das sind unsere Todfeinde. Wie sehen sie aus?"

„Wie die Frauen aussehen, weiß ich nicht, denn bei uns in Wesel gibt es nur Männer. Die sehen gut aus, wenn Ihr mich fragt. Sie haben schwarze Haare und sehr kräftige Augenbrauen. Manche haben auch eine dunklere Gesichtsfarbe, aber nicht alle. Ich kannte mal einen, der war wunderschön. Er hatte ganz dunkle, traurige Augen und unglaublich lange Wimpern wie eine Frau. Aber sein Kinn war sehr männlich. Er konnte sich rasieren, so oft er wollte, es kamen sofort wieder neue Bartstoppeln hervor."

„Als ich klein war, hat man uns erzählt, alle Spanier wären Monster, die nichts lieber tun, als Frauen zu schänden und kleine Kinder in der Wiege abzuschlachten."

„Die Spanier, die ich kenne, tun das nicht. Sie sind viel freundlicher zu den Kindern als die alteingesessenen Weseler. Der Mann, von dem ich Euch erzählt habe, hat immer mit den Jungen in unserer Straße Ball gespielt. Er hatte daran immer genauso viel Freude wie sie."

„Aber wie gut hast du ihn wirklich gekannt? Im Krieg können die Spanier sehr grausam sein."

„Darüber weiß ich nichts. Ich kann Euch nur sagen, dass ich von meinem Vater immer geschlagen worden bin und dass dieser Mann mir niemals wehgetan hätte. Er liebte die Frauen."

Nach einer Pause fügte sie hinzu: „Und er kannte sie. Er wusste mit uns umzugehen."

„Was meinst du damit?"

„Ich weiß nicht, ob ich Euch das erzählen sollte … Ihr denkt dann sicher schlecht über mich."

„Unsinn. Ich verlange, dass du es mir erzählst!"

„Nun, ich weiß, wie die Deutschen mit den Frauen umgehen, und ich weiß, wie es die Spanier tun. Ich kann Euch versichern: Ihr würdet die spanische Manier bevorzugen."

„Was ist die spanische Manier?"

„Die Deutschen benutzen uns, die Spanier verehren uns. Sie kennen die Frauen – von außen und von innen."

„Wie meinst du das?"

„Ich habe schon zu viel erzählt …"

„Du wirst es mir erklären, ich befehle es dir. Ich habe ein Recht darauf, zu erfahren, wie die Spanier sind. Also, was heißt das, sie kennen uns von außen und von innen?"

„Sie wissen zum Beispiel, nun …, dass wir … dass wir an unserer geheimsten Stelle eine Perle haben. Sie wissen, was man tun muss, um eine Frau zu erfreuen. Sie nehmen sich sehr viel Zeit für die Liebe, so als ob es eine sehr wichtige Angelegenheit wäre."

„Warst du eine … Hure?"

Eva sah, wie es Margaretha bei dem Wort durchzuckte.

„Ich … ich … ich musste mich den Spaniern anbieten. Mein Vater hat es so gewollt. Wir hätten sonst im Winter nicht heizen können."

„Und dieser eine Soldat, von dem du gesprochen hast – hast du ihn länger gekannt?"

„Ja, er kam immer wieder. Ich glaube, er mochte mich."

„Was hat er über uns gedacht, über uns Niederländer?"

„Das weiß ich nicht. Wir konnten nicht miteinander reden. Er hat meine Sprache nicht gesprochen und ich seine nicht. Wir haben nie ein Wort gewechselt. Aber wir hatten unsere eigene Sprache. Ich habe ihn besser gekannt als jeden anderen Menschen. Ich wusste zum Beispiel, an welcher Stelle man ihn streicheln musste, damit er anfing zu lachen."

„Welche Stelle war das?"

„Ich glaube nicht, dass wir darüber reden sollten, Frau … wie heißt Ihr eigentlich? Coen?"

„Nein", sagte Eva schnell. „Nicht Coen. Ich heiße Ment. Eva Ment. Aber du solltest gnädige Frau zu mir sagen."

„Natürlich, gnädige Frau."

Sofort war eine unsichtbare Barriere zwischen ihnen errichtet. Jetzt war es nicht mehr möglich, weiter über vertrauliche Dinge zu reden. Eva ärgerte sich über sich selbst.

„Du … du solltest dich nicht zu viel bewegen", sagte sie schnell. Es war eine unnötige Bemerkung, denn Margaretha hatte die ganze Zeit still an der Wand gelehnt.

„Die Wunde ist nicht der Rede wert, gnädige Frau. Ich hoffe, dass sie bald abgeheilt ist und ich mich nützlich machen kann. Es ist so freundlich von Euch, mich in Eurer Kammer schlafen zu lassen."

Es war Zeit für das Abendessen. Eva ließ Margaretha von Fransje Brot, Käse und Bier bringen. Sie selbst wäre am liebsten weggeblieben. Sie fühlte sich wie ein Kind, das von seinem Vater ausgeschimpft worden war. Coen wirkte immer noch verärgert. Die anderen bedrängten sie, mehr über ihren Ausflug unter Deck zu erzählen. Doch sie gab immer nur einsilbige Antworten. Schließlich sprach Coen ein Machtwort: „Meine Frau hat leider eine Dummheit begangen, was ihr mittlerweile klar geworden ist. Bitte dringt in dieser Sache nicht weiter in sie."

Bei dem Wort „eindringen" dachte Eva daran, wie es wäre, mit Willem de Bondt die Liebe zu betreiben, aber sie konnte es sich beim besten Willen nicht vorstellen. Er war nicht der Typ Mann, der sich ihrer bemächtigen würde, so wie Coen es zu tun pflegte. Aber dass er die Frauen von außen und von innen kannte, so wie die Spanier, das glaubte sie ebenso wenig.

In dieser Nacht stand der Mond am Himmel und schien durch die geöffnete Luke in die Kabine. Ein breiter Streifen des Bodens und der gegenüberliegenden Wand war beleuchtet, aber in einem kalten, unheimlichen Licht. Der Streifen tanzte ständig hin und her, denn wie stets bahnte sich die *Mauritius* unverdrossen ihren Weg durch die Wellen. Außerhalb des Lichtkegels zeichneten sich die Konturen der Kleider- und Wäschetruhe ab.

Plötzlich öffnete sich die Kabinentür, und Coen – den Kopf eingezogen, um sich nicht zu stoßen – kam herein. Er trug nur ein weißes Hemd und eine Hose. Es war das erste Mal, dass Eva ihn nicht vollständig angekleidet sah. Sie wusste sofort, zu welchem Zweck er gekommen war.

Jetzt schaute er nach unten – er hatte Margaretha auf ihrem Lager entdeckt. Für einen Moment dachte Eva, dass er wieder gehen würde, doch sofort wandte er den Blick teilnahmslos ab. Diese Frau stand so weit unter ihm, dass sie für ihn fast nicht existierte.

Er trat aus dem Licht, und einen Moment danach war er über ihr. Er packte ihre Handgelenke und riss sie nach oben – so heftig, wie er es noch niemals getan hatte. Dann zog er ihr das Unterkleid über den Kopf und griff ihr, während er mit der Linken ihre Hände über dem Kopf umklammert hielt, mit der Rechten an die Brust. Erschrocken versuchte sie, ihre Arme zu befreien und sich seinem Griff zu entwinden.

„Halt still!"

Es war das erste Mal, dass er im Bett etwas zu ihr sagte, und es war das erste Mal, dass er sie duzte. Eva erstarrte. Was wollte er tun? Sie versuchte, es an seinem Gesicht abzulesen, das noch härter und entschlossener wirkte als sonst. Seine Nasenlöcher weiteten sich, und seine Schnurrbartspitzen bebten. Er erwiderte ihren Blick, sie spürte es, auch wenn sie seine tief liegenden Augen nicht sehen konnte. Sie lag da wie ein Opfertier, während er ihre aneinandergepressten Schenkel auseinander drückte.

Wollte er sie bestrafen für das, was sie getan hatte? Vermutlich. Aber vor allem wollte er sie. Mehr als einen Monat hatte er sie nicht mehr genommen, zunächst weil er früher abgereist war, dann weil er sich versteckt halten musste und schließlich, weil sie krank war. Nun bestand er nur noch aus Begierde. Eva erschauderte. Es war ihr zerbrechlicher, weicher Körper, der diesen großen, gefürchteten Mann in Erregung versetzte.

Er fasste ihr zwischen die Beine. Sie fühlte seine Finger in sich. Er hatte in sie hineingegriffen, als wollte er eine Auster öffnen.

Jetzt zog er seine Hand wieder heraus und drückte damit ihren Kopf auf die Seite. Eva sah nicht mehr ihn, sie sah das Zimmer. Und dort saß Margaretha. Sie hatte ihren Oberkörper straff aufgerichtet und schaute wie gebannt zu ihr hin. Es dauerte einen Moment, bis sie sich darüber klar zu werden schien, dass Eva sie ebenfalls ansah. Aber sie wandte sich nicht ab, sie schaute unbeirrt zu. Eva wollte etwas sagen, wollte Coen darauf aufmerksam machen, aber als sie den ersten Ton herausgebracht hatte, kam von ihm schon: „Halt den Mund!"

In großer Hast zog er sich seine Hose aus. Sie konnte es nicht sehen, weil er sie zwang wegzuschauen, aber sie hörte die Geräusche und sie spürte die Bewegungen. Als sie den Kopf vorsichtig anhob, presste er ihn wieder zurück. Wollte er nicht, dass sie ihn sah? War seine Maschine am Ende nicht von gewöhnlichem Bau? Von ihren Freundinnen hatte sie gehört, dass eine große Verschiedenheit des Umfanges diesen Teilen der Natur eigen sei. Sie würde herausfinden, was er vor ihr verborgen hielt.

Vorerst aber war sie ihm so vollständig ausgeliefert, dass sie über keine Regung ihres Körpers mehr selber bestimmen konnte. Das Gefühl seiner nackten Beine auf ihrer Haut war ein Schock. Sie spürte, dass er sich in Position brachte. Sein Oberkörper schob sich über sie hinweg, und dann trieb er sein Werkzeug in ihre enge Passage hinein und gegen ihre zartesten Teile. Der Griff seiner Hände lockerte sich, er hatte sie auf andere Weise an sich gebunden. Ein Brennen durchfuhr sie. Unwillkürlich krümmte sie sich und versuchte, nach oben hin zu entweichen. Da packte er sie bei den Hüften, und zog sie noch näher zu sich heran, um den nächsten Angriff nur umso erbarmungsloser zu führen und sich tief in sie zu versenken. Es kam ihr vor, als wollte er die *Mauritius* zusätzlich antreiben, denn seine Stöße schienen im Einklang mit dem Stampfen des Schiffes. Immer wenn sich die Mauritius nach vorn beugte, stieß auch er in die Tiefe vor; erklomm sie eine Woge, bäumte er sich wieder auf.

„Lasst mich los!", presste sie hervor. Ihre Stimme klang fremd. Von ihm kam keine Antwort. Sie hörte nur abgehacktes Atmen. Dafür roch sie seinen Schweiß.

Mit einem Mal richtete er seinen mächtigen Oberkörper auf. Diese unerwartete Bewegung war zu viel: Eine Welle aus Schmerz durchflutete sie. Gleichzeitig spürte sie, dass er sich in ihr entlud, Feuer spie. Der warme Strom ergoss sich in ihr Innerstes. War dies der Moment des Hinsterbens, der Liebestod, über den bei den Zusammenkünften mit ihren Amsterdamer Freundinnen so manches Mal getuschelt worden war? Sie sehnte sich danach, es mit einem Mann zu erleben, der so war wie Margarethas spanischer Soldat.

Als das Gefühl allmählich verebbte, saß eben diese Margaretha noch immer im Mondlicht und starrte sie an. Eva drehte ihren Kopf weg. Über ihr war Coens Schatten, immer noch hielt er sie aufgespießt. Sie erzitterte, als er sie mit einem brutalen Ruck freigab. Noch im Liegen zog er sich seine Hose an. Gerade rechtzeitig sank Margaretha in ihre Kissen zurück und stellte sich schlafend. Eva hörte die Türe – weg war er. Sie lag da und lauschte auf den Wind. Noch immer wurde sie angehoben und wieder nach unten gedrückt: Es war das Schiff, das unverdrossen weiter durchs Meer pflügte. „Die Elemente treiben ihr Spiel mit mir", dachte Eva. „Die Elemente und der große bleiche Mann."

Am nächsten Tag nach dem Morgengebet bekam der Messerstecher seine Strafe. Drei Männer hielten ihn fest, ein vierter nahm seine rechte Hand und presste sie gegen den Großmast.

Dann erschien der Aufseher: in der einen Hand das Messer, mit dem Margaretha Müller verletzt worden war, in der anderen einen Hammer. Zu Evas großem Schrecken stach er das Messer in die Handfläche des Mannes und nagelte es dann mit dem Hammer am Mast fest. Der Verurteilte heulte auf. „Er schreit wie am Spieß – im wahrsten Sinne des Wortes", lachte Kapitän Pool.

Der Mann war nun sich selbst überlassen. Anfangs versuchte er, seine Hand über die Klinge und das Heft des Messers abzuziehen. Er zog und schüttelte und stieß dabei die erbärmlichsten Schmerzenslaute aus. Die Hand und der ganze Arm färbten sich rot. Die Zuschauer jubelten und grölten – sie waren restlos begeistert. Mehrere Soldaten mussten sie zurückhalten, weil sie immer weiter nach vorn drängten.

Nach einiger Zeit hatte der Mann ein großes Loch in der Handfläche, aber der Griff des Messers war einfach zu dick. Deshalb versuchte er nun, die Hand durch einen kräftigen seitlichen Ruck freizubekommen. Dies schien ihm noch mehr Schmerzen zu bereiten, denn er brüllte nun wie ein Berserker. Nach mehrmaligem heftigen Ziehen und Reißen war die Hand mittendurch geschnitten, und er fiel wimmernd auf die Knie. Nun konnte sich Doktor Bontius seiner annehmen.

Als sich Eva von der makabren Vorstellung abwandte, um in ihre Kabine zu gehen, traf sie der bohrende Blick ihres Mannes. Einmal mehr sah sie zu Boden.

Dass sie danach nicht in Melancholie verfiel, hatte zwei Gründe: Zum einen stellte sich bei Margaretha das gefürchtete Fieber nicht ein, die Wunde verheilte. Margaretha machte sich fortan als ihre Zofe nützlich. Sie half ihr beim An- und Auskleiden und ermöglichte ihr dadurch, wieder öfter ein Korsett zu tragen. Bisher hatte sie jedes Mal Gerrit um Hilfe bitten müssen, der sich sehr dagegen sträubte, ihr beim Anlegen der Schnürbrust zu assistieren – er hielt dies für „Weiber- und Dienstbotenwerk", das mit seiner Würde als Mann nicht zu vereinbaren war.

Vertrauliche Gespräche führte sie mit Margaretha nicht mehr, ihr Verhältnis war nun das zwischen einer Herrin und ihrer Magd. Zudem wandte sich Eva an Kapitän Pool und bat ihn, einen neuen Schlafplatz für Margaretha zu finden. „In meiner Kabine ist es für uns beide doch zu eng", murmelte sie. Pool schien zu erraten, worin die Schwierigkeit bestand, denn er sagte: „Das kann ich mir vorstellen. Wenn sie da auf dem Boden liegt, weiß der Herr General ja gar nicht mehr, wo er hintreten soll. Ich werde ihr sagen, dass sie künftig auf dem Verdeck schläft."

Der zweite Grund zur Freude kündigte sich an, als der Hochbootsmann nach ihr fragen ließ. „Was ist ein Hochbootsmann?", fragte Eva den Kapitän.

„Er ist der Verbindungsmann zwischen uns und denen vor dem Mast. Er hat als Einziger die Erlaubnis, auf das Verdeck zu kommen. Er erwartet Euch dort."

Eva ging auf den überdachten Teil des unteren Decks und sah den Hochbootsmann mit Jasper unterm Arm. Fast wäre sie dem Mann um den Hals gefallen, was ganz sicher einen erneuten Zornesausbruch ihres Gemahls zur Folge gehabt hätte. Der arme Kater war abgemagert. „Ein Seemann hat ihn in seiner Kiste gefunden. Er hatte sie schon seit längerer Zeit nicht mehr aufgemacht. Euer Kater hat wohl die geräucherten Würste gerochen, die er dort aufbewahrt hat, und ist dann eingeschlossen worden, als der Seemann den Deckel wieder geschlossen hat. Ein bisschen dumm, dass er nicht miaut hat."

„Ja, das ist auch dumm", bestätigte Eva. „Aber das tut er nie, wenn er irgendwo eingeschlossen ist. Er verhält sich dann still." Sie gab dem Hochbootsmann zwei Gulden mit: einen als Belohnung und einen als Entschädigung für die Würste.

Gefangene der Stille

In den nächsten Wochen gewöhnte sich Eva allmählich an das Leben an Bord. Sie bekam *Seebeine*, wie Pieter van den Broecke es nannte. Das bedeutete, dass sie lernte, sich bei stärkerem Seegang bei jedem Schritt festzuhalten, sodass sie nicht stürzte. Sie gewann aber auch eine größere Sicherheit im Balancieren über den tückischen Untergrund. Wie bei einem noch nicht eingerittenen Pferd musste man jederzeit damit rechnen, dass das Schiff einen plötzlichen Ruck machte, und wenn man dann nicht aufpasste, rollte man das Deck hinunter wie einen Bergabhang. Dann konnte man von Glück reden, wenn man sich nicht den Kopf aufschlug oder den Arm brach.

Von der Seekrankheit war sie nicht völlig geheilt – wenn das Meer besonders unruhig war oder die Wellen seitlich auf das Schiff zurollten, wurde ihr immer noch übel. Allerdings wurde es nie mehr so schlimm wie in den ersten Tagen. Die typischen Geräusche des Schiffes – die knarrenden Balken, das gegen Holzwände schlagende Tau, die Schritte der Wachhabenden, das Pfeifen und Heulen des Windes – nahm sie nach einiger Zeit nicht mehr wahr.

Ihr Tag war von einem immer gleichen Ablauf bestimmt. Nach dem Aufstehen Morgengebet an Deck, Frühstück, Nichtstun, Mittagessen, Nichtstun, Abendgebet, Abendbrot, Schlafen. Man lebte von Mahlzeit zu Mahlzeit. So war es kein Wunder, dass Eva langsam wieder zu Kräften kam. Die Küche ließ es an nichts fehlen, es gab allerlei gepökelte und geräucherte Fleischsorten, Wurst, Makrele und eingelegten Fisch, dazu Bohnen, Kohl, Rüben, Erbsen, Möhren, Salat, Äpfel und Birnen, außerdem Suppe, Honig, Nüsse, Mandeln, gezuckertes Backwerk und reichlich Gewürze. Ab und zu wurde eines der Tiere an Bord geschlachtet, und dann konnte sich die Gesellschaft an Spanferkel oder Hühnerpastete gütlich tun. Dazu tranken sie gutes starkes Bier und französische Weine. Die Gespräche am großen Tisch in der Kajüte konnten unterhaltsam sein, vor allem wenn Pieter van den Broecke das Wort führte. Er war ein geborener Erzähler und hatte schon viele Abenteuer erlebt. Coen dagegen berichtete nie von seinen Erlebnissen. Eva vermutete, dass er dies als zu vertraulich empfand.

Häufig litten sie unter den langen Monologen Musa Bergs, vor allem wenn er zu viel getrunken hatte. Andauernd versuchte der Botschafter sie dann von der Überlegenheit Persiens zu überzeugen. So schimpfte er ihre niederländische Republik einen „halben Volksstaat", unfähig zu klaren und schnellen Entscheidungen. Wie unendlich überlegen sei dieser Regierungsform doch der Staat des persischen Groß-königs oder Schahs, Statthalter Gottes und des Propheten Mohammed! An der Allmacht seines Herrschers konnte sich Musa Berg geradezu berauschen. Van den Broecke übersetzte: „Die Entscheidung über Krieg und Frieden, ja das Leben jedes Einzelnen unterliegt allein seiner Gewalt. Kaum dass ein Verurteilter mit einer Gebärde widerstrebt, wenn der Schah seine Güter einzieht, der königliche Henker ihm die Augen aussticht oder ein Sendbote seine Töchter einen Abhang hinabstürzt."

Mit der Besatzung kam Eva so gut wie nicht mehr in Berührung, weil es ihr von Coen strikt untersagt worden war, sich noch ein weiteres Mal vor den Mast zu begeben. So blieb ihr nichts anderes übrig, als die Männer von den höhergelegenen Decks aus zu beobachten. Sie schaute zu, wie sie auf allen vieren das Deck schrubbten oder affen-gleich in den Verästelungen der Takelage herumturnten.

Von Pieter van den Broecke wusste sie, wie man die Masten ganz leicht auseinanderhalten konnte. „Sie sind wie die Finger einer Hand", erklärte er. „Der Daumen ist der Bugspriet ganz vorn, der Zeigefinger der Fockmast, der Mittelfinger der Großmast, der Ringfinger der Besanmast und der kleine Finger der Flaggenstock am Heck."

Tagein, tagaus spulte die *Mauritius* ihre Seemeilen ab. Eva erkannte bald, dass ein solches Schiff die erstaunlichste und komplizierteste aller Maschinen darstellte. Um sie richtig zu bedienen und mit ihr genau dorthin zu gelangen, wo man hinwollte, bedurfte es umfassender nautischer Kenntnisse. Deshalb wuchs in dieser Zeit ihr Respekt vor Kapitän Pool, obwohl sie seine Art nach wie vor abstoßend fand. Er erläuterte ihr, dass sie wie eine Kutsche eine Wagenspur einhielten, indem sie zwischen zwei gedachten Linien segelten, die die Direktoren vorgegeben hatten. Dieser Weg würde sie längs der Küste Südamerikas in einem großen Bogen zum Kap der Guten Hoffnung an der Südspitze Afrikas führen. Auf der Karte, die Eva zusammen mit Pool betrachtete, sah dies aus wie ein Umweg – doch wie er ihr klarmachte, ging es so wesentlich schneller, da das Schiff von günstigen Winden profitierte.

Durch das Leben auf See bekam Eva zum ersten Mal ein Gespür für das Wetter. Als Stadtkind hatte sie sich bisher nicht viel darum gekümmert. Die Schiffsführer aber waren ständig damit beschäftigt, die Wetter- und Windverhältnisse im Auge zu behalten. So konnte das Schiff in eine gefährliche Schräglage geraten, wenn man bei starkem Wind zu viel Segel gesetzt hatte. Es war darum wichtig, rechtzeitig vor dem Auffrischen des Windes die Segelfläche zu verkleinern. Der Kapitän musste dem Wetter immer einen Schritt voraus sein.

Die Segel wurden stets so gestellt, dass das Schiff möglichst schnell fahren konnte. Dafür kletterten die Seeleute in die Masten und drehten die Querstangen, an denen die Segel befestigt waren, die Rahen. Da die Männer bei ihrer Arbeit nicht festgebunden waren, fürchtete Eva jedes Mal, dass sie abstürzen könnten. Abends wurden die meisten Segel eingezogen, sodass die *Mauritius* nur langsam und damit sicher durch die Nacht gleiten konnte. Frühmorgens bei Sonnenaufgang war es dann die erste Aufgabe der Seeleute, die Segel aufs Neue zu hissen, um wieder volle Fahrt aufzunehmen.

Die *Mauritius* konnte sogar dann weiterhin auf ihr Ziel zusteuern, wenn der Wind aus der falschen Richtung kam, nämlich von vorn. Selbst ein Seebär wie Pool war jedoch außerstande, das Schiff auch nur ein winziges Stück fortzubewegen, wenn kein Wind wehte, und eben dies trat drei Monate nach ihrer Abreise ein: Sie gerieten in eine Flaute. Alles Leben wich aus der *Mauritius*. Wie tot dümpelte sie auf der spiegelglatten See. Von den anderen Schiffen ihrer Flotte war keines zu sehen.

Mittlerweile war die Zeit, zu der sie an Bord gefroren hatten, nur noch eine ferne Erinnerung. Ungefähr drei, vier Wochen hatten sie bei angenehmen Temperaturen verbracht, doch nun legte sich eine bleierne Hitze über das Schiff. Das Meer glänzte wie ausgerollte Seide. Kein Lüftchen wehte. Margaretha erzählte, einige ältere Seeleute hätten behauptet, dass schon ganze Schiffe ausgestorben seien, weil eine Windstille sie über viele Wochen festgehalten habe.

Die Seeleute, die nichts zu tun hatten, lungerten auf Deck herum. Sie waren jetzt nackt bis auf einen Lappen um die Lenden, was Eva durchaus gefiel: Durch die schwere Arbeit an den Winden, Tauen und Segeln hatten viele von ihnen einen so sehnigen, muskelbepackten Körper ausgebildet, wie Eva ihn bisher nur von den anatomischen Zeichnungen kannte, die Onkel Pieter in einer Skizzenmappe aufbewahrte.

Von der stechenden Sonne waren die weißen Leiber allerdings bald völlig verbrannt, und die Haut hing ihnen in Fetzen von den Schultern.

Pool versuchte die Stimmung zu heben, indem er dem Abhalten von Äquatortaufen zustimmte. Dieses Ritual wurde traditionell veranstaltet, wenn das Schiff den Äquator passiert hatte. Alle Männer, die zum ersten Mal so weit südlich fuhren, mussten vom Schmutz der Nordhalbkugel befreit werden, indem sie mit einem Flaschenzug ins Meer getaucht wurden. Es war ein Spektakel, das sich den ganzen Tag über hinzog und das Eva mit einer Mischung aus Faszination und Widerwille vom Achterdeck aus verfolgte.

Als sie wieder in ihrer stickigen Kabine saß, wurde ihr bewusst, dass sie die Täuflinge in einer Hinsicht beneidete: Sie hatten kurz im Meer baden können. Wie erfrischend, wie unendlich wohltuend musste es sein, bis über den Kopf in das kühle Nass einzutauchen! Ihr letztes Bad lag schon ungefähr ein Jahr zurück. Als Kinder dagegen waren Gerrit und sie im Sommer öfters in die Kanäle und Seen vor der Stadt gehüpft. Dort hatten sie auch die Kunst des Schwimmens erlernt.

Je mehr sie jetzt daran dachte, desto unwiderstehlicher wurde der Wunsch, ihren verschwitzten Körper im Wasser zu reinigen. Schließlich beauftragte sie Margaretha, ein leeres Trinkwasserfass heraufschleppen zu lassen und darin Seewasser einzufüllen. Trinkwasser war zu kostbar, um es fürs Baden zu verschwenden.

Es dauerte zwei Stunden, bis alles bereit war, aber dann kam der Moment, in dem Eva all ihre Kleider abgelegt hatte und in das Fass stieg. Das Wasser umfing ihren Körper und schien ihn in wenigen Augenblicken zu erneuern. Sie schloss die Augen. Es war wunderbar! Sie tauchte unter. Als sie wieder hochkam, spürte sie ihre nassen Haare auf der Schulter liegen – ein Gefühl, das sie schon lange nicht mehr gehabt hatte. Das Salzwasser brannte ein wenig in den Augen. Sie genoss selbst das.

In diesem Zustand stahl sich, eher durch die Natur als durch ihren Willen geführt, ihre Hand zwischen ihre Beine und entzündete den Mittelpunkt ihrer Empfindungen. Sie dachte dabei an den mit warmer Milch gefüllten Karaffenhals, den ihr ihre Freundin Judith einst als besonders geeignetes Hilfsmittel zu diesem Zweck empfohlen hatte. Gerade als sich ihre Verzückung langsam steigerte, hörte sie Schritte auf dem Gang. Es wurde geklopft und gleich darauf eingetreten. Der unangemeldete Besucher war Doktor Bontius.

„Gnädige Frau, entschuldigt vielmals, aber was tut Ihr dort?"

Eva fuhr zusammen. War es möglich, dass er sie beobachtet hatte?

„Wieso … was meint Ihr?"

„Wollt Ihr Euch den Tod holen?", fragte er ungehalten.

„Den Tod holen …?"

„Ja, wisst Ihr denn nicht, wie gefährlich es für den menschlichen Körper ist, mit Wasser in Berührung zu kommen? Wasser lässt die den Körper umhüllenden Schichten erschlaffen, sodass die Haut keine feste Wand mehr darstellt. Die Poren klaffen auf, unzählige Öffnungen entstehen. Die Folge ist, dass ungesunde Luftschwaden ungehindert eindringen können. Denkt nur an den Pesthauch, der sich einst vor allem durch Badehäuser verbreitete, bevor diese Seuchenherde endlich geschlossen wurden. Frau Ment, bitte merkt Euch ein für alle Mal: Ihr solltet Euch um Eurer Gesundheit willen für den Rest Eures Lebens auf eine trockene Toilette beschränken! Den Schmutz des Körpers könnt Ihr ebenso gut beseitigen, indem Ihr Eure Kleidung häufig wechselt. Frische weiße Wäsche reinigt die Haut auf schonende Weise, indem sie Schmutz und Schweiß aufnimmt, und gibt ein angenehmes Gefühl auf der Haut. Wasser solltet Ihr nur zum Waschen der Hände und des Mundes verwenden!"

„Ich fühle mich hier drin aber so gut wie schon lange nicht mehr."

„Das hat nichts zu sagen. Ich flehe Euch an, Euch nicht länger dieser Gefahr auszusetzen! Ihr müsst das Bad auf der Stelle abbrechen und dann mindestens zwei Tage das Bett hüten. Auf keinen Fall dürft ihr nach draußen gehen, denn dort hätten Krankheitserreger in der Luft leichtes Spiel mit Euch. Eure Haut hat vorübergehend ihre Wirkung als Schutzschicht eingebüßt und ist nun so durchlässig wie ein aufgerissenes Fischernetz."

Er trat an das Fass und hielt einen Finger hinein. „Wenigstens ist es kühl", sagte er. „Am gefährlichsten ist warmes Wasser, weil erhitztes Fleisch die Gifte aus der Luft aufsaugt wie ein Schwamm." Dabei schielte er aus den Augenwinkeln auf Evas Brüste, denen das Wasser Auftrieb gab. Eva vermutete, dass er einem nackten weiblichen Wesen noch niemals so nah gewesen war. „Zwillinge unterscheiden sich doch", dachte sie. „Willem de Bondt wäre viel zu diskret für solche verstohlenen Blicke." Außerdem war er bereits verheiratet gewesen und kannte deshalb die Geheimnisse der Frauen.

„Eines würde ich dann aber doch gern wissen", warf sie ein. „Wenn es so gefährlich ist: Warum habt ihr dann nicht gegen die Äquatortaufen protestiert?"

„Das habe ich, aber leider war Kapitän Pool der Ansicht, dass die Mannschaft jetzt etwas bräuchte, um ihre angestaute Unlust zu entladen. Das habe Vorrang vor meinen ärztlichen Bedenken."

„Also gut", gab Eva nach. „Wie Ihr meint." Damit stemmte sie sich ohne Vorwarnung aus dem Wasser und schüttelte ihre langen Haare, dass die Tropfen durch die Kabine spritzten. Doktor Bontius wankte zurück. Er war von dem Anblick offenbar so überwältigt, dass eine Ohnmacht kurz bevorzustehen schien. Eva zog die Beine an, um sich über den Rand des Fasses zu schwingen. „Wenn Ihr mir bitte helfen könntet?"

Zögernd stellte sich Bontius neben sie, sodass sie ihren Arm um seinen Hals legen konnte. Dann kletterte sie aus dem Fass und ließ sich an ihm hinabgleiten. Sie konnte spüren, dass er zitterte.

„Ich vertraue Euch vollkommen", sagte sie, „denn ich sehe in Euch nur den studierten Mediziner und nicht den Mann."

Bontius machte ein Gesicht wie ein überforderter kleiner Junge. Nackt und triefend stand sie vor ihm. „Sonst noch Empfehlungen?"

„Nein, nein …" Rückwärts gehend, tastete sich der Doktor zur Tür vor, öffnete sie und trat hinaus – den Blick bis zuletzt auf das Geschöpf aus dem Wasserfass gerichtet.

In den nächsten zwei Tagen kam er regelmäßig zu ihr und überprüfte ihren Zustand. Dabei ermahnte er sie, stets glatte, eng anliegende und hochgeschlossene Kleidung zu tragen, um krankheitsverseuchter Luft so wenig Angriffsfläche wie möglich zu bieten. Bei der unerträglichen Hitze, der sie alle ausgesetzt waren, war dies eine Ermahnung, die bei Eva nicht auf Begeisterung stieß.

Am Spätnachmittag des zweiten Tages, gerade als sie zum ersten Mal nach draußen ging, erhob sich ein Wal aus dem Meer. Breit wie das Achterdeck, wölbte sich sein pockiger Rücken aus dem Wasser empor. Dann blies er. Es war ein dumpfes Keuchen, fast wie der schwere Atem von Evas Vater, wenn er zu schnell gegangen war. Dazu schoss eine weiße Fontäne in die Luft. Als sie versiegt war, tauchte er und streckte wie zum Gruß seine Fluke empor. Einen Augenblick lang stand sie da wie ein grauschwarzes Segel. Dann verschwand der Wal, doch nur um sich nach einiger Zeit auf der anderen Seite des Schiffes noch einmal zu zeigen. Sein Atemstrahl glitzerte im Licht der tief stehenden Sonne. Eilig ließ Eva das leere Wasserfass wieder aus dem Laderaum holen, verschließen und über Bord werfen. Sie wollte dem Wal etwas zu spielen geben. Aber er beachtete es nicht und zog mit der Gelassenheit eines so überwältigend großen Tiers seiner Wege. Eva verspürte ein merkwürdiges Gefühl der Verbundenheit mit ihm. Er kam ihr nicht vor wie ein seelenloses Geschöpf, sondern wie ein Verwandter, der atmete und schnaufte wie sie. Wie plump und hilflos ihr Schiff im Vergleich zu dem Wal wirkte! Er bewegte sich mit spielerischer Eleganz durch sein Element, er konnte sich wenden, wohin er wollte.

Die Begegnung mit dem Tier aus der Tiefe hatte sie alle aufgewühlt. An diesem Abend setzte sich Gerrit auf das Dach von Musa Bergs Kabine und fing an, auf seiner Geige zu spielen. Eine überirdische Stille lag über der See, und da hinein schickte er seine Töne. Sie sprangen über die Reling, purzelten das Heck hinunter und tanzten auf den Wassern, um sich dann zu verflüchtigen. Es war wie ein Beschwörungsritual – so als wollte Gerrit das Meer mit seiner Musik dazu bringen, die *Mauritius* freizugeben.

Hinter ihm versank die Sonne – rot wie der Blutfleck, der sich auf Margarethas Hemd abgezeichnet hatte. Sie färbte auch die ganze Spiegelscheibe des Ozeans rot. Eva sah, wie die wachhabenden Seeleute auf den unteren Decks in heller Aufregung zum Horizont starrten. „Sie deuten das als böses Omen", sagte van den Broecke, der neben sie getreten war. „Solche Sonnenuntergänge künden in ihren Augen den Tod an, noch dazu, wenn sich vorher etwas so Außergewöhnliches ereignet hat wie das Auftauchen eines Wals."

„Und Ihr – glaubt Ihr auch daran?"

„Nun ja, es ist schon ein schauerlicher Anblick, nicht wahr? Das blaue Meer so unnatürlich rot gefärbt! Der Herr erinnert uns daran, dass wir einem Trugbild erliegen, wenn wir meinen, in unserem Leben sei alles fest gefügt und sicher. Schon morgen kann alles vorbei sein."

Und tatsächlich begann am nächsten Tag der Todeskampf eines deutschen Soldaten, der an einem Fieber litt. Man hatte ihn an die Luft geholt, und dort lag er nun und schrie Stunde um Stunde: „Albrecht Schmider ist nicht hier! Albrecht Schmider ist nicht hier!"

Aber der Tod ließ sich nichts vormachen. Als am Abend des darauffolgenden Tages die Rufe verstummten, wusste Eva, dass er den Soldaten mitgenommen hatte. Die Leiche wurde in einen mit Sand beschwerten Seesack eingenäht und nach dem Morgengebet über eine Planke ins Meer geworfen. Dazu dröhnte ein Salutschuss über das Wasser.

Zwei Tage später starb ein Seemann auf noch furchterregendere Weise. Eva bekam zwar nichts davon mit, doch Gerrit erzählte ihr, dass sich der Mann ins Meer gestürzt hatte. Ehe man ihm ein Tau zuwerfen konnte, war er bereits untergegangen. Seine Kameraden erzählten, er habe schon lange große Sehnsucht nach seiner Frau gehabt und schließlich geglaubt, sie rufen zu hören.

Seit Längerem wurde die *Mauritius* von einem Hai umkreist. Die Männer gaben sich große Mühe, den Raubfisch zu angeln. Schließlich biss er an. Drei der stärksten Matrosen zogen ihn mit vereinten Kräften herauf. Dort peitschte er das Deck mit seiner Schwanzflosse und schoss mit enormer Kraft hin und her, so als wäre die Luft ebenso sein Element wie das Wasser. Die Männer sprangen zurück und brachten sich in Sicherheit. Zur Vorsicht ließen sie ihn erst eine Weile in der Sonne liegen. Dann gingen sie hin und stachen ihm mit einem Eisen die Augen aus, was ihn wild nach seinen Peinigern schnappen ließ. Als Nächstes säbelten sie ihm die Rückenflosse ab, ließen ihn dann wieder in seinem Blut liegen und schlitzten ihm schließlich den weiß schimmernden Bauch auf. Das Tier zuckte noch immer, als sie die Eingeweide mit bloßen Händen herausholten und über Bord warfen, was rasch noch mehr Haie anzog. Plötzlich stieß einer der Männer einen markerschütternden Schrei aus. Eva, die alles vom Halbdeck aus beobachtete, konnte nicht sehen, was es war, doch es schien, als hätte der Mann etwas aus dem Hai herausgeholt und dann erschrocken fallen lassen. Eva winkte den Hochbootsmann heran. „Was ist geschehen?", fragte sie.

Selbst der hartgesottene Seemann zögerte, bevor er die Antwort gab. „Da war etwas im Magen dieser Bestie."

„Was denn?"

„Ein Kopf, ein menschlicher Kopf. Die Männer sagen, es ist der Kopf von Albrecht Schmider."

So wurde die Stimmung an Bord mit jedem Tag gedrückter. Die Sonne ließ das Pech zwischen den Deckbalken schmelzen. Reglos und schlaff hingen die Segel, wie die Flügel eines toten Vogels. Eine brütende Stille lastete über den Decks. Die Stille war so vollkommen, dass man ein in normaler Lautstärke gesprochenes Wort auf dem vordersten Mannschaftsdeck wie in einer Flüstergalerie noch auf dem Achterdeck hinter dem Mast hören konnte. Befehle erübrigten sich – es tat sich ja nichts. Apathisch kauerten die Männer unter aufgespannten Sonnensegeln.

Wein und Wasser waren nun streng rationiert.

Irgendwann stellte der Kellermeister fest, dass jemand heimlich ein Weinfass im Laderaum angezapft hatte. Pool forderte den Schuldigen nach dem Morgengebet auf, sich zu melden. Als dies niemand tat, verkündete er, den Wein für alle so lange zu streichen, bis sich der Schuldige gemeldet habe. Nur eine halbe Stunde später stellte sich der Mann und gestand seine Verfehlung – seine Kameraden unter Deck hatten ihm offenbar noch schlimmere Strafen angedroht als die Peitschenhiebe, die er nun zu erwarten hatte.

Einmal bewies die Besatzung Zusammenhalt. Es war nach dem Mittagessen, die Gesellschaft hinter dem Mast saß noch in der Kajüte zusammen, als der Hochbootsmann an die Tür klopfte. Er habe da draußen zwei Vertreter der Seeleute, deren Bitten er sich ausdrücklich nicht zu eigen mache, warnte er vor. Pool ging hinaus und empfing die Männer auf dem Verdeck. Eva und Willem de Bondt folgten ihm neugierig und blieben einige Schritte hinter dem Kapitän stehen.

Die Männer drehten ihre Mützen in den Händen, es war ihnen nicht wohl in ihrer Haut.

„Was wollt ihr?", fragte Pool.

„Kapitän", hob der eine an. „Wir kommen als Abgesandte aller Seeleute. Es geht um das Essen … und auch um das, was wir zu trinken bekommen."

„Was soll damit sein?"

„Unsere tägliche Ration besteht nur noch aus einzelnen Schlucken. Und dies bisschen Wasser ist dann auch noch verdorben. Es ist voller Würmer und Maden. Wir müssen uns ein dünnes Tuch wie ein Sieb vor den Mund halten, um es trinken zu können."

„Ist dies deine erste Reise im Dienste der Compagnie?"

„Ja, schon, aber …"

„Das habe ich mir gedacht. Sonst wüsstest du nämlich, dass das in diesem Stadium der Reise kaum ausbleiben kann. Das Trinkwasser ist nicht mehr frisch, und wir leiden unter Hitze. Dann passiert das. Wenn diese Flaute erst mal vorbei ist, werden wir hoffentlich schnell das Kap der Guten Hoffnung erreichen und uns mit frischem Trinkwasser versorgen können."

„Es ist aber auch zu wenig Wasser, Kapitän. Manche von uns lutschen schon Musketenkugeln, in der Hoffnung, so zusätzliche Spucke zu erzeugen."

„Ich kann es nicht ändern. Zumindest habt ihr genug zu essen."

„Ja, aber den Zwieback müssen wir vorher erst gegen die Bordwand klopfen, damit das Ungeziefer herausfällt. Das Fleisch hat schon so lange im Salz gelegen, dass beim Kochen aus drei viertel Pfund kaum ein halbes Pfund wird."

„Das ist doch gerade gut! Wenn das Fleisch nicht richtig durchgekocht wird, bleibt es hart – und das behagt euch ja auch nicht."

„Herr Kapitän, wir stellen uns wirklich nicht an. Vielen fallen die Zähne aus, ihr Zahnfleisch färbt sich schwarz. Das sind die sicheren Anzeichen von Skorbut. Manche haben so dicke Furunkel im Nacken, dass sie kaum noch den Kopf drehen können. Wir haben da unten schon Ratten gefangen und eingekocht. Sie gelten jetzt als Köstlichkeit …"

„Na bitte", unterbrach ihn Pool. „Warum dann das weibische Klagen? Was du schilderst, sind nun einmal die unangenehmen Begleiterscheinungen langer Seereisen. Das war schon immer so und wird auch immer so bleiben. Ich wünschte auch, dass wir unsere Reise fortsetzen könnten, aber gegen die Elemente bin ich machtlos. In dieser Hitze verderben die Lebensmittel eben schnell."

„Es sind aber Männer unter uns, die behaupten, dass ... nun ... dass das Brot von Anfang schimmlig gewesen wäre. Sie sagen, Ihr hättet schlechtes Brot billig eingekauft, um den Rest des Betrags, den Ihr von den Direktoren für den Proviant bekommen habt, selbst einzustreichen."

„Das ... das ist ja wohl ... das ist die größte Unverschämtheit, die mir je untergekommen ist." Pool wurde rot im Gesicht. „Das gibt für euch beide fünfzig Hiebe mit der Peitsche. Was für ein ungeheuerlicher Vorwurf! Ihr könnt froh sein, dass ich euch nicht über Bord werfen lasse. Schert euch weg! Nach unten mit euch, aber schnell!"

Der Kapitän kochte. Selbst Eva warf er nun einen unfreundlichen Blick zu, weil sie die Szene belauscht hatte – und nun den Vorwurf kannte, er habe sich beim Einkauf des Proviants auf Kosten der Mannschaft bereichert.

„Können wir ihnen nicht etwas von unseren Vorräten abgeben?", fragte sie.

Pool schüttelte verständnislos den Kopf. „Wie kommt Ihr denn auf diesen Gedanken? Bei so vielen Mäulern wären unsere Reserven binnen kürzester Zeit aufgebraucht."

„Dann vielleicht nur denjenigen, die schon krank sind."

„Das würde nur böses Blut unter den anderen geben. Und als Zeichen von Schwäche gewertet. Die Leute würden denken, wir wären verrückt geworden." Damit stapfte er – ohne sie noch eines Blickes zu würdigen – davon.

In dieser Nacht erschien Eva zum ersten Mal seit langer Zeit ihre Mutter im Traum, das bleiche Antlitz umflossen von dunkelbraunen Locken. Sie bat sie dringend, wieder nach Amsterdam zurückzukommen. Es drohe ihr große Gefahr – die Reise führe ins Unglück.

„Ja, aber wie soll ich von hier wegkommen, Mutter?"

„Du kennst doch die Geschichte von Jona, der von einem Walfisch verschlungen wird, aber in seinem Bauch ausharrt, betet und am dritten Tage wieder ausgespien wird? Tue es ihm gleich."

So hielt Eva im Traum Ausschau nach dem Wal. Aber er ließ sich nicht mehr blicken. Stattdessen kamen Haie, immer mehr Haie, bis ihre glatten Leiber und spitzen Flossen das ganze Schiff umschlossen und festhielten, sogar als der Wind wieder auffrischte. Da wusste sie, dass ihr der Weg in ihr altes Leben verwehrt war.

Die Sünde Sodoms

Das Erste, was Eva hörte, waren Schritte. Zwei Leute betraten die Kabine von Gerrit und den Brüdern de Bondt. Die Wände des Schiffes waren nur aus dünnen Brettern zusammengenagelt, deshalb konnte man fast alles hören, was nebenan vor sich ging. Eva hatte gelernt, solche Geräusche nicht zu beachten. Sie lag in ihrer Bettnische. Mit halbem Ohr bekam sie mit, dass einer der beiden Gerrit war, der die Kabine aufgesucht hatte. Sie hörte ihn reden, aber er sprach leise.

Irgendwann bemerkte sie, dass es Fransje war, mit dem er sprach. Die Stimme des Jungen war noch leiser, aber Eva bekam einzelne Satzfetzen mit wie „lieber nicht" und „besser gehen". Es folgte ein beschwörendes „Pssst!", und dann sprach Gerrit so leise, dass sie nichts mehr verstehen konnte. Sie nahm sich vor, ihren Bruder bei nächster Gelegenheit danach zu fragen, welches Schelmenstück er mit dem armen Jungen ausgeheckt habe.

Anschließend blieb es eine Zeit lang still; Eva döste vor sich hin. Dann erregte ein Keuchen ihre Aufmerksamkeit, begleitet von Wimmern. Als sie gerade nachsehen wollte, was los war, erscholl Fransjes Stimme: „Lieber Herr Ment, nein! Lasst mich! Lasst mich bitte!" Etwas Schweres fiel auf den Boden, es schien ein Gerangel zu geben, und dann stürzte jemand an ihrer geschlossenen Kabinentür vorbei.

Eva öffnete die Tür. Im Gang war niemand zu sehen. Sie ging die drei Schritte bis zur Nachbarkabine. Dort saß Gerrit auf dem Boden – und zog sich hastig die Pluderhose an. Im selben Moment wusste Eva, was sich zugetragen hatte. Es war ein gewaltiger Schock.

„Was schaust du so?", fragte er.

Eva sagte nichts. Sie konnte nichts sagen. Hinter ihr

kamen Stiefel die Treppe hinauf. In panischer Hast stand Gerrit auf. Dann erschienen bereits Coen und van den Broecke im Kabineneingang – neben ihnen Fransje.

Coen sah Gerrit nur an. Lange. Nach einiger Zeit begann er von selbst zu reden: „Ich … ich weiß nicht, was er hat. Ich … ich wollte mich ein wenig hinlegen, und er sollte mir etwas vorlesen."

„Fransje kann nicht lesen", erwiderte Coen mit kalter Stimme.

„Oder eben Geschichten erzählen, egal. Irgendetwas gegen die Langeweile."

„Fransje sagt, Ihr hättet Eure Männlichkeit in sein Fundament gesteckt."

„Was …? Was …?" Seit Kindertagen hatte Eva ihn nicht mehr so aufgelöst erlebt.

„Ich glaube, Ihr habt mich schon verstanden", sagte Coen ruhig. „Ihr seid der namenlosen Sünde verdächtig. Wenn Euch der Schiffsrat für schuldig befindet, werdet Ihr morgen früh an der Rah aufgeknüpft."

Eva sah, wie Gerrit erstarrte. Sie selbst schien nur noch aus dumpfer Angst zu bestehen.

Jetzt schaltete sich van den Broecke ein: „Herr General, meint Ihr nicht, dass wir das Geschehene besser übergehen sollten? Es ist allemal ratsamer, diese Sünde zu verhehlen als beim gemeinen Mann kundbar zu machen."

„Das sehe ich anders. Wie können wir Menschen an Bord dieses Schiffes für weit weniger ernste Verstöße zur Rechenschaft ziehen und diese schwerste aller Missetaten ungesühnt lassen?"

„Ihr wisst doch so gut wie ich, dass diese Praktiken – verdammenswert wie sie sind – gleichwohl um sich greifen, je länger ein Schiff voller Männer und ohne Frauen auf See ist."

„Es ist eine Eurer größten Schwächen, dass Ihr dazu neigt, den Mantel des Schweigens über all das zu breiten, was Euch Schwierigkeiten machen könnte. Wir haben gar keine andere Wahl, als diese Tat zu verfolgen, denn es sind in diesem Fall nicht die Bestimmungen der Compagnie, gegen die verstoßen wurde, es sind die Gesetze Gottes. Wohlan denn, ruft den Kapitän, den Pfarrer und den Doktor in die Kajüte. Und Ihr" – er wandte sich an Gerrit – „haltet Euch ebenfalls dort bereit."

Zu Fransje sagte er: „Du bleibst bei mir. Ich will nicht, dass er dich vielleicht mit Drohungen einschüchtert."

Gerrit ging an Eva vorbei, ohne sie anzuschauen.

„Ich will ebenfalls dabei sein!", verlangte Eva.

„Ihr seid nicht Mitglied des Schiffsrats."

„Ich bin Zeugin", erwiderte sie. „Die einzige Zeugin. Ich war in der Nachbarkabine."

Coen zögerte kurz. „Nun gut, dann geht nach unten. Einen feinen Bruder habt Ihr da."

„Jan" – es war das erste Mal, dass sie ihn mit seinem Vornamen ansprach – „ich bitte Euch um meinetwillen: Verschont ihn."

„Ich urteile ohne Ansehen der Person. *Aequa lege necessitas sortitur insignes et imos* – das Los des unparteiischen Rechts trifft Hoch und Niedrig gleichermaßen."

„Aber er ist mein Bruder!"

„Was soll das heißen? Dass andere verurteilt werden sollen, weil sie zufällig nicht das Glück hatten, im selben Mutterleib heranzureifen wie Ihr? Ich würde sagen: Ihr überschätzt Eure Bedeutung. An Bord dieses Schiffes wird Recht gesprochen. Hier gelten die Gesetze Gottes und der Vereinigten Compagnie. Und jetzt lasst mich durch."

Doch Eva wich noch nicht von der Stelle: „Wenn Ihr meinen Bruder tötet, werde ich nie mehr etwas für Euch empfinden können."

„Ich lasse mich von niemandem erpressen, auch von Euch nicht. Im Übrigen wäre es nicht ich, der ihn tötet, er hätte über sich selbst gerichtet. Gebt jetzt den Weg frei. Ein drittes Mal bitte ich nicht."

Seine Augen funkelten bedrohlich. Eva trat zur Seite. Dann folgte sie ihm und Fransje in einigem Abstand.

In der Kajüte stand Gerrit, den Kopf gesenkt, in einer Ecke. Außerdem saß dort Musa Berg am Tisch und trank Wein. Die fast geleerte Flasche vor ihm bewies, dass es nicht das erste Glas war. Coen bedeutete Fransje, an der Tür stehen zu bleiben, und setzte sich selbst hinter den Tisch. Kurz darauf erschienen van den Broecke, Doktor Bontius und Willem de Bondt, der sein schreiendes Kind auf dem Arm trug.

„Sucht Margaretha, sie muss das Kind nehmen!", entschied Coen. Der Pfarrer gehorchte.

Zu van den Broecke sagte er: „Könnt Ihr seine Exzellenz bitten, die Kajüte zu verlassen? Der Schiffsrat tritt zusammen."

Van den Broecke gab den Wunsch weiter, doch sofort erhob sich lautstarker Widerspruch. „Er weigert sich zu gehen", erklärte van den Broecke. „Er sei die mit Abstand ranghöchste Persönlichkeit auf diesem Schiff und werde sich nicht aus dem einzigen halbwegs akzeptablen Raum vertreiben lassen."

Coen seufzte.

Als Pool hereinkam, blickte er voller Abscheu sowohl auf Gerrit wie auf Fransje. Dann setzte er sich zu den anderen. Wenig später kehrte auch der Pfarrer zurück.

„Meine Herren", sagte Coen, „leider sind wir heute Mittag gezwungen, uns mit einem sehr gravierenden Vorfall zu befassen. Ich schildere kurz, was passiert ist: Soeben ist unser Schiffsjunge zu mir gerannt. Er schien in höchstem

Maße verstört. Vielleicht lassen wir ihn selbst berichten. Fransje, was ist geschehen?"

Der Junge sah zu Boden. Dann begann er zu sprechen, aber so leise, dass man kaum etwas verstehen konnte.

„Lauter!", befahl Coen.

„Herr Ment hat mich mit auf seine Kammer genommen. Dort hat er mir gesagt, ich solle mich ins Bett legen, auf den Bauch. Und dann …"

„Und dann was, Fransje?"

„Dann hat er mir seinen Stachel hinten reingestochen."

„Herr im Himmel!", rief Pool. „Und du hast das alles mit dir geschehen lassen? Dann hast du dich noch in weit größerem Maße schuldig gemacht als er, weil du die Rolle des Weibes gespielt hast. Das ist ganz besonders pervers! Du gehörst aufgeknüpft!"

„Fransje ist minderjährig!", protestierte van den Broecke. Dann wandte er sich an den Jungen: „Wie alt bist du?"

„Ich weiß es nicht genau", war die Antwort. „Vielleicht dreizehn. Oder vierzehn. Meine Mutter hat es mir nie gesagt."

„In jedem Fall minderjährig", hielt van den Broecke fest.

Nun verschaffte sich Musa Berg Gehör. Offenbar wollte er von van den Broecke wissen, worum es ging. Dieser antwortete ihm recht ausführlich, was den Perser dazu veranlasste aufzustehen, sich vor den Tisch zu stellen und eine längere Rede zu halten. Wie es seine Art war, unterstrich er seine Worte mit ausladenden Gebärden, sprach mal laut, mal leise, mal zornig, mal beschwörend. Am Ende sagte Coen mit tonloser Stimme: „Die Übersetzung – aber bitte kurz!"

„Nun …" Van den Broecke schien nicht recht zu wollen.

„Was habt Ihr?", fragte Coen ungeduldig.

„Es ist nicht ganz einfach", meinte der Oberkaufmann und druckste herum. „Aber wenn Ihr es hören wollt: Sofern ich Seine Exzellenz richtig verstanden habe, vertreten Seine Exzellenz die Auffassung, dass Liebe zwischen Männern nichts Ungebührliches sei. Er selbst sei in seiner Jugend einem jungen Lampenanzünder zugetan gewesen, obschon er heute die Frauen bevorzuge. Wer beim Anblick eines hübschen Knaben keinerlei Empfindungen habe, dessen Herz müsse kalt sein."

Coen schwieg. Dann sagte er: „Wir enthalten uns eines Urteils über die Sitten eines weit entfernten Königreichs, dem wir geschäftlich verbunden sind. Dies hier ist allerdings ein christliches Schiff. Hier gelten die Gesetze des Herrn, so wie wir sie verstehen. Und in diesem Fall ist es eindeutig, dass das Gesetz die Todesstrafe fordert."

Diesmal schien Musa Berg selbst etwas verstanden zu haben, denn er griff das niederländische Wort für Tod auf: „*Dood! Dood!*", rief er, und ließ dann den üblichen Redeschwall folgen. „Er sagt, dass es Barbarei sei, den Bruder der Frau Kommandantin wegen eines sinnlichen Genusses derart hart zu bestrafen."

Schwärmerisch richtete Musa Berg seine Augen gen Himmel, legte die eine Hand auf die Brust und streckte den anderen Arm aus. Er schien etwas zu rezitieren.

„Damit bin ich jetzt überfordert", entschuldigte sich van den Broecke. „Ich bin des Persischen wie gesagt nicht mächtig." Er sagte etwas zu Musa Berg, und dieser schien nachzudenken. Dann wiederholte er offenbar das, was er soeben vorgetragen hatte, auf Arabisch, aber diesmal mit viel weniger Inbrunst und vielen Pausen. Van den Broecke mühte sich, eine Übersetzung hinzubekommen. „Das ist Dichtersprache … sehr schwierig für mich, sehr blumig auch, ich verstehe nur Bruchstücke", schickte er voraus. „Sein flaumiger Bart, nach Moschus duftend, Parfüm-geschwängerte Locken, bronzener Körper, enge Taille … oh Jüngling, willst du mein Herz erfreuen, so darfst du nun den Kuss nicht scheuen …"

„Das reicht!" Coen schlug mit der Faust auf den Tisch. Aber der Botschafter ließ sich nicht einschüchtern, sondern herrschte ihn seinerseits an.

„Er sagt, wir Krämer aus dem holländischen Flachland wären zu beschränkt, die Höhen der persischen Literatur zu erklimmen", übersetzte van den Broecke.

Dann zog Musa Berg einen Gulden hervor, hielt ihn hoch in die Luft und sagte drei Worte in passablem Französisch: „*Volià, votre religion!*" — „Das ist eure Religion!" Damit rauschte er davon.

Eine kurze Stille trat ein.

„Was meinen die anderen?", fragte Coen. „Doktor Bontius?"

„Es handelt sich ohne Zweifel um ein Laster wider die Natur. Eines Menschen unwürdig. Das ist offensichtlich."

„Und Ihr, Herr Pfarrer, was sagt Ihr? Euch als Mann der Kirche muss dieser Angriff auf die gottgewollte Ordnung doch besonders empören!"

„Es ist … es ist sicherlich … eine Sünde", brachte Willem de Bondt hervor. Als er sah, dass Coen aus Verär-gerung über seine zurückhaltende Formulierung den Kopf schüttelte, fügte er hinzu: „… eine schwere Sünde."

„Es ist die größte Schweinerei, die man sich vorstellen kann!", polterte nun Kapitän Pool los. „Selbst Tiere machen so etwas nicht. Es tut mir sehr leid für die Frau Komman-dantin, aber ein solches Verbrechen kann nicht ungesühnt bleiben."

„Ganz recht, Herr Kapitän", stimmte Coen zu.

„Mit Verlaub", sagte van den Broecke, „es erstaunt mich doch, mit welcher Eile und Entschlossenheit Ihr die Hinrichtung Eures eigenen Schwagers betreibt, Herr General. Wenn ich in der Heiligen Schrift lese, dann höre ich unseren Herrn Jesus vor allem von Barmherzigkeit sprechen. Lasst uns doch über eine andere Strafe nachdenken! Wir müssen nicht gleich bis zum Äußersten gehen."

Doch der Widerspruch schien Coen in seiner Haltung nur noch zu bestärken. „Ich weiß nicht, auf welche Worte des Herrn Ihr anspielt, aber mir fällt da eine Stelle aus der Heiligen Schrift ein, die etwas ganz anderes sagt. Ich meine das Schicksal der Stadt Sodom, in der die Männer es mit Männern trieben. Sie wollten sogar über Fremde herfallen, so ausschweifend waren sie. Wie Ihr sicherlich wisst, erzürnte dies den Herrn so sehr, dass er es Schwefel und Feuer auf die Stadt regnen ließ und sie dem Erdboden gleichmachte.

Nun haben wir selbst einen Einwohner Sodoms unter uns, einen Sodomiten. Wenn Ihr sagt, van den Broecke, wir sollten Milde walten lassen, so halte ich Euch entgegen, dass wir uns damit unmittelbar gegen Gott stellen würden. Wo der Herr mit Feuer und Schwefel straft, können wir nicht tatenlos bleiben. Andernfalls kann sich sein Zorn gegen uns und unser Schiff richten. Wir befinden uns bereits in einer kritischen Lage. Glaubt Ihr, dass der Herr uns Wind schickt, wenn wir seine Gebote missachten?"

Selbst Willem de Bondt begann nun nachdenklich zu nicken.

„Wir haben keine andere Wahl", fasste Coen zusammen. „Gerrit Ment hat den Tod verdient."

„Hat er nicht!" Es war Eva, die das rief. Alle drehten sich zu ihr um.

„Hat er nicht", wiederholte sie in ruhigerem Ton und

trat vor den Tisch. „Ich habe mich während des Vorfalls in meiner Kabine aufgehalten, gleich nebenan. Ich habe fast jedes Wort verstanden. Die beiden sind da hinein, und dann hat mein Bruder den Schiffsjungen aufgefordert, ihm etwas zu erzählen. Eine Weile ging es gut, dann bekamen sie Streit. Ich glaube, sie waren sich uneinig, wie eine bestimmte Geschichte aus der Bibel ausgeht ... die Geschichte von Jona im Walfischbauch. Sie wurden immer lauter, und schließlich hat Fransje ihn angeschrien: ,Das wird Euch noch leidtun!' Und dann ist er rausgelaufen."

„Das stimmt nicht! Das stimmt nicht!", protestierte Fransje.

„Schweig still!", wies Eva ihn zurecht.

Alle sahen sich gegenseitig an. Große Verwunderung stand in ihren Gesichtern geschrieben.

„Nun, wenn das so ist, dann frage ich mich, warum Ihr das nicht schon eher erzählt habt", hielt ihr Pool vor.

„Ich wollte mich nicht einmischen. Als Frau bin ich kein Mitglied des Rates."

Coen nickte langsam. Das Licht fiel so in die Kajüte, dass Eva seine tief liegenden Augen nicht sehen konnte. Aber sie wusste, dass er sie durchschaute. An Gerrit richtete er die Frage: „Könnt Ihr die Darstellung Eurer Schwester bestätigen?"

„Ja ... ja, genauso ist es gewesen."

„Gut, wenn dem wirklich so ist", fuhr Coen fort, „dann ist statt des Herrn Ment Fransje mit dem Tod zu bestrafen, und zwar wegen übelster Verleumdung!"

„Herr General, Fransje ist ein Kind!" Diesmal war es van den Broecke, der auf den Tisch schlug.

Doktor Bontius gab ihm Recht: „Eine Verurteilung wäre in diesem Fall unrechtmäßig."

„Wenn es stimmt, was meine Frau gesagt hat, so hat

der Junge meinen Schwager um ein Haar unschuldig an den Galgen gebracht. Das kann nicht ohne Folgen bleiben. Fünfzig Peitschenhiebe sind das Mindeste, was ich verlange."

„Zwanzig", handelte van den Broecke.

„Also gut", stimmte Coen zu.

Nun meldete sich noch einmal Eva: „Ich bitte, ihm die Peitschenhiebe zu erlassen. Sicherlich konnte er nicht ermessen, was er tat."

„Die Hiebe werden dazu beitragen, dass er sich beim nächsten Mal über seine Handlungen im Klaren sein wird", erwiderte Coen. „Selbstverständlich wird er künftig unter Deck arbeiten. Wir werden uns einen anderen Jungen suchen. Damit ist der Schiffsrat beendet."

Bei Coens letzten Worten brach Fransje zusammen. Sein Schluchzen war so heftig, dass er am ganzen Leib zitterte. Doch Kapitän Pool kannte kein Mitleid: „Hinaus mit dir, du kleine Ratte!" Er packte ihn am Arm und schleifte ihn aus der Kajüte. Auch die anderen gingen schnell weg. Keiner sagte mehr etwas.

Nur Eva und Gerrit blieben stehen, sie in der einen Ecke, er in der anderen.

„Danke", flüsterte er.

„Geh mir künftig aus dem Weg", gab sie zurück. „Du bist nicht der, für den ich dich gehalten habe."

In der Nacht kniete Eva auf dem Boden ihrer Kabine und betete zu Gott. Sie erbat Hilfe und Beistand für Fransje, damit er sein · unverdientes Schicksal besser ertragen könne; sie flehte um Gnade für Gerrit, der sich so schwer versündigt hatte; und sie beweinte die große Schuld, die sie auf sich geladen hatte und bis ans Ende ihrer Tage mit sich tragen würde.

Der Meeresberg

Fransje schien zu zerspringen, als ihn der erste Peitschenhieb traf. Der ganze magere Körper machte einen Ruck zur Seite. Mit dem Gesicht zum Großmast war er festgebunden worden, die Arme über dem Kopf gefesselt. Nach dem zwölften Hieb war sein Rücken über und über mit Blut bedeckt. Aus den Augenwinkeln sah Eva, dass Gerrit das Schauspiel wie betäubt verfolgte. Es kam ihr fast vor, als wäre er weggetreten. Coen schaute immer wieder sowohl zu ihr als auch zu Gerrit. Sie vermied es, seinen Blick zu erwidern.

Am Ende hing Fransje bewusstlos am Mast. Als er losgebunden wurde, sackte er auf die Planken. Im nächsten Moment war Doktor Bontius bei ihm. Er gab zwei Männern Anweisung, ihn wegzutragen, und ging hinterher. Am Morgen hatte Eva ihn unter Tränen gebeten, alles zu tun, damit Fransjes Wunden wieder heilen würden. Sie hatte seine ärztlichen Fähigkeiten in den höchsten Tonen gelobt, was dem Doktor sichtlich geschmeichelt hatte. Er würde sein Bestes für ihn geben, davon war sie überzeugt.

Als hätten sie mit Fransjes Blut ein Opfer dargebracht, das die Götter besänftigte, zogen am Nachmittag Wolken am Horizont auf. Eine große Spannung bemächtigte sich der Besatzung.

Zunächst geschah nichts. Der Abend dämmerte, die Nacht brach herein. Eva blieb wach. Sie stand auf dem Halbdeck und starrte in die Finsternis. Undurchdringliches Schwarz. Mond und Sterne schienen vom Firmament gestürzt. Eva fragte sich, ob da draußen überhaupt noch etwas war. Vielleicht lagen sie im Nichts. Sie streckte die Hand über die Reling, und fast erwartete sie, dass sie sich auflösen würde. Nach einiger Zeit hatte sie das Gefühl, dass da etwas durch die Dunkelheit auf sie zukroch. Und dann passierte es: Ein Tropfen fiel ihr ins Gesicht. Dann noch einer und noch einer. Es traf sie wie ein Schock. Und nun hörte sie auch etwas: Es war das Aufschlagen eines heranziehenden Sturzregens auf der Wasseroberfläche. Im nächsten Moment war der Schauer über ihnen. Und da, fast gleichzeitig mit dem Herabstürzen des Wassers, fühlte sie eine Bewegung unter ihren Füßen: Die *Mauritius* erwachte! Kommandos ertönten, Stiefel polterten über Deck – der Bann war gebrochen. Eva blieb stehen, wo sie stand, und ließ sich nass regnen. Ganz nass. Wie schön wäre es gewesen, jetzt mit Gerrit gemeinsam durch den Regen zu tanzen. Aber sie hatte ihn verloren. Plötzlich liefen ihr nicht nur die Regentropfen, sondern auch Tränen übers Gesicht. Warum hatte er nur alles zerstört? Wie hatte er Fransje das antun können? Ihr kleiner Gerrit mit dem frechen Lächeln – welche Dämonen waren in ihn gefahren? Aber vielleicht war sie auch schuld daran. Er war ohne Mutter aufgewachsen, aber er hatte sie gehabt, die ältere Schwester. Sie hätte viel strenger mit ihm sein müssen. Sie hätte es vor allem nicht so einfach hinnehmen dürfen, dass er sich von der Kirche und vom Glauben entfernt hatte. So hatten dunkle Kräfte von ihm Besitz ergreifen können.

„Ihr seid ja völlig durchnässt, gnädige Frau!" Kapitän Pool war vor ihr stehen geblieben. „Geht jetzt besser hinein!" Sie nickte. In der Kabine tropfte das Wasser aus ihren Haaren und Kleidern auf den Boden. Sie zog sich aus und legte sich ins Bett. Es war das erste Mal, dass sie das Schaukeln des Schiffes als beruhigend empfand.

Am Morgen wurde Eva davon wach, dass nasses Segeltuch im Wind flatterte. Die Spieren ächzten, als wären sie der ungewohnten Anstrengung des Segelns nichts mehr gewachsen. Schnell kleidete sie sich an und ging hinaus. Die

Mauritius machte gute Fahrt. Überall sah Eva in erleichterte Gesichter. Selbst Coen nickte ihr aufmunternd zu. Nur Gerrit war nicht zu sehen. „Wenn dieser Wind anhält, sind wir in fünf Tagen am Kap", sagte Pool.

Tatsächlich schien sich die Welt um sie herum schon nach drei Tagen zu verändern. Nicht dass sie schon Land gesehen hätten. Aber Eva hatte das Gefühl, dass die Wellen nicht mehr so lang gezogen waren. Dann wies Pool sie darauf hin, dass etwas Grünes auf dem Wasser trieb: Algen oder Blätter. Am nächsten Tag entdeckten sie im Licht des Spätnachmittags eine Möwe am Himmel. Sie sah genauso aus wie die Möwen in Holland.

Schon früh stand Eva tags darauf an Deck. Die Vorzeichen des nahen Landes hatten ihre Erwartung gesteigert. Leider war die Sicht diesig, man konnte nur wenige Meilen weit sehen. Angestrengt starrte Eva hinaus aufs Meer. Ein fremder Wind wehte sie an. Plötzlich ein Ruf aus den Toppen: „Land voraus!" Eva reckte den Hals, aber sie konnte nichts erkennen. Dann stach in der Morgensonne etwas aus dem Dunst heraus, etwas, das so unfassbar war wie die Wiederkehr Jesu Christi auf Erden. Riesenhaft zeichneten sich im Nebel die Konturen eines Felsenbergs ab. Eva hatte noch nie in ihrem Leben einen Berg gesehen, und sie hatte sich oft vorgestellt, was es für ein Gefühl sein musste, am Fuße eines solchen Berges zu stehen und seinen Gipfel nicht ausmachen zu können. Die Alte Kirche war schon hoch, aber nur an wenigen Tagen im Jahr war es in Amsterdam so neblig, dass sich ihre Turmspitze im Dunst auflöste. Sie wusste, dass Berge ungleich höher waren als Kirchen – aber niemals hätte sie gedacht, dass es so hohe Berge geben könnte. Was sie sich offenbar auch immer falsch vorgestellt hatte, war die Form: Sie hatte geglaubt, dass ein Berg oben spitz wäre, doch dieser Berg da schloss mit einem sauberen Querstrich ab, so als hätte Gott ihn mit der Hand flach gedrückt.

„Nun – beeindruckt?", fragte van den Broecke. Sie hatte gar nicht bemerkt, dass er sich neben sie gestellt hatte. Ja, sie war beeindruckt – zu beeindruckt, um etwas erwidern zu können. In diesem Moment war sie froh, die Reise angetreten zu haben. „Jeder Mensch sollte einmal in seinem Leben einen Berg gesehen haben", dachte sie.

„Das ist der Tafelberg", erläuterte van den Broecke. „Weil er aussieht wie eine Tafel, ein Tisch. Die Einheimischen dagegen haben einen anderen Namen für ihn. Sie nennen ihn den Meeresberg."

„Ist es der höchste Berg der Welt?"

„Ich denke nicht. Aber sicher einer der eindrucksvollsten. Genau wie die Bucht zu seinen Füßen. Umspült von zwei Ozeanen, ist es für mich das schönste Kap des gesamten Erdkreises. Es ist dort auch nie zu heiß oder zu kalt, wie Ihr sehen werdet. Ganz anders als am Ziel unserer Reise, in Batavia."

„Dann wäre es schön, wenn wir hierbleiben könnten."

„Ja. Aber leider sind wir unterwegs, um Geld zu verdienen. Und so schön es auch ist an diesem Ende der Welt: Gewürze wachsen hier nicht."

Stunde um Stunde fuhren sie nun auf den Berg zu. Es war etwas gänzlich Ungewohntes, dass die Augen jetzt wieder Halt fanden, dass sich der azurblaue Horizont nicht einfach im Dunst auflöste. Als sich Eva einmal umwandte, sah sie, dass Gerrit über ihr auf dem Oberdeck stand und ebenfalls von dem Anblick gefangen war. Seit dem Vorfall mit Fransje hatten sie noch kein Wort miteinander gewechselt.

Nach Mittag passierten sie eine größere Insel, vor der sich Robben tummelten. Sie ähnelten den Seehunden, die mitunter erschlagen in den Hafen von Amsterdam gebracht worden waren. Das Wasser war von schwarz-weißen Vögeln bevölkert, wie Eva sie noch nie gesehen hatte: Sie schienen nicht fliegen zu können, schwammen und tauchten aber wie die schnellsten Fische. Andere schossen wie schwarze Blitze aus dem Himmel ins Meer hinab, offenbar um einen Fisch aufzuspießen, den sie aus großer Höhe erspäht hatten.

Mittlerweile konnte man erkennen, dass in der Tafelbucht schon ein anderes Schiff der Compagnie lag; sie waren nicht die Ersten. Am Spätnachmittag wechselte der Berg seine Farbe: Er war nun nicht mehr schwarz, sondern leuchtend rot. Das Felsgestein glühte in der Sonne.

Als sich Eva nun noch einmal umwandte, traute sie ihren Augen nicht: Auf dem Oberdeck stand Musa Berg und hatte freundschaftlich seinen Arm auf Gerrits Schulter gelegt. Schon bei den Mahlzeiten war ihr aufgefallen, dass er mitunter versuchte, durch wildes Gestikulieren und mit einigen Brocken Niederländisch Kontakt mit ihrem Bruder aufzunehmen. Zunächst hatte sie geglaubt, er wolle ihn nunmehr selbst zu der namenlosen Sünde verführen. Doch inzwischen war sie davon abgekommen und hielt eine andere Erklärung für wahrscheinlicher: Er hatte Mitleid mit Gerrit.

Als sie im letzten Abendlicht in die Bucht segelten, empfing sie das andere Schiff mit zwölf Salutschüssen. Es war die *Neptunus,* die zusammen mit ihnen von Texel aufgebrochen war.

Eva sehnte sich danach, festes Land zu betreten. Aber daran war an diesem Tag nicht mehr zu denken. Schon war der Berg nur noch ein Schatten. Beim Abendessen wurde viel geredet. „Das letzte Mal, dass wir auf getrocknete Pflaumen zurückgreifen müssen!", verkündete Pool. „Ab morgen können wir frische Vorräte einlagern."

„Hoffentlich kommt es für die Skorbutkranken nicht zu spät", äußerte Eva ihre Bedenken.

„Ihr werdet sehen, wie schnell sie sich erholen", erwiderte Coen. „Kaum an Land und etwas Obst gegessen – schon sind sie wieder gesund. Wir werden am Strand Zelte aufschlagen."

„Was sind das für Menschen, die dort leben?", fragte Eva.

Coen machte eine wegwerfende Handbewegung. „Wilde! Wir nennen sie die Hottentotten, weil sie so merkwürdig stottern. Aber zumindest verstehen sie sich auf die Viehzucht und können uns mit Fleisch beliefern."

„Ihr werdet Euch furchtbar erschrecken, wenn Ihr sie zum ersten Mal seht", warnte Pool. „Es sind Monster. Das Gute ist: Ihr könnt nie von ihnen überrascht werden, denn bevor Ihr sie seht, riecht Ihr sie schon. Sie stinken zehn Meilen gegen den Wind, diese schwarzen Kaffer."

An dieser Stelle meldete sich van den Broecke zu Wort: „Nun, Kapitän, ich gestehe, dass ich vor meiner ersten Begegnung mit ihnen auch einer solchen Vorstellung anhing. Wenn man sich jedoch erst einmal an diese Leute gewöhnt hat, sieht man die Dinge etwas anders."

Pool war nicht überzeugt. „Ihr könnt mir viel erzählen, aber bestimmt nicht, dass Gott den einen Menschen weiß und den anderen schwarz erschaffen hat, ohne sich dabei etwas zu denken."

„Da fängt es schon an", widersprach van den Broecke. „Die Hottentotten sind gar nicht schwarz, sondern braun. Schwarz erscheinen sie nur, weil sie sich von Kindesbeinen an mit Fett einreiben, vermischt mit Ruß von ihren Kochstellen. Das ist ihre Art von Parfüm."

„Parfüm nennt Ihr das?" Pool machte ein verächtliches Gesicht.

„Ich glaube schon, dass es für sie so etwas wie ein Parfüm ist", erwiderte van den Broecke ruhig. „Denn bei anderen Gerüchen sind sie ebenso empfindlich wie wir."

„Aber warum schmieren sie sich mit diesem Fett ein?", fragte Eva.

„Das wird unterschiedlich beurteilt", antwortete van den Broecke. „Ich selbst glaube, dass es mit der Sonne zu tun hat. Es ist bekannt, dass es in diesem Land warm ist und die Sonne im Sommer eine erhebliche Kraft hat. Da die Leute hier fast unbekleidet gehen, würde die Sonne ihre nackte Haut verbrennen. Durch das Einschmieren verhindern sie, dass die Sonne Zugang zu ihrer Haut bekommt."

„Und ihre breiten, platten Nasen – dafür habt Ihr wahrscheinlich auch eine ganz einleuchtende Erklärung, nicht wahr?", wandte Pool spöttisch ein.

„Man kann sich in der Tat vorstellen, dass sie viel angenehmer aussehen würden, wenn man ihnen ihre Nasen wie bei der Geburt beließe."

„Was machen sie denn mit ihren Nasen?", wollte Eva wissen.

„Wenn ein Hottentottenkind zur Welt kommt, hat es genauso eine Nase wie wir. Weil sie diese aber für unanständig erachten, drücken sie dem neugeborenen Kind mit ihrem Daumen das Nasenbein entzwei und verursachen dadurch, dass die Nase breit wird."

Am Tisch wurde aufgestöhnt – Willem de Bondt, der Eva gegenübersaß, presste seinen kleinen Noah fest an sich.

„Aber es gibt noch eine viel merkwürdigere Sitte bei ihnen …", meldete sich van den Broecke erneut zu Wort.

„Was denn?"

Kaum hatte Eva diese Nachfrage gestellt, als Musa Berg zu lamentieren begann. Van den Broecke gab ihm eine nicht allzu ausführliche Antwort und wandte sich dann wieder den anderen zu. „Ich habe ihm gesagt, dass ich ihm gleich alles noch einmal berichten werde. Also, was ich meinte, ist die Exstirpation der Hoden."

„Die was?", fragte Pool.

„Exstirpation. Ausreißung."

„Sie reißen sich die Hoden heraus?"

„Immer nur einen. Alle Männer haben das auszustehen. Sie nennen es *Andersmachen*. Was so viel bedeuten soll, als dass sie dadurch andere Menschen werden."

„Das ist ja widerlich." Diese Bemerkung kam von Gerrit, der seit dem Vorfall mit Fransje nicht mehr allzu oft etwas zu den Gesprächen beitrug. Aber dieser Ausruf hatte sich ihm wohl ganz unwillkürlich entrungen.

„Soweit ich in Erfahrung gebracht habe, wird der Testikel bei allen mannbar werdenden Knaben mit einem Messer aus dem Säcklein geschnitten. Anstelle des abgeschnittenen Testikels steckt der Mann, der die Operation ausführt, eine etwa ebenso große Kugel hinein, die er zuvor aus Schafsfett und heilenden Kräutern gedreht hat. Danach wird die Wunde wieder zugenäht. Sie lassen keinen Fremden dabei zuschauen, aber sie haben mir einen zugespitzten Vogelknochen gezeigt, den sie als Nadel verwenden. Als Faden dient ihnen die Sehne eines Ochsen."

„Und welchem Zweck soll das dienen?", fragte Eva.

Van den Broecke zögerte kurz. „Die Hottentottenmädchen sollen einhodige Knaben schöner und begehrlicher finden. Außerdem sollen solche Männer ausdauernder *in coitu* sein."

Eva blickte zu Boden.

„Was für ein ausgemachter Unsinn, van den Broecke", meinte Coen und musterte ihn geringschätzig. „Eure Fähigkeit, Euch in die Gebräuche anderer Völker zu vertiefen, mag der Compagnie schon gute Dienste geleistet haben. Aber Ihr übertreibt es. Ihr studiert die fremden Völker mitunter um ihrer selbst willen, und nicht mit dem Zweck, Nutzen aus Eurer Kenntnis zu ziehen. Von diesen Hottentotten muss man nur eine einzige Sache wissen, nämlich dass sie als Viehzüchter taugen. Dann hört es auf – denn zu mehr sind sie nicht zu gebrauchen. Es sind gottlose Heiden von geringem Verstand und abartigen Sitten."

Van den Broecke schwieg. Eva vermutete, dass ihm die Angelegenheit nicht wichtig genug war, um es auf einen Streit mit seinem Vorgesetzten ankommen zu lassen. Sie war sehr gespannt darauf, die mysteriösen Buschleute am nächsten Tag mit eigenen Augen zu sehen.

An diesem Abend lag sie lange Zeit wach, und als sie schließlich in Schlaf fiel, plagten sie böse Träume. Schwarze Männer mit platten Nasen kamen auf sie zu, ein spitzes Messer in der Faust, und riefen: „Komm, wir wollen dich anders machen! Wir wollen dir etwas ausschneiden! Aber keine Angst, du bekommst dafür auch etwas zurück, schau mal hier!" Und dabei hielt ihr einer mit breitem Grinsen eine Holzschüssel hin, in der lauter kleine blutige Kugeln lagen.

Der nächste Morgen brachte eine große Enttäuschung: In der Nacht hatte der Wind aufgefrischt, und nun war der Wellengang so stark, dass es zu riskant war, die Boote auszusetzen. Missmutig schlenderte Eva an Deck herum. „Wisst Ihr was", schlug van den Broecke vor. „Wenn Ihr nicht an Land könnt, dann holt das Land doch zu Euch!" Damit reichte er ihr sein Fernrohr. Eva kannte dieses Wunderding schon, aber draußen auf dem Meer ohne jeden Bezugspunkt hatte es nie seine volle Wirkung entfaltet. Jetzt war der Effekt verblüffend. „Heutzutage werden unglaubliche Sachen erfunden", wunderte sie sich. Man konnte sehen, dass am Strand bereits zwei Zelte aufgebaut waren

– offenbar von der Besatzung der *Neptunus*. Das Gipfelplateau des Tafelberges war von Gewölk umkränzt, so als habe ihm jemand ein weißes Tischtuch übergestülpt. „Es muss ein heiliger Ort sein, da oben", dachte Eva, „so nah bei Gott."

An diesem Tag schrie der kleine Noah viele Stunden hintereinander, er war krank. Gerrit konnte dadurch nicht in seine Kabine und wanderte gleichfalls auf dem Deck herum. Wie viele Meilen sie hier schon zurückgelegt hatten! Immer hin und zurück, hin und zurück. Aus dem Weg gehen konnte man sich kaum. Und so standen sie schließlich irgendwann, ohne es gewollt zu haben, beisammen. Lange schwiegen sie. Dann fragte er: „Gehst du morgen auch rüber?" Eva blickte ihn an: „Das ist die dümmste Frage, die ich jemals gehört habe." Mehr sagte sie nicht – aber sie sah auf seinem Gesicht die Erleichterung darüber, dass sie überhaupt mit ihm gesprochen hatte.

Am folgenden Morgen hatte sich das Wetter beruhigt. Die beiden Boote wurden zu Wasser gelassen, und dann kletterte Eva zum ersten Mal seit viereinhalb Monaten am Rumpf der *Mauritius* hinunter und befand sich außerhalb des Schiffes. Um ihre Bewegungsfreiheit zu vergrößern, hatte sie den kleinsten Spitzenkragen angelegt, den sie besaß. Nun wurde das Segel des Bootes gesetzt, und sie hielten auf die Küste zu. Neben Eva saßen Gerrit und Musa Berg – der vergebens darauf gepocht hatte, mit einer eigenen Eskorte an Land gebracht zu werden – und auf der Bank hinter ihr van den Broecke und die Brüder de Bondt. Noah wimmerte jetzt nur noch, er wirkte sehr schwach. Zu Evas Erleichterung war Coen nicht mit dabei; er wollte mit dem anderen Boot zur *Neptunus* segeln und sich dort mit dem Kapitän und dem Oberkaufmann besprechen. Pool blieb vorerst an Bord.

Das Meer war jadegrün, und vor ihnen erhob sich die gewaltige Silhouette des Tafelberges. Eva musste daran denken, dass Gott all dies erschaffen hatte. Berge, Sonne, Meer – das Werk der sieben Tage.

Dicht vor der Küste warfen sie Anker. Nun stieg van den Broecke mit Musa Berg und mehreren Seeleuten in ein Ruderboot um, das sie hinter sich hergezogen hatten. Damit legten sie das letzte Stück durch die Brandung zurück. Jedes Mal, wenn sie in einem Wellental versanken, konnte Eva nur noch den leuchtenden roten Turban von Musa Berg sehen. Kurz darauf balancierte das Boot wieder auf einer schaumweißen Krone. Schließlich wurde es an den Strand gezogen. Dort hatte sich schon ein kleiner Auflauf gebildet – alles Leute von der *Neptunus*. Von den einhodigen Hottentotten keine Spur.

Bald darauf kamen zwei Seeleute mit dem Ruderboot zurück. Diesmal waren Eva, die Zwillingsbrüder samt Noah und Gerrit an der Reihe. Wie ein Korken tanzte das Boot auf den Wogenkämmen. Immer wenn das Boot auf einer der Brandungswellen aufsetzte, ging ein Ruck durch Evas Magengrube. Willem de Bondt erklärte die Wildheit des Meeres damit, dass dies die Schnittstelle zweier Ozeane sei, des Atlantischen und des Indischen. Beide stritten um die Vorherrschaft, und kolossale Strömungen kämpften gegeneinander an.

Die Gischt, die ins Boot spritzte, war kalt. Evas schwarzer Rock war schnell durchnässt, und sie fror. Heilfroh war sie, dass sie Jasper nicht mitgenommen hatte, denn bei diesem Wellenritt hätte er leicht über Bord gehen können. Endlich war der letzte Kamm genommen. Van den Broecke watete ihnen vom Strand aus mit zwei Seeleuten durchs Wasser entgegen. Während die beiden anderen das Boot festhielten, hob der Oberkaufmann Eva heraus. Sie legte ihren Arm um seine Schulter, und er trug sie durch die an den Strand spülenden Wellen. Mit seinen großen, braun gebrannten Händen hielt er sie so vorsichtig umfasst, als wäre sie eine zerbrechliche Porzellanpuppe. Eva fühlte sich so sicher und geborgen wie als Kind auf dem Arm ihres Vaters.

Behutsam setzte er sie ab. Es war ein unbeschreibliches Gefühl, als ihre Füße den festen Boden berührten. Ein klein wenig sank sie im Sand ein – die Erde hatte sie wieder! Was für ein Unterschied zum ewig schwankenden Deck der *Mauritius*! Eva schloss die Augen. „Ich habe doch keine Seebeine bekommen", dachte sie. „Ich werde immer ein Landmensch bleiben. Ich gehöre hierhin – nicht zwischen Himmel und Meer!"

Ganz lange stand sie da und berauschte sich am unbeweglichen Untergrund. Schließlich öffnete sie die Augen und sah auf den Boden. Er bestand aus sehr hellem feinkörnigen Sand, fast wie Mehl.

Da tat sie etwas, das sie selbst erstaunte. Es überkam sie einfach. Sie kniete sich hin, schnürte sich ihre Schuhe auf und schlüpfte heraus, zog sich auch die kostbaren Seidenstrümpfe von den Füßen und warf alles von sich. Dann erhob sie sich wieder. Sie spürte den feuchten Sandboden. Er war fest und zugleich anschmiegsam, fast klebte er an den Fußsohlen. Er fühlte sich anders an als in Holland, wo sie als kleines Mädchen mehrmals barfuß durch den Sand gerannt war.

„Frau Ment, was Ihr da tut, ist gefährlich – Eure Füße werden nass!" Doktor Bontius schüttelte missbilligend den Kopf. „Weiß ich, Herr Doktor, weiß ich. Aber heute denke ich nicht an meine Gesundheit, heute will ich das Leben spüren!"

Damit stapfte sie davon. Van den Broecke lief ihr

hinterher: „Frau Ment, als Frau des Kommandanten müsstet Ihr jetzt die Leute von der *Neptunus* begrüßen …"

Doch da entgegnete sie sehr bestimmt: „Wisst Ihr, mein lieber van den Broecke, ich habe die letzte Zeit immer nur gemusst! Ich habe immer nur tun müssen, was andere wollten, Tag und Nacht. Jetzt ist mein Mann nicht hier, und jetzt tue ich, was mir gefällt!"

Damit ließ sie ihn stehen, ohne sich noch einmal umzuschauen. Vor ihr lag ein schier endloser Strand, und rechter Hand breitete sich der weite Schaumteppich der Brandung aus. Die See brüllte und toste. Keine Menschenseele weit und breit. Der Sand war nur hin und wieder von dem feinen Gekrakel einer Vogelspur überzogen. Eva raffte ihren Rock hoch. Es war herrlich, wie ihre Füße von den herandrängenden Wellen kühl umspült wurden oder im feuchten Sand einsanken. Und es war wundervoll, nach so langer Gefangenschaft auf dem Schiff wieder ausschreiten zu können. Die Grenzenlosigkeit des Meeres gab ihr das Gefühl, selbst weit und durchlässig zu sein. Sie ging und ging, so lange und so weit, wie sie vielleicht noch nie am Stück gegangen war. Die Sonne stieg höher, doch durch den kühlenden Wind vom Meer war es gut auszuhalten. Irgendwann allerdings war sie müde – und durstig. Sie ließ sich in den Sand fallen und drehte sich zum ersten Mal um: Die Zelte konnte sie nicht mehr erkennen. Nur die beiden großen Segelschiffe in der Bucht waren hinter den Gischtwolken gerade noch zu erahnen.

In der Mittagssonne blendete der Sand wie Schnee. Eva schloss die Augen und lauschte auf das gleichmäßige Rauschen der Wellen. Vielleicht hatte sie sich doch zu weit von den anderen entfernt. Der Rückweg würde beschwerlich werden. Sie spürte die Sandkörner zwischen ihren Zehen und den Wind, der ihr sanft über die Haut strich.

Hoffentlich würden sie lange hierbleiben. Eines stand fest: Für die gesamte Zeit ihres Aufenthalts hier würde sie keinen Fuß mehr auf das verfluchte Schiff setzen! Sie würde an Land bleiben. Die Möwen kreischten hier genauso wie in Holland. Wenn man hier so im Sand lag, konnte man fast glauben, wieder daheim zu sein.

Als sie aufwachte, spürte sie sofort, dass sie nicht mehr in der Sonne lag. Hatte sie so lange geschlafen? Sie schlug die Augen auf – und erschrak bis ins Mark. Statt des blauen Himmels sah sie über sich... schwarze Haut, krause, ineinander verflochtene Haare und vor allem Augen – schwarze Augen mit großen, weißen Augäpfeln. Sie war umzingelt von Hottentotten.

Keinen Ton brachte sie heraus. Sie lag da und starrte zurück. Waren die Hottentotten eigentlich Menschenfresser? Wenn ja, dann war dies das Ende. Panik stieg in ihr auf. Hätte sie sich doch nur nicht so leichtfertig von den anderen entfernt! Van den Broecke hatte sie noch zurückhalten wollen, der gute van den Broecke ...

Noch immer verharrten die schwarzen Köpfe regungslos über ihr. Noch immer starrten die schwarzen Augen sie an. Eva sah, dass es richtig war, was van den Broecke gesagt hatte: Die Haut dieser Leute war nicht eigentlich schwarz, sie war nur mit einer schwarzen Paste bestrichen. Merkwürdig war, was ihnen in den Haaren steckte: Offenbar zum Schmuck hatten sie dort holländische Geldmünzen und Knöpfe festgebunden. Der Mann, dessen Gesicht genau über ihr war, trug außerdem ein geflecktes Tierfell über den Schultern. All dies konnte Eva wahrnehmen, weil die Zeit stillzustehen schien.

„Ich muss etwas sagen", dachte sie.

„Was wollt ihr von mir?"

Nichts geschah. Klar – die verstanden sie nicht.

Sie beschloss, es noch einmal zu versuchen:

„Ich – Frau von Commandante! Ihr verstehen? Frau von Commandante!"

Keine Regung.

„Wenn ihr mich essen" – sie machte Schmatzgeräusche – „dann wird Commandante mich rächen. Peng! Peng!" Sie versuchte, einen Musketenschuss nachzuahmen. „Ihr alle tot."

Die Männer zuckten noch nicht mal mit der Wimper.

„Ihr verstehen? Tot! Tot! Ich Frau von Commandante!"

Sie war der Verzweiflung nahe. Diese Wilden begriffen nicht, was sie sagen wollte. Wahrscheinlich ging hinter ihren mit Rußfett beschmierten Stirnen sowieso nicht allzu viel vor. Vermutlich reichte es gerade mal dafür, dass sie sich überlegen konnten, wie sie sie umbringen würden. Eva wurde fast ohnmächtig vor Angst.

Dann passierte es. Ganz langsam begann sich das Gesicht des Mannes mit dem Tierfell zu verändern. Sein Mund wurde breiter, er entblößte zwei Reihen sehr großer und sehr weißer Zähne. Und dann begann er zu lachen. Er lachte sehr laut, und die anderen stimmten ein. Sie lachten, wie Eva lange niemanden hatte lachen hören. Als sie sich beruhigt hatten, gab der Fellmann einem anderen, besonders breit Gebauten einen Wink. Ehe sie noch wusste, wie ihr geschah, hing sie schon wie ein Getreidesack auf seinem Rücken. Unwillkürlich suchte sie Halt an seinem Hals. Dann setzte sich der Mann in Bewegung. Er begann zu rennen, und zwar so schnell, wie Eva es noch niemals erlebt hatte. Der Strand und das Meer flogen an ihr vorbei, es war wie ein Galoppritt. „Nun bringen sie mich in ihren Kral", dachte Eva. Aber nach einiger Zeit merkte sie, dass sie den Weg zurückliefen, den sie gekommen war. Die beiden Schiffe wurden größer und größer, und bald konnte sie auch die Zelte wiedererkennen. Vielleicht wollten die Wilden sie gar nicht töten, sondern eintauschen? Sie sah zurück: Die anderen Schwarzen folgten ihnen in einigem Abstand, sie schienen phänomenale Läufer zu sein.

Schließlich hatten sie die Zelte erreicht. Ihr Träger hielt an und ließ sie von seinem Rücken rutschen. Leider hatte die Schmiere abgefärbt – Eva blickte an sich herunter: Sie sah schlimm aus. Aber gut, was machte das aus? Eben noch hatte sie um ihr Leben gefürchtet. Nun wurden sie von einigen Seeleuten umringt, und schon trat auch van den Broecke aus einem der Zelte. „Ah, Ihr seid zurück", sagte er zu Eva. „Das ist ja schön. Ich hatte mir Sorgen um Euch gemacht. Die Mittagssonne ist hier stark, Ihr könntet Euch verbrennen. Tatsächlich sehe ich, dass sich Eure eine Gesichtshälfte bereits rot verfärbt hat. Deshalb habe ich einige unserer Freunde hier ausgesandt, um Euch zu holen und Euch den beschwerlichen Rückweg zu ersparen. Ihr müsst wissen, dass die Hottentotten als die schnellsten Läufer der Welt gelten."

Eva war fassungslos. Sie wusste nicht, ob sie sich schämen musste, weil sie alles so falsch eingeschätzt hatte, oder ob sie van den Broecke ausschimpfen sollte, weil er ihr einen solchen Schrecken eingejagt hatte. Der Ober-kaufmann hatte sich jedoch schon wieder abgewandt und begann mit den Hottentotten zu plaudern. Er schien auch diese Sprache in den Grundzügen zu beherrschen. Noch erstaunter war Eva allerdings, als ihm der Mann mit dem gepunkteten Fell um die Schultern in gebrochenem Niederländisch antwortete. Nun war sie peinlich berührt, wenn sie daran zurückdachte, was sie am Strand zu den Männern gesagt hatte. Eine Zeit lang stand sie noch dabei, dann ging sie zum Strand hinunter, um ihren Rock not-dürftig zu säubern. Margaretha war offenbar noch an Bord der *Mauritius*, jedenfalls konnte sie sie nirgends entdecken. Ihre rechte Gesichtshälfte begann nun tatsächlich heiß zu werden, sie hatte sich ohne Zweifel einen Sonnenbrand geholt. Als sie sich hinkniete, tippte ihr jemand von hinten auf die Schulter. Wütend über die unverschämte Vertraulichkeit, drehte sie sich um – und sah den Fellmann, der ihr eine Kette hinhielt. Daran baumelten Muschelstücke und etwas, das nach riesigen Eierschalen aussah. „Geschenk!", sagte er dazu auf Niederländisch. „Für Euch!" Dann verzog sich sein Mund wieder zu dem breiten Lächeln, das Eva schon kannte, und er sagte: „Für Frau von Commandante!"

Vertreibung aus dem Paradies

Die nun folgende Zeit war vielleicht die schönste, die Eva jemals erlebt hatte. Die Tage vergingen in wohligem Gleichklang. Sie begannen mit Liedern der Hottentotten, die im ersten Licht ihre Fruchtkörbe brachten. Eva stellte sich in den zart streichelnden Morgenwind und sah zum Tafelberg hinauf, dessen Plateau fast immer von einem weißen Watteband gekrönt schien, so als würden die Wolken an ihm hängen bleiben. Dann stieg die Sonne empor. Mittags flirrte die Luft.

Die Zelte warfen scharf umrandete Schattenflecke auf den glühenden Sand. Eva saß unter einem Palmenbaum und las oder döste im Zelt vor sich hin. Die Stoffwände wurden von der Sonne beleuchtet, von draußen wehten Stimmen herein, Möwengeschrei und das unablässige Rauschen der Brandung. Der Nachmittag überzog alles mit Gold und warf glitzernde Lichtreflexe auf das Wasser. Mehrfach wanderte Eva zu dieser Zeit mit Doktor Bontius in die niedrigen Gehölze, die sich an den Strand anschlossen. Dort fanden sich Blumen von nie gekannter Vielfalt und Schönheit.

Und dann die Stunde zwischen Tag und Nacht! Das Licht rosa-blau, die Geräusche merkwürdig gedämpft, die Stimmung schwebend. Ganz langsam verschwammen die Konturen des Tafelbergs. Wenn Eva durch den mehlfeinen Sand zum Meer hinunterging, flogen Vogelschwärme auf. Ihre silberhellen Bäuche blitzten schimmernd auf, als wären sie ein Schwarm fliegender Fische.

In der kleinen Zeltstadt wurden nun Kerzen und Lampen entzündet und Holzstapel aufgeschichtet. Allmählich glitt man in die seidige Nacht hinüber, die erfüllt war von balsamischen Pflanzendüften und Grillenzirpen.

Eidechsen raschelten geheimnisvoll zwischen herabgefallenen Palmenblättern, winzige Fledermäuse schossen vorbei. Dazu roch Eva den Rauch von Pieter van den Broeckes Pfeife und hörte das leise Schmauchen, wenn er daran zog. Im Schein der Strandfeuer kletterte eine Maus einen Baum empor, holte sich dort den Samen aus den Zapfen und warf die Reste herunter. Ein Stück davon landete in Evas Weinglas.

Ja, sie tranken sogar Wein – Musa Berg hatte ihn vom Schiff kommen lassen. Alle waren in sehr gelöster Stimmung. Ein Windhauch flüsterte vom Meer. Das Gefühl, im Paradies zu sein, wurde dadurch verstärkt, dass die Kranken mit jedem Bissen von den Früchten dieses Landes ein wenig gesünder wurden. Das galt auch für Noah, den kleinen Sohn von Willem de Bondt. Die Hottentotten kümmerten sich rührend um ihn. Auch hatten sie Eva von ihrem Sonnenbrand geheilt, indem sie ihre gerötete Wange mit einer Paste bestrichen hatten. Die hatte zwar bestialisch gestunken, ihr aber binnen kurzer Zeit Linderung verschafft.

In einer Nacht ließen die Hottentotten sie an ihrer Form des Gottesdienstes teilhaben: Sie tanzten den weißgelben Vollmond an. Dabei sangen und schrien sie aus vollem Halse und klopften in die Hände. So ging es die ganze Nacht durch, bis sie heiser waren. „Man kann sagen, was man will, aber in ihrem Eifer beschämen sie Millionen Christen", meinte Pfarrer de Bondt. Eva bewunderte die athletischen Körper, die vom flackernden Feuer geheimnisvoll beleuchtet wurden. Nirgendwo sah sie einen Makel, nirgends schlechte Proportionen. De Bondt bezeichnete es als herrlichen Beweis göttlicher Güte, dass der Schöpfer diesen Wilden ungeachtet ihres Heidentums so große körperliche Vorzüge gewähre.

Immer wieder schaute Eva zum Berg hinauf, der sie wie ein schlafender Riese mit seinen Armen einschloss und behütete. Was sich wohl dahinter verbarg? „Dort beginnt die Anderwelt", erklärte van den Broecke. „So sagen jedenfalls die Hottentotten. Hinter dem Berg leben die Elefanten, die Löwen und Rhinozerosse." Er habe einen Niederländer gekannt, der den Berg innerhalb weniger Stunden bestiegen und die dahinter liegende Welt gesehen habe. „Er hat gesagt, er sei selbst als ein anderer wieder hinuntergekommen." Im Angesicht des majestätischen Berges nahm sich Eva einmal mehr vor, ein besserer Mensch zu werden. Sie musste versuchen, es Schritt für Schritt zu schaffen, so wie ein Bergsteiger das gewaltige Massiv erklimmen würde.

Einmal konnte Eva nachts nicht schlafen, stand auf und trat vor ihr Zelt. Im Licht des Mondes sah sie etwas großes Flaches über den Strand kriechen. Sie ging näher. Es war ein Tier, das sie nicht kannte. Einer Schnecke ähnlich, trug es eine Art Haus mit sich herum. Allerdings war das Wesen ungleich größer als eine Schnecke, fast so groß wie ein Kind, und es besaß kurze Beine. Eva holte eine Kerze aus dem Zelt, kniete sich hin und hielt sie dicht vor den Kopf des eigentümlichen Geschöpfes. Es hatte eine gewisse Ähnlichkeit mit ihrer verstorbenen Großmutter: Das Gesicht war eingefallen, über und über mit Runzeln bedeckt, aber voller Weisheit und Güte. Die Augen glänzten wie Kohlen, das Maul in Form eines Schnabels hatte Ähnlichkeit mit einer vorspringenden Nase.

Nach einer Weile wagte es Eva, die Hand auszustrecken und das Tier an einem seiner Beine zu berühren. Die Haut fühlte sich glatt und kühl an, aber gleichzeitig konnte Eva erstaunlich kräftige Muskeln darunter spüren. Das Tier zeigte sich von ihrer Anwesenheit nicht im Geringsten beeindruckt. Mit Ruhe und Ernst strebte es dem Meer zu.

Langsam schlugen die Wellen über seinem Panzer zusammen.

Am nächsten Morgen hatte das Meer den Strand wieder geglättet und alle Spuren verwischt. Fast konnte man meinen, alles wäre ein Traum gewesen. Aber in der darauffolgenden Nacht wurde Eva von einem Schnaufen und Keuchen geweckt. Neugierig und auch ein wenig ängstlich schaute sie nach draußen.

Das Tier war zurück. Mit seinen paddelförmigen Beinen warf es Sand auf. Eva ging näher. Das Wesen beachtete sie nicht. Das Graben schien es anzustrengen – daher das Schnaufen. Als Eva in die Knie ging, bekam sie eine Fuhre Sand ins Gesicht.

Schließlich hielt das Tier inne. Es hatte eine Grube ausgehoben. Darin lag es mit dem unteren Teil seines seltsamen Körpers, während der Kopf starr nach oben gerichtet war. Sein Panzer begann sich zu heben und zu senken. So ging es lange, bestimmt eine Stunde. Danach robbte das Tier etwas aus der Kuhle heraus, und Eva erkannte, dass es Eier hineingelegt hatte. Sie waren nicht oval wie ein Hühnerei, sondern rund. Und es waren sehr viele. Sogleich begann das Tier, die Eier mit Sand zu bedecken. „Ich könnte ihr helfen", dachte Eva, und begann gleichfalls, Sand auf das Gelege zu schaufeln. Die *Großmutter*, wie sie das Tier in Gedanken mittlerweile nannte, nahm ihre Mitarbeit ohne äußere Regung auf – sie pflügte weiter, als wäre nichts geschehen. Am Ende kroch sie wieder aufs Meer zu, womöglich noch langsamer als in der ersten Nacht. Sobald sie aber die Brandungswellen erreichte, schien das Wasser ihrem massigen Körper neue Kräfte zu verleihen, und mit munterem Rudern tauchte sie unter.

Der nächste Tag brachte neue glitzernde Momente. Coen schien der Einzige zu sein, der für all das keinen

Blick hatte. Er war unempfindlich für Stimmungen und Farben und schien die Welt durch eine ganz andere Brille zu betrachten: Alles, was er sah, waren die Rinder, die von den Hottentotten geschlachtet und von den Soldaten der Compagnie eingepökelt wurden, und die Früchte, die die Kranken gesund machten. Alles andere nahm er nicht wahr. Wenn er an Land kam, dann nur, um kurz nach den Kranken zu sehen und mit Eva schnell ein paar Worte zu wechseln. Anschließend ließ er sich wieder zur *Mauritius* oder zu einem der anderen Schiffe zurückbringen: Auch der Rest der Flotte war mittlerweile in der Bucht eingelaufen. Wie Vögel, die ihre weißen Flügel zusammengefaltet hatten, lagen die Schiffe in der Bucht. Eva war es nur recht, dass Coen nie lange blieb.

Nachdem auch die Passagiere von den anderen Schiffen an Land gekommen waren, begann Eva, nach der kleinen Geesje zu forschen, die sie kurz vor ihrer Abfahrt auf Texel getroffen hatte. Schließlich entdeckte sie einige der Waisenmädchen. „Wo ist Geesje?", fragte sie. „Im Meer", war die Antwort. „Sie ist krank geworden, und dann ist sie gestorben. Die Seeleute haben sie in ein Tuch gewickelt und vom Schiff geworfen."

An diesem Tag unternahm Eva eine zweite, lange Wanderung am Strand entlang. Sie zermarterte sich den Kopf darüber, warum Gott das getan hatte. Der einzige Grund, der ihr einfiel, war, dass er sie vielleicht vor Schlimmerem hatte behüten wollen. Deshalb hatte er sie zu sich genommen.

Das Verhältnis zu Gerrit blieb belastet. Die alte Vertrautheit war dahin, aber sie sprachen wieder miteinander. Gerrit schlug vor, hierzubleiben und eine feste Proviantstation für die Schiffe der Compagnie zu errichten. „Es gibt keinen besseren Platz auf der Welt, um eine Stadt zu gründen", meinte er. „Man lehnt sich mit dem Rücken an den Berg und hält gleichzeitig die Füße ins Wasser."

„Du kannst das ja machen", erwiderte Eva. „Ich für meinen Teil bin verheiratet, wie du weißt. Ich werde ihm folgen müssen, wohin er auch geht."

Zwei Wochen nach ihrer Ankunft in der Tafelbucht kam Coen und eröffnete ihr, dass sie am nächsten Tag mit der *Mauritius* aufbrechen würden. Alle anderen Schiffe sollten noch hierbleiben, ebenso alle Kranken, aber er selbst könne es sich nicht leisten, noch mehr Zeit zu vergeuden. Er müsse so schnell wie möglich nach Batavia. Eva versuchte, ihn von seinem Entschluss abzubringen. Sie bat und bettelte, aber er war nicht zu erweichen.

Der letzte Abend hatte einen besonderen Zauber. Eva wusste, dass sie Abschied nehmen musste. Sie versuchte, sich alles ganz genau einzuprägen. Sie wollte die Erinnerungen in schweren Zeiten wieder abrufen können.

Coen schlief in dieser Nacht bei ihr im Zelt. Nach zwei Wochen der Enthaltsamkeit verlief alles noch derber als sonst. Er war wie ein Haifisch im Blutrausch, voll drängender Begierde, und wand sich mit hemmungsloser Kraft in sie hinein. Nach vollbrachter Tat zog er sich rasch wieder an, legte sich neben sie und schlief ein. Es war das erste Mal, dass er zum Schlafen bei ihr blieb.

In der Nacht wurde Eva wach. Coen war nicht mehr da, aber nach einer kleinen Weile kam er von draußen herein. In der einen Hand hielt er ein Messer, in der anderen ein großes schwarzes Oval. Eva konnte nicht erkennen, was es war. „Ist etwas?", fragte sie. „Nein, nein", erwiderte er. „Habe mir nur ein kleines Reiseandenken besorgt. Dafür wird in Batavia einiges gezahlt." Er verstaute die Sachen und legte sich wieder neben sie.

Eva fragte sich, was er draußen getan hatte. Sie stand

auf, huschte zum Zeltausgang und trat hinaus. Der Mond schien immer noch hell. Zunächst sah sie nichts Besonderes, doch dann fiel ihr auf, dass da im Silberlicht wieder etwas über den Strand kroch. Sie ging näher und erkannte, dass es *Großmutter* war, das merkwürdige Tier, das am Strand seine Eier abgelegt hatte. Doch auf eine beunruhigende Art wirkte sie verändert. Eva ging näher heran, und nun sah sie, dass das Tier einen langen, mit Sand verklebten Strick hinter sich herzog. Dahinter lagen im Sand verstreut viele Eier, die es offenbar verloren hatte. Sie trat noch ein paar Schritte heran. Und nun erkannte sie es: Großmutter zog ihre eigenen Eingeweide hinter sich her. Ihr Rückenpanzer fehlte. Jemand hatte ihn ihr bei lebendigem Leibe abge-schnitten und sie dann so zurückgelassen. Nun leerte sie mit jeder Bewegung ihr Inneres auf dem weißen Sand aus: Eier, Blut und Eingeweide. Noch immer ging eine große Ruhe von ihr aus. Langsam und zielstrebig, als ob nichts geschehen wäre, strebte sie den Wellen zu. Eva kniete sich in den Sand. Das Geschöpf wandte seinen Kopf nicht vom Meer ab, aber da seine Augen an den Seiten lagen, hatte Eva das Gefühl, dass es sie ansah.

Schritt für Schritt schob sich das Tier durch den Sand zur Wasserlinie. Und wieder, wie in der ersten Nacht, schlugen die Wellen über ihm zusammen, allerdings nicht, um es aufzunehmen. Sie ergriffen es, drehten es auf den Rücken und warfen es auf den Strand zurück. Offenbar hatte das Tier nicht mehr die Kraft, gegen die Strömung anzuschwimmen. Hilflos lag es nun auf dem Rücken. Eva lief zum Zelt zurück. Sie fand ein Beil, nahm es und rannte los. Ohne noch einmal hinzusehen, schlug sie dem Tier den Kopf ab. Dann sackte sie zusammen. Zum ersten Mal spürte sie deutlich: Sie hasste diesen Mann.

Die Wochen am Fuße des Tafelbergs hatten sie

verdorben für die wirkliche Welt. Wie sollte man dorthin zurückkehren, wenn man einmal so gelebt hatte? Als sie am nächsten Tag von Pieter van den Broecke hochgehoben und ins Boot getragen wurde, war in ihr nur noch Wehmutsziehen. Schon stand sie nicht mehr auf dem Boden des Kaplandes, der Untergrund war wieder schwankend, ihre Zukunft ungewiss. Sie setzte sich so in das Boot, dass sie nicht die *Mauritius* sah, sondern den Tafelberg. Die Ruderer hatten große Mühe, gegen die Brandung anzukommen. Es war, als wolle der Tafelberg sie nicht loslassen. „Ich komme zurück!", dachte Eva. „Ich will dich wiedersehen! Ich will wieder hier sein!"

Als sie später in dem größeren Boot mit dem Segel saß, sah sie einen kleinen Schwarm Schmetterlinge. Vielleicht waren sie als Raupen mit einer Kiste oder einem Seesack ins Boot gelangt und dort geschlüpft. Eine Weile taumelten sie über dem Heck, dann drückte der Wind sie ins Wasser. Eva setzte sich um, sodass sie nun mit dem Rücken zum Berg saß. Vor ihr tauchte der rot gestrichene, zähnefletschende Löwe auf, den die *Mauritius* als Galionsfigur unter dem Bugspriet trug. Das Meer hatte sie wieder.

Ein Kind unter dem Herzen

Pieter van den Broecke hatte sie gewarnt, dass das Kap sturmumtost sei, und er behielt recht. Kaum war das Land ein paar Stunden außer Sicht, als sich das Meer von Grund auf zu verändern begann. Eine unsichtbare Macht brachte es in Wallung und türmte die Wellen zu Gebirgslandschaften auf. Als wäre ihm die *Mauritius* plötzlich lästig geworden, versuchte das Meer, sie von sich abzuschütteln. Es hob sie auf schneebedeckte Gipfel hinauf und stürzte sie in dunkle Täler hinab, es drückte sie zur Seite und übergoss sie mit Wolken aus Gischt.

Aber die *Mauritius* kämpfte; sie fand sich nicht damit ab, lehnte sich auf gegen die Elemente und weigerte sich, zum willenlosen Spielzeug zu werden. In manchen Augenblicken schob sich der ganze Bug bis zum Kiel aus den Fluten, sodass die darauf sitzenden Seepocken und der Tang sichtbar wurden, dann wieder stieß er so tief hinunter, dass der Galionslöwe verschwand und erst nach einigen Augenblicken triefend wieder auftauchte. Von überall her stürzten Brecher mit schäumenden Kronen auf sie zu und brandeten gegen die *Mauritius* an. In grotesken Wirbeln überschlugen sich die Wellen, so als befänden sie sich in einem Wettlauf darum, welcher von ihnen es vergönnt sein würde, dem schlanken Schiffsleib den Todesstoß zu versetzen.

Einmal, als sie gerade wieder oben auf einem Wellenberg standen, konnte Eva meilenweit über das kochende Meer schauen. Da wurde der Sturmwind für einen Moment für sie sichtbar: Sie erblickte ihn in Gestalt eines weißen Streifens Gischt, der blitzschnell über die Wassermassen hinwegfegte. Im nächsten Augenblick ging es in rasender Fahrt wieder nach unten.

So stark war der Wind, dass Eva fast in die Waagerechte gedrückt wurde und sich so fest an die Reling klammern musste, dass sich ihre Knöchel weiß abzeichneten. Dennoch widerstand sie den Bitten von Pieter van den Broecke und Kapitän Pool, sich in ihre Kabine zurückzuziehen. Wenn dies das Ende war, dann wollte sie ihm sehenden Auges entgegentreten und nicht blind in einer Holzzelle. Erst auf Coens ultimativen Befehl hin schwankte sie schließlich zu ihrer Kabine. Dort hatte sie bereits Jasper in Sicherheit gebracht. Sie legte sich mit ihm in die Bettnische und lauschte auf das Rollen der See, hörte die *Mauritius* tief in ihren Eingeweiden ächzen und stöhnen. „Draußen darf sie sich keine Schwäche anmerken lassen", dachte Eva, „aber hier in ihrem Inneren sieht es anders aus." Dann flüsterte sie Jasper in sein weiches, dreieckiges Ohr: „Was gäbe ich jetzt für ein kleines Stück Land, egal wie dürr oder öde." Sie fühlte sich unendlich einsam. Zudem machte sich nun, da sie im Inneren des Schiffes eingesperrt war, die Seekrankheit wieder bemerkbar. Bald schon hing sie über einem Eimer und erbrach sich so heftig wie zu Beginn der Reise. Als der Sturm in der Nacht abflaute, ging die Übelkeit zwar etwas zurück, aber eine richtige Erholung wollte sich nicht einstellen.

In den nächsten Tagen war ihr fast durchgängig schlecht. Zunächst glaubte sie, dies sei eine Auswirkung des Sturms. Gleichzeitig verspürte sie jedoch ein Ziehen und Kribbeln in der Brust, das sie so noch nie gekannt hatte. Nachdem sie fünf Tage fast nicht gegessen und hauptsächlich in der Bettnische gelegen hatte, klopfte Doktor Bontius an ihre Tür. „Euer Gatte schickt mich", sagte er. „Ich soll Euch untersuchen."

„Mir fehlt nichts", erwiderte Eva.

„Das will ich hoffen. Doch wie wäre es, wenn wir uns

Gewissheit verschaffen? Ihr seid abgemagert, und das, obwohl Ihr sowieso schon sehr dünn wart."

Eva schwieg. Bontius trat an das Bett heran. „Es wäre hilfreich, wenn ich einen Blick auf Euch werfen könnte."

„Tut Ihr doch."

„Ich meine … in unbekleidetem Zustand."

Eva zögerte. „Ich habe noch nie einen Arzt getroffen, der verlangt hat, dass ich mich ausziehe. Ich glaube nicht, dass das üblich ist."

„Nun, ich verlange nicht, dass Ihr Euch gänzlich auszieht. Die obere Leibeshälfte reicht aus."

„Weiß mein Mann davon?"

Bontius erschrak. „Ich bitte Euch, Frau Ment! Meine Absichten sind redlich! Aber es gibt auf diesem Schiff nun einmal keine Hebamme, die ich vorschicken könnte."

Langsam setzte sie sich auf und kletterte aus dem Bett.

„Nun gut, wenn Ihr meint. Es ist ja andererseits nicht das erste Mal, dass Ihr mich nackt seht."

Sofort wurde Bontius rot. Eva rief nach Margaretha. Sie kam nicht.

„Ihr werdet sie suchen müssen", sagte sie zu Bontius. Der Doktor deutete eine Verbeugung an und verschwand. Nach einiger Zeit tauchte er tatsächlich in Begleitung der Magd wieder auf.

„Doktor Bontius wünscht, dass du mich entkleidest", sagte Eva.

„Nur oben!", ergänzte der Doktor ein wenig zu eilig.

Wortlos begann Margaretha, Evas enges Mieder an der Taille aufzuschnüren. Danach machte sie sich daran, die Verschnürungen am Rücken zu öffnen. Als der Druck der festgezurrten Kleidung nachließ, atmete Eva auf und fühlte sich tatsächlich schon etwas besser.

„Ihr solltet es mit dem Schnüren nicht übertreiben",

riet der Doktor. „Zumal dann nicht, wenn Ihr hier allein in Eurer Kammer liegt und den Blicken der anderen entzogen seid."

Margaretha nahm das Korsett ab, sodass Eva mit nacktem Oberkörper vor dem Arzt stand. Wie damals, als sie gebadet hatte, nahm ihn der Anblick völlig gefangen. Er stierte auf ihren zart erhobenen, festen Busen, der sich auch ohne Schnüre straff hielt, und war mit Stummheit geschlagen.

„Welche Untersuchungen wollt Ihr denn jetzt vornehmen?", fragte Eva.

„Ich muss Untersuchungen zwecks Erstellung einer Diagnose ausführen. Seid Ihr druckempfindlich?"

„Wo?"

„Nun, an diesen … Euren … Schönheitsknospen?"

„Nein."

Bontius machte noch einen Schritt auf sie zu und streckte die Hand aus. Im nächsten Moment berührte er ihre Brust, aber nur so zaghaft, dass Eva es kaum spürte.

„Schmerzt das?"

„Nein."

Bontius ließ die Hand sinken. Sie zitterte leicht.

„Habt Ihr in letzter Zeit nächtlichen Besuch empfangen?"

„Meinen Gatten."

„Nein, nein …", wehrte Bontius ab. „Ich habe mich missverständlich ausgedrückt. Ich meinte: Der rote Fluss … ist er in letzter Zeit versiegt?"

Eva sah ihn verständnislos an.

„Hattet Ihr in letzter Zeit Blutverlust?"

„Ach das meint Ihr."

Eva dachte nach. Glücklicherweise waren die monatlichen Blutungen bei ihr nie allzu stark gewesen, ganz im Gegensatz zu ihrer Freundin Judith, die immer sehr darunter gelitten hatte.

„Ich glaube, es ist schon etwas länger her. Es müsste bald einsetzen. Meint Ihr etwa …?"

„Wenn Euch Euer Gatte häufig aufsucht, wäre dies eigentlich schon seit Längerem zu erwarten gewesen, nicht wahr?"

„Der Herr hat uns bisher keine Kinder geschenkt. Vielleicht hängt es damit zusammen, dass ich vor noch nicht allzu langer Zeit an einer spazierenden Gebärmutter gelitten habe."

„Wandernde Gebärmutter, Ihr meint: wandernde Gebärmutter", verbesserte der Arzt sie.

„Ja. Vielleicht hat sie sich irgendwo an einer ganz falschen Stelle eingenistet."

„Das kann nicht sein, denn dann wärt Ihr sterbenskrank", belehrte er sie. „Nein, ich glaube, bei Euch ist alles in Ordnung."

„Aber warum habe ich dann noch kein Kind bekommen?"

„Nun, ein einziger Beischlaf reicht natürlich nicht aus, um eine Leibesfrucht zu zeugen, weshalb die Entjungferung allein auch niemals zur Empfängnis führen kann."

„Dieses Ereignis liegt bei mir nun aber wirklich schon länger zurück. Ich bin seit geraumer Zeit verheiratet, wie Ihr wisst."

„Ja, manchmal dauert es eben. Eine Schwangerschaft will allmählich aufgebaut werden. Ihr und Euer Gatte habt alles richtig gemacht. Ihr habt ein Feld besät, und nun hat sich Euer beider Samen möglicherweise vereinigt und damit zur Zeugung neuen Lebens geführt."

„Ich habe auch Samen?", mischte sich Margaretha ein.

„Wer spricht von dir?", wies der Arzt sie zurecht. An

Eva gewandt, fuhr er fort: „Wer weiß, vielleicht tragt Ihr schon ein Kind unter dem Herzen. Ich werde mich von nun an täglich nach Eurem Befinden erkundigen."

Damit verbeugte er sich und ging.

„Und?", fragte Margaretha neugierig. „Glaubt Ihr, es stimmt?"

Eva antwortete nicht. Sie stand noch immer halb nackt in der wie immer schwankenden Kabine. Sollte es wirklich wahr sein? Im Grunde genommen hatte Bontius recht, es war erstaunlich, dass es nicht schon viel früher passiert war. Bisher war sie froh darüber gewesen, dass es nicht so gekommen war. Aber nun spürte sie eine heitere Erwartung in sich. *Ein Kind unter dem Herzen* — das hatte er schön gesagt.

„Ich weiß es nicht", antwortete sie. „Aber ich hoffe es."

Von nun an erwachte sie jeden Morgen mit gespannter Erwartung. Sie beobachtete ihren Körper, sie horchte in sich hinein, sie tastete sich ab, sie sog den Geruch des Essens ein und nahm es als Bestätigung, wenn sie sich angewidert abwandte. Jeden Mittag erhielt sie Besuch von Doktor Bontius, der ihren Urin überprüfte, den sie von nun an in einem Glas abfangen musste, und ihre Brüste berührte. Am zehnten Tag erklärte er plötzlich, dass nunmehr kein Zweifel mehr bestehen könne: Sie sei guter Hoffnung.

Eva wurde von einem Glücksgefühl ergriffen. Vielleicht hatte es damit zu tun, dass sie sich in letzter Zeit oft einsam gefühlt hatte, weil das innige Band mit ihrem Bruder zerschnitten war.

„Wenn Ihr einverstanden seid, werde ich Euren Gatten benachrichtigen."

„Mit Freuden, Herr Doktor."

Bald klopfte es. Herein kam Coen, der im Türrahmen

immer den Kopf einziehen musste und auch in der Kabine nicht ganz aufrecht stehen konnte. Eva war angespannt, wie immer in seiner Gegenwart.

„Der Doktor sagt, wir bekommen ein Kind?"

Sie nickte.

„Das macht mich sehr, sehr glücklich, Eva." Er ergriff ihre Hand und sah ihr von oben in die Augen.

„Wir hatten es in letzter Zeit nicht leicht", fuhr er fort. „Wenn ich mitunter grob gewesen sein sollte, so bitte ich um Verzeihung. Ihr seid noch jung und wurdet aus Eurer vertrauten Welt herausgerissen. Die Strapazen der Reise müssen eine schwere Prüfung für Euch sein. Ich habe das mitunter vergessen, und ich bedaure das. Seid versichert: Wenn wir erst in Batavia sind, wird alles leichter. Dann werden wir beide den uns gebührenden Platz einnehmen. Ihr werdet Euch verwandeln: von einer Bürgerfrau in eine Herrscherin."

„Ihr sprecht sehr freundlich zu mir. Doch ich habe Angst, dass ich Euren hohen Erwartungen auch in Batavia nicht gerecht werden kann."

„Ich bin mir sicher, dass Ihr in Batavia Eure Bestimmung finden werdet. Jetzt, wo Ihr unseren Nachkommen in Euch tragt, weiß ich sicher: Wir werden eine Dynastie begründen. Die erste europäische Dynastie in Asien."

Er schaute sie noch einmal intensiv an, dann ließ er ihre Hand los und verabschiedete sich mit einer angedeuteten Verbeugung.

Von nun an wurde Eva von ihm mit ausgesuchter Höflichkeit behandelt. Er verzichtete sogar auf seine nächtlichen Besuche. Offenbar, so dachte sich Eva, kannte er die diesbezügliche Empfehlung des Dichters und Lebensberaters Jacob Cats:

Wer das Feld zu stark beackert,
Wenn der Samen schon gesät,
Wird sein eig'nes Werk verderben
Und die Reue kommt zu spät.

Auch die anderen erkundigten sich täglich nach Evas Befinden und versuchten, ihr jeden Wunsch von den Augen abzulesen. Der Doktor übertrieb es mit seinen gut gemeinten Ratschlägen zuweilen. Ständig mahnte er sie zu ausreichendem Schlaf, frischer Luft und Bewegung. So machte sie es sich zur Gewohnheit, noch häufiger auf dem Deck auf und ab zu gehen.

Bontius riet ihr auch, sehr heiße, kalte oder scharf gewürzte Speisen zu meiden. Nach einiger Zeit entwickelte sie einen Heißhunger auf Wurst und verspeiste sie in großen Mengen, während sie sich zuvor nie viel daraus gemacht hatte. Bontius erklärte ihr, dies sei bereits einer Vorliebe des ungeborenen Kindes geschuldet. Sie tue gut daran, diesem Bedürfnis nachzukommen. „Die medizinische Fachliteratur kennt einen Fall, bei dem eine schwangere Frau mit ihrem Mann spazieren ging und einen Bäcker erblickte, der mit entblößtem Oberkörper Teig knetete. Da überkam sie eine unbezwingbare Lust, den Bäcker in seinen Arm zu beißen. Ihr Mann setzte den Bäcker davon in Kenntnis, und dieser hatte Verständnis und gestand es ihr zu. Eine Woche später spürte die Frau das Verlangen erneut, und auch dieses Mal ließ es der Bäcker geschehen. Als sie in der darauffolgenden Woche aber schon wieder mit dem gleichen Wunsch an ihn herantrat, wurde es ihm zu viel und er schlug ihre Bitte aus. Einige Zeit später brachte die Frau Drillinge zur Welt: Zwei der Kinder waren gesund, das dritte war tot."

Es war eine absonderliche Vorstellung, dass ihr Leib nun zwei Seelen in sich barg – ihre und die des Kindes.

Oder hatte Gott dem winzig kleinen Wesen noch keine Seele eingehaucht? Sie wandte sich mit dieser Frage an den Pfarrer. „Das kommt ganz darauf an", antwortete er. „Ein männlicher Fötus ist etwa ab dem vierzigsten Tag nach der Zeugung beseelt, ein weiblicher erst ab dem achtzigsten oder neunzigsten."

„Warum sollte denn ein Mädchen erst so viel später eine Seele haben als ein Junge?", wandte Eva empört ein.

De Bondt kicherte. „Das ist eben so. Stand der Forschung. Ich kann auch nichts daran ändern. Schon Aristoteles hat es gelehrt. Die körperliche Durchformung der männlichen Frucht vollzieht sich zu Beginn des zweiten Schwangerschaftsmonats, wohingegen die weibliche Frucht erst mit Eintritt des vierten Schwangerschaftsmonats Gestalt annimmt. Vielleicht habt Ihr ja Glück, und es ist ein Junge."

„Mir wäre das eine so willkommen wie das andere", stellte Eva klar.

De Bondt gluckste wieder in sich hinein. „Wenn Euer Gatte das mal nicht anders sieht ..."

Abends lag Eva in ihrer Bettnische und strich sich über den Bauch. Ganz leise, fast unbemerkt war dieser entstehende Mensch zu ihr gekommen. Und nun geschahen viele Dinge in ihr, während sie selbst gar nichts tat. Sie atmete tief ein und aus. „Das ist dein Schlaflied", dachte sie bei sich. Wenn es stimmte, was Bontius sagte, dass ein Kind nämlich durch mehrmaligen Beischlaf gezeugt wurde, dann war dies ein Kind des Tafelberges und des Ozeans. Sie beschloss, das als gutes Omen zu nehmen, denn die Tafelbucht war der schönste Ort, den sie bisher gesehen habe. Und der Ozean? Sie überlegte. Der Ozean hatte viele Gesichter. Er konnte tosen und plätschern, rauschen und flüstern. Mal schickte er einen frischen Duft von Muscheln und Salzwasser zu ihr nach oben, dann wieder stank er nach fauligem Tang. Seine Farben waren so verschieden wie die Palette eines Malers. Vor der Küste leuchtete er in Türkis, weit draußen nahm er ein dunkles Tintenblau an. Am frühen Morgen färbte er sich zartrosa, am Mittag lag ein solches Gleißen auf dem Wasser, dass man kaum hinsehen konnte, ohne dass die Augen schmerzten. Gegen Abend war es dagegen wie Balsam, in die Pastelltöne der sanft wogenden Oberfläche hinunterzuschauen. Bei Vollmond konnte man unendlich weit über die silbernen Wellenkämme blicken, bei Neumond dagegen verschmolzen Himmel und Meer zu einem so undurchdringlichen Schwarz, dass Eva an die Finsternis über der Urflut denken musste, damals, zu Anbeginn der Welt, bevor Gott das Licht erschaffen hatte. Ein solches Dunkel musste vor der Schöpfung gewesen sein.

Plötzlich klopfte es an die Tür ihrer Kabine. Sie nahm an, dass es Coen war. Doch wer hereinkam, war Gerrit.

„Ist etwas?", erkundigte sich Eva.

Er trat näher.

„Ich wollte dir nur mitteilen, wie sehr es mich freut, dass du ein Kind bekommst."

„Das ist lieb von dir."

„Ich … ich wollte es dir sagen, wenn wir allein sind. Nicht, wenn die anderen mit dabei sind oder jeden Moment um die Ecke kommen können."

„Das verstehe ich."

„Du … du magst mich nicht mehr, stimmt's? Wegen der Sache mit Fransje."

„Was du mit Fransje getan hast, war sehr schlimm. Ich hoffe, du weißt das."

„Ja, ich weiß."

Eva schwieg. Dann sagte sie: „Dennoch bleibst du mein Bruder."

Da warf er sich ihr an den Hals. Er schluchzte. Er heulte. Eva konnte gar nicht anders, als ihn in die Arme zu schließen. Plötzlich hatte sie wieder das Gefühl, ihren kleinen Bruder trösten zu müssen, so wie früher, wenn er sich wehgetan oder schlecht geträumt hatte. Eine ganze Weile saßen sie so in ihrer Bettnische: Gerrit weinte, und Eva hielt ihn fest. Dann sagte sie: „Gerrit, es kann so nicht weitergehen. Du musst dich verändern. Du musst wieder versuchen, ein guter Mensch zu sein. Willst du mir hier und jetzt versprechen, dass du dir ernsthaft Mühe geben willst?"

„Ich will es!" Gerrit nickte heftig. „Ich will dich nicht noch einmal enttäuschen."

„Gerrit, es geht nicht um mich. Es geht um dich. Es geht um dein Seelenheil."

„Ich bin sowieso verloren", entfuhr es ihm, aber dann fügte er hastig hinzu: „Aber ich will trotzdem alles daransetzen, mich zu bessern."

„Wer verloren ist, weiß allein Gott", entgegnete Eva.

Gerrit nickte. Er wischte sich mit dem weiten Ärmel seines Hemdes übers Gesicht.

„Ich bin davon überzeugt, dass du in Batavia einer sinnvollen Beschäftigung nachgehen musst. Das wird dich davon abhalten, in den Tag hineinzuleben und Dummheiten zu machen."

„Und was soll das sein?"

Eva zögerte nur einen kurzen Moment. Dann sagte sie: „Du wirst Assistent von Doktor Bontius."

Gerrit sah sie fragend an.

„Es ist alles schon besprochen", sagte Eva in ruhigem Ton. „Er freut sich auf deine Unterstützung. Wie du weißt, soll er im Auftrag der Compagnie die asiatische Medizin erforschen."

„Ich hab aber nicht die geringste Ahnung davon."

„Das macht nichts. Alles, was du wissen musst, wird er dir beibringen. Und überarbeiten wirst du dich auch nicht."

„Wenn du meinst …"

„Ich bin mir sicher, dass das genau das Richtige für dich ist."

Gerrit nickte, stand auf und schloss vorsichtig die Kabinentür hinter sich. Eva blieb mit dem Gefühl zurück, eine gute Entscheidung getroffen zu haben. Dabei hatte sie überhaupt noch nicht mit Bontius gesprochen – die ganze Idee war ihr eben erst gekommen. Aber das würde sie schon hinbekommen, da war sie sich sicher.

Als der Doktor am nächsten Tag zu ihrer täglichen Untersuchung in die Kabine kam, ließ sie sich zunächst wie gewohnt das Mieder aufschnüren, aber als er gerade dazu übergehen wollte, ihre Brüste zu betasten, sagte sie: „Wartet kurz. Ich wollte Euch etwas fragen: Benötigt Ihr keinen Assistenten in Batavia?"

„Warum meint Ihr?"

„Ihr braucht doch jemanden, der all jene Hilfsarbeiten ausführt, die einen großen Gelehrten wie Euch nur unnötig Zeit kosten. Ihr müsst Euch auf die wirkliche wissenschaftliche Arbeit konzentrieren."

„Nun, das ist schmeichelhaft … Aber ich muss sagen, ein Assistent war bisher nicht vorgesehen. Den müsste ich vermutlich von meinem eigenen Salär bezahlen …"

„Ich bin sicher, dass sich da etwas machen lässt. Ich werde mit meinem Mann reden."

„Und an wen hattet Ihr denn gedacht?"

„An meinen Bruder."

„Euren Bruder?" Die eh schon großen Augen im runden Gesicht des Doktors weiteten sich noch mehr. „Nun, mit Verlaub, ich kann mir nicht vorstellen, dass der Herr General für Euren Bruder zusätzliches Geld zur Verfügung stellen wird."

„Doch, das wird er. Er war schließlich derjenige, der meinen Bruder eingeladen hat, mit nach Ostindien zu kommen. Also: Vorausgesetzt, dass Ihr einen Zuschuss bekommt, werdet Ihr ihn dann nehmen?"

„Ich weiß nicht recht, gnädige Frau … Ich habe eigentlich keine Verwendung für einen Assistenten. Und Euer Bruder erscheint mir, nun ja, nicht gerade wissbegierig."

„Gut. Dann muss ich das akzeptieren. Übrigens halte ich Eure täglichen Besuche nun nicht mehr für nötig. Die Schwangerschaft ist festgestellt und verläuft derzeit ohne Komplikationen."

„Oh, Ihr solltet die möglichen Risiken nicht unterschätzen …"

„Danke, aber sobald sich Beschwerden einstellen, werde ich mich bei Euch melden."

Damit machte sie Anstalten, sich wieder anzukleiden.

Bontius stand unschlüssig herum und starrte sie an. Dann sagte er: „Nun, wenn ich es mir recht überlege, ist ein Assistent vielleicht doch gar kein so dummer Gedanke. Er könnte Heilpflanzen sammeln und versorgen."

„Na, seht Ihr!" Eva strahlte ihn an und ließ das Unterkleid wieder sinken. „Ich bin mir sicher, dass Ihr es nicht bereuen werdet. Und vielleicht habt Ihr doch recht: Lasst uns die Untersuchungen zunächst fortsetzen."

Erleichtert begann Bontius mit dem Abtasten. Eva präsentierte ihm ihre Brüste mit einigem Stolz, denn in letzter Zeit waren sie geradezu aufgeblüht. Gewicht und Umfang hatten sich fast verdoppelt, und die Brustwarzen waren größer und dunkler geworden. Bontius schien zu spüren, dass er diesmal länger als üblich mit seiner Untersuchung fortfahren durfte, was er weidlich auskostete. Eva bemerkte, dass seine weichen, schweißnassen Hände jetzt fester zudrückten und ihre Brust fast ein wenig massierten.

Sie hatte keinen Zweifel daran, dass sich seine Männlichkeit unter der weiten schwarzen Pluderhose in heftigem Aufstand befand.

Noch am selben Abend wandte sich Eva wegen der Assistentenstelle an Coen, als er nach dem Abendessen auf dem Halbdeck herumging. Zu ihrer Überraschung war es nicht schwierig, ihn zu überzeugen. „Der Junge muss von Anfang an einer geregelten Tätigkeit nachgehen, alles andere würde ihn nur noch mehr verziehen", befand er. „Ich frage mich nur, ob der Doktor die Durchsetzungskraft hat, ihn auch wirklich zum Arbeiten zu bekommen."

„Gerrit interessiert sich sehr für medizinische Zusammenhänge", log Eva. „Ich bin überzeugt, dass die Neigung hier den Eifer befördern wird."

„Euer Wort in Gottes Ohr. Ich werde die Sache beobachten. Aber lasst es uns erst einmal versuchen. Ich werde ihm den Lohn eines Kanzleigehilfen bewilligen."

Eva war stolz darauf, wie sie diese Angelegenheit eingefädelt hatte.

Es war nun wieder so heiß und schwül wie in den Wochen, bevor sie das Kap erreicht hatten. Nachts konnte Eva kaum schlafen, und tagsüber saß sie mit den anderen im Schatten des Vordecks. Jasper vertrieb sich die Zeit mit Kakerlaken-Fangen. Die widerlichen Krabbler mussten am Kap in Kisten oder Säcken versteckt an Bord gelangt sein und hatten sich hier in kurzer Zeit über das ganze Schiff ausgebreitet.

„Wir müssten fliegen können", sagte Eva eines Tages zu Pieter van den Broecke.

„Wir sind doch schon rasend schnell", entgegnete der. „Noch vor fünfzig Jahren wäre es für uns Niederländer unvorstellbar gewesen, eine solche Reise um den halben Erdball zu machen, und dies auch noch in so kurzer Zeit.

Wir leben in einer Epoche ungeheuren Fortschritts."

„Erzählt mir, Herr van den Broecke: Was ist das für ein Ort, dieses Batavia, wo ich leben soll?"

„Batavia?" Van den Broecke lachte. „Batavia ist ein Loch im Urwald."

„Was meint Ihr damit?"

„Es ist vollständig von Urwald umgeben, denn der Urwald bedeckt die ganze Insel Java."

„Gibt es da gefährliche Tiere?"

„Oh ja. Tiger, Krokodile, Rhinozerosse. Aber viel gefährlicher als diese Bestien sind die Menschen. Die Javaner sehen uns als Eindringlinge, und der Sultan von Mataram ist ein mächtiger Herrscher."

„Gibt es auch Javaner in Batavia?"

„Nur sehr wenige. Wir trauen ihnen nicht. Aber dafür leben dort viele andere Asiaten. Wir Europäer sind in der Minderheit. Soweit ich weiß, soll Batavia mittlerweile mehr als zehntausend Einwohner haben, und noch nicht einmal zweitausend davon sind Compagnie-Diener oder niederländische Kolonisten."

„Und der Rest?"

„Ganz unterschiedlich. Ihr werdet Menschen aus allen Teilen Südostasiens treffen, sogar Japaner. Die größte Bevölkerungsgruppe aber stellen die Chinesen, zwei- bis dreitausend, würde ich schätzen, mindestens. Es gibt Straßen, da könnte man meinen, man wäre in China."

„Warum Chinesen?"

„Chinesen sind tüchtige Händler. Scharfe Rechner auch, immer auf ihren Vorteil bedacht, wie wir Niederländer. Des Weiteren gibt es in Batavia muslimische Kaufleute aus Indien, überwiegend von der Koromandelküste und aus Malabar. Und dann natürlich Sklaven."

„Sklaven?"

„Ja, wusstet Ihr das nicht? Ich würde mal meinen, dass die Hälfte der Einwohner Batavias aus Sklaven besteht. Ihr müsst wissen, dass das Mündungsgebiet des Ganges, eines großen Flusses in Indien, immer wieder überflutet wird. Bei solchen Überschwemmungen verlieren die Menschen oft all ihre Habe. Und dann verkaufen sie Frau und Kinder an die Compagnie. Für vier oder fünf Gulden pro Kopf."

Eva war schockiert. „Aber das … ist Sünde! Wir sind doch alle Kinder Gottes!"

Van den Broecke zuckte mit den Schultern. „Ich habe die Siebzehn auch schon einmal darauf hingewiesen, dass uns dieser Handel gerade bei den großen asiatischen Nationen in Verruf bringt. Aber die Herren sind der Meinung, dass Batavia nicht auf Sklaven verzichten kann. Auch Euer Gatte vertritt diesen Standpunkt. Immerhin bewahren wir auf diese Weise viele Menschen vor dem Verhungern."

„Ich will mich auf keinen Fall von Sklaven bedienen lassen!"

„Ihr werdet gar nicht anders können", entgegnete er. „Das ganze Kastell, in dem Ihr wohnen werdet, ist voller Sklaven. Bitte entschuldigt mich." Damit stand er auf und ging weg.

Eva war schockiert. Sie wusste, dass die Römer Sklaven gehabt hatten. Dass die Portugiesen sie aus Afrika in ihre Kolonien nach Amerika holten. Dass die algerischen Seeräuber christliche Seefahrer als Sklaven nach Afrika verkauften. Aber dass auch die Niederländer Sklaven hielten, das war ihr bisher unbekannt gewesen. Es war wieder so ein Moment, in dem sie sich vor dem fürchtete, was sie erwartete.

Andererseits wollte sie jetzt nur noch, dass diese Reise zu Ende ging. Kapitän Pool zeigte ihr alle paar Tage auf einer Karte, wie weit sie nach seinen Berechnungen vorangekommen waren. Und obwohl sich ihr Standort nach Evas Empfinden nur quälend langsam verschob, näherten sie sich mit der Zeit doch der großen Insel mit dem magischen Namen: Java. In der Nähe lagen Sumatra, Borneo und Celebes. Sumatra und Java schienen auf der Karte aneinander zu hängen, doch gab es dazwischen eine schmale Passage, die Straße von Sunda. „Wenn wir die erst erreicht haben, sind wir fast da", sagte Pool.

Je näher sie dem Ziel ihrer Reise kamen, desto größer wurde die Ungeduld an Bord. Unter der Mannschaft waren wieder Fälle von Skorbut aufgetreten, und drei Männer waren an einem unbekannten Fieber gestorben. Ein vierter, den man für tot gehalten hatte, blinzelte plötzlich, als seine Kameraden ihn schon in den Seesack einnähten, um ihn dem Meer zu übergeben. In den darauffolgenden Tagen erholte er sich halbwegs, nachdem ihn Doktor Bontius mit etwas Zitronensaft versorgt hatte.

Eines Tages tauchten vor ihnen im Meer plötzlich Hausdächer auf. Eva blieb der Mund offen stehen. Als sie näher herankamen, konnten sie erkennen, dass die Häuser auf langen Holzstelzen im Wasser standen. „Das ist eine Siedlung der Meermenschen", erläuterte van den Broecke. „Sie ist auf einem Riff gebaut, deshalb dürfen wir nicht zu dicht an sie herankommen. Ihre Boote sind offenbar gerade alle unterwegs. Sie haben keine Netze, sondern machen in großen Tiefen mit Speeren Jagd auf Fische. Es heißt, sie könnten stundenlang unter Wasser bleiben, weil sie im Laufe der Zeit Kiemen ausgebildet hätten. Auch wird erzählt, dass sie auf dem Meeresgrund wunderbare Gärten hegen, mit schöneren Pflanzen, als man sie an Land je erblickte. Ob es wirklich die Meermenschen sind, die diese Gärten unter Wasser geschaffen haben, vermag ich nicht zu sagen, aber die Gärten selbst gibt es; ich habe sie mit eigenen Augen gesehen, und nicht nur hier. In ihnen gedeihen Gräser und Blumen von unbeschreiblicher Pracht. Manche sehen aus wie Schalen, Krüge oder Posaunen. Einige erinnerten mich an chinesische Fächer, weil sie sich in der Strömung sanft auf und ab bewegen, andere an einen langen roten Haarschopf im Wind."

Eva blickte auf: Hatte er ihre Haare schon einmal offen gesehen? Aber er schien in diesem Moment nicht an sie zu denken, sondern ganz in der Erinnerung an die Meeresgärten versunken zu sein. Eva stellte sich Tulpen und Rosen vor, die auf dem Meeresgrund aus dem Sand wuchsen. Zu gern hätte auch sie einen Blick auf die Gärten erhascht, aber die See um sie herum war von einem undurchsichtigen Blau und gab ihr Geheimnis nicht preis. Auch die Meermenschen bekam sie nicht zu Gesicht. Sie fuhren in einem so weiten Bogen um die Siedlung herum, dass sie keinen von ihnen entdecken konnte.

Schließlich kündigte sich tatsächlich das Ende der Reise an, wobei sie das Land eher riechen als erblicken konnten. „Wie es nur duftet!", rief Gerrit eines Morgens und schnupperte. „Es duftet nach Kuchen. Nach dem Kuchen, den Els früher immer gemacht hat." Und wirklich, Eva roch es auch. „Das ist Zimt", sagte sie. „Wird hier Zimtkuchen gebacken?" Coen selbst klärte sie darüber auf, dass dies schon die Zimtbäume von Sumatra waren, die ihren Duft vorausschickten. „Die Gewürzinseln", sagte Eva leise zu sich selbst.

Am Mittag dieses Tages zeichnete sich ein sattgrüner Streifen am Horizont ab. Es waren Hänge, die mit dichtem Palmenwald bewachsen waren. In der Tafelbucht hatte hier und dort mal ein Palmenbaum gestanden, aber hier bildeten sie eine undurchdringliche Mauer.

„Schau mal dort!", rief Gerrit. In einem weiten

Halbkreis vor der Spitze der *Mauritius* stieg eine lange Kette von Fontänen auf. „Das sind Wale", erkannte Eva. „Unglaublich – wie viele mögen es sein? Es wirkt fast, als wären sie als Geleitschutz gekommen, um uns nach Batavia zu bringen."

Mit den Walen vorweg, glitten sie auf die Straße von Sunda zu. Es kamen nun viele kleine Inseln in Sicht. Nach den Monaten der Eintönigkeit konnte Eva nicht genug bekommen von den vielen neuen Eindrücken. Am Abend stand sie noch bis nach Einbruch der Dämmerung an Deck, als Kapitän Pool schon lange Anker geworfen hatte, um nicht auf ein Riff aufzulaufen.

Am Morgen war sie wieder früh auf den Beinen. Die Wale waren verschwunden, dafür erregte ein gewaltiger Berg die Aufmerksamkeit der Besatzung. Er ragte mitten im Meer auf und bestand aus drei breit ausladenden Kegeln. Seine Oberfläche war kahl und von breiten Furchen durchzogen, so als habe eine über ihn gebreitete Decke Falten geworfen. Doch was sie alle in ihren Bann schlug, war die Rauchsäule, die aus seinem Inneren aufstieg.

„Das ist der Krakatau, der westlichste der Feuerberge, die wie an einer Kette aufgereiht bis zur Ostspitze Javas reichen", erklärte van den Broecke. „Es sind Hunderte."

„Und in ihnen brodelt Feuer?"

„Manche sind erloschen, aber viele rauchen noch, und andere sind sehr unruhig und schleudern bisweilen mit einem Höllenkrach Feuer, Asche und Steine hoch in die Luft."

Sie hatten nun das letzte Teilstück ihrer Reise erreicht: An der Nordküste Javas entlang segelten sie auf Batavia zu. Es war ein schwieriges Manövrieren, denn dies war das Gebiet der *Tausend Inseln*. Das Meer war übersät von winzigen Eilanden, alle mit türkisgrünem Rand, der ins

Weiß eines Sandstrandes überging. In der Mitte wucherte Palmenwald. Jedes dieser Inselchen liege auf der Spitze eines Riffs, sagte Pool. „Und an jedem dieser Riffe könnte die *Mauritius* zerschellen. Kurz vor dem Ziel."

Am Abend des dritten Tages verkündete Pool: „Morgen erreichen wir Batavia." Sie stießen mit Wein darauf an, und als sie die Kajüte verließen, sagte Coen zu Eva: „Ein besonderer Tag wird das morgen. Auch ich weiß nicht, wie sich die Stadt in den letzten vier Jahren verändert hat. Für Euch wird alles neu sein. Ich hoffe, es gefällt Euch. Batavia ist meine Schöpfung."

„Ich weiß, und ich bin voller Erwartung", erwiderte Eva. Sie brachte ein Lächeln zustande, und er lächelte zurück.

Als sie am nächsten Morgen wach wurde, glaubte sie zunächst noch zu träumen. Doch kein Zweifel: Durch die geöffnete Fensterklappe drang aus der Ferne Glockenläuten in ihre Kabine. In großer Hast schlüpfte sie in ein Leibchen und einen Rock, das Korsett ließ sie weg. So notdürftig angekleidet, eilte sie an Deck.

Es war keine Täuschung. Das Läuten von Kirchenglocken wehte über das Wasser.

Coen stand an der Reling. Als er sie bemerkte, drehte er sich zu ihr um. „Die Glocken von Batavia", sagte er.

DRITTER TEIL

BATAVIA

Die Korallenfestung

Es war tatsächlich ein Loch im Urwald, ganz so wie van den Broecke es gesagt hatte. Die grüne Wand tat sich auf und gab den Blick frei auf ein Bauwerk, das Eva wie ein Traumgebilde vorkam. Es sah aus wie ein Palast aus Eis und Schnee, denn seine Mauern waren weiß.

„Nun, was sagt Ihr zu meinem Kastell?", fragte Coen.

„Wie kann es so weiß sein?"

„Es ist aus Korallenkalkstein errichtet. Wir holen ihn von den Tausend Inseln, die wir gerade passiert haben. Die Steine liegen dort auf dem Meeresboden. Es gibt hier Männer, die sehr tief und sehr lange tauchen können. Sie befestigen Haken an diesen Steinen, und so hieven wir die Brocken aufs Schiff. In Batavia werden sie zu Quadern gehauen. Der Korallenkalkstein ist viel härter als der Stein, den wir in Holland benutzen."

„Es sieht märchenhaft aus. Liegt Batavia dahinter?"

„Ja, am Fluss Ciliwung, der hier ins Meer mündet."

Jetzt sah Eva ein kleines Segelboot, das auf die *Mauritius* zufuhr.

„Man hat uns bemerkt", sagte Coen. Und dann, an Eva gewandt: „Ihr solltet Euch noch fertigmachen, bevor der Besuch hier an Bord kommt."

Eva rief Margaretha herbei und eilte in ihre Kabine. Das letzte Mal, dass sie sich hier ankleiden würde! So bald würde sie kein Schiff mehr betreten.

Als sie wieder an Deck kam, war das Boot gerade längsseits gegangen, nun von Ruderern gesteuert. In der Mitte saß ein sehr dicker Mann.

„Sieh an, der Herr van Raemburch", sagte van den Broecke. Der Unterton in seiner Stimme verriet, dass er diesen Herrn nicht besonders zu mögen schien. Auch

Gerrit, die Brüder de Bondt und Kapitän Pool standen mit dabei. Nur Musa Berg schien die Ankunft zu verschlafen.

Wenn Eva schon Schwierigkeiten damit gehabt hatte, an einer Strickleiter den Schiffsrumpf hinaufzuklettern, so war dies nichts im Vergleich zu den Problemen des Dicken. Einige seiner Begleiter mussten ihn von unten stützen und festhalten. Immer wieder hielt er inne und schien nicht mehr weiter zu können. Auch fiel ihm sein Hut ins Wasser, sodass Eva freie Aussicht auf seine Spiegelglatze hatte. Schließlich tauchte der kahle Schädel puterrot und schweißtriefend über der Reling auf. Er schnaufte und keuchte, dann begannen seine kleinen Schweinsäuglein umherzuwandern. Als sein Blick auf Coen fiel, weiteten sie sich – und im nächsten Moment verlor er den Halt. Man hörte einen Schrei und ein heftiges Platschen. Alle rannten zur Reling – der Dicke war versunken. Unter seinen Begleitern erhob sich panisches Geschrei. Im nächsten Moment aber ploppte der Kahlkopf wie eine Boje wieder nach oben. „Hilfe!", schrie er. „Ich ertrinke! So helft mir doch!"

Sofort ruderten seine Leute heran und streckten die Arme aus. Sie schafften es jedoch nicht, den schweren Mann an Bord zu ziehen. Ein Seemann, der offenbar schwimmen konnte, musste ins Wasser springen und ihn von unten empordrücken. Erst so gelang es schließlich, ihn ins Boot zu hieven. Dort lag er zunächst wie ein nach Luft schnappender Fisch auf dem Rücken.

„Verzeiht, dass ich Euch dermaßen erschrocken habe!", rief Coen ihm zu. Er grinste höhnisch.

„Euer Exzellenz!", schrie der Dicke und setzte sich auf, „ich konnte mich vor Freude nicht mehr auf den Beinen halten. Ihr hier – welch unverhofftes Glück! Ich werde Eure Anwesenheit dem General melden."

„Wartet noch!", rief Coen. Damit verschwand er im

Inneren des Schiffes, um nach einigen Momenten mit einer kleinen Holzkiste in der Hand wiederaufzutauchen. Er drückte das Kästchen einem Mann in die Hand und bedeutete ihm, hinunterzuklettern und es van Raemburch zu geben.

Dazu rief er hinunter: „Meine Beglaubigungsurkunde! Händigt sie dem General aus!"

„Jawohl, Exzellenz!", rief der Dicke.

Damit setzte sich das Boot wieder in Bewegung.

Eva wandte sich an van den Broecke: „Was hat das zu bedeuten?"

„In dem Kästchen befindet sich die Urkunde, die beweist, dass Euer Gatte von den Siebzehn wieder zum Generalgouverneur ernannt worden ist. Für den derzeitigen Generalgouverneur ist das natürlich alles andere als eine angenehme Überraschung. Er ist damit abgesetzt, auch wenn es sehr viel höflicher formuliert wird."

Eva hatte sich bisher noch nie klargemacht, dass es in Batavia natürlich auch in der Zwischenzeit einen Generalgouverneur gegeben hatte und dass dieser nun das Feld räumen musste.

„Und wer ist der Dicke?"

„Crijn van Raemburch, Mitglied des Indienrates."

„Indienrat?"

„Das ist das Gremium, das im Auftrag der Siebzehn die Geschicke der Compagnie in Asien lenkt. Ich muss sagen, ich weiß nicht, wie viele Mitglieder der Indienrat derzeit hat, aber es sind immer nur einige wenige. Im Zweifelsfall gibt die Stimme des Generalgouverneurs den Ausschlag."

Es dauerte bis zum Mittag, ehe sich der *Mauritius* wieder ein Segelboot näherte. Mittlerweile war es auf dem Schiff unerträglich heiß geworden. Jetzt, da sie auf einer geschützten Reede ankerten und kein wohltuender Wind mehr blies, machte sich das Tropenklima voll bemerkbar.

Van Raemburch war dieses Mal nicht an Bord. Stattdessen kletterte ein schlanker, elegant gekleideter junger Mann die Strickleiter empor, zog den Hut vor Coen und stellte sich mit den Worten vor: „Christoph Carl Fernberger von Eggenberg, Oberkaufmann. Zu Euren Diensten, Exzellenz!" Als er wieder aufschaute, fiel sein Blick auf Eva. Er schien überrascht und erfreut. Sofort verbeugte er sich wieder und sprach auch sie mit „Exzellenz" an. Dann wandte er sich wieder an Coen: „Der Generalgouverneur erkennt Eure Beglaubigung an. Er gratuliert Euch zu Eurer Ernennung und stellt sich in Eure Dienste. Er bittet Euch, am späteren Nachmittag an Land zu kommen. Bis dahin will er alles für Euren Empfang vorbereitet haben."

Coen nickte gnädig.

„Wir werden hier bei lebendigem Leibe gekocht!", wandte Gerrit ein. „Können wir nicht sofort mitkommen?"

Für sein vorlautes Verhalten kassierte er einen finsteren Seitenblick von Coen. Etwas zu sagen, war nicht nötig. Der Oberkaufmann zog wieder den Hut und stieg eilig die Strickleiter hinunter.

„Fernberger von Eggenberg ... das hört sich nach deutschem Adel an", überlegte van den Broecke. „Wie hat es den wohl hierher verschlagen?"

Während er ihm noch nachsah, fiel Evas Blick auf eine kleine vorgelagerte Insel. Verkohlte Ruinen ragten dort düster aus dem Gesträuch heraus. „Was ist das?", wollte sie wissen.

„Ach ... fragt besser nicht danach", antwortete van den Broecke ausweichend und drehte sich weg. Eva wunderte sich – das war sonst nicht seine Art.

Die restlichen Stunden verbrachte sie damit, sich herzurichten. Sie wählte die Kleidung aus, die sie bei ihrer

Hochzeit getragen hatte, und dazu eine noch unbenutzte, blütenweiße Halskrause. „Ich glaube, ich schaffe es nicht mehr bis an Land", sagte sie anschließend zu Margaretha. „Ich sterbe vorher an einem Hitzschlag."

Als sie an Deck ging, zog sie bewundernde Blicke auf sich. Nur Coen schien unbeeindruckt. Er ging auf sie zu und sagte: „Etwas ist noch zu viel." Zu Evas Erstaunen machte er sich vor aller Augen an ihrer Haube zu schaffen, nahm sie ab und löste dann die Spangen, die ihre Frisur zusammenhielten. Voll und glänzend fiel ihr das rote Haar über den weißen Kragen bis auf die Schultern. An den Gesichtern der Umstehenden konnte sie die Wirkung ablesen.

„So sollt Ihr es jetzt immer tragen", sagte Coen. „Denn das dürfte die Asiaten tief beeindrucken." Damit warf er die Haube ins Meer.

Mittlerweile hielten mehrere festlich beflaggte Segelboote auf sie zu. Da Musa Berg darauf bestand, als ranghöchster Passagier als Erster an Land zu gehen, ließen sie ihm, begleitet von van den Broecke, den Vortritt. In einer prunkvoll verzierten Jacht mit goldenem Heck entfernte er sich von der *Mauritius*. Die Sonne stand schon tief, und ein warmes Licht überzog Schiffe, Urwald und Kastell. Als die Jacht wieder zurück war, kletterte Eva die Strickleiter hinunter. „Ade, *Mauritius*", dachte sie bei sich. „Verfluchter Holzkerker, mögen die Würmer dich zerfressen." Tatsächlich war das Schiff nur noch ein Schatten seiner selbst: Der Rumpf, den sie jetzt dicht vor Augen hatte, war mit Muscheln, Algenbärten und Seepocken besetzt. Die Farbe auf den geschnitzten Meeresgöttern war abgeblättert, viele Balken hatten Sprünge oder waren vom Bohrwurm durchlöchert. Fast bekam Eva Mitleid und fügte in Gedanken hinzu: „Zumindest hast du uns sicher über den Ozean gebracht."

Im Boot spürte sie die scheuen Blicke der Seeleute, in denen sich Bewunderung mit Erstaunen mischte. Niemand sagte ein Wort. Eva saß neben Coen, hinter ihnen wusste sie Gerrit mit Jasper in seiner Transportkiste und die Brüder de Bondt mit Noah. Im Licht der untergehenden Sonne fuhren sie schweigend auf Batavia zu. Nichts mehr erinnerte hier an zu Hause, weder die strahlend weißen Festungsmauern noch die geriffelten Palmenstämme mit ihren fächerartigen Blättern. Ein Gefühl tiefer Fremdheit und Verlassenheit ergriff sie, doch gerade da begannen wieder die Glocken zu läuten. Eva konnte zwar keinen Kirchturm erkennen, aber diese Klänge waren ihr vertraut.

Das Läuten vertrieb den Anflug von Melancholie und hob ihre Stimmung wieder.

Sie fuhren in das rechteckige Hafenbecken ein, in dem viele kleinere Schiffe vertäut waren, auch fremdländische, wie Eva sie noch nie gesehen hatte. Man konnte nun ein ganzes Stück den Ciliwung-Fluss hinaufschauen, der an beiden Ufern von Häusern gesäumt war. Die Konturen lösten sich allerdings schon in den Abendschatten auf. „Mit der Stadtmauer sind sie noch nicht so weit gekommen, wie ich gehofft hatte", knurrte Coen.

An der Kaimauer wurden sie von einem größeren Empfangskomitee erwartet. Hellebardenträger und Musketiere hatten sich aufgebaut, mitten unter ihnen Crijn van Raemburch, neu eingekleidet mit Federhut und festlicher orangener Schärpe um den Wanst. Viel mehr aber interessierte sich Eva für die Einheimischen, die neugierig hinter den Soldaten hervorschauten. Sie schienen deutlich kleiner und schmaler zu sein als die Niederländer, hatten schwarze Haare und eine braune Haut.

Schon auf dem Meer war Eva aufgefallen, dass die Dämmerung in diesen Gefilden nur kurz war. Ungewohnt schnell brach die Dunkelheit herein. Während ihr Schiff an einem Holzsteg anlegte, warf flackernder Fackelschein ein unruhiges Licht auf die Menschengruppe, die sie oben erwartete. Eva sog den süßlichen, würzigen Geruch ein, der hier in der Luft lag.

Van den Broecke hob sie auf den Steg. Coen brauchte keine Hilfe. Van Raemburch kam ihnen entgegen: „Willkommen, Exzellenz, seid willkommen! Der General erwartet Euch schon! Ich meine … der frühere General, der bisherige. Verzeiht, ich muss mich erst noch daran gewöhnen, dass …"

„Schon gut!", unterbrach ihn Coen.

„Wenn Ihr mir folgen würdet", bat van Raemburch kleinlaut. Er ging voran. Eva, Coen und die anderen wurden sofort von den Musketieren und anderen Soldaten umringt. Hinter ihnen folgten die asiatischen Diener, es mochten wohl mehrere Dutzend sein.

„Wie heißt der Generalgouverneur überhaupt?", flüsterte Eva ihrem Mann zu.

„Specx", antwortete Coen. „Jacques Specx."

Es ging nun durch ein mächtiges Tor ins Innere der Zitadelle. Trommeln wirbelten, Fanfaren ertönten. Trotz der Hitze lief Eva eine Gänsehaut über den Rücken.

Der weitläufige Innenhof wurde von einem riesigen Feuer erhellt, das in einem abgezäunten Bereich in der Mitte brannte. Es machte Eva fast ein wenig Angst.

„Das Feuer haben wir hier die ganze Nacht über, um Ungeziefer und anderes Getier abzuschrecken", erklärte ihr Coen.

Sie gingen um das Feuer herum und standen nun vor einer herrschaftlichen Fassade, die wie alle anderen Gebäude blütenweiß war. „Der Gouverneurspalast", erläuterte Coen. „Hier werden wir leben." Eine stattliche Treppe führte zum Eingangsportal, über dem eine riesige Uhr mit einem Glockenspiel angebracht war. Einige der Asiaten stürmten voraus und streuten Blumen auf die Stufen. Eva stieg neben Coen hinauf und trat in die Vorhalle.

Sie war überraschend hoch und geräumig, aber fast vollkommen leer. Im hinteren Bereich führte eine Treppe in das höher gelegene Stockwerk. Sie gingen hinauf und erreichten einen noch größeren Saal.

Nun kam eine andere Gruppe auf sie zu. In der Mitte schritt ein schon etwas älterer Mann. Sein von tiefen Falten durchzogenes Gesicht wirkte verlebt, doch man konnte erahnen, dass es in seiner Jugend einmal sehr anziehend gewesen sein musste. Die schwarze Kaufmannstracht hatte er mit einer gemusterten Weste kombiniert, wie Eva sie nicht kannte. Eine Kopfbedeckung trug er nicht, was ebenfalls ungewöhnlich war. Dazu begrüßte er sie nun auch noch in einer fremden Sprache, wobei er eine übertrieben ausladende Verbeugung machte. Er wartete einen Augenblick, um seine Worte wirken zu lassen, und fügte dann mit einer gewissen Blasiertheit hinzu: „Das war Japanisch und bedeutet frei übersetzt: Mein Herz hüpft mir vor Freude im Leibe, nun da es mir vergönnt ist, den Gründer Batavias noch einmal mit eigenen Augen zu sehen!" Ein leicht spöttischer Unterton war dabei nicht zu überhören.

„Ganz meinerseits", antwortete Coen. „Ich hoffe, Ihr seid bei guter Gesundheit?"

„Eure Fürsorge rührt mich. Danke, es geht mir gut. Und dies hier" – er wandte sich Eva zu – „ist Eure Gattin?"

Er hielt einen Moment inne, dann sagte er zu ihr: „Von allen Eroberungen Eures Mannes scheint Ihr mir die größte zu sein. Erlaubt mir die Vorhersage, dass Euer Haar hier Aufsehen erregen wird."

Eva lächelte.

Coen stellte Specx kurz die anderen Neuankömmlinge vor, dann gingen sie alle in den benachbarten Speisesaal. Hier standen noch viel mehr Diener an den Wänden, die jetzt sofort Stühle herbeischafften. Als sie Eva sahen, wichen mehrere von ihnen ehrfürchtig zurück und fielen vor ihr auf die Knie. Sie war peinlich berührt und konnte sich nicht erklären, warum sie das taten. Sollte es wirklich mit der Farbe ihrer Haare zusammenhängen?

Eva nahm zwischen Coen und van den Broecke Platz. Ihnen gegenüber saß Specx, doch die Stühle rechts und links von ihm blieben frei. Nach einiger Zeit kam Musa Berg herein – offenbar hatte er zwischenzeitlich schon sein neues Quartier im Palast aufgesucht – und wollte sich rechts neben Specx hinsetzen. Dieser bedeutete ihm jedoch, den Stuhl links von ihm zu nehmen. Ein heftiges Stirnrunzeln zeigte, dass der Botschafter dies wieder einmal als Affront betrachtete. Eva fragte sich, für wen Specx den Ehrenplatz neben sich freihielt. Für seine Frau vielleicht? Aber warum war sie nicht von Anfang dabei gewesen?

„Ist Specx verheiratet?", flüsterte sie van den Broecke zu.

„Nein", war die Antwort.

Eva wurde immer neugieriger.

Mittlerweile hatte sich hinter jedem Platz ein Diener aufgestellt und fächelte dem dort Sitzenden mit einem großen Palmenblatt Luft zu. Die Diener trugen weite, dünne Gewänder in leuchtenden Farben und hatten – ähnlich wie Musa Berg – einen Turban auf dem Kopf. Wahrscheinlich waren es die indischen Sklaven, von denen van den Broecke erzählt hatte.

Da öffnete sich die Tür. Herein kamen ein Mann und ein Mädchen. Sofort erstarben alle Gespräche, und die ganze Gesellschaft sah zu dem Mädchen hin.

Es war etwa zwölf Jahre alt und stand an der Schwelle zum Erwachsenwerden. Das schwarze, bläulich glänzende Haar war zu einem schlichten Knoten festgesteckt, wodurch der Blick ganz auf das Gesicht gelenkt wurde. Makellose, kindhaft zarte Züge harmonierten mit mandelförmigen Augen, deren funkelnde schwarze Pupillen in einem schimmernden Weiß schwammen. Doch war es nicht nur die feine Ebenmäßigkeit dieser Züge, sondern mehr noch eine geheimnisvolle Verschlossenheit, die dem Mädchen seine Ausstrahlung verlieh. Eva musste an Coen denken – eine zunächst absurd erscheinende Verbindung, doch war er der einzige ihr bekannte Mensch, der in vergleichbarer Weise sofort alle anderen in seinen Bann zog.

Den Mann, der mit dem Mädchen hereingekommen war, beachtete Eva zunächst gar nicht. War es der Vater? Viel konnte sie nicht erkennen, denn er stand ein ganzes Stück vom nächsten Kerzenleuchter entfernt. Nun schob er den Stuhl rechts neben Specx zurück, sodass das Mädchen sich setzen konnte. Der Gouverneur sah zu ihm auf: „Ihr habt es also wieder einmal geschafft? Danke Euch!" Der Mann nickte nur. Eva konnte jetzt feststellen, dass er ein schlanker, eher dunkler Typ war. Die markanten Züge wirkten ernst, doch zu ihrer großen Überraschung hellten sie sich auf, sobald er Coen entdeckte. Flink umrundete er den Tisch, stand im nächsten Moment vor ihm und legte ihm zur Begrüßung die Hand auf den Arm. Wenn sie eine unwillige Reaktion auf diese Vertraulichkeit erwartet hatte, so sah sie sich getäuscht: Coen blieb ganz ruhig. Langsam erhob er sich von seinem Platz und sagte nur: „Van Diemen." In seiner Stimme lag so etwas wie freundschaftlicher Respekt. Sie hätte bis dahin nicht geglaubt, dass er zu so einer Regung fähig war.

„Darf ich Euch meine Frau Eva Ment vorstellen?",

fragte Coen. Der Mann wandte sich ihr zu, zog seinen Hut und verbeugte sich, wobei ihm einige schwarze Haarsträhnen in die Stirn fielen. „Freut mich sehr", sagte er. „Ich bin Antonio van Diemen."

„Er ist seit Kurzem Mitglied des Indienrates!", rief Specx hinüber.

„Oh, gratuliere!", sagte Eva. Ihr fiel auf, dass van Diemen – anders als fast alle anderen Männer – keinen Bart trug, was ihn noch jünger aussehen ließ. Er war vielleicht dreißig Jahre alt. Sein Bartwuchs schien gleichwohl stark zu sein, denn sie konnte an seinem Kinn viele kleine Stoppeln erkennen. Die Augenbrauen waren kräftig und tiefschwarz. Seinerseits musterte er Eva überhaupt nicht, sondern verbeugte sich nur erneut und sagte: „Seht in mir Euren aufrichtigen Diener!" Damit ging er zu einem freien Platz an Evas Tischseite, sodass sie ihn nicht mehr im Blickfeld hatte.

Das Gemurmel bei Tisch hatte nun wieder eine Lautstärke erreicht, die es Eva erlaubt hätte, sich bei van den Broecke nach dem Mädchen zu erkundigen, doch der Oberkaufmann unterhielt sich angeregt mit Fernberger von Eggenberg. Eva beugte sich vor, um etwas von der Unterhaltung mitzubekommen.

„... ja, ganz recht, ich wollte aus Amsterdam in meine Heimat Österreich zurückkehren. Aber dann ist mir ein furchtbares Missgeschick passiert: Ich habe das falsche Schiff genommen. Ich dachte, es führe nach Venedig, von dort aus wollte ich auf dem Landweg nach Wien. Aber wie Ihr seht: Das Schiff fuhr nicht nach Venedig. Entweder der Kapitän hat mich getäuscht oder ich habe ihn falsch verstanden, weil ich damals noch kaum Niederländisch sprach."

Eva hatte nur mit halbem Ohr zugehört, denn sie

konnte sich einfach nicht von dem Anblick des ihr gegen-
übersitzenden Mädchens losreißen. Mittlerweile war der
erste Gang des Essens serviert worden – es war Fisch, und
Eva verschlang ihn mit Heißhunger, denn zuletzt war die
Verköstigung an Bord der *Mauritius* doch etwas eintönig
geworden. Obwohl der Fisch ähnlich zubereitet war wie zu
Hause, schmeckte er ganz anders.

Das Mädchen rührte nichts an.

Eva beschloss, es anzusprechen. „Magst du den Fisch
nicht?"

Keine Antwort.

„Ich finde ihn lecker."

Wieder nichts.

Sie schwiegen. Dann fragte Eva: „Wie heißt du?"

„Sara." Es war nicht das Mädchen, das geantwortet
hatte, sondern Specx. Ehe Eva weiter nachfragen konnte,
hatte sich Coen neben ihr von seinem Platz erhoben, und
es war still geworden.

„Herr Botschafter, verehrte Anwesende!", hob er an.
„Ich wende mich an diesem Abend insbesondere an den
hoch verehrten Generalgouverneur, meinen alten Mit-
streiter Specx. Wir kennen uns mittlerweile seit mehr als
zwanzig Jahren. Mögen wir gewisse Dinge auch unterschiedlich bewerten, so waren wir uns doch immer verbunden in
unserem Streben, den Wohlstand der Compagnie zu mehren.

Ihr wisst alle, dass ich ein Mann klarer Worte bin, und
darum will ich nicht drum herumreden: Mein heutiges
Erscheinen kann Euch, lieber Specx, nur ungelegen
kommen. Dass es nicht angekündigt war, hat allein damit zu
tun, dass die Regierung des Königs von England meine Wie-
derentsendung mit allen Mitteln zu hintertreiben versucht
hat. Die Herren Direktoren sahen sich darum gezwungen,
mich unter strengster Geheimhaltung zu entsenden.

Es ist mir aufgetragen worden, Euch den tief empfundenen Dank der Herren Direktoren zu übermitteln. Eure Verdienste werden auf ewig in den Annalen unseres Unternehmens festgeschrieben sein. Ihr seid derjenige gewesen, der unseren Handel mit dem entferntesten Reich auf Erden, dem der Japaner, begründet hat. Als erster Leiter unseres Kontors auf der Insel Hirado habt Ihr die Grundlagen zu allem gelegt, wovon wir heute profitieren. Später dann habt Ihr als Mitglied des Rates von Indien und schließlich als Generalgouverneur unsere Geschicke in ganz Asien bestimmt. Die Herren Direktoren meinen, dass sie Euch nun nicht weiter belasten dürfen, und rufen Euch deshalb in den wohlverdienten Ruhestand in unser Vaterland zurück."

Specx zeigte keine Regung. Sein Gesicht war versteinert. „Warum bin ich zurückgekehrt?"

Coens Blick wanderte die Tafel entlang. „Ich will vollenden, was ich vor zehn Jahren an diesem Ort begonnen habe. Ich will Batavia zum Mittelpunkt eines asiatischen Reiches ausbauen, zum wichtigsten Pfeiler niederländischer Macht, zu einer christlichen Republik inmitten von Heidentum und Götzenverehrung.

An dieser Stelle hier, verehrte Anwesende, wurde vor zehn Jahren etwas Unerhörtes begonnen: Das Volk der Niederländer befreite sich aus seiner beengten Existenz am Rande Europas und trat hinaus in die Welt. Im Dienste einer großen Sache entwickelte es eine Kraft wie kaum ein Volk vor ihm – gewiss keines von so bescheidenem Umfang.

Batavia ist unser von Gott gegebener Auftrag. Ich nehme ihn an. Ich habe die Siebzehn dafür gewonnen, unsere Stadt zu einer niederländischen Kolonie auszubauen. Niederländische Männer, Frauen und Kinder sollen hier leben. Um zu beweisen, wie sehr ich an diese Idee glaube, bin ich selbst mit einer Frau an meiner Seite zurückgekehrt."

Er hielt inne und wandte sich Eva zu. Sie spürte, wie sie rot wurde.

„Meine Frau ist noch jung, doch in ihr steckt ein mutiger, unbeugsamer Geist. Ich weiß, dass ich keine bessere Gefährtin für diese Aufgabe hätte finden können."

Die Worte kamen für Eva völlig unerwartet. Niemals hätte sie geglaubt, dass Coen in der Öffentlichkeit etwas so Rühmendes über sie sagen könnte. War es Schmeichelei? Eigentlich war er nicht der Mann, um zu schmeicheln. Aber wenn er es ernst meinte – würde sie seine Erwartungen erfüllen können?

„Ein besseres Holland soll hier entstehen", fuhr Coen fort. „Mit neuen Menschen, geraden Wegen und sauberen Kanälen. Das Evangelium soll uns leiten. Herr Pfarrer de Bondt, ich gebe Euch hiermit das Versprechen, dass der christlich-reformierte Gottesdienst der einzige an diesem Ort gestattete sein soll."

Da ihr Willem de Bondt schräg gegenüber saß, konnte Eva genau sehen, wie erstaunt er über dieses Versprechen war, um das er mit Sicherheit nicht gebeten hatte. Specx schüttelte missbilligend den Kopf, und auch van den Broecke murmelte etwas, das Eva aber nicht verstehen konnte. Musa Berg verlangte nach einer Übersetzung, doch Coen hatte bereits wieder zu reden begonnen.

„Ich bitte alle, mich in meinem Streben zu unterstützen!"

Er hob sein Glas. „Baut mit mir das neue Batavia! Es lebe die Compagnie!"

„Es lebe die Compagnie", wiederholten die Anwesenden – allerdings nicht alle, wie Eva bemerkte. Specx blieb stumm und rührte auch seinen Wein nicht an. Sara schien gar nicht zugehört zu haben.

Das Essen ging bald zu Ende, die Neuankömmlinge

waren müde. Beim Hinausgehen streifte Eva jemanden, und als sie sich daraufhin zu ihm umdrehte, blickte sie van Diemen ins Gesicht. Er lächelte entschuldigend. Die Züge, die Eva im flackernden Kerzenschein bis dahin etwas hart erschienen waren, wirkten mit einem Mal viel weicher. „Er hat die gleichen Grübchen wie Gerrit", dachte sie.

Einzug des Herrscherpaars

Als Eva die Augen aufschlug, musste sie erst einen Moment nachdenken, wo sie überhaupt war. Feuchte Wärme umfing sie. Es roch nach Lavendel. Über ihr wölbte sich ein zartes, durchscheinendes Tuch, das irgendwo an der Decke befestigt war. Das ganze Bett war darin eingehüllt, wie ein Schmetterling von seinem Kokon.

Sie hatte Bauchschmerzen. Das kam ohne Zweifel daher, dass sie immer noch ihr Korsett trug. Margaretha war am Abend nicht aufzufinden gewesen, und allein war es ihr unmöglich, sich daraus zu befreien, da die Kordeln auf dem Rücken zusammengebunden waren. Nur ihren Rock hatte sie ablegen können. Nun triefte ihr Körper geradezu vor Schweiß. Stöhnend zog sie das dünne Tuch zur Seite, das ihr Bett umgab, und sah sich um. Der Raum war nahezu leer. Auf dem Boden lag die Halskrause, die sie sich am Abend heruntergerissen hatte. Ein angenehm gedämpftes Licht fiel herein, denn die Fenster waren mit einem Sonnenschutz aus dünnem Holz versehen, der nur durch die Ritzen einige Strahlen hereinließ. Scheiben hatten die Fenster hier offenbar nicht.

Eva schlug die dünne Bettdecke zurück, und nun sah sie, woher der Lavendelgeruch kam: Die Decke bestand aus zwei dünnen, übereinandergelegten Tüchern, und dazwischen befanden sich Lavendelzweige.

Sie glitt aus dem Bett, spannte ihren Rock über die Hüftpolster und schlüpfte in ihre Schnallenschuhe. Eine Sache war beruhigenderweise wie zu Hause: Unter dem Bett stand ein Nachttopf. Eva raffte den Rock hoch, hockte sich über den Topf und ließ es fließen. Dabei verlor sie jedoch kurz das Gleichgewicht. Unwillkürlich griff sie nach einer neben dem Bett herunterhängenden Kordel, um sich festzuhalten.

Im nächsten Moment geschahen mehrere Dinge kurz hintereinander: Ein Glöckchen klingelte, der Vorhang zum Korridor öffnete sich, und herein strömte eine unübersehbare Schar von Dienerinnen, alle mit schattenbraunen Gesichtern. Obwohl Eva noch immer über dem Nachttopf hockte und folglich eine denkbar unwürdige Erscheinung abgab, verbeugten sich alle Frauen vor ihr – einige warfen sich sogar auf die Knie und drückten ihre Stirn auf den Boden. Alsdann begannen sie, flache Schüsseln hereinzutragen, die mit Wasser gefüllt waren – obenauf schwammen große bunte Blüten. Andere streuten Blumen auf den Boden oder schleppten Obstschalen herein. Eine dieser Schalen wurde ihr angereicht. Um nicht unhöflich zu sein, ergriff sie eine gebogene gelbe Frucht, die sie in der Tafelbucht schon einmal probiert hatte. Allein vier Dienerinnen stellten sich nun neben sie und fächerten ihr mit Palmenblättern Luft zu.

Mit einem Ruck stand sie auf: Dies war entschieden zu viel! Ihr Zimmer glich einem Bienenkorb.

„Danke, ihr könnt jetzt gehen!", rief sie. „Ich brauche euch nicht!"

Die Dienerinnen sahen sie an. Es war offensichtlich, dass sie kein Niederländisch verstanden.

„Gut", dachte Eva. „Dann sollen sie hier tun, was sie wollen, ich mache mich jetzt auf die Suche nach Margaretha." Damit trat sie auf den Korridor. Doch was war das? Die Dienerinnen folgten ihr wie eine Schar Küken ihrer Mutter! Eva beschleunigte ihre Schritte. Schon war sie auf der Treppe hinunter in den ersten Stock. Aber als sie sich umdrehte, sah sie die Dienerinnen samt Palmwedeln, Wasserschüsseln und Obstschalen hinterherkommen. „Das gibt es doch nicht!", dachte sie. „Aber wartet nur – ich war von den Mädchen am Oudezijds Voorburgwal immer das Schnellste!"

Damit begann sie zu rennen: die Treppe hinunter, durch den Raum, in dem sie abends gespeist hatten, durch den Saal, in dem Specx sie empfangen hatte, bis zu einer geschlossenen Tür. Sie riss sie auf – es war offenbar ein Konferenzraum, denn an einem Tisch saßen van Raemburch und van Diemen, die höchst verwundert aufschauten. Eva nahm sie nur aus den Augenwinkeln wahr. Mit wehenden Haaren rannte sie zur gegenüberliegenden Tür, stieß sie auf und war bereits wieder draußen.

Vor ihr lag eine Treppe ins Erdgeschoss – hastig nahm sie die ersten Stufen. Ein Blick zurück – doch das hätte sie nicht tun sollen, denn so stieß sie mit zwei entgegenkommenden Dienerinnen zusammen. Die eine von ihnen balancierte ein Tablett mit einer kunstvoll aufgestapelten Obstpyramide, die nun ins Wanken geriet: Im nächsten Moment rollten Früchte in allen Formen und Farben die Stufen hinunter. Eva achtete nicht weiter darauf. Schon erreichte sie die Vorhalle und stürmte hinaus auf den Hof.

Einen Wimpernschlag lang war sie geblendet. Sonnenstrahlen bohrten sich wie silberne Lanzen durch die dampfende Morgenluft. Ochsenkarren wurden entladen, Frauen kamen mit Körben und Matten auf den Köpfen durch ein großes Tor. Eva wandte sich um: Ihre Verfolgerinnen waren ihr dicht auf den Fersen. Doch damit nicht genug: Als die im Hof beschäftigten Diener sie bemerkten, ließen sie ihre Arbeit sofort stehen und liegen und näherten sich ihr ebenfalls unter tiefen Verbeugungen. Eva schluckte. Eine leichte Panik bemächtigte sich ihrer: Was wollten all diese Menschen von ihr? Und was würden sie mit ihr tun, wenn sie anhielt? Ohne weiter nachzudenken, hob sie abermals ihren Rock ein wenig an und hastete los – geradewegs durch das Tor. Sie kam auf einen Platz, der rundum von Wirtschaftsgebäuden eingerahmt wurde, dahinter ragten die Mauern und Bastionstürme auf. Alles war aus dem gleichen strahlend weißen Korallenkalkstein errichtet.

Evas Blick fiel auf das offen stehende Tor eines Anbaus, der zu den Stallungen gehören mochte, jedenfalls konnte man im Halbdunkel ein Gatter erkennen. Das war ihre Chance! Sie lief hinein und stemmte sich gegen das Tor. Es ließ sich nur mühsam bewegen, aber ihre Panik verlieh ihr zusätzliche Kräfte. Mit einem Krachen fiel es ins Schloss.

Sie war völlig außer Atem. Keuchend und nach Luft schnappend, stützte sie sich mit den Händen am Tor ab. Dann, als sie sich gerade beruhigt hatte, hörte sie etwas. Es war hinter ihr, und es war ein Geräusch, wie sie es noch niemals gehört hatte, ähnlich dem Knurren eines Wachhundes, aber hundertfach verstärkt, ungeheuer tief und voluminös. Es musste ein Riesenhund sein, der da hinter ihr stand. Ein Fabelwesen, ein Ungeheuer von mythischen Ausmaßen.

Es war fast dunkel hier drinnen, nur durch drei kleine Fenster fiel etwas Licht. Langsam, ganz langsam drehte sich Eva um. Aus großer Höhe blickten zwei Augen unter schweren schwarzen Lidern auf sie herab. Diese Augen waren von unendlich vielen Runzeln, Kerben und Buckeln umgeben. Darunter hing eine Nase, die länger war, als jede Fieberfantasie hätte vorgaukeln können – es war eine jedes Maß übersteigende Nase. Und jetzt bewegte sie sich. Wie ein Arm erhob sie sich in die Höhe, schwang leicht nach vorn – und griff nach Evas rechter Hand. Erst jetzt bemerkte sie, dass sie immer noch die krumme gelbe Frucht umklammert hielt, die sie sich in ihrem Zimmer von einer der dargebotenen Obstschalen genommen hatte. Das Ungeheuer nahm sie aus ihrer Hand, hob die Nase etwas an, krümmte sie zu einem Halbkreis, sperrte ein entsetzlich großes Maul auf und ließ die Frucht dort hineinfallen. Sie rollte den Schlund hinunter und verschwand.

Da entfuhr Eva ein Schrei – ein lang gezogener, abfallender und dann wieder anschwellender Schrei. Das Ungeheuer schien sie zu mustern. Die dunklen Augen wirkten listig und melancholisch zugleich. Dann stand plötzlich ein etwa fünfzehn Jahre alter Junge neben dem mächtigen Tier. Er wedelte Eva mit den Händen zu, was offenbar bedeuten sollte, dass sie sich keine Sorgen machen musste. Ganz ruhig ging der Junge an ihr vorbei und öffnete das Tor. Draußen wartete eine riesige Dienerschar, doch dazwischen erkannte Eva ein vertrautes Gesicht: Pieter van den Broecke. Er überragte alle anderen um mindestens eine Haupteslänge.

„Frau Ment, was um alles in der Welt tut Ihr im Elefantenstall?"

„Das ist ein Elefant?"

„Was dachtet Ihr denn?" Er trat zu ihr.

„Weiß nicht. Eine Ausgeburt der Unterwelt."

„Aber, aber … Der Elefant ist in Asien in etwa das, was für uns Europäer das Pferd ist. Überall leistet er dem Menschen wertvolle Dienste, als Lastenträger, als Helfer auf dem Feld oder bei der Waldarbeit."

„Soll das heißen, er tut das, was die Menschen ihm sagen?"

„Für gewöhnlich gehorcht er seinem Treiber aufs Wort. Die Compagnie treibt in Asien einen regen Handel damit – ein schönes Tier kann sechstausend bis siebentausend Gulden in die Kasse bringen."

„Ein schönes Tier? Es ist abgrundtief hässlich! Allein wie ihm die runzlige Haut um die Beine schlabbert …"

Van den Broecke deutete auf die vielen wartenden Diener. „Was habt Ihr mit denen gemacht?", fragte er.

„Ich weiß es nicht", erwiderte Eva. „Sie verfolgen mich.

Zuerst waren sie in meinem Zimmer, und es wurden immer mehr. Schließlich habe ich vor ihnen Reißaus genommen. Aber sie haben nicht von mir abgelassen."

„Kein Wunder, denn sie sind dazu da, Euch jeden Wunsch von den Augen abzulesen. Sofern Ihr sie nicht ausdrücklich wegschickt, folgen sie Euch. Und wenn Ihr rennt oder Euch sonstwie heftig bewegt, nehmen sie sogar an, dass Euch etwas bedrückt und werden dementsprechend nervös. Eine Person von Stand, so wie Ihr es seid, bewegt sich in Asien nur sehr gemessen, am besten fast gar nicht."

„Das kommt für mich nicht infrage."

„Ihr werdet Euch ein wenig anpassen müssen, fürchte ich, zumal Euch mancher hier für eine Gottheit halten mag. Eurer Haare wegen."

Eva schnaubte. „Das ist lächerlich. Und wie mache ich ihnen nun klar, dass sie weggehen sollen?"

„Ganz einfach. Ihr sagt: *C'est tout* – das ist alles."

„Auf Französisch?"

„Ja. Das haben wir ihnen so beigebracht. Das und noch ein paar andere Brocken Französisch, aber sonst sprechen sie nur Malaiisch, was aber auch nicht ihre Muttersprache ist. Malaiisch ist hier in Batavia die *Lingua franca*."

Da ertönte plötzlich eine Art Fanfare, so laut, als hätte jemand Eva direkt ins Ohr trompetet. Erschrocken machte sie einen Satz nach vorn.

„Hat er das mit der Nase gemacht?", fragte sie und deutete dabei auf den Elefanten.

„Mit dem Rüssel", erklärte van den Broecke. „Man nennt es Rüssel. Ein bewundernswerter Körperteil: Er ist so stark, dass der Elefant damit einem ausgewachsenen Wasserbüffel das Rückgrat brechen kann, und zugleich so feinfühlig, dass er sich damit einen Ast auf die Größe eines Fingerglieds verkleinern kann. Dieses Stäbchen klemmt er sich dann hinters Ohr, um sich bei Bedarf damit kratzen zu können."

„Dann müssen Elefanten sehr klug sein", überlegte Eva. „Aber schon auch sehr gefährlich ..."

Van den Broecke wechselte ein paar Worte mit dem Treiber, offenbar auf Malaiisch. Dann sagte er zu Eva: „Er sagt, dieses Tier hier ist ausnehmend friedlich. Es hat schon für seinen Vater gearbeitet, insgesamt vierundzwanzig Jahre lang. Und in all dieser Zeit hat es gerade einmal drei Menschen getötet."

„Ach, bloß drei Menschen?", wiederholte Eva und trat noch ein paar Schritte zur Seite. „Ich suche übrigens Margaretha", sagte sie.

„In Ordnung", gab van den Broecke zurück. „Ich weiß, wo sie genächtigt hat, und schicke sie zu Euch. Die Diener führen Euch zu Eurem Zimmer. Ihr wisst ja jetzt, wie Ihr sie loswerdet." Dabei zwinkerte er.

Eva war ihr Verhalten im Nachhinein unangenehm. Sie beschloss, Margaretha die Schuld an allem zu geben – schließlich war sie es, die nicht zur Stelle gewesen war, und nur deshalb hatte sie ihr Zimmer verlassen. Sobald Margaretha eintraf, wurde sie von Eva mit Vorwürfen überhäuft.

Später kam Gerrit und brachte Jasper vorbei. „Ich muss dich warnen", sagte er. „Ich habe schon jemanden gesehen, der eine Katze mit Steinen beworfen hat. Offenbar sind sie hier nicht wohlgelitten."

„Mäusefänger braucht man überall", entgegnete Eva.

„Ich habe mir sagen lassen, das Mäusefangen übernehmen hier die Würgeschlangen."

Beim Mittagessen in kleiner Runde verkündete Coen, dass sie zufällig genau rechtzeitig zum chinesischen Neujahrsfest eingetroffen seien. Die Chinesen von Batavia feierten es an diesem Abend und wollten daraus jetzt gleichzeitig ein Willkommensfest für den neuen Generalgouverneur machen. „Ich kann nur mitkommen, wenn ich bis dahin meine Kleidertruhe aus dem Schiff bekommen habe", erklärte Eva trotzig.

„Ihr müsst nur den Befehl dazu geben", meinte Coen.

„Wie kann ich das, wenn mich niemand versteht?", war ihr Einwand.

„Van den Broecke, könnt Ihr Euch darum kümmern?"

Zu Eva sagte er: „Eure derzeitige Unterkunft ist nur vorübergehend. Ihr erhaltet wesentlich großzügigere Gemächer zu Eurer Verfügung, sobald Specx seine Räume im Nordflügel geräumt hat."

„Was macht er denn nun?", fragte Eva.

„Er wird so bald wie möglich nach Hause zurückkehren."

Auf dem Weg vom Speisesaal zu ihrer Wohnung wurde Eva wieder von einem kleinen Hofstaat verfolgt. Vor der Tür drehte sie sich um und sagte laut und deutlich: „*C'est tout!*" Daraufhin zogen sich die Dienerinnen tatsächlich rückwärts gehend zurück.

Wenig später trafen die Truhen von der *Mauritius* ein. Eva wählte für den Abend die Gewandung aus golddurchwirktem Damast, in der sie dem Maler Jan Waben Modell gesessen hatte.

„Ihr müsst nur achtgeben, dass Ihr Euch Euren hellen Teint nicht verderbt", warnte Margaretha. „Auf dem Schiff habt ihr schon recht viel Farbe bekommen. Ich glaube, Ihr solltet öfter Eure Gesichtsmaske tragen."

„Damit ich vollends an der Hitze zugrunde gehe?", fuhr Eva sie an. Aber bei sich dachte sie, dass Margaretha völlig recht hatte. Danach legte sie sich schlafen, denn obwohl es mitten am Tag war, fühlte sie sich ausgelaugt.

Am Abend wurde sie von Margaretha geweckt und angekleidet. Es war kaum auszuhalten unter den Stofflagen. Ebenso ungewohnt wie befreiend war es dagegen, das Haar offen zu tragen, so wie Coen es jetzt wünschte. Ihr anschwellender Busen trug zusätzlich dazu bei, dass sie sich mit einem Mal sehr weiblich und begehrenswert vorkam.

In der Vorhalle wartete Coen, ebenfalls im Sonntagsstaat mit Degen, Krause, Federhut und rotem Umhang. Er nickte anerkennend, hielt ihr den Arm hin, und sie hakte sich bei ihm ein und ging mit ihm in den Hof hinunter. Immer noch herrschte eine drückende Schwüle. Irgendwo kreischten Vögel, sonst war es still, beinahe weihevoll.

Eva blieb abrupt stehen. Im Schein des Feuers standen vier Elefanten, die in allen Regenbogenfarben bemalt waren. Auf dem Rücken trugen sie eine Art Sitz.

„Was soll das bedeuten?", fragte sie Coen.

„Ihr wollt doch gewiss so in Batavia einziehen, wie es einer Fürstin gebührt?", war die Antwort.

„Wir kommen da doch niemals hinauf!", protestierte Eva.

„Oh, wartet nur ab", meinte Coen.

Er ging mit ihr zu dem vordersten Tier. Der Treiber stand daneben und berührte es mit einem Stock. Der Riese hob ein Vorderbein, Coen stieg hinauf und kletterte dann von dort behände auf den Sitz. Es sah sehr elegant aus. Der Treiber postierte sich im Nacken des Tiers, und schon stapfte das gewaltige Wesen mit wiegendem Gang los. An seine Stelle trat der zweite Elefant.

„Der ist für Euch", sagte van den Broecke.

„Ist das der, der schon drei Leute umgebracht hat?"

Er lächelte nur. Dafür kam Gerrit angerannt: „Ich würde auch gern da hinauf!"

Van den Broecke schüttelte den Kopf: „Ich bedaure: Diese Ehre ist den ranghöchsten Persönlichkeiten vorbehalten."

„Oh, ich lasse meinem Bruder gern den Vortritt", meinte Eva. „Außerdem komme ich da niemals hinauf. Ich habe einen Rock an, wie Ihr seht."

„Wartet", entgegnete van den Broecke. Zu Evas Überraschung ging der Elefant auf ein Zeichen seines Treibers hin in die Knie, und dann eilten mehrere Diener mit einer Leiter herbei. Während sie die Leiter von unten festhielten und der Treiber von oben, kletterte Eva hinauf. Es ging einfacher als gedacht.

„Hals- und Beinbruch!", wünschte van den Broecke.

Der Treiber saß vor ihr, sein nackter Rücken glänzte im Feuerschein. Er wartete, bis Eva richtig saß, dann beugte er sich zur Seite und flüsterte dem noch immer knienden Elefanten etwas ins Ohr. Eva bekam ein flaues Gefühl im Magen, als sie plötzlich emporgehoben wurde. Leicht schwingend ging es vorwärts, durch das Tor und aus der Festung hinaus. Eva hörte dumpfe Trommeln und fernes Stimmengewirr. Sie hatte sich bisher keine Gedanken darüber gemacht, was sie hinter den unüberwindlichen Mauern der Korallenfestung erwartete, doch wenn sie es getan hätte, hätte sie sich auch in ihren wildesten Fantasien nicht die Szenerie ausmalen können, die sich ihr nun vom Rücken des Elefanten aus darbot.

Ein weißer Vollmond hing über einem Platz, der von Feuerrädern und Fackeln prachtvoll illuminiert wurde. Es herrschte großes Gedränge – mehrere Tausend Menschen mochten da auf den Beinen sein. Zwischen ihnen wiegten sich riesige Drachen- und Schlangenfiguren im Takt von Trommeln und Schellen; offenbar steckten jeweils mehrere Menschen darin. Rechterhand glitten Segelboote wie Nachtvögel über den Ciliwung-Fluss. Es war ein überwältigendes Traumbild.

Vor einer kleinen, blumengeschmückten Tribüne war der Elefant stehen geblieben und kniete sich nun wieder hin. Erneut wurde eine Leiter angelehnt, und Eva stieg ab. Nun sah sie auch, wer auf dem dritten Elefanten daherkam: der unvermeidliche Musa Berg.

Coen deutete auf vier Lehnstühle, die auf der Tribüne bereitstanden. Sie setzten sich und beobachteten, wie Musa Berg vom Elefantenrücken herunterkletterte. Brüsk lehnte er jede Hilfe ab und landete prompt auf dem Rücken im Staub. Schimpfend erklomm er die Tribüne, wie stets in Begleitung von van den Broecke.

„Ist der vierte Stuhl für Herrn Specx?", fragte Eva.

„Ja", knurrte Coen. „Es ist ein Affront, dass er sich verspätet."

Es dauerte noch längere Zeit, bis Specx auf dem letzten Elefanten eintraf. Beim Betreten der Tribüne murmelte er etwas Entschuldigendes, was Eva aber nicht verstand. Ihr war es gleichgültig, sie hätte die ganze Nacht hier sitzen und sich doch nicht sattsehen können an dem Spektakel.

Zu Klängen, die Eva keinem ihr bekannten Instrument zuordnen konnte, stiegen nun fantastische Fabeltiere in den Himmel empor. Sie leuchteten strahlend hell von innen und schienen aus eigenem Antrieb zu fliegen. Immer neue Zauberwesen erhoben sich: Fische mit Flossen, Stacheln und hervorstehenden Augen; Vögel mit gebogenem Schnabel, Hahnenkamm und buschigen Schwanzfedern; Drachen mit Zacken, Zähnen und heraushängender Zunge. Manche schimmerten in Gelb und Rot, andere in Grün oder zartem Violett. Bald war der ganze Himmel erfüllt davon.

„Was ist das?", stammelte Eva. „Wie ist das möglich?"

Van den Broecke, der ihre Frage gehört hatte, trat hinter sie. „Es sind chinesische Himmelslaternen", antwortete er. „Sie sind aus hauchdünnem Seidenpapier. Unten ist eine Öffnung, und dort befindet sich ein Öl- oder Wachstuch auf einem dünnen Bambusstock. Wenn man das Tuch anzündet, lässt die Hitze die Laterne in die Luft steigen, und die Flamme erleuchtet sie. Solche Laternen fliegen oft meilenweit. Wer sie sieht, darf sich etwas wünschen. Die Chinesen sagen, dass es dann in Erfüllung geht."

Coen schnaufte verächtlich. Eva aber meinte: „Das ist das Schönste, was ich jemals gesehen habe!" Im Stillen wünschte sie sich, dass aus Gerrit ein guter Mensch werden würde.

Langsam entschwanden die Laternen in immer höhere Gefilde, sodass es nun aussah, als hätte der Himmel viele neue Sterne bekommen. Schließlich waren sie nur noch kleine Pünktchen.

Eva war glücklich und vollkommen entspannt. Da ließ sie ein Knall zusammenfahren: Ein Komet zischte ins nächtliche Schwarz und zerstob in einem Fächer von vulkanischer Leuchtkraft. Es begann ein Feuerwerk, wie Eva noch keines gesehen hatte: Silberne Glitzerwolken entfalteten sich, Fontänen stiegen auf, purpurroter Sprühregen ging nieder. Eva roch den Schwefelgestank und sah dicht vor ihrer Nase glimmende Papierschnipsel durch die Luft schwirren. Die Darbietung endete mit dem Aufflammen dreier riesiger Buchstaben: VOC stand am Firmament geschrieben – dieselben Initialen, die Eva in ihrer Heimatstadt so oft begegnet waren. Zum ersten Mal empfand sie Stolz, selbst ein Teil der Compagnie zu sein.

Noch ganz benommen von den atemberaubenden Eindrücken, musste sie schon wieder den Elefanten besteigen. „Wir feiern weiter im Palast", sagte Coen.

Im Schaukelgang ging es zurück. „Gut, dass der Weg nicht lang ist", dachte Eva, „ich würde hier sonst noch genauso seekrank wie auf der *Mauritius*."

Die Nacht vibrierte von Zirpen und Summen, und ein heißer Wind wehte vom Meer her. Schnell befanden sie sich wieder im Hof der Festung. Das Absteigen vom Elefantenrücken war nun schon beinahe Routine. Anschließend sah Eva noch zu, wie der Treiber selbst hinunterkam: Er kletterte über den Kopf auf den erhobenen Rüssel und wurde darauf sanft hinabgelassen. „Ein schönes Bild gezähmter Kraft", dachte sie.

„Kommt Ihr?" Coen hielt ihr den Arm hin. Gemeinsam schritten sie in den Gouverneurspalast. Überall standen Diener, die sich verbeugten oder vor ihnen zurückwichen. Kerzen und Lampen aller Art, auch fremdartige in einer Art Gitterkasten, brannten und erleuchteten das Gebäude. Im großen Saal war eine lange Tafel aufgebaut, und in einer Ecke saßen mehrere Musikanten mit einer Laute, einer Gitarre und einer dickbauchigen Bassgeige.

Viele gut gekleidete niederländische Paare erwarteten sie. „Das sind die wichtigsten Leute Batavias", sagte Coen leise zu ihr. Er geleitete sie an das Ende des Saals, und dann defilierten die Besucher bei gedämpfter Musik an ihnen vorbei. Die Herren verneigten sich, die Damen knicksten. Eva wollte das zunächst auch tun, doch Coen raunte ihr zu: „Ihr doch nicht!"

Ein Mann sagte zu ihr: „Ihr werdet der strahlende Mittelpunkt unserer Stadt sein!" Eva war stolz und beschämt zugleich. Sie fand ihre neue Rolle sehr anstrengend. Jede ihrer Bewegungen schien mit Argusaugen verfolgt zu werden.

Während des Essens war sie ganz darauf bedacht, keinen Fehler zu machen. Neben ihr saß der fette van

Raemburch und beteuerte in einem fort, dass man sich bald an allen asiatischen Höfen von ihr erzählen werde. „Eine Fürstin mit weißer Haut und roten Haaren – das hat es hier noch nicht gegeben", schwärmte er. „Der Kaiser von China wird ein Bild von Euch bestellen." Dabei vertilgte er unglaubliche Mengen an Fleisch, Fisch und Früchten.

Nach dem Essen wurden einige Tische zur Seite geräumt, und die Musikanten spielten zum Tanz auf. Frauen und Männer stellten sich einander gegenüber auf, und dann gaben sich die beiden, die ganz am Ende der Reihe standen, die Hand und gingen gemeinsam zwischen den anderen hindurch. Es folgte das nächste Paar und immer so weiter, bis die Reihe aufgelöst war. Alsdann bildeten die Paare einen Kreis; der Mann und die Frau hoben jeweils die rechte Hand und legten sie aneinander. Dabei vollzogen sie eine Drehung, und danach wechselte die Frau mit einer schwungvollen Bewegung zum nebenstehenden Mann, der sie mit beiden Händen hochhob. Auf diese Weise kam Eva mit allen Männern, die sich am Tanz beteiligten, in Kontakt. Die meisten überschütteten sie mit Komplimenten über ihr Aussehen: das Leuchten ihrer Haare, das zarte Weiß ihrer Haut … Irgendwann konnte Eva die Flatterien kaum noch ertragen. Dann sah sie plötzlich in die dunklen Augen von Antonio van Diemen.

„Ihr erwartet jetzt sicher, dass ich mir auch eine Artigkeit über Euch einfallen lasse", bemerkte er.

Sie musste lachen. Mit überraschend festem Griff umschloss er ihre Taille, stemmte sie in die Luft und drehte sich mit ihr im Kreis.

„Aber Ihr habt sicher schon Nettigkeiten über so gut wie jeden Eurer Körperteile gehört", sagte er dabei. „Vielleicht sollte ich etwas über Eure Füße sagen."

„Meine Füße?"

„Ja, oder hat dazu schon jemand etwas gesagt? Ich würde sagen: Eure Füße sind recht groß."

Jetzt konnte Eva nicht anders, als laut loszulachen: „Das stimmt wohl! Mein Bruder zieht mich immer damit auf!"

Leider ließ der Reigen ihr nicht mehr Zeit, sie war schon beim nächsten Partner. Während sich wieder die üblichen Galanterien über sie ergossen, reckte sie den Hals, um zu schauen, wo van Diemen nun war und wie lange es noch dauern würde, bis sie kurz wieder mit ihm tanzen konnte. Zwischendurch kam aber noch Coen an die Reihe.

„Was war das eben? Ein Lachanfall?"

„Verzeiht. Ich bin sozusagen über meine großen Füße gestolpert."

„Ich mag Euch lieber, wenn Ihr ein ernstes Gesicht macht. Ernst verleiht Würde."

„Ich weiß. Deshalb seid Ihr für mich auch der würdevollste Mensch der Welt."

Sie sah seine Augen noch blitzen, doch schon war sie zum nächsten Herrn entkommen. Die ganze Zeit fürchtete sie, die Musik könne enden, bevor sie van Diemen noch einmal erreicht hatte. Doch dann war es so weit.

„Über welchen meiner Körperteile wollt Ihr diesmal spotten?", empfing sie ihn. „Was ist Euch noch zu groß oder zu klein?"

Er grinste, kippte den Kopf ein wenig zur Seite und sah an ihr herab. „Um diese Frage wirklich beantworten zu können, müsste ich Erkundungen anstellen, die mich meinerseits einen Körperteil kosten könnten – den Kopf."

Eva schluckte. Im ersten Moment konnte sie gar nicht glauben, dass er das wirklich gesagt hatte, so unverschämt war es.

„Ihr ... Ihr seid reichlich direkt!", protestierte sie.

„Ich habe nur wahrheitsgemäß Eure Frage beantwortet. Verzeiht mir übrigens den Hinweis, aber Ihr müsst weiter."

Jetzt erst bemerkte sie, dass sie immer noch seine Fingerspitzen festhielt, obwohl schon der nächste Mann auf sie wartete.

Kurz darauf endete die Musik. Eva wurde von ihrem letzten Tanzpartner an ihren Platz zurückgeleitet. Sie dachte immer noch an van Diemen und das, was er gesagt hatte. Er schien sie offenbar nicht ganz ernst zu nehmen, weil sie noch so jung war. Jedenfalls glaubte er, sich solche Anzüglichkeiten erlauben zu können. Eva ärgerte sich, dass sie keine schlagfertige Erwiderung parat gehabt hatte.

Während van Raemburch wieder auf sie einplapperte, hielt sie nach van Diemen Ausschau. Er stand an der Wand und unterhielt sich angeregt mit einer anderen Frau.

In der Musiker-Ecke wurde nun ein Holzgestell mit vier mächtigen Gongs aufgebaut. Außerdem brachten einige Männer Metallgegenstände herein, die auf den ersten Blick wie umgestülpte Kessel oder Kochtöpfe aussahen. Es waren aber wohl Trommeln, denn anschließend stellten sich die Männer mit hölzernen Hämmern dahinter.

Dann ging die Tür auf.

Herein trat Sara, das rätselhafte Mädchen, ganz in goldene Gewänder gekleidet und mit einer blumengeschmückten Krone auf dem Kopf. Ihr Blick schien entrückt, sie war ganz in sich versunken. Nun setzte eine fremdartige Musik ein. Klare, fließende Töne erfüllten den Raum, eine gleichmäßige Melodie, deren Takt in regelmäßigen Abständen von Gongschlägen markiert wurde. Es hatte etwas Schläfriges, Träumerisches. Sara schloss die Augen. Sie begann, sich zu bewegen, schwang sanft hin und her, wiegte ihren Körper zu der Sphärenmusik, die Arme weit von sich gestreckt. Eva betrachtete sie fasziniert. Es kam ihr vor, als wäre der Geist des Mädchens in eine andere Welt hinübergegangen und hätte nur seine äußere Hülle zurückgelassen, die jetzt von den Tönen der monotonen Musik am Leben erhalten wurde. Irgendwann kam Sara zum Stillstand und verharrte in einer unnatürlichen Pose. Ein Mann trat heran und hob sie empor – sie war steif wie eine Puppe.

„Kommt", sagte Coen plötzlich zu ihr, „wir gehen."

„Aber warum?", fragte Eva.

„Ich will diese Teufelstänze nicht sehen." Er war sehr verärgert.

Eva erhob sich, und sofort standen auch alle anderen auf. Coen ließ sie sich wieder bei ihm einhaken, nickte kurz und strebte mit ihr dem Ausgang zu. Eine Schar Diener folgte ihnen.

„Wer ist dieses Mädchen?", fragte Eva.

„Die Ausgeburt ungezügelter Lüste."

„Wessen Lüste?"

„Na, der Lüste von Specx."

„Es ist die Tochter von Specx?"

„Was dachtet Ihr denn? Er hat sich mit einer Frau von der Insel Bali eingelassen. Das Ergebnis saht Ihr vor Euch. Ein Bastard, ein Halbblut. Wenn Ihr mich fragt, vereint sie in sich das Schlechteste beider Rassen. Es ist eine Schande für die Compagnie. Aber ich werde es nicht länger dulden, dass Specx mein Haus als Bühne für gotteslästerliche Auftritte missbraucht."

„Aber das Mädchen ist wunderschön."

„Ihr solltet Euch nicht von Äußerlichkeiten blenden lassen. Was mich betrifft, so bin ich davon überzeugt, dass Vater wie Tochter mit dem Teufel im Bunde sind. Aber ich werde diesem widerlichen Balg noch Respekt beibringen! Nach Holland mitnehmen kann er es nicht, das verbietet das Gesetz. Also wird er es hier zurücklassen müssen. Und dann werde ich andere Saiten aufziehen!"

Er blieb stehen. „Mein Zimmer liegt im Südflügel." Er sah sie forschend an. „Lasst Euch nicht verwirren durch das, was Ihr gesehen habt."

Eva spürte plötzlich etwas Samtweiches an ihren Beinen und bemerkte, dass Jasper um sie herumstrich. Es hatte etwas Tröstliches, ihn hier zu wissen. Sogar Coen musste lächeln.

„Wenn die Katze aus dem Haus ist, tanzen die Mäuse auf den Tischen, das wisst Ihr ja", sagte er. „Aber nun bin ich zurück. In einem Jahr werdet Ihr Batavia nicht wiedererkennen."

„Ich habe es ja noch gar nicht gesehen."

„Morgen ist Sonntag, da fahren wir in die Stadt, um in die Kirche zu gehen." Er lüftete den Hut. „Eine angenehme Nachtruhe." Damit drehte er sich um und verschwand mit wehendem Umhang. Noch lange hörte Eva seine Schritte durch den Palast hallen. Dann ging sie zu ihrem Zimmer. Bevor sie es betrat, stellte sie sich vor die Diener und rief mit lauter Stimme: „*C'est tout!*" Sie verbeugten sich und zogen sich zurück. Allein mit Jasper trat sie nun durch einen Vorhang aus Perlenschnüren. Raschelnd schlossen sie sich hinter ihr.

„Guten Abend, Exzellenz!"

Margaretha hatte auf sie gewartet. Eva wunderte sich kurz darüber, dass auch sie sie jetzt mit „Exzellenz" ansprach, aber sie war zu müde, als dass sie Lust gehabt hätte, etwas dazu zu sagen. Wortlos ließ sie sich von ihr auskleiden und schlüpfte dann in ihr dünnes weißes Nachtkleid. Anschließend entließ sie ihre Zofe.

Auf einem Tisch standen eine Karaffe, eine große Schüssel mit Früchten und einige kleinere Schalen. Eva ging näher. Die Schalen waren mit Gewürzen gefüllt, offenbar damit es gut duftete. In einer waren Gewürznelken, in der anderen Muskatnüsse. Eva nahm eine der kleinen Nüsse heraus und rollte sie in der Hand. Sie fühlte sich schrundig und hart an. Ansehnlich war sie auch nicht, sondern von einer blassbraunen Farbe. Und doch war es dieses kleine hässliche Etwas, dessentwegen die Menschen vom anderen Ende der Welt hierherkamen.

Sie löschte die Kerzen und legte sich ins Bett. Das durchscheinende Tuch, in das es gehüllt war, sah aus wie ein Spinnennetz. Richtig dunkel war es nicht, weil draußen im Hof das große Feuer brannte. Man hörte es knistern, und durch die Ritzen des Sonnenschutzes vor den Fenstern fiel schwach sein flackerndes Licht.

Eva dachte an Antonio. Kein holländischer Name, aber schön. Es lag auch etwas Spanisches in seiner dunklen Erscheinung. Sobald sich die Gelegenheit ergab, musste sie Coen über ihn ausfragen. Eine Frau hatte er offenbar nicht, sonst wäre sie an diesem Abend mit dabei gewesen. Ob er ins Bordell ging? Sicher nicht, dazu war er in zu hoher Stellung. Wenn, dann ließ er sich die Frauen kommen.

Und dann Sara. In ihr offenbarte sich die ganze Fremdartigkeit dieses Landes. Ihre Mutter war eine Einheimische, ihr Vater der bisherige Generalgouverneur. Es war ihr bisher noch nie in den Sinn gekommen, dass Niederländer hier ein Liebesverhältnis mit Asiatinnen beginnen könnten. Aber wenn man kurz überlegte, war es natürlich klar, dass es kaum anders sein konnte. Dennoch: Dass der Generalgouverneur selbst es getan hatte, war erstaunlich. Das ahnte niemand in Holland.

Antonio – hatte er vielleicht auch eine javanische Geliebte? Es war merkwürdig, dass sie darüber nachdachte. Sie war schließlich verheiratet. *Bis dass der Tod euch scheidet.*

Coen würde noch lange leben, das wusste sie sicher. Dieser Mann war zu groß und zu stark, als dass ihn irgendeine beliebige Krankheit hinwegraffen konnte. Er hatte noch viele Jahre vor sich. Und darum würde er aller Voraussicht nach der einzige Mann in ihrem Leben bleiben, auch wenn er so viel älter war. Eher würde sie, zart und durchscheinend wie sie war, einen frühen Tod sterben. Nein, sie durfte sich keinen Illusionen hingeben. Coen war ihr Mann und würde es bleiben. Sie hatte es sich anders gewünscht, aber nun war es eben so gekommen und nicht mehr zu ändern. Den meisten Frauen ging es ähnlich. Es hatte keinen Zweck, sich darüber zu grämen. Entschlossen drehte sie sich auf die Seite und versuchte, an etwas Schönes zu denken. Jasper hatte sich zu ihren Füßen eingerollt, das beruhigte sie. Doch obwohl sie wirklich müde war, fand sie noch lange nicht in den Schlaf.

Ein Schlag ins Gesicht

Morgens dachte Eva jetzt immer als Erstes an das neue Leben, das in ihrem Körper heranwuchs. Wie es wohl sein mochte, in der dunklen Höhle heranzureifen, umgeben von all diesen Säften: Blut, Schleim und Galle?

„Exzellenz?" Das war Margaretha, die durch den Vorhang lugte. „Guten Morgen. Wir müssen uns beeilen, die Kirche beginnt bald." Eva ließ sich von ihr beim Ankleiden helfen, und als sie fertig war, war sie bereits nass geschwitzt, so schwülwarm war es wieder. „Wir müssen meinen Bruder wecken", sagte Eva. „Sonst verschläft er bestimmt."

Margaretha schien sich mittlerweile ganz gut auszukennen und führte sie zu Gerrits Zimmer im zweiten Stock des Südflügels. Sie traten ein, und tatsächlich lag er noch schnarchend im Bett. Eva schüttelte ihn. „Gerrit, los, komm! Wir müssen zur Kirche!"

„Zur Kirche? Gibt's die hier auch?"

Es war zumindest ein Vorteil, dass er wieder in voller Montur ins Bett geplumpst war. Er setzte sich seinen Federhut auf und schlurfte hinter ihnen her.

Diesmal war es kein Elefant, der auf sie wartete, sondern eine Sänfte. Coen saß bereits auf einem schwarzen Pferd.

„Guten Morgen", sagte Eva. „Ich sehe, Ihr beherrscht das Reiten?"

Coen hielt es offenbar für überflüssig, darauf einzugehen, stattdessen sagte er: „Wir haben nicht mehr viel Zeit." Die Kirchenglocken läuteten schon. Auf einem anderen Pferd saß Antonio van Diemen, der den Hut zog und sie kurz anlächelte. Eva zog es vor, nur zu nicken. Es konnte nicht schaden, wenn sie ihm zu verstehen gab, dass sie seine Bemerkung vom Vorabend doch reichlich frech gefunden hatte. Allerdings kam sie nicht umhin, ihm noch einen zweiten Blick zuzuwerfen, da er hoch zu Ross eine gute Figur machte.

Eva bestieg die überdachte Sänfte und nahm auf einer kleinen Bank Platz. Gerrit setzte sich ihr gegenüber hin. „Gar nicht schlecht", meinte er.

Acht Träger – zwei an jedem der vier Tragestangen – wuchteten das Gestell nach oben. So ging es durch das große Tor des Kastells. Vorneweg marschierten sicher zwei Dutzend Soldaten mit geschulterten Musketen, und als sich Eva herauslehnte, konnte sie sehen, dass ihrem Zug ein nicht abzusehender Strom von Bediensteten folgte. „Fast wie der Auszug aus Ägypten", sagte sie zu Gerrit. Margaretha ging neben ihnen her.

Bei Tageslicht sah alles weniger geheimnisvoll aus als bei Nacht. Dafür konnte man die Stadt nun besser erkennen. Über den großen Platz, an dessen einem Ende noch die Tribüne stand, näherten sie sich den ersten Wohnhäusern. Sie säumten einen breiten, schnurgeraden Kanal. Dort, wo in Amsterdam Linden standen, wuchsen hier Palmen. Auch die Häuser waren denen in Holland nachempfunden, doch durch das weiße Gestein erschienen sie eigenartig verfremdet. Es war ein hilfloser Versuch, das Vertraute in einer anderen Welt nachzuempfinden. Die Unmöglichkeit des Unterfangens ließ den Verlust der Heimat nur umso schmerzlicher zutage treten.

Der Zug wand sich zwischen Hausfassaden und Kanal entlang. Überall waren die Fenster geöffnet, und Menschen schauten heraus. Am Ende der Gracht konnte man schon die Kirche erkennen. Es war ein bescheidenes Gebäude, das noch nicht einmal einen Turm besaß. Stattdessen waren die Glocken auf einem Holzgestell auf dem Dach angebracht. Vor der Kirche wartete ein Pulk Menschen. Manche davon waren in Schwarz gekleidete Holländer, andere bunt ausstaffierte Asiaten. Eva beobachtete, wie die Musketiere sich in einer Reihe aufstellten. Dann wurde ihre Sänfte abgesetzt.

Gerrit sprang hinaus und hielt Eva die Hand hin, um ihr beim Aussteigen behilflich zu sein. Als Eva den Kopf aus der Sänfte steckte, fand sie alle Blicke auf sich gerichtet. Es war völlig still. Das Einzige, was man hörte, war Coens Stimme, der schon abgestiegen war und sich in gedämpftem Tonfall mit jemandem unterhielt. Eva kletterte aus der Sänfte und sah sich um. Die Leute blickten sie staunend an, vor allem die Asiaten. Sie hatte das Gefühl, dass sie etwas sagen musste.

„Guten Morgen zusammen!" Das war sicher falsch, aber so schnell fiel ihr nichts anderes ein. „Ich … ich freue mich, hier zu sein. Wir werden uns sicher noch … kennenlernen."

Nun war Coen aufmerksam geworden, hatte aufgehört zu reden und sah missbilligend zu ihr hinüber. Im nächsten Moment brandete Applaus auf – die Leute klatschten, sahen sie freundlich an und gingen dann auf sie zu. Doch bevor sie sie erreichen konnten, trat Coen hinzu. Sofort wich die Menge zurück. Er hielt Eva den Arm hin, und sie hakte sich ein. So schritten sie in die Kirche und setzten sich in die erste Reihe. Neben und hinter ihr nahmen Gerrit und van Diemen Platz, kurz darauf kamen auch Doktor Bontius und van den Broecke. Als Letzter stürmte Crijn van Raemburch mit hochrotem Kopf durch den Mittelgang.

Die Kirche war für Eva eine große Enttäuschung. Sie war einfach, fast primitiv gebaut und sehr klein. Viele Leute drängten sich in den Seitengängen und vor der Tür. Die Fenster hatten kein Glas, was möglicherweise einer

274

besseren Belüftung geschuldet war. Die Erinnerung an die Alte Kirche in Amsterdam, die sich unwillkürlich einstellte, schnürte Eva die Kehle zu. Heimweh übermannte sie. Und mehr noch: Sie hatte das Gefühl, dass sie an diesem Ort nicht beten konnte. Sie wusste, dass der Gedanke absurd war, und doch empfand sie es so: Gott war nicht hier. Er war in Holland geblieben.

Zu ihrem Erstaunen trat nun Willem de Bondt im schwarzen Talar auf.

„Ist er jetzt Pfarrer hier?", flüsterte sie Coen zu. „So schnell?"

„Der vorige Pfarrer ist vor drei Wochen gestorben", erwiderte er.

De Bondt predigte über ein Jesus-Wort aus dem Lukasevangelium: „*Nehmt nichts mit auf den Weg, kein Brot, kein Geld und kein zweites Hemd.*" Er führte dazu aus, dass sie sich alle auf einem langen Weg befänden. Damit meine er nicht den Weg aus der Heimat nach Asien oder wieder zurück, sondern den Weg zu Gott. Dies sei der einzige Weg, auf den es im Leben wirklich ankomme. Und auf diesem Weg solle man sich nicht mit unnötigem Besitz belasten.

Eva gefiel die Predigt gut. Sie war richtig stolz auf de Bondt und freute sich für ihn, dass sein erster Auftritt in der neuen Gemeinde so gut gelungen war.

Als sie nach dem Gottesdienst aus der Kirche traten, hatte sich dort eine große Menschenmenge versammelt. Die Soldaten ließen einige Kinder durch, die Eva Blumen überreichten. Es waren niedliche, bildhübsche Kinder mit schwarzen Haaren und großen dunklen Augen. Doch als Eva einem von ihnen über den Kopf streicheln wollte, wich es zurück. „Berührt den Kopf besser nicht", hörte sie van den Broecke hinter sich sagen. „Er ist der Sitz der Seele. Ihn zu berühren, wird als Bedrohung empfunden."

Im nächsten Moment begann es ohne Vorankündigung zu regnen. Es war jedoch nicht einer jener sanften Regenschleier, wie Eva sie aus Holland kannte. Es war eine Sturzflut wie nach einem Deichbruch. Sofort stob die Menge auseinander, die Menschen suchten Unterschlupf unter vorspringenden Dächern und in der Kirche. Eva beeilte sich, in die Sänfte zu kommen, und zog van den Broecke mit. „Ich weiß nicht, ob es mir zusteht, mit Euch …"

„Ach, hört auf!", unterbrach sie ihn. „Seht Ihr meinen Bruder?"

„Sofern ich es richtig beobachtet habe, ist er in Richtung Stadt abgebogen."

„Das sieht ihm ähnlich … Wobei: Ich würde mir jetzt auch gern die Stadt ansehen."

„Das wird so einfach nicht möglich sein. Ihr habt jetzt die Position einer Herrscherin. Euer Status erlaubt es Euch nicht, einfach so auf den Markt zu gehen."

Eva blickte hinaus. Einige Kinder tanzten lachend und kreischend durch den Regen.

„Warum sehen eigentlich alle Asiaten gleich aus?", fragte sie.

„Das tun sie nicht", widersprach van den Broecke. „Ihr seid ihren Anblick nur noch nicht gewohnt. Die Haare zum Beispiel erscheinen Euch schwarz, aber wenn Ihr genau hinschaut, werdet Ihr sehen, dass manche von ihnen tiefschwarze, andere bläulich schwarze und wieder andere braune Haare haben. Auch die Breite der Nase und die Größe der Augen können sich stark unterscheiden. Und die Gesichtsform ist mal eher rund, mal eckig, mal herzförmig."

„Trotzdem sind Europäer wesentlich einfacher auseinanderzuhalten."

„Das finden Asiaten überhaupt nicht. Ihnen kommt es

ebenfalls so vor, als würden wir alle gleich aussehen, dass zum Beispiel alle gelbe Haare und lange Nasen haben. Die Chinesen nennen uns sogar die Langnasen. Sie wundern sich, wie wir uns überhaupt küssen können – da ist doch die Nase im Weg."

Eva lachte. Dann fragte sie: „Habt Ihr gesehen, wie mich alle anstarren? Ist das nur wegen meiner roten Haare?"

„Rote Haare sind in Asien in der Tat völlig außergewöhnlich. Außerdem ist Rot für die Chinesen, von denen hier so viele leben, die wichtigste Farbe überhaupt. Es ist die Farbe des Glücks und der Freude. Die Chinesen denken bei Rot an den Sommer, an den Süden – und ans Heiraten. Eine Braut trägt hier ein rotes Kleid und einen roten Schleier, und die Gäste überbringen Geschenke in rotem Papier."

„Ach? Das würde ich gern einmal sehen."

An diesem Tag war allerdings nicht mehr daran zu denken, sich irgend etwas anzuschauen, denn es hörte nicht auf zu gießen. Das Einzige, was noch geschah, war, dass Coen ihr nach dem Essen eröffnete, sie werde künftig einhundert Gulden im Monat zu ihrer Verfügung haben. Davon müsse sie zum Beispiel Margaretha entlohnen. Eva war erfreut: Hundert Gulden, das war viel Geld. Zu Hause hatte sie von ihrem Vater nie mehr als ein paar Gulden auf einmal bekommen, und für Strümpfe oder Taschentücher hatte sie lange sparen müssen. „Es wird mir nur nichts nützen, wenn ich nicht auch mal ein paar Geschäfte besuchen kann", dachte sie.

Am nächsten Morgen hatte es aufgehört zu regnen. Nebel trieb in Schwaden umher, aber die Bäume und Pflanzen wirkten erfrischt und strahlten in kräftigen Farben. Alles tropfte und dampfte.

Beim Frühstück kam die Rede auf eine Menagerie. Sofort musste van den Broecke Eva versprechen, sie hinzuführen. Auch Gerrit ging mit. Die Menagerie lag zwischen dem Kastell und der Stadt und war ringsum von einem Graben umgeben. Die Tiere lebten in Käfigen und eingezäunten Gehegen. Das größte war ein Rhinozeros. Es glich einem Stein auf vier Beinen. Gerrit wiederum fand, dass es aussah, als trüge es eine Rüstung mit zwei Schilden an jeder Seite und einem Spieß auf der Nase.

Darüber hinaus gab es wunderschöne Paradiesvögel, lustige Äffchen und eine furchterregende Schlange, die auseinandergerollt die Größe zweier Menschen übertraf, wie van den Broecke sagte. Das Tier, das Eva am meisten beeindruckte, war jedoch ein junger Tiger.

„Tiger sind überaus gefährlich", erläuterte van den Broecke. „General Specx hat mir erzählt, dass es in den letzten zwölf Monaten fast vierzig tödliche Tigerangriffe gegeben hat. Vereinzelt gelingt es ihnen sogar, in die Stadt vorzudringen und Menschen aus ihren Häusern zu holen. Wenn es zu arg wird, veranstalten wir eine Tigerjagd, doch die Bestien sind nur schwer aufzustöbern. Dieser hier wurde vermutlich schon als ganz junges Tier gefunden, nachdem die Mutter geschossen worden war. Er ist noch nicht ausgewachsen."

Eva empfand schon vor diesem Exemplar großen Respekt. Es war ein seltsames Gefühl, dem Tiger so nah zu sein, getrennt nur durch die Gitterstäbe. „Er hat liebe Augen", stellte sie fest. „Wie Jasper."

„Gibt es hier noch mehr gefährliche Tiere?", erkundigte sich Gerrit.

„Nicht hier", antwortete van den Broecke. „Es gibt noch welche auf einer vorgelagerten Insel, ich glaube, Ihr habt sie gesehen, als wir auf der Reede lagen. Die Insel heißt *Unruhe*. Ein unguter Ort. Wir halten dort einige Drachen …"

„… Drachen?"

„Nun, sie speien kein Feuer und haben auch keine Flügel. Aber sonst haben sie alles, was zu einem Drachen gehört. Eines unserer Schiffe hat sie noch vergleichsweise klein von einer abgelegenen Insel mitgebracht. Man hatte daran gedacht, sie an europäische Fürsten zu verkaufen, sie wären natürlich der Stolz jeder Menagerie. Aber sie wurde immer größer und gefräßiger. Wir haben versucht, eine dieser Echsen in einem Käfig nach Europa zu verschiffen. Doch sie hat zwei Seeleuten, die ihr zu nahe kamen, den Arm abgerissen. Danach hat man das Ungeheuer erschossen und seitdem keinen neuen Versuch mehr gewagt."

„Schauerlich", meinte Eva. „Das kommt davon, wenn man selbst mit Ungetümen noch Geld verdienen will."

Nachdem Eva nun also auch die Menagerie gesehen hatte, boten das Kastell und seine direkte Umgebung keine großen Überraschungen mehr. Umso mehr lockte Batavia. Sie beschloss, einfach auf eigene Faust die Stadt zu besuchen. Margaretha sollte sie begleiten. So machten sich die beiden Frauen tags darauf zu Fuß auf den Weg. Eva trug ihre schwarze Gesichtsmaske, zum einen gegen die Sonne, zum anderen in der Hoffnung, dass sie so nicht erkannt werden würde. Die Wachposten am Tor wollten sie aufhalten, doch sie ließ sich nicht beeindrucken und herrschte sie an: „Ich kann tun, was ich will! Ich bin die Frau des Generalgouverneurs!"

Sie legten den Weg über die große Freifläche zurück, die das Kastell von der Stadt trennte. Als sie die Gracht erreichten, an deren Ende die Kirche lag, war sie voller Vorfreude.

Die Sonne stieg rasch und brannte unbarmherzig herab. Sie waren früh losgegangen, aber die Stadt war bereits eine einzige Glutglocke. Über der Gracht schwirrten Insekten.

Die Kokospalmen spiegelten sich zitternd im stehenden schwarzen Wasser, und in der flirrenden Luft zerflossen die Konturen der gegenüberliegenden Straßenseite. Margaretha mühte sich redlich, Eva mit einem zierlichen kleinen Schirm vor den ärgsten Sonnenstrahlen zu schützen.

Sie umrundeten die Kirche. Dahinter lag ein kleiner Platz, der ganz mit Marktständen ausgefüllt war. Kaum hatten sie ihn betreten, als sie auch schon von zwei asiatischen Frauen bemerkt wurden. Sie riefen etwas in ihrer Sprache, und wenige Augenblicke später waren Eva und Margaretha von einer Menschenmenge umringt. Manche warfen sich vor Eva auf den Boden, andere versuchten, sie zu berühren.

„Wir wollen hier nur etwas einkaufen", sagte Eva, aber niemand verstand sie. Margaretha benutzte den Sonnenschirm als Schild und versuchte, damit die Leute auf Abstand zu halten. Aber es strömten immer mehr Neugierige hinzu.

Als Eva schon richtig Angst bekam, sprengte ein Reiter auf den Platz. Sie erkannte den Österreicher Fernberger. Im Nu war er abgesessen, hatte den Degen gezückt und bahnte sich seinen Weg zu ihr. „Fort hier!", schrie er die Schaulustigen an. „Was fällt euch ein, die Frau General zu belästigen!" Er fuchtelte mit der Waffe herum, sodass die Leute rasch zurückwichen. Dann wandte er sich an Eva: „Erlaubt Ihr, dass ich Euch zurückgeleite, Exzellenz? Euer Gemahl wünscht Euch zu sprechen."

Sofort brach ihr neuer Schweiß aus.

„Gestattet Ihr?" Fernberger hob sie auf sein Pferd. „Ich kann nicht reiten", protestierte Eva, aber er meinte: „Das müsst Ihr auch nicht. Ich führe es am Zügel." So ging es wieder den Kanal entlang und über den großen Platz zurück ins Kastell. Fernberger begleitete Eva zu Coens

Arbeitszimmer im Erdgeschoss des Südflügels, dann zog er sich zurück.

Das Zimmer war spartanisch eingerichtet: ein Stuhl, ein Tisch und noch ein Tisch mit Akten, Papierrollen und Geschäftsbüchern.

„Was treibt Euch dazu, allein in die Stadt zu gehen?"

„Ich wollte einkaufen."

„Ach, einkaufen? Stehen Euch dafür nicht ungefähr einhundert Diener zur Verfügung?"

„Ihr versteht mich nicht. Ich will keinen Salat oder Fisch einkaufen. Ich will mich umschauen, was hier in Batavia zum Beispiel an Kleidern angeboten wird. Und ich möchte mir die Stadt ansehen."

„Wenn Ihr ein neues Kleid wollt, dann könnt Ihr einen Schneider bestellen. In Batavia wird nur asiatisches Zeug feilgeboten, das könnt Ihr sowieso nicht anziehen. Die Stadt werden wir bei Gelegenheit gemeinsam besichtigen. Undenkbar ist indessen, dass Ihr wie ein einfaches Krämerweib über die Märkte spaziert. Damit zieht Ihr unser Ansehen in den Schmutz. Ich dachte, ich hätte es Euch schon gesagt, doch ich muss mich wohl geirrt haben: Ihr seid jetzt eine Herrscherin. Das bringt Vorrechte mit sich, aber auch Pflichten. Ihr müsst Euch der Würde Eurer hohen gesellschaftlichen Stellung entsprechend verhalten. Gerade die Einheimischen reagieren sehr empfindlich, wenn die Standesgrenzen nicht eingehalten werden. Ihr beleidigt sie damit. Haben wir uns jetzt verstanden?"

„Heißt das, ich bin um die halbe Welt gesegelt, um hier fortan eingesperrt zu sein?"

„Wenn Ihr behaupten wollt, dass die Königin von Frankreich im Louvre eingesperrt ist, ja. Auch sie wird man kaum durch die Geschäftsstraßen von Paris laufen sehen. Im Übrigen solltet Ihr jetzt keine Zerstreuung suchen, sondern Euch auf Eure künftige Rolle als Mutter unseres Sohnes vorbereiten."

„Sohnes? Woher wisst Ihr, dass es ein Sohn wird?"

„Unseres Kindes dann eben. Dies ist eine wichtige, ernste und zutiefst christliche Aufgabe, vor der ich höchsten Respekt habe."

Damit wandte er sich wieder seinen Unterlagen zu. Eva stahl sich wie ein gemaßregelter Angestellter hinaus.

Im Hof kam ihr Gerrit entgegen. „Was ist los?", fragte er.

„Ich darf nicht in die Stadt gehen. Er verbietet mir's."

„Dann musst du es heimlich tun."

„Heimlich? Wie denn? Mich erkennt doch hier jeder." Dabei zeigte sie auf ihre Haare.

Gerrit überlegte kurz, dann schlug er vor: „Mach es so wie deine Margaretha. Du verkleidest dich als Mann und steckst die Haare unter einen Hut."

Im ersten Moment kam ihr der Vorschlag abwegig vor, doch dann dachte sie: „Was kann eigentlich schiefgehen?" Zu Gerrit sagte sie: „Du müsstest mir dann aber die richtigen Sachen besorgen!"

„Die kannst du von mir haben. Soldaten tragen oft Hosen oder Wämser, die ihnen nicht perfekt passen."

„Also gut … Hoffen wir, dass es klappt. Aber einsperren lassen will ich mich wirklich nicht."

Am nächsten Morgen war sie früh bei ihm. Gerrit hatte eine besonders weite Pluderhose herausgesucht, ein passendes Wams – unter dem ihr schon deutlich vorstehender Bauch hervorlugte – und einen großen, breitkrempigen Hut, der ihr Gesicht bis zur Nase beschattete. Sogar einen Degen band sie sich um.

Gerrit sah nach, ob der Gang frei war, dann stahlen sie sich aus seinem Zimmer. Niemand achtete auf sie, als sie das Kastell verließen. Obwohl sich Eva erst an den baumelnden Degen gewöhnen musste, hatten sie bald den Markt hinter der Kirche erreicht, und diesmal lenkte sie keine neugierigen Blicke auf sich. Anfangs sah sie sich immer wieder um, weil sie befürchtete, dass jeden Moment Fernberger auf den Platz reiten könnte. Doch nach einer gewissen Zeit verlor sich die Angst, und bald bewegte sie sich mit der gleichen Selbstverständlichkeit zwischen den Ständen, wie sie es beim Einkaufen in Amsterdam getan hatte.

Allerorten wurde gekocht, gebraten und gedünstet, was ein fast betäubendes Duftgemisch ergab. Kleine Krebse und Hühnerkrallen brodelten in den Pfannen. In Käfigen, Körben und Bottichen drängte sich Getier. Mitunter war nicht genau zu bestimmen, wie viel Leben noch darin steckte. Die gewellten Lippen einer Riesenmuschel schienen Eva anzulächeln, Schlangen kräuselten sich auf dem Boden eines Kruges wie die Haare der sagenhaften Medusa, Meerspinnen ruderten hilflos mit den Armen, Krebse schienen die Zange zum letzten Gruß zu erheben, und ein Tintenfisch rollte verwundert eines seiner glasigen Augen.

Ein Schreck durchfuhr Eva, als sie mit einem Mal eine kleine, menschenähnliche Hand erblickte. Zwischen den zierlichen Fingern steckte noch immer das Blatt, das sie im Augenblick des Todes umklammert hatten. Es war der leblose Leib eines Affen.

In einem anderen Abschnitt des Marktes kaufte Eva ein kleines, knallbuntes Kinderkleid. Ihr war aufgefallen, dass die Einheimischen wallende, luftige Kleidung in leuchtenden Farben bevorzugten. Dies gefiel ihr sehr gut, zumal es dem drückenden Klima weitaus angemessener war als die schwere schwarze Kleidung der Holländer. Als sie Gerrit ihren Neuerwerb zeigte, meinte er: „Glaubst du im Ernst, dass Coen sein Kind in einem solchen Aufzug herumlaufen lässt?" Nein, das glaubte sie nicht. Und doch war es schön, sich ihr Kind in dem asiatischen Kleidchen vorzustellen. Sie wollte es in ihrem Zimmer an einer Stelle aufhängen, wo sie es immer im Blick hatte.

Danach hatten sie genug vom Gedränge. „Soweit ich weiß, liegt im Westen das Viertel der Muslime, und im Osten das der Chinesen", sagte Gerrit.

„Dann lass uns zu den Chinesen gehen."

Sie wandten sich also nach Osten, und schon bald änderte sich der Baustil der Häuser. Manche hatten geschwungene Dächer mitsamt Schnitzwerk und vergoldeten Leisten. Über den Türen prangten Buchstaben in einer fremden Schrift. Andere Behausungen waren nicht mehr als Bretterbuden. Kanäle gab es auch hier, doch führten keine massiven Brücken darüber, sondern nur Stangengebilde, die den Eindruck machten, beim geringsten Windhauch einzustürzen. Wollte man den Kanal überqueren, so balancierte man auf einer einzelnen Stange und hielt sich dabei mit der Hand an einer höheren fest. Die Chinesen wieselten mit einer ungeheuren Geschwindigkeit darüber hinweg, gerade so als hätten sie eine breite Pflasterstraße unter sich.

Gerrit zog Eva am Arm: „Schau mal da!" Er zeigte auf das schwarze Wasser des Kanals, in dem etwas vor sich hindümpelte. Im ersten Moment meinte Eva, es wäre ein Stück totes Holz, doch dann wurde ihr klar, dass es der lang gestreckte Kopf eines Krokodils war. Mitten in der Gracht trieb das Ungeheuer ganz ruhig an der Wasseroberfläche, und niemand scherte sich darum. Seine Panzerhaut glänzte in der Sonne.

„Das ist ja unglaublich", meinte Eva. „Wenn man auf dieser Brücke einen falschen Schritt tut, landet man direkt in seinem Rachen!"

„Deshalb liegt es ja auch gerade hier auf der Lauer."

Ein Stück weiter fiel ihnen eine weit geöffnete Flügeltür auf, aus der süßlicher Rauch quoll. Sie traten ein und sahen, dass der Rauch von Hunderten glimmender Duftstäbchen herrührte.

„Das muss einer ihrer Götzentempel sein", sagte Gerrit. Eva erschrak. War es Sünde für eine Christin, diesen Ort zu betreten? Und umgekehrt: War es den Chinesen recht, wenn Fremde hier auftauchten? Die Menschen, die sich hier aufhielten, wirkten aber in keiner Weise beunruhigt.

In einigen Nischen standen vergoldete Schreine, und in der Mitte des Raumes erhob sich auf einem Sockel eine Statue. Als Eva näher herantrat, erkannte sie zu ihrem Entsetzen, dass die Figur achtzehn Arme von sich ausstreckte. „Was ist das für ein Teufel?", raunte sie Gerrit zu. „Er schaut doch ganz entspannt", meinte der, und tatsächlich lächelte die Gestalt. Zwei Chinesen entzündeten Kerzen und stellten sie vor die Statue. Weihrauchduft stieg Eva in die Nase.

Sie fasste Gerrit am Arm: „Komm, lass uns gehen. Ich finde es unheimlich hier."

Sie beeilten sich, nach draußen zu kommen und schlenderten dann planlos herum. Einige Gassen wirkten so arm und heruntergekommen, dass sie sie mieden, doch wirklich unsicher fühlten sie sich nicht. Fast immer gingen ihnen die Asiaten respektvoll aus dem Weg. Auf einem kleinen Platz wurden sie Zeuge einer Theatervorstellung. Figuren wurden kunstvoll an Stäben bewegt. Eva ließ sich sofort davon gefangen nehmen, und so schauten sie sicher eine Stunde lang zu. Einmal trat eine Männerfigur auf, deren riesiges Geschlechtsteil hoch aufgerichtet war – doch keiner der Zuschauer schien daran Anstoß zu nehmen. Die größte Überraschung kam, als plötzlich eine Gestalt in europäischer Kleidung auf der Bühne erschien. Dazu eine lange Nase, Knebel- und Spitzbart, tief liegende Augen …

„Das ist doch …!" rief Eva, ohne auszusprechen, was sie dachte. „Wie kommt denn der hierher?"

Gerrit tippte einen Zuschauer an, zeigte auf die Figur und machte ein fragendes Gesicht. Der Mann lächelte und sagte dann so etwas wie: „Djangkung!"

„Was meint er?", fragte Eva.

„Ich weiß nicht genau", sagte Gerrit. „Aber es klang so ähnlich wie Jan Coen."

Danach strolchten sie weiter durch die Stadt und stellten schließlich fest, dass sie nun den Bezirk der Muslime erreicht haben mussten. Die Menschen hier waren überwiegend so dunkel wie die Diener im Kastell. Aus einem Haus kamen viele Jungen heraus – es mochte eine Schule sein. Hinter einer Ecke stießen sie auf einen weiteren Menschenauflauf: Diesmal drängten sich die Schaulustigen um zwei Hähne, die in einen verbissenen Kampf verwickelt waren. Eva brauchte eine gewisse Zeit, um zu erkennen, dass die beiden Vögel an den Füßen mit messerscharfen Sporen bewaffnet waren. Damit trachteten sie einander nach dem Leben. Der eine hatte bereits die rechte Beinsehne durchschnitten, der andere blutete zwischen den Federn seines linken Flügels.

Plötzlich sagte eine heisere Stimme: „Na, Kampf der Gladiatoren?"

Eva drehte sich um und blickte einem niederländischen Soldaten ins Gesicht. Er war unrasiert und wirkte grobschlächtig.

„Ich weiß einen besseren Zeitvertreib für euch Jungspunde", meinte er. „Kennt ihr das Haus von Frau Arti?"

„Nein", murmelte Eva und versuchte, ihrer Stimme einen tieferen Klang zu geben.

„Da gibt es wunderschöne Weiber zu niedrigen Preisen. Sie haben eine Vorliebe für weiße Männer. Weiße Haut macht sie an. Das letzte Mal hatte ich eine, die hat sich selbst auf meinen Spieß gesetzt und ist auf mir auf und nieder geritten, während ich ganz faul auf dem Rücken lag. Man kann sich dort den Schwanz behexen lassen, dann hält man die ganze Nacht durch. Ehrlich, das ist kein Scherz! Das ist Magie."

Eva zeigte offenbar nicht die erwünschte Reaktion, deshalb fuhr er fort: „Du siehst ziemlich jung aus. Wenn du dich an die richtigen Weiber nicht rantraust: Frau Arti hat auch Mädchen von zwölf oder zehn Jahren im Angebot. Vielleicht sogar noch jünger. Die sind ganz wild darauf, dass du ihnen die Schenkel aufdeckst."

Eva sah sich hilfesuchend nach Gerrit um. Der aber grinste nur.

„Sag mal, stimmt mit dir was nicht, Kleiner?" Der Soldat trat einen Schritt vor und musterte Eva genauer.

„Mit dem ist alles in Ordnung", schaltete sich Gerrit ein. „Der hat auch keine Schwanzzauberei nötig, um richtig in Fahrt zu kommen. Der schafft das so."

„Aha." Der Soldat schien beruhigt und drehte sich zu Gerrit hin. „Hier schaut mal, was ich in einem chinesischen Laden gekauft habe."

Er öffnete die Tasche, die er an einem Riemen um die Schulter trug, zog ein farbiges Bild heraus und gab es Gerrit in die Hand. Zu sehen waren zwei Asiaten, ein Mann und eine Frau, beide nackt und beim Liebesspiel. Die Frau hatte ihre Unterschenkel um den Hals des Mannes geschlungen, sodass der Blick des Betrachters direkt auf ihre weit geöffnete Vagina fiel. All dies war völlig unverhüllt dargestellt, in einer Schamlosigkeit, wie Eva sie bis dahin für unvorstellbar gehalten hatte. Gleichzeitig waren die Figuren unverkennbar von einem großen Künstler gezeichnet und koloriert.

„So etwas bieten die dir da an, ohne rot zu werden", erzählte der Soldat. „Es ist ganz schön teuer, einen halben Gulden hab ich dafür bezahlt. Aber das war es mir wert."

In diesem Moment wurde der Soldat plötzlich zur Seite gerissen und taumelte – ein Affe, so groß wie ein Hund, hatte ihm mit ebensolcher Frechheit wie Geschicklichkeit die Tasche vom Arm gerissen und raste damit kreischend davon. „Verflucht! Da ist mein Geld drin!", schrie der Soldat und setzte ihm nach. Schon waren beide hinter der nächsten Ecke verschwunden.

Gerrit hielt immer noch das Bild in der Hand. Sie warteten eine Zeit lang, ob der Mann noch zurückkommen würde, dann entschied er: „Wir gehen jetzt. Das Bild nehme ich an mich, bis er mir wieder begegnet. Im Kastell wird man sich ja wohl früher oder später über den Weg laufen."

„Es war sowieso ein furchtbarer Mensch. Was er über die jungen Mädchen gesagt hat, die in diesem Haus entehrt werden – meinst du, das stimmt?"

„Weiß nicht, aber ich habe schon auf dem Schiff die Seeleute darüber reden hören. Sie meinten, dass sich alle asiatischen Frauen nach weißen Männern verzehren, und je jünger die Frauen sind, desto mehr."

„Das kann ich mir nicht vorstellen", meinte Eva. „Man muss etwas dagegen unternehmen."

„Da wäre ich vorsichtig, sonst merkt dein Gemahl noch, dass du unerlaubterweise hier gewesen bist."

„Ich kann sagen, dass andere es mir erzählt haben."

„So? Wer denn? Mit wem unterhältst du dich denn über solche Sachen?"

Eva schwieg. Im Moment wusste sie nicht weiter, aber dass sie die Dinge nicht einfach auf sich beruhen lassen würde, das wusste sie auch.

Danach durchkämmten sie noch das Nordviertel der Stadt, das augenscheinlich das ärmste war. Gerrit hatte gehört, dass viele Sklaven hier lebten. Ausgemergelte Männer kamen ihnen entgegen, die große Lasten an Bambusstangen schleppten. Schwitzende Händler boten Käfige mit Hühnern an, die schon mehr tot als lebendig aussahen. Kinder hingen an ihren Müttern wie kleine Äffchen und schliefen. Andere Frauen trugen große Körbe mit Früchten.

Einmal kauften sie sich Reis, und als sie bezahlten, lächelte die Verkäuferin sie an und entblößte spitz gefeilte, pechschwarze Zähne und einen feuerroten Mund. „Die essen hier irgendwelche Nüsse, und davon ist der Mund so rot", meinte Gerrit, „aber wie sie an diese schwarzen Hauer kommen, weiß ich auch nicht."

Auf dem Rückweg an den Kanälen vorbei, deren Ufer überwiegend von Niederländern bewohnt wurden, passierten sie noch das Spital, das Waisenhaus und das Rathaus. Daneben befand sich eine Schänke mit dem Namen *Der Kurfürst von Bayern*, in der sie einkehrten, um etwas zu trinken. An den Tischen saßen vor allem Soldaten. Es war eine merkwürdige Erfahrung für Eva, zwischen lauter trinkenden, rauchenden und würfelnden Haudegen zu sitzen und als einer der ihren wahrgenommen zu werden. „Als Mann kann man sich viel freier bewegen und muss sich lange nicht so gut benehmen wie als Frau", stellte sie fest.

Als sie wieder hinausgingen, fiel ihnen ein Niederländer auf, der mit einer kleinen Peitsche eine asiatische Frau schlug. Die Frau kniete am Boden und sammelte Früchte ein, die sie offenbar fallen gelassen hatte. Neben ihr standen mehrere voll beladene Taschen und Pakete.

„Dir werd ich's geben, du undankbares Stück!", brüllte der Mann. „Mein teures Obst achtlos in den Dreck zu werfen, so weit kommt's noch!"

Sofort stürmte Eva auf ihn zu: „Was fällt Euch ein!",
rief sie. „Hört sofort auf, diese Frau zu schlagen."

Verwundert blickte der Mann auf und musterte Eva.

„Was seid Ihr für ein Unmensch? Eine Frau mit einer
Peitsche zu schlagen!"

„Verschwinde!", sagte der Mann, bedrohlich leise.
„Verschwinde sofort, du elender kleiner Söldner! Und
misch dich nie mehr in meine Angelegenheiten ein! Das
hier ist meine Sklavin, mit der kann ich machen, was ich
will."

„Das könnt Ihr ganz sicher nicht!" Eva kochte vor
Wut. „Lasst die arme Frau in Ruhe, Ihr Scheusal!"

Daraufhin machte der Mann eine sehr schnelle
Bewegung. Im nächsten Augenblick fühlte Eva einen
heftigen Schmerz im Gesicht und stürzte zu Boden.
Tränen schossen ihr in die Augen, und außerdem glaubte
sie zu spüren, dass sich das Kind in ihrem Inneren bewegte.
Als sie wieder hochschaute, sah sie, dass der Mann mit
fassungslosem Gesicht vor ihr stand. Hinter ihm hatte sich
ein Halbkreis von Schaulustigen gebildet.

„Aber das ... das ...", stotterte der Mann.

Eva verstand nicht, warum er sie so ansah. Natürlich,
er hatte allen Grund, über sein Verhalten entsetzt zu
sein, aber war es das wirklich? Hatte er ihr am Ende die
Nase gebrochen mit seinem Faustschlag und war darüber bestürzt? Vorsichtig betastete sie ihr Gesicht. Dabei
berührte ihre Hand eine Haarsträhne, und nun wurde ihr
klar: Bei dem Sturz war ihr der Hut vom Kopf gefallen.

Gerrit baute sich vor dem Mann auf und stemmte die
Hände in die Seite. „Ja, da seht Ihr, was Ihr angerichtet
habt", fuhr er ihn an. „Und das ist nicht irgendeine Frau,
das ist die Frau des Generalgouverneurs. Dafür wird man
Euch hängen."

„Aber … aber …", stammelte der Mann. „Ich konnte doch nicht wissen … ich meine, sie trägt die Kleidung eines Mannes …"

Gerrit half Eva auf. „Tja, manchmal trügt der Schein. Und nun sitzt Ihr in der Patsche."

„Bitte … habt ein Einsehen mit mir … Gnade, ich bitte Euch!"

Da fiel Eva etwas ein: „Genau aus diesem Grund bin ich in Verkleidung durch die Stadt gelaufen: Ich wollte sehen, wie es hier wirklich zugeht und wo den Bürgern Batavias der Schuh drückt. Ich habe schon viele Eindrücke gewonnen. Eins sei Euch gesagt: Gewalt gegen Sklaven werden mein Gemahl und ich nicht dulden. Habt Ihr das verstanden?"

„Jawohl, Exzellenz."

„Ihr werdet diese Frau jetzt sofort aus Eurem Dienst in die Freiheit entlassen. Habt Ihr noch weitere Sklaven?"

„Nein, diese ist meine einzige …"

„Gut. Ich verbiete Euch, je wieder einen Sklaven zu kaufen. Und jetzt schert Euch weg."

„Danke, danke, Exzellenz! Wenn Ihr wüsstet, wie sehr ich mein Handeln bedaure! Danke, danke …"

„Habt Ihr nicht gehört: Weg mit Euch!", rief Gerrit. Der Mann entfernte sich. Die Frau war aufgestanden, ergriff Evas Hand und sagte etwas auf Malaiisch zu ihr. Eva nickte ihr zu, dann verstaute sie ihre Haare erneut unter dem Hut und ging mit Gerrit weiter.

„Morgen wird vermutlich die halbe Stadt über deinen Auftritt reden", sagte er.

„Das stimmt wohl. Coen wird mich kielholen."

„Am besten sagen wir erst mal nichts. Es dürfte einige Zeit dauern, bis er davon erfährt. Vielleicht haben wir ja auch Glück."

„Ich glaube, er hat seine Augen und Ohren überall."

Die Rückkehr in das Kastell verlief ohne Schwierigkeiten. Auf Gerrits Zimmer verwandelte sich Eva wieder in eine Frau, und eine Stunde später saßen sie schon mit allen beim Abendessen.

„Was ist mit Euch geschehen?", fragte Coen. „Euer Kiefer ist ganz blau."

„Ich … ich bin auf der Treppe über mein Kleid gestolpert, gestürzt und mit dem Kopf gegen die Wand geschlagen."

„Aha." Coen musterte sie.

Eva kam schnell auf ein anderes Thema zu sprechen: „Wisst Ihr, dass Ihr in Batavia als Kasperfigur die Leute belustigt?"

Coens Blick wurde noch stechender. „Nein. Was für eine Kasperfigur? Und woher wisst Ihr das?"

Eva lief rot an. „Das … hat man mir erzählt."

„So so … Van den Broecke vermutlich … Nun, ich weiß nichts davon, und es kümmert mich auch nicht. Wie Ihr Euch erinnern mögt, werden auch bei uns in Europa die Mächtigen auf gedruckten Spottbildern der Lächerlichkeit preisgegeben. Es sei so. Eine geringe Genugtuung für die Ohnmächtigen."

Als Eva an diesem Abend zu Gerrit ging, weil sie mit ihm noch einmal über ihren aufregenden Besuch in Batavia sprechen wollte, fand sie ihn zusammen mit Musa Berg in dichte Rauchschwaden gehüllt vor. Beide zogen an langen Pfeifen, und obwohl zur Genüge bekannt war, dass der Perser kaum Niederländisch beherrschte, redete Gerrit in einem fort auf ihn ein. Eva wusste nicht, woran es lag, aber ihr eigener Bruder kam ihr vor wie ein Fremder. Rasch verließ sie die beiden und zog sich auf ihr Zimmer zurück. Beim Auskleiden fragte sie Margaretha: „Weißt du, ob man hierzulande etwas anderes raucht als bei uns?"

„Nein, Exzellenz. Ich habe auch nur ein einziges Mal in meinem Leben geraucht, und danach war mir schlecht."

„Hör dich mal um. Ich glaube, mein Bruder raucht etwas, das ihm in ähnlicher Weise die Sinne vernebelt wie früher seine Saufgelage in Amsterdam."

Blutmuskat

Hatte der Reiz des Neuen sie in den ersten Tagen noch abgelenkt und in seinen Bann gezogen, so waren es in den darauffolgenden Wochen zunehmend Langeweile und Heimweh, die von Eva Besitz ergriffen. Oft betrachtete sie das kleine Landschaftsbild von der Zuiderzee, das sie von daheim mitgebracht und nun in ihrem Zimmer aufgehängt hatte. Man konnte deutlich sehen, wie der Wind die Wasseroberfläche aufraute und in Falten legte. Lichtbündel fielen auf die eisgrauen Wellen und einen Abschnitt der Küste mit einem geduckten Kirchturm in der Ferne. Dass diese Welt tatsächlich weiterbestand, dass sie jetzt, in diesem Moment existierte, nur eben in weiter Ferne, das überstieg schon fast ihre Vorstellungskraft.

Sie wurde verzehrt von Sehnsucht nach dem Vertrauten: nach ihrer Gracht, nach der Kirche, nach all den Gesichtern, die zu ihrem Leben gehört hatten. Oft fantasierte sie darüber, vor der Abfahrt der nächsten Retourflotte an Bord zu schleichen und heimlich nach Holland zurückzukehren. Wie sehr beneidete sie die Kaufleute, die jetzt schon mit dem Zusammenstellen der Ladung beschäftigt waren und bald mit den Schiffen die Heimreise antreten würden.

Das neue Land erschien ihr unendlich fremd. Vor allem die Abende hatten etwas Mysteriöses. Die brennende Sonne war dann zwar verschwunden, aber ihre Glut hatte sie wie einen schweren Mantel über Stadt und Kastell hängen lassen. Aus der Dunkelheit ertönte ein Konzert von Tierstimmen: das Zirpen der Grillen, das Quaken der Frösche, das Rufen der Vögel – aber auch Laute, die Eva keinem ihr bekannten Geschöpf zuordnen konnte. Wenn sie darauf horchte, schien ihr Gemach zu schrumpfen, und sie glaubte die Wände dichter an sich heranrücken zu sehen, bis sie aufschreckte und nach Luft rang. Wirklich durchatmen konnte man in der schwülen Hitze nie. Was hätte sie darum gegeben, noch einmal die frische, herbe Luft Hollands in sich aufsaugen zu können!

Die Finsternis vervielfachte ihre Verzweiflung. *Die Nacht öffnet die Seele* hieß ein niederländisches Sprichwort, und nun erfuhr sie, wie viel Wahrheit darin lag. In der Schwärze und Einsamkeit ihres Zimmers war sie auf sich selbst zurückgeworfen. Wohin führte ihr Leben? Würde sie für immer hierbleiben? Coen wollte es so. Vermutlich würde sie nicht alt werden. Niemand wurde hier alt. Es kam ihr immer noch vor, als wäre sie jung und stünde erst am Anfang. Aber vielleicht war sie dem Ende schon viel näher, als sie ahnte.

Oft verspürte sie das Bedürfnis, der Einsamkeit ihres Zimmers zu entfliehen und wie früher bei Gerrit unter die Decke zu kriechen und sich an ihn zu kuscheln. Doch das war unmöglich geworden. Sie war kein Kind mehr, und die Ereignisse der vergangenen Monate standen zwischen ihnen. Manchmal dachte sie darüber nach, ob es nicht besser gewesen wäre, wenn sie Gerrit in Holland gelassen hätte. Dann wäre sie zwar für immer von ihm getrennt, aber ihr Bild von ihm wäre rein geblieben, unbeeinträchtigt von seiner Untat auf der *Mauritius*.

Das Einzige, was sie vor völliger Erschütterung bewahrte, war das Kind, das unter ihrem Herzen heranwuchs. Mitunter bildete sie sich jetzt schon ein, dass sie Antwort erhielt, wenn sie über ihren Bauch streichelte: Es war das Flügelschlagen eines Schmetterlings, ein leichtes Flattern, das sie zu spüren glaubte. Ihr Bauch war zu einem klopfenden Hügel geworden.

Dem Kind galt ihr erster Gedanke nach dem Aufwachen und der letzte vor dem Einschlafen. Sie stellte es sich als Mädchen vor, vielleicht weil ein Junge stärker von Coen vereinnahmt werden würde. Eines wusste sie jedoch, egal ob es ein Junge oder ein Mädchen werden würde: Sie wollte das Kind so aufziehen, wie sie es für richtig hielt. Sie wollte es nicht Coen überlassen.

Tagsüber wurde sie weniger von dunklen Gedanken heimgesucht, doch zogen sich die Stunden im Palast mit bleierner Langsamkeit dahin. Es gab für sie nichts zu tun. Sie hatte noch nicht einmal die Möglichkeit, ihr Geld auszugeben, weshalb sie ihre ersten hundert Gulden großenteils dem Armenhaus von Batavia spendete.

Der sonntägliche Kirchgang war nun das größte und fast auch schon einzige gesellschaftliche Ereignis der Woche. Zum Mittagessen erschienen zwar regelmäßig führende Bedienstete der Compagnie so wie auch Freibürger, die als ungebundene Kolonisten in Batavia lebten. Da diese Leute aber alle in Ehrfurcht erstarrten, sobald Coen den Raum betrat, verliefen die Unterhaltungen mit ihnen in einer eher steifen Atmosphäre. Eva konnte ein Gähnen oft kaum unterdrücken. Wenn man abends in kleinerer Runde zusammensaß, konnte es wiederum schnell ungemütlich werden, weil Coen seinen immer noch anwesenden Vorgänger Specx in Streitgespräche verwickelte. Er hielt ihm vor, dass Batavia unter seiner Ägide zu einem Sündenpfuhl und einer Hochburg des Götzendienstes verkommen sei. Er habe bei seiner Rückkehr eine Stadt vorgefunden, in der es mehr Moscheen und Tempel als Kirchen gebe. Fast könne man meinen, alle Stämme und Sekten der Welt hätten in Batavia Fuß gefasst. „Damit wird nun aber Schluss sein. Ich werde Batavia wieder zu einer rein christlichen Stadt umgestalten. Die Direktoren haben mir zugesichert, viele gottesfürchtige Familien nach Batavia zu schicken."

Specx lachte darüber. „Ohne die chinesischen Händler hätte Batavia niemals seine heutige Stellung als Zentrum des innerasiatischen Handels erlangt", sagte er. „Und diese Leute könnt Ihr nicht zum Christentum bekehren. Die hatten schon eine Kultur, als bei uns in Europa noch Menschenopfer dargebracht wurden."

„Die Lehre unseres Herrn Jesus Christus ist jedem Menschen zugänglich", widersprach Coen. „Alles andere sind Irrlehren. Sie mögen schon seit vielen Tausend Jahren verbreitet werden, aber das macht sie nicht besser. Wartet nur, wenn hier erst einmal die Schiffe mit niederländischen Kolonisten eintreffen." Doch auch daran wollte Specx nicht glauben: „Warum sollten die Menschen das reiche und freie Holland verlassen? Nur eine kleine Minderheit ist bereit, ein solches Wagnis einzugehen. Und selbst wenn: Die Niederlande sind zu klein, um ein so großes Land zu besiedeln." Darauf entgegnete Coen, dann sollten eben deutsche Kriegsflüchtlinge nach Batavia kommen, von denen gebe es genug. Auf diese Weise konnte es stundenlang zwischen den beiden hin und her gehen.

Antonio van Diemen hielt sich aus den meisten Gesprächen heraus. Manchmal schien er gar nicht zuzuhören. Dafür bemerkte er, dass einer Dienerin ein Löffel zu Boden fiel. Er bückte sich und reichte ihn ihr. Eva hatte ein solches Verhalten gegenüber einem Dienstboten noch niemals beobachtet. Umso erstaunlicher war es, dass er Coen tatsächlich zu mögen schien.

Einmal, als sie mit Coen die Treppe hinaufging, sagte sie zu ihm: „Es kommt mir so vor, dass Herr van Diemen eine besondere Hochachtung für Euch empfindet."

Coen lächelte, aber es war wie immer mit einer Spur Bitterkeit durchsetzt. „Dazu hat er auch allen Grund. Was ich Euch jetzt sage, ist nicht für fremde Ohren bestimmt, habt Ihr gehört? Van Diemen kam einst als Bankrotteur unter falschen Namen nach Ostindien. Vielleicht würde ihm die Todesstrafe drohen, kehrte er nach Amsterdam zurück. Die Direktoren haben mich vor ihm gewarnt. Aber er besitzt große Fähigkeiten. Er ist ein Rechengenie, ein Meister der Finanzen. Deshalb habe ich ihn groß gemacht. Alles, was er ist, verdankt er mir."

So verging die Zeit. Eva war für jede Abwechslung dankbar. Gerrit nahm zum Beispiel Reitunterricht und wollte nicht, dass man ihm zusah, was Eva aber doch tat. Er stellte sich recht geschickt an.

Mit viel Tamtam wurde Musa Berg verabschiedet. Wie üblich setzte er ein hochmütiges Gesicht auf, doch als es daran ging, Lebewohl zu sagen, umarmte er Gerrit und küsste ihn. Zu Eva sagte er auf Niederländisch: „Lebt wohl" und sah sie dabei feierlich an. Dann bestieg er ein Schiff mit der Bestimmung Surat am Arabischen Meer. Eva blickte den weißen Segeln nach, bis sie verschwunden waren.

Bei Margaretha hatte sich unter der Haut ein Wurm eingenistet. Auch das war ein Ereignis, wenn auch ein abstoßendes. Ein einheimischer Heiler erklärte, man dürfe ihn auf keinen Fall abreißen, wenn er sich aus der Haut bohre. Stattdessen wand er das Ungeziefer an einem kleinen Hölzchen Tag für Tag ein Stück weiter heraus.

Viel schlimmer war, was um diese Zeit in Batavia geschah: Ein Tiger drang des Nachts in das Haus eines Deutschen ein, zerrte dessen Frau aus dem Bett und fiel über sie her. Davon erwachte der Mann und schrie lauthals um Hilfe. Seine japanischen Nachbarn stürmten herbei, Piken und Fackeln in der Hand, und erlegten das Tier. Die Frau hatte zwei tiefe Fleischwunden im Nacken und starb am darauffolgenden Morgen.

Wer auch starb, war Noah, der kleine Sohn von Willem de Bondt. Er war an einem Fieber erkrankt. Der Pfarrer hatte bis zuletzt geglaubt, dass er es schaffen würde. Aber das Fieber in diesen Breiten war ein anderes als das in Europa; es raffte auch kraftstrotzende Männer hinweg.

Noah war noch nicht einmal zwei Jahre alt geworden. Bei der Trauerfeier sah sich de Bondt außerstande, selbst eine Predigt zu halten. Stattdessen bat er Eva, etwas vorzulesen, und sie sagte daraufhin ein Gedicht auf, das sie aus Amsterdam kannte: *Begräbnis meines Töchterchens*, von Joost van den Vondel.

Der Dichter besang darin seine Tochter Saartje, *den Sonnenschein des Viertels*, ein allzeit fröhliches Mädchen, das jeden Tag Seilchen sprang, schaukelte, hüpfte, Murmeln spielte und die Nachbarn erfreute. Um dann, gerade acht Jahre alt, aus heiterem Himmel vom Pfeil des Todes getroffen zu werden. Da lag es auf dem Totenbett, im Haar einen Kranz aus Rosmarin, der an das Weiterleben nach dem Tod erinnern sollte. Aber für den verzweifelten Vater war das in diesem Augenblick kein Trost.

Nach dem Gottesdienst kam de Bondt auf sie zu, nahm ihre Rechte in seine beiden Hände und drückte sie wortlos. Coen dagegen sagte: „Es ist verständlich, aber selbstsüchtig, den Tod eines Kindes allzu sehr zu betrauern. Bei Gott dem Herrn geht es ihm allemal besser."

Diesmal ließ ihm Eva nicht das letzte Wort: „Würdet Ihr auch so reden, wenn es unser Kind wäre?"

Danach blieb sie für den Rest des Tages auf ihrem Zimmer. Eine andere Rückzugsmöglichkeit gab es nicht für sie, da sie eben nicht allein in die Stadt gehen durfte. Und im Hof des Kastells stand sie immer unter Beobachtung. Am besten war es dann noch, zum unmittelbar hinter der Festung liegenden Hafen zu spazieren. Mit der Zeit gewöhnte sie sich auch an die Dienerinnen und Diener, die sie dabei umschwärmten und nicht abzuschütteln waren – sie beachtete sie kaum noch. Oft saß sie auf einem gepolsterten Stuhl, den man eigens für sie aufgestellt hatte, weil sie mit ihrem Kind unter dem Herzen nicht mehr so lange stehen konnte. Dann sah sie dem Betrieb auf dem Wasser zu. Gerade jetzt wurden zwei große Flotten ausgerüstet: einmal die Retourflotte, die reich beladen in die Niederlande fahren würde, und dann noch eine andere, die aus vielen kleineren Schiffen bestand. Was ihre Bestimmung war, wusste sie zunächst nicht, bis sie eines Tages einen der Kapitäne danach fragte.

„Wir fahren zu den Molukken, Exzellenz. Den Gewürzinseln.“

„Ah! Ihr holt Muskat und Gewürznelken. Das wird aber eine Masse, wenn Ihr mit so vielen Schiffen losfahrt.“

„Nur einige Schiffe werden Ladung an Bord nehmen, Exzellenz. Unsere Hauptaufgabe besteht darin, die verschiedenen Inseln abzufahren und die Nelkenbäume abzuschälen, damit sie verdorren. Die kleineren Bäume müssen wir mit Stumpf und Stiel herausziehen. Das ist sehr aufwendig.“

„Aber wozu das denn?“

„Befehl der Compagnie, Exzellenz. Wir müssen auch jedes Mal riesige Haufen von Muskatnüssen und -blüten verbrennen und ganze Schiffsladungen im Meer versenken.“

Empört über diese Auskunft, marschierte Eva ins Kastell zurück und stieß dort im Hof mit Crijn van Raemburch zusammen. Sie stellte ihn sofort zur Rede: „Herr van Raemburch, warum hat die Flotte, die derzeit im Hafen fertig gemacht wird, den Auftrag, jede Menge Bäume und Gewürze zu vernichten?“

Raemburch schien amüsiert über ihre Vorhaltungen.

Er tänzelte trotz seines Leibesumfangs geradezu leichtfüßig auf der Stelle und zwinkerte mit seinen winzigen Äuglein. „Schaut, Exzellenz", sagte er, „darf ich Euch eine Frage stellen? Warum sind Goldkörner von großem Wert und Sandkörner wertlos?"

„Für Sand will niemand etwas bezahlen."

„Genau. Und warum ist das so?"

„Weil man ihn am Strand einfach holen kann. So viel man will."

„Seht Ihr. Und so würde es mit den Gewürznelken und dem Muskat auch gehen, wenn wir die Bäume auf allen Inseln wachsen ließen. Dann könnte sich jeder – auch die Portugiesen und die Engländer – die Taschen damit vollstopfen und es in Europa zum Kauf anbieten. Die Preise würden dann sinken. Das müssen wir verhindern. Deshalb lassen wir Nelkenbäume nur noch auf der Insel Ambon wachsen und Muskatbäume nur noch auf den Banda-Inseln. Auf allen anderen Inseln haben wir sie vernichtet und sorgen mit regelmäßigen Kontrollfahrten dafür, dass sie auch nicht wieder nachwachsen."

Eva war für einen Moment fassungslos. Dann entgegnete sie: „In meinen Augen ist es Sünde, die Gaben, die uns von Gott so reichlich zugedacht sind, zu vernichten."

„Aber, Exzellenz! Denkt doch an all das Gute, was die Compagnie dank ihrer Gewinne bewirken kann. So viele Männer finden bei uns Arbeit. Und wir schlagen unsere spanischen und portugiesischen Feinde aus dem Feld."

Am Abend dieses Tages saß Eva nach dem Essen noch für längere Zeit mit Willem de Bondt und Pieter van den Broecke zusammen. Der Pfarrer wohnte jetzt im Pfarrhaus in Batavia und kam nicht mehr so oft ins Kastell. Er war schweigsam geworden seit dem Tod seines Sohnes, und das frühere Kichern hörte man nicht mehr. Van den Broecke hatte schon mehrere Gläser Wein geleert und rauchte seine dritte Pfeife, als ihn Eva auf das Gehörte ansprach. „Ich finde es schlimm, was die Compagnie tut", sagte sie.

„Jaja …" Van den Broecke blies einen großen Rauchkringel in die Luft. „Es ist in der Tat fraglich, ob wir berechtigt sind, so zu handeln. Wisst Ihr, früher war es auf den Molukken Sitte, für jedes neugeborene Kind einen Nelkenbaum zu pflanzen. Die duftenden Blütenknospen dieses Baumes, die Gewürznelken, bildeten seit zahllosen Generationen die Lebensgrundlage für die Inselbewohner. Heute ist das Pflanzen eines Baumes bei Todesstrafe verboten."

Van den Broecke zog an seiner Pfeife. „Und was den Muskat betrifft, das wertvollste aller Gewürze: Begreiflicherweise wollten die Bewohner der Banda-Inseln die Früchte des Muskatbaumes an unterschiedliche Anbieter verkaufen statt nur an einen, der ihnen dann die Preise vorschreibt. Sie haben zwar auf unseren Druck hin einen Vertrag unterschrieben, wonach sie nur noch an uns liefern durften, aber daran haben sie sich nicht gehalten. Der General hat ihnen mehrfach gedroht, aber sie glaubten, im Ernstfall wären ihre Positionen auf den Klippen und Bergkuppen der Hauptinsel Lonthor uneinnehmbar. Nun, der Herr General hat sie eines Besseren belehrt."

Van den Broecke nahm eine Muskatfrucht, die auf einer Obstschale auf dem Tisch lag, griff zu einem Messer und schnitt sie auf. Zum Vorschein kam ein Kern mit einer scharlachroten Hülle. „Das Rote ist die Muskatblüte, der Samenmantel der Frucht", erläuterte er. „Getrocknet und gemahlen hat er, wie Ihr wissen dürftet, einen ähnlichen, aber milderen Geschmack als die Muskatnuss."

„Und die Nuss ist darunter?", wollte Eva wissen.

„Ja", sagte van den Broecke und schälte die Ummantelung mit den Fingern ab, sodass die Muskatnuss zum

Vorschein kam. Dann hielt er sie in die Höhe. „Eine Nuss", sagte er. „Kann man sich vorstellen, dass darum Kriege geführt werden?" Er legte sie zurück auf den Tisch. Eva nahm sie und hielt sie sich vor die Nase: Der Geruch war leicht harzig.

„Wie ging es dann weiter?", wollte sie wissen.

Van den Broecke lehnte sich zurück. „Frühmorgens sind wir vor der Insel vor Anker gegangen: dreizehn Dreimaster und vierzig kleinere Schiffe, eine gewaltige Streitmacht. Ich weiß noch genau, wie die steil abfallenden Urwaldberge aus dem Dunst auftauchten. Unsere Soldaten sind in Booten zur Insel übergesetzt, an den flacheren Küstenabschnitten an Land gegangen und dann auf Leitern die Felsen empor-geklettert. Vierzig Kompanien, verstärkt durch japanische Schwertkrieger – Samurai. Für sie hat Euer Gemahl eine besondere Vorliebe.

Die Bandanesen haben aus ihren Stellungen auf uns gefeuert, sie hatten Kanonen von den Engländern be-kommen. Aber wir waren zu viele für sie. Wir haben sie überrannt und all ihre Siedlungen niedergebrannt. Die letzte Kompanie Soldaten hat den großen Tempel von Lonthor angezündet.

In den darauffolgenden Wochen haben wir Tausende Männer, Frauen und Kinder auf unseren Schiffen zusam-mengepfercht, um sie später als Sklaven zu verkaufen. Der Rest ist in den Bergen verhungert. Ein Kind hat dann noch das unglückselige Gerücht in die Welt gesetzt, man habe einen Mordanschlag auf den General ausgeheckt. Darauf-hin hat er alle vierundvierzig Dorfvorsteher von den Samurai festnehmen und foltern lassen, um ein Geständnis zu bekommen. Vier starben bei der Folter, die anderen wurden zum Tode verurteilt. Ich sehe das noch vor mir, als wär's gestern gewesen: Es hat geschüttet wie aus Eimern, einer dieser Sturzregen, die es nur hier gibt und bei denen man glaubt, die Welt würde untergehen. Einer nach dem anderen wurden sie zu ihrem Henker geführt. Einer von ihnen hat noch gesagt: ‚Aber meine Herren, gibt es denn gar keine Gnade?‘ Aber es gab keine. Das Blut hat sich mit den Regenfluten vermischt, bis wir alle durch einen roten Sud waten mussten. Ich werde das nie vergessen. Bis an mein Ende.“

Van den Broecke klopfte seine Pfeife aus und stopfte sie neu. Er entzündete den Tabak, nahm einige Züge und blies erneut einen Rauchkringel. „Noch im selben Jahr verkauften wir erstmals über zweihundert Tonnen Muskat in Europa. Der Erlös ging in die Millionen. Aber man muss wohl sagen, dass es Blutmuskat war.“

„Wie viele Menschen sind insgesamt umgekommen?“, fragte Eva.

„Der General hat selbst gesagt, dass von den einst fünf-zehntausend Bewohnern wohl nur ein paar Hundert über-lebt haben. Das Volk der Bandanesen gibt es nicht mehr. Ich erinnere mich noch, dass Doktor Reael den General damals in einem Brief gefragt hat, ob es nicht unpraktisch sei für die Compagnie, ein Land ohne Einwohner zu besitzen. Aber dieses Problem hat Euer Gatte schnell gelöst: Die Muskatbäume werden jetzt von Pächtern und ihren Sklaven angepflanzt.“

Danach schwiegen sie lange. Bis Willem de Bondt sich an Eva wandte mit der Frage: „Wisst Ihr eigentlich, dass Ihr bei den Einwohnern von Batavia in hohem Ansehen steht?“

„Nein, warum? Ach, ich weiß schon: Es ist wegen meiner Haarfarbe.“

„Nein, nein, das war nur der Beginn. Es hat sich herumgesprochen, dass Ihr viel Geld für das Armenhaus gegeben habt. Und dann erzählt man sich, dass Ihr Euch in Batavia für eine Sklavin eingesetzt hättet. Es heißt – aber da sieht man mal wieder, was die Leute hinzuerfinden – dass Ihr dafür Prügel bezogen hättet."

Eva zog es vor, nur zu lächeln und nichts darauf zu sagen.

„Sie haben sogar einen speziellen Namen für Euch."

„So? Welchen denn?"

„Man nennt Euch die Muskatprinzessin."

Irrweg zum Geistertempel

Dass van den Broeckes Schilderung tiefen Eindruck auf Willem de Bondt gemacht hatte, war nicht zu übersehen gewesen. Niemals aber hätte Eva dem zurückhaltenden Mann zugetraut, eine Predigt wie die am darauffolgenden Sonntag zu halten.

„Brüder und Schwestern im Herrn", hob er an, zunächst noch mit gewohnt zaghafter Stimme. „Die meisten von uns dienen einer Handelsgesellschaft, deren erklärtes Ziel die Vermehrung des Reichtums ihrer Teilhaber ist. Auch viele der hier Versammelten hoffen, einmal als wohlhabende Leute nach Europa zurückzukehren. Die Frage, die ich uns heute stellen möchte, lautet: Inwieweit ist dies im Einklang mit dem Evangelium?

Wir lesen bei Lukas, wie Jesus von einem führenden Mann danach gefragt wird, was er tun muss, um das ewige Leben zu gewinnen. Jesus antwortet: ,*Verkauf alles, was du hast, und verteil das Geld an die Armen.*' Der Mann, so hören wir weiter, wird daraufhin sehr traurig, denn er ist reich. Sehr reich sogar. Jesus sieht ihn an und seufzt: ,*Wie schwer ist es doch für Menschen, die viel besitzen, in das Reich Gottes zu kommen! Denn eher geht ein Kamel durch ein Nadelöhr, als dass ein Reicher in den Himmel kommt.*'"

De Bondts Stimme war nun kräftiger geworden, und als er fortfuhr, schien er an Selbstbewusstsein gewonnen zu haben:

„Das sind eindeutige Worte, so wie wir sie von Jesus gewohnt sind. Die ersten Christen haben sich auch genau daran gehalten. Die Apostelgeschichte berichtet über sie: *Keiner nannte etwas von dem, was er hatte, sein Eigentum, sondern sie hatten alles gemeinsam.*

Wie sieht es heute aus? Ganz anders, um es vorsichtig

auszudrücken. Gewiss ist es gottgefällig, die Güter dieser Welt zu mehren, um sie für alle zugänglicher zu machen und damit dem Gemeinwohl zu dienen. Unvereinbar mit den Geboten des Herrn ist es dagegen, so viel wie möglich an persönlichem Besitz zusammenzuraffen. Wer das tut, setzt das Geld an die Stelle Gottes. Gegen diese Vergötterung des Geldes bezieht Jesus Stellung. Er sagt: *„Sammelt euch nicht Schätze hier auf der Erde, wo Motte und Wurm sie zerstören und wo Diebe einbrechen und sie stehlen, sondern sammelt euch Schätze im Himmel. Ihr könnt nicht beiden dienen, Gott und dem Mammon."*

Eva, die wie immer in der vordersten Reihe saß, konnte die Fassungslosigkeit der hinter ihr versammelten Gemeinde förmlich spüren. Für den Rest des Gottesdienstes herrschte eine ungemeine Anspannung. Sofort im Anschluss stürmte Coen hinaus, um de Bondt in Empfang zu nehmen. Eva hielt sich dicht hinter ihm. Auch Doktor Bontius eilte hinzu, um seinem Zwillingsbruder beizustehen.

„Seid Ihr verrückt geworden?" Vor dem riesigen Coen schien de Bondt auf Zwergenmaß geschrumpft. Betreten blickte er zu Boden; der Mut, den er eben noch auf der Kanzel gezeigt hatte, schien ihn verlassen zu haben. „Das ist die größte Unverschämtheit, die ich je erlebt habe", zischte Coen ihm zu. Da in Hörweite noch andere Kirchgänger standen, musste er sich darum bemühen, nicht allzu laut zu sprechen. „Ihr beißt die Hand, die Euch nährt – schließlich steht auch Ihr in Diensten der Compagnie."

„Gewiss, gewiss. Aber gleichwohl bin ich verpflichtet, das Wort Gottes ungefiltert weiterzugeben", antwortete er. „Die Feinde der Compagnie sind auch die Feinde Christi", entgegnete Coen. „Das Geld ist für uns kein Selbstzweck, sondern ein Mittel, um Gottes Wort in die Welt zu tragen und den katholischen Antichrist zurückzudrängen. Oder seht Ihr das anders?"

„Grundsätzlich nicht, aber …"

„Wir haben Geld, ja, das stimmt, aber wir nutzen es so, wie Gott es will: Weder verprassen wir es noch horten wir es. Vielmehr investieren wir es in neue gottgefällige Unternehmungen."

Nun ging Bontius dazwischen: „Das würde mein Bruder gewiss nie bestreiten, Exzellenz. Ich glaube, hier liegt ein Missverständnis vor. Mein Bruder hat nur allgemeine Wahrheiten zitiert, aber er wollte sich in keiner Weise gegen die Compagnie stellen. Und ganz bestimmt würde er Euch persönlich niemals kritisieren wollen."

Coen starrte weiter den Pfarrer an, so als hätte er Bontius gar nicht gehört.

„Wer nichts hat, kann auch nichts verschenken! Lasst Euch das durch den Kopf gehen. Wisst Ihr, was mir zu Euch einfällt: Es mag Menschen geben, die mit ihrem Geld geizen, aber es gibt andere, die geizen mit ihrem Verstand. Und dazu gehört Ihr."

„Ich bitte Euch, Exzellenz, mein Bruder hat es nicht so gemeint! Verzeiht ihm noch einmal!"

Dieser in flehendem Ton vorgetragene Appell des Doktors schien Coen ein wenig zu besänftigen.

„Ich will es einmal darauf schieben, dass Euch der Tod Eures Sohnes in Verwirrung gestürzt hat. Aber ich warne Euch: Sollte so etwas noch einmal vorkommen, versetze ich Euch nach Ambon. Dort ist auch eine Pfarrstelle frei. Nur sind die Bedingungen dort nicht so komfortabel wie in Batavia. Doch das dürfte Euch ja nichts ausmachen, denn wie wir gehört haben, verachtet Ihr den Reichtum."

Damit drehte er sich um, forderte Eva mit einem kurzen Blick auf, sich ihm anzuschließen, und brachte sie zu ihrer Sänfte.

Als sie später die Treppen des Palastes hinaufgingen,

fasste sich Eva ein Herz und sagte zu ihm: „Der Pfarrer ist zu weit gegangen. Aber was Ihr auf den Banda-Inseln getan habt, kann ich auch nicht gutheißen."

Coen hielt inne und sah sie an. „Wer hat Euch denn davon erzählt?"

Sie schwieg.

„Ich kann mir schon denken, wer es war. Dazu nur Folgendes: Auf den Banda-Inseln bin ich streng nach Recht und Gesetz vorgegangen. Dieses betrügerische Volk hatte mehrfach das Handelsabkommen gebrochen, das wir mit ihm geschlossen hatten." Damit ließ er sie stehen.

Am Nachmittag ging Eva zu Gerrit, weil sie mit ihm über die Skandalpredigt sprechen wollte. Doch sie fand ihn wieder in einem dichten Nebel vor.

„Was ist das eigentlich, was du da rauchst?"

„Was ich hier rauche?" Langsam drehte er den Kopf zu ihr und sah sie aus müden Augen an. „Opium."

„Und was hat man davon?"

Er zuckte die Schultern. „Kann man nicht beschreiben. Mit jedem Zug wird die Atmung etwas langsamer und tiefer. Man wird ganz ruhig. Im Inneren hat man es wohlig und warm. Und den Gedanken wachsen Flügel."

„Ich finde, dass du dich besser auf deine Arbeit für Doktor Bontius konzentrieren solltest."

Er antwortete lediglich mit einem angedeuteten Gähnen.

„Ihr seid doch dabei, einen Kräutergarten anzulegen. Das ist eine anspruchsvolle Tätigkeit."

Gerrit machte eine wegwerfende Handbewegung. Dann drehte er den Kopf zur Wand und schien völlig in Rauchschwaden zu versinken. Ärgerlich verließ Eva das Zimmer.

Am Abend erwartete sie noch eine böse Überraschung.

Nach dem Tischgebet verkündete Coen: „Van den Broecke wird uns übrigens verlassen."

Eva schreckte auf: „Warum denn das?"

„Er wird das Kommando über die Flotte übernehmen, die in den nächsten Tagen zu den Gewürzinseln aufbricht."

„Aber ... das kommt ja ganz plötzlich", wandte Eva ein.

„Ja, ursprünglich sollte Fernberger diese Aufgabe zufallen. Aber ich habe mich heute anders entschieden."

Es war ein neuer Schock für Eva. Jetzt, da feststand, dass sie von van den Broecke Abschied nehmen musste, erkannte sie erst, wie viel er ihr bedeutete. Er war ihr ein väterlicher Freund geworden, dessen Rat und Gesellschaft sie kaum noch entbehren konnte. Zudem fühlte sie sich mitschuldig an Coens Entscheidung: Es war offenkundig, dass er van den Broecke dafür bestrafte, dass er ihr von dem Massaker auf den Banda-Inseln erzählt hatte. Für diese Illoyalität sollte er büßen.

Am nächsten Morgen stand sie vor seinem Quartier.

„Exzellenz!", sagte er mit Erstaunen.

„Bitte nennt mich nicht Exzellenz", erwiderte Eva. „Darf ich hereinkommen?"

„Aber nur zu!"

Es war bereits eine Wohnung in Auflösung. An der Wand standen mehrere Kisten und geöffnete Taschen.

„Ihr packt schon?"

„Ja, wir stechen vielleicht schon morgen in See, wenn sich der Wind hält."

„Es tut mir so leid!"

„Aber nicht doch! Ich bin Kaufmann. Ich musste früher oder später einen neuen Auftrag übernehmen."

„Aber nicht gerade diesen. Ganz sicher wollt ihr keine Nelkenbäume umhacken und Muskatladungen ins Meer stürzen. Mein Mann hat Euch diesen Auftrag doch mit Absicht gegeben."

„Ich tue das, was die Compagnie befiehlt. Ich bin nur ein kleiner Bediensteter." Er lächelte.

„Ich werde Euch vermissen."

„Ich werde Euch auch vermissen, Eva. Aber ich bin mir mittlerweile sicher, dass Ihr hier eine Aufgabe zu erfüllen habt. Eine weit größere Aufgabe, als sie mir jemals zufallen könnte. Ihr seid Eva Ment – die Muskatprinzessin."

„Ich bin keine Prinzessin, auch wenn es hier zuweilen so aussehen mag. Und am Muskat klebt Blut, wie Ihr selbst gesagt habt."

„Die Geschehnisse, von denen ich Euch berichtet habe, liegen mittlerweile ja schon Jahre zurück. Ich hätte gar nicht davon anfangen sollen. Ich glaube, ich war schon nicht mehr ganz nüchtern."

Er zwinkerte ihr zu.

„Ich wünsche Euch alles Gute", sagte Eva. „Passt auf Euch auf."

„Ihr ebenso. Alles Gute vor allem für die Geburt Eures Kindes. Wenn ich zurückkomme, seid Ihr schon Mutter."

Er geleitete sie wieder zur Tür. „Lebt wohl."

Bei diesen Worten fiel ihm Eva um den Hals, und Tränen liefen ihr über das Gesicht. „Aber, aber ... meine liebe Eva", versuchte er, sie zu beschwichtigen. „Ihr werdet sehen, dass Ihr Euch bald hier einlebt. Und Ihr werdet neue Freunde finden."

„Ich brauche Euch doch, van den Broecke!"

„Nein, Ihr braucht mich nicht mehr. Aber andere brauchen Euch."

Sie ließ ihn los und gab ihm einen Kuss auf die Wange. Dann ging sie, ohne noch ein Wort zu sagen, ihrer Wege.

Am nächsten Morgen erfuhr sie beim Frühstück, dass

die Flotte mit dem ersten Tageslicht in See gestochen war. Sie hastete zum Hafen, aber der Horizont war leer. Traurig ging sie zurück. Was hatte er damit gemeint, dass andere sie brauchten?

Im Hof des Kastells herrschte geschäftiges Treiben. „Es ist immer das Gleiche", dachte sie. „Ein Mensch geht, ein besonderer Mensch in diesem Fall, und das Leben setzt sich fort, als wäre nichts gewesen."

Da fiel ihr Doktor Bontius auf: Er war damit beschäftigt, ein paar Soldaten Anweisungen zu geben. Drei Pferde standen gesattelt bereit, und in respektvollem Abstand wartete ein ausgemergelter, dunkelhäutiger Mann.

„Reitet Ihr aus?", fragte Eva.

„Guten Morgen, Exzellenz!", grüßte der Doktor. „Ja, sozusagen. Wir unternehmen einen Ausflug in den Wald. Ich bin auf der Suche nach Heilkräutern und Giftpflanzen. Euer Bruder begleitet mich."

Eva wurde hellhörig. Ein Ausflug in den Wald? Genau die Ablenkung, die sie brauchte! Ohne lange zu überlegen, fragte sie: „Kann ich mitkommen?"

Der Doktor schien verdutzt. „Mitkommen? Ich glaube, das ist zu gefährlich für Euch."

„Aber was soll denn gefährlich sein? Kommen die Soldaten hier nicht mit?"

„Doch, doch ... Aber ich weiß nicht. Was würde Seine Exzellenz, der Herr General, dazu sagen?"

„Nun, über solche Dinge entscheide ich für gewöhnlich allein. Ihr habt gegen meine Anwesenheit also nichts einzuwenden?" Ohne die Antwort abzuwarten, fuhr sie fort: „Fabelhaft! Können die Soldaten wohl auch meine Sänfte tragen?"

„Nun ... das dürfte möglich sein. Ich nehme acht Soldaten mit. Wenn vier von ihnen Euch tragen, bleiben immer noch vier, um uns vor Tigern zu schützen."

Rasch suchte Eva noch einmal die Latrine auf und trank etwas Reiswein, dann gesellte sie sich wieder dazu. Nun kam auch Gerrit. „Wie, du gehst auch mit?"

„Warum nicht?", erwiderte Eva. „Ich wollte immer schon mal in den Wald."

Gerrit zuckte mit den Schultern. Dann befestigte er eine Tasche am Sattel seines Pferds und schwang sich hinauf. Dem Doktor mussten zwei der Soldaten Hilfestellung geben, ehe er oben saß. Das dritte Pferd nahm der magere Mann, der nach wie vor noch kein Wort gesagt hatte. Eva schaute den Doktor fragend an, woraufhin dieser erklärte: „Das ist Rimbo, ein ortskundiger Javaner, der uns führen wird. Er spricht auch etwas Niederländisch."

Eva setzte sich in die Sänfte. Sie hoffte nur, dass Coen jetzt nicht noch auftauchte und ihr die Unternehmung verbot. Aber sie hatte Glück. Schon ging es zum Tor hinaus, über den großen offenen Platz und in die Stadt hinein. Kinder liefen neben ihnen her, winkten und lachten. Eva winkte zurück. Schließlich verließen sie Batavia durch das südliche Stadttor. Vor ihnen lag ein großes Gebiet, das offenbar gerodet worden war. Hier und dort befanden sich einzelne Gehöfte. In der Ferne lag der grüne Saum des Waldes.

Eva genoss den ungewohnten Anblick. Sie sah Büffel auf den Feldern, hoch erhobenen Hauptes stolzierend oder grasend. Inmitten der Felder blinzelte hier und da ein Teich wie ein riesiges Auge. Dazwischen standen hohe hölzerne Gebäude, deren Dächer wie ein Halbmond geschwungen waren.

In der Luft lag ein schwerer Geruch wie von Jasmin, doch war es wohl noch etwas anderes. Ab und zu wankten ihre Träger, wenn sie auf dem schlammigen Weg in eine tiefe Pfütze traten. Wahrscheinlich verfluchten sie die Frau

General dafür, dass sie sie nun bei großer Hitze bis in den Wald schleppen mussten, aber das machte ihr nichts aus. Warum sollte sie sich nicht auch einmal etwas gönnen? Sie hatte es verdient.

Nach einer guten Stunde erreichten sie den Rand des Waldes, der sich an einer Stelle auftat. Die schwarze Öffnung machte auf Eva den Eindruck eines aufgesperrten Mauls. Dort hinein schlängelte sich der Trampelpfad, auf dem sie gekommen waren. Und dort hinein folgten sie ihm nun.

Es war das erste Mal in ihrem Leben, dass Eva in einen Wald kam, denn in Holland gab es keinen. Vom ersten Moment an war sie unangenehm überrascht, denn sobald sie durch die schwarze Pforte getreten waren, wurden sie von Dämmerung umhüllt. Mit einer Mischung aus Erwartung und Erschaudern streckte sie den Kopf aus der Sänfte: Zuerst sah sie nur schummriges Grün, und ein feuchter Atem schlug ihr entgegen – der Atem des Waldes.

Nach einiger Zeit begannen sich ihre Augen an das Zwielicht zu gewöhnen. Konturen zeichneten sich ab: Gräser, Farne, Flechten. Bald verdichtete sich der Wald immer mehr. Die Baumkronen verhakten sich ineinander und bildeten eine geschlossene Kuppel, die nur hier und dort mal einen Sonnenstrahl durchließ. Der Anblick ließ Eva schwindeln: Die Bäume waren riesig, hoch wie die Pfeiler eines Doms und so breit, dass sie ihre Stämme längst nicht hätte umspannen können. Merkwürdig waren ihre Wurzeln: Wie Tentakel oder schlafende Schlangen zogen sie sich über den ganzen Waldboden, tasteten verfaulende Baumstämme ab oder umklammerten das modrige weiße Holz. Mannshohe Farne breiteten ihre Fächer aus, Palmen wiegten ihre buschigen Köpfe, Stauden schraubten sich in die Höhe. Zusammen bildeten all diese Gewächse ein unentwirrbares Geflecht, ein einziges verstricktes Durcheinander.

Aus dem Blätterhimmel fiel ein feiner Regenschleier, an den Baumstämmen rannen Tropfen hinunter und versickerten im Boden. Die Moospolster sahen so dick und weich aus wie das Daunenkissen in Evas alter Bettnische in Amsterdam. Auch Steine waren von einer matt glänzenden Wasserschicht umhüllt.

Hin und wieder hielt der kleine Trupp an, weil Doktor Bontius etwas entdeckt hatte. Er ließ sich umständlich vom Pferd gleiten, schnitt eine Pflanze ab und ließ sie von Gerrit in einer Kiste verstauen, die zwei der Soldaten schleppen mussten. Einmal erreichten sie eine Weggabelung. „Wohin jetzt?", fragte Bontius. „Dort lang?"

„Nein, nein!", hörte Eva den Führer auf Niederländisch sagen. „Dort nicht gut! Weg zum alten Tempel! Viele Gräber, viele Geister! Wir dort gehen – wir alle sterben. Gehen hier lang." Damit schlug er die andere Richtung ein. Eva hörte, wie Gerrit lachte: „Schade. Einen Geistertempel hätte ich gern mal besucht." Sie selbst konnte gut und gern darauf verzichten. Es war ihr schon unheimlich genug. Und der Weg zu diesem Tempel hatte besonders eng und düster ausgesehen.

„Ich glaube, die Pflanzen dieses Waldes sind viel gefährlicher als seine Geister!", rief nun der Doktor. Eva hatte ihn selten so aufgeweckt erlebt. „Ich habe von Bäumen gehört, die so verführerisch säuseln wie die Sirenen bei Odysseus, und wer sich davon anlocken lässt und unter ihre ausladenden Zweige stellt, den packen sie plötzlich und geben ihn nie mehr aus ihrer tödlichen Umklammerung frei!"

Langsam begann sich Eva zu fragen, ob es wirklich eine so gute Idee gewesen war, diesen Ausflug mitzumachen. Wollten sie nicht langsam mal umkehren? Sie hatte das Gefühl, dass ihr das Atmen zunehmend schwerfiel. Die stickige, feuchtschwere Luft in dieser riesigen Waschküche verstärkte das Gefühl des Eingesperrtseins. Es kam ihr so vor, als wäre sie gefangen in einem gewaltigen Organismus, der sich aus unzähligen Lebewesen zusammensetzte. Denn so war es ja: All diese Pflanzen lebten, so wie die Tulpen, die ihr Vater einst im Hof hinter ihrem Haus gepflanzt hatte. Jeden Tag hatte sich Eva diese Blumen angesehen, und immer hatten sie sich ein wenig verändert. Sie öffneten ihre Blütenblätter, sie reckten sich nach der Sonne, sie fingen Licht ein und saugten Wasser auf. Kleine Pflanzen waren das gewesen, aber diese hier waren groß. Riesengroß. Sie mussten keine Angst haben, von einem Menschen zertreten zu werden. Im Gegenteil …

Eva hatte den Eindruck, dass sie in eine verbotene Welt eingedrungen waren. Die Bäume hier waren ihnen feindlich gesinnt. Sie wollten unter sich bleiben, sie mochten keine Fremden. Aus ihrer schwindelerregenden Höhe sahen sie auf sie herab. Ja, man fühlte sich beobachtet!

Eva schwitzte. Die Schwüle war so allumfassend, dass sie sämtliche Adern zu durchdringen schien. „Es ist verrückt, in diesem Land so dicke Kleider zu tragen", dachte sie. „Die nächsten Kleider, die ich mir machen lasse, müssen aus ganz dünnem Stoff sein."

Als sie wieder einmal anhielten, kletterte Eva aus ihrer Sänfte und ließ sich eine Wasserflasche reichen. Ihre Schuhe waren sofort schmutzig, denn der Untergrund war mit einer dicken Schicht toter Pflanzenmasse bedeckt. Moderdünste stiegen auf, Fäulnis lag in der Luft – es roch nach Unheil. Als Eva ein vertrocknetes, von silbernen Fäden durchwirktes Palmenblatt sah, musste sie unwillkürlich an ein Gerippe denken. Wachsen und Verwesen – beides schien hier zehnmal schneller zu gehen als dort, wo sie herkam.

Und doch war all dies noch nicht das wirklich Beklemmende an dieser dampfenden Düsternis. Da war noch etwas anderes. Eva überlegte ... Und dann wusste sie es: Es war die Stille. Vollkommene Stille herrschte in diesem Wald. Noch nicht einmal ein Vogel zwitscherte im lichtlosen Unterholz. Wie war das möglich? Wo waren all die Tiere, von denen ihr erzählt worden war? Die Stille hatte etwas ungemein Bedrohliches.

„Sollen wir nicht langsam umkehren?", fragte sie Bontius. Doch der Doktor war ganz in seinem Element und schien von der Gefahr nichts zu bemerken. „Schaut mal hier", sagte er eifrig und zeigte ihr ein Gewächs mit großen weißen Kelchen. „Blume der Hexe, Blume der Hexe!", tönte Rimbo mit seiner kehligen Stimme. Bontius nickte. „Es ist eine der giftigsten Pflanzen des Urwalds, die von den Einheimischen wohl seit jeher mit unseliger Zauberei in Zusammenhang gebracht wird. Und hat sie nicht etwas Dämonisches? Diese Kelche erinnern mich an die Altarglocken einer schwarzen Messe. Euch nicht?"

Eva verspürte nicht die geringste Lust, sich darüber Gedanken zu machen. Sie wollte nach Hause. Doch Bontius war bester Laune. Er machte sich nun daran, eine der Pflanzen auszugraben, was sich als schweißtreibendes Unterfangen herausstellte, da die Wurzeln tief in den Boden reichten. „Ich werde die Hexenblume in meinem Kräutergarten anpflanzen und genau untersuchen", erklärte er. „Ein Gift ist immer auch ein Gegengift – wer weiß, wofür dieses gut ist."

Eva sah einen Wassertropfen von einem spitz zulaufenden Blatt perlen. Zumindest eine Tierart gab es hier doch: Mücken, die nun ihren Kopf umschwärmten. Als Bontius kurz verschnaufte, stellte sie sich neben Gerrit und raunte ihm zu: „Lass uns hier möglichst schnell verschwinden. Ich habe ein ganz ungutes Gefühl."

Aber er meinte nur: „Also erst willst du mit, und dann hast du ganz schnell keine Lust mehr." Ärgerlich trat sie wieder beiseite und ließ ihren Blick durch den Wald streifen. Da – hatte sich da ein Zweig bewegt? Einen Moment meinte sie, einen Schatten gesehen zu haben. Aber vielleicht begann sie sich jetzt auch etwas einzubilden.

Endlich hatte Bontius die Pflanze ausgegraben. Er packte sie in einen Sack und verstaute sie in der Kiste. Und da … sauste plötzlich etwas über ihre Köpfe hinweg! Eva glaubte im ersten Moment, es wäre ein Vogel. Doch sofort rief einer der Soldaten: „Das war ein Pfeil! Ich habe es genau gesehen! Wir werden beschossen!"

„Kopfjäger!", stieß Rimbo hervor. „Kopfjäger!"

Eva versuchte, sich zusammenzunehmen und die Panik nicht zuzulassen, die sich ihrer bemächtigte. „War das denn wirklich ein Pfeil?", fragte sie.

„Wo soll hier ein Pfeil herkommen?", erwiderte Gerrit. Doch Rimbo drängte: „Kommt, verschwinden! Verschwinden! Feinde! Viele Feinde!" Dabei deutete er in den Wald. Dort aber regte sich nichts. Neben Eva fiel ein Wassertropfen zu Boden.

„Man müsste dann doch jemanden sehen", gab Bontius zu bedenken. Rimbo entgegnete: „Wir sie nicht sehen! Los jetzt – wir verschwinden!"

„Ich weiß nicht …" Bontius schien unschlüssig. „Machen wir uns vielleicht etwas vor?"

Wie um seine Frage zu beantworten, sauste ein zweites Etwas auf sie zu. Einer der Soldaten konnte sich gerade noch wegducken. Diesmal war das Geschoss nicht im Strauchwerk gelandet, sondern im Boden stecken geblieben. Unverkennbar: Es war ein Pfeil, wenn auch ein kleiner.

„Schnell!", rief ein anderer Soldat. „Die Musketen anlegen!"

Sie nahmen ihre Gewehre vom Rücken und feuerten in die Richtung, aus der der Pfeil gekommen war. Der trockene Knall ihrer Flinten wurde von den Bäumen fast verschluckt, so als wären sie ringsum von schweren Samtvorhängen umgeben. Es kam kein Echo. Als sich der Rauch verzogen hatte, war alles so unbarmherzig still wie zuvor. Undurchdringlich stand die grüne Mauer.

„Schwer zu sagen, ob wir einen erwischt haben", meinte der Soldat, der den Befehl zum Schießen gegeben hatte. „Aber zumindest dürfte der Knall sie vertrieben haben."

Sofort wurde er eines Besseren belehrt: Nun gingen gleich drei Pfeile nieder. Die Pferde wurden so unruhig, dass die Soldaten sie festhalten mussten.

Rimbo hob einen der Pfeile hoch und untersuchte ihn kurz. Dann rief er: „Gift! Gift! Diese Pfeil treffen – tot!"

Eva schnürte es die Kehle zu. Hatte sie nicht die ganze Zeit gespürt, dass hier etwas nicht stimmte?

„Wir sollten machen, dass wir wegkommen", meinte Gerrit.

„Mein Gott, wir müssen uns doch von ein paar nackten Halbmenschen nicht in die Flucht schlagen lassen!", rief einer der Soldaten wütend. Und sofort feuerte er wieder auf gut Glück ins Dickicht. Da sie jedoch nur eine ganz ungefähre Vorstellung von der Position des Pfeilschützen hatten, ging sein Schuss aller Wahrscheinlichkeit nach ins Leere.

„In diesem Gestrüpp sind wir mit unseren Waffen machtlos", befand Bontius. „Wir müssen den Rückzug antreten."

Als hätten die unsichtbaren Schützen ihn verstanden, prasselte nun ein wahrer Regen von Pfeilen auf sie nieder. Eva ging hinter der Sänfte in Deckung. Sie spürte, wie die Gruppe von Panik übermannt wurde.

„Exzellenz!", sprach sie derjenige an, der unter den Soldaten offenbar das Kommando führte. „Könnt Ihr reiten?"

„Nein", sagte Eva.

Der Soldat verzog das Gesicht. „Egal, es hilft nichts. Ihr müsst da hinauf. Mit der Sänfte können wir nicht fliehen."

„Sie soll hinter mich", rief Gerrit. Er setzte einen Fuß in den Steigbügel und schwang sich auf das Pferd. Zwei der Soldaten hoben Eva hoch. „Halt dich an mir fest, schling die Arme ganz fest um mich!", schärfte Gerrit ihr ein. Als sich Bontius gerade in den Sattel helfen ließ, zischten schon wieder zwei Pfeile heran. „Eile! Eile!", mahnte Rimbo. Er war bereits aufgesessen.

„Und was ist mit euch?", rief Eva den Soldaten zu.

„Wir geben Euch Feuerschutz und kommen dann nach!", antwortete der Befehlshaber. „Reitet ein Stück voraus, und wartet dann auf uns!"

Damit trennten sie sich. Eva riskierte noch einen Blick über die Schulter: Die Soldaten waren damit beschäftigt, ihre Musketen neu zu laden. Die Angst stand ihnen ins Gesicht geschrieben.

So ging es nun den Weg zurück durch die dumpfe Urwaldhölle. Eva hatte ihre Arme fest um Gerrits Brust geschlungen und den Kopf an seine Schulter gepresst. Seine weichen Haare kitzelten sie im Gesicht. „Wenn wir hier nur lebend rauskommen", dachte sie, und dann betete sie: „Herr, steh uns bei! Bitte lass uns nicht hier in dieser Wildnis verenden! Lass uns wenigstens unter Christen sterben!"

Ab und zu spähte sie aus den Augenwinkeln in das Pflanzenspalier, das rechts und links an ihr vorbeizog und auf beiden Seiten dicht aufschloss. Sie hätte nach Ästen oder Lianen greifen können, aber sie tat es wohlweislich nicht. Ob ihnen die Kopfjäger folgten? Vielleicht mussten sie das gar nicht, weil der ganze Wald sowieso voll von ihnen war. Vielleicht waren sie überall ... Sie kniff die Augen zusammen. Jetzt hörte sie nur den weichen Tritt der Pferde, das leise Klirren des Zaumzeugs und ab und an ein Schnauben. Durch die Nase zog sie den Geruch von Erde und Pflanzen ein, und auf ihrer Haut spürte sie die feuchte, stehende Luft unter dem gewaltigen Blätterdach. Da! Es hatte irgendwo geknackt! Sie riss die Augen auf – aber es war nichts zu sehen. Nur immer Bäume und Sträucher im Würgegriff der Schlingpflanzen, die wie zottige Bärte auf den Boden herabhingen.

Schließlich hielt Rimbo an.

„Sollen wir hier warten?", fragte Bontius.

„Ja, warten", bestätigte er.

Sie sahen sich nach allen Seiten um, dann stiegen sie ab. Eva zitterte, so groß war ihre Anspannung.

„Wir hätten eine der Musketen mitnehmen sollen", meinte Gerrit. „Jetzt sind wir unbewaffnet bis auf unser Buschmesser. Dafür schleppen wir nutzloses Gesträuch mit uns mit."

Bontius ging nicht darauf ein.

Nach wie vor herrschte gespenstische Ruhe. Es reichte, dass ein abgestorbenes Blatt auf den Boden fiel – schon zuckte man zusammen.

„Wenn uns jetzt unsere Mutter sehen könnte", sagte Gerrit. Eva schaute ihn verwundert an. „Was meinst du damit?"

„Na ja, so hat sie sich das sicher nicht vorgestellt. Dass es uns einmal hierhin verschlagen könnte, in diese Wildnis, darauf hätte sie unmöglich kommen können."

„Das stimmt", erwiderte Eva. „Und sie hat mich gewarnt, vor ein paar Monaten, im Traum."

Regungslos standen sie im Pflanzenkessel. Ein Regenschauer ging nieder und kam verzögert durch das dichte Blattwerk mit Verspätung unten an. Danach waren sie nass, aber in der Hitze dauerte es nicht lange, bis ihre Kleider wieder trockneten. Eva nahm ihren Kragen ab, warf ihn weg und knöpfte sich das Kleid auf. Wenigstens hatten sie in den Satteltaschen genug Wasser dabei.

So vergingen die Stunden. Sie warteten und warteten, aber die Soldaten kamen nicht.

„Wir weitergehen!", sagte Rimbo schließlich.

„Noch ein wenig Geduld", bat Bontius. „Wir können die Soldaten nicht einfach hier zurücklassen."

Doch der Javaner entgegnete: „Soldaten kommen nicht zurück. Soldaten tot. Sonst wären hier. Alle vergiftet. Von Kopfjäger. Kopfjäger trennen Köpfe vom Rumpf ihrer Feinde. Viele Köpfe – viel Macht für ihren Stamm."

Eva und Gerrit sahen sich an.

„Ich glaube nicht, dass sie alle umgekommen sind", meinte Bontius. „Es ist bestimmt nicht leicht, aus dem Dickicht mit Pfeil und Bogen zu zielen, wenn man selbst keine gute Sicht hat. Ich kenne mich damit ein wenig aus, denn ich war in meiner Jugend ein ganz guter Armbrustschütze."

„Nicht Pfeil und Bogen", verbesserte ihn Rimbo und deutete mit Gesten ein Blasen durch ein Rohr an.

„Ich finde auch, dass wir noch warten müssen", sagte nun Gerrit.

Eva bewunderte ihn für seine Worte. Sie selbst hätte Rimbo wohl zugestimmt, aber jetzt schwieg sie beschämt.

Rimbo wirkte verärgert: „Wir nicht mehr viel Zeit", beschwor er sie. „Bald kommen Abend, dann dunkel. Dann wir verloren."

Eva sah hinauf zum Blätterdach. Man konnte die Tageszeit von hier aus schlecht einschätzen. Jetzt hätte eine

Uhr, wie Pieter Hasselaer sie besaß, ihnen gute Dienste geleistet: Sie hatte die Form eines Bisamapfels und war so winzig, dass man sie in der Hosentasche mit sich herumtragen konnte.

Mittlerweile verspürte Eva ein dringendes Bedürfnis.

„Ich … ich gehe mal eben hinter den Baum dort", sagte sie.

„Unsinn", entgegnete Gerrit. „Das ist viel zu gefährlich. Mach's einfach hier."

Eva hockte sich hin und ließ es laufen. Rimbo starrte sie an. Nachdem sie noch eine gefühlte Ewigkeit ausgeharrt hatten, war es deutlich, dass das Licht langsam schwand.

„Wir können hier nicht länger stehen bleiben, wir müssen weiterreiten", drängte Eva. Bontius nickte: „Einverstanden." Diesmal war es Rimbo, der Eva aufs Pferd half. Ein süßlicher Geruch ging von ihm aus. „Immerhin hat es keinen neuen Angriff gegeben", flüsterte Eva ihrem Bruder ins Ohr.

Doch Rimbo schimpfte: „Wir zu spät! Wir zu spät! Zu viel Zeit verloren!"

Und tatsächlich: Ganz plötzlich brach die Dunkelheit herein. Bald war es schwierig, den stellenweise überwucherten Pfad noch zu erkennen. Es schien, als drängten sich die Bäume weiter vor, um den Weg zu verdecken. Palmenblätter wirkten jetzt wie Spinnenfinger, Schlingpflanzen wie Netze, Blütenkelche wie Giftbecher und knorrige Äste wie Folterwerkzeuge. Immer fester drückte sich Eva an Gerrits schweißnassen Körper. „Wenigstens sterbe ich mit ihm zusammen", schoss es ihr durch den Kopf.

Mit dem Einbruch der Nacht war es um die Stille geschehen. Der Wald begann zu sprechen. Erst war es nur ein einzelnes „Tink-tink", das aus dem Dunkel drang, doch rasch wurde es von vielen anderen „Tink-tinks" verstärkt. Eine krächzende Stimme fiel ein, dann folgte ein Trillern, ein Summen, ein Zirpen. Die Geräusche schienen aus der Luft selbst zu kommen, hin und wieder unterlegt von markerschütternden Pfiffen oder Schreien. Erst Dutzende, dann Hunderte, schließlich Tausende Laute gellten Eva in den Ohren. Immer weiter schwoll das Konzert aus der Finsternis an – ein nächtlicher Chor unbekannter Kreaturen, der ihnen zuzurufen schien: „Wir haben euch eingeschlossen! Hier kommt ihr nicht mehr lebend raus!"

Es war offensichtlich, dass sie anhalten mussten. Die Finsternis ließ ihnen keine andere Wahl. Doch da nahmen sie plötzlich vor sich einen matten Lichtschimmer wahr. Langsam ritten sie darauf zu, und das fahle, grünliche Licht wurde stärker. Im Näherkommen sah Eva, dass es aus zahllosen kleinen Punkten bestand, von denen einzelne grell aufblitzten. In dieser gespenstischen Beleuchtung zeichneten sich allmählich die Umrisse von Steinquadern ab.

„Oje", sagte Gerrit. „Wir haben wohl die falsche Abzweigung genommen."

Eva verstand ihn nicht. „Was meinst du?"

Aber bevor er antworten konnte, rief Rimbo: „Der Geistertempel!"

Abschied

Mit bebender Hand zeigte Rimbo auf die Lichtpunkte: „Da – Seelen der Toten!"

Eva schluckte. Mehrere kolossale Bäume wurden von den Lichtern illuminiert. Sie flimmerten auf den ausladenden Ästen bis in die äußersten Zweige und hoch hinauf in die Kronen. Es mussten Millionen sein, die da in der Finsternis blinkten.

Gerrit zog das Buschmesser aus seiner Satteltasche und schlug damit einen leuchtenden Ast ab, den er vom Pferd aus erreichen konnte.

„Was machst du da?", herrschte Eva ihn an.

Gerrit besah sich den Ast scheinbar furchtlos, dann streifte er ihn über seinen Haarschopf: Sofort begannen die Lichter auch auf seinem Kopf zu funkeln. Eva blieb fast das Herz stehen.

„Unglücklicher! Unglücklicher! Du des Todes!", schrie Rimbo.

Gerrit ließ sich davon nicht beeindrucken. „Wie sehe ich aus?", fragte er Eva.

Sie ging nicht darauf ein: „Lass das bleiben!"

„Ich glaube, das sind keine Geister. Das sind Käfer", sagte Gerrit. Er pflückte sich etwas aus den Haaren und hielt es Eva hin. Soweit sie erkennen konnte, war es tatsächlich ein Käfer. Das Leuchten schien von seinem Hinterteil auszugehen. Auch Bontius trat hinzu. „Davon habe ich schon gehört", meinte er. „Solche Käfer gibt es auch in Europa. Allerdings sind es hier unglaublich viele."

Rimbo konnte sich nicht beruhigen: „Umkehren! Umkehren!", forderte er.

„Wir können nicht umkehren", widersprach Bontius. „Wenn wir uns jetzt vom Fleck bewegen, werden wir sofort

vom Pfad abkommen und ihn auch morgen bei Tageslicht nicht mehr wiederfinden. Wir müssen die Nacht hier
verbringen."

Er stieg ab. „Das Wichtigste ist, dass wir ganz dicht
zusammenbleiben. Niemand von uns darf einen Schritt ins
Dickicht tun."

Gerrit glitt vom Pferd und half auch Eva hinunter. Sie
blickte sich um: Vor ihnen waren die Geisterkäfer. Hinter
ihnen lag undurchdringliche Schwärze.

„Willst du Wasser?"

Gerrit griff in die Satteltasche und reichte Eva den
ledernen Behälter. Sie trank in gierigen Zügen. Die Schwüle
ließ auch in der Nacht nicht nach.

Nachdem sie das Wasser an Gerrit weitergereicht
hatte, schaute sie noch einmal zurück: Jetzt waren dort, wo
eben nur Finsternis gewesen war, mehrere gelbe Lichter.
Sie sahen nicht so aus wie die Leuchtpunkte vor ihnen,
sondern waren weit größer.

Sie zupfte Gerrit am Ärmel.

„Ja, was?"

„Da!" Sie zeigte auf die Lichter. „Die waren eben noch
nicht da."

„Tja, wir sind nicht allein." Sie hörte deutlich heraus,
dass Gerrit bemüht war, seiner Stimme einen beiläufigen
Ton zu verleihen. Aber im selben Moment scheuten die
Pferde. Gerrit und der Doktor griffen sie beim Zaumzeug
und redeten beschwichtigend auf sie ein.

Als sich die Tiere wieder beruhigt hatten, meinte Gerrit:
„Zumindest kann man aber in dieser Finsternis keine Pfeile
mehr auf uns abschießen."

„Sag das nicht zu laut."

Sie schwiegen. Eva schloss die Augen und sah sich
ohne Kopf auf dem Waldboden liegen. Ihr Torso verfaulte

langsam, wurde von Käfern zerfressen, und aus seinen Resten wuchs eine Blume empor.

„Wie kommt ein Tempel in den Wald?", fragte Gerrit.

„Er dürfte sehr alt sein", antwortete der Doktor. „Irgendwann wurde er aufgegeben und von der Wildnis zurückerobert. Auch in Europa gibt es verfallene Burgen, und wenn man in manchen Städten tief genug gräbt, stößt man mitunter auf Fußböden von wunderbarer Gestalt und Verzierung."

„Danke für die Unterrichtung", dachte Eva. Als wenn sie jetzt keine anderen Sorgen gehabt hätten.

„Aber wie konnte es passieren, dass wir auf den falschen Weg gekommen sind?", meinte Gerrit verärgert. „Gut, es war dämmrig, aber dafür haben wir doch einen Führer mitgenommen. Rimbo, das war doch deine Aufgabe!"

Keine Antwort.

„Rimbo?"

Jetzt drehte sich auch der Doktor nach allen Seiten um.

„Rimbo? Rimbo?"

„Er ist nicht hier!", stellte Gerrit fest.

„Aber wo ist er dann?"

„Vielleicht erkundet er die Umgebung. Ist nur zu hoffen, dass er wieder zurückfindet."

Eva versuchte mit aller Macht, in der Dunkelheit etwas zu erkennen – aber weiter als bis zum nächsten Baum konnte man nicht sehen, und auch das nur in der Richtung, wo die Käfer leuchteten.

„Er wird schon wiederkommen", sagte sie.

Also warteten sie wieder. Eva verlagerte ihr Gewicht von einem Bein auf das andere, lehnte sich ein wenig gegen das Pferd und ließ sich dann von Gerrit in den Arm nehmen. Schließlich gab sie der Erschöpfung nach und setzte sich auf den Boden – auch wenn sie große Angst davor hatte, was dort herumkriechen mochte. Lange starrte sie ins Nichts, ebenso wie die anderen beiden neben ihr.

Rimbo kam nicht wieder.

„Entweder er hat sich aus Angst vor den Geistern davongemacht. Oder er steckt mit diesen Kopfjägern unter einer Decke und hat uns absichtlich hierhergelockt", überlegte Gerrit. „Oder aber …"

„Ja – was?"

„… der Tiger hat ihn geholt."

Sofort rückte Eva noch näher an ihn heran. Sein Kopf leuchtete immer noch ein wenig, so wie das letzte Glühen in der Asche eines abgebrannten Feuers.

Mit einem Mal begann es wieder zu regnen. Eva war es egal. Ob sie nun vom Regen oder vom Angstschweiß durchtränkt war, was machte das schon aus? Es goss allerdings lange. Die Lichtpunkte auf den Bäumen erloschen, doch dafür begann nun der Boden zu glimmen. „Ich glaube, hier gibt es doch Geister", flüsterte Eva. Doch Bontius sagte: „Das scheinen mir nun weder Geister noch Käfer zu sein, das sieht mir aus wie Pilze. Leuchtpilze."

„Wie aus dem Märchen", sagte Eva leise. „Dieser Wald ist verzaubert."

So saßen sie da und schauten auf den giftgrünen Boden. Plötzlich zischte etwas über Eva hinweg – laut schrie sie auf. „Da war was! Da war was! Ein Pfeil! Sie beschießen uns wieder!" Gerrit zückte das Buschmesser.

Der Wald lärmte in allen Tonlagen. Es war, als würde er im nächsten Moment über sie herfallen. Wieder stieg Eva sein Geruch in die Nase: ein Odem, gebraut in unergründlichen Tiefen, ein Gemisch aus dem Atem der Pflanzen, der Schwüle der Luft und den Dünsten des Bodens. Der gärende Brodem des Waldes.

Dann wieder etwas über ihren Köpfen! Alle duckten sich.

„Ich glaube, das war kein Pfeil", sagte der Doktor. „Das war eine Fledermaus."

In banger Hoffnung harrten sie aus. Dann kam es noch mal. „Ja, eine Fledermaus", meinte Gerrit nun ebenfalls. „Oder was auch immer. Jedenfalls kein Pfeil."

Kopfjäger. Allein schon der Name. Sie mussten durch und durch böse sein, denn schließlich hatten sie keinen Grund, Menschen zu töten, die sie überhaupt nicht kannten. Und dass sie ihnen dann noch die Köpfe abschlugen: Widerlich! Abscheulich! Eva verkrampfte sich noch mehr. „Ich will nicht, dass sie meinen Kopf durch den Wald schleppen", dachte sie. „Ich will nicht."

Ihre Hand juckte. Irgendetwas hatte sie dort gebissen oder gestochen. Sie musste sich die ganze Zeit kratzen.

Einen Tag zuvor hätte sie das Bestehen einer solchen Welt noch nicht für möglich gehalten. Aus der Ferne betrachtet, sah der Wald schön und friedlich aus. Den Horror im Inneren konnte man von außen nicht erahnen.

Ein tellergroßer Falter irrlichterte um ihren Kopf. Ein gelbes Augenpaar blitzte auf. Zumindest nahm sie an, dass es Augen waren. Plötzlich hatte sie das Gefühl, dass sich das Kind in ihr regte. Das Kind! Es sollte hier nicht sterben. Sie musste es hier rausbringen, sie musste es schaffen … Warum war sie am Morgen nicht einfach auf ihr Zimmer zurückgegangen?

Irgendetwas krabbelte über ihre Hand. Sie schüttelte es ab. Gerrit bewegte sich, und hielt ihr das Buschmesser hin: „Hier nimm das mal! Und wenn der Tiger kommt, immer zwischen die Augen!"

Sie starrte auf die Klinge, die im grünen Licht schimmerte. Gerrit stand auf und machte sich an den Taschen zu schaffen.

„Was suchst du?"

Anstatt zu antworten, setzte er sich wieder neben sie und hielt ihr etwas dicht vor die Augen: Es war seine Fiedel!

„Das kann doch wohl nicht wahr sein, dass du die eingepackt hast!"

„Die nehm ich doch überall mit hin. Und heute Morgen dachte ich noch, das würde ein lustiger Ausflug mit Brot und Käse …" Er setzte die Fiedel an.

„Was soll das?" Der Doktor klang verärgert. „Wollt Ihr unsere Verfolger anlocken?"

„Ich glaube, in der Dunkelheit haben wir von denen nichts zu befürchten, denn die sehen jetzt genauso wenig wie wir. Wohingegen ein Tiger vielleicht Nachtaugen hat."

„Dann müsst Ihr ihn nicht auch noch eigens auf uns aufmerksam machen."

„Also, unser Kater hasst mein Gefiedel. Und der Tiger, den ich in der Menagerie gesehen habe, hatte große Ähnlichkeit mit ihm. Vielleicht kann er meine Musik auch nicht ausstehen."

„Und du meinst, er könnte dann wegbleiben?", fragte Eva.

„Wäre einen Versuch wert. Sonst kommt er gleich vielleicht noch mal zurück."

„Wenn er überhaupt da war …", bezweifelte Eva. „Wir hätten doch etwas davon mitbekommen müssen."

Doch Gerrit ließ sich nicht davon abbringen. Schon erklang der erste Ton, es war – wie konnte es anders sein? – *Der lustige Mai*. Gerrit spielte, und die vertraute Melodie ließ Eva Mut schöpfen. Solange sie erklang, war das schreckliche Zirpen um sie herum nur noch ein Hintergrundgeräusch. Ja, Gerrit sollte spielen, auch wenn es verrückt war! Nun hatte sie ihr Lieblingslied sowohl in einem Schneesturm als auch in einem Urwald gehört.

Gerrit ließ den Bogen über die Saiten springen, federn

und hämmern, seine Griffwechsel hatten nichts von ihrer Geschwindigkeit eingebüßt. Eva schaute ihn an, und im spärlichen Licht der Pilze sah sie Moskitos um seinen Lockenkopf kreisen. Die Töne waren von einer seltsamen Klarheit. Je länger Eva zuhörte, desto ruhiger wurde sie. Es war, als ginge ein Schutzzauber von der Musik aus, als hielten die heimatlichen Klänge alles Fremde und Feindliche auf Abstand. Solange er spielte, waren sie sicher.

Gerrit spielte bis zur Morgendämmerung. Als er den Bogen schließlich sinken ließ, war das Zirpen verstummt. Stattdessen sangen Vögel, fast wie zu Hause. Die Beschwörung hatte Erfolg gehabt.

Mit dem ersten Licht traten die Säulen und Mauern des Ruinentempels hervor. Sie waren voller Flechten und Moos, wie bedeckt von altem Samt.

„Machen wir, dass wir wegkommen", sagte Gerrit.

Mühsam standen sie auf. Evas Kleider waren völlig verdreckt. Auf ihren Händen sah sie mehrere rote Punkte. Gerrit half ihr aufs Pferd hinauf und setzte sich vor sie. Der Doktor schaffte es diesmal allein. Er ritt vorneweg, dann folgten Gerrit und Eva. Rimbos Pferd trottete mit leerem Sattel hinterdrein.

Sie mussten den Weg jetzt ohne Führer finden, und das war nicht leicht. Immer wieder hielten sie an, stiegen ab und änderten die Richtung, bis sie den Pfad wiederentdeckt hatten. Die ganze Zeit schwebte die Gefahr eines neuen Angriffs über ihnen.

Endlich kamen sie an die Gabelung, an der sie tags zuvor den falschen Weg genommen haben mussten. In Eva wuchs die Zuversicht, denn nun hatten sie den letzten Abschnitt erreicht. Langsam fiel die größte Anspannung von ihr ab. Sie hatten unwahrscheinliches Glück gehabt! Vor allem, dass sie die Nacht überlebt hatten. Die Frage war jetzt noch, was aus den Soldaten geworden war. Im glücklichsten Fall waren sie schon in Batavia.

Nach schätzungsweise einer weiteren Stunde drehte sich der Doktor zu ihnen um und lächelte sie an: „Wir haben es so gut wie geschafft!", sagte er. „Ich habe von unserem Freund Musa Berg noch ein paar Flaschen französischen Wein bekommen – den spendiere ich bei unserer Ankunft!"

Er drehte sich wieder um, und genau da flogen mehrere Pfeile über ihre Köpfe. Ein Schock durchfuhr Eva. Die Geschosse kamen von vorn.

„Los jetzt!", schrie Gerrit. „Wir reiten da durch! Nicht wieder zurück!"

Doch Bontius' Pferd scheute und wollte nicht weiter. „Es weigert sich!", rief er. Da zog Gerrit seine Fiedel aus der Satteltasche und schlug dem Pferd damit auf sein Hinterteil. Sofort machte es einen Satz nach vorn und galoppierte davon. Gerrit ließ die Fiedel fallen und rammte seinem Pferd die Stiefel in die Flanken. Es setzte sich in Bewegung, aber nur um im nächsten Moment abrupt anzuhalten. Und da geschah es: Eva rutschte zur Seite weg und fiel zu Boden. Mit dem Bauch kam sie auf etwas Hartem auf – ein mächtiger, dumpfer Schmerz breitete sich aus. Sie versuchte aufzustehen, aber ihre Kräfte versagten.

Im nächsten Augenblick war Gerrit neben ihr. Er musste vom Pferd gesprungen sein. Schon hielt er sie in seinen Armen, schon hob er sie hoch. „Du musst da rauf, du musst!", beschwor er sie. Eva versuchte, die Zügel zu fassen, aber sie war wie gelähmt. „Halt dich am Sattel fest!" Sie tat es, und Gerrit wuchtete sie hoch. Sie hing eher auf dem Pferd als dass sie saß, aber aus den Augenwinkeln nahm sie wahr, dass er sich hinter sie schwang. Er legte seinen linken Arm um sie und griff mit der rechten Hand nach den Zügeln. Dann trieb er das Pferd an. Sie preschten den Pfad entlang. Eva sah die grüne Mauer an sich vorbei-fliegen. Gerrit hielt sie fest an sich gepresst. Immer wieder wurde ihr schwarz vor Augen, und wenn sie wieder etwas sah, war es das wogende Grün, das verhasste Strauchwerk der Dämmerwelt, Schaft an Schaft, Schild an Schild. Sie ritten und ritten, und dann, urplötzlich, wurde es hell: Sie galoppierten ins Freie, vor ihnen lagen die Felder und in der Ferne die Holzpalisaden von Batavia mit den dahinter aufragenden Dächern.

Das Pferd verfiel in einen leichten Trab. Eva hatte noch immer höllische Schmerzen im Unterleib.

Gerrit hatte seinen Griff gelockert. Die Hand mit dem Zügel hing schlaff herunter und zitterte leicht, sein Kopf lehnte gegen ihre Schulter.

„Wir haben's geschafft", sagte Eva leise. „Wir haben's geschafft, Gerrit."

Langsam ritten sie auf die Stadt zu. Das Pferd schien nun selbst zu wissen, wo es langging. Bald erkannte Eva, dass ihnen ein Trupp Reiter entgegenkam. Sie näherten sich in schärfstem Galopp. Es waren Soldaten. Als sie sie erreichten, sprangen zwei von ihnen ab, rannten zu ihnen und hielten ihr Pferd am Zaumzeug fest.

„Exzellenz, darf ich Euch helfen?" Eva befreite sich sanft aus Gerrits Arm, und wollte gerade vom Pferd klettern, da bemerkte sie, dass er zur Seite kippte. Der zweite Soldat konnte ihn gerade noch auffangen. Schnell ließ sich Eva hinunterhelfen.

Gerrit zitterte am ganzen Körper, schnappte nach Luft und hatte die Augen weit aufgerissen. Er sah furchtbar aus.

„Was hat er? Was hat er?", fragte Eva.

Und da sah sie es selbst: In seinem Oberschenkel steckte ein kleiner Pfeil.

„Das ist ein Giftpfeil!", rief sie. „Rasch! Rasch! Ist Doktor Bontius schon hier?"

„Er wird gerade zum Kastell gebracht."

„Dann müssen wir da auch hin! Schnell!"

Ein Soldat nahm sie zu sich aufs Pferd, ein anderer packte Gerrit. So rasten sie zur Stadt, galoppierten durch die Straßen, an den Kanälen vorbei. Evas Herz hämmerte. Trotz des stechenden Schmerzes in ihrem Unterleib kreisten ihre Gedanken nur noch um Gerrit: Wie gefährlich war das Gift? Würde der Doktor ihn heilen können? Falls nicht … nein, daran wollte sie nicht denken.

Sie preschten durch das Tor in den Hof.

„Der Doktor! Der Doktor!", schrie Eva. „Wo ist der Doktor? Los, steht nicht herum, holt ihn!"

Die Soldaten trugen Gerrit die Stufen zum Eingang des Südflügels hinauf. Aus dem Zittern war nun ein Schütteln geworden, und er rang heftig nach Atem. Dazu lief ihm der Schweiß in Strömen über das Gesicht.

Plötzlich stand Coen in der Tür. Mit einem Blick erfasste er die Situation.

„Ein Kopfjägerpfeil?"

„Ja", antwortete Eva, schwer atmend. „Ich glaube, er fiebert. Ihr müsst ihm schnell Euer Mittel geben. Das aus der Baumrinde."

Coen nickte. „Ich werde es holen." Dann fügte er hinzu: „Aber es wird in diesem Fall nicht helfen."

„Was soll das heißen?"

„Das liegt in Gottes Hand."

In panischer Angst hastete Eva neben den Soldaten an den Büros im Erdgeschoss vorbei. Bontius, kreidebleich im Gesicht, wartete schon vor seiner Unterkunft, die gleichzeitig als Arztpraxis für das gehobene Personal diente. Er führte sie ins vorderste Zimmer. „Legt ihn hier auf die Bank", sagte er. Eva griff nach einem Kissen und legte es unter Gerrits Kopf. Ihre Hände zitterten. Mit einer Schere schnitt Bontius das Hosenbein auf. Die Stelle, an der ihm der Pfeil im Bein steckte, war blaurot umrandet. Bontius griff zu einem Messer, setzte es an und schnitt den Pfeil heraus. Eine klaffende Wunde blieb zurück. Gerrits Körper bebte.

Coen kam ins Zimmer. Er reichte Bontius ein kleines Fläschchen. „Das ist das Mittel, von dem ich Euch erzählt habe. Gegen Fieber. Meine Gattin wünscht, dass er es nimmt."

Bontius öffnete es und träufelte Gerrit die Medizin in den Mund, doch er schien nicht mehr schlucken zu können.

„Wird er wieder gesund?", fragte Eva.

Der Doktor druckste herum: „Nun, ich …"

„Gegen dieses Pfeilgift ist kein Kraut gewachsen." Es war Coen, der das sagte. Seine Bemerkung ging wie ein Fallbeil auf Eva nieder. „Sie stellen es her aus dem Milchsaft des Javagiftbaums. Es ist absolut tödlich. Nehmt Abschied von Eurem Bruder, solange noch Zeit dafür ist." Damit verließ er das Zimmer.

Bontius wandte sich an die Soldaten: „Ihr könnt jetzt gehen." Die Männer verschwanden.

„Ich glaube das nicht", sagte Eva. „Man muss doch etwas tun können! Doktor!"

„Ich … ich bin machtlos …"

„Aber das kann doch nicht sein!", brüllte Eva ihn an. „Wofür seid Ihr Arzt?"

Gerrit warf den Kopf hin und her. Eva nahm ihn in ihre Hände.

„Gerrit! Gerrit!", rief sie. „Gerrit!"

Sein Blick war leer.

„Gerrit! Kannst du mich hören? Gerrit, es wird alles wieder gut! Du wirst wieder gesund! Ein so kleiner Pfeil kann dich nicht umhauen. Du hast schon ganz andere Sachen durchgestanden. Gerrit, mein kleiner Bruder …"

Sie rückte zu ihm auf die Bank, legte sich neben ihn und ergriff seine schweißnasse Hand.

„Gerrit, du bist der beste Mensch, den ich kenne. Du hast mich gerettet, als ich vom Pferd gefallen bin …"

Sie sah ihn durchdringend an: „Gerrit – bitte!"

Da schien er sie für den Bruchteil eines Augenblicks zu fixieren. Zugleich zuckten seine Mundwinkel, sodass ganz kurz seine Grübchen sichtbar wurden. Dann hatte sich sein Blick schon wieder in der Ferne verloren.

Eva drückte ihren Kopf gegen seine Schläfe. Wie früher, als sie immer zusammen im Bett gelegen hatten, horchte sie auf sein Atmen. Die Atmung war jetzt ganz flach. „Er darf nicht sterben! Er darf nicht sterben!", war das Einzige, was ihr durch den Kopf ging. „Bitte, bitte – ich will an seiner Stelle sterben! Er hat mich doch gerettet! Er hat doch alles gut gemacht!"

So lagen sie beieinander, Eva hätte nicht sagen können, wie lange. Schließlich fühlte sie die Hand des Doktors auf ihrer Schulter.

„Exzellenz", sagte er. „Euer Bruder ist heimgegangen."

Langsam richtete sie sich auf. Bontius schloss Gerrit die Augen.

„Wie jung er ist", dachte Eva. Das volle schwarze Haar, die reine Haut, ohne Pockennarben. Es konnte nicht sein. Es durfte nicht sein.

Mit einem Mal spürte sie ein furchtbares Reißen im Unterleib. Sie krümmte sich zusammen.

„Was habt Ihr?", fragte Bontius.

Sie konnte nicht sprechen. Sie hatte noch nie im Leben so einen Schmerz gefühlt.

Bontius griff ihr unter die Arme und schleifte sie zu

einem Lehnstuhl. Dabei rief er nach seinen Dienern.

Eva ließ sich in den Stuhl fallen und spürte, wie Bontius ihren Rock hochraffte. Flüssigkeit quoll aus ihrem Inneren und lief ihr die Beine hinunter. Dann kam der nächste Stich durch ihr Inneres. Sie bäumte sich auf. Jetzt umdrängten sie mehrere Diener, der Doktor rief Wörter in einer anderen Sprache. Sie sackte wieder zusammen. Eine Zeit lang verharrte sie so, schloss die Augen, atmete schwer. Dann durchfuhr es sie mit ungekannter Heftigkeit. Sie krallte sich an den Stuhllehnen fest. Und plötzlich begriff sie, was geschah.

„Doktor, Doktor!", rief sie. „Ihr müsst es aufhalten! Es ist doch noch viel zu klein!"

Doch er antwortete: „Der Muttermund ist bereits etwas geöffnet, Exzellenz! Die Geburt ist nicht mehr zu verhindern. Wir können nichts tun."

Sie versuchte, das Kind festzuhalten, aber das Reißen in ihrem Körper war stärker. Immer wieder kamen die Wehen. Es schien sie von innen zu zerfetzen. Nun hielt ihr der Doktor einen Schwamm vor die Nase, von dem ein bitterer, scharfer Geruch ausging.

„Was ist das?", brachte sie hervor.

„Man nennt es Opium", sagte er. „Damit könnt Ihr die Schmerzen besser ertragen. Ich darf Euch aber nicht zu viel davon geben, denn Ihr müsst bei Bewusstsein bleiben."

Eine kurze Zeit der Erholung war ihr vergönnt, und tatsächlich hatte sie das Gefühl, dass ihr Bewusstsein nun ein wenig ins Unscharfe abdriftete. Dann kam der nächste Krampf. Es fühlte sich an, als würde ihr ein ganz enger, harter Gürtel umgeschnürt, der ihren Bauch und ihren unteren Rücken gleichermaßen zusammendrückte. Es war unerträglich. Dabei begann sie nun unwillkürlich zu pressen.

Sie spürte, wie sie sich öffnete. Sie schrie. Helfende Hände stützten sie unter den Armen. Dann kam es. Sie konnte sogar hören, wie es in eine Schüssel fiel. Danach blieb alles still. Kein Schreien, kein Wimmern. Für einige Zeit nahm sie alles nur noch wie hinter einem Schleier wahr.

Zwei Frauen, die dazu gekommen waren, zogen ihr das Kleid aus und hüllten sie in eine dünne Decke. Langsam ließen die Schmerzen nach. Plötzlich rief sie: „Ich will es sehen! Ich will es sehen! Habt Ihr gehört?"

„Seid Ihr sicher?", fragte Bontius. „Es ist tot."

„Ja, das weiß ich. Zeigt mir mein Kind. Jetzt sofort!"

„Wartet."

Er ging weg. Nach einiger Zeit hörte sie ihn zurückkommen. In der Hand trug er ihr Kind.

Es war winzig, kaum größer als eine ausgestreckte Männerhand, und doch schon ein kleiner Mensch. Vorsichtig nahm sie es in ihre eigenen Hände.

Sie hatte recht gehabt, es war ein Mädchen. Alles war schon dran, nur winzig klein: der himbeerrote Mund, das Näschen, die Hände, leicht zu Fäusten geballt, sogar die Fingernägel. Die Haare waren schwarz und dicht wie die von Gerrit. Und wie große Füße sie hatte! Unverkennbar: Das waren *ihre* – Evas – Füße. In diesem Augenblick wurde ihr erst richtig klar, dass es ihr Kind war, das sie da festhielt. Sie war Mutter. Ihre unendliche Trauer vermischte sich mit Stolz.

Sie war so schön. Die Dienerinnen mussten sie kurz gebadet haben, denn sie war frei von Blut und anderen Körpersäften. Ihre Haut war ganz weich, und sie roch gut. Die Augen konnte Eva nicht sehen, denn sie waren geschlossen. Dennoch war es, als hielte sie ein lebendes Kind im Arm, nur der Atem fehlte. Jetzt eine leichte Bewegung des Brustkorbs, ein Öffnen der Lippen – und die Macht des Todes wäre gebrochen. Aber nein, es geschah nichts. Sie musste tot sein. Und Eva musste damit leben. Zumindest war ihr Gesichtsausdruck ganz friedlich, sodass man sicher sein durfte, dass die Kleine keine Schmerzen gelitten hatte.

Sie würde sie Geertruit nennen. Denn so hatte ihre beste Freundin Judith ihre Tochter nennen wollen, die sie nie bekommen hatte. Kleine Geertruit. Wie gern hätte sie ihr die Welt gezeigt, aber jetzt war sie gestorben, noch bevor sie einen Blick darauf riskiert hatte. Und dennoch: Ein kurzes Stück waren sie gemeinsam gegangen, und das bedeutete ihr unendlich viel. Es war ein wunderbares Gefühl, Geertruit im Arm zu halten. Sie wollte sie nie wieder hergeben. Wie konnte ein totes Kind nur so schön sein?

Mit einem Mal schwere Stiefeltritte – Coen kam herein! Sein erster Blick fiel auf Gerrit, sein zweiter auf Eva. Seine Brauen verengten sich, und über seiner Nase bildete sich eine Furche. Er trat auf sie zu.

„Tut das augenblicklich weg!"

„Aber ... das ist unsere Tochter!"

„Das ist unsere Schande, mehr nicht! Der Beweis Eurer Unfähigkeit! Ihr hättet nichts weiter tun müssen, als es Euch hier im Palast gutgehen zu lassen. Stattdessen verfallt Ihr auf den wahnwitzigen Gedanken, in den Wald zu ziehen."

Sie wollte entgegnen, dass sie sich nur dem Doktor angeschlossen hatte. Dass sie Soldaten dabeigehabt hatten. Aber sie brachte kein Wort heraus.

Coen redete weiter auf sie ein: „Keine Frau aus Batavia – die dümmste Heidin mit eingeschlossen – hat je einen Fuß in den Wald gesetzt. Überlegt Euch gut, wie Ihr dies eines Tages vor Gott dem Herrn verantworten wollt, und macht es Euch nicht zu leicht: Ihr neigt dazu, Euch mit

Ausflüchten selbst zu beschwichtigen. Prägt Euch dieses Bild ein: Dort Euer Bruder, hier Eure Leibesfrucht – beide tot. Und jetzt Schluss damit."

Grob riss er ihr das Kind aus den Händen und warf es in eine Schüssel. „Was tut Ihr da?", rief Eva mit brüchiger Stimme. „Gebt mir die Kleine sofort zurück!"

Er beachtete sie gar nicht. Stattdessen winkte er mehrere Diener heran und gab ihnen auf Malaiisch Anordnungen. Sie verschwanden. Coen wandte sich dem Doktor zu: „Wir sprechen uns noch", blaffte er. „Ich hätte Lust, Euch mitsamt Eurem Bruder nach Ambon zu schicken oder gleich zurück nach Holland, aber dann auf dem untersten Deck."

„Exzellenz, ich dachte, ich meine … Jäger gehen doch auch in den Wald … und es ist doch nun mal mein Auftrag, nach Heilpflanzen zu suchen."

„Fakt ist, dass Ihr es nicht gerade geschickt angestellt habt. Wir haben einen Verlust von zehn Leuten zu beklagen."

„Zehn?"

„Ihr seid doch wohl mit acht Soldaten losgezogen, oder? Und dieser Rimbo war auch mit dabei. Keiner ist zurückgekehrt."

Nun kamen die Diener, die Coen losgeschickt hatte, mit einer Sänfte zurück. Sie halfen Eva hinein. Kurz darauf wurde ihr schwarz vor Augen.

Als sie wieder zu sich kam, lag sie in ihrem Zimmer. Sie brauchte eine Weile, um sich das Geschehene in Erinnerung zu rufen. Es war wie der furchtbarste Albtraum. Aber es war eben kein Trugbild, das sich beim Erwachen in Erleichterung auflöste. Es war wahr.

„Er hat recht", dachte sie. „An all dem bin ich schuld. Nur ich."

Blick in den Abgrund

Die Ereignisse der nächsten Tage nahm Eva aus einem Gefühl der Distanz wahr, so als hätte sie nichts damit zu tun. Die meiste Zeit lag sie im Bett. Vor der Trauerfeier für Gerrit verabreichte Bontius ihr nochmals etwas Opium. Einsilbig nahm sie die Beileidsbekundungen der Bürger Batavias entgegen. Gerrit wurde auf dem kleinen Friedhof neben der Kirche von Willem de Bondt beigesetzt. Was mit Geertruit geschehen war, wagte sie nicht zu fragen.

In der dritten Nacht nach der Beisetzung erschien Coen in ihrem Zimmer. Eva hob abwehrend die Arme. „Der Doktor hat gesagt, dass ich …" Aber er knurrte nur: „Es wird Zeit, dass ich dir endlich mal wieder die Sporen gebe!"

Es war nicht völlig dunkel im Zimmer. Im Hof brannte wie stets das große Feuer und warf seine flackernden Schatten auf die Wände. Eva schloss die Augen. Sie konnte nicht sehen, aber fühlen und ahnen, wie er sich die Pluderhose herunterzog, sein Geschlecht heraussprang und zum Angriff überging. Diesmal litt sie größere Schmerzen als je zuvor. Sie war noch tief verletzt, und er brach die Wunde wieder auf. Doch kein Stöhnen und kein Seufzen kam ihr über die Lippen – diesen Triumph gönnte sie ihm nicht. Endlich ließ er von ihr ab. Es war wie eine Erlösung.

Tags darauf blieb sie im Bett und ging auch nicht zum Essen. Die Dienerinnen brachten ihr etwas Brot und ein paar Früchte, doch sie ließ alles unberührt. Gegen Abend kleidete sie sich an, befahl den Dienerinnen, sich zurückzuziehen, und verließ den Palast.

Zuerst irrte sie im Hafen umher. Zum Glück hatte schon die Dämmerung eingesetzt, sodass nicht mehr viele Menschen unterwegs waren. Eva blickte über das Meer:

Es lag so ruhig und teilnahmslos da wie immer. Als sie es das letzte Mal gesehen hatte, an dem Morgen, als van den Broecke abgefahren war, hatte Gerrit noch gelebt, und sie hatte das Kind noch in sich getragen. Jetzt waren sie tot, und das Gefüge ihres Lebens war zerstört. Schwarze Vögel nisteten in ihrer Seele.

Wie sollte sie allein weiterleben? Sie konnte es nicht. Die Schuld erdrückte sie, und die Einsamkeit fraß sie auf. Das spürte sie deutlich, und das würde auch nicht besser werden. Gerrit war wegen ihr mit nach Ostindien gekommen. Sie hätte ihn zurückschicken müssen, damals, im Schneesturm auf der Zuiderzee. Wie lange das nun schon her war!

Vor einem Jahr hatten sie beide noch in Amsterdam gewohnt, und Gerrit hatte seine Abende mit den Freunden genossen und allerlei Dummheiten angestellt. Er musste damals geglaubt haben, noch am Anfang zu stehen, noch ganz viel vor sich zu haben. Dabei war sein Lebensfaden schon so kurz gewesen. Kaum in Batavia angekommen, hatte ihn bereits der tödliche Pfeil getroffen. Keine zwanzig war er geworden.

Ob er wohl alt geworden wäre, wenn er sich damals entschieden hätte, in Amsterdam zu bleiben? Eva hatte darüber schon oft nachgedacht: Jedem Menschen standen viele Lebenswege offen. Man entschied sich dann für einen, aber die nicht verwirklichten Leben schimmerten immer noch mal durch wie das Licht unter einer Türritze.

Sie würde Gerrit als Abbild der Jugend in Erinnerung behalten. Sie kannte jeden Zoll seines Gesichts. Sie kannte ihn so genau, dass sie in jeder Situation hätte sagen können, was er gesagt und wie er es formuliert hätte. Sie konnte sich seinen Geruch ins Gedächtnis zurückrufen. Nur dort existierte er jetzt noch. Sonst gab es nur das Grab in Batavia. Und das würde eines Tages geräumt werden.

Geertruit hatte noch nicht einmal ein richtiges Grab bekommen. Auch das musste sie sich vorwerfen: dass sie nicht den Mut und die Kraft besessen hatte, es von Coen zu erbitten oder gar zu fordern. Bei Nachbarn in Amsterdam hatte Eva einmal das Gemälde eines Kindes gesehen, das ebenfalls tot zur Welt gekommen war. Die trauernden Eltern hatten es malen lassen, um es nicht zu vergessen: Mit geschlossenen Augen und gefalteten Händchen lag es in seiner Wiege und sah aus, als würde es schlafen. Wie schön es wäre, so ein Bild auch von Geertruid zu haben … Immerhin hatte sie sich ihren Anblick fest eingeprägt. Nie würde sie ihn vergessen. Doch die Trauer darüber, dass sie das Menschlein in ihrer Hand nun nie mehr wiedersehen, riechen und spüren würde, war übermächtig. Sie befand sich in einem Zustand totaler Verzweiflung.

Vielleicht gab es ja ein Wiedersehen im Himmel. Viele glaubten daran. Aber für Eva stellten sich eine Menge praktischer Fragen: Was, wenn Geertruit von Gott auserwählt worden war, um errettet zu werden, sie aber nicht? Dann würden sie sich doch wohl kaum mehr begegnen, weil Geertruit bei Gott war und sie selbst in der Hölle schmorte. Und weiter: Blieb Geertruit im Himmel immer so klein, oder war sie dort der Mensch, der aus ihr hätte werden können? Und schließlich sie selbst – welches Alter würde sie haben? Trat sie ihrer Tochter womöglich als Gleichaltrige entgegen?

Gerrit hatte an all das nicht geglaubt. Er hatte es nie ausgesprochen, aber sie wusste es. Und in diesem Moment hatte auch sie ihre Zweifel. Auf dem großen Platz vor dem Amsterdamer Rathaus hatte sie einmal die Aufführung einer durchreisenden Theatergruppe gesehen. Aus diesem Stück war ihr ein einzelner Satz in Erinnerung geblieben, weil er sie damals schockiert hatte: „*Was Fliegen sind den müß'gen Knaben, das sind wir den Göttern: Sie töten uns zum Spaß.*"

Sie stand vor dem Aufgang zu einem der Bastionstürme. Ein Soldat hielt dort Wache. Vielleicht war es gut, wenn sie hinaufstieg auf den Turm. Dort oben war die Luft womöglich frischer. Und sie würde dort allein sein.

„Ich möchte mir einmal die Aussicht ansehen", sagte sie.

Der Soldat schaute sie unsicher an: „Wir haben Befehl, niemanden …"

„Wisst Ihr nicht, wen Ihr vor Euch habt?", unterbrach sie ihn. „Ich bin die Frau des Generals."

Und als er immer noch zögerte, fügte sie hinzu: „Ich bin die Muskatprinzessin."

„Jawohl, Exzellenz!" Er trat zur Seite. Eva stieg die Treppen hinauf. Es machte ihr Mühe, und mitunter spürte sie Stiche im Bauch. Außer Atem erreichte sie die oberste Plattform.

Niemand war hier. Sie blickte über die nächtliche Landschaft. Da war Batavia, und dahinter musste der Urwald liegen. Sie hasste ihn. Und sie hasste auch die Bewohner dieses Landes. Auf der anderen Seite lag das Meer, der Weg nach Holland. Aber dorthin wollte sie jetzt nicht mehr zurück. Ihr Heimweh war erloschen, Gleichgültigkeit hatte sich breitgemacht. Ohne Gerrit ergab alles keinen Sinn mehr. Ohne Gerrit war Holland nicht mehr ihr Zuhause. Machte es für sie überhaupt noch einen Sinn weiterzuleben?

Nun war sie ganz auf sich gestellt. Gut, Jasper war noch da, aber der war ein Tier. Einen Menschen, der ihr nahestand, gab es nicht mehr. Sie war dem furchtbaren Coen ausgeliefert, der ihr nun jeden Abend Gewalt antun würde, bis sie wieder ein Kind empfing. Der Gedanke war grauenhaft. Sie würde das nicht durchhalten können, nicht ohne Stütze. Und eine Stütze hatte sie nicht mehr.

Plötzlich ging ihr durch den Kopf, dass sie springen könnte. Ein kleiner Schritt, ein kurzer Sturz, und alles war vorbei. Im besten Fall war sie dann wieder mit Gerrit vereint. Im schlechtesten strafte sie Gott. Aber etwas Schlimmeres als das, was sie zurzeit auf Erden erlitt, konnte es in der jenseitigen Welt auch nicht geben. Oder …?

Sie kletterte auf die Brüstung und blickte hinab. Man konnte den Boden nicht sehen und darum auch nicht abschätzen, wie hoch es war. Aber eigentlich musste es reichen. Ein Schritt nur …

„Tut es nicht!"

Sie fuhr herum und sah eine Männergestalt in der Dunkelheit.

„Bleibt, wo Ihr seid!", rief sie ihm zu. „Kommt nicht näher!"

Doch der Mann kam näher. „Seid vernünftig. Gebt mir Eure Hand!" Jetzt erkannte sie ihn: Es war Antonio van Diemen.

„Bleibt, wo Ihr seid, ich sage es Euch jetzt zum letzten Mal! Ich mache ernst! Ich springe!"

„Nein, tut Ihr nicht."

„Wieso? Wie kommt Ihr darauf?"

„Ihr hättet es sonst schon getan. Ihr wollt gar nicht springen. Ihr wollt nur darüber nachdenken."

„Das stimmt nicht! Ich springe jetzt! Geht weg!"

„Das kann ich nicht. Ihr seid die Frau des Generals, dem ich sehr viel verdanke. Wenn Ihr springt, dann muss ich auch springen."

„Was? Ihr redet Unsinn! Warum solltet Ihr Euch dann auch umbringen?"

„Der Turm ist nicht hoch genug, um sich zu Tode zu stürzen. Außerdem ist da unten kein fester Boden, sondern ein Graben."

„Ich kann schwimmen."

„Ich denke weniger ans Ertrinken: In dem Graben wimmelt es von Krokodilen. Und glaubt mir: Das ist kein schöner Tod, von Krokodilen zerrissen zu werden. Ein Tiger würde Euch mit einem gezielten Biss in den Nacken töten, das ginge ganz schnell. Aber ein Krokodil ist nicht so gnädig. Es reißt Euch erst mal einen Arm oder ein Bein aus, denn die kriegt es als Erstes zu fassen. Und dann, wenn Ihr schon höllische Qualen leidet, beißt es Euch in den Rumpf und zerfetzt Euch. Glaubt mir, jeder Schmerz, den Ihr bisher empfunden habt, ist dagegen ein Nadelstich. Also: Ich bin alles andere als erpicht darauf, da runterzuspringen. Aber wenn Ihr es tut, habe ich keine andere Wahl. Alles andere würde mir der General nie verzeihen."

Eva starrte erst zu ihm und dann in die Schwärze unter ihren Füßen.

Van Diemen sprach weiter: „Ich kann nur hoffen, dass Ihr mir Eure Hand reicht und Euch von mir da runterhelfen lasst."

Sie wusste nicht genau, was sie erwidern sollte. Darum sagte sie einfach: „Ihr seid verrückt. Niemand würde von Euch erwarten, mir hinterher zu springen. Auch mein Mann nicht."

„Oh, ich glaube, da irrt Ihr Euch. Ihr seid das Kostbarste, was er besitzt, das weiß ich sicher. Und was das Verrücktsein betrifft: Ich bin es nicht, der von diesem Turm springen will. Kommt, gebt mir Eure Hand. Ihr wollt das doch gar nicht."

Sie bewegte sich nicht, aber sie wusste, dass er gewonnen hatte. Schließlich hob sie ihre Hand. Er trat heran und ergriff sie. Langsam ging sie in die Hocke. Doch dabei knickte sie mit einem Fuß um und kam ins Taumeln. Sofort schlang er einen Arm um sie und hielt sie fest. Dann hob er sie hinunter. Mit ihrem Gesicht berührte sie seine Wange.

Vorsichtig stellte er sie wieder auf die Plattform und hielt sie danach noch kurz fest.

„Es ist wegen Eures Bruders, nicht wahr?"

Sie antwortete nicht. Sie spürte nur, wie sich ihre Augen mit Tränen füllten.

„Es tut mir leid", sagte er.

Sie schwiegen eine Weile. Dann erklärte sie stockend: „Das Schlimmste für mich ist, dass er so schnell vergessen sein wird. Ich bin die Einzige, der er etwas bedeutet hat. Wenn ich nicht mehr bin, wird es sein, als hätte es ihn nie gegeben."

„Das denke ich nicht", erwiderte van Diemen. „Ich bin davon überzeugt, dass Gott die einzigartige Welt eines jeden Menschen bewahrt. Sein erstes Wort, sein erster Schnee, sein erster Kuss – all das ist nicht dem Vergessen preisgegeben, sondern bei Gott aufgehoben. Für ewig."

„Es wäre schön, wenn das so wäre", sagte Eva. „Aber seit ich hier in Ostindien bin, habe ich das Gefühl, keine Verbindung mehr zu Gott zu haben. Er hört mich nicht mehr."

Wieder schwiegen sie. Dann begann Eva: „Wisst Ihr, mein Bruder war kein Engel. Er hatte viele Probleme mit sich und mit anderen. Die meisten haben nicht viel von ihm gehalten. Sie haben gesagt, er wäre ein Taugenichts. Auch mein Vater meinte das. Aber ich habe ihn immer sehr lieb gehabt. Und dann, am Ende, hat er mir das Leben gerettet. Es war so, dass ich bei ihm auf dem Pferd saß, als die Pfeile zum zweiten Mal kamen. Ich bin vom Pferd gestürzt. Und er hat nicht gezögert, zu mir herunterzuspringen und mich wieder hinaufzusetzen. Dabei muss ihn der Pfeil getroffen haben. Meint Ihr, eine solche Heldentat wiegt ein schlechtes Leben auf?"

„Ob ein Leben gelingt, hängt manchmal davon ab, dass

man in einem entscheidenden Moment das Richtige tut. Euer Bruder hat das Richtige getan."

Eva nickte. Dann sagte sie: „Wir können jetzt hinuntergehen."

Sie stiegen die Treppe hinab und gingen an dem Soldaten vorbei auf das Kastell zu.

Unterwegs fragte er: „Was habt Ihr Euch gewünscht, als bei der Neujahrsfeier die Himmelslaternen aufgestiegen sind?"

Eva musste einen Moment nachdenken. „Ich ... ich habe mir gewünscht, dass mein Bruder ein guter Mensch wird."

„Warum sagt Ihr dann, dass Gott Euch nicht mehr hört? Er hat Euch gehört. Euer Wunsch ist in Erfüllung gegangen."

Eva blieb stehen. Verdutzt sah sie ihn an. Dann gingen sie weiter. Er geleitete sie bis in die Nähe ihrer Gemächer im zweiten Stock des Hauptgebäudes.

„Kann ich Euch hier allein lassen?"

Sie lächelte. „Könnt Ihr. Und bitte: Ich wäre Euch dankbar, wenn Ihr all das für Euch behalten würdet."

„Exzellenz", sagte er und zog den Hut, „wovon sprecht Ihr?" Dabei lag ein verschwörerisches Lächeln auf seinem Gesicht.

Er verbeugte sich und ging.

Vor ihrer Wohnung wartete Margaretha zusammen mit mehreren Dienern. „Exzellenz, ich habe mir schon Sorgen gemacht!"

„Ich musste mal raus hier", erklärte Eva. Sie ließ sich beim Auskleiden helfen, legte sich ins Bett und schlief bis weit in den nächsten Morgen hinein. Margaretha weckte sie schließlich: „Euer Gemahl will Euch sprechen."

Voll banger Ahnungen machte sie sich fertig und wurde bei ihm vorstellig. Was wollte er diesmal von ihr?

Sie musste sich nicht lange gedulden, denn wie es seine Art war, kam er sofort zur Sache: „Ich habe nachgedacht und bin zu dem Schluss gekommen, dass Ihr eine Aufgabe braucht. Ein Kind erwartet Ihr nun nicht mehr" – die Bemerkung versetzte ihr einen Stich – „und Langeweile bekommt Euch nicht. Nun verhält es sich so, dass Herr Specx an mich herangetreten ist. Er hat mich gefragt, ob ich damit einverstanden wäre, wenn Ihr die Vormundschaft für seine Tochter Sara übernähmt."

„Ich? Aber warum denn?"

„Er wird noch diese Woche mit der Retourflotte nach Holland aufbrechen. Er wollte zwar noch bleiben, aber das habe ich verboten. Zwei Generäle unter einem Dach, das taugt nicht, selbst wenn der eine außer Dienst ist."

„Und da hat er gefragt, ob ich …?"

„Ja. Aber bildet Euch nur nichts darauf ein. Der Grund dafür, dass er gerade Euch will, ist offensichtlich: Ihr seid weich. Er glaubt, Ihr würdet sie nachsichtig behandeln. Aber natürlich dürft Ihr das nicht. *Wer sein Kind lieb hat, der züchtige es*, sagt der Herr. Ihr müsst eine Christin aus ihr machen."

„Ist sie keine Christin?"

„Ihr habt sie doch tanzen sehen. Das entspringt irgendeiner Teufelei von der Insel Bali, wo sie herkommt. Ihr müsst ihr das austreiben."

„Ich werde es versuchen."

„Nicht nur *versuchen*!" Sein Ton wurde drohend, und er beugte sich vor. „Ich erwarte von Euch, dass Ihr Erfolg habt! Ich werde Euch nach den Ergebnissen beurteilen, nicht nach den Methoden. Enttäuscht mich nicht erneut! Sonst …"

Er ließ den Satz unvollendet. Damit war Eva entlassen. Noch am selben Abend suchte Specx das Gespräch mit ihr. „Es beruhigt mich sehr, dass Ihr Euch meiner Tochter annehmen wollt", sagte er. Seine gewohnte Überheblichkeit war verflogen. „Sie hat etwas Besonderes, wie Ihr sicher schon bemerkt habt."

„Gewiss. Mein Gemahl sagt, sie kommt von Bali?"

„Ja, ganz recht. Zu Bali müsst Ihr wissen: Als das erste niederländische Schiff die Insel erreichte, sind sofort fünfzig Mann desertiert – sie glaubten, den Garten Eden gefunden zu haben, und wollten nicht mehr weg von der Insel. Es ist die schönste von allen."

„Ganz so wie Eure Tochter."

„Oh, ich danke Euch. Es ist eine Erleichterung, sie in Eurer Obhut zu wissen. Bitte versprecht mir eins: Seid nicht zu streng mit ihr. Die Menschen, die hier geboren sind, sind nicht so wie wir. Man muss ihnen mit Langmut begegnen. Und man kann auch nicht erwarten, dass sie ihre Überzeugungen sofort den unseren anpassen."

„Sicher ... wobei mein Gemahl immer sagt, die Compagnie habe den Auftrag, das Evangelium überall dort zu verbreiten, wo Christus noch unbekannt ist."

Specx lächelte. „Ihr wisst vielleicht, dass ich den Handel unserer Compagnie in Japan aufgebaut habe. Japan ist ein mächtiges Reich, und die christliche Religion ist dort verboten. Dies hat nicht etwa zur Folge, dass die Compagnie auf den Handel mit Japan verzichtet, vielmehr haben uns die Direktoren angewiesen, uns jeder äußeren Form des Gottesdienstes zu enthalten. Jeder kann heimlich beten und Gott anrufen, doch ohne den Hut abzunehmen oder irgendeine der gewöhnlichen Andachtsgebärden zu machen. Es ist uns noch nicht einmal gestattet, vor einer Mahlzeit die Hände zu falten. Vor Erreichen der japanischen Küste müssen alle Bibeln auf unseren Schiffen verbrannt werden."

„Stimmt das wirklich?"

„Wenn ich es Euch sage! Ihr seht daran, dass die Compagnie mit zweierlei Maß misst: Schwache Völker werden von uns unterworfen und – sofern es nicht zu viel kostet – zum Christentum bekehrt. Starke Völker versuchen wir uns um jeden Preis zum Freund zu machen. Bitte denkt daran, wenn Euch gesagt wird, dass Sara unbedingt sofort unseren Glauben annehmen muss. Man kann einen Menschen nicht zwingen, seine Überzeugungen zu ändern. Man kann ihn nur mit viel Geduld dazu bringen, sich zu öffnen. Und wie weit er dann geht, muss man sehen."

Damit endete die Unterhaltung. Eva ging auf ihr Zimmer, wo sie von Jasper erwartet wurde. Sie legte sich mit ihm aufs Bett und streichelte ihm über den Kopf. Seine Schnurrbarthaare zitterten. „Ach, Jasper", sagte sie. „Ich stehe vor einer unlösbaren Aufgabe. Der eine will, dass ich streng bin, der andere, dass ich sanft bin. Eigentlich möchte ich gar nichts von beiden. Ich will mit diesem Mädchen nichts zu tun haben."

Der Elefantengott

Jacques Specx hatte seine Tochter nur selten mit zum Essen genommen, weil ihr, wie er sagte, die europäische Küche nicht bekam. An diesem Abend aber erschien er mit ihr und setzte sich neben Eva. „Ich bin mir sicher, dass Ihr Euch gut verstehen werdet", sagte er. Sara schwieg, ihr Gesicht war unergründlich. Auch Eva war mit ihren Gedanken nicht dabei. Sie dachte an Gerrit. Sie vermisste ihr Kind.

Tags darauf suchte sie Willem de Bondt in seinem Pfarrhaus in Batavia auf. „Ich komme zu Euch, weil Ihr mein Seelsorger seid", begann sie. „Und gleichzeitig mein Leidensgenosse: Auch Ihr habt Euer Kind verloren."

„Ja, ich weiß, wie Euch zumute ist."

„Was ich mich frage, ist: Wo sind sie jetzt, mein Bruder und mein Kind? Wie sieht es aus, dieses Leben nach dem Tod?"

Der Pfarrer überlegte. Dann antwortete er: „Die biblischen Angaben dazu sind sehr spärlich. Sie versichern, dass Jesus von den Toten auferstanden ist, aber wie wir uns das vorstellen müssen, darüber verraten sie wenig. Es ist jedenfalls nicht so, dass man sein bisheriges Leben einfach fortsetzt. Es ist etwas ganz anderes, was da beginnt. Da versagen die Worte."

Eva nickte. „Aber warum müssen wir überhaupt sterben?"

„Der Apostel Paulus spricht vom Sold der Sünde", erläuterte der Geistliche. „Weil sich die Menschen gegenüber Gottes Liebe verschließen, gewinnt der Tod Macht über sie."

„Das ist schwer zu verstehen", meinte Eva.

„Ja", stimmte er zu. „Das ist es. Selbst für mich. Ihr dürft ruhig damit hadern. Dass Ihr den Tod Eures Bruders nicht einfach hinnehmt, ist nichts, wofür Ihr Euch schämen müsst. Jesus hat ähnlich empfunden, er war kein abgeklärter Mensch. Er hatte schreckliche Angst vor dem Tod. Solche Angst, dass er vor seiner Festnahme Blut schwitzte und Gott anflehte, ihm sein qualvolles Ende zu ersparen."

Eine kleine Weile saßen sie sich gegenüber, ohne zu reden. Eva spürte, dass de Bondt selbst ein Verzweifelter war.

„Ich mache nicht Gott für den Tod von Noah verantwortlich", sagte er schließlich. „Sondern mich selbst und die Compagnie."

„Wieso das?"

„Ich selbst habe viel zu rasch und unüberlegt entschieden, mich meinem Bruder anzuschließen und mit ihm hierher zu gehen. Hätte ich mich kundig gemacht, so hätte ich vielleicht erfahren, dass kaum ein Kind diese mörderische, von Krankheitserregern erfüllte Luft überlebt."

„Kaum ein Kind?"

„Jedenfalls kein europäisches. Ich kann es Euch beweisen. Steht doch einmal auf, wenn Ihr mögt, und öffnet den Schrank dort."

Eva erhob sich, ging zu dem Schrank und bewegte den Türknauf. Er klemmte, sodass sie fester ziehen musste. Da sprang die Tür auf, und sofort polterten lauter Sachen heraus. Bälle, Murmeln und Spielsteine rollten über den Boden. Eva machte einen Schritt zurück. Nun sah sie, was ihr da vor die Füße gefallen war – Spielzeug. Der Schrank war zum Bersten gefüllt mit allem, was Kinderherzen höherschlagen ließ: Zinnsoldaten, Luftvögel, Steckenpferde, Golfschläger. Eva bückte sich: Holztiere einer ganzen Arche Noah, Trommeln, Schwerter und Puppentöpfe lagen wild durcheinander. Rasseln, Kreisel, Stelzen und Reifen hatten sich ineinander verkeilt, eine Peitsche war mit einem Springseil verknotet.

Eva hob eine Gliederpuppe auf, prächtig mit Spitzen-kleid, Haube und Krause ausstaffiert, wenn auch abgegriffen und zerzaust. Eine ganz ähnliche hatte sie auch gehabt. Und ihre war genauso abgenutzt gewesen wie diese – Gebrauchsspuren als Liebesbeweise. Sie hatte drei Tage geweint, nachdem ihr die Puppe in die Gracht gefallen war.

„Was ist das alles?", fragte sie verwundert. „Wo kommt das her?"

„Ich kann es nur vermuten", erwiderte de Bondt. „Ich glaube, dass mein Vorgänger in diesem Schrank das Spiel-zeug all jener Kinder aufbewahrt hat, die er hier in Batavia zu Grabe tragen musste. Viele sterben im Waisenhaus, sodass ihr Spielzeug zurückbleibt. Andere Dinge haben ihm vielleicht die trauernden Eltern überreicht."

Betroffen starrte Eva auf den vor ihr liegenden Berg. Jedes einzelne dieser Spielzeuge war einmal der teuerste Besitz eines ganz bestimmten Kindes gewesen. Eines Kindes, das nun schon vergessen war.

Es war ganz still in der kleinen Kammer. Von draußen hörte man das Palavern von Evas Dienerinnen.

De Bondt durchbrach die Stille als Erster. „Die Compagnie weiß genau, dass dieses Klima hier tödlich ist für Kinder", sagte er. „Aber dennoch lässt sie immer neue Kinder kommen und wirbt sogar dafür. Warum? Weil die Kolonisten ihre Position auf Java verstärken und gleich-zeitig einen neuen Absatzmarkt bilden sollen. Mit anderen Worten: weil sie sich finanziellen Vorteil erhofft. Das ist es, worüber ich in meiner Predigt gesprochen habe. Leider hört man nicht auf einen machtlosen Pfarrer. Aber Ihr, Exzellenz, Ihr könntet Gehör finden: Ihr müsst Euren Gatten davon abhalten, immer neue Familien und Waisen-hauskinder aus den Niederlanden kommen zu lassen. Ihr seid die Muskatprinzessin."

„Ich bin gar nichts", wehrte Eva ab. „Der Ausbau Batavias zu einer blühenden niederländischen Kolonie ist sein wichtigstes Anliegen. Das kann ich ihm nicht ausreden. Wirklich, Ihr überschätzt meine Möglichkeiten! In Wahrheit habe ich keinen Einfluss auf ihn. Nichts und niemand kann ihn von etwas abbringen, das er sich in den Kopf gesetzt hat."

Bedrückter als sie gekommen war, zog sie wieder von dannen. Zurück im Kastell, ging sie in Gerrits Zimmer. So wie es immer seine Art gewesen war, lagen alle Sachen wild verstreut auf dem Boden. Wie oft hatte sie ihn deshalb nicht ermahnt? Auch jetzt dachte sie im ersten Moment unwillkürlich: „Das sieht ja wieder aus hier, ich muss ihm unbedingt sagen …" Aber es gab ihn ja nicht mehr. Er war nicht mehr da. Und im Nachhinein betrachtet, hatte er vielleicht gut daran getan, die kurze Zeit, die ihm auf Erden vergönnt gewesen war, nicht mit Aufräumen zu vergeuden.

Eva durchmaß das Zimmer, hob einen Hut auf, strich ein Wams glatt. Sie wollte ein Andenken an ihn. Eigentlich kam dafür nur die Fiedel infrage, aber die lag irgendwo auf dem Urwaldpfad, und wo der Bogen abgeblieben war, wusste sie nicht. Im Übrigen hatte er wenig besessen, das wurde ihr jetzt noch einmal klar. Auf dem Tisch lag seine Opiumpfeife. Daneben hatte er ein Papier abgelegt. Sie drehte es um – es war die unanständige Zeichnung, die ihm der Soldat auf ihrem Streifzug durch Batavia gezeigt hatte. Die Pfeife und die Zeichnung – sollte das alles sein, was ihr von ihm blieb? War es nicht eine unwürdige Erinnerung an ihn? Eva dachte nach. Zumindest zeigten die beiden Gegenstände ihn so, wie er gewesen war.

Eva faltete die wenigen Kleidungsstücke und legte sie zusammen. Sie würde den Stapel von Margaretha abholen lassen und vorläufig aufbewahren. Aber am Ende, so ahnte sie, würden es wohl die Pfeife und die Zeichnung sein, die sie wirklich behalten würde. Sie nahm beides an sich. Dann schloss sie leise die Tür.

Am nächsten Tag segelte Specx aus Batavia ab. Nun gab es keinen Aufschub mehr. Eva schickte Margaretha, um Sara zu holen. Doch als die Zofe zurückkehrte, war sie allein.

„Sie will nicht kommen", meldete sie.

„Was? Sie weiß doch, dass ich jetzt ihr Vormund bin."

„Das habe ich ihr auch gesagt. Aber sie meinte, Ganesha – oder so ähnlich – zürne mit ihr, und deshalb könne sie ihn nicht allein lassen."

„Wer soll das sein, Ganesha?"

„Ich glaube, ihr Gott."

„Ihr Gott?" Eva schüttelte den Kopf. „Dann bleibt mir wohl nichts anderes übrig, als selbst zu ihr zu gehen."

Reichlich verärgert stapfte sie los, Margaretha und einige Dienerinnen im Schlepptau. Vor dem Eingang zu Saras Gemächern befahl sie: „Ihr wartet hier!" Dann trat sie ein.

Fast wäre sie rückwärts wieder hinaus gestolpert. Ihr unmittelbar gegenüber erhob sich überlebensgroß die Figur eines Mannes. Er hockte im Schneidersitz. Sein Oberkörper war nackt, wobei die Farbe der Haut verblüffend gut getroffen war. Was die Figur für Eva so abstoßend machte, war der Kopf: Es war das Haupt eines Elefanten, jedoch ebenso fleischfarben wie der übrige Leib.

Erst auf den zweiten Blick bemerkte Eva, dass sie mit der Gestalt nicht allein im Raum war. Direkt davor kniete, mit tief gebeugtem Rücken, Sara.

„Was tust du da?", fragte Eva.

Langsam wandte sich das Mädchen um und sah sie aus seinen dunklen, geheimnisvollen Augen an. Wieder dachte Eva, wie schön es war. Als es nichts sagte, wiederholte sie:

„Was tust du da?"

„Ganesha ist böse mit mir." Ein merkwürdiger Singsang lag in ihrem Niederländisch.

„Ist Ganesha dieser abscheuliche Götze dort?"

„Ich weiß nicht, was ein Götze ist. Und *abscheulich*, heißt das hässlich?"

„Ja. Er ist abgrundtief hässlich."

„Er ist schön", widersprach Sara.

Es trat eine Pause ein.

„Und warum sollte er dir böse sein?"

„Ich weiß nicht. Er nimmt mein Opfer nicht an." Sie machte mit dem Kopf eine Bewegung in Richtung einer Schale, die randvoll mit Milch gefüllt war.

Eva musste schmunzeln: „Erwartest du, dass die Figur das austrinkt?"

Sara sah sie nur an. Aus ihrem Blick sprach Bedauern. Eva fühlte sich zunehmend unwohl in Gegenwart dieses Mädchens.

„Der Götze kommt weg", erklärte sie barsch.

Saras Augen weiteten sich leicht.

„Margaretha!"

„Jawohl, Exzellenz?"

„Hol ein paar Diener. Aber kräftige!"

Während Margaretha unterwegs war, fühlte sich Eva zu einer Erklärung verpflichtet. „Götzendienst ist Sünde", sagte sie. „Und ein Scheusal mit dem Kopf eines unvernünftigen Tiers anzubeten, ist ganz besonders schlimm. Hast du schon von unserem Heiland Jesus Christus gehört?"

Sara nickte.

„Das ist dein Erlöser. Ich kann dir gern mehr von ihm erzählen."

Während sie das sagte, hatte sie das Gefühl, eine Fremde reden zu hören. Sie hatte noch nie in dieser Art über Religion gesprochen. Sie klang fast wie Johannes Sylvius auf der Kanzel der Alten Kirche. Und sie verachtete sich selbst dafür.

Die Diener kamen, hoben die Statue an und schleppten sie zur Tür. Einer von ihnen fragte auf Niederländisch: „Wohin?"

Eva überlegte kurz. „Elefantenstall", sagte sie. Etwas Besseres fiel ihr auf die Schnelle nicht ein, und dort war Platz genug. Die Statue zu zerstören, wagte sie nicht. Vielleicht war sie kostbar.

Sara stand reglos daneben, während ihr Elefantengott abtransportiert wurde.

Eva hatte das Gefühl, nun noch etwas Freundliches sagen zu müssen.

„Es muss schwierig sein für dich, jetzt, da dein Vater nicht mehr hier ist." Sie machte eine Pause, aber Sara reagierte nicht. „Du kannst jederzeit zu mir kommen", versicherte sie. „Ich kann ihn natürlich nicht ersetzen, aber ich bin immer für dich da."

Sara zeigte keine Regung. Eva wusste nicht mehr weiter und verabschiedete sich. Zurück auf ihrem Zimmer, warf sie sich verdrossen aufs Bett: Dieses seltsame Mädchen zu betreuen, hatte ihr gerade noch gefehlt!

Sara erschien an diesem Abend nicht zum Essen und bestellte auch nichts in der Küche, wie Margaretha in Erfahrung brachte. Am nächsten Morgen fehlte sie beim Frühstück. Daraufhin ging Eva zu ihr.

„Warum bist du nicht zum Essen gekommen?", fragte sie.

„Ich esse nicht mehr", war die Antwort.

„Wie, du isst nicht mehr? Was meinst du damit?"

„Ich esse nicht eher wieder, als bis du mir Ganesha zurückgebracht hast."

Eva überhörte großzügig, dass sie geduzt worden war. Stattdessen sagte sie: „Du bekommst ihn nicht wieder. Und du wirst schon wieder anfangen zu essen. Wenn du erst richtig Hunger hast …"

Das Mädchen sah sie an. Was sie dachte, war nicht zu entschlüsseln. Ihr Gesicht gab nichts preis.

Auch am nächsten und übernächsten Tag blieb Sara den Mahlzeiten fern. Eva begann, sich schuldig zu fühlen. Schließlich erinnerte sie sich daran, dass es an ihrem allerersten Tag in Batavia Antonio van Diemen gewesen war, der Sara zum Essen in den Festsaal geführt hatte. Kurzentschlossen begab sie sich zu seinem Büro. Vor der Tür stand ein Diener. „Ich möchte zu Herrn van Diemen", sagte sie. Der Diener verbeugte sich, ging hinein und kam kurz darauf wieder heraus. Er machte eine einladende Handbewegung, und Eva ging hinein.

Das Büro sah völlig anders aus als das Arbeitszimmer von Coen. An den Wänden hingen Karten, auf dem Tisch stand ein Globus. Zudem fiel ihr ein Geräusch auf, das sie nicht kannte: ein mechanisches Ticken.

„Guten Morgen, Exzellenz!" Van Diemen stand auf und lächelte sie an. Er schien sich zu freuen, dass sie ihn besuchte.

„Wie geht es Euch?", fragte er.

Sie merkte, dass sie rot wurde, denn sie schämte sich jetzt für das, was auf dem Bastionsturm vorgefallen war. „Gut", sagte sie und schaute zu Boden.

„Das freut mich ungemein."

Sie wusste nicht recht, wie sie ihr Anliegen vorbringen sollte. Darum fragte sie: „Was ist das für ein Ticken?"

Van Diemen zeigte auf eine große Uhr, die an der Wand hing. „Diese Uhr zeigt nicht nur die Stunde an, sondern auch die Minuten, genau wie eine Kirchturmuhr", erklärte er. Sie stellten sich beide vor das vergoldete Gehäuse mit dem Zifferblatt. „Schön", sagte Eva. „Aber zu was soll es gut sein? Ein Zeiger reicht doch völlig. Die Teile einer Stunde, die schon vergangen sind, kann man schätzen."

„Aber nur ungefähr", meinte van Diemen. „Diese Uhr zeigt sie genau an."

„Warum sollte man die Zeit so genau kennen müssen?", wandte Eva ein.

Sie hatte erwartet, dass van Diemen vielleicht lachen würde, doch er antwortete ganz ernsthaft. „Ihr müsst die Zeit sicher nicht so genau kennen. Vielleicht besitzt Ihr sie sogar im Überfluss. Bei mir war es jedenfalls früher so. Aber in den letzten Jahren habe ich festgestellt, dass mir die Zeit davonläuft. Ich habe immer weniger davon. Und deshalb muss ich sie mir genau aufteilen. Dabei hilft mir diese sehr moderne Uhr. Sie stammt aus Antwerpen. Ich habe einigen Aufwand betrieben, um sie hierherbringen zu lassen."

Eva nickte. „Mir reicht der viertelstündige Glockenschlag der großen Uhr am Giebel des Hauptgebäudes", sagte sie.

Danach setzten sie sich, und Eva trug ihr Anliegen vor: „General Specx hat mich zum Vormund seiner Tochter bestimmt. Und mein Mann hat mir aufgetragen, sie zu einer Christin zu erziehen. Ich habe verfügt, das große Götzenbild aus ihrem Zimmer tragen zu lassen. Doch seitdem isst sie nicht mehr. Wisst Ihr Rat?"

Van Diemen wiegte den Kopf hin und her. „Sie kann starrsinnig sein. Auch ihr Vater übte nur einen begrenzten Einfluss auf sie aus. Alles, was ich Euch sagen kann, ist: Wenn sie beschlossen hat, dass sie nicht mehr essen wird, bis sie die Statue wiederbekommt, dann wird sie vorher auch nichts essen. Ihre Willenskraft ist enorm."

Eva musste schlucken. „Und was soll ich jetzt tun?"

„Ich glaube, Ihr müsst nachgeben."

„Aber das ist doch ein kompletter Gesichtsverlust für mich."

„Ihr könntet zuvor eine Absprache mit ihr treffen: Sie bekommt die Statue zurück, und dafür muss sie im Gegenzug etwas für Euch tun."

„Und was könnte das sein?"

„Zum Beispiel könnte sie sich dazu bereiterklären, sich von Euch in religiösen Fragen unterweisen zu lassen."

Eva dachte noch kurz nach, dann meinte sie: „Ich glaube, so werde ich es machen. Ich danke Euch."

Sie stand auf. „Darf ich Euch gegebenenfalls noch einmal in dieser Sache aufsuchen?"

„Gern. Lasst mich wissen, ob sie auf das Angebot eingegangen ist."

Nur widerwillig verließ sie ihn wieder – es war zu schön, mit ihm zu plaudern. Er war ein so netter und anziehender Mann. Fast ein Mann zum Verlieben … doch das durfte in ihrem Fall ja nicht sein.

Als sie bei Sara eintrat, wirkte diese keineswegs überrascht. Eher machte sie den Eindruck, als hätte sie sie schon erwartet.

„Ich will dir einen Vorschlag machen", hob Eva an. „Ich gebe dir deinen Götzen zurück, aber dafür werde ich dir künftig regelmäßig vom Evangelium erzählen. Und du darfst dich dann nicht verschließen."

Sara sah sie wieder nur an. Nicht im Entferntesten konnte man erraten, was sie dachte. Dann sagte sie: „Ich lasse mich nicht zwingen."

„Zwingen?" Eva wurde fast laut. „Das ist ein äußerst großzügiges Angebot! Ich kann deinen Götzen auch in den Fluss werfen lassen!"

In diesem Moment trat Jasper lautlos durch den Vorhang, er musste Eva gefolgt sein. Er ging an ihr vorbei, wobei er nach Katzenart ihre Beine berührte, und näherte sich Sara. In einer Armlänge Abstand blieb er stehen und setzte sich.

Sofort fiel die Maske von Saras Gesicht ab, und sie war wieder das Mädchen, das sie vor noch nicht allzu langer Zeit gewesen sein musste: Sie ging in die Knie, schnippte mit den Fingern und begann in einer fremden Sprache mit Jasper zu reden. Schließlich sagte sie zu Eva: „Ich mag Katzen. Eine Katze kann im Schlaf hören und im Dunkeln sehen. Sie kann an einem Baum hochklettern, über die heißesten Steine laufen und aus dem Stand auf eine Mauer springen. Gehört die Katze dir?"

„Ja, sie ist schon um die halbe Welt gereist, ich habe sie aus Amsterdam mitgebracht. Es ist übrigens ein er. Er heißt Jasper."

Sara rutschte nun auf den Knien vor Jasper herum und versuchte, ihn zu streicheln.

„Kannst du Jasper mitbringen, wenn du mir von Euren Göttern erzählst?", fragte sie plötzlich.

„Ja, das könnte ich. Du bist also vernünftig und gehst auf das Angebot ein? Übrigens solltest du wissen, dass es nur einen Gott gibt. Alles andere ist Irrglaube."

Sara beschäftigte sich weiter mit dem Kater, aber dabei entgegnete sie wie beiläufig: „Wie sollte es nur einen Gott geben können, wenn es doch Gut und Böse gibt, Freude und Kummer, Glück und Unglück?"

Sie sagte das mit großer Gelassenheit, so als verkünde sie die größte Selbstverständlichkeit auf Erden. Tatsächlich fiel Eva so schnell nichts dazu ein. Deshalb zog sie es vor, die Diskussion zu beenden: „All das können wir erörtern, wenn ich dich das nächste Mal besuche. Jetzt muss ich weg. Aber ich werde dafür sorgen, dass dir dein Ganesha zurückgebracht wird. Auch wenn ich mir wirklich nicht vorstellen kann, wie man etwas so Widerwärtiges schätzen kann: einen Mann mit dem Kopf eines Elefanten!"

„Dafür kann er doch nichts", meinte Sara. „Shiva hat ihm seinen richtigen Kopf abgeschlagen, weil er ihm den Zutritt zum Baderaum der Parvati verwehrte. Danach hat Parvati Shiva angefleht, Ganesha wieder zum Leben zu erwecken. Shiva versprach, Ganesha den Kopf des ersten Lebewesens zu geben, das vorbeikommen würde. Und das war nun einmal ein Elefant. Wusstest du das nicht?"

Eva wunderte sich darüber, wie gesprächig das Mädchen mit einem Mal war. „Ich gehe jetzt", sagte sie. „Aber morgen Vormittag komme ich wieder, und dann gibt es die erste Unterweisung."

Leider war Jasper am nächsten Tag unauffindbar, als Eva ihn mitnehmen wollte, und Sara dementsprechend enttäuscht. Eva ließ sich nicht davon irritieren. Nach einem kurzen Blick auf den Elefantengott, der wieder an seinem Platz stand mit einem Schüsselchen Milch davor, sagte sie: „Am besten fangen wir ganz vorn an. Ich werde dir etwas über die Entstehung des Menschen erzählen."

Sie schilderte also, wie Gott Himmel und Erde erschuf, wie er Licht machte, Land trockenlegte, Pflanzen aussäte, Sonne und Sterne am Himmel befestigte, alle Tiere erdachte und schließlich den Mann aus Erde formte und ihn im Garten Eden wohnen ließ. Weil der Mann außer den Tieren aber noch jemanden brauchte, der ihm zur Seite stehen konnte, ließ ihn Gott in einen Schlaf fallen, entnahm ihm eine Rippe und bildete daraus einen zweiten Menschen. Das war die Frau.

Sara hatte aufmerksam zugehört. „Diese Geschichte

kenne ich etwas anders", sagte sie. „Meine Mutter auf Bali hat sie so erzählt: Der Gott Vishnu knetete aus Ton eine Gestalt, das war der Mann. Er setzte ihn in einen Garten. Da entfaltete sich auf einem der Teiche eine Lotosblume. Sie war so schön, dass Vishnu dachte: ‚Ich muss noch ein Wesen erschaffen, das wie der Lotos unter den Blumen ist.' Und er sagte zu der Wasserrose: ‚Verwandele dich in eine Frau!' Daraufhin bebte die Wasseroberfläche, und die Lotosblume wurde eine Frau. Vishnu war zufrieden. Er sagte: ‚Schöne Blume, bewohne du künftig das Herz des Mannes. Es ist kalt wie ein Berggipfel, abgründig wie der Ozean und begierig wie ein wildes Tier. Du aber kannst es erwärmen, erhellen und befrieden.' Daraufhin überlegte die Frau noch einen Moment, dann gab sie dem Mann die Hand und ging mit ihm weg."

Nachdem Sara geendet hatte, sah sie aus dem Fenster. „Ich wünschte manchmal, ich könnte nach Bali fliegen", sagte sie. „Nach Bali und zu meiner Mutter."

„Lebt deine Mutter noch?", fragte Eva.

„Ich weiß es nicht. Vor drei Jahren lebte sie noch. Das war, als ich sie zum letzten Mal gesehen habe."

„Weil du weggegangen bist?"

„Weil ich weggeholt wurde. Von meinem Vater. Ich hatte ihn bis dahin nur ein- oder zweimal gesehen. Aber eines Tages tauchte er mit seinem Schiff vor unserer Insel auf. Er sagte, er wäre auf dem Weg von Japan nach Batavia, wo er der mächtigste aller Holländer werden würde. Dann hat er mich mitgenommen."

„Und deine Mutter?", fragte Eva.

„Die ist auf Bali geblieben."

Danach saßen beide schweigend beisammen. Bis Eva sagte: „Für heute ist der Unterricht beendet."

Wasserfreuden

Die erste Unterrichtsstunde hatte die Richtung vorgegeben, in die sich ihre Zusammenkünfte entwickelten. Zwar begann Eva immer mit einer Geschichte aus der Bibel oder der Erläuterung eines christlichen Brauchs und fand in dem Mädchen auch stets eine aufmerksame Zuhörerin. Doch dann fing Sara selbst an zu sprechen, und Eva wünschte sich jedes Mal, dass sie nie mehr aufhören würde.

Sie erzählte, dass Bali das Fenster zum Paradies genannt wurde, denn seine Kraterseen waren so tief und still, dass sich der Himmel darin spiegelte. Sie erzählte, dass sie immer mit den Füßen Richtung Meer und mit dem Kopf den Bergen zugewandt schlief: Denn im Ozean hausten Monster, aber auf den Gipfeln wohnten die Götter. Sie erzählte, dass ihre Mutter sie in den ersten drei Monaten ihres Lebens nur im Arm getragen habe, denn am Anfang war jeder Mensch noch heilig und durfte deshalb nicht den Boden berühren.

Wenn Saras Schilderungen der Wahrheit entsprachen, dann war Bali der frömmste Ort auf Erden. Jedes Haus besaß einen eigenen Tempel, an jeder Wegkreuzung stand ein Schrein. Und in all diesen Tempeln und Schreinen wohnten Götter und wachten über die Menschen. Diese opferten ihnen dafür in unablässiger Folge Früchte, Blumen und Reis, doch niemals Fleisch. Fleisch wurde auf der Insel nicht gegessen. Auch Kriege gab es nicht auf Bali, noch nicht einmal Fehden. Selbst die Wildnis war verschwunden, weil das ganze Land bewirtschaftet wurde, sogar die Hänge der Berge, die von Reisterrassen überzogen waren. In den rauen Fels waren Betnischen und Gräber gehauen.

Wenn Sara erzählte, konnte Eva vergessen. Das bewahrte sie vor dem Grübeln. Und so wie Eva das Zuhören half, so schien Sara durch das Erzählen aufzuleben. Es war, als kehrte sie dann in Gedanken in ihre Heimat zurück. Selbst Ganesha schien die Stunden zu genießen, jedenfalls war das Opferschälchen nun immer bis auf den letzten Tropfen leer.

Manchmal ließen sie Reis aus der Küche kommen, und Sara zeigte Eva, wie man mit Stäbchen aß. Von weit größerer Bedeutung war jedoch eine andere Gewohnheit, die Eva mit der Zeit von ihr übernahm: Sie gönnte sich ein tägliches Bad. Sara hatte ihr berichtet, dass alle Balinesen badeten, ohne danach zu erkranken. „Im Gegenteil", so versicherte sie, „es ist ein Heilmittel für schwache Körper und schwere Herzen. Auch wäscht Wasser von allen Verwünschungen rein. Ein Sprichwort bei uns sagt: *An einem Tag, an dem du ein Bad nimmst, wirst du nicht älter.*"

In ihrer Wohnung besaß Sara eine Badevorrichtung besonderer Art: Sie bestand aus einer riesigen Steinschüssel, in der sich ein ausgewachsener Mensch der Länge nach ausstrecken konnte, und darüber hing von der Decke einer jener feinen, durchsichtigen Stoffe, von denen Eva nun wusste, dass sie vor Moskitos schützten. Zum Füllen der Schüssel benötigte man zwanzig bis dreißig Eimer Wasser, die von Saras Bediensteten herangeschleppt wurden, und zwar nachdem sie es in der Küche in einem Kessel leicht angewärmt hatten. Anschließend goss Sara allerlei Zusätze wie Öle, Essenzen, Zimt, Jasmin und Lotosblüten dazu, kleidete sich aus – was bei ihren luftigen Gewändern eine Sache von Augenblicken war – und glitt hinein.

Als Eva es ihr zum ersten Mal nachmachte, erlebte sie ein ungeheures Wohlgefühl. Wie erfrischend es war, in das weiche, warme Wasser einzutauchen, zu spüren, wie es über die Schulter rann. Die Muskeln entspannten sich, Körper und Seele kamen zur Ruhe. In träumerischer Schläfrigkeit blieb sie eine ganze Stunde im Wasser, und als sie wieder herausstieg, fühlte sie sich so leicht und geschmeidig, als würden Engel neben ihr gehen.

Noch größer war der Genuss, wenn sie das Bad auf den Abend verschob. Dann brannten rundherum Kerzen und kleine Öllichter im Zimmer und leuchteten geheimnisvoll durch das Moskitotuch.

Eva lernte auch, sich die Haare zuerst mit Eiern, dann mit Zitronen zu waschen und mit Baumwollblättern abzutrocknen. Sie konnte fühlen und sehen, wie gut dies ihrem Haar tat. Den Körper reinigte sie mit einem sehr weichen, feinporigen Gegenstand, von dem Sara behauptete, er wachse auf dem Meeresboden und werde von Tauchern geerntet. Es war ein wunderbar seidiges Gefühl, sich damit über die Arme zu streichen. Ihre früheren Trockenwaschungen gehörten damit der Vergangenheit an.

Nach einiger Zeit bezog Eva die unmittelbar an Saras Zimmer angrenzenden Gemächer, die zuvor von ihrem Vater bewohnt worden waren. Ursprünglich hatte sich Coen dort einrichten wollen, denn sie waren sehr geräumig und standen eigentlich dem Gouverneur zu, aber nun glaubte er, keine Zeit für einen solchen Quartierwechsel zu haben. Eva war es nur recht. Beide Wohnungen waren nur durch einen Vorhang voneinander getrennt, sodass Eva fast das Gefühl hatte, mit Sara zusammenzuleben.

Immer deutlicher sah sie nun, dass sie über Sara ins Leben zurückfand. Sie konnte sogar wieder beten. Es war merkwürdig, dass Gott ausgerechnet eine Heidin ausgewählt hatte, um sie zu ihm zurückzuführen. Aber das war ihr schon oft aufgefallen: Sein Wirken war nie so, wie man es erwartete. Er liebte die verschlungenen Wege.

Neben Sara gab es einen zweiten Menschen, der ihr

offenkundig guttat, und das war van Diemen. Doch seine Nähe zu suchen, war schwierig, denn es ziemte sich nicht für eine verheiratete Frau, ohne triftigen Grund mit einem anderen Mann zusammen zu sein. Zwar sah sie ihn regelmäßig beim Essen, doch in Gegenwart der anderen konnten sie nur Belanglosigkeiten austauschen. Nach einigen Wochen hielt sie es gleichwohl für vertretbar, ihn noch einmal in seinem Büro zu besuchen. Schließlich hatte er sie gebeten, ihn über Sara ins Bild zu setzen, und ihr damit eine Brücke gebaut.

„Es war wirklich das Beste, ihr den Elefantengott wieder zurückzugeben", erzählte sie ihm. „Ich möchte mich noch einmal ausdrücklich bei Euch bedanken."

Er lächelte, aber leider sagte er nichts weiter. Sie brauchte ein neues Thema.

„Was rechnet Ihr zurzeit?", fragte sie.

„Euer Gemahl hat mich beauftragt, herauszufinden, wie wir unsere Kanonenkugeln am besten auf den Schiffen verstauen können."

„Warum ist das wichtig?"

„Um Platz zu sparen. Auf der Rückreise benötigen wir so viel Raum wie möglich für unsere Waren."

„Aber was hat das mit Rechnen zu tun?"

„Ich will es Euch zeigen."

Er holte eine Trommel, die mit Orangen gefüllt war, und kippte sie aus.

„Jetzt werft die Orangen in die Trommel zurück", forderte er sie auf.

Eva tat, wie geheißen. Am Ende blieben zehn Orangen übrig.

„Vorhin waren alle drin", bemerkte sie verblüfft.

„Ja, aber ich hatte sie nicht einfach hineingeworfen, wie Ihr Euch denken könnt, sondern sie nach einem besonderen Prinzip aufgestapelt. Hier schaut."

Er schüttete die Orangen wieder aus und legte dann sechs von ihnen auf den Boden der Trommel. Die nächste Lage kam so darüber, dass die Orangen immer genau die Zwischenräume füllten, die die unterste Schicht bildete. Am Ende passten alle hinein.

„Man muss sie also stapeln wie eine Pyramide", stellte Eva fest.

„Genau", bestätigte er. „Ein sechseckiges Gitter ist die dichteste Anordnung, der Raum wird so am besten genutzt."

Es war schön, wie er ihr von seiner Arbeit erzählte. So saß sie ihm gegenüber, hörte die Uhr ticken und wollte am liebsten nicht wieder aufstehen.

„Ich habe in der Schule auch immer gern gerechnet", sagte sie. „Aber als Mädchen wird man nicht darin bestärkt."

Die Uhr tickte. Er hatte sehr dunkle Augen.

„Kann ich Euch sonst noch irgendwie zu Diensten sein?"

Eva wurde sich plötzlich bewusst, dass sie ihn ziemlich lange angeschaut hatte. „Zu Diensten? Ja. Könnt Ihr mir die Insel Bali auf einer Karte zeigen?"

„Natürlich." Er stand auf und ging zu einer Wandkarte. Sie folgte ihm.

„Sie liegt hier", sagte er und deutete auf einen kleinen Fleck rechts neben Java.

„So klein?", fragte Eva.

„Ja. Ihr fragt wegen Sara, nehme ich an."

Eva nickte. „Sie muss sehr glücklich gewesen sein auf dieser Insel. Es scheint, dass alle Menschen dort glücklich sind."

Dann riss sie sich los: „Ich habe Eure Zeit schon zu lange in Anspruch genommen. Ich hoffe, wir sehen uns beim Essen."

Sosehr sie sich auf die gemeinsamen Mahlzeiten freute, weil sie etwas Abwechslung boten und weil sie van Diemen dann traf, so sehr fürchtete sie sich auch davor, weil sie jedes Mal neben Coen sitzen musste. Irgendwann würde die Frage kommen, ob Sara denn nun eine gute Christin geworden sei. Sie wusste nicht wirklich, was sie dann antworten sollte. Zwar hatte Sara beteuert, sie glaube an Jesus, doch schien sie ihren Götterhimmel damit nur um einen Neuzugang erweitert zu haben. Das war gewiss nicht das, was Coen vorschwebte.

Doch die Nachfrage kam nicht. Ihr gestrenger Gemahl schien von anderen Dingen vereinnahmt zu sein. Welche es waren, behielt er für sich. Doch dass irgendeine Art von Gefahr drohte, konnte man daran erkennen, dass er ein paar Tage später eine Heerschau abhielt: Alle Soldaten mussten sich auf dem freien Gelände zwischen dem Kastell und der Stadt versammeln. Dort formierten sie sich, als zögen sie in den Krieg. Musketen wurden geladen und abgefeuert, Lanzen gereckt, Fahnen geschwenkt und Trommeln geschlagen. Mittendrin saß Coen auf seinem schwarzen Pferd, den roten Umhang über den Brustharnisch geworfen, und beobachtete den Aufzug mit düsterem Blick.

Gegen Abend warf er einige Goldgulden unter die Soldaten, und dann wurde im Hof des Kastells zuerst getrunken und gesungen, dann gegrölt und geprügelt. Am Ende lagen zwei Tote auf dem Pflaster.

Eva sah sie am nächsten Morgen vom Fenster des Speisesaals aus. Beim Mittagessen berichtete Bontius, die Todesfälle gäben ihm Rätsel auf. „Zunächst habe ich natürlich geglaubt, die beiden seien Opfer der gestrigen Schlägerei geworden. Aber abgesehen von ein paar Schrammen, wie sie wohl jeder Soldat abbekommt, ist nichts zu erkennen."

„Dann haben sie sich wohl totgesoffen", sagte van Raemburch.

Sobald die Leichen weggeräumt waren, ging Eva über den Hof zum Elefantenstall, denn dort räkelten sich seit einiger Zeit fünf kleine Katzenkinder, tapsig, seidig und blauäugig. Der Vater war Jasper, die Mutter eine Schwarz-weiße. Eva konnte sich nicht sattsehen.

Umso entsetzter war sie, als das Katzennest im Stroh eines Morgens leer war. „Da ist eben einer der Köche gekommen und hat sie alle in einen Sack gesteckt", erzählte ihr ein Soldat. „Er ist in Richtung Hafen gegangen."

So schnell sie konnte, rannte sie hinterher. Atemlos kam sie bei den Schiffen an und sah sich um. Da vorn war er! Am Kai stand der Niederländer mit einem Sack in der Hand und unterhielt sich mit einem anderen. Sie rannte auf ihn zu, doch kurz bevor sie ihn erreichte, verabschiedeten sich die beiden, und der Mann warf den Sack mit Schwung in das Hafenbecken.

„Hast du da kleine Katzen drin gehabt?", schrie sie ihn an.

Der Mann war vollkommen verdutzt. „Ja", sagte er nur. „Wieso?"

„Weil das meine sind!"

Eva blickte aufs Wasser. Noch konnte man den Sack sehen. Sie besann sich nicht lange: Sie sprang. Das Wasser war wärmer als das, in dem sie zu baden pflegte. Doch ihre schweren Kleider zogen sie nach unten. Nur mit Mühe bekam sie den Sack zu packen. Hektisch schnappte sie nach Luft.

„Es zieht mich runter", prustete sie.

„Ich kann nicht schwimmen!", rief ihr der Mann zu.

Da kam jemand angerannt und schien im nächsten Moment schon durch die Luft zu fliegen. Es platschte neben ihr, ein Arm umfasste ihre Taille und gab ihr Halt. Eva schaute durch das hoch spritzende Wasser: Antonio van Diemen!

„Guten Morgen, Exzellenz!"

Im Nu waren sie an der Kaimauer, und der Mann, der die Katzen hineingeworfen hatte, nahm den Sack an und zog zuerst Eva, dann van Diemen heraus. Triefend standen sie einander gegenüber.

Es maunzte. Eva griff hastig nach dem Sack und knotete die Schnur los, mit der er verschlossen war. Nacheinander holte sie fünf Kätzchen heraus, pitschnass – aber lebend.

Der Koch verstand die Welt nicht mehr: „Das sind ganz gewöhnliche, herumstreunende Katzen", beteuerte er.

„Es sind die Kätzchen meines Katers", verbesserte ihn Eva. „Man kann sie doch nicht einfach ertränken."

„Das machen wir immer so", entgegnete der Mann. „Wenn es zu viele Katzen im Hof gibt, werden sie zur Plage. Dann kommen sie bis in die Küche."

„Das nächste Mal fragst du mich vorher!", befahl Eva. „Sag das auch allen anderen, die in der Küche arbeiten." Dann legte sie die fünf Tiere vorsichtig in den Sack zurück und hielt ihn dem Koch hin. „Den bringst du jetzt zurück in den Stall, und dort setzt du jedes Kätzchen behutsam ins Stroh. Ich werde mich gleich davon überzeugen, ob du's getan hast. Und wenn nicht, dann sorge ich dafür, dass du an den Pranger kommst!"

„Jawohl, Exzellenz!" Er nahm den Sack mit solcher Achtsamkeit entgegen, als wäre er voll roher Eier, und entfernte sich.

„Tja, da weiß ich nun also, was ich zu erwarten habe, wenn ich mir jemals Euren Zorn zuziehen sollte", sagte van Diemen und lachte.

Eva lächelte zurück. Durchnässt sah er verwandelt aus.

Die Tropfen liefen ihm übers Gesicht, seine schwarzen Haare hingen ihm in der Stirn, und die Kleidung klebte ihm am Körper.

„Wenn Ihr mir weiterhin immer das Leben rettet, habt Ihr nichts zu befürchten", scherzte sie. „Wie ist es möglich, dass Ihr nun schon wieder zur Stelle wart?"

„Ich habe Euch eben aus dem Hof rennen sehen, und da dachte ich, ich folge Euch besser, vielleicht kann ich Euch helfen."

„Konntet Ihr ja dann auch."

„Ja." Er zog sich sein ärmelloses schwarzes Wams aus.

„Ihr seid ein guter Schwimmer", sagte Eva. „Und überhaupt seht Ihr nicht aus wie ein Tintenfresser."

Er sah sie etwas überrascht an.

Schnell fügte sie hinzu. „Das sagt man doch so, nicht wahr, Tintenfresser? Ich wollte Euch auf keinen Fall beleidigen."

„Ihr beleidigt mich damit nicht. Ich bin in der Tat als einfacher Seemann nach Batavia gekommen, ich habe die Ankerwinde angetrieben und die Segel gesetzt. Harte Arbeit schreckt mich nicht."

„Wie habt Ihr es geschafft, Euch von so weit unten zu solch einer hohen Stellung emporzuarbeiten?"

Van Diemen zuckte mit den Schultern. „Ich habe immer versucht, das, was ich gerade tat, so gut zu machen, wie ich konnte. Außerdem kann ich gut rechnen. Aber in erster Linie verdanke ich es Eurem Gemahl. Abstammung oder Geldbeutel kümmern ihn nicht, er urteilt nur nach den Fähigkeiten."

Eva nickte. Das mochte in der Tat einer seiner Vorzüge sein. Aber sie wollte jetzt nicht an Coen denken, sie wollte weiter mit diesem Mann sprechen, hier im Hafen, der an diesem Morgen fast leer war. Was bedeutete, dass sie ungestört waren. Sie strich sich ihre nassen Haare aus dem Gesicht. Dann fragte sie: „Wie gut könnt Ihr denn rechnen?"

„Ziemlich gut."

„Beweist es."

„Gut. Also, aus rein mathematischer Sicht spricht einiges dafür, Eure Kätzchen zu ertränken."

„Was ist das denn für ein Unsinn?", protestierte Eva.

„Gehen wir mal davon aus, dass eine Katze mit einem halben Jahr zum ersten Mal Junge bekommt und von nun an drei Würfe im Jahr hat …"

„… drei Würfe sind viel!", warf Eva ein.

„Gut, sagen wir zwei Würfe. Zwei Würfe mit jeweils drei überlebenden Kätzchen. Dann ergibt sich, Moment …" Aus der Tasche seines nassen Wamses zog er eine Nadel zum Vorschein, hob dann seine linke Hand und begann, mit der Nadel in dem Aufsatz eines Ringes zu stochern, den er am Mittelfinger trug. Augenblicke später vollendete er den Satz: „… dann ergibt sich nach zehn Jahren eine Nachkommenschaft von mehr als achtzig Millionen."

Eva schüttelte ungläubig den Kopf. „Achtzig Millionen? Das ist ja absurd."

„Ist es nicht, das ist vielmehr eine glasklare Rechnung."

„Wieso?"

„Weil all diese Katzen sich natürlich auch wieder fortpflanzen."

„Und da sollen dann am Ende achtzig Millionen rauskommen?"

„Ich kann es Euch gern vorrechnen."

„Was ist das da für ein Ring?"

Er hielt ihr die Hand hin. „Es ist ein tragbarer Rechner aus China. Ein winzig kleiner Abakus."

Eva musste sich darüber beugen, um die Bestandteile

erkennen zu können. Der Rechenschieber bestand aus einem Rahmen mit sieben zierlichen Stäbchen nebeneinander. Auf jedem Stäbchen waren sieben Perlen aufgereiht, die sich verschieben ließen. Allerdings nicht mit den Fingern – die waren dafür viel zu groß. Man musste sich tatsächlich einer Nadel bedienen, so wie van Diemen es getan hatte. „Es erfordert eine gewisse Fingerfertigkeit", erklärte er. „Man braucht Gefühl in den Fingern."

Eva sah ihm in die Augen: „Und das habt Ihr – Gefühl in den Fingern?"

„Es ... wurde mir zumindest schon nachgesagt."

Es trat eine Pause ein. Dann sagte Eva: „Typisch Mann. Ihr habt alle eine Schwäche für Maschinen. So wie diesen Ring."

In dem Moment öffneten sich die Schleusen des Himmels, und ein Sturzregen ergoss sich auf sie herab. Es lag eine überwältigende Kraft in diesem Wolkenbruch. Das Wasser rann Eva vom Hals über den Rücken und zwischen ihren Brüsten entlang. Gleichzeitig zeichnete sich van Diemens Oberkörper vor ihr ab, als trüge er nur noch eines jener durchsichtigen Moskitotücher. Sie sah alles: die leicht behaarte Brust, die kräftigen Schultern ... Es war ungehörig, wie sie ihn musterte. Hier im öffentlichen Raum, wo man jederzeit auf sie aufmerksam werden konnte.

Im prasselnden Regen hatte sich eine seiner schwarzen Strähnen über dem rechten Ohr gekräuselt. Eva hätte gern daran gezogen, um zu sehen, ob sich die Haare dann wieder aufrollten. Etwas darunter hatte er auf der braunen Haut eine dünne bleiche Narbe.

„Was habt Ihr da auf der Wange?", fragte sie.

„Oh, eine Jugendsünde", erwiderte er. „Kampf um eine Liebschaft ..."

„Das klingt aufregend – erzählt!"

Alles an ihm triefte, aber er stand da, kerzengerade wie ein französischer Kavalier.

„Sie war fünfzehn, ich war sechzehn, und es gab noch einen Verehrer, der war älter und vor allem einen Kopf größer."

„Und dann?"

„Kam es zum Kampf. Nur mit den Fäusten, versteht sich. Ich hatte ihn am Boden, aber mit einem Mal hatte er eine Glasscherbe in der Hand."

„Und die Dame, habt Ihr sie bekommen?"

„Ja, und sie war die Narbe mehr als wert."

Der Untergrund, auf dem sie standen, hatte sich mittlerweile in Schlamm verwandelt.

„Ihr habt einen … spanischen Vornamen", sagte sie.

Er sah sie erstaunt an. „Spanisch?", fragte er. „Wenn schon, dann italienisch. Ich glaube, das ist einer reinen Laune meines Vaters entsprungen. Warum fragt Ihr? Haltet Ihr mich für einen Spanier?"

„Nein, nein … Aber Spanier haben ja auch nicht nur schlechte Eigenschaften, jedenfalls hat man mir das gesagt. Es heißt zum Beispiel, sie seien … nun … sehr große Freunde der Frauen."

Van Diemen blickte sie aufmerksam an. „Selbstverständlich würde ich mich auch als einen Freund der Frauen bezeichnen. Ob ich es auf spanische Art bin, kann ich nicht sagen."

Auf dem Boden hatten sich Rinnsale gebildet.

„Wisst Ihr", sagte er, „dass Königin Elisabeth von England ebenfalls rote Haare hatte?"

„Nein."

„Es war so. Und um ihre Loyalität unter Beweis zu stellen, haben sich manche ihrer Höflinge Haare und Bart ebenfalls rot gefärbt."

„Seht besser davon ab", erwiderte sie. „Ich mag Eure Haare so schwarz, wie sie sind."

Sie schlug ihre Augen zu Boden – und da sah sie in dem zum Bach angeschwollenen Rinnsal eine Schlange an ihnen vorbeigleiten. Sie war lang, dünn und sehr schnell. Unwillkürlich machte Eva einen Schritt auf van Diemen zu und ergriff ihn beim Arm. Er drückte sie an sich. Nicht sehr stark, aber doch unverkennbar.

„Lasst sie nur vorbeischwimmen, dann tut sie nichts."

Eva ließ ihn los. „Wir sollten jetzt vermutlich … wir müssen jetzt …"

„… zurückgehen, ganz recht. Wir sind doppelt durchnässt. Aber zumindest fällt es jetzt nicht weiter auf. Man wird denken, wir wären im Hafen vom Regen überrascht worden."

Sie drehten sich zum Kastell um und gingen darauf zu. Dies reichte aus, um den Zauberbann zu brechen, der sie gerade noch miteinander verbunden hatte. Plötzlich waren sie wieder die Gemahlin des Generalgouverneurs und der Finanzfachmann des Indienrats.

„Habt Ihr die beiden Erschlagenen im Hof gesehen?", fragte sie.

„Ja, aber ob sie erschlagen sind, weiß man ja nicht."

„Nun, sie werden kaum einem Fieber erlegen sein."

„In jedem Fall merkwürdig, die ganze Geschichte …"

Bevor sie sich trennten, fiel ihr noch etwas ein: „Ich habe mich noch gar nicht bedankt."

„Ihr müsst Euch nicht bedanken, Exzellenz", sagte er. „Es ist mir immer ein Vergnügen."

In der darauffolgenden Nacht hatte sie einen Traum. Sie schritt nackt durch einen See. Obwohl der See groß war, geradezu unabsehbar, war das Wasser nicht tief. Es stand noch nicht einmal hoch genug, um ihren Bauchnabel zu verdecken. Sie konnte sich selbst von oben sehen wie ein Vogel. Kerzengerade und stolz watete sie durch das Wasser, eine schöne junge Frau. Hinten fiel ihr das Haar weit über den Rücken, vorn trug sie den Busen fest und voll vor sich her.

Dann war sie selbst in ihrem Körper. Sie fühlte das kühle, erfrischende Nass, und sie spürte, dass ihre Beine beim Gehen von Wasserpflanzen umspielt wurden. Nach einiger Zeit bemerkte sie, dass da noch etwas anderes war. Sie konnte es erkennen, wenn sie nach unten schaute: Schlanke, geschmeidige und zugleich sehr kräftige Schlangen glitten durchs Wasser, streiften sie und wanden sich zwischen ihren Schenkeln durch. Das machte ihr zwar Angst, aber gleichzeitig war das Gefühl der an den Innenseiten ihrer Beine entlang streichenden Körper ungemein angenehm.

Aus der Ferne kam eine Gestalt auf sie zu. Schon von Weitem konnte sie erkennen, dass es ein gut gebauter Mann war – ebenso nackt wie sie. Da er größer war, stand ihm das Wasser nur bis zu den Schenkeln. Deutlich sah sie die dunklen Locken, die sein Geschlecht einrahmten. Sie wusste: Es war Antonio, der da auf sie zukam. Gleich würden sie sich gegenüberstehen. Gleich würde sie ihn von Nahem sehen – und er sie genauso. Es konnte nicht mehr lange dauern, nur noch wenige Schritte ...

Aber genau an dieser Stelle wurde sie wach. In den ersten Momenten wehrte sie sich noch dagegen, sie presste die Augen aufeinander, versuchte, an nichts zu denken, und sich in den Traum zurückgleiten zu lassen. Doch irgendetwas zerrte an ihr und riss sie in die Wirklichkeit zurück. Sie schlug die Augen auf – und da war Coen über ihr. Das Wechselbad der Gefühle hätte stärker nicht sein können. Er erzwang sich seinen Weg in ihren Körper und hatte sie im nächsten Moment schon vollständig ausgefüllt. Doch während er sie auf gewohnte Art unterjochte, wurde die Luft plötzlich von einem immer weiter anschwellenden Ton erfüllt, schrill und ungeheuer durchdringend. Eva glaubte zunächst, das Geräusch wäre nur in ihrem Kopf, doch dann merkte sie, dass er es ebenfalls wahrnahm. Er verlangsamte seine Bewegungen, kam zur Ruhe und zog sich ruckartig zurück.

Langsam öffnete sie die Augen. Coen stand am Fenster und riss den Sonnenschutz auseinander. Sofort wurde das Zimmer durch das im Hof lodernde Feuer erhellt, und zum ersten Mal sah sie seinen unverhüllten Körper. Ihr erster Blick fiel auf seine immer noch furchterregende Maschine. Dann fiel ihr etwas anderes auf: In der Leistengegend hatte er eine sackartige Ausstülpung. Das musste es sein, was er vor ihr geheim halten wollte. Was es nur sein mochte? Doch schon wurde er sich bewusst, dass sie ihn sehen konnte. Er trat aus dem Licht, ging zum Bett zurück, zog sich an und verschwand.

Eva stand ebenfalls auf und zog ihr dünnes Unterkleid herunter. Was hatte ihn so beunruhigt? Sie tastete sich bis zum Fenster vor. Da war eine Bewegung am Himmel. Sie schlang sich eine dünne Decke um und lief auf den Gang. Kein Diener war dort, überhaupt schien der Palast ausgestorben. Auf jeder Stufe hinunter konnte sie ihre nackten Füße hören. Dann trat sie in den Hof.

Es war ein Gedränge wie beim chinesischen Neujahrsfest. Alle starrten nach oben. Aber diesmal waren es keine Himmelslaternen, die vor der bleichen Scheibe des Mondes emporstiegen. Es war ein schwarzer Trauerflor, der vor ihm herwehte. Und von dort kam das entsetzliche Kreischen.

„Was ist das?", fragte sie Coen.

„Der Tanz der Kalongs", antwortete er.

„Kalongs?"

„Riesenfledermäuse. Sie fliegen in gewaltigen Scharen übers Meer. Einen so großen Schwarm habe ich allerdings noch nie gesehen. Es müssen Zehntausende, Hunderttausende sein. Und jede von ihnen ist so groß wie ein Kind und trägt den Kopf eines tollwütigen Hundes."

Die dämonische Prozession bewegte sich unaufhörlich im Kreis, eine riesige Wolke der Trostlosigkeit, die immer wieder gegen den Mond andrängte.

Plötzlich stand Sara an ihrer Seite. Sie schien völlig aufgelöst.

„Was hast du?", fragte Eva.

„Das ist das schlimmste aller Zeichen", stieß sie hervor. „Eine Warnung der Götter."

„Was meinst du?"

„Uns steht furchtbares Unheil bevor. Viele von uns werden sterben. Und danach wird nichts mehr sein wie vorher."

Erwachendes Feuer

Die Kalongs verdunkelten zwei Tage den Himmel über Batavia. Am dritten Tag formierten sie sich zu einem schwarzen Strahl und rauschten in endloser Reihe über das Meer davon. Vom Hof des Kastells aus konnte Eva ihre schwarzen Leiber erkennen. Sie hielt sich die Ohren zu, um ihr Kreischen nicht hören zu müssen.

Wenig später ließ Coen sie zu sich in sein Arbeitszimmer rufen. „Ich habe schlechte Neuigkeiten und wollte Euch vorab unterrichten", hob er an.

Sofort hatte Eva ein unangenehmes Gefühl in der Magengrube.

„Der Sultan von Mataram zieht mit einem großen Heer gegen uns. Die Reisernte ist beendet, nun kommt die Zeit des Kämpfens. Er hat die Gongs schlagen lassen, die alle Dörfer miteinander verbinden. Es heißt, dass er eine Streitmacht von hundertfünfzigtausend Mann auf die Beine gestellt hat."

„Was? Aber das ... ist doch nicht möglich."

„Der Sultan hat ganz Java in seinem Besitz. Wir sind die Laus in seinem Pelz, die er loswerden will."

„Aber dann haben wir nicht die geringste Chance gegen ihn ..."

„Wir besitzen überlegene Waffen. Zwar verfügt der Sultan auch über Kanonen: Die Engländer haben sie ihm zum Geschenk gemacht, natürlich mit dem perfiden Hintergedanken, dass er sie gegen uns, ihre Handelsrivalen, richten wird. Aber es sind wohl nicht viele Kanonen. Außerdem schützt uns die sicherste und modernste Festung von ganz Asien."

„Und die Leute, die in Batavia wohnen?"

„Nun ... Die Stadt selbst ist nicht zu verteidigen."

„Was meint Ihr damit?"

Seine Lippen verengten sich zu einem schmalen Strich. „Wir müssen sie räumen."

„Räumen?"

„Ja. Räumen und niederbrennen."

„Aber ... die Menschen?"

„Ihnen wird nichts geschehen. Sie können sich auf Booten in Sicherheit bringen. Auf dem Meer herrschen wir, der Sultan hat keine Kriegsschiffe. Unsere Landsleute können wir zum Teil hier in der Festung aufnehmen, der Rest wird auf Schiffen zu unseren nächstgelegenen Niederlassungen gebracht."

Eva konnte es immer noch nicht fassen. „Ihr brennt Batavia ab? Ihr zerstört Euer Lebenswerk?"

„Nein, so sehe ich es nicht", antwortete er. „Die Festung ist Herz und Haupt dieser Stadt, sie wird weiter existieren. Ihr müsst es so sehen: Batavia kapselt sich ein. Verkleinerung als Überlebensstrategie."

Eva nickte, dann stand sie auf. „Kann ich es den anderen erzählen?"

„Nein, wartet noch bis morgen. Van Diemen und van Raemburch wissen Bescheid, aber die anderen werde ich erst morgen in Kenntnis setzen. Ich wollte es Euch vorher wissen lassen."

„Danke." Damit wandte sie sich zum Gehen.

„Wartet noch", sagte er. „Ihr habt mich gar nicht gefragt, was mit Euch ist?"

„Was soll mit mir sein?" Eva wusste nicht, worauf er hinauswollte.

„Nun, was mit Euch geschieht während der zu erwartenden Belagerung. Ihr könnt Euch natürlich ebenfalls zu einem unserer anderen Stützpunkte begeben. Dort seid Ihr sicher."

„Das habe ich nicht vor." Die Worte kamen von ganz allein, ohne dass sie darüber nachdenken musste.

Er blickte sie an.

„Ich bleibe hier", fügte sie hinzu. „Bei Euch und den anderen."

Coen nickte langsam. Keine Regung seines Gesichts verriet etwas über seine Empfindungen.

Noch am selben Abend erzählte sie Sara – unter dem Siegel der Verschwiegenheit –, was ihnen bevorstand. Das Mädchen nahm es so gleichmütig auf, als hätte es schon alles gewusst.

Beim Abendessen kündigte Coen an, dass er am nächsten Morgen eine Erklärung vom Balkon des Palastes aus abgeben werde. Alle Männer sollten dafür im Hof des Kastells versammelt werden. Zu Eva sagte er: „Ich möchte, dass Ihr dabei neben mir steht."

Als sie mit Sara schon auf der Treppe nach oben war, kam ihnen noch Doktor Bontius hinterhergerannt.

„Ich wollte Euch etwas sagen", keuchte er, ein wenig außer Atem. „Der Kräutergarten entwickelt sich prächtig. Ich züchte dort Pflanzen, die der Heilkunde noch große Dienste erweisen können. Und dabei profitiere ich von der Arbeit Eures Bruders – und zwar mehr, als ich anfangs gedacht hätte. Er hat genau die richtige schattige Stelle ausgewählt. Erinnert Ihr Euch an die Hexenblume, die ich bei unserer unseligen Expedition zusammen mit ihm ausgegraben habe? Ab einer bestimmten Dosis ist sie tödlich, aber in geringer Menge verabreicht, hilft sie gegen Lähmungserscheinungen, die die Einheimischen hier Beriberi nennen." Er machte eine kurze Pause. „Ich dachte nur", ergänzte er dann, „dass es … dass es vielleicht wichtig sein könnte für Euch, das zu wissen."

Eva war bewegt. „Es ist sehr wichtig für mich", bestätigte sie. „Habt vielen Dank. Dann kann man also sagen, dass Gerrits Arbeit nicht umsonst gewesen ist?"

„Ganz sicher nicht, Exzellenz. Ganz sicher nicht."

Seltsam beschwingt ging Eva an diesem Abend zu Bett – und schlief gut, obwohl sich doch eine so große Bedrohung abzeichnete.

Am nächsten Morgen traten wie befohlen die gesamte Besatzung des Kastells und alle übrigen Diener der Compagnie im Hof an. Eva stand mit Coen auf dem Balkon.

„Männer!", rief er. „Ich habe euch heute hier vereint, um euch etwas Wichtiges mitzuteilen. Der Sultan von Mataram marschiert auf uns zu. Er ist der mächtigste Fürst auf dieser Insel, und es gefällt ihm nicht, dass unsere Compagnie sich hier eine Stadt erbaut hat und einen von Gott gesegneten Handel betreibt. Der Sultan neidet uns dies und will uns darum unterwerfen. Das wird ihm natürlich nicht gelingen. Soldaten! Für euch kommt jetzt die Stunde der Bewährung: Diese Zitadelle ist das Symbol unseres Erfolgs – ihr werdet sie gegen die Heiden verteidigen."

Er hielt kurz inne, aber wenn er gehofft hatte, dass die Menge an dieser Stelle Zustimmung bekunden würde, sah er sich getäuscht. Die Männer schwiegen und regten sich nicht.

„Eine Handlung gibt es, die zu vollbringen schmerzlich sein wird. Die Stadt selbst verfügt noch nicht über ausreichende Verteidigungswerke, um gegen den Feind bestehen zu können. Deshalb müssen wir sie kurzzeitig niederlegen."

Die fragenden Gesichter, in die Eva blickte, legten nahe, dass sie nicht verstanden hatten, was gemeint war. Coen schien dies ebenfalls zu bemerken: „Das bedeutet: abbrennen", stellte er klar.

Ein Raunen ging durch die Menge. Mit beschwörender Stimme begann Coen wieder zu reden: „Danach werden wir Batavia wieder aufbauen. Schöner denn je! Und in der Zwischenzeit laufen die Geschäfte einfach weiter. Wir sind Herr und Meister auf dem Meer, und über die See verläuft unser Handel. Deshalb ist es auch unmöglich, unsere Stadt auszuhungern. Wir haben von dieser Belagerung nichts zu befürchten. Mit Gottes Hilfe werden wir die Prüfung bestehen. Hoch Batavia!"

Sein Ruf fand keinen Widerhall. Totenstille lag über dem Kastell. Eva spürte, dass die Männer noch etwas erwarteten. Es waren harte Kerle, das sah man ihnen an. Sie waren bereit, vieles zu erleiden, notfalls den Tod. Aber sie wollten wissen, wofür. Und das hatte Coen ihnen nicht gesagt. Eva schaute ihn kurz an, aber er machte keinerlei Anstalten, noch einmal das Wort zu ergreifen. Offenbar war für ihn alles gesagt.

Da trat sie selbst an die Brüstung des Balkons. Es überkam sie einfach.

„Männer!", rief sie – und dann noch einmal lauter: „Männer!"

Ihre Stimme klang fremd, aber sie ließ sich davon nicht aus der Fassung bringen. Es gab da etwas, was sie den anderen sagen musste.

„Ich bin zwar nur eine schwache Frau, aber hört mich an. Ich weiß, wie euch zumute ist. Mir geht es genauso. Doch zugleich steht für mich fest: Ich werde hier ausharren, ich bleibe bei euch. Das verspreche ich. Und ich will ehrlich sein mit euch: Ich tue es nicht für die Compagnie. Ich tue es für meinen Bruder. Ihm war nur eine kurze Zeit in Batavia vergönnt. In dieser letzten Spanne seines Lebens war er unter der Leitung von Doktor Bontius am Anlegen eines Kräutergartens im Hof dieser Festung beteiligt.

Die Kräuter des Gartens sollen dabei helfen, gefährliche Krankheiten zu bekämpfen. Der Garten ist wichtig. Und er ist die Hinterlassenschaft meines Bruders. Ich will unbedingt, dass er erhalten bleibt. Ich will, dass sein Tod nicht umsonst gewesen ist.

Warum erzähle ich euch das? Weil ich glaube, dass ihr alle einen ähnlichen Grund habt, um zu kämpfen. Ihr habt diese Stadt mit aufgebaut. Viele andere haben ebenfalls Anteil daran. Ich habe mit eigenen Augen gesehen, dass hier Menschen aus den unterschiedlichsten Ländern zusammenleben. Friedlich zusammenleben. So etwas gibt es wahrscheinlich nicht noch einmal. All diese Menschen haben ein Recht, hier zu sein. Diese Stadt gehört nicht dem Sultan von Mataram, sie gehört auch nicht der Vereinigten Ostindischen Compagnie. Sie gehört uns. Es ist die Stadt meines Bruders. Es ist meine Stadt. Es ist eure Stadt. Es ist die Stadt von uns allen. Wir dürfen sie nicht aufgeben. Hoch Batavia!"

„Hoch Batavia!", schallte es ihr hundertfach entgegen. „Hoch Batavia! Hoch Batavia!" Die Männer jubelten, manche schossen in die Luft. Und immer wieder hörte Eva auch den Ruf: „Hoch die Muskatprinzessin!"

Als sie von der Brüstung zurücktrat, war es, als würde sie aus einer Trance erwachen. Plötzlich war sie erschrocken über ihre eigene Kühnheit. Konnte es wirklich wahr sein – hatte sie tatsächlich allein zu all diesen Männern gesprochen? Ja, es musste so sein.

Coen fasste sie am Arm und führte sie ins Innere des Gebäudes zurück. Es war das erste Mal, dass sie ihn wirklich verdutzt sah. Er schien kaum glauben zu können, was er gerade erlebt hatte. „Ich muss Euch darauf hinweisen, dass Ihr im Unrecht seid", sagte er. „Batavia gehört selbstverständlich durchaus der Compagnie und nicht seinen

Einwohnern. Gleichwohl: Ich stehe in Eurer Schuld."

Eva war so überrascht, dass sie keine Antwort herausbrachte. In diesem Moment kam Antonio van Diemen herein. Er machte eine schwungvolle Verbeugung vor ihr. „Exzellenz, das waren Worte, die einer Königin zur Ehre gereicht hätten. Aber Ihr habt es ja gehört: Man bezeichnet Euch bereits als Prinzessin."

Eva sah zu Coen – er lächelte. Nun stolperte van Raemburch herein, zog den Hut und entblößte seinen schweißnassen Schädel. „Betrachtet mich als Euren untertänigsten Diener, Exzellenz! Wir sollten dieses Ereignis nicht vorbeigehen lassen, ohne darauf angestoßen zu haben! Darf ich die Anwesenden auf ein Glas Wein in den Konferenzraum bitten?"

Er durfte. In der Tür sagte Coen zu Eva: „Die Herren liegen Euch zu Füßen. Ganz besonders van Diemen."

Eva erschrak kurz und hatte das Gefühl, dass sie rot wurde. Zum Glück sah Coen sie nicht an.

Es folgten an diesem Tag noch viele Verbeugungen und Glückwünsche. Eva kam sich vor, als wäre sie plötzlich in den Adelsstand erhoben worden, so viel Achtung und Respekt schlugen ihr entgegen. Die Einzige, die die Rede nicht gehört zu haben schien, war Sara. Sie schien überzeugt, dass die Dinge sowieso ihren vorbestimmten Lauf nehmen würden.

Am nächsten Tag wurde die schlimme Nachricht in Batavia bekannt gemacht, wobei Eva von Margaretha erfuhr, dass sie sich bereits am Vortag wie ein Lauffeuer vom Kastell aus verbreitet hatte. Zuerst blieb es ganz still, so als könnten die Menschen es nicht glauben. Dann kam es zu Aufläufen, und die Soldaten mussten Schüsse abgeben, um sich der wütenden Menge zu erwehren. Am dritten Tag brach Panik aus. Eva sah, wie sich die Menschen im Hafen drängten, um noch einen Platz auf einem der Schiffe zu ergattern. Dem Vernehmen nach verlangten die Kapitäne Wucherpreise. Auf Kutschen, Wagen und Handkarren stapelte sich der Besitz der Bürger Batavias: Schränke, Stühle und Schlafmatten, Sonnenschirme, Vogelkäfige und wild übereinander geworfene Kleider. Kinder und Hunde rannten nebenher, Ziegen und Schafe folgten, sogar ein einzelner Büffel. Kranke wurden auf Bahren in den Hafen geschleppt.

Nach einigen Tagen liefen zusätzliche Schiffe und Boote im Hafen ein. Dennoch würde es Wochen dauern, alle Flüchtlinge abzutransportieren. Die Schiffe der Compagnie nahmen bevorzugt Niederländer an Bord, wobei viele Männer nur ihre Frauen und Kinder in Sicherheit bringen ließen, aber selbst im Kastell ausharren wollten. Eine ganze Reihe chinesischer Kaufleute entschied sich ebenfalls zum Bleiben. Die Sklaven hatten Glück: Sie wurden überwiegend freigelassen, weil man sie nicht auch noch in der Festung aufnehmen konnte.

Dort drängten sich sowieso schon sehr viele Menschen auf engem Raum. Alle Zimmer des Gouverneurspalastes, die entbehrt werden konnten, wurden mit Familien oder Gruppen von Männern belegt. Das Gleiche galt für die Unterkünfte der Garnison, die Wirtschaftsgebäude und Stallungen. Zusätzlich wurden Zelte im Hof aufgebaut. Willem de Bondt, der Kirche und Pfarrhaus hatte zurücklassen müssen, gestaltete einen Stall notdürftig zum Gotteshaus um. Immerhin konnte die Glockenkonstruktion vom Dach der alten Kirche abgebaut und auf dem Stall neu befestigt werden.

Die Tiere der Menagerie kamen frei. Kurzzeitig war überlegt worden, den Tiger zu töten – doch die beiden Männer, die ihn versorgt hatten, protestierten so heftig, dass man nachgab – in Batavia würde er schließlich kein Unheil mehr anrichten können. Das Rhinozeros wollte gar nicht aus seinem Gehege herauskommen. Erst als es nach zwei Tagen kein Wasser mehr hatte, trottete es mit hängendem Haupt langsam davon.

Schließlich war Batavia geräumt. Eva stellte sich vor, wie es jetzt dort aussehen musste: verlassene Straßen, offen stehende Hütten, die Kerzen in den Tempeln erloschen. Mehrmals ging ihr durch den Kopf, dass Gerrit noch dort draußen lag: War es vorstellbar, dass die feindlichen Soldaten seinen toten Körper ausgruben? Sie sprach Coen darauf an, doch dieser entgegnete: „Nach dem Feuer, das wir jetzt anzünden, werden sie gar nicht mehr wissen, wo sich der Kirchhof befunden hat."

Ein Montag wurde zum Tag des großen Brandes bestimmt. Als es so weit war, stand Eva zwischen Coen und van Diemen hoch oben auf einem der Bastionstürme. Die Uhr des Kastells hatte gerade zwölf Uhr mittags geschlagen, da stieg aus der Stadt eine Rauchsäule auf. Eva wusste, dass die Soldaten unter Anleitung von Fernberger einen Scheiterhaufen im Inneren des Rathauses errichtet hatten. Nun war er entzündet, und das Werk der Zerstörung begann. Der Rauch war erst weiß und dann schwarz. Nach einiger Zeit konnten sie auch die auflodernden Flammen erkennen. Gleichzeitig ragten an anderen Stellen neue Rauchsäulen wie dünne graue Finger in den Himmel – die Soldaten hatten dort weitere Feuer gelegt. Bei ihrem Spaziergang mit Gerrit hatte Eva gesehen, dass nur die Häuser der wohlhabendsten Niederländer direkt am Kanal aus Korallenkalkstein errichtet waren. Der überwiegende Teil der Stadt bestand aus Holzhäusern. Und so war es kein Wunder, dass das Feuer in Windeseile von Gasse zu Gasse sprang, von Dach zu Dach lief und so die ganze Stadt entzündete. Wie in der biblischen Apokalypse fegte das Feuer durch Batavia. Immer höher und schwärzer wölbte sich der Rauchkegel über der Stadt, immer wilder schlugen die Flammen. Eva spürte die Strahlungswärme auf ihrem Gesicht. Sie roch die verkohlte, schwefelige Luft und hörte das Getöse der einstürzenden Bauten. Manchmal, wenn ein mit Stroh oder vertrockneten Palmenblättern gedecktes Haus plötzlich Feuer fing und sofort lichterloh brannte, dauerte es nur wenige Augenblicke, bis das ganze Gebäude in sich zusammenfiel. Eva konnte sehen, wie dadurch ein Funkenregen aufgepeitscht wurde, der vermutlich sofort wieder andere Häuser in Brand setzte. Einzig der Dachstuhl des Rathauses, der die anderen überragte, schien aus einem anderen, festeren Holz zu sein: Er stand lange in Brand und glühte danach wie ein Baumstamm im Kamin.

Schließlich kam der Moment, in dem sich die vielen einzelnen Feuer zu einem einzigen Inferno vereinigten. Ein Feuerbogen spannte sich vom einen Ende der Stadt zum anderen, und die Flammenwand war so hoch, das Licht so blendend und die Hitze so stark, dass Eva befürchtete, auch das Kastell und alles andere könne erfasst und verschlungen werden. Doch Coen verwies auf die große Freifläche zwischen der Stadt und dem Kastell: „Wir sind unerreichbar für das Feuer."

Am Nachmittag fiel der Feuergeist langsam in sich zusammen, weil er keine Nahrung mehr fand. Als es dämmerte, warf die sterbende Stadt einen blutroten Schein auf den Himmel.

„Kommt", sagte Coen. „Wir gehen zum Essen."

Zum ersten Mal seit Langem ergriff sie seine Hand: „Dies muss sehr schwer sein für Euch."

„Ich bin fest davon überzeugt, dass Batavia wieder neu und größer erstehen wird", erwiderte er. „Auch vor zehn

Jahren hatten wir nur das Kastell, und bedenkt, wie groß die Stadt in dieser kurzen Zeit schon geworden war."

In der Nacht ging Eva immer wieder ans Fenster, um sich zu vergewissern, dass das Feuer nicht wieder aufgeflammt war und auf die Festung zukroch. Auch Sara konnte offenbar nicht schlafen, ihr Bett war leer und zerwühlt, wie Eva bemerkte, als sie kurz zu ihr hinüberging. Mitten in der Nacht ertönten plötzlich panische Stimmen im Palast. Eva befürchtete Schlimmes und schickte Margaretha, um nachzusehen, was geschehen war. Es dauerte einige Zeit, bis sie zurückkam: „Es hat nichts mit dem Feuer zu tun", berichtete sie. „Einige Dienerinnen sind wie von Sinnen. Ich habe nicht genau verstanden, warum – aber es hörte sich so an, als meinten sie, ein Gespenst gesehen zu haben."

„Ein Gespenst?", fragte Eva in zweifelndem Ton. „Das hätte uns gerade noch gefehlt."

Am nächsten Tag waren die Trümmer Batavias von einer Rauchdecke wie mit einem Leichentuch verhüllt. Die Soldaten, die aus der Stadt zurückkehrten, erzählten, der Boden unter ihren Füßen sei so heiß gewesen, dass sie kaum hätten auftreten können. Aus den Brunnen qualme es, das Kanalwasser koche wie eine Suppe, und geschmolzenes Blei fließe durch die Straßen. Die Korallenkalksteinhäuser aber, wiewohl im Inneren ausgebrannt, seien äußerlich unzerstört und strahlten weißer denn je. Die Soldaten bekamen den Befehl, alle stehen gebliebenen Gebäude abzureißen. Das Schussfeld der Kanonen in der Festung sollte frei sein und der Feind keine Deckung haben.

Beim Mittagessen sprach alles über das Feuer, doch Doktor Bontius lenkte die Aufmerksamkeit auf etwas anderes: Ein junger Unterkaufmann war tot in seinem Bett gefunden worden. Eva kannte ihn flüchtig, da er unlängst mit ihnen zu Mittag gegessen hatte. Dabei hatte er sich damit gebrüstet, einmal vierhundert indische Sklaven auf einem einzigen Schiff nach Batavia befördert zu haben. Hundert hätten es nicht überlebt, „aber der Profit war immer noch hoch" – die Worte klangen Eva noch im Ohr. Pfarrer de Bondt, der damals mit dabei gewesen war, hatte den Unterkaufmann für seine Rede zurechtgewiesen.

„Woran ist er gestorben?", fragte Eva. „Er kam mir ausgesprochen kräftig und gesund vor."

„Ich habe keine Ahnung", antwortete der Doktor.

„Vielleicht hat ihn der Schlag getroffen", mutmaßte van Raemburch.

„Leute, die der Schlag getroffen hat, sehen anders aus", entgegnete der Mediziner.

„Dann vielleicht Gift", spekulierte van Raemburch weiter. „Auf Java wird sehr gern vergiftet. In Batavia soll es die reinsten Hexenküchen geben … oder vielmehr: gegeben haben."

„Aber wieso sollte jemand diesen Unterkaufmann vergiften wollen?", fragte Coen.

„Das weiß ich natürlich auch nicht", räumte der Dicke ein. „Aber im Interesse Eurer Sicherheit, Exzellenz, würde ich empfehlen, künftig alle Speisen vorkosten zu lassen. Seine Exzellenz sind unersetzlich. Vielleicht steckt der Sultan von Mataram dahinter."

Nachmittags wurde Eva von Margaretha zu ihrer Kleidertruhe gerufen. Ihre Stimme verhieß nichts Gutes, und als sie hineinschaute, zuckte sie angeekelt wieder zurück: Weiße Ameisen krochen über ihre besten Röcke, Mieder, Leibchen und Übergewänder. Margaretha nahm eines hoch, und es fiel sofort auseinander: Das Ungeziefer hatte bereits ganze Arbeit geleistet.

Zum Glück hatte sie einen Teil ihrer Kleider in einem Schrank aufgehängt, aber auch dort gab es manch böse Überraschung: Ihr bestes Seidenkleid hatte auf unerklärliche Weise Stockflecken bekommen. Andere hatten sich in einzelne Fäden aufgelöst – wie es schien, allein aufgrund der Hitze und Feuchtigkeit. „Ich habe kaum mehr etwas zum Anziehen", klagte sie. „Dieses Klima hier lässt sogar die Kleidung verrotten."

Doch das brachte sie auf eine Idee: Sie erzählte Coen von ihrem Unglück und bat ihn, ihr das Tragen asiatischer Kleider zu gestatten. „Auf keinen Fall!", protestierte er. „Wollt Ihr etwa ausgerechnet jetzt den Eindruck vermitteln, Eure europäische Herkunft zu verleugnen? Wollt Ihr Euch gemein machen mit unseren Angreifern?"

Doch sie entgegnete: „So würden es die Leute bestimmt nicht sehen. Es würde vielmehr zeigen, dass wir auch hierhergehören. Wir sind keine Fremden mehr. Ich könnte ja auch immer etwas aus meiner alten Garderobe mit den asiatischen Gewändern kombinieren."

„Geschmacklos", meinte Coen.

„Lasst es mich wenigstens einmal ausprobieren", bat sie. „Bis ich mit der nächsten Flotte aus der Heimat neue Kleider bekomme."

„Es widerspricht all meinen Überzeugungen", hielt er dagegen, aber sie hörte schon heraus, dass er es ihr nicht ausdrücklich verbieten würde.

„Habt vielen Dank!", sagte sie schnell und entschuldigte sich. An diesem Nachmittag war sie mit Margaretha stundenlang damit beschäftigt, die richtige Kombination für den Abend auszusuchen. Asiatische Frauengewänder zu besorgen, war keine Schwierigkeit: Sie wurden jetzt im Kastellhof feilgeboten und kosteten nicht viel. Schließlich entschied sie sich für eine gewagte Verschmelzung beider

Stile: Sie verzichtete auf Korsett, Rock und Leibchen und hüllte sich stattdessen in ein leichtes, wallendes Gewand in leuchtendem Rot. Da dieses Tuchkleid die Arme unbedeckt ließ, zog sie darüber noch eine ihrer schwarzen Jacken mit perlenbestickten Ärmeln und zarten Seidenmanschetten. Dazu wählte sie eine strahlend weiße Diademhaube, die ihr rotes Haar nicht verbarg, sondern als Kranz hineingesteckt wurde und es dadurch gleichsam krönte.

Als sie an diesem Abend mit Sara, Margaretha und der üblichen Dienerschar die Treppen zum Speisezimmer hinabging, war sie sehr aufgeregt. Noch nie zuvor hatte sie ein rotes Kleid getragen, sondern immer nur Schwarz, so wie es sich für eine Europäerin gehörte.

Sie hatte sich etwas verspätet, sodass alle schon saßen. Die lange Tafel war bis auf den letzten Platz gefüllt, denn nun aßen auch jedes Mal Kaufleute der Compagnie mit, die bisher in Batavia gewohnt hatten.

Als Eva hereinkam, richteten sich sofort alle Blicke auf sie, und das Murmeln erstarb. Sie warf einen scheuen Blick zu Coen – ihm stand das Entsetzen ins Gesicht geschrieben. Doch noch bevor er etwas sagen konnte, stand Antonio van Diemen auf und begann zu klatschen. Sofort schlossen sich die anderen an. Coen erhob sich als Letzter – zum Mitklatschen konnte er sich allerdings nicht durchringen.

Als Eva an ihren Platz ging, raunte ihr Antonio zu: „Unsere Muskatprinzessin!" Sie sah ihn kurz an, und plötzlich wurde ihr klar, dass es vielleicht gar nicht so sehr Gerrits Kräutergarten war, der sie hier ausharren ließ, sondern er. Die dunklen Augen, das jungenhafte Lächeln, die Wärme, die von ihm ausging … es bestand kein Zweifel mehr: Sie hatte sich verliebt. Zum ersten Mal in ihrem Leben.

Der Kampf beginnt

Eva setzte sich an ihren Platz, und Pfarrer de Bondt sprach das Tischgebet. Danach wurde der erste Gang aufgetragen, Fischpastete. Immer wieder lugte Eva zu Antonio hin, der ihr schräg gegenübersaß, und manchmal trafen sich ihre Blicke, weil er auch gerade zu ihr hinschaute. Essen konnte sie kaum etwas. Als der Hauptgang – Lammkeule mit einer exotischen Kräutersauce – vorbei war, hörte sie Antonio zu Coen sagen: „Exzellenz, Ihr solltet vielleicht erwägen, heute Abend noch gemeinsam mit Eurer Gattin eine Runde durch den Hof zu drehen. Viele obdachlose Familien aus Batavia sitzen abends noch lange dort draußen, weil es in ihren Quartieren unerträglich heiß und eng ist. Ich bin mir sicher, dass eine Begegnung mit Euch ihre Stimmung ungemein heben würde."

„So, glaubt Ihr?"

„Bestimmt."

„Nun, ich habe keine Zeit für solche Dinge. Aber wenn Ihr meine Frau auf einem solchen Rundgang begleiten mögt – bitte. Schaden kann es nicht."

So kam es, dass sie an diesem Abend an Antonios Seite aus dem Palast trat. Das Feuer war noch nicht entzündet, doch wurde der Hof von Fackeln beleuchtet. Überall vor den Wirtschaftsgebäuden saßen Menschen; die Männer rauchten Pfeife, die Frauen unterhielten sich, und dazwischen liefen die Kinder herum oder spielten auf dem Boden. Als Eva näher kam, standen die Erwachsenen sofort auf.

„Wie geht es euch?", fragte Eva.

„Wir haben in Batavia in einem eigenen Haus gewohnt, jetzt teilen wir uns einen leer geräumten Pferdestall zusammen mit zwei Dutzend anderen."

Sofort kamen noch andere dazu. „Es ist sehr freundlich, dass Ihr nach uns schaut, Exzellenz", sagte eine junge Frau zu ihr. „Ich hatte in Batavia einen Garten, in dem ich Obstbäume zum Verkaufen gezüchtet habe. Sehr erfolgreich. Vier Männer haben für mich gearbeitet. Nun ist alles verloren."

So hörte Eva noch viele Klagen. Das Merkwürdige war: So schwer es war, all das in sich aufzunehmen und doch nichts daran ändern zu können, sie fühlte sich glücklich dabei. Denn zum einen spürte sie, wie gut es den Leuten tat, endlich einmal von all dem zu erzählen, was ihnen auf dem Herzen lag, zum anderen war da Antonio, der gemeinsam mit ihr den Berichten der obdachlos Gewordenen lauschte und ihnen hin und wieder eine Verbesserung in Aussicht stellen konnte. So sagte er zu, zusätzliche Latrinen bauen zu lassen.

Während sie von immer mehr Menschen umringt wurden, meinte sie die neugierigen und bewundernden Blicke zu spüren, die ihre ungewöhnliche Kleidung auf sich zog.

„Ein guter Einfall von Euch, mit den Leuten zu sprechen", sagte sie zu Antonio, als sie gemeinsam die Treppe hinaufgingen.

„Ja, in Wahrheit natürlich recht eigennützig."

„Warum?"

„So konnte ich wieder einmal mit Euch zusammen sein."

Er lächelte. Dann verbeugte er sich kurz und nahm den Korridor zu seiner Wohnung. Wie gern sie ihm gefolgt wäre!

Das Gefühl des Verliebtseins wuchs in den nächsten Tagen ständig. Ihre Gedanken kreisten um Antonio, und sie konnte es kaum noch erwarten, ihn zu den Mahlzeiten zu sehen und ein paar Blicke mit ihm zu wechseln. Viel zu häufig wurde sie allerdings bitter enttäuscht, weil sein Platz leer blieb. Coen hatte ihn mit der Inspektion des Verteidigungsanlagen betraut, der wichtigsten Aufgabe, die es jetzt gab.

Oft brütete sie darüber, was sie am Abend anziehen sollte. Manchmal fühlte sie sich schuldig, weil sie sich mit so vordergründigen Dingen abgab, während ihnen doch große Gefahr drohte. Aber es war vielleicht auch gut, daran nicht stets erinnert zu werden. Wenn Antonio dann abends beim Essen immer wieder zu ihr hinsah, wurde sie von einer wunderbaren Erregung ergriffen.

Im Übrigen warteten alle darauf, dass der Feind angriff. Sehr lange kam er nicht, und wenn Eva nun mit den Menschen im Hof sprach – was sie sich zur Gewohnheit gemacht hatte – hörte sie zunehmend Wut und Bitterkeit heraus. „Da hat Euer Gemahl die Stadt wohl etwas zu früh abgebrannt", hieß es. Deutlich war zu spüren, dass die Leute die Ankunft der feindlichen Streitmacht einerseits fürchteten, andererseits auch herbeisehnten: Ihr Opfer sollte nicht vergebens gewesen sein, und sie wollten den Kampf hinter sich bringen.

Und dann, als manche schon gar nicht mehr daran glaubten, geschah es. Mitten in der Nacht wachte Eva auf. Ein Geräusch lag in der Luft, noch sehr fern, aber drohend dumpf und stampfend. Sie stand auf, kleidete sich notdürftig an und ging hinaus. Die Dienerinnen hatte sie weggeschickt. Sie eilte die Treppe hinunter, durchquerte den Hof und strebte einem der Bastionstürme zu. Der Soldat am Aufgang zögerte, sie durchzulassen: „Exzellenz?"

Sie rauschte einfach an ihm vorbei und erklomm die Treppen bis zur obersten Plattform. Es war stockfinster, denn kein Mond stand am Himmel. Sie blickte ins Schwarze, und ein heftiger Wind wehte sie an.

Mit einem Mal zerrissen gezackte Blitze den schwarzen Vorhang. Für einen kurzen Moment war die Ebene mit den Trümmern Batavias und der dahinter liegenden Freifläche hell ausgeleuchtet. Und in diesem kalten grellen Licht sah sie die Armee des Feindes: unabsehbare Reihen von Männern, und dazwischen, albtraumhaft groß und grotesk, silberne und goldene Elefanten. Regen peitschte herab, und während Eva noch an der Brüstung stand und dorthin starrte, wo sich jetzt wieder vollständige Finsternis ausbreitete, fasste sie jemand am Arm: „Exzellenz, Ihr müsst die Mauer sofort verlassen!" Es war Fernberger. „Hier oben seid Ihr in größter Gefahr!"

Sie achtete nicht auf ihn, stand einfach da, schreckensstarr, und lauschte auf das Stampfen, das ganz langsam lauter wurde.

„Kommt, Exzellenz", drängte Fernberger. „Bitte begebt Euch ins Haus, am besten in die Sicherheit Eures Gemachs. Folgt mir jetzt." Hastig geleitete er sie nach unten.

Eva wusste, dass sie nicht schlafen konnte, und deshalb ging sie zu Sara. Sie fand ihr Bett jedoch leer – offenbar war sie ebenfalls nach draußen gelaufen. Was hätte Gerrit wohl zu all dem gesagt, wenn er es erlebt hätte? Sicher hätte er wieder irgendeine trockene Bemerkung gemacht, um seine eigene Angst zu überspielen.

„Exzellenz?" Margaretha stand in der Tür. „Sind das die Feinde? Kommt der Sultan?"

Sie nickte. „Ich war auf einem der Bastionstürme, da habe ich sie gesehen. Es sind viele, und sie haben Elefanten dabei."

„Elefanten?"

„Offenbar in Rüstung."

Margaretha schien sich an etwas zu erinnern. „Ich weiß noch, als ich ein ganz kleines Mädchen war, da rückten einmal die Holländer an und wollten Wesel einnehmen. Wir hatten schreckliche Angst vor ihnen."

„Vor uns?"

„Ja, denn ihr wart unsere Feinde. Das heißt, wir standen eigentlich zwischen den Kriegsparteien, wir wollten einfach nur am Leben bleiben, aber wir waren jetzt nun mal mit den Spaniern zusammen in der Stadt."

„Und was geschah dann?"

„Am nächsten Morgen, das weiß ich noch genau, eröffneten die Belagerer das Feuer mit einer Donnersalve. Die ersten Angriffe blieben erfolglos, und wir wehrten uns mit Feuerkugeln und Pechkränzen, jedenfalls hat man mir das später erzählt. Es hieß auch, dass wir damals mit mehr als zehntausend Kanonenkugeln beschossen worden sind. Einäugige Zyklopen haben wir die genannt. An was ich mich selber noch erinnere, ist der Hunger, den wir damals gelitten haben. Den vergisst man nicht mehr. Wir haben unsere Katze gegessen."

„Wie bitte?"

„Ja, ich weiß, Ihr könnt Euch das nicht vorstellen, aber ehe man selber stirbt ... Ich habe damals einen Toten fast direkt vor unserer Haustür liegen sehen, das war ein Nachbar, den ich kannte. Er war offenbar einfach auf der Straße tot umgefallen, aber es gab niemanden, der ihn wegräumte. Tagelang ist er da liegen geblieben. Nach vier Monaten sind die Holländer wieder abgezogen."

„So schlimm, wie es damals gewesen ist, wird es jetzt nicht kommen", versuchte Eva, sie zu beruhigen. „Unsere Nahrungsmittel können gar nicht knapp werden, weil wir über das Meer mit der ganzen Welt in Verbindung stehen. Die Belagerung hat deshalb nicht die geringste Aussicht auf Erfolg."

„Gut", erwiderte Margaretha. „Wenn Ihr es sagt." In

Wahrheit war Eva keineswegs so überzeugt. Schließlich hatte sie mit eigenen Augen gesehen, welch ungeheure Streitmacht sich auf sie zubewegte.

Am nächsten Morgen herrschte erneut große Aufregung – doch nicht etwa, weil der Feind vor den Toren stand, sondern weil einige Diener und Dienerinnen in der Nacht wieder das Gespenst gesehen haben wollten. Drei von ihnen waren dermaßen erschrocken, dass sie nicht mehr im Palast arbeiten, sondern freiwillig in die überfüllten Wirtschaftsgebäude umziehen wollten.

Am Vormittag gab Coen im großen Saal einen Lagebericht. Alle Tische und Stühle waren aus dem Raum getragen worden, sodass möglichst viele Menschen Platz fanden. Viele standen noch im Treppenhaus.

„Dies ist ein Schicksalstag, Männer", begann er. „Soweit wir es übersehen können, ist unser Feind tatsächlich in beträchtlicher Stärke angerückt. Die Zahl der Soldaten lässt sich schwer abschätzen, aber es könnten gut und gern hunderttausend Mann oder mehr sein. Zurzeit beginnen sie, Zelte aufzubauen, ein sicheres Zeichen dafür, dass sie sich auf eine längere Belagerung einrichten. Sie haben Kanonen dabei und Kriegselefanten."

Nun wandte er sich einer schematischen Darstellung der Festung zu, die er an der Wand befestigt hatte: „Unabhängig davon, was sie gegen uns aushecken: Unsere Festung ist uneinnehmbar. Ein Kranz von vier Bastionen mit sechzehn Meter hohen Mauern schützt uns. Als zusätzliches Hindernis haben wir davor noch den Graben. Die Bastionen sind vorgelagert und halten unsere Angreifer dadurch auf Distanz. Von diesen Stellungen aus kann unsere Artillerie das Vorfeld lückenlos unter Beschuss nehmen. Vierunddreißig Geschütze stehen auf unseren Mauern."

Diese Rede beruhigte offenbar viele. Eva allerdings

fragte den neben ihr stehenden Antonio: „Wisst Ihr, wie viele Leute sich jetzt hier im Kastell aufhalten?"

„Es dürften etwa dreitausend sein."

„Und wie viele davon sind Soldaten?"

„Achthundert ungefähr."

„Achthundert gegen hunderttausend. Ich weiß nicht, aber mir macht allein diese Zahl Angst. Wie viele Gegner kommen da auf jeden unserer Soldaten?"

Antonio wusste es sofort: „Hundertfünfundzwanzig."

Eva schluckte. „Und was hat es mit den Elefanten auf sich?"

„Krieg mit Elefanten hat in diesem Teil der Welt eine lange Tradition", antwortete er. „Es heißt, ein gut ausgebildeter Elefant sei in einer Feldschlacht sechshundert Reiter wert. Dank ihrer enormen Kraft können die Tiere oft mühelos in die feindlichen Linien einbrechen. Dort wüten sie dann wie die Berserker. Sie trampeln die gegnerischen Soldaten tot, erschlagen sie mit ihrem Rüssel oder durchbohren sie mit ihren Stoßzähnen, an denen oft noch spitze Klingen angebracht sind. Währenddessen zielen von ihrem Rücken mehrere Bogenschützen oder Speerwerfer, die gut geschützt in einem kleinen Holztürmchen sitzen."

„Ich habe gesehen, dass sie auch Rüstungen tragen."

„Ja, sonst könnte man sie ja einfach erschießen. Es sind wohl Metallpanzer, die aus mehreren, miteinander verbundenen Teilen bestehen. Sehr aufwendig und kostspielig in der Herstellung. Nur die Stoßzähne und die Spitze des Rüssels liegen frei."

Beim Hinausgehen spürte sie plötzlich seine Hand auf ihrem Rücken. Ob er dies nur tat, um sie durch das Gedränge zu steuern oder ob es mehr zu bedeuten hatte, hätte sie nicht sagen können. Aber Eva war sich sicher, dass er sich diese Freiheit einige Wochen zuvor noch nicht genommen hätte.

Während des Mittagessens wurde Coen gefragt, ob der Sultan persönlich seine Streitkräfte anführe.

„Nein", antwortete er, „mit Sicherheit nicht. Er residiert tief im Inneren Javas, und nur seine engsten Vertrauten haben Zugang zu ihm. Wir wissen fast nichts über ihn, außer dass er ein gefürchteter Despot ist."

Da Eva die Festungsmauern auf keinen Fall mehr betreten durfte, sah sie fortan nichts mehr von der feindlichen Armee. Sie hörte sie nur noch – und auch das eher selten. Denn es fiel nicht ein einziger Schuss. Nur das Trompeten der Elefanten erinnerte hin und wieder an die Belagerer. Fast konnte man den Eindruck haben, die Javaner wären in friedlicher Absicht erschienen. Doch die Wachen auf den Bastionstürmen, die sie keinen Moment aus den Augen ließen, wussten zu berichten, dass sie mittlerweile nicht nur eine riesige Zeltstadt aufgebaut hatten, die sich bis zum Saum des Urwalds erstreckte, sondern auch Gräben aushoben. So wollten sie sich offenbar eine Deckung verschaffen und langsam an die Festung herantasten. Außerdem versuchten sie, den Ciliwung-Fluss zu stauen, um die Festung von ihrer Trinkwasserzufuhr abzuschneiden. Als ihnen das nicht gelang, beschränkten sie sich darauf, das Wasser zu vergiften: Man sah es an den toten Fischen, die plötzlich an der Oberfläche trieben. Die Wasservorräte der Belagerten waren jedoch so groß, dass sie sich vorerst kaum einschränken mussten. Mehr zu denken gab Coen etwas anderes: Die Wachposten hatten durch ihre Ferngläser zwei europäisch gekleidete Männer gesichtet. „Ich würde meinen Kopf darauf verwetten, dass es Engländer sind", grollte Coen. „Diese Verräter! Weil ihre Compagnie gegen unsere nicht ankommt, sind sie nun zum Pakt mit dem Teufel bereit."

So vergingen die ersten Tage der Belagerung, ohne dass

ein Tropfen Blut vergossen wurde. Das Fehlen von Ereignissen hatte zur Folge, dass umso mehr Gerüchte in Umlauf waren. So hieß es, die Javaner seien mit einer Kompanie von Waldmenschen angerückt, jenen rothaarigen Wesen, die in den Wipfeln der Urwälder hausten. Für sie, die an den Stämmen der höchsten Bäume emporkletterten, sei es keine Schwierigkeit, die Mauern des Kastells zu überwinden. Eines Nachts würden sie kommen, die Wachen lautlos überwältigen und dann über die Schlafenden im Inneren der Festung herfallen. Zum Dank habe ihnen der Sultan je eine Frau aus seinem Harem versprochen.

Eva wusste, dass dies kaum der Wahrheit entsprechen konnte, und doch war sie beunruhigt genug, um eine geladene Pistole neben ihrem Bett zu deponieren. Zwar warnte sie der Waffenmeister, dass damit schon so manches Unglück geschehen sei, doch sie versprach ihm, gut achtzugeben.

Im Übrigen dachte sie fast den ganzen Tag an Antonio. Wie konnte sie mehr Zeit mit ihm verbringen, ohne dass es auffiel? Es schien unmöglich, zumal er so beschäftigt war wie noch nie. Ob er umgekehrt auch an sie dachte? Von ihr träumte? Wenn sie ihm beim Mittagsmahl gegenübersaß und sich ausmalte, was sie mit ihm tun könnte, wenn er ihr Mann wäre, war sie sofort so erregt, dass sie glaubte, man müsse es ihr ansehen. Danach ging sie mitunter auf ihr Zimmer und gab sich ganz ihren Fantasien hin. Wirklichkeit werden würde all das nie, das wusste sie sehr gut, aber allein die Ausschweifungen in ihrem Kopf verliehen ihr Flügel. Die kurzen Begegnungen mit ihm und die anschließende Vereinigung in ihrer Vorstellungswelt waren die einsamen Höhepunkte eines jeden Tages. Coens nächtliche Besuche waren der Tiefpunkt. Allerdings wurden sie seltener und waren auch nicht mehr so fordernd und grob. Eva glaubte, dass dies mit ihrem gestiegenen Ansehen zu tun hatte.

Am siebten Tag der Belagerung gab es einen Toten, aber immer noch kein Blut. Kapitän Pool, der Mann, der Eva nach Ostindien gesegelt hatte, war „zu seinem Schöpfer abberufen worden", wie es Coen beim Frühstück formulierte. Als Doktor Bontius nach einer ersten Untersuchung wieder nicht die Todesursache feststellen konnte, ordnete Coen eine Leichenöffnung an.

„Ich möchte unbedingt dabei sein", sagte Eva. Ihr Elternhaus am Oudezijds Voorburgwal war nur einige Schritte von dem Gebäude entfernt gewesen, in dem im Januar immer eine öffentliche Sektion abgehalten wurde. Frauen waren dabei nie zugelassen, und so hatte sie immer neidisch den schwarz gekleideten Herren mit ihren hohen Hüten hinterhergesehen, die an dem vereinbarten Tag hinter der rot gestrichenen Tür des Anatomischen Saals verschwunden waren. Zwar hatte sie durchaus Angst vor dem Blick ins Innere des Menschen, doch ihre Neugierde war größer.

Jacobus Bontius wollte sie zunächst nicht dabeihaben, doch als sie darauf beharrte, gab er nach. Die Leichenöffnung musste unverzüglich ausgeführt werden, denn in dem heißen, feucht-schwülen Klima würde die Verwesung schnell voranschreiten. Als Eva die Praxis des Doktors betrat, empfing sie bereits ein durchdringender süßlicher Geruch. Sie kannte ihn aus der Alten Kirche: In heißen Sommern hatten die Gottesdienstbesucher immer unter den Ausdünstungen der unter den Bodenplatten begrabenen Toten gelitten.

Der Kapitän steckte bis zum Hals unter einem weißen Leinentuch. Eva trat vor ihn hin und sah ihm ins Gesicht. Ihr erster Gedanke war, dass dies nicht der Mensch war, den sie gekannt hatte. Diese tote Hülle, die da vor ihr ausgestreckt lag, hatte ungefähr so viel mit dem lebenden

Thomas Pool zu tun wie ein schlechtes Bildnis mit dem Porträtierten. Irgendwo konnte man ihn wiedererkennen, aber das, was den lebendigen Menschen eigentlich ausgemacht hatte, fehlte.

Sie schaute genauer hin. Die Augen standen merkwürdig nach innen, sodass man den Eindruck hatte, er würde schielen. Das linke Auge war rot unterlaufen, das Augenlid blutig. Die Lippen waren einen Spalt geöffnet, sodass die lückenhafte untere Zahnreihe sichtbar war. Seine graugelbe Haut glänzte wie Wachs, die Wimpern und das kurz geschnittene Bürstenhaar waren aschgrau.

„*Pulvis et umbra sumus* – Staub und Schatten sind wir", bemerkte Bontius. „Seid Ihr immer noch sicher, dass Ihr dabei sein wollt?

„Ja. Auf jeden Fall eine Zeit lang."

Der Doktor nickte: „Wenn es Euch zu viel wird, solltet Ihr gehen. Und vergesst nie: Wir tun dies im Dienste der Wissenschaft. *Mortui vivos docent.*"

„Die Toten lehren die Lebenden?"

„So ist es."

„Habt Ihr gesehen, dass er Blut in dem einen Auge hat?"

Der Doktor schien leicht irritiert darüber, dass sie ihm als Experten einen Hinweis gab. „Ja, natürlich. Das kommt aber öfter vor bei Toten."

„Ah, ich verstehe", sagte sie schnell. „Wo ist er denn gestorben?"

„Offenbar im Schlaf in seiner Koje. Er war ja so sehr Seemann, dass er sein Schiff so selten wie möglich verlassen hat."

„Der Unterkaufmann ist doch auch im Schlaf gestorben, oder?"

„Ja, das stimmt."

„Vielleicht ist es eine Krankheit, die im Schlaf kommt."

Ohne darauf einzugehen, zog Bontius das weiße Tuch bis zum Bauchnabel zurück, nahm ein Skalpell in die Hand und setzte es dem Toten auf die Brust. Einen kurzen Moment verweilte die Messerspitze, dann drang sie in den Körper ein und glitt sanft und leicht durch das Fleisch. Bontius schien nur ein ganz klein wenig Druck ausüben zu müssen. An einigen Stellen sickerte etwas Blut hervor und rann über die bleiche Brust des Toten. Es sah dunkel und dick aus. Nun legte Bontius das Messer zur Seite, fasste mit beiden Händen in den entstandenen Schlitz und klappte die Hautlappen der Brust nach außen. Eva stockte der Atem: Mit einem Mal war da nicht mehr die vertraute Oberfläche eines menschlichen Körpers, sondern etwas ganz anderes. Sie blickte in eine dunkelrote Höhle, erkannte das freigelegte Brustbein. Das Bestürzende war, dass alles ganz ähnlich aussah wie bei einem Kalb, das in einer Schlachterei zum Ausbluten aufgehängt worden war.

Bontius griff zu einer kleinen Säge und zerteilte damit das Brustbein. Dann bog er mit aller Kraft die Rippen auseinander, griff tief ins Innere des Körpers, bekam dort etwas zu fassen, schnitt es mit der anderen Hand frei und zog es heraus. In seiner blutverschmierten Hand hielt er eine unförmige Masse. Er machte damit zwei Schritte zur Seite und tauchte den Klumpen in eine bereitstehende Wanne. Das Wasser verfärbte sich rot. Er nahm das dunkle Etwas wieder heraus und hielt es Eva hin. „Wisst Ihr, was es ist?"

„Das Herz", antwortete Eva. Sie war sich ziemlich sicher, denn sie hatte schon einmal das eines Schweins begutachtet.

„Sehr richtig. Es ist der wichtigste aller Muskeln. Unablässig ist er damit beschäftigt, das Blut durch unseren

Körper zu pumpen. Im Inneren verfügt es über Klappen, ähnlich den Schleusen unserer holländischen Kanäle. Diese Klappen pumpen das Blut aus dem Herzen heraus, damit es nicht wieder zurückfließt. Wenn ein Mensch ganz plötzlich und unerwartet stirbt, dann hat es meistens etwas mit seinem Herzen, mit den Adern und dem Blut zu tun. Ihr müsst wissen, dass ich daheim im Anatomischen Theater der Universität Leiden sowohl die Leichen von Kindern als auch die von Greisen seziert habe, und dabei ergab sich eindeutig: Je älter ein Mensch ist, desto dicker und krummer sind seine Adern. Man nimmt an, dass viele ältere Menschen daran sterben, dass sich ihre Adern verschließen, sodass das Blut nicht mehr hindurchfließen kann."

Er drehte das Herz des Kapitäns mehrmals in seiner Hand herum und musterte es. „Hier kann ich nichts Auffälliges erkennen. Sein Herz scheint noch ganz gesund gewesen zu sein."

„Er ist ja auch immer sehr behände über die Decks gelaufen", meinte Eva.

Der Doktor legte das Herz auf einen Tisch. Dann zog er das Leinentuch ganz zurück, sodass der tote Mann völlig nackt vor ihnen lag. Nun sah Eva, dass er direkt oberhalb seines Geschlechts eine deutliche Schwellung hatte – ganz ähnlich wie Coen, nur nicht so groß.

„Was ist das?", fragte sie, „ein Geschwür?"

„Nein, das dürfte ein Bruch der Eingeweide sein. So etwas kommt häufig vor. Die Wölbung lässt sich meist zurückdrücken, aber abends, wenn man viele Stunden auf den Beinen gewesen ist, tritt sie wieder deutlich hervor. Ich habe einmal einen Patienten gehabt, der berichtete, dass ein ziehender Schmerz damit einhergeht."

„Kann man etwas dagegen tun?"

„Leider nicht. Vielen Menschen, die darunter leiden, ist

es sehr unangenehm."

Damit nahm Bontius das Messer, setzte es erneut an und schnitt den Bauch auf. Diesmal schlug Eva eine so widerwärtige Wolke von Gestank entgegen, dass sie unwillkürlich zurückwich. Sie spürte, dass sie den Brechreiz kaum noch unterdrücken konnte.

„Ich glaube … mein Magen hindert mich daran, noch weiter hierzubleiben." Damit stürzte sie aus dem Zimmer, rannte den Korridor entlang zu einem am Ende gelegenen Latrinenraum und erbrach sich dort in eine Öffnung im Boden.

Stunden später traf sie den Doktor wieder. Er wirkte bleich und erschöpft.

„Und?", fragte sie.

„Nichts", war die Antwort. „Ich habe ihn gehäutet und zerstückelt wie noch keinen Leichnam zuvor. Aber ich habe nichts gefunden. Vielleicht ist es Zufall. Oder es ist doch Gift im Spiel."

Für die Diener war sowieso klar, was vor sich ging: Ein böses Gespenst stieg nachts aus der Unterwelt empor. Sein Anhauch reichte aus, um jeden Unglücklichen, der es zufällig traf, tot zu Boden sinken zu lassen.

Die Explosion

Plötzlich war Eva wach, und sie wusste gleich, dass sie nicht allein im Zimmer war. Da war ein deutlich vernehmbares Atemgeräusch, da war das Rascheln eines Gewands … Eva streckte den Arm aus dem Bett und tastete nach der Pistole, die sie sich zum Schutz gegen die Waldmenschen bereitgelegt hatte. Aber sie konnte sie nicht finden. Und plötzlich sah sie das Phantom. Seine Umrisse zeichneten sich hinter dem Moskitotuch ab: eine hell leuchtende Frauengestalt mit dunklen Haaren.

Eva rührte sich nicht und tat keinen Mucks. Sie bestand nur noch aus Angst. „Was mache ich jetzt?", ging es ihr durch den Kopf, „was mache ich?" Sollte sie versuchen, aus dem Bett zu springen und zur Tür zu rennen? Wie schnell war ein Gespenst? War es gekommen, um sie zu töten – so wie zuletzt Thomas Pool?

Da! Es bewegte sich! Es hob den einen Arm – und richtete eine Pistole auf sie. Die direkte Bedrohung ließ sie die Kontrolle über ihren Körper wiedergewinnen. Sie drehte sich zur entgegengesetzten Seite, machte einen Satz aus dem Bett, tauchte unter dem Moskitotuch durch und war im nächsten Moment bei der Tür und auf dem Gang. „Hilfe! Hilfe!", rief sie. „Helft mir!"

Sofort stürzten mehrere Diener die Treppe hinauf. Sie konnten Eva zwar nicht verstehen, aber ihr Gesicht sprach wohl Bände. Einige liefen wieder nach unten und kamen kurz darauf mit einem niederländischen Soldaten zurück.

„Ich habe das Gespenst gesehen", berichtete sie atemlos. „Es stand direkt neben meinem Bett und wollte mich erschießen."

Der Soldat sah sie fragend an. „Es wollte Euch erschießen?"

„Ja", nickte Eva. „Es hatte eine Pistole in der Hand."
Dabei fiel ihr mit einem Mal ein, dass sie vergeblich nach
ihrer Pistole unter dem Bett gesucht hatte.

„Ich gehe rein und sehe nach", sagte der Soldat. „Bleibt
Ihr hier!"

Mit vorgehaltener Muskete näherte er sich dem Perlenschnurvorhang in der Türöffnung. Vorsichtig lugte er
hinein, um sofort wieder zurückzuzucken: „Es ist noch da!
Es steht mitten im Raum!"

Eva lief es kalt den Rücken hinunter. „Und jetzt? Soll
ich Verstärkung holen?"

Der Soldat schien sich unsicher zu sein. „Irgendwie
kommt mir dieser Geist bekannt vor", sagte er. „…ja, jetzt
fällt es mir ein: Er sieht aus wie die Tochter des vorigen
Generals."

Eva stutzte. Sofort ging sie zur Tür und sah in den
Raum. Und tatsächlich – jetzt, da sie nicht mehr vom
Moskitotuch verschleiert wurde, war Sara auch im Zwielicht
des Zimmers zweifelsfrei zu erkennen. Dennoch wirkte sie
völlig fremd.

„Ihre Augen sind offen, aber ihr Geist ist verschlossen",
stellte Eva fest.

Sara trug ein helles balinesisches Nachtkleid, das ihr
bis zu den Füßen reichte. Die Waffe hatte sie sinken lassen.

Noch ehe der Soldat sie zurückhalten konnte, ging Eva
auf sie zu und sprach sie an: „Sara!", rief sie. „Sara! Wo bist
du? Komm wieder zurück in deinen Körper!"

Sara bewegte den Kopf ein wenig in ihre Richtung,
doch sie schien sie nicht zu erkennen.

„Irgendetwas ist mit ihr", sagte Eva. „Holt Doktor
Bontius!" Währenddessen griff sie nach der Pistole, die
Sara noch immer in der Hand hielt. Widerstandslos ließ sie
sich die Waffe wegnehmen.

„Das werde ich tun, Exzellenz! Ich beeile mich."

Als er weg war, begann sich Sara auf einmal wieder in Bewegung zu setzen. Starr und steif ging sie um das Bett herum und zum Fenster. Dort machte sie Anstalten hinauszuklettern. Eva lief zu ihr: „He, was tust du da? Du kannst doch da nicht rausspringen wollen!"

Sie zog sie zurück, aber Sara versuchte sofort wieder, zum Fenster zu gelangen. Eva musste ihre ganze Kraft aufbieten, um sie festzuhalten. Zum Glück traf kurz darauf Doktor Bontius ein. „Was ist mit ihr?", fragte er.

„Seht es Euch selbst an. Sie scheint verhext zu sein."

Der Arzt stellte sich vor Sara hin, fasste sie an den Schultern und versuchte, Blickkontakt mit ihr aufzunehmen. Aber Sara machte den Eindruck, durch ihn hindurchzusehen.

„Sara!", sprach sie der Doktor an. „Sara!" Dann murmelte er: „Ich glaube, ich weiß, was es ist …" Er legte ihr einen Arm um die Schultern und geleitete sie durch Evas Wohnung in ihr Gemach. Dort schob er sie in ihr Bett zurück. All das ließ sie folgsam mit sich geschehen.

„Was ist es, Doktor?", fragte Eva besorgt.

„Sie ist eine Somnambule", antwortete er.

„Eine was?"

„Eine Schlafwandlerin. Sie steht nachts auf, geistert durch das Haus – und schläft doch weiter. Dabei kann sie andere, aber vor allem auch sich selbst in Gefahr bringen."

„Eben wollte sie aus dem Fenster klettern. Und sie hatte meine Pistole."

Der Doktor nickte. „Um einen wirksamen Schutz zu gewährleisten, müsste sie durchgängig beaufsichtigt werden, während sie schläft."

„Ich werde sehen, was sich machen lässt", sagte Eva. „Zumindest wissen wir jetzt, dass wir kein Gespenst im Haus haben. Das wird die Dienerschaft beruhigen."

Als Sara am nächsten Morgen aufwachte, erzählte ihr Eva von den nächtlichen Geschehnissen. Das junge Mädchen blickte sie ernst an und sagte dann: „Es war gut, dass du mich nicht geweckt hast, denn sonst hätte meine umherirrende Seele vielleicht keine Zeit mehr gehabt, vor dem Aufwachen in meinen Körper zurückzukehren."

„Du meinst, dass deine Seele umhergeirrt ist?"

„Davon sind wir auf Bali überzeugt. Dies geschieht bei jedem Schlafenden. Dass ich dabei herumlaufe, muss auf den Einfluss eines bösen Dämons zurückgehen. Wenn jetzt nur der Schamane aus unserem Dorf hier wäre …"

„Was würde er tun?"

„Seine Seele würde nachts im Schlaf in die Geisterwelt fliegen, und dort würde er mit dem Dämon verhandeln oder notfalls auch mit ihm kämpfen, damit er mich freigibt."

„Das ist reiner Aberglaube, Sara!"

Doch die unerschütterliche Miene des Mädchens zeigte, dass es sich seiner Sache völlig sicher war.

Nach dem Mittagessen besprach Eva die Vorfälle mit Coen und bat ihn, einen Soldaten dafür abzustellen, Sara bewachen zu lassen. „Man muss nämlich sehr kräftig und entschlossen sein, wenn man sie in diesem Zustand aufhalten will", erklärte sie. „Ich glaube nicht, dass man das einem dieser schmächtigen Diener überlassen kann."

„Darf ich Euch daran erinnern, dass wir von einer Streitmacht belagert werden, die gewaltiger ist als alle Armeen, die der König von Spanien je gegen die Niederlande ins Feld geführt hat?", wandte Coen ein. „Glaubt Ihr, dass ich da einen Soldaten dafür entbehren kann, die ungestörte Nachtruhe eines Heidenmädchens sicherzustellen?"

„Ihr schuldet mir noch etwas", sagte Eva und dachte dabei an ihre gefeierte Rede auf dem Balkon des Kastells.

Coen schien klar zu sein, worauf sie anspielte. Er sah sie misstrauisch an. Schließlich erwiderte er: „Ich werde es mir überlegen."

Noch am Nachmittag meldete sich der Hauptmann einer Kompanie von Musketieren bei Eva und stellte ihr den sechzehn Jahre alten Fähnrich Pieter Cortenhoeff vor. Wie sich zeigte, war auch er das Kind einer Balinesin und eines Niederländers. Er sollte fortan nachts vor Saras Gemach Wache schieben. Als zusätzliche Schutzmaßnahme wurden die Fenster zum Hof vergittert.

Drei Tage später lief ein fremdartiges Schiff mit blutroten Segeln im Hafen ein. Seinem kastenförmigen Aufbau entstiegen nacheinander etwa fünfzig furchterregende Gestalten. Auf den ersten Blick schienen es Eisenmenschen zu sein, denn nicht nur ihre Kleidung bestand aus einer Vielzahl von Platten, auch ihre Gesichter waren hinter schimmernden Masken verborgen. Auf dem Kopf trugen sie Helme mit stählernen Geweihen, im Gürtel lange Schwerter und auf dem Rücken Pfeil und Bogen. All dies war schwarz. Die unheimlichen Krieger bewegten sich in einstudierten Schritten, so als würden sie durch ein verborgenes Räderwerk gesteuert. Schweigend versammelten sie sich im Hof des Kastells. Dort trat Coen vor sie hin und nahm ihnen mithilfe eines Dolmetschers einen Eid ab. Anschließend zogen sie in eine der Soldatenbaracken.

Coen schien der Einzige zu sein, den die Ankunft der finsteren Schar in eine gelöste Stimmung versetzte. „Es sind die besten Krieger auf Erden", schwärmte er. „Samurai aus Japan. Sie kämpfen, bis sie siegen oder sterben. Notfalls schlitzen sie sich selber auf. Flucht ist undenkbar für sie. Schon während meiner ersten Amtszeit hatte ich eine

Leibgarde aus Samurai. Und nun habe ich wieder eine Auswahl dieser unbeugsamen Kämpfer verpflichten können. Unser Kontor in Hirado hat sie angeworben."

Doch dem Feind, der sich in den nächsten Tagen in die Festung einschlich, war mit Schwertern nicht beizukommen: Eine Seuche warf starke Männer binnen weniger Stunden aufs Lager und schwächte sie durch heftiges Erbrechen und starken Durchfall so schnell, dass sie oft am nächsten Tag schon starben. Doktor Bontius sagte, man nenne diese Krankheit den Roten Lauf. Er ließ die Kranken in ein leeres Packhaus im Hafen bringen. Dahinter ragten die Masten der Schiffe wie Grabkreuze auf. Da es keinen Platz gab, die Toten zu begraben, wurden sie in Säcke gepackt, auf die Reede von Batavia gefahren und dort, mit Steinen beschwert, über Bord geworfen.

Die Streitkräfte des Sultans blieben während der ganzen Zeit außer Schussweite. Doch gerade dies schien alle sehr zu beunruhigen. „Sie hecken irgendeine Teufelei aus", vermutete Coen.

Er sollte recht behalten. Eines Mittags, als Eva gerade mit Jasper auf dem Schoß auf ihrem Bett saß, gab es einen monströsen Knall, der sich ins schier Unermessliche vervielfachte. Deutlich spürte Eva, wie der Boden unter ihren Füßen bebte. Sie hörte das Geräusch fallender Steine, und gleich darauf Rufe und Schreie. Jasper war völlig verängstigt. Eva packte ihn zur Sicherheit in eine Truhe – wogegen er heftig protestierte – dann rannte sie aus der Wohnung, die Treppen hinab und in den Hof.

Etwas Entsetzliches musste geschehen sein. Die Luft war erfüllt von Rauch, Staub und Asche, sodass man nur wenige Schritte weit sehen konnte. Es roch nach Verkohltem, und ihre Augen begannen zu brennen. Schutt und Steine lagen überall auf dem Boden. Von fern ertönten panische

Kommandos. Doch ehe Eva sich noch weiter vorwagen konnte, hielt sie jemand zurück. Zuerst konnte sie ihn nicht erkennen, denn auch er war mit einer Staubschicht bedeckt – eine schemenhafte Gestalt aus dem Nebel. „Ihr müsst sofort hier weg", sagte er in einem Ton, der keinen Widerspruch duldete. Wenn sie sich nicht täuschte, war es der Hauptmann, der ihr vor einiger Zeit den Aufpasser für Sara gebracht hatte. „Ich begleite Euch zu Eurem Gemach."

„Was ist passiert?", fragte Eva.

„Wir wissen es noch nicht. Es gab eine Explosion, das Haupttor ist beschädigt."

„Seid Ihr verletzt?"

„Ich denke nicht. Nur ein paar Schrammen. Aber es gibt sehr viele Verletzte – und Tote."

Zusammen hasteten sie nach oben. Als sie das erste Stockwerk erreicht hatten, sagte Eva: „Ich finde meine Wohnung schon allein."

„Kann ich mich darauf verlassen, dass Ihr dort bleibt, Exzellenz?"

„Ja … ich verspreche es Euch."

„Gut." Er wandte sich um und eilte wieder nach unten. Als Eva den Gang entlangging, kam Sara auf sie zu: „Was war das? Was ist geschehen?"

„Die Javaner müssen etwas Schlimmes gemacht haben", sagte Eva. „Aber was genau es war, weiß ich nicht. Es gab eine Explosion."

Zusammen gingen sie zu ihren Wohnungen. Eva holte Jasper aus der Truhe. Nun dröhnte draußen auch Kanonendonner – die Schlacht hatte begonnen. Das Artilleriefeuer brach nicht mehr ab; bis zum Abend ließ es den Palast erzittern und machte Gespräche fast unmöglich. Hin und wieder schaute Eva auf den Gang hinaus in der Hoffnung, dass dort jemand entlangkäme, den sie fragen könnte, was vor sich ging. Doch dort waren lediglich die Diener, die kein Niederländisch beherrschten und selbst in größter Aufregung waren.

Es dunkelte schon, als die Intervalle zwischen den Kanonensalven größer wurden. Nun hielt es Eva nicht mehr in ihrer Kammer. Sie ging in die große Vorhalle hinunter. Dort bot sich ihr ein entsetzliches Bild: An den Wänden lehnten überall Verletzte. Einem von ihnen fehlte ein Unterschenkel. Ein anderer schrie unaufhörlich – offenbar hatte ihm ein Geschoss den Bauch aufgerissen. Eva hatte solche Szenen noch niemals gesehen. In einer Ecke kniete Pfarrer de Bondt und las einem Sterbenden Psalmen vor.

Gerade wurde ein weiterer Verletzter von zwei Männern hereingeschleift. „Was ist geschehen?", fragte Eva.

„Die Javaner haben unser Haupttor gesprengt. Wie sie es gemacht haben – keine Ahnung, aber es gibt dort einen riesigen Krater. Danach haben sie uns mit aller Macht angegriffen. Zehntausende zugleich sind auf die Festung zumarschiert, mitsamt Elefanten! Wir mussten aus allen Rohren schießen, um sie zurückzuschlagen."

„Sind Leute umgekommen?"

„Auf jeden Fall, wir haben herbe Verluste. Aber Eurem Gatten geht es gut. Einer, den es erwischt hat, ist Herr van Diemen."

„Was?" In Eva krampfte sich alles zusammen.

„Eine Kanone hat einen Satz nach hinten gemacht und ihn dabei von der Mauer geworfen. Er hat das Bewusstsein verloren."

„Wo ist er?"

„Ich weiß es nicht. Vielleicht beim Doktor."

Eva drehte sich um und stürmte in den Südflügel. Ihr einziger Gedanke: Nicht auch noch er!

Der Eingang zur Praxis des Doktors wurde von zwei Soldaten bewacht – offenbar damit ihn nun kein Unbefugter störte. Eva wurde jedoch sofort durchgelassen. Ihr erster Blick fiel auf die Bank, auf der Gerrit gestorben war. Bontius stand mit mehreren Dienerinnen und Dienern an einem Tisch und besah sich den zerfetzten Arm eines vor ihm liegenden Soldaten.

„Ist Antonio am Leben?", fragte sie.

Einen kurzen Moment schien Bontius nicht zu wissen, wen sie meinte. Dann sagte er: „Herr van Diemen? Jaja, er ist schon wieder zu sich gekommen. Ich glaube, es geht ihm ganz gut. Er hat eine Kopfverletzung."

Eva fiel ein Stein vom Herzen. „Wo ist er?"

„Im hinteren Zimmer", antwortete er und deutete auf die Türöffnung zum nächsten Raum. Eva ging an mehreren Verwundeten entlang, bis sie in der letzten Kammer ein altmodisches Himmelbett entdeckte – es war offenbar der Schlafplatz des Doktors. Der Vorhang war zugezogen. Zaghaft öffnete sie ihn – und sah Antonio mit einem blutigen Verband um den Kopf auf den Kissen liegen. Sein Oberkörper war nackt. Eva beugte sich über ihn.

Er schien zu schlafen und hatte dadurch etwas Friedlich-Wehrloses. Unwillkürlich strich sie ihm über die Wange. „Ich sollte das nicht tun", dachte sie – doch sie konnte, sie wollte nicht aufhören. Sie streichelte ihn so lange, bis er schließlich blinzelte und die Augen aufschlug. Sie war unendlich erleichtert darüber. Aber aus einem unerfindlichen Grund brachte sie kein Wort heraus. Sie sah ihn nur an. Und dann – wie von fremden Mächten gesteuert – beugte sie sich über ihn und küsste ihn. Es war der erste echte Kuss ihres Lebens, denn die flüchtigen Lippenberührungen Coens konnten kaum so bezeichnet werden. Die Erfahrung überwältigte sie. Antonios Mund fühlte sich weich und warm an, und ohne auch nur einen Augenblick zu zögern, erwiderte er ihren Kuss ebenso zärtlich wie bestimmt. Ihr wurde heiß, und ein wunderbares Gefühl durchströmte sie. Es war Begehren, aber nicht nur das: Es war auch die Gewissheit, von dem anderen angenommen und geliebt zu werden. Bisher hatte sie nur vermutet, dass Antonio etwas für sie empfand – nun wusste sie es.

„Ich werde dir etwas zu trinken holen", sagte sie schließlich und ließ den Vorhang wieder zufallen. Sie sah sich im Zimmer um – auf einem kleinen Schrank stand eine Kanne Bier. Sie goss etwas davon in einen Krug. Damit beugte sie sich wieder über Antonio und flößte ihm vorsichtig etwas ein. Um besser trinken zu können, versuchte er, sich etwas aufzusetzen – doch sofort schien ihm schwarz vor Augen zu werden, und er ließ sich wieder in die Kissen zurücksinken.

Eva wartete einen Moment, dann setzte sie den Krug erneut an seinem Mund an. Er trank in gierigen Zügen, wobei er unweigerlich etwas verschüttete, was ihm in Rinnsalen über die Brust lief. Als er seinen Durst gestillt hatte, stellte Eva den Krug ab, nahm ein Tuch und begann, das Bier abzutupfen. Sie war selbst überrascht, wie sehr sie dieser einfache Vorgang erregte – und nicht nur sie. Plötzlich schlang er einen Arm um sie, zog sie ein wenig zu sich herunter und begann, sie leidenschaftlich zu küssen. Eva beugte sich noch weiter zu ihm herab. Da hörte sie plötzlich Schritte.

Hastig riss sie sich los und stellte sich wieder hin – keinen Augenblick zu früh! Es war Coen, der hereinkam. Äußerst überrascht sah er sie an: „Ihr hier?", fragte er.

„Ja, ich … ich wollte dem Doktor helfen, und da hat er mich hierhin geschickt … zu Herrn van Diemen."

Argwöhnisch musterte Coen sie aus seinen tief liegenden Augen. Eva hatte das Gefühl, dass der Blick sie durchbohrte. Wieder wurde ihr sehr heiß – aber diesmal war es eine andere Art von innerer Hitze.

Coen trat neben sie und blickte zu van Diemen hinunter.

„Exzellenz", sagte dieser mit noch etwas brüchiger Stimme. „Womit habe ich so viel Beachtung verdient? Zuerst kommt Eure Gattin, um nach mir zu schauen, und nun auch noch Ihr."

„Ihr habt nicht gut ausgesehen, als man Euch nach dem Sturz von der Mauer ins Haus getragen hat. Es freut mich, Euch jetzt bei Bewusstsein zu finden und sprechen zu hören."

„Ich bin mir sicher, dass ich bald wieder auf den Beinen bin. Wie steht es draußen?"

„Der Feind ist zurückgeschlagen. Aber bei hohen Verlusten. Und das Haupttor ist zerstört."

„Wie haben sie das geschafft?"

„Es sieht danach aus, dass sie sich einen unterirdischen Gang bis unter das Tor gegraben haben. Dann haben sie dort Sprengstoff deponiert und mit einer Lunte gezündet. Natürlich hätten sie das allein nie vermocht – weder besitzen sie die dafür nötigen Mengen von Schwarzpulver noch können sie damit umgehen. Es ist alles unter Anleitung der Engländer geschehen. Diese Teufel."

„Wie lange wird es dauern, den Schaden zu beheben?"

„Zunächst einmal fehlt uns ausreichend Material. Ich habe sofort Schiffe losgeschickt, um neuen Korallenkalkstein zu beschaffen. Wir werden sicher zwei Wochen damit beschäftigt sein, das zerstörte Mauerstück mit dem Tor wiederaufzubauen. Selbst das wird eine große Herausforderung. Und die Frage ist: Was tun sie als Nächstes? Sicher werden sie weitergraben."

„Das klingt nicht gut …"

„Ich will Euch jetzt nicht länger beanspruchen. Alles Weitere zu einem späteren Zeitpunkt. Erholt Euch gut! Und …"

Er machte eine Pause, blickte kurz zu Eva und dann wieder zu ihm: „…verzeiht mir, wenn ich Euch Eure Pflegerin entführe. Es gibt hier sicherlich Leute, die sich besser mit der Versorgung von Verwundeten auskennen als meine Gemahlin."

Antonio schaute sie an. „Ich bedanke mich herzlich", sagte er. Und dann zu Coen: „Danke für Euren Besuch."

So ging Eva zusammen mit Coen zurück in den ersten Raum, aus dem schon länger gellende Schreie tönten: Bontius war dabei, einem Verwundeten das Bein abzusägen. Mehrere Diener mussten ihn festhalten.

Auf dem Korridor sagte Coen: „Hattet Ihr meinem Hauptmann nicht versprochen, in Euren Gemächern zu bleiben?" Seine Augen funkelten gefährlich.

„Nun … doch, das hatte ich. Aber ich dachte, das würde nur so lange gelten, wie die Kämpfe andauerten …"

„Darüber hinaus ist es höchst ungewöhnlich für eine verheiratete Frau von Eurem Stand, sich allein in ein Kriegslazarett zu begeben, um sich dort um die Verwundeten zu kümmern. Oder sollte ich besser sagen: um einen bestimmten Verwundeten?"

Der letzte Satz traf Eva wie ein Blitz. Sie suchte nach Worten, aber sie fand keine. Sie starrte ihn nur an – und das musste verräterischer wirken als alles andere. „Was meint Ihr damit?", brachte sie schließlich heraus.

„Ich meine genau das, was ich gesagt habe. Zieht Euch jetzt sofort in Eure Gemächer zurück. Ihr bleibt dort, bis ich Euch etwas anderes mitteilen lasse."

Damit wandte er sich ab und rauschte mit wehendem

Umhang davon. Eva war tief gedemütigt. Zu Recht, wie sie dachte: Schließlich war es eine große Sünde für jede verheiratete Frau, einen anderen Mann als den eigenen zu begehren. Sie war auf halbem Weg, Ehebruch zu begehen, ein schweres Verbrechen, hatte sie doch ihrem Mann ewige Treue gelobt. Alles, was er ihr im Laufe der Zeit angetan hatte, rechtfertigte doch niemals einen Bruch dieses vor Gott geschlossenen Bündnisses.

Bestürzend war auch, dass Coen offenbar durchaus wusste, wie viel Antonio ihr bedeutete. Bisher hatte sie geglaubt – oder gehofft? – dass er viel zu sehr mit seinen eigenen Angelegenheiten beschäftigt war, um etwas mitzubekommen. Aber da hatte sie sich gründlich getäuscht: Dieser Mann hatte seine Augen überall, und man durfte ihn niemals unterschätzen!

In dieser Nacht fand sie nicht in den Schlaf. Zum einen konnte sie Sara mit ihrem Aufpasser Pieter Cortenhoeff schwatzen hören, in der fremden Sprache Balis. Nach einem Tag wie diesem, an dem so viele Menschen umgekommen oder schwer verwundet worden waren, erschien ihr das reichlich unpassend. Doch sie wurde selbst von einem zu schlechten Gewissen geplagt, als dass sie Sara hätte ausschimpfen können. Auf keinen Fall durfte sie sich noch einmal zum Austausch von Zärtlichkeiten hinreißen lassen! Doch dann dachte sie wieder an Antonio und seine Küsse – und wäre am liebsten sofort zu ihm gegangen.

Am nächsten Vormittag schickte Eva Margaretha zu Coen und ließ fragen, ob ihr Hausarrest nun aufgehoben sei. „Vorerst" war die Antwort, die sie erhielt.

Wenig später berichtete Coen in einer Lagebesprechung, dass neunzehn Soldaten tot und dreiundvierzig vorerst außer Gefecht gesetzt waren. All dies war eine Folge der furchtbaren Explosion. „Weitere Verluste dieser Größenordnung können wir nicht verkraften", sagte er. „Deshalb müssen wir dringend für Verstärkung sorgen. Fernberger wird heute noch aufbrechen, um van den Broecke mit seiner Flotte zu suchen. Wir müssen leider davon ausgehen, dass die Feinde unter uns weiter wühlen wie die Maulwürfe. Zwar werden wir den Gang, mit dem sie sich zum Hauptportal vorgearbeitet haben, zerstören, doch nichts hält sie davon ab, eine neue unterirdische Verbindung zu graben und dann wieder eine Minenkammer anzulegen. Es ist nur eine Frage der Zeit, dann werden sie uns an einer anderen Stelle den Boden unter den Füßen wegziehen. Wenn wir Pech haben, tut sich irgendwann die Erde auf und verschlingt uns."

In gedrückter Stimmung ging man auseinander. Schwärme von Geiern, die über der Festung kreisten, erinnerten sie daran, dass die Umgebung nun ein Totenfeld war. Die zurückweichenden Feinde hatten keine Gelegenheit gehabt, ihre Gefallenen zu bergen. Und die Schreckensnachrichten waren damit noch nicht zu Ende: Am Abend verbreitete sich die Neuigkeit, dass Crijn van Raemburch tot in seinem Bett aufgefunden worden war. Eva wagte nicht, den Ort des Geschehens oder Doktor Bontius aufzusuchen, da Coen ihr dies möglicherweise verübelt hätte. Stattdessen musste sie sich bis zum Frühstück gedulden, bei dem Coen allerdings auch nur in dürren Worten das Auffinden des Toten bestätigte. Bontius fehlte, weil er bereits wieder eine Leichenöffnung vornahm. Am Nachmittag stand er mit einem Mal vor Evas Tür.

„Ich wollte Euch Bescheid geben, dass Ihr recht gehabt habt", sagte er. Sie sah ihn fragend an.

„Ihr hattet mich doch zu Beginn der Obduktion von Kapitän Pool darauf hingewiesen, dass sein eines Auge verletzt war. Diesmal gab es eine auffallende Wunde am

Augenlid, und das hat mich misstrauisch gemacht. Und nun weiß ich, wie all diese Männer zu Tode gekommen sind."

Er hielt etwas hoch, das wie ein winziger schwarzer Pfeil aussah – weitaus kleiner noch als jener, der Gerrit getötet hatte.

„Woher habt Ihr diesen Pfeil?", fragte Eva.

„Aus dem Gehirn von Herrn van Raemburch", antwortete Bontius.

„Bitte? Was meint Ihr?"

„Ich habe den Pfeil in seinem Gehirn gefunden und damit die Todesursache geklärt."

„Aber wie kommt er dort hinein? Hatte er eine Kopfverletzung?"

„Nein, das ist es ja eben. Der Pfeil ist durch das Auge eingedrungen. Der menschliche Augapfel ist so beschaffen, dass er sich von selbst wieder schließt, wenn ihn ein kleiner spitzer Gegenstand durchbohrt. Es kann sogar sein, dass kein Blut zurückbleibt, sondern nur eine kleine Schwellung. Natürlich muss es ein Meisterschütze gewesen sein."

„Und womit hat er geschossen?"

„Ich nehme an, mit einer kleinen Armbrust. Es ist ein merkwürdiger Zufall, dass ich selbst ein guter Armbrustschütze bin. Mein Vater hat mir den Umgang einst beigebracht. Er war ein Veteran des Spanisch-Niederländischen Krieges und wollte, dass seine Söhne die Fähigkeit hatten, sich zu verteidigen, falls die Spanier noch einmal zurückkehren sollten."

„Das ist unglaublich", meinte Eva. „Kann man denn wirklich so genau zielen?"

„Nun … die Opfer scheinen ja alle geschlafen zu haben. Das heißt, der Mörder hat sich angeschlichen und sie dann aus nächster Nähe getötet. Widerstand hatte er nicht zu erwarten."

„Wie furchtbar!" Eva starrte ihn an. „Wie sollen wir jetzt noch den Mut finden, abends schlafen zu gehen?"

„Behaltet es bitte für Euch", bat Bontius. „Euer Gatte will, dass es vorerst geheim bleibt. Er ist der Einzige, mit dem ich darüber gesprochen habe, bevor ich zu Euch kam. Er meint, es wäre fatal, wenn sich die Verteidiger des Kastells nun auch noch untereinander misstrauen und verdächtigen."

„Da hat er recht ... es ist eine schreckliche Lage. Warum tut man so etwas nur?"

„Diese Frage kann ich Euch auch nicht beantworten." Er verbeugte sich. „Ich darf mich empfehlen."

„Eine Frage noch, Doktor ..."

„Ja?"

„Wie geht es Herrn van Diemen?"

„Oh, schon wieder besser. Er ist bereits wieder in seiner Wohnung. Ich habe ihm Ruhe verordnet, aber ich fürchte, dass er morgen oder spätestens übermorgen den Dienst wieder aufnehmen will."

„Das freut mich."

Als Bontius fort war, ließ sich Eva von Margaretha Papier, Feder und Tinte bringen und schrieb eine Kurznachricht, die sie Antonio bei nächster Gelegenheit zustecken wollte:

Liebster Antonio,
wir dürfen uns nicht mehr treffen. Er hat etwas gemerkt, und du
weißt, was das bedeutet.

Eva

Sie faltete das Papier zusammen, steckte es in einen kleinen quadratischen Umschlag und versiegelte ihn mit flüssigem Kerzenwachs. Dann legte sie den Brief vor sich hin, um abzuwarten, dass das Wachs trocknete.

Da hatte sie nun endlich einen Menschen gefunden,

den sie liebte und der sie liebte, einen Menschen, der sie aus ihrer Einsamkeit erlösen konnte und an dessen Seite das Leben unvorstellbar schön gewesen wäre – und dann konnte sie nicht mit ihm zusammenkommen. Es tat so unendlich weh, diesen Schritt zu tun – denn gleichzeitig war es ihr sehnlichster Wunsch, auf der Stelle loszurennen und Antonio in den Arm zu nehmen. Und ihn dann nie mehr loszulassen.

Am nächsten Morgen saß Antonio tatsächlich wieder beim Frühstück. Er war etwas schmaler geworden und trug um die Stirn noch immer einen Verband.

„Wie schön, dass Ihr wieder halbwegs gesund seid", sagte Eva zu ihm.

„Ja, danke", antwortete er. „Es ist gut, wieder hier zu sein."

Während des Essens ergab sich keine Gelegenheit, ihm den Brief in die Hand zu drücken. Und dann entschuldigte er sich auch schon, weil er die Arbeiten zur Ausbesserung der Festungsmauer überwachen wollte. Beim Mittagessen fehlte er, sodass ihn Eva erst am Abend wiedersah. In einem unbeobachteten Moment gelang es ihr, ihm den Brief über den Tisch zuzuschieben.

In der nächsten Nacht – Coen war gottlob wieder nicht gekommen – brachte sie das Grübeln erneut um den Schlaf. Ihre Gedanken kreisten um Antonio, aber auch um die Belagerung. Fernberger war nun auf See, um van den Broecke aufzuspüren – aber das war wohl wie die Suche nach der Nadel im Heuhaufen. Wenn sie Coen richtig verstanden hatte, würde es nach einem weiteren Pulveranschlag auf die Festung kritisch werden. Die Übermacht des Feindes war eben erdrückend. Und wenn sie anfangs noch auf ihre überlegenen Waffen vertraut hatten, so wussten sie nun, dass der Feind diesen Rückstand mithilfe seiner englischen Verbündeten womöglich ausgleichen konnte.

Und dann auch noch der Armbrustmörder. Ein Mann aus den eigenen Reihen, der ihnen mitten in ihrem Überlebenskampf hinterrücks im Schlaf auflauerte. War es jemand, den der Sultan bestochen hatte? Sollte er die Verteidiger der Festung führerlos machen? Offenbar nicht, denn er hatte auch zwei einfache Soldaten umgebracht. Dann war der Unterkaufmann an die Reihe gekommen, Kapitän Pool und schließlich … In diesem Moment fiel es ihr wie Schuppen von den Augen: Der Mörder hatte sich in der Hierarchie der Compagnie von ganz unten immer höher emporgearbeitet! Mit Crijn van Raemburch war er nun schon auf der Ebene unmittelbar unter dem Generalgouverneur angelangt. Ja, das war ohne Zweifel die Erklärung! Und das bedeutete: Coen war in größter Gefahr! Auf ihn hatte es der Mörder als Nächstes abgesehen.

Für einen kurzen Moment schoss ihr ein Gedanke durch den Kopf, der so böse war, dass er ihr Angst machte: Sollte sie ihre Erkenntnis für sich behalten? Wenn Coen tot war, stand einer Verbindung mit Antonio nichts mehr im Weg. Doch sofort wurde sie von einem Gefühl tiefer Scham erfasst: Coen war ihr Ehemann. Sie hatte ihn geheiratet – unter welchen Umständen auch immer. Sie konnte ihn unmöglich einem so grausamen Mörder ausliefern. Fiele er ihm tatsächlich zum Opfer, stünde ihre Mitschuld außer Zweifel.

Entschlossen stand sie auf, zog sich an und trat mit einer Kerze auf den Gang. Dort hielten zwei Diener Wache. Sie forderte sie auf, mitzukommen und ging durch einen Korridor ins Hauptgebäude und von dort weiter in den Südflügel. Hier hatte Coen sein bescheidenes Wohnquartier – sie selbst hatte es noch niemals betreten.

Vor der Tür saßen nicht nur vier Diener, es standen dort auch fünf grimmige Samurai-Krieger, die sich ihr sofort in den Weg stellten.

„Ich muss meinen Mann sprechen", sagte sie. Die Wächter verstanden nichts. Einer von ihnen forderte sie mit einer Handbewegung auf, zu verschwinden. Doch die Diener, die wussten, mit wem sie es zu tun hatte, sprangen eilfertig auf, und einer von ihnen betrat Coens Gemächer. Kurz darauf kam Coen in einem langen Schlafrock nach draußen. Höchst verwundert sah er sie an. „Ihr wollt mich sprechen?"

„Ja, bitte."

Er führte sie hinein und entzündete zusätzlich einige Kerzen. „Was gibt es?"

„Ich bin mir sicher, dass Ihr als Nächster auf der Liste des Armbrustmörders steht. Wenn man einmal kurz darüber nachdenkt, ist sein Vorgehen sonnenklar: Er hat ganz unten bei den geringsten Bediensteten der Compagnie angefangen und sich dann emporgearbeitet bis zu einem Mitglied des Indienrats. Darüber steht nur noch der Generalgouverneur – also Ihr."

Coen überlegte kurz. „Oder Ihr selbst", erwiderte er dann. „Zwar bekleidet Ihr keine offizielle Funktion, doch werdet Ihr als Prinzessin bezeichnet. Ihr seid für die Menschen in dieser Festung sehr wichtig." Eva war überrascht und stolz, dass er das sagte.

„Eure Theorie klingt überzeugend", meinte er. „Ich selbst stehe bereits unter dem denkbar besten Schutz. Nun werde ich auch Euch von einer Leibgarde aus Samurai-Kriegern bewachen lassen. An ihnen wird sich der Mörder die Zähne ausbeißen. Wartet kurz hier."

Damit ging er hinaus. Eva sah sich um: Das Zimmer war karg und nichtssagend eingerichtet, so wie alle Räume, in denen er sich bewegte. Nein, er war kein Mann, der Luxus oder auch nur Bequemlichkeit suchte. Er lebte nur für die Compagnie.

Wenig später wurde sie von zwei schwer bewaffneten schwarzen Wächtern zurück zu ihrer Wohnung begleitet. Spätestens jetzt war ein heimliches Rendezvous mit Antonio unmöglich geworden: Sie stand unter permanenter Aufsicht.

Zweimal Männerbesuch

Am nächsten Morgen war es Antonio, der Eva beim Frühstück ein Briefchen zusteckte. Sie konnte es kaum erwarten, das Siegel in ihrem Zimmer aufzubrechen. Sie riss das Blatt Papier heraus und entfaltete es. Da stand:

Eva,

die Wohnung von Sara ist durch eine geheime Tapetentür erreichbar, weil sie eigentlich für den Generalgouverneur bestimmt ist. Wenn ihr die Wohnungen tauscht, könnte ich zu dir gelangen. Bitte verbrenne diesen Brief, sobald du ihn gelesen hast.

In Liebe, Antonio

In Liebe hatte er geschrieben! Nun hatte sie es schwarz auf weiß! Ein Glücksgefühl durchströmte sie. Obwohl es keine gemeinsame Zukunft für sie gab, machte es sie unendlich froh, das zu wissen.

Dass sie den Brief unbedingt vernichten musste, damit hatte er natürlich recht. Sollte sie ihn am Abend in das große Feuer im Hof werfen? Nein, so lange zu warten, war nicht gut. Sie begann stattdessen, das Papier in winzige Stückchen zu zerreißen und sie aus dem Fenster rieseln zu lassen.

Was meinte er mit dieser Tapetentür? Eva waren in der Wand von Saras Wohnung niemals irgendwelche Rillen oder Vertiefungen aufgefallen, die auf das Vorhandensein einer Tür hinweisen mochten. Sie stand auf und ging hinüber. Sara lag noch immer in ihrem Bett und schlief – neuerdings pflegte sie halbe Nächte mit ihrem Aufpasser Pieter Cortenhoeff zu verplaudern. Eva nahm es ihr fast ein wenig übel, dass sie sich nun lieber mit diesem einfachen Soldaten abzugeben schien als mit ihr, aber dann sagte sie sich wieder, dass die beiden natürlich in ihrer gemeinsamen Muttersprache reden und vermutlich lauter Erfahrungen von ihrer Heimatinsel austauschen konnten.

Eva schaute sich um, aber sie konnte nirgendwo eine Tapetentür entdecken. Dennoch, Antonio würde schon wissen, wovon er sprach. Wie aber sollte sie es bewerkstelligen, die Wohnungen zu tauschen? Und dann: Wollte sie überhaupt, dass er kam? Sie hatte ihm doch geschrieben, dass es viel zu gefährlich war, sich noch einmal zu treffen.

Trotzdem: Sie musste es probieren. Er erwartete es offenbar von ihr. Als sie gegen Mittag hörte, dass Sara aufgestanden war, ging sie zu ihr und sagte: „Ich habe mir überlegt, dass wir unsere Wohnungen besser tauschen können. Meine ist weiter von der Treppe entfernt – damit ist das Risiko, dass du da hinunterstürzt, wenn du wieder schlafwandelst, etwas geringer."

Sara sah sie aus ihren großen dunklen Augen an. Dann erwiderte sie: „Du kannst ruhig sagen, wenn du meine Wohnung haben willst."

Eva war erleichtert, fühlte sich aber auch ertappt. Streng genommen hatte sie Sara belogen. Dennoch ließ sie von den Dienern noch am selben Nachmittag alles umräumen: Die Betten und Schränke wurden ausgetauscht und ihre Truhen zu Sara geschleppt. Das massive Badebecken ließ sich nicht verschieben – es blieb an seinem Platz. „Du kannst natürlich jederzeit zu mir kommen und hier baden", versicherte sie. Allerdings waren sie beide schon seit mehr als zwei Wochen nicht mehr in den Genuss eines Bades gekommen, weil so sparsam wie möglich mit dem vorhandenen Wasser umgegangen werden musste.

Als sich am Abend alle zugleich von der Tafel erhoben, nutzte Eva die Gelegenheit, um Antonio im Hinausgehen eine weitere Mitteilung in die Hand zu drücken. *Liebster,* stand darin, *du findest mich in Saras bisheriger Wohnung. Aber wo soll dort eine Tür sein? In Liebe, Eva.*

An diesem Abend wartete sie noch bis tief in die Nacht,

dass Antonio plötzlich in ihre Kammer treten würde – aber es geschah nichts. Die Einzigen, die kamen und gingen, waren die sich ablösenden Samurai auf dem Korridor vor ihrer Tür. Auch am nächsten und übernächsten Tag tat sich nichts. Im Nebenzimmer hörte sie Sara und ihren Pieter miteinander turteln und kichern, aber bei ihr selbst blieb es still. *Wo bleibst du?*, schrieb sie eine neue Nachricht, aber Antonio fehlte am nächsten Tag sowohl beim Frühstück als auch beim Mittagessen.

Danach ging sie ihn suchen. Sie fand ihn in einer Gruppe von Soldaten auf dem Hof. Zu dumm, dass er nicht allein war! Was sollte sie jetzt überhaupt zu ihm sagen? Doch bevor sie lange darüber nachdenken konnte, begrüßte er sie mit den Worten: „Wir sind in allergrößter Sorge. Schaut her."

Zu ihrer Überraschung nahm er eine Soldatentrommel, stellte sie auf den Boden und schüttete aus einem Stoffsäckchen Erbsen darauf aus. Und siehe da: Die Erbsen tanzten!

„Wie ... wie ist das möglich?", stotterte Eva.

„Genau unter unseren Füßen arbeiten die englischen Mineure. Sie haben sich bis unter die Festung durchgewühlt. Wenn sie hier eine Mine zünden, ist das das Ende. Schon ein paar hundert Pfund Schwarzpulver haben eine gewaltige Wirkung."

„Können wir denn gar nichts dagegen tun?", fragte Eva.

„Wir versuchen, den Feind mit seinen eigenen Mitteln zu schlagen. Am Anfang haben wir uns über die englischen Mineure lustig gemacht und sie abfällig Maulwürfe genannt. Inzwischen sind wir selbst zu Maulwürfen geworden. Wir treiben einen eigenen Stollen voran." Er deutete auf eine Grube, die sie ausgehoben hatten. „Unsere einzige Chance besteht darin, ihre Minenkammer zu finden, bevor sie das dort deponierte Pulver gezündet haben. Ein Wettlauf unter der Erde. Bisher haben wir sie allerdings noch nicht aufgespürt. Jetzt entschuldigt mich bitte!"

Damit wandte er sich ab. Kein Blick, keine Geste und erst recht kein Wort verriet, dass sie mehr verband als gegenseitiger Respekt. Natürlich, sagte sich Eva, alles andere wäre ja auch lebensgefährlich! Er durfte im Beisein der anderen keinen Verdacht erwecken. Und doch war sie tief in ihrem Inneren enttäuscht. Der Gedanke daran belastete sie weit mehr als die Nachricht, dass sie jeden Moment in die Luft gesprengt werden konnten.

In düsterer Stimmung warf sie sich nach dem Abendessen aufs Bett. Er hatte sie doch unbedingt persönlich sprechen wollen – und nun hatte sie alles dafür getan, und er kam nicht. Es war zum Verzweifeln. Während sie so ihren Gedanken nachhing, fiel ihr Blick immer wieder auf die große Steinwanne, in der sie früher so oft gebadet hatte. Ein solches Bad wäre jetzt genau das Richtige gewesen, denn sie fühlte sich erschöpft und verschwitzt. Je länger sie darüber nachdachte, desto dringender wurde der Wunsch. „Ich tu's!", dachte sie schließlich. Wasserrationierung hin oder her. Vielleicht war es das letzte Bad ihres Lebens.

So kam es, dass sich die Diener an diesem Abend noch lange nicht ausruhen konnten: Unter Margarethas Anleitung schleppten sie Kübel voll Wasser hoch, bis das Becken gefüllt war. Sie entzündeten Kerzen. Dann zogen sie sich auf einen Wink hin zurück.

Der Abend war schon weit fortgeschritten, als Eva ihre Kleider ablegte und hineinstieg. Nach so langer Zeit war die Berührung mit dem Wasser ein überwältigendes Erlebnis. Ein wohliges Gefühl durchströmte sie, und ihr

Körper schien sich sofort zu verjüngen. Sie tauchte ganz unter und dann langsam wieder auf. Ein Hochgenuss. Aus dem Wasser stieg der angenehme Duft der Badeessenzen auf; sie roch Zimt und Gewürznelken. Die flackernden Kerzen tauchten den Raum in ein angenehm gedämpftes Licht. Eva schloss die Augen und entspannte sich völlig – sie wollte immer hier liegen bleiben.

Im Nebenzimmer tuschelten Sara und ihr neuer Freund. Man konnte fast das Gefühl bekommen, dass Sara verliebt war. Die erste Liebe ihres Lebens wäre das dann. Sie gönnte es ihr. Aber musste sie als ihr Vormund vielleicht ein Auge darauf haben? Egal, nicht jetzt. Jetzt wollte sie nur genießen …

Plötzlich hörte sie etwas. Es war ein seltsames leises Knacken. Sie setzte sich auf und zog das Moskitotuch weg. Mit einer Mischung aus Furcht und Erwartung starrte sie auf die Stelle, von der es zu kommen schien. Es ruckelte, es bröckelte, die Umrisse einer Tür wurden sichtbar – und dann tat sich mit einem Mal die Wand auf! Offenbar war die Tür bei einem Neuanstrich übermalt worden und ihr deshalb nicht aufgefallen. Im ersten Moment erschrak Eva heftig, doch dann sah sie, wer da im Türrahmen stand: Antonio. Er schaute ebenfalls etwas verdutzt drein. Zunächst sah er sich suchend um – dann erblickte er sie. In der ersten Schrecksekunde zuckte er fast ein wenig zusammen, so überrascht war er wohl. Aber dazu bestand ja auch aller Anlass: Sie saß direkt vor ihm im Wasser – und sie war vollkommen nackt. Einen Wimpernschlag lang erwartete sie, dass er sich verschämt abwenden würde. Aber dann änderte sich sein Verhalten. Vielleicht war der Grund dafür, dass sie den Vorhang nicht wieder zuzog, dass sie einfach nur dasaß. Jedenfalls verharrte er in seiner Bewegung. Und dann spürte Eva, wie seine Augen sie erforschten. Die großen dunklen

Augen, die vom ersten Tag an ihre Aufmerksamkeit erregt hatten. Sie verharrten jetzt auf jeder Stelle ihres Körpers.

Regungslos ließ sie sich von ihm mit seinen Blicken abtasten. Das Wasser lief ihr aus den Haaren über Brust und Rücken. Es war still – bis auf die gedämpften Stimmen aus Saras Zimmer. Er schien völlig gebannt.

Plötzlich rührte er sich. Mit einer geschmeidigen Bewegung streifte er sich das weiße Hemd über den Kopf. Das seidige Kerzenlicht schimmerte auf seinem Oberkörper, der noch immer der eines jungen Seemanns war, gestählt an den Spieren, Seilen und Ketten großer Schiffe. Jetzt setzte er sich auf eine ihrer Truhen und zog sich Stiefel und Strümpfe aus. Dann richtete er sich wieder auf. Er hielt einen Moment inne – und schon zog er sich als letztes Kleidungsstück die schwarze Pluderhose herunter. Eva sah sofort, dass kein Zweifel möglich war: Er war ebenso willig wie fähig, das Unaussprechliche zu tun.

Langsam trat er näher. Sein Blick schien zu fragen, ob er es wagen könne. Eva sagte nichts. Sie benötigte keine Worte, um ihm zu antworten. Sie wollte Antonio riechen, schmecken und fühlen. Sie wollte ihn. Jetzt. Um jeden Preis.

Vorsichtig glitt er zu ihr ins Wasser. Sie drehte sich etwas auf die Seite, um Platz für ihn zu machen. Zuerst sahen sie sich nur an. Er hatte wirklich die schönsten Augen der Welt. So warm und zugleich so geheimnisvoll. Was wusste sie schon über ihn? Eigentlich fast nichts …

Sein schwarzer Haarschopf schimmerte im Kerzenlicht. Eine ganze Weile betrachteten sie einander, ohne sich zu rühren. Konnte es überhaupt wahr sein? Dass sie hier nackt mit Antonio van Diemen im Wasserbecken lag? In ihrem Inneren brodelte es. Ihr Herz pochte, aber es war keine Angst, sondern Verlangen und Erwartung. Mit einem Mal umfasste er ihre Schultern und zog sie zu sich heran.

Sie spürte seinen straffen Körper. Ihr Herz schlug noch etwas schneller. Er küsste sie. Es war ein unbeschreibliches Gefühl. Dann begann er, sie zu streicheln. Seine Hände glitten an ihrem Hals hinunter, liebkosten ihre Schultern, umfassten ihre Brüste. Sie versank in eine andere Sphäre. Das Wasser, weich wie Samt, schien alle Empfindungen noch zu verstärken. Die Essenzen und Öle machten ihre Körper ungemein geschmeidig, und die aufsteigenden Düfte schienen die Gedanken zu betäuben und die Sinne zu öffnen.

Dann tauchte er unter. Sein starker Arm umfing sie, und sie ließ sich innerlich fallen. Sie vertraute ihm. Abermals tastete er ihren Körper ab, doch dieses Mal nicht mit den Augen oder Händen, sondern mit Lippen und Zunge. Sie ließ ihren Kopf nach hinten zurücksinken und gab sich ihm völlig hin. Er ging tiefer, zu ihrem Bauchnabel. Streckte den Kopf aus dem Becken, um Luft zu holen. Das Wasser rann ihm aus seinen Haaren, die dunklen Locken hingen ihm nass und wild in der Stirn. Dann war er wieder verschwunden, aber sie spürte genau, wo er war: Er erkundete ihre geheimste Stelle. Er fuhr federleicht darüber, – sie zitterte. Nur nicht aufhören! Und er tat es auch nicht. Höchstens zum Luftholen.

Langsam und ausdauernd waren seine Bewegungen, und doch nach einer Weile immer wieder leicht variiert, sodass sie etwas Unberechenbares hatten. Eva fühlte sich wie auf einer Woge, die sie immer schneller und höher emporhob. Ein Moment für die Ewigkeit.

Plötzlich streckte er den Kopf aus dem Wasser und war im nächsten Moment über ihr. Seine kurzen Bartstoppeln kitzelten sie. Dann drängte er sanft ihre Beine auseinander und ergriff sie bei den Hüften, um sie zu sich heranzuziehen. Er versenkte sich in sie – zog sich aber gleich darauf wieder zurück. Sie wölbte sich nach oben, um ihm entgegenzukommen. Er ließ sich Zeit. Dann endlich begann er, in sie einzudringen. Gleich darauf hielt er wieder inne. Er ruhte in ihr, und sie spürte seine Fülle in sich.

Dann begann er sich zu bewegen. Wellen der Lust durchströmten ihren Körper, überschwemmten sie, bis sie glaubte, vergehen zu müssen. Willenlos folgte sie ihm und ließ sich von ihm besitzen. Ihre Körper ließen das Wasser auf und nieder gehen und über den Beckenrand schwappen.

Tiefen Stößen folgten leichte. Offenbar versuchte er, sich zurückzunehmen, um den Rausch für sie beide noch zu verlängern. Jedes Mal wenn er innehielt, konnte es Eva kaum erwarten, dass er sich wieder bewegte. Aber er hatte sein eigenes Tempo, seinen eigenen Rhythmus – und schien am besten zu wissen, was gut für sie war.

Schließlich kam der Moment, in dem sie nur noch die Erlösung ersehnte. Sein Keuchen ging in ein Stöhnen über. Sie umschloss ihn fest mit jeder Faser ihres Körpers. Und dann, endlich, schlugen die Wellen des Höhepunkts über ihr zusammen. Sie verschmolzen. Eva hatte das Gefühl, zu zerspringen. Eine warme Flut ergoss sich in sie, während sie gleichzeitig spürte, wie sein Körper zuckte vor Erregung. Auch sie wurde von köstlichen Schaudern ergriffen.

Grenzenloses Wohlbehagen breitete sich in ihr aus. Das Wasser, das zuletzt so stark in Bewegung geraten war, beruhigte sich und glänzte wieder seidig und glatt.

Ganz still war es im Raum. Antonio löste sich von ihr und begann, sie zärtlich zu küssen. Dabei hielt er sie im Arm. Kein Zweifel war möglich: Er hatte spanische Qualitäten. Er kannte die Frauen von außen wie von innen.

Einen Moment wie diesen hatte sie noch niemals erlebt. Mehr noch, sie hätte es bis dahin nicht für möglich gehalten, dass Sterblichen etwas so Schönes zuteil werden konnte. Sie hatte das Leben unterschätzt. Maßlos unterschätzt. „Wir gehören zusammen", flüsterte sie ihm ins Ohr. „Du darfst nicht mehr gehen." Er blickte sie an.

Es war das vollkommene Glück. Unvorstellbar, dass das Schlechte noch einmal zurückkehren würde. Alles Böse schien überwunden und verbannt. Es gab nur noch Liebe. Sie wollte das festhalten. Für immer.

Da waren plötzlich Schritte zu hören. Gefolgt von einem Schrei der Empörung: „Ja, hat man das schon gesehen! Raus hier mit euch, raus! Ich traue meinen Augen nicht: Unzucht in meinem eigenen Haus!"

Es war die Stimme von Coen! Er hatte sie entdeckt! Sie und Antonio nackt und eng umschlungen im Wasserbecken! Das war das Ende!

Doch im nächsten Moment war ihr klar, dass er sie nicht gemeint haben konnte. Seine Stimme kam aus dem Nebenraum.

„Schnell – du musst weg hier!", flüsterte sie Antonio zu. Er versuchte, so leise wie möglich aufzustehen, aber ein Plätschern war unvermeidlich. Hastig raffte er seine Sachen zusammen, warf ihr noch einen letzten Blick zu und verschwand hinter der Tapetentür. Nun richtete sich auch Eva auf, griff zu einem Tuch, trocknete sich schnell ab und schlüpfte in ihr Nachtkleid. Von nebenan hörte sie Coen toben: „Heraus mit euch, wollüstige Teufelsbrut!"

Entschlossen trat sie durch den Perlenschnurvorhang, der ihre Wohnung von der Saras trennte. Coen stand in der Mitte des Raumes. So riesenhaft erhob er sich fast bis zur Decke, dass die beiden nackten Gestalten, die sich vor ihm auf dem Boden krümmten, wie Würmer in den Fängen eines Raubvogels wirkten. Anscheinend hatte er sie aus dem Bett geworfen.

Auf einen Schlag wurde Eva alles klar: Sara und ihr

Pieter waren ein Liebespaar, und Coen hatte sie überrascht, als er gekommen war, um ihr, Eva, einen nächtlichen Besuch abzustatten. Sie hatte es völlig versäumt, ihm zu sagen, dass sie und Sara ihre Gemächer getauscht hatten. Hätte sie es getan, wären es Antonio und sie gewesen, die er ertappt hätte.

Sein Gebrüll hatte die beiden Samurai-Krieger alarmiert. Wie drohende Schatten standen sie hinter Coen. Der hünenhafte Mann war außer sich vor Zorn. Schon hatte er einen Ledergürtel in der Hand und schlug damit auf die beiden Leiber ein. „Das werdet ihr mir büßen, alle beide! Dafür bezahlt ihr mit dem Leben! Aber glaubt nicht, dass es schnell gehen wird! Ich lasse euch die Haut in Fetzen vom Leibe schälen, ihr durch und durch verdorbenes Gesindel!"

Eva stürmte auf ihn zu: „Hört auf! Hört sofort auf!" Er blickte sie an: Offenbar hatte er sie bisher gar nicht bemerkt. Einen Moment glaubte sie, er würde auch auf sie mit dem Gürtel losgehen. „Ah, Ihr seid es!", sagte er dann. „Ich hatte Euch hier erwartet, aber Ihr habt unser eheliches Bett offenbar gastfreundlich zur Unzucht angeboten!"

„Wir haben unsere Wohnungen getauscht ... Was ist denn geschehen?"

„Was geschehen ist? Nun, das dürfte doch wohl deutlich sein: Ich habe diese beiden Lüstlinge vorgefunden, in selbstvergessener Umarmung. Sie haben sich hier unter Euren Augen der abscheulichsten Unzucht hingegeben."

„Aber ... Ihr wisst doch gar nicht, ob sie wirklich ...?"

„Ob sie wirklich?", schrie er sie an. „Für wie töricht haltet Ihr mich? Dass Ihr es überhaupt wagt, so zu mir zu sprechen! Ihr tragt erhebliche Mitschuld daran! Euch war sie anvertraut, Ihr seid der Vormund! Und ich hatte Euch gewarnt: Ich hatte Euch eingeschärft, Ihr dürft dieses Mal nicht wieder versagen. Was ist passiert? Ihr habt versagt! Man muss sich ja nur umsehen: Was ist das für ein abscheulicher Götze?" Er zeigte auf Ganesha. „Können wir darauf hoffen, dass Gott der Herr uns in unserer kritischen Lage beisteht, wenn im Herzen unserer Festung ein Götze angebetet wird? Gott ist ein gestrenger Herr, er wird uns strafen – zu Recht. Auch ich habe mich schuldig gemacht. Ich habe dieses uneheliche Halbblut unter meinem Dach aufgenommen, die beste Wohnung des Palastes habe ich ihm überlassen. Ich hätte wissen müssen, was der Dank sein würde! Und vor allem hätte ich niemals so töricht sein dürfen, Euch die Aufsicht über diesen Bastard zu überlassen! Ich war zu weich, ich wollte Specx entgegenkommen. Schwachheit ist mein größter Fehler. Und dadurch ist es nun so weit gekommen, dass wir Gottes Zorn über uns herabgerufen haben. In diesen Räumen wurde gleich zweifach schlimmster Frevel begangen: durch Götzendienst und Unzucht. Welch eine Schande für mich! Ein neues Jerusalem wollte ich schaffen, ein neues Sodom ist es geworden."

Ruckartig wandte er sich den beiden Kriegern zu, deutete auf die Götterfigur und sagte ein einzelnes Wort in einer fremden Sprache zu ihnen. Sofort riss einer der Samurai sein Krummschwert aus dem Gürtel und schlug Ganesha mit einem gezielten Hieb den Kopf ab. Das Gipshaupt fiel zu Boden und zerbrach klirrend in Stücke. Sara hielt sich die Augen zu. Im nächsten Augenblick riss Coen sie am Arm hoch und schleuderte sie in Richtung des Kriegers, sodass sie vor dessen Füße fiel. Der Japaner zog sie an den Haaren vom Boden hoch, sie schrie auf. „Lass das!", fuhr Eva ihn an. Doch die Züge des Samurai blieben starr.

„Sie wird sich doch wohl wenigstens eben etwas anziehen können?", wandte sich Eva an Coen.

„Das soll sie", erwiderte er. „Sofern ihr das überhaupt ein Bedürfnis ist, der schamlosen Hexe."

„Ihr vergesst Euch", zischte Eva ihm zu. Schnell reichte sie Sara eines ihrer Gewänder. Der Samurai ließ sie kurz los, und sie schlüpfte hinein. Pieter Cortenhoeff beeilte sich ebenfalls, in seine Kleider zu kommen. Aber noch ehe er seine Stiefel anziehen konnte, hatte ihn der andere Wächter schon gepackt und mit sich fortgezogen.

„Wohin bringt Ihr sie?", fragte Eva.

„Dorthin, wo sie hingehören", antwortete Coen. „Auf die Gefangeneninsel."

„Die Insel vor der Küste?"

„Welche sonst? Aber seid unbesorgt: Sie werden dort nicht lange bleiben. Spätestens übermorgen ist ihre Reise zu Ende."

„Was meint Ihr damit?"

„Es steht außer Frage, dass sie sich eines todeswürdigen Verbrechens schuldig gemacht haben. Auf beide wartet der Henker."

Verurteilt zum Tode

Eva stand in dem verlassenen Raum. Ihr Blick schweifte über das zerwühlte Bett, den kopflosen Ganesha, die auf dem Boden verstreuten Scherben. Sie ging hinüber in ihre Gemächer. Noch immer lag der milde Duft der Badeessenzen in der Luft. Rings um das Steinbecken spiegelte sich das Kerzenlicht in glänzenden Pfützen. Es war kaum vorstellbar, dass sie eben noch mit Antonio in diesem Becken gelegen und etwas unvorstellbar Schönes getan hatte. Wenn Sara und ihr Freund Pieter Cortenhoeff jetzt ihr Leben verloren, dann war sie schuld daran. Mit dem Wohnungstausch hatte sie die ihr Anvertraute in größte Gefahr gebracht. Gut, sie hatte nicht wissen können, dass das Mädchen schon mitten in einer Liebesaffäre steckte. Aber wenn sie ehrlich war, musste sie sich eingestehen, dass sie an Sara zuletzt kaum noch einen Gedanken verschwendet hatte. Sie hatte nur noch sich selbst im Kopf gehabt: die Erfüllung ihrer Wünsche, das Zusammensein mit Antonio.

Was konnte sie nur tun, um Coen zu besänftigen? Sie musste darüber mit Antonio reden. Aber wie? Sie spähte durch den Vorhang auf den Gang: Dort hatten bereits neue Samurai-Wächter Stellung bezogen. Nein, hier kam sie nicht weg.

Da fiel ihr Blick auf die Tapetentür. Sie stand noch immer einen Spalt weit offen. Eva nahm sich eine Kerze, drückte die Tür etwas weiter auf und trat in einen schmalen Gang. Unter ihren Fußsohlen fühlte sie Staub und Steinchen. Nach einigen Schritten führte eine enge, gewundene Treppe abwärts. Sie folgte ihr. Die Kerze warf ein schummriges Licht auf das unverputzte Mauerwerk, und ihre nackten Füße machten beim Auftreten ein leises, tapsendes Geräusch.

Es ging tiefer und tiefer, bis sie schließlich vor einer Wand stand – einer Wand mit einer Tür. Sie drückte einen kleinen Knauf hinunter, und die Tür sprang auf. Ein beißender Geruch schlug ihr entgegen. Nach einigen Momenten wurde ihr klar, dass sie in einem Latrinenhäuschen stand. Offenbar befand sie sich in einem der niedrigen Anbauten an der Rückseite des Palastes, die als Abort genutzt wurden. Sie drehte sich um und stellte fest, dass die Tür zu dem Gang auf dieser Seite genauso unauffällig in die Wand eingelassen war wie jene oben in ihrer Wohnung. Eine Einkerbung, in die man hineinfassen konnte, um sie aufzuziehen, war der einzige Hinweis. Offenbar war die Verbindung als geheime Fluchtmöglichkeit für den Generalgouverneur geplant worden.

Sie trat aus dem Häuschen ins Freie und atmete die Nachtluft ein. Vor ihr ragten die Festungsmauern der Hafenseite auf. Sie schritt um den Palast herum in den Hof. Sofort schauten sich mehrere Soldaten nach ihr um. Es ging einfach nicht! Sie konnte Antonio jetzt unmöglich mitten in der Nacht in seiner Privatwohnung aufsuchen, die auf dem gleichen Gang liegen musste wie Coens. Langsam – um nicht noch mehr Aufmerksamkeit auf sich zu ziehen – drehte sie sich um und ging zurück. Vor dem Latrinenhäuschen vergewisserte sie sich, dass ihr niemand gefolgt war, schlüpfte hinein, öffnete die Tür, verschloss sie wieder und stieg die Treppe zu ihrem Zimmer hinauf. Dort angekommen, schob sie mit aller Kraft ihren Wäscheschrank vor die Geheimtür, die sich nun deutlich in dem gesprungenen Putz abzeichnete.

Das Herz war ihr unendlich schwer. Der Gedanke daran, dass Sara sterben könnte, noch dazu bei einer öffentlichen Hinrichtung und indirekt durch ihr Zutun, war schier unerträglich. Dazu kam: Wenn Coen glaubte, dass Sara den Tod verdient hatte, dann galt dies für sie als Ehebrecherin doch wohl erst recht. War es nicht ein Gebot der Aufrichtigkeit, vor ihn hinzutreten und ihm alles zu gestehen? Vielleicht mit den Worten: „Wenn Ihr Sara umbringen wollt, dann müsst Ihr mich ebenfalls töten, denn ich habe etwas noch Schlimmeres getan." Ein solches Bekenntnis würde allerdings bedeuten, dass sie Antonio verraten würde. Das zu tun, war undenkbar.

Sie lag wach bis zum Morgengrauen. Dann zwängte sie sich mit Margarethas Hilfe in ein Korsett und kleidete sich vollständig niederländisch an, um bei Coen keinen Anstoß zu erregen. Mit klopfendem Herzen ging sie die Treppe zum Speisesaal hinunter. Hinter sich hörte sie nicht nur das Getrappel der Diener, sondern auch die klirrenden Eisenplatten der Samurai-Krieger.

Antonio war schon da und begrüßte sie mit einer angedeuteten Verbeugung, bei der er ihr für einen kurzen Moment einen fragenden Blick zuwarf. Allmählich füllte sich der Saal. Die Gebrüder de Bondt nahmen Platz, zwei Oberkaufleute, einige Bürger Batavias mit Angetrauten. Von Eva wurde erwartet, Konversation zu betreiben, aber an diesem Tag konnte sie sich einfach nicht dazu überwinden. Sie saß nur da und schwieg. Endlich kam Coen dazu und setzte sich neben sie. Die Diener trugen auf und fächerten ihnen Luft zu, alles war wie sonst. Coen erwähnte Sara mit keinem Wort. Als die Tafel schließlich aufgehoben wurde, trat Eva neben ihm auf den Korridor.

„Was gedenkt Ihr jetzt zu tun?", fragte sie leise. „Sara ist noch ein Kind – und Pieter Cortenhoeff fast auch noch."

„Umso schlimmer", entgegnete er mit gedämpfter Stimme. „Ein Kind sollte züchtig sein, aber dieses Mädchen konnte es offenbar gar nicht abwarten, seinen Gelüsten zu frönen. Im Übrigen stehen Euch keine Nachfragen zu.

Ihr habt Eure Erziehungs- und Aufsichtspflicht schmäh-
lich vernachlässigt und solltet schuldbewusst sein. Ist Euch
denn nicht aufgefallen, was sich da abspielte?"

„Natürlich ist mir aufgefallen, dass sie sich gut
verstanden, aber ich hätte nicht im Entferntesten gedacht,
dass es so weit gehen würde."

„Weil Ihr allzu gutgläubig seid. Weil Euch das Wort
Pflichterfüllung fremd ist."

Nun winkte er Antonio heran. Eva erschrak bis ins
Mark – war es möglich, dass er …? Doch zumindest
Antonio ließ sich nichts anmerken. „Exzellenz?", fragte
er wie gewohnt. „Ich brauche Euch heute Vormittag",
erklärte Coen. „Wir müssen Gericht halten. Es hat sich
etwas Skandalöses ereignet."

Damit wandte er sich zum Gehen. Antonio folgte ihm.
Als ihm auch Eva nachkommen wollte, drehte er sich mit
einer schnellen Bewegung zu ihr um: „Seid Ihr Mitglied des
Indienrates?"

„Nein, aber …"

„Geht in Eure Gemächer! "

Sie nickte.

Während Coen und Antonio hinter verschlossenen
Türen berieten, ging sie nervös in ihrer Kammer auf
und ab. Sie versuchte sich damit zu beruhigen, dass es so
schlimm schon nicht kommen würde. Antonio würde alles
tun, um Sara und Pieter zu retten, und sein Wort hatte
Gewicht. Coen war auf ein gutes Verhältnis zu ihm angewiesen, er würde in einer so unbedeutenden Sache keinen
Streit mit ihm riskieren. Das war es einfach nicht wert. Am
Ende würde das Liebespaar mit einer Züchtigung davon-
kommen.

Beim Mittagessen fehlte Coen, aber Antonio kam. Eva
sah ihm sofort an, dass er keine guten Nachrichten brachte.

Dennoch musste sie zunächst das mehrgängige Essen abwarten, musste sich mit einer gespreizt daherredenden Dame über Belanglosigkeiten austauschen, ehe sie endlich auf dem Korridor ein paar Worte mit ihm wechseln konnte. Da noch andere in der Nähe waren, versuchte sie, ein möglichst gelassenes Gesicht zu machen.

„Er besteht auf der härtesten Strafe", raunte ihr Antonio zu.

„Der härtesten Strafe …?"

„Sie sind zum Tode verurteilt. Ich habe dagegen gestimmt, aber seine Stimme gibt den Ausschlag. Der Indienrat besteht zurzeit nur aus uns beiden."

„Aber sie sind doch fast noch Kinder!"

„Ich habe ihm vorgeschlagen, sie heiraten zu lassen, denn dann würde ihr Beischlaf gleichsam im Nachhinein abgesegnet. So wird häufig verfahren. Aber er ist nicht bereit, nach einem Ausweg zu suchen. Er hasst Sara, und jetzt will er die Gelegenheit dazu nutzen, sie der Strafe zuzuführen, die sie in seinen Augen seit Langem verdient."

„Aber das kann er doch nicht machen!"

„Er betrachtet ihren Akt als *crimen laesae maiestatis*, als Majestätsbeleidigung, weil sie es unter seinem Dach getan haben und ihm hier als Generalgouverneur die Rolle eines Herrschers zukommt. Ich vermute, dass die Siebzehn das anders sehen würden, aber das tut jetzt nichts zur Sache. Was zählt, ist: Majestätsbeleidigung ist gleichbedeutend mit Hochverrat, und auf Hochverrat steht die Todesstrafe."

„Aber das … das … ich kann mir nicht vorstellen, dass er das wirklich tun wird!"

„Er ist fest entschlossen dazu."

„Du darfst es nicht zulassen!"

„Ich habe getan, was ich konnte. Er ist bereits äußerst verärgert, weil ich gegen ihn gestimmt habe, was nun in den Akten vermerkt wird. Mein Widerstand scheint ihn nur darin bestärkt zu haben, diesmal Härte zu zeigen. Möglicherweise …"

„… ja, was?"

„… möglicherweise spürt er auch, dass da etwas ist zwischen uns beiden. Er will uns warnen, Eva, indem er vor unseren Augen ein Exempel statuiert."

„Das könnte erklären, warum er so unglaublich aufgebracht ist. Aber wir müssen das verhindern! Sara ist … ein sehr besonderer Mensch."

„Das weiß ich. Aber ich wüsste nicht, was wir noch tun könnten. Alle Macht liegt bei ihm."

Eva sah ihn an.

„Wir sollten unsere Unterredung beenden", sagte er. „Die Leute schauen schon."

Damit verbeugte er sich und ging weg. Eva war wie vor den Kopf geschlagen. Das konnte doch nicht wahr sein! Er konnte Sara doch nicht so einfach im Stich lassen!

Aber da ging er … Ihre Enttäuschung war grenzenlos. Hatte sie sich in ihm getäuscht? Hatte er nur das kurze Abenteuer gesucht und ließ sie jetzt fallen? Bedeutete sie ihm vielleicht gar nichts?

Sie kam sich unendlich allein vor. Seit Gerrits Tod war sie nicht mehr so verzweifelt gewesen. Aber eines war jetzt anders als damals: Sie war keinen Augenblick versucht, aufzugeben. Sie würde alles tun, um Sara zu retten.

Gefolgt von ihren Samurai, eilte sie zu Coens Büro – es war leer. Also die Treppe hinunter. So schnell wie es in ihrem steifen Kleid möglich war, durchquerte sie die Vorhalle und trat auf den Hof. „Wo ist der General?", fragte sie den erstbesten Soldaten. „Ich habe ihn dort vorn gesehen", sagte der Mann und deutete in Richtung des Haupttors, an dessen Wiederherstellung auch in der Mittagshitze gearbeitet wurde. Endlich fand sie ihn mit einigen anderen über eine Zeichnung gebeugt.

„Kann ich Euch kurz sprechen?", fragte sie.

Verärgert sah er sie an und trat dann mit ihr zur Seite.

„Wie geht es jetzt weiter mit Sara?", fragte sie, so als ob sie es noch nicht wüsste.

„Der Indienrat hat das Todesurteil über sie verhängt."

„Aber das könnt Ihr doch nicht machen!"

„Ich bin sogar dazu verpflichtet. Hier draußen stehen viele Männer mit ihrem Leben für uns ein. Die Tochter von Specx war privilegiert: Sie führte ein Leben voller Vorrechte und Müßiggang. Wie dankte sie es uns? Sie hat den Gesetzen Gottes gefrevelt und uns dadurch alle in Gefahr gebracht."

„Ich glaube, dort wo sie herkommt, gelten andere Gesetze. Dort betrachtet man diese Dinge nicht als Sünde."

Das mag so sein, aber es war an Euch, ihr unsere Werte zu vermitteln. Gebt Euch selbst die Antwort auf die Frage, ob ihr Treiben auch darauf zurückzuführen ist, dass Ihr Eure Pflicht nicht erfüllt habt. Ihr habt es Euch wieder einmal zu leicht gemacht."

„Aber sie ist doch noch so jung, sie ist fast noch ein Kind …"

„*Vita brevis* – das Leben ist kurz. Ihr werdet Euch jetzt in Euer Quartier zurückziehen und bis zum Abendessen dort bleiben. Erforscht Euer Gewissen. Verschwindet!"

Sie spürte genau, dass es jetzt keinen Zweck mehr hatte, dass er keinen weiteren Einwand geduldet hätte. Niedergeschlagen trottete sie über den Hof. Die Samurai folgten ihr wie ihr eigener Schatten. In der Mitte des Platzes waren einige Zimmerleute dabei, ein Podest zu errichten. Zunächst beachtete sie es nicht, aber dann schaute sie noch einmal hin und erkannte: Es war das Schafott, auf dem Sara sterben sollte.

Während des ganzen Nachmittags hörte sie von ihrer Wohnung aus das Hämmern und Sägen. Verurteilt zum Tode … ausgerechnet Sara! Der sanftmütigste Mensch, dem sie jemals begegnet war. Das war die Welt auf den Kopf gestellt.

Irgendwann stürmte Margaretha herein: „Exzellenz, stimmt es, dass Sara zum Tode verurteilt wurde und morgen hingerichtet wird?"

Eva nickte düster. „Es ist wahr, so unglaublich es auch klingt. Mein Mann will sie sterben sehen."

„Aber was hat sie denn verbrochen? Ist es wahr, was man hört? Dass sie …?"

„Und wenn es stimmt?", fuhr Eva auf. „Du müsstest ja wohl Verständnis dafür haben, oder nicht? Schließlich warst du mal eine Hure."

Margaretha schlug die Augen nieder. Es war ihr deutlich anzumerken, wie tief sie diese Bemerkung verletzt hatte. Eva war erschrocken über sich selbst, sie schämte sich, aber gleichzeitig war da etwas in ihr, das sie schon lange mit Mühe unterdrückt hatte und das sich nun Bahn brach.

„Dir geht es doch nur um das Spektakel", herrschte Eva sie an. „Ich kenne dich doch – du bist eine Gafferin. Das weiß ich doch noch von damals, vom Schiff, wie du da dreist und frech hingestarrt hast, als er mich genommen hat. Und meinst du, ich hätte nicht gemerkt, dass es dir widerstrebt hat, Sara zu bedienen? Du hältst dich für etwas Besseres, weil du eine weiße Haut hast, nicht wahr? Aber sie steht weit über dir, sie ist von Adel, wenn du verstehst, was ich meine. Aber das tust du wahrscheinlich nicht."

Margaretha verbeugte sich und ging. Als sie weg war, bemerkte Eva, dass sie zitterte. Doch das durfte jetzt nicht sein. Sie musste einen kühlen Kopf bewahren und sich überlegen, was sie Coen nach dem Abendessen sagen konnte.

Es war vielleicht die allerletzte Chance. Aber sosehr sie auch grübelte, es fiel ihr nichts ein.

Je näher die Essenszeit rückte, desto panischer wurde sie. Wie schnell die Zeit jetzt verging! Ehe sie sich's versah, war es soweit. Doch nun erwartete sie ein weiterer Schlag: Coen erschien nicht bei Tisch und Antonio ebenso wenig. Sie konnte es nicht glauben: Dass er sie so im Stich ließ, dass ihn Saras Schicksal offenbar nicht wirklich berührte – das war eine maßlose, unfassbar schmerzliche Enttäuschung. Wie konnte sie sich so in ihm geirrt haben?

Sie saß allein am Kopfende des Tisches, und alle anderen starrten sie an. Nach dem Essen wurde sie von Willem de Bondt angesprochen: „Ich habe gehört, dass Sara Specx morgen wegen Majestätsbeleidigung hingerichtet werden soll."

„Das stimmt", bestätigte Eva. „Es ist furchtbar, nicht wahr?"

Plötzlich kam ihr eine Idee: „Könnt Ihr meinen Gemahl nicht davon überzeugen, dass er sich gegenüber Gott versündigt, wenn er diese beiden jungen Menschen hinrichten lässt?"

„Ich betrachte es als meine Pflicht, das zu tun. Ich habe schon mehrmals um eine Audienz bei ihm gebeten, aber er ist mit der Ausbesserung der Festungsmauern beschäftigt. Ich werde jetzt vor seinem Quartier ausharren, damit ich ihn auf keinen Fall verpasse."

„Ich danke Euch! Ihr könnt Euch gar nicht vorstellen, wie sehr! Ihr seid der beste Pfarrer, dem ich je begegnet bin."

„Ihr solltet aber keine zu großen Hoffnungen damit verknüpfen, Exzellenz. Ihr wisst, dass Euer Gemahl nicht gerade große Stücke auf mich hält. Ich werde ihn schwerlich umstimmen können."

„Es ist unsere letzte Hoffnung", meinte Eva. „Bitte kommt sofort zu mir und unterrichtet mich, sobald Ihr mit ihm gesprochen habt. Vielleicht kann Euer Bruder auch noch mit ihm reden?"

„Mit welcher Berechtigung, Exzellenz? Er ist Arzt und Botaniker ..."

„Es müssen ihm so viele wie möglich klarmachen, dass er dabei ist, ein Verbrechen zu begehen. Ich kann nicht glauben, dass all diese selbst ernannten Christen und Bürger morgen der Tötung eines Kindes beiwohnen werden."

„Nun, Sara ist wohl kein Kind mehr."

„Sie ist auf jeden Fall noch sehr jung. Und sie kommt aus einer anderen Welt mit anderen Gesetzen und Maßstäben. Unser Denken ist ihr fremd."

„Ich fürchte, das wird Euren Gemahl nicht überzeugen. Aber ich werde mein Bestes geben."

Damit ging er. Eva kehrte in ihre Wohnung zurück und wartete darauf, dass de Bondt sich meldete. Wieder einmal schienen ihr die Hitze und die stickige, feuchte Luft den Atem zu nehmen. Sie ließ Margaretha rufen – ihre Blicke trafen sich nicht – und sich von ihr aus dem Korsett helfen. Sie legte ihre gesamte niederländische Kleidung ab und warf sich ein asiatisches Gewand um. Milde stimmen ließ sich Coen sowieso nicht. Von nun an wollte sie Saras Schwester sein.

Es dauerte eine Ewigkeit, bis der Pfarrer endlich zurück war. „Und – was hat es ergeben?"

„Er hat mich nicht einmal anhören wollen. Er hat mich nur angeschrien, ich solle mich wegscheren. Das Einzige, was ich erreicht habe, ist, dass ich Sara heute Nacht geistlichen Beistand leisten darf. Aber das konnte er mir ja auch schwerlich verweigern."

„Das heißt, Ihr fahrt gleich zu der Insel, wo sie sie inhaftiert haben?"

„Ja, das habe ich vor."

„Wartet noch kurz! Ich spreche noch einmal selbst mit ihm – und danach fahre ich mit Euch."

„Ihr wollt mitfahren? Ich denke nicht, dass er …"

„Das ist mir egal! Ich fahre mit, auch wenn er mich anschließend einkerkern lässt. Also, Ihr wartet hier. Kann ich mich darauf verlassen?"

„Ja, das könnt Ihr."

„Gut. Ich fürchte, dass es nicht lange dauern wird."

Sie verließ ihn und begab sich auf dem kürzesten Weg zu Coens Quartier. Wieder wurde sie von einem Samurai misstrauisch beäugt, wieder ging ein Diener vor, um sie anzukündigen. „Kommt herein!", hörte sie ihn rufen. Und gleich darauf, bei ihrem Eintreten: „Was ist das für ein merkwürdiger Aufzug? Tragt Ihr schon Eure Nachtkleidung?" Er saß an einem kleinen Tisch und schrieb einen Brief.

„So", sagte sie, ohne auf die abfällige Bemerkung über ihr Kleid einzugehen, „seid Ihr schon dabei, einen Rechtfertigungsbrief an Eure siebzehn Herren zu verfassen? Ein gutes Stück Arbeit, wie ich mir vorstellen kann. Das dürfte nicht leicht sein, die Abschlachtung eines minderjährigen Mädchens zu begründen."

Er richtete seinen Oberkörper auf und blitzte sie an. „Warum seid Ihr gekommen? Wollt Ihr mich an einer ganz neuen Version der Geschehnisse teilhaben lassen – so wie damals auf der *Mauritius*?"

„Ich weiß nicht, was Ihr meint."

„Ach nein? Ich meinte jene Gelegenheit, als Ihr dem Schiffsrat eröffnetet, dass unser Fransje Euren Bruder ganz übel verleumdet hatte. Nun ja, der Lügenbold hat ja dann seine Strafe bekommen."

Eva schwieg. Er hatte einen ihrer wundesten Punkte getroffen.

„Er ist übrigens tot, wisst Ihr das?" Er sagte es ganz beiläufig, während er seine Feder abtropfen ließ. „Erst neulich. Er hatte sich den Roten Lauf eingefangen. Manche erholen sich ja davon und werden wieder gesund. Aber Bontius meinte, dazu müsse man in guter körperlicher Verfassung sein. Und das war unser Fransje ja leider nicht. Er hat sich nie mehr so richtig erholt von den Peitschenhieben."

Draußen zirpten die Grillen, und aus dem fernen Wald ertönte das Schreien der Tiere.

„Warum habt Ihr mich aufgesucht?", fragte er schließlich. „Was wollt Ihr?"

Es dauerte einen Augenblick, bis sie antwortete.

„Nichts", sagte sie. Dann drehte sie sich um und verließ den Raum. Sie ging schnurstracks durch den Palast zu ihrer Wohnung und sagte zu dem wartenden de Bondt: „Wir können jetzt aufbrechen."

„Ihr habt nichts mehr erreichen können für Sara?"

„Nein", war ihre Antwort.

Er sah sie kurz an, so als wartete er noch auf eine Erklärung. Stattdessen bat sie ihn, den Schrank von der Wand abzurücken. „Warum denn das?"

„Das werdet Ihr dann sehen."

Er tat, wie ihm geheißen, und Eva öffnete die Tür zum Geheimgang. „Ich glaube, es ist besser, wenn wir diesen Weg nehmen. Die Samurai haben Anweisung, mir überall hin zu folgen. Ihr wisst schon, wegen der Morde."

Der Pfarrer nickte. Sie nahm sich eine Kerze und ging voraus. De Bondt war sichtlich erstaunt, als sie kurz darauf im Latrinenhäuschen standen. Im Hof tauschten sie ihre Kerze gegen eine Fackel ein und legten dann die kurze Distanz bis zum Hafen zurück. Dort ließ sich Eva von de Bondt in ein Boot helfen. Er band die Taue los, sprang zu ihr hinunter und griff nach den Rudern. Langsam glitten sie auf den Ozean hinaus. Wären die Umstände andere gewesen, hätte es etwas Befreiendes gehabt, der Enge der belagerten Festung zu entfliehen.

Ein gelber Tropenmond leuchtete ihnen. In einiger Entfernung erkannte man die gezackten Umrisse der Insel, die sie ansteuerten.

„Was sind das für Ruinen?", fragte Eva.

„Die Reste einer Verteidigungsanlage", erläuterte de Bondt. „Ihr müsst wissen, dass es hier an der Mündung des Ciliwung-Flusses seit jeher einen Handelsplatz gegeben hat. Von der Festung auf der vorgelagerten Insel aus haben sich die früheren Bewohner gegen Angreifer von See her verteidigt. Gegen die Kanonen der Compagnie-Schiffe konnten sie allerdings nichts ausrichten."

„Dann sind wir nicht die Ersten, die hier siedeln?"

„Gewiss nicht. Ich habe mich in letzter Zeit eingehend mit diesen Dingen beschäftigt. Es gab hier schon lange einen Ort von Bedeutung. Sein Name war Jakarta."

Im Labyrinth

Pfarrer de Bondt war ein Mann des Wortes und kein besonders tüchtiger Ruderer. Deshalb dauerte es fast eine Stunde, bis sie die Insel erreichten. Drohend zeichneten sich die Konturen des einstigen javanischen Bollwerks vor dem Nachthimmel ab. Alles wirkte menschenleer und verlassen. Allerdings war in der Dunkelheit ein hölzerner Steg auszumachen. Im Näherkommen sah Eva, dass sie erwartet wurden: Ein einsamer Soldat hielt dort Wache, in der Hand eine Fackel. „Was wollt Ihr?", rief er ihnen über das Wasser zu.

„Ich bin der Pfarrer", antwortete de Bondt. „Und bei mir ist die Frau General."

Beim Anlegen war ihnen der Soldat nun sehr behilflich.

„Wir kommen wegen der beiden zum Tode Verurteilten", sagte de Bondt. „Reichlich umständlich, sie auf diese Insel zu bringen."

„Nun", entgegnete der Mann, „umständlich vielleicht, aber dafür sehr sicher. Von dieser Insel gibt es kein Entkommen." Er wies die Anhöhe zu der Ruine hinauf. Im Schein einiger an Stangen aufgesteckten Fackeln war ein Pfad zu erkennen. „Wenn ich bitten darf ..."

Sie folgten ihm.

Nach einem kurzen Fußweg standen sie vor den Ruinen. Lediglich einige Außenmauern waren stehen geblieben. Gefangene konnte man hier nicht unterbringen.

Fragend sahen sie den Soldaten an. Der deutete mit dem Finger nach unten. „Dort", sagte er und schien es zu genießen, dass sie nicht gleich verstanden, was er meinte. „Wartet, ich zeige es Euch."

Er ging ein paar Schritte vor, bis zu einer Falltür im Boden, bückte sich, schob einen Riegel zurück und öffnete zwei hölzerne Klappen. Im Schein seiner Fackel konnten sie die ersten Stufen einer abwärts führenden Treppe ausmachen.

„Der Bau selbst ist nicht mehr da, aber der Keller durchaus noch", erklärte er. „Es ist ein wahres Labyrinth. Ich kann Euch übrigens nicht begleiten – ich habe strikte Anweisung, auf meinem Posten zu bleiben."

Er zog einen Bund mit vielen langen Schlüsseln aus der Rocktasche. „Wollt Ihr zu dem Mädchen in die Zelle?"

„Ja", sagte Eva.

„Das hier ist der Schlüssel. Es ist einer der kleinsten, seht Ihr? Und er schimmert silbrig."

„Wo befindet sich die Zelle?"

„Die Treppe führt Euch zu einem langen Gang, dem müsst Ihr bis zum Ende folgen und Euch dann nach links wenden. Dort wieder bis zum Ende durch und dann rechts. Da findet Ihr sie. Also ganz einfach. Biegt nicht in die Seitengänge ab. Erstens kann es schwierig sein, von dort wieder zurückzufinden, denn wie gesagt ist es ein ganz schönes Gewirr. Und zweitens, nun …"

„Nun was?", fragte Eva.

„Nun, es ist ein Gefängnis, nicht wahr? Allerdings haben wir hier hauptsächlich Gefangene, die es nicht mehr lebend verlassen sollen, wenn Ihr versteht, was ich meine."

„Nein, ich verstehe Euch nicht", sagte Eva.

„Es sind Kriegsgefangene", ergänzte der Mann. „Spanier. Portugiesen …"

„Aha", bemerkte de Bondt. „Das ist also der Sinn dieser entlegenen Unterbringung."

Der Wächter reichte de Bondt eine Fackel. „Wem darf ich die Schlüssel geben?", erkundigte er sich.

„Mir", sagte Eva schnell und nahm sie ihm aus der Hand. „Und wo ist der Junge?", fragte sie.

Er sah sie an. „Wollt Ihr den auch besuchen?"

„Natürlich", erwiderte Eva. „Auch er soll ja sterben."

„Da bitte ich Euch dann aber, vor dem Gitter zu bleiben", sagte der Soldat. Ein gewisses Misstrauen lag in seiner Stimme. „Das ist sonst zu gefährlich."

„Jaja … also, wo ist er?"

„Einige Zellen weiter den Gang durch. Wenn Ihr an die nächste Biegung kommt, seid Ihr schon zu weit. Aber wie gesagt: Es ist verboten, hineinzugehen."

Da änderte Eva mit einem Mal ihren Ton: „Wie redet Ihr eigentlich mit mir?", herrschte sie ihn an. „Das ist mir schon die ganze Zeit aufgefallen! Ich bin die Frau Eures obersten Herrn! Ich glaube, ich werde Euch melden müssen."

„Aber Exzellenz … ich bin doch nur um Eure Sicherheit besorgt! Wenn Ihr mich fragt, solltet Ihr Euch gar nicht nach da unten begeben. Überlasst das dem Pfarrer."

„Ich entscheide selbst, was ich tue."

„Jawohl, Exzellenz."

„Dann los", forderte Eva de Bondt auf. Die Fackel in der erhobenen Rechten, stieg er vorsichtig die ersten Stufen hinab. Eva öffnete den Gürtel, der ihr Gewand in Höhe der Taille zusammenhielt, und zog den Schlüsselbund darauf auf. Es war wohl besser, wenn sie beide Hände frei hatte. Dann folgte sie ihm. Als sie noch einmal hochblickte, sah sie über sich den breiten Kopf des Soldaten. „Nicht in die Seitengänge, Exzellenz, wenn ich bitten darf …", rief er ihr nach. „Nicht in die Gänge!"

„Jaja", murmelte Eva. „Wir haben's verstanden …"

Die Treppe reichte nicht besonders tief. Unten angekommen, befanden sie sich in einem niedrigen Gang, aus dem ihnen ein widerwärtig modriger Geruch entgegenschlug. Irgendetwas in Eva sträubte sich heftig dagegen, diesen Gang zu betreten. Es kam ihr vor, als lauere etwas Böses darin. Aber sie sagte sich, dass das nur ein unbestimmtes Gefühl sei.

„Jetzt hier entlang bis zum Ende und dann links, hat er gesagt." De Bondt tat die ersten vorsichtigen Schritte in den Tunnel hinein. Obwohl er nicht besonders groß war, musste er den Kopf einziehen. Eva meinte, von irgendwoher ein Stöhnen zu hören. Was hatte der Soldat gesagt? Die meisten Gefangenen sollten diesen Kerker nicht mehr lebend verlassen. Bedeutete das, dass sie hier einfach verschmachten mussten?

Plötzlich kam von rechts her ein Schrei. Eva durchzuckte es. Der Pfarrer blieb stehen und leuchtete in die Richtung, aus der der Schrei gekommen war. Da war ein Gitter, das von der Decke bis zum Boden reichte. Und dahinter bewegte sich etwas. De Bondt hielt die Fackel noch ein wenig näher an die schwarzen Stäbe, aber das Licht reichte nicht, um die Zelle vollständig auszuleuchten.

Nun erklang eine Stimme, schwerfällig, so als wäre sie schon lange nicht mehr benutzt worden: „Herren, Herren …", sagte sie in gebrochenem Niederländisch. Dann folgte etwas in einer anderen Sprache, offenbar Spanisch.

De Bondt wandte sich schnell ab und ging weiter. Aus der nächsten und übernächsten Zelle vernahmen sie keinen Ton. „Grabesstille", dachte Eva.

Sie bogen nach links ab, so wie es der Soldat gesagt hatte. Jetzt konnte es nicht mehr weit sein bis zu Sara.

Da fasste sie den Pfarrer am Arm. Er blieb stehen.

„Ich muss mit Euch reden", sagte sie.

„Wollt Ihr zurück?", fragte er.

„Nein. Das nicht. Ich möchte Euch sagen, warum ich mitgekommen bin: Ich will Sara befreien. Und Pieter ebenfalls."

„Befreien?" Der Pfarrer klang verwundert – aber doch nicht so verwundert, wie sie es erwartet hätte. Sofort schöpfte sie Mut.

„Ja! Wir können sie nicht ihrem Schicksal überlassen. Das sind wir unserem Gewissen schuldig. Empfindet Ihr das nicht auch so?"

„Doch, das tue ich", erwiderte er. „Ich bin schon lange davon überzeugt, dass wir in das Räderwerk einer Teufelsmaschinerie geraten sind. Die Compagnie ist ein Werk Satans."

„Dann helft Ihr mir also? Wir können die beiden in dem Geheimgang hinter meinem Zimmer verstecken. Und dann schmuggeln wir sie an Bord des ersten Schiffes, das den Hafen von Batavia verlässt."

„Aber dort wird man sie finden – und dann vermutlich zurückbringen", wandte der Pfarrer ein. „Außerdem dürfte der Verdacht sofort auf uns fallen, der Soldat oben hat uns schließlich gesehen. Ich glaube nicht, dass wir auf diese Weise Erfolg haben werden."

Damit hatte er recht. Eva wurde schlagartig klar, dass ihr Plan alles andere als durchdacht war. Er war aus purer Verzweiflung geboren.

„Aber was sollen wir dann tun? Uns bleibt nur noch diese Nacht!"

Der Pfarrer schwieg kurz, dann holte er Luft.

„Exzellenz, ich bin davon überzeugt, dass Ihr selbst die Macht an Euch reißen müsst. Ihr seid die Muskatprinzessin und allseits geachtet. Ihr müsst dem ganzen Treiben ein Ende machen."

„Aber das ist doch Unsinn – wie soll ich das bewerkstelligen?"

„Ihr müsst ihn töten."

Eva glaubte zunächst, sie hätte sich verhört. „Ihn töten?"

„Es ist ein Tyrannenmord und von daher erlaubt. Ihr wisst so gut wie ich, dass Euer Gemahl die Verkörperung des Bösen ist. Diese ganze Compagnie ist abgrundtief böse. Ihr habt von van den Broecke gehört, welche Untaten sie begeht, nur um maximalen Profit zu erzielen. Massenmord, Versklavung, Unterdrückung … Und niemand unternimmt etwas dagegen, im Gegenteil. Und wisst Ihr auch, warum?"

„Nein", antwortete sie zögernd. „Warum?"

„Exzellenz", fuhr er fort, „ich habe mich in den vergangenen Monaten seit Noahs Tod genauestens mit diesem Unternehmen beschäftigt, und dabei habe ich die Antwort gefunden. Wisst Ihr, wem die Compagnie gehört?"

„… den Direktoren?"

„Nein, keineswegs – oder nur zu einem sehr geringen Teil. Die Compagnie gehört vielen Tausend Niederländern, auch ganz gewöhnlichen, bis hin zu Mägden und Dienstboten. Sie alle sind an ihr beteiligt – und diese Anteile werden Aktien genannt. Die Gewinne der Compagnie fließen in die Taschen dieser Anteilseigner, und darum kann die Compagnie tun, was sie will – solange es nur dem Profit dient. Halb Holland steht hinter ihr. Bisher ist nur die Compagnie auf diese Weise organisiert, aber ich sage Euch voraus, dass dieses Prinzip binnen kürzester Zeit die ganze Welt erobern wird. Keine Versuchung ist so groß für den Menschen wie das Geld, weil es die Verheißung unendlicher Vermehrung in sich trägt. Ihr werdet sehen, dass bald alle nur noch ihrem persönlichen Vorteil hinterherjagen werden. Das Geld wird die neue Religion."

„Dennoch", entgegnete Eva, „dennoch wollt Ihr mich doch wohl nicht ernsthaft auffordern, meinen eigenen Mann umzubringen?"

„Ich weiß durchaus, was ich von Euch verlange, Exzellenz. Ihr seid ein empfindsamer Mensch, genau wie ich.

Menschen wie uns widerstrebt es zutiefst, einem anderen etwas anzutun. Fragt nicht, wie mir zumute war."

„Wie Euch zumute war …?"

„Eva", sagte er in verschwörerischem Tonfall, „muss ich es Euch denn wirklich noch ausdrücklich gestehen? Muss ich es aussprechen? Ich bin derjenige, der die Männer gerichtet hat."

Eva starrte ihn an. Hatte er das wirklich gesagt? Hatte er sich gerade wirklich dazu bekannt, der Armbrustmörder zu sein?

„Ich sehe, Ihr seid erschrocken", fuhr er fort, nun mit sehr leiser Stimme. „Und zu Recht. Auch mir ist klar, dass ich mich für diese Taten vor Gott dem Herrn verantworten muss. Allerdings kann ich Euch versichern, dass ich diese Männer sehr genau ausgewählt habe. Sie hatten alle den Tod verdient. Die beiden Soldaten, die ich als Erstes überrascht habe, als sie im Hof ihren Rausch ausschliefen, hatten zuvor damit geprahlt, sich in einem Bordell in Batavia an Kindern vergangen zu haben. Der Unterkaufmann, der als Nächstes folgte, hatte sich – soweit ich weiß in Eurem Beisein – damit gebrüstet, vierhundert Sklaven auf einmal nach Batavia transportiert zu haben, was hundert von ihnen nicht überlebten. Von Kapitän Pool habt Ihr seinerzeit auf der *Mauritius* selbst mitbekommen, dass er verdorbenes Brot einkaufte und das so gesparte Geld einstrich. Damit war er verantwortlich dafür, dass so viele Männer auf unserem Schiff an Skorbut verreckt sind. Crijn van Raemburch schließlich war der größte Missetäter von allen, denn er hat die Verwüstung zahlloser Inseln überwacht, die von Gott so reich mit Nelken- und Muskatbäumen gesegnet waren. Er hat die Lebensgrundlage ganzer Völker vernichtet, um den Profit der Compagnie zu mehren. So, nun sagt mir, haben diese Menschen den Tod verdient?"

Eva schwieg, was den Pfarrer zu beunruhigen schien. Er begann nun lauter zu reden: „Sie haben ihn viel eher verdient als alle Räuber und Diebe, die in Amsterdam auf dem Galgenfeld gehenkt werden", beschwor er sie. „Und Euer Gemahl, Eva, Euer Gemahl hat den Tod sogar tausendfach verdient! Er ist der Teufel in Menschengestalt!"

An dieser Stelle fand sie ihre Stimme wieder: „*Gott soll richten, die Menschen sollen beten.* Heißt es nicht so, Herr Pfarrer? Wer seid Ihr, dass Ihr Gott spielt? In meinen Augen gibt es keine Rechtfertigung für das, was Ihr getan habt. Vieles, was Ihr über die Compagnie gesagt habt, mag wahr sein. Aber Morde werden es nicht ändern. Ihr könnt Kapitäne und Kaufleute töten, so viele wie Ihr wollt, Ihr könnt sogar den Generalgouverneur umbringen, aber die Compagnie vernichtet Ihr damit nicht. Ihre Existenz ist nicht an Personen gebunden, sie wird jeden frei gewordenen Posten einfach neu besetzen."

„Nein, das wird sie nicht!", schrie er sie an. „Wenn die Menschen erst den Eindruck bekommen, dass Gottes strafende Hand über dieses Unternehmen gekommen ist, dann werden sie sich davon abwenden. Wenn alle Anteilseigner ihre Aktien verkaufen und kein anderer sie haben will, dann geht die Compagnie bankrott. Dann fällt ihr Kurs an der Amsterdamer Börse ins Bodenlose. Dann gibt es sie nicht mehr. Und das System der Aktiengesellschaft ist diskreditiert."

„Mit dem kleinen Unterschied, dass Ihr die Hand Gottes mit Eurer Hand verwechselt."

„Ich bin in diesem Fall das Werkzeug des Herrn."

„Oh nein, Ihr habt das getan, weil Ihr selbst es wolltet. Und ich glaube, ich kenne auch den Grund dafür: Ihr macht die Compagnie für den Tod Eures Sohnes verantwortlich."

Nun war es de Bondt, der kurz schwieg. Dann erwiderte er: „Eva, ich will mich nicht mit Euch streiten. Ihr wisst, dass ich ein friedlicher Mensch bin. Ich bitte Euch: Macht jetzt keinen Fehler. Ihr seid die Einzige, die dem mörderischen Treiben von Jan Pieterszoon Coen ein Ende setzen kann. Abertausende Menschen werden es Euch danken. Und der Lohn Gottes ist Euch gewiss. Nehmt diese Versicherung an aus dem Munde eines Pfarrers."

„Wie könnt Ihr es nur wagen, mir so etwas zuzutrauen? Ich würde meinem Mann niemals etwas zuleide tun. Ich habe mich sowieso schon schwer an ihm versündigt."

„Ich verstehe nicht, was Ihr meint ... Eva, ich kann nur an Euch appellieren, jetzt nicht das Falsche zu tun. *Wer nicht für mich ist, ist gegen mich*, hat Jesus gesagt, und ich mache mir diesen Satz zu eigen. Wenn Ihr mir nicht helfen wollt, muss ich die Sache allein zu Ende bringen. Das würde dann allerdings bedeuten, dass ich Euch ... nun, ich will es gar nicht aussprechen ..." Er kicherte plötzlich. In diesem Moment fiel Eva wieder ein, dass er das zu Beginn ihrer Reise öfters getan hatte. Dann war er immer ernster geworden. Nun war das Kichern zurück, aber es klang ganz anders als damals. Es klang krank.

Sie schluckte. „Sprecht es ruhig aus", sagte sie mit tonloser Stimme. „Ihr wollt mich auch noch umbringen, nicht wahr?"

„Ich *will* es überhaupt nicht, Eva! Es ist das Letzte, was ich will! Ich will jetzt auf der Stelle mit Euch zusammen losziehen und Sara befreien. Und dann will ich Zeuge sein, wie Ihr den Tyrannen zu Fall bringt. Dann werdet Ihr keine Prinzessin mehr sein, sondern unser aller Königin. Ihr werdet als Heldin in die Geschichte zweier Kontinente eingehen. Eva, ich bitte Euch, ich flehe Euch an: Tut es! Befreit die Welt von diesem Monster!"

„Wisst Ihr, dass mein Mann ganz ähnlich dahergeredet hat, als er mich davon überzeugen wollte, dass es eine gute Sache wäre, nach Ostindien zu gehen? Er hat auch gesagt, ich könnte da eine Art Herrscherin werden und in die Geschichte eingehen. So ganz unähnlich seid Ihr ihm gar nicht."

„Lenkt nicht ab!" Seine Stimme war nun laut und entschlossen. Eva musste an die Predigt denken, deretwegen er beinahe strafversetzt worden wäre. Auch damals schon hatte er alle überrascht.

„Ihr müsst Euch entscheiden, Eva! Trefft Eure Wahl!"

Sie sah ihm in die Augen. Es waren nicht mehr die Augen jenes milden, jungen Vaters, den sie bei Antritt ihrer Reise gekannt hatte. Es waren die Augen eines Fiebernden. Dieser Mann war zu allem imstande. In dem Moment, in dem sie ihm in die Augen blickte, wusste sie, dass ihr Leben in höchster Gefahr war. Sie musste jetzt handeln – und das tat sie: Sie riss ihm die Fackel aus der Hand. Dann hastete sie den Gang entlang und um die nächste Ecke herum. „Eva! Eva!", hörte sie ihn hinter sich herrufen.

Sie musste so schnell wie möglich noch einmal abbiegen. Wenn er den Fackelschein nicht mehr sah und auch nicht mehr wusste, welche Abzweigung sie genommen hatte, würde es schwierig für ihn werden, sie wieder aufzuspüren. Da! Da vorn machte der Gang wieder eine Biegung! Sie rannte um die Ecke, so schnell, wie es ihr in gebückter Haltung möglich war. Dann hastete sie weiter, doch plötzlich – ein Stein, eine Unebenheit …! Irgendetwas lag da im Weg, und sie stolperte. Der Länge nach stürzte sie hin, die Fackel glitt ihr aus der Hand, zum Glück ging wenigstens das Feuer nicht aus. Sofort rappelte sie sich wieder auf, wollte die Fackel aufheben – doch da spürte sie etwas an ihrem Kopf. Mit ungeheurer Kraft wurde sie an ihren Haaren zur Seite gerissen und prallte mit der linken Gesichtshälfte gegen Eisenstäbe. Was war das? Ein furchtbarer Gestank stieg ihr in die Nase, und nun fühlte sie etwas Weiches an ihrer Wange. Es musste ein Gefangener in einer der Zellen sein, der sie bei den Haaren gepackt und zu sich herangezogen hatte. Sie konnte die Stoppelhaare seines Bartes spüren, aber vor allem roch sie ihn … es war der widerlichste Gestank, den sie jemals wahrgenommen hatte.

Mit heiserer Stimme flüsterte ihr der Fremde etwas ins Ohr. Was er sagte, verstand sie nicht, sie hörte nur, dass es Spanisch war.

Eva war starr vor Angst. Die Kraft, mit der der Mann sie zu sich zog, war so stark, dass sich die Eisenstäbe tief in ihr Gesicht bohrten. Er musste ein wahrer Berserker sein. Nun flüsterte er wieder. Irgendetwas, was sich anhörte wie *socorro, socorro* und *chiquilla bonita*. Dabei leckte er ihr immer wieder das Ohrläppchen ab.

Und dann begann er zu schreien. Wie ein Verrückter zu schreien! Eva fühlte, wie ihr am ganzen Körper der Schweiß ausbrach. Sie empfand Todesangst. Es gab keine Rettung mehr für sie, der schlimmste Albtraum war wahr geworden: Sie befand sich in einem unheimlichen Labyrinth, ihr auf den Fersen war ein Verrückter, der sie umbringen wollte, und nun hielt sie auch noch einer fest und schrie so laut, dass ihr Verfolger jeden Moment hier auftauchen musste.

Verzweifelt versuchte sie, die auf dem Boden liegende Fackel mit ihrem rechten Fuß zu sich heranzuschieben. Tatsächlich reichte sie mit den Fußspitzen an das untere Ende heran. Doch als sie eine Bewegung machte, um ihren Fuß etwas zur Seite zu verlagern, wurde ihr Peiniger aufmerksam: Sofort riss er ihren Kopf herum und rammte ihn mit solcher Heftigkeit gegen einen der Gitterstäbe, dass sie glaubte, ihre Nase würde brechen. Im schwachen Licht der Fackel blickte sie ihm nun frontal ins Gesicht.

Aber da war kein Gesicht. Was Eva sah, hätten die Eingeweide eines Tieres sein können. Offenes Fleisch, ein gähnendes schwarzes Loch an der Stelle, wo einmal der Mund gewesen sein musste, und zwei dunkle Augenhöhlen. Sie war in Amsterdam schon manchem furchtbar entstellten Syphiliskranken über den Weg gelaufen, aber sie hatte bis zu diesem Moment nicht gewusst, dass ein Mensch weiterleben konnte, obwohl sein Gesicht vollständig zerstört war.

Der Schock dieses furchtbaren Anblicks verlieh ihr ungeahnte Kräfte. Mit einem einzigen Ruck entwand sie sich der Faust, die sie festhielt. Gut möglich, dass er ein dickes Büschel ihres Haars zurückbehielt, doch das bemerkte sie in diesem Augenblick nicht. Sie spürte keinen Schmerz mehr. Sie griff nur nach der Fackel, sprang auf und rannte weiter. Der Spanier schrie, und sie rannte.

Als Nächstes zweigte der Gang nach rechts ab, eine andere Möglichkeit gab es nicht. Längst wusste sie nicht mehr, wo sie sich befand, aber dass sie in die Seitengänge abgebogen war, vor denen der Soldat sie gewarnt hatte, war klar.

Mit einem Mal stand sie vor einer Wand. Sie hob die Fackel, leuchtete nach rechts und nach links, nach oben und unten – aber da war immer nur die Wand. Zu keiner der beiden Seiten ging ein anderer Gang ab – der Tunnel war hier offenbar zu Ende. Sie saß in der Falle.

Jetzt blieb ihr nichts anderes zu tun, als hier auf ihren Mörder zu warten.

Sie lauschte. Das Geschrei des Spaniers war in ein Wimmern übergegangen. Dazu meinte sie nun Schritte zu hören. De Bondt konnte sich natürlich nur langsam bewegen, er hatte keine Fackel. Konnte sie es wagen, den

Weg noch einmal zurückzugehen und nach einer anderen Abzweigung zu suchen? Sie lief den Gang ein kurzes Stück zurück, hielt inne und horchte wieder. Ein leises Kichern! Ein leises irres Kichern kam aus dem Gang! Keine Frage, das war er, und er kam näher. Ihr blieb keine Zeit mehr, sie musste wieder zurück. Was sollte sie tun?

Diese verfluchte Wand! Warum musste sie gerade hier stehen? Verzweifelt lief sie auf und ab, spähte in die nächstgelegene Zelle. Sie schien ziemlich tief zu sein, aber soweit sie erkennen konnte, war sie leer.

„Ist da jemand?", flüsterte sie. Und dann etwas lauter: „Kann mich jemand hören?" Es kam keine Antwort. Vielleicht konnte sie sich in der Zelle verstecken? Oder noch besser: darin einschließen – denn dann war sie für de Bondt unerreichbar.

Sie drückte die Klinke der Tür herunter, die aus einem Eisengitter bestand – abgeschlossen! Hastig lehnte sie die Fackel gegen die Wand, zog den Schlüsselbund von ihrem Gürtel ab und begann, die einzelnen Schlüssel auszuprobieren. Es mochten gut und gern vierzig Stück sein. Ihre Finger zitterten, und immer wieder war sie sich unsicher, welchen der Schlüssel sie schon gehabt hatte. Zwischendurch hielt sie inne und lauschte. Immer näher kamen die Schritte und das Kichern. Der Mörder war auf dem Weg zu ihr.

Bebend vor Angst probierte sie weitere Schlüssel. Einmal fiel ihr der Bund hin und verursachte ein schepperndes Geräusch. Danach schienen sich die Schritte zu beschleunigen. Sie konnte noch nicht einmal wissen, ob diese Zelle vielleicht unbenutzt war und es gar keinen Schlüssel mehr dazu gab. Aber was sollte sie tun? Sie hatte nur diese eine, letzte Chance.

Dieser hier sah besonders alt aus, konnte der es sein? Nein, der passte überhaupt nicht. Der nächste? Ließ sich ein Stück reinstecken, aber hakte dann. Dann vielleicht der? Klemmte. Und der kleine? Ein klackendes Geräusch, und die Tür sprang auf! Eva konnte es kaum fassen. Aber was sollte sie jetzt mit der Fackel machen? Es gab nur eine Möglichkeit: Sie musste sie ausmachen, denn sonst würde er sofort wissen, dass sie hier irgendwo war. Entschlossen legte sie die Fackel auf den Boden, zog ihr asiatisches Kleid aus und warf es auf die Flamme. Dann trampelte sie darauf mit ihren leichten Schuhen herum. Alles, was sie jetzt noch am Leib trug, war ein dünner Unterrock.

Die Flamme erlosch, und alles hüllte sich in Finsternis. Allerdings war diese Finsternis nicht vollständig. Es gab noch eine wenn auch schwache Lichtquelle, und sie kam aus der Zelle. Eva öffnete die Gittertür ganz, trat hinein und sah, dass es im hinteren Bereich eine Art Dachluke gab, durch die Mondlicht hereinfiel. Trotz der Belüftung lag ein durchdringender Fäulnisgestank in der Zelle.

Leise schloss sie die Tür hinter sich. Die Schritte waren jetzt sehr nah. Sie hatte keine Zeit mehr, noch abzuschließen, zumal sie sich in ihrer Panik nicht den Schlüssel gemerkt hatte. Sie konnte nichts anderes tun, als sich eng an die Wand zu drücken und zu hoffen, dass er sie nicht bemerken würde.

So stand sie da und lauschte auf die Schritte. Wobei … Die Schritte waren nicht das einzige Geräusch. Da war noch etwas, näher bei ihr. Es war mit ihr in der Zelle …

Langsam begannen sich ihre Augen an die Dunkelheit zu gewöhnen. Vor ihr auf dem Boden zeichnete sich etwas ab. Es war nicht sehr hoch, aber lang und massig. Und es bewegte sich.

Im nächsten Moment stand de Bondt neben ihr. Sie hätte ihn durch die Gitterstäbe anfassen können. Sie hörte sein Atmen. „Eva, wo ist denn meine kleine Eva?", keuchte er.

Und dann kicherte er wieder. „Komm, Eva, komm! Das Versteckspiel ist zu Ende!"

Ganz langsam drehte sie den Kopf und sah wieder nach vorn. Das Ding lebte. Und es hatte einen Kopf, den Kopf einer Schlange, aber größer, viel größer. Und da wusste sie plötzlich, was es war und wo sie sich befand: Der Raum, in dem sie stand, war keine Zelle. Es war ein Käfig. Der Käfig der Drachenechsen, von denen van den Broecke ihr erzählt hatte.

Sie hatte die Wahl, sich entweder von de Bondt umbringen oder von dem Drachen fressen zu lassen. Die Bestie direkt vor ihr rührte sich nun aufs Neue. Sie schien sich auf kurzen Beinen fortzubewegen und kam langsam auf sie zu.

„Nur nicht schreien", war alles, was sie noch denken konnte. Wenn sie schrie, war alles aus. Mit einem schleppenden Geräusch kroch der Drache auf sie zu. Jetzt erreichte er das silberne Rechteck, das vom Mondlicht auf den Boden gezeichnet wurde.

Halb Schlange, halb Krokodil und eingehüllt in ein faltiges Schuppenkleid, erschien das Wesen als Urbild des Bösen. Das Entsetzlichste war seine lange gespaltene Zunge, die ihm immerzu aus dem Maul schoss.

Der Anblick war zu viel – Eva schrie. Sie schrie, bis de Bondt vor ihr stand und ihr den Mund zuhielt.

„Seid still, Ihr hetzt uns noch den Soldaten auf den Hals", zischte er ihr zu. Sie verstummte, und er nahm die Hand wieder weg. Stattdessen fühlte sie etwas Kaltes, Glattes an ihrem Hals.

„Ich glaube, ich habe mich in Euch getäuscht", sagte er. „Ich werde meine Aufgabe allein zu Ende bringen müssen."

„Nein, bitte ...", flehte Eva. „Ich tue alles, was Ihr

sagt." Sie wollte nur noch überleben.

De Bondt schien unschlüssig. „Eure Beteuerung kommt spät", meinte er. „Ich glaube nicht, dass ich Euch trauen kann."

Sie fühlte, wie er die Klinge fester gegen ihren Hals drückte.

„Doch, das könnt Ihr. Ich mache alles, was Ihr verlangt."

Er überlegte. Dann erklärte er: „Ich kann das Risiko nicht eingehen. Es tut mir leid. Ihr habt mich einmal hintergangen, wer sagt mir, dass Ihr es nicht ein zweites Mal tun würdet? Wenn Ihr den Ausgang gefunden hättet, hättet Ihr alles dem Soldaten erzählt. Ihr hättet mich an den Galgen gebracht, ach was, schlimmer: aufs Rad. Die hätten mich geviertteilt …"

„Nein, nie! Das hätte ich niemals getan!"

„Doch, das hättet Ihr!"

Er drückte fester, und schon spürte sie einen ziehenden Schmerz.

„Glaubt nicht, dass es mir leichtfällt." Er kicherte wieder. „Aber es geht um eine größere Sache als um Euch oder mich. Es geht um die Zukunft zahlloser Menschen. Es geht um unseren Glauben. Um Gott …"

Da zuckte er zusammen, zog das Messer weg und sah nach unten. „Was ist das?", schrie er. „Geh weg! Lass mich los!"

Das war die Gelegenheit. Eva macht zwei oder drei Schritte zur Tür, stürzte hinaus und rannte den Gang zurück. Hier war es nun stockdunkel, doch sie tastete sich an der Wand entlang. Hinter sich hörte sie de Bondt schreien. Sie hatte keinen blassen Schimmer davon, wo der Ausgang war, sie wollte einfach nur weg, möglichst weit weg …

Plötzlich Schritte. Sie kamen von vorn. Dann ein Lichtschein … Antonio! Er warf seine Fackel weg, schloss sie in die Arme, doch nur, um sie sofort wieder loszulassen. Eva sah auch gleich, warum: Mehrere Soldaten kamen hinter ihm her und dann … Coen!

„Wie seht Ihr denn aus? Was ist geschehen?", herrschte er sie an. Erst jetzt wurde ihr bewusst, dass sie im Unterkleid vor all diesen Männern stand.

„De Bondt wollte mich töten", presste sie hervor. „Er ist der Armbrustmörder. Schnell – er ist dort hinten!" Sie zeigte in den Gang, aus dem sie gekommen war. „Er ist bei den Drachen."

Sofort stürmten die Soldaten los. „Erschießt die Bestien, und bringt ihn her!", rief Coen ihnen nach. Und dann, an Eva gewandt: „Ihr könnt von Glück reden, dass ein aufmerksamer Soldat Eure Abfahrt bemerkt und uns alarmiert hat. Was fällt Euch ein, eigenmächtig die Festung zu verlassen und hierherzukommen? Und könnt Ihr mir verraten, was dieser Aufzug zu bedeuten hat?"

„Ich musste mein Kleid dazu benutzen, meine Fackel zu löschen. De Bondt war mir dicht auf den Fersen."

Coen verzog das Gesicht und schüttelte den Kopf. „De Bondt soll der Mörder sein? Er mag nicht viel taugen, aber das …?"

„Exzellenz, Ihr gestattet …?" Antonio hatte sein Wams ausgezogen und legte es ihr um die Schultern.

„Was tut Ihr hier überhaupt?", fragte Coen.

„Ich wollte zu Sara. Ich wollte noch einmal mit ihr sprechen."

An dieser Stelle schaltete sich Antonio ein und sagte zu Eva: „Euer Gemahl war so großzügig, die Todesstrafe für Sara aufzuheben und in eine Züchtigung umzuwandeln."

„Was?" Sie hatte das Gefühl, den Dingen nicht mehr

folgen zu können. Jetzt hörten sie durch die Gänge den trockenen Knall eines Musketenschusses, gefolgt von drei weiteren.

„Ich tue es gegen meine ausdrückliche Überzeugung", erklärte Coen in schneidendem Ton. „Aber van Diemen erpresst mich. Er hat damit gedroht, all seine Ämter niederzulegen."

„Ich liebe ihn", dachte sie. „Ich liebe ihn …" Wie gern wäre sie ihm jetzt um den Hals gefallen!

Eine kurze Zeit standen sie schweigend beieinander, obwohl jeder von ihnen sicher noch viele Fragen hatte, dann hörten sie die Soldaten zurückkommen. Zwei von ihnen hatten de Bondt unter den Schultern gepackt und zogen ihn hinter sich her. Er schien mehr tot als lebendig zu sein. Am Bein klaffte eine riesige Wunde.

„De Bondt", sprach ihn Coen an. „Meine Gemahlin erhebt schwere Vorwürfe gegen Euch."

Er hob seinen Kopf. „Die Pest auf Euch und Eure Compagnie!", brachte er mit Mühe heraus.

„Ihr seid verrückt." Coen musterte ihn voller Abscheu. „Ich selbst gebe mir eine Mitschuld an dem, was passiert ist. Wieder einmal war ich zu weich. Wieder einmal habe ich jemanden gewähren lassen, obwohl ich mir sicher war, dass aus seinem Wirken nur Unheil erwachsen würde. Ich hätte Euch nach Eurer ungeheuerlichen Predigt sofort nach Hause zurückschicken müssen, und zwar in Ketten. Weil ich aber aus Langmut nichts getan habe, habt Ihr die Gelegenheit erhalten, mehrere unschuldige und tüchtige Menschen zu töten, und dies, während wir in einen Kampf auf Leben und Tod verwickelt sind. Eines sage ich Euch: Für jeden Mord, den Ihr begangen habt, werdet Ihr auf dem Schafott Hundert Tode sterben. Führt ihn ab!"

Die Soldaten gehorchten und schleiften de Bondt mit

sich weg. Coen ging hinter ihnen her. Eva und Antonio folgten. Da sie die Letzten waren, konnte er es wagen, ihre Hand zu ergreifen. Er ließ sie erst wieder los, als sie die Treppe nach oben erreicht hatten.

Strafgericht

Obwohl Eva völlig erschöpft war, konnte sie nicht schlafen. Sie war überwältigt von widersprüchlichen Gefühlen. Da war die Bestürzung über das, was ihr in dem unterirdischen Labyrinth zugestoßen war: der verstümmelte Spanier, der sie festgehalten hatte – sein entsetzlicher Anblick ging ihr nicht aus dem Kopf. Dann war da die riesige Enttäuschung über Willem de Bondt. Sie fühlte sich von ihm geradezu verraten, denn sie hatte ihn immer gemocht und fast einen Freund in ihm gesehen. Coen dagegen, der noch nie etwas von ihm gehalten hatte, durfte sich bestätigt fühlen, eine bittere Einsicht. War es am Ende denkbar, dass Coen die Dinge in anderen Punkten auch besser einschätzte als sie? Hatte sie Hinweise übersehen, war sie zu gutgläubig? Was wohl Doktor Bontius, der Zwillingsbruder, zu all dem sagen würde? Für ihn musste es ein noch viel größerer Schock sein.

Doch das stärkste Gefühl – und dafür schämte sie sich sehr angesichts der furchtbaren Geschehnisse – war Freude. Freude darüber, dass sie sich in Antonio nicht getäuscht hatte. Er hatte alles dafür riskiert, Sara zu retten. Das würde sie ihm nie vergessen. Bei dem Gedanken an ihn zerfloss sie vor Sehnsucht … Ihr Herz pochte wild. Was hätte sie dafür gegeben, jetzt in seinen Armen liegen zu können! Er war ein guter Mensch, das stand fest. Und er liebte sie. Aber gleichzeitig hatte ihre Liebe keine Zukunft. Was würde Coen tun, wenn die Belagerung erst einmal vorbei sein würde?

Ihre größte Sorge aber galt in diesem Moment nicht ihr und Antonio, sondern Sara. Sie sollte gezüchtigt werden, hatte es geheißen – was war damit gemeint? Sicherlich etwas sehr Schlimmes. Und Pieter Cortenhoeff war nach wie vor zum Tode verurteilt – sie würde ihn sterben sehen. Das war unfassbar grausam. Es war ihr nicht gelungen, Sara und Pieter zu befreien. Was das betraf, hatte sie versagt.

Schließlich fiel sie doch in einen traumlosen Schlaf. Margarethas Stimme weckte sie am nächsten Morgen: „Exzellenz, Ihr müsst Euch fertigmachen!"

„Was ist los?"

„Die Hinrichtungen finden gleich statt."

„Die Hinrichtungen?" Ein Schock durchfuhr sie. Dann fiel ihr ein: „Sara wird nicht hingerichtet! Nur gezüchtigt!" Als ob das nicht schlimm genug wäre …

Rasch ließ sie sich anziehen und eilte hinunter in den Speisesaal. Bis auf einige Compagnie-Bedienstete war niemand da. Ein Blick aus dem Fenster zeigte ihr, dass das Schafott fertig war und sich davor bereits eine Menge von Schaulustigen versammelt hatte. Sofort ging sie wieder hinaus und machte sich auf die Suche nach Coen. Sie fand ihn in seinem Büro. Er sah noch bleicher aus als sonst – die Geschehnisse der vergangenen Nacht waren offenbar nicht spurlos an ihm vorübergegangen.

Ohne sich mit einer Begrüßung aufzuhalten, sagte sie: „Stimmt es wirklich, dass Ihr die Hinrichtung heute wie geplant durchziehen wollt?"

„Selbstverständlich. Dem Recht muss Geltung verschafft werden."

„Bitte verschiebt es! Mir zuliebe! Habt Ihr schon einmal daran gedacht, dass ich vielleicht einen gewissen Anteil daran habe, dass der Mörder gefasst worden ist?"

Er sah sie an. „Ich verstehe nicht, was diese beiden Dinge miteinander zu tun haben sollen. Im Übrigen frage ich mich: Was hattet Ihr mit de Bondt auf der Insel zu suchen? Ich hatte Euch keineswegs die Erlaubnis erteilt, die Festung zu verlassen."

„Ich wollte Sara in dieser Nacht beistehen … Das war mir offen gestanden wichtiger, als mich an Eure Befehle zu halten."

Coen nickte langsam. „Loyalität braucht man von Euch nicht zu erwarten."

Sofort schoss ihr der Gedanke durch den Kopf, dass er damit auf ihre eheliche Treulosigkeit anspielte. Aber woher sollte er davon wissen …?

„Wenn es nach mir ginge, würde die kleine Specx heute sterben, das wisst Ihr. Van Diemen hat mich geradezu erpresst. Ich frage mich, warum er sich in so übertriebener Weise für dieses Mädchen einsetzt."

Eva merkte, dass sie rot wurde.

„Nun", fuhr er fort, „ich werde diesen Dingen noch näher auf den Grund gehen. Einstweilen erwarte ich von Euch tadelloses Benehmen. Wenn Ihr mich heute Vormittag in irgendeiner Weise blamiert, werde ich die Zahl der Peitschenschläge für Eure Sara verdoppeln."

„Sie wird ausgepeitscht?"

„Ja, was dachtet Ihr denn? Macht mir ja keine Szene deshalb! Kein lautes Wort, keine Träne, kein böser Blick! Haben wir uns verstanden?"

Seine Augen blitzten. Er hatte sie wieder einmal in der Hand.

„Verstanden", sagte Eva leise.

„Gut." Damit drehte er sich weg. „In einer halben Stunde ist es so weit. Bis dahin habe ich zu tun. Holt mich hier ab."

Sie trat zurück auf den Korridor. Wie gern wäre sie jetzt zu Antonio gelaufen, es hätte sich richtig angefühlt, das zu tun. Aber es war viel zu gefährlich.

So ging sie auf und ab und wartete darauf, dass die Zeit verstrich. Wie mochte sich Sara jetzt fühlen? War sie erleichtert darüber, dass sie dem Tod entging? Oder überwog die Angst vor der Peinigung? Und die Verzweiflung über den bevorstehenden Tod ihres Liebsten?

Irgendwann fiel ihr auf, dass die Samurai nicht mehr da waren – offenbar hatte Coen sie abkommandiert. Die Gefahr eines Mordanschlags war gebannt, der Schuldige gefasst. Damit war ihre ständige Präsenz nicht mehr nötig. Schließlich marschierten aber doch noch zwölf von ihnen auf, um ihn für das Strafgericht abzuholen. Als er herauskam, trug er seinen blutroten Umhang. Wortlos wandten sie sich zum Gehen.

Ihr Ziel war der Balkon, auf dem Eva vor Beginn der Belagerung ihre viel bewunderte Rede gehalten hatte. Sie trat nach draußen und schaute über den Hof, der bis zur hintersten Ecke gefüllt war. Sofort richteten sich viele Blicke auf sie. Am liebsten hätte sie sich sofort wieder ins Innere des Gebäudes zurückgezogen.

Eva fiel die Grube auf, die Antonio hatte ausheben lassen, um neue Tunnel der Javaner aufzuspüren. Dahinter erhob sich das Schafott, und darauf stand ein Mann mit einem Schwert in der Hand. Sein Anblick machte Eva blitzartig klar, dass die letzten Minuten von Pieter Cortenhoeff angebrochen waren. Der Verurteilte selbst war zwar noch nirgendwo zu sehen, doch der Henker würde das Schwert erst wieder aus der Hand legen, wenn er tot war. Vor ihm war ein Haufen Sand ausgekippt, daneben stand ein offener Sarg. Weiter hinten ragte ein langer Holzpfahl auf mit einem Eisenring an der Spitze.

Eva fühlte, dass sie noch immer angestarrt wurde, und kam sich geradezu nackt vor. Wo war Antonio? Sie konnte nur vermuten, dass er von einem der Fenster aus zusah.

Die Menschen unter ihr waren auf eine irritierende Art ausgelassen. Sie schwatzten und lachten. Was hier geschah, war für sie eine willkommene Abwechslung. Und dann kam Bewegung in die Menge: Eine Gasse wurde gebildet, Soldaten erschienen. Zwischen ihnen gingen Sara und Pieter, die Köpfe gesenkt. Die Umstehenden johlten.

Sie erreichten das Schafott. Pieter musste als Erster hinauf, Sara blieb unten. Kein Moment des Abschiednehmens, kein letztes Wort, nicht einmal ein Blick. Der Einzige, der Pieter begleitete, war ein schwarz gekleideter Mann. In Ermangelung eines Pfarrers sollte er dem Todgeweihten wohl geistlichen Beistand leisten.

Pieter schaute nur nach unten auf seine Füße. Nun bedeutete ihm der Schwarzgekleidete, niederzuknien und die Hände zu falten. Sofort wurde es still auf dem Hof.

„Allmächtiger Gott!", hob er an. „Dieser Junge hat sich schwer an deinen Gesetzen versündigt. Wir werden ihn deshalb seiner gerechten Strafe zuführen, auf dass du uns mit deinem Zorn verschonen mögest. Gnädiger Gott! Auch dieser Sünder ist eines deiner Kinder. Nimm ihn auf in dein Reich. Amen."

Eva musste daran denken, dass sie ebenso gut selbst dort unten hätte knien können – schließlich hatte sie sich mit Antonio eines noch schlimmeren Verbrechens schuldig gemacht: Sie hatte Ehebruch begangen. Es war eine unerträgliche Heuchelei, dass sie hier oben auf dem Balkon stand und regungslos zusah.

Nun begann sich Pieter Cortenhoeff sein Hemd aufzuknöpfen und es auszuziehen. Eva nahm an, dass dies geschah, weil der Kragen dem Henker das Zielen erschwert hätte. Der Hals musste frei sein. Selbst aus der Entfernung war nicht zu übersehen, wie die Hände des Verurteilten zitterten. Zu der besonderen Grausamkeit einer Hinrichtung gehörte auch, dass sich hier einer der persönlichsten Momente im Leben eines Menschen in aller Öffentlichkeit vollzog. Sein Abschied von der Welt, sein Sterben – alle sahen dabei zu.

Schließlich band ihm der Mann, der das Gebet gesprochen hatte, ein weißes Tuch um die Augen. Pieter faltete wieder die Hände. Dann ging alles ganz schnell. Der Henker holte ein einziges Mal aus, das Eisen blitzte in der Sonne – und schon flog der Kopf ein ganzes Stück weit durch die Luft und fiel auf den Sandhaufen. Der Körper kippte zur Seite. Viele Zuschauer schrien auf – einige aus Entsetzen, andere wohl eher vor Begeisterung. In mehreren Stößen schoss das Blut aus dem Hals.

Eva blickte zur Seite. Nicht zu der, wo Coen stand, sondern zur anderen. Als sie wieder hinsah, waren Soldaten dabei, Kopf und Körper im Sarg zu verstauen. Jetzt würde Sara an die Reihe kommen.

Da war sie! Doch sie ging nicht freiwillig hinauf – zwei Soldaten hatten sie gepackt und zerrten sie nach oben. Man sah, dass sie sich mit aller Kraft widersetzte. Auf dem Schafott schleiften die Soldaten sie zu dem Holzpfahl, rissen ihre Arme nach oben und fesselten sie mit den Händen an den Eisenring. Sie stand nun mit dem Rücken zur Menge. Grob riss ihr einer der Soldaten das Kleid von den Schultern, sodass sie bis zur Taille nackt war. Es war ein entwürdigendes Schauspiel. Die Menge feuerte ihn an.

An die Stelle des Henkers trat nun ein Mann mit einer schwarzen Peitsche in der Hand. Er schlug damit mehrmals in die Luft, wie um auszuprobieren, ob sie auch gut in der Hand lag, und ließ sie dann mit einem lauten Knallen auf den entblößten Rücken niedergehen.

Ein langer roter Strich zeichnete sich ab. Sara schrie auf. Aus irgendeinem Grund hatte Eva damit gerechnet, dass sie die Tortur still über sich ergehen lassen würde, mit der ihr eigenen Ruhe und Abgeklärtheit. Doch das Gegenteil war der Fall. Als der schwarze Lederriemen ihr Schlag um Schlag die Haut zerfetzte, wurden ihre Schmerzensschreie immer schriller und lauter. Die Zuschauer, die sowieso schon gegen sie eingestellt waren, schienen dadurch noch zusätzlich angestachelt zu werden. Sie überhäuften sie mit Beleidigungen und Flüchen.

Irgendwann wurden die Schreie leiser. Schließlich erstarben sie. Ein Soldat kam und schnitt Saras Fesseln ab, sie sackte zu Boden. Eva musste an Fransje denken, bei dem es genauso gewesen war. Plötzlich fiel ihr ein, dass Doktor Bontius nicht da war. Nach dem Schock, den die Nachricht von den Missetaten seines Bruders ohne Zweifel für ihn bedeutet hatte, war er wahrscheinlich nicht in der Lage, Hilfe zu leisten.

„Wer versorgt sie jetzt?", fragte sie Coen.

„Niemand, wenn es nach mir geht." Damit verließ er den Balkon und ließ sie stehen.

Eva stürzte hinterher, hastete an ihm vorbei die Treppe hinunter in den Hof und bahnte sich einen Weg durch die Menge. Sobald die Leute bemerkten, dass sie es war, wichen sie respektvoll zur Seite. Vor dem Podest angekommen, sah sie, dass Sara von den Soldaten einfach auf den Boden gelegt worden war. Sofort winkte sie einen besonders großen Mann heran und befahl ihm: „Nimm sie auf, aber so vorsichtig wie möglich."

Der Mann gehorchte. Wie ein Kind trug er Sara durch die Menge. Auf der Treppe begegneten sie Coen – Eva würdigte ihn keines Blickes. Zielstrebig steuerte sie Saras Gemächer an und ließ sie dort auf das Bett legen. Der Anblick ihres Rückens war schockierend. Selbst wenn die Wunden irgendwann heilen würden, so würde sie doch für den Rest ihres Lebens entstellt sein. Eine Narbenwüste würde zurückbleiben.

Jetzt brauchte sie Bontius. Egal wie er sich fühlte, er musste ihr helfen. So schnell sie konnte, lief sie zu seiner Wohnung und fand ihn dort wie versteinert. Regungslos saß er auf einem Stuhl und sah sie mit leerem Blick an: „Exzellenz?"

„Ich bedaure es, Euch stören zu müssen", begann Eva. „Dies müssen schreckliche Stunden für Euch sein."

Er nickte kaum merklich.

„Wie ... wie geht es ihm?"

„Meinem Bruder? Er ist tot."

„Was?"

„Die Bisse dieser Echsen sind giftig wie die einer Kobra. Und ich will offen mit Euch sein: Ich habe seinen Todeskampf verkürzt. Behaltet das aber bitte für Euch."

„Selbstverständlich ... Es tut mir so leid."

Nach einem Moment der Stille sagte sie: „Doktor, Sara Specx ist soeben ausgepeitscht worden. Ihr Rücken ... es ist schlimm. Könnte ich Euch trotz allem bitten, nach ihr zu sehen?"

„Selbstverständlich." Sofort stand er auf, nahm die Tasche mit seinen Tinkturen und griff noch nach einem Verband. Dann gingen sie beide hinauf.

In der nächsten Stunde war der Doktor damit beschäftigt, Saras Wunden zu versorgen. Wenn Eva nicht schon vorher großen Respekt für ihn empfunden hätte, dann hätte sie es jetzt getan. Er war ein Forscher, ein Pionier – und zugleich ein aufopferungsvoller Arzt.

Sara war mittlerweile aus ihrer Ohnmacht erwacht, doch sooft Eva sie auch ansprach, sie antwortete nicht.

Schließlich stand Bontius auf. „Das sollte fürs Erste reichen. Ich komme morgen früh wieder – solange lasse ich alles hier stehen. Bitte lasst niemanden an meine Tasche – die Arzneien sind kostbar."

„Natürlich. Ich danke Euch sehr."

„Zu Euren Diensten." Damit ging er.

Eva sah Sara an, deren Augen nun wieder geschlossen waren. Neben ihr hatte sich Jasper zusammengerollt – offenbar spürte er, dass mit ihr etwas nicht stimmte.

Auch bei Eva machte sich nun die Erschöpfung bemerkbar. Außerdem hatte sie Hunger. Sie ließ sich etwas zu essen und zu trinken bringen und machte sich darüber her. Als sie gerade fertig war, trat Coen ein. Er war der Letzte, den sie jetzt erwartet hatte.

„Darf ich mich zu Euch setzen?", fragte er.

„Bitte."

Er nahm sich einen Stuhl und rückte ihn dicht an den kleinen Tisch heran, an dem sie ihr Mahl eingenommen hatte. Dann griff er zu einem leeren Glas und schenkte sich Wein ein.

„Es ist mir nicht entgangen, dass Ihr van Diemen eine besondere Wertschätzung entgegenbringt."

Die Worte schnürten Eva die Kehle zu. Sie hatte das zu diesem Zeitpunkt absolut nicht erwartet. Doch seine nächsten Worte waren noch überraschender: „Ich kann das verstehen."

Sie sah ihn an.

„Er ist Euch vom Alter her wesentlich näher als ich. Da liegt es auf der Hand, dass Ihr mit ihm anders reden könnt als mit mir."

Eva wusste nicht, was sie von dieser Bemerkung halten sollte.

„Solange eine gewisse Grenze nicht überschritten wird, habe ich nichts dagegen, wenn Ihr Euch mit ihm austauscht."

„Das … ist sehr großzügig von Euch."

Sie war keineswegs davon überzeugt, dass er es ernst meinte.

„Wenn ich Euch eines fragen darf: Seid Ihr auf ihn zugegangen, oder hat er selbst den ersten Schritt getan?"

„Den ersten Schritt … so würde ich es nicht nennen … es war eher … Sympathie auf beiden Seiten."

„Sympathie auf beiden Seiten …", wiederholte er. Ein Lächeln huschte ihm über die schmalen Lippen.

„Wie gesagt, ich kann es verstehen. Gerade in der Lage, in der wir uns gegenwärtig befinden. Eine junge Frau wie Ihr verspürt da sicherlich ein besonderes Bedürfnis nach Wärme, um es einmal so auszudrücken."

Eva schwieg. Sie war sich sicher, dass er ihr nur etwas vorspielte. Er wollte etwas aus ihr herauskitzeln. Als er keine Anstalten machte, weiterzureden, fragte sie ihn ganz direkt: „Worauf wollt Ihr hinaus?"

„Ihr haltet mich für einen Mann aus Eisen, hab ich recht? Und es stimmt ja auch, ich muss hart sein, gerade in unserer Lage. Aber gleichzeitig ist mir schmerzlich bewusst, dass ich Euch gewisse Dinge nicht geben kann."

Sie zog es vor, nicht darauf einzugehen – alles andere schien zu gefährlich.

„Wisst Ihr", fuhr er fort, „van Diemen ist fast wie ein Sohn für mich. Er wird natürlich mein Nachfolger werden, wenn ich eines Tages abberufen werde, das habe ich alles schon geregelt. Wenn mir die Siebzehn nicht einen Strich durch die Rechnung machen, wird er der nächste Generalgouverneur. Ihr solltet wissen, dass ich niemals irgendeinen Groll gegen ihn hegen könnte. Alles, was ich erwarte, ist Ehrlichkeit. Deshalb bitte ich Euch, mir offen zu sagen: Was empfindet Ihr für ihn?"

Eva spürte, wie ihr der Schweiß auf die Stirn trat.

„Was ich für ihn …? Nun, Respekt, ja, Respekt und Wohlwollen."

„Mehr nicht?", forschte er. „Denkt daran: Ihr könnt

ehrlich mit mir sein. Verübeln würde ich Euch nur, wenn Ihr etwas vor mir verheimlicht."

Eva überlegte fieberhaft: Was sollte sie tun? Alles abstreiten – oder ihre Liebe zu Antonio zumindest teilweise zugeben? Sie sah auf ihre Hände, aber sie spürte seinen bohrenden Blick. Plötzlich war sie wieder das kleine Mädchen, so wie damals bei ihrem ersten Gespräch in Amsterdam.

„Vertraut mir …", sagte er mit leiser Stimme.

„Nun …", begann sie. „Wenn ich ganz ehrlich bin, dann …"

„Ja …?"

„… dann hat sich da im Laufe der Zeit schon eine gewisse … Vertrautheit zwischen uns entwickelt."

Coen nickte verständnisvoll.

„Ich habe dagegen nichts einzuwenden, denn ich weiß, dass van Diemen ein Ehrenmann ist. Er verdankt mir alles, was er ist, und deshalb würde er mein Vertrauen niemals missbrauchen. Nicht wahr?"

„Gewiss nicht …" Sie hörte selbst, dass ihre Antwort nicht glaubwürdig klang. Sie kam zu leise, zu unsicher. Doch Coen schien es nicht zu bemerken.

„Ich danke für Eure Offenheit", sagte er und erhob sich. Dann beugte er sich zu ihr hinunter. Wollte er sie etwa auf die Wange küssen? Erstaunt blickte sie zu ihm auf.

In diesem Moment traf sie der Schlag. Er hatte eine solche Wucht, dass sie vom Stuhl fiel. Zunächst begriff sie nicht, was geschehen war. Erst im zweiten Augenblick wurde ihr klar, dass er sie geohrfeigt hatte.

„Du dreckige Hure!" Er riss sie vom Boden hoch und schlug sie erneut, aber diesmal mit geballter Faust. Sie stürzte zu Boden und prallte mit dem Kopf auf den Stein … ihr wurde schwarz vor Augen.

Als sie wieder zu sich kam, war es fast dunkel im Raum. Wie lange war sie bewusstlos gewesen? In ihrem Schädel pochte der Schmerz. Sie sah sich um. Coen saß auf dem Stuhl, die Beine von sich gestreckt, die langen Arme herunterhängend, den Mund leicht geöffnet. Er schlief. Noch nie hatte sie ihn schlafend auf einem Stuhl gesehen – offenbar war auch er in einem Zustand der Erschöpfung. Erklärte das seine Gewalttätigkeit? Nein, dafür gab es keine Entschuldigung, das war vollkommen unverzeihlich ... Sie versuchte aufzustehen, doch dabei stolperte sie über ihr Kleid und fiel wieder hin. Sofort schlug er die Augen auf.

„Ah, Ihr seid wieder wach?" Er lächelte höhnisch. Ihr hilfloser Zustand schien ihn zu amüsieren. Er griff nach seinem Weinglas und nahm einen Schluck. Dann stellte er es wieder ab, stand auf und kam langsam auf sie zu. Furchtbare Angst überkam sie: Wenn er jetzt anfangen würde, sie mit den schweren Stiefeln zu treten, dann ...

„Passt auf", sagte er, während er sie von oben herab ansah. „Ich werde jetzt gehen, aber morgen früh komme ich zurück. Wenn Ihr mir dann alles gesteht, wenn Ihr mir genau sagt, wie Ihr es mit van Diemen getrieben habt, dann werde ich Gnade vor Recht ergehen lassen. Van Diemen wird nach dem Ende der Belagerung versetzt. Ihr bekommt eine zweite Chance. Ja, Ihr habt richtig gehört, ich verschone Euch und lasse Gnade vor Recht ergehen. Ich denke dabei in erster Linie an das Gerede der Leute: Eine Trennung von Euch würde meinem Ruf enorm schaden.

Aber jetzt spitzt die Ohren: Solltet Ihr mir morgen früh irgendwelche Lügen auftischen, werde ich diese Bedenken beiseite wischen und Euch wegen Ehebruchs anklagen. Euer Geständnis bekomme ich, da seid sicher. Notfalls lege ich Euch auf die Folterbank. Und danach erlebt Ihr das Schauspiel von heute Morgen noch einmal aus einer anderen Perspektive. Erst steht Ihr neben van Diemen, wenn der sein schlaues Köpfchen verliert. Und dann macht Ihr selbst Euren Hals frei. Verstanden?"

Sie nickte.

„Gut", sagte er. „Wir sehen uns morgen."

Sie hörte, wie sich seine Schritte entfernten. Da lag sie am Boden, erniedrigt, geschunden – am Ende. Sie hatte versucht, sich ihm zu entziehen, selbst etwas darzustellen, die Muskatprinzessin zu sein. Aber nun musste sie sich eingestehen, dass sie gescheitert war. Sie war ihm vollständig ausgeliefert. Ihr Leben lag in seiner Hand.

Die Nacht der Entscheidung

Antonio – sie musste mit Antonio reden. Vielleicht war es ihnen möglich zu fliehen. Mühsam stand sie auf und schleppte sich aus der Wohnung. Im Gang blickte sie in die erschrockenen Mienen der Diener. Sah sie so schlimm aus? Oder hatten sie Coens Wutausbruch mitbekommen?

Sie bedeutete ihnen, ihr nicht zu folgen, und lief die Treppe hinunter auf den Hof: „Wisst Ihr, wo ich Herrn van Diemen finden kann?"

„Ja", sagte der Soldat, den sie angesprochen hatte, „aber ich fürchte, da müsst Ihr Euch gedulden. Er ist im Stollen. Sie haben da etwas Wichtiges entdeckt." Dabei zeigte er auf die Grube, die die Soldaten ausgehoben hatten. Die Erdhaufen drum herum waren in den vergangenen Wochen immer höher geworden.

„Ich muss da hinunter", erklärte sie.

„Verzeiht, Exzellenz, aber das geht nicht. Es ist dort unten viel zu gefährlich."

„Das entscheide ich selbst."

Schon stand sie bei der Leiter und raffte ihr Kleid hoch. Mittlerweile war sie im Klettern geübt – auch wenn ihr von Coens Schlägen immer noch etwas schwindlig war. Bevor die Soldaten sie zurückhalten konnten, stand sie schon auf der Leiter, und Momente später war sie unten und schaute sich um.

Auf ungute Weise erinnerte sie der Stollen an die Gewölbe auf der Gefangeneninsel. Wände und Decken waren notdürftig mit Balken abgestützt, und beim Gehen musste man sich bücken und aufpassen, dass man nicht gegen eine der von oben herunterhängenden Tranlampen stieß. Aus einer Richtung drangen aufgeregte Stimmen zu ihr. Sie tastete sich vorwärts und sah schon nach wenigen

Schritten einen Pulk von Soldaten. Sie standen um einen Mann herum, der aufgeregt gestikulierte – es war Antonio!

Jetzt drehte er sich zu ihr um. Sofort zeichnete sich auf seinem Gesicht blankes Entsetzen ab. „Was tut Ihr hier unten?", rief er ihr zu. „Wer hat Euch hierher gelassen?"

„Ich mich selbst. Ich muss dringend mit Euch reden."

„Im Moment ist das leider völlig unmöglich." Plötzlich stutzte er: „Was ist passiert? Eure rechte Gesichtshälfte …"

„Ist jetzt nicht von Belang …", ging sie darüber hinweg. „Etwas anderes ist viel wichtiger …"

Doch er unterbrach sie: „Ihr müsst ganz schnell von hier fort! Ihr befindet Euch in höchster Gefahr!"

„Warum?"

„Ich habe keine Zeit, Euch das zu erklären. Bitte geht! Augenblicklich!"

„Ich gehe nicht", erklärte sie trotzig. „Sagt mir erst, was hier los ist."

Er seufzte und schüttelte den Kopf, dann sagte er: „Wir haben die Minenkammer entdeckt, und die Lunte ist scharf – wir sind in allerhöchster Gefahr. Hier seht!"

Er fasste sie am Arm und zog sie vor eine Öffnung am Ende des Ganges. Sie sah aus wie ein kleines Fenster. Er hielt eine Laterne hinein, und nun erkannte Eva in einem dahinter liegenden Raum – oder vielleicht besser: einer dahinter liegenden Erdhöhle – mehrere aufgestapelte Fässer. Auf den zweiten Blick, bemerkte sie die tödliche Gefahr: An einem der Fässer hing eine brennende Lunte. Sie war zwar noch recht lang, aber die Flamme fraß sich schnell vorwärts.

„Die Mine ist scharf", wiederholte Antonio.

„Dann grabt doch schnell weiter!"

„Wir wissen nicht, ob wir es noch schaffen. Uns bleibt vielleicht noch eine Viertelstunde, bevor die Mine hochgeht."

„Versucht, mich durch das Loch zu schieben! Ich bin schmal, vielleicht klappt es."

„Das geht nicht, ich kann Euch nicht einer solchen Gefahr aussetzen."

„Wenn die Fässer explodieren, sind wir sowieso alle verloren."

„Ich kann es nicht tun. Geht jetzt bitte."

Doch nun schaltete sich ein Offizier ein: „Ich meine, dass Ihr sie lassen solltet. Es ist unsere einzige Chance."

Antonio biss sich auf die Lippe.

Da handelte Eva. Ohne eine weitere Antwort abzuwarten, zog sie sich ihren Rock aus und riss die Stoffwulst des Weiberspecks von ihren Hüften.

Dann kommandierte sie: „Los jetzt! Hebt mich hoch!"

Wortlos packte Antonio sie unter den Armen und hob sie hoch. Sie griff mit beiden Händen in die Öffnung und versuchte, sich hindurchzwängen. Mehrere starke Hände schoben sie an. Währenddessen sah sie vor sich die funkensprühende Lunte und hörte ihr bedrohliches Zischen.

„Ich stecke fest", schrie sie. „Los, macht das Loch größer!"

Sofort hörte sie das Geräusch einer Hacke oder Schaufel und spürte, wie die Männer versuchten, die Öffnung zu erweitern. „Macht schon! Beeilt Euch!"

Sie nahm ihre ganze Kraft zusammen und stieß sich von der Wand ab. Aber sie kam nicht voran, sie war in dem verfluchten Loch eingequetscht. „Los doch! Los! Wollt Ihr, dass wir alle in die Luft fliegen?"

Noch einmal wurde sie von hinten angeschoben. Und jetzt hatte sie mit einem Mal das Gefühl, dass sie freikam. Sie presste sich mit ihren Händen gegen die Wand – dann kam der erlösende Ruck. Ihr Oberkörper war durch, und sie rutschte mit den Armen voran in den Stollen und fiel auf den Boden.

„Schnell jetzt!", rief Antonio. „Mach das Ding aus!" Er warf ihr ein Männerhemd zu. Sie knüllte es zusammen und drückte es auf die brennende Lunte. Als sie es wieder wegnahm, war die Flamme erloschen.

„Es ist aus", sagte sie. „Die Lunte ist aus!"

Erst war es vollkommen still. Dann hörte sie Antonio ihre Worte nachsprechen: „Die Lunte ist aus!" Und jetzt erhob sich ohrenbetäubender Jubel. Sie kroch zurück durch das Loch, und Antonio nahm sie in ihre Arme und gab ihr tatsächlich einen Kuss auf die Wange. In diesem Augenblick war ihm wohl alles egal – er wirkte unendlich erleichtert. Nur sie selbst konnte sich nicht recht freuen – schließlich war sie gekommen, um Antonio eine furchtbare Nachricht zu überbringen.

Schnell zog sie sich ihren Rock wieder an. Die Männer begleiteten sie nach oben, noch immer völlig euphorisch. Wie sollte sie Antonio jetzt nur von ihnen loseisen? Während sie sich noch den Kopf zermarterte, nahmen die Ereignisse schon wieder eine Wendung. Ein Soldat stürzte auf sie zu und rief: „Schiffe! Vom Hafen aus sieht man Schiffe!"

„Seid ihr sicher?", fragte Antonio.

„Sie haben Salutschüsse abgegeben."

„Dann dürfen wir hoffen, dass es Fernberger mit van den Broecke ist. Und jeder Menge Verstärkung."

Sofort ertönte neues Triumphgeschrei.

„Ich muss zum Hafen", sagte Antonio zu ihr.

„Kann ich Euch einen Moment sprechen?"

„Hat es nicht Zeit bis später?"

„Nein, es ist dringend!"

„Nun gut, dann ..."

In diesem Moment rannte eine weitere Gruppe von Soldaten auf sie zu. „Die Javaner kommen!", schrien sie. „Sie greifen an!"

„Was, wirklich?", rief Antonio.

„Ja, kein Zweifel möglich! Sie ziehen mit ihren Kriegselefanten gegen uns!"

Antonio nickte. „Sie haben die Schiffe auch gesehen und
wissen: Jetzt oder nie. Die Schiffe bringen uns schließlich
neuen Proviant und frische Soldaten. Berent! Wo ist Berent?"

Ein Mann drängte sich durch die Reihen.

„Zu Euren Diensten."

„Wir tun jetzt das, was wir besprochen haben: Wir treiben die Schweine raus."

„Jawohl, Herr van Diemen." Berent entfernte sich. Eva
hatte keine Ahnung, worum es ging.

„Männer!", rief Antonio jetzt. „Es ist die Stunde der
Entscheidung. Nehmt Eure Musketen – und dann auf die
Pferde! Wir machen einen Ausfall!"

„Einen was?", fragte Eva erschrocken. „Du … Ihr
wollt doch wohl nicht …?"

„Doch", sagte er und blickte ihr tief in die Augen.
„Wir müssen jetzt in die Offensive gehen und uns ihnen
entgegenstellen."

„Aber das … das ist unglaublich gefährlich! Du wirst
sie doch nicht etwa anführen?"

„Natürlich, ich kann mich nicht hinter ihnen verstecken.
Außerdem habe ich ausdrücklichen Befehl vom General:
Wenn der Feind gegen uns marschiert, muss ich den Ausfall
anführen."

„Das hat er dir befohlen?"

„Ja."

„Er will dich aus dem Weg räumen, Antonio! Er schickt
dich in den Tod!"

„Nein, Eva. Ich habe die Verteidigungsmaßnahmen
geleitet, ich muss jetzt auch den Ausfall befehligen, das
versteht sich von selbst."

Er trat mit ihr noch ein Stück weiter zur Seite und ergriff ihre Hand.

„Ich liebe dich, Eva. Aber jetzt musst du mich ziehen lassen. Es führt kein Weg daran vorbei."

Es kostete sie fast übermenschliche Selbstbeherrschung, ihn nicht einfach zu umarmen und an sich zu drücken.

„Bitte tu es nicht!", flehte sie. „Meinetwegen."

„Eva – ich muss!"

Er drückte ihre Hand noch einmal, dann drehte er sich um und ging weg. Im nächsten Moment hatte ihn die Dunkelheit verschluckt.

Wie betäubt blieb Eva zurück. Um sie herum herrschte ein großes Getümmel – Soldaten liefen an ihr vorbei, Befehle wurden gebrüllt, Pferde wieherten – aber sie stand einfach da und rührte sich nicht. Sie dachte an Antonio. Das war jetzt wahrscheinlich das letzte Mal, dass sie ihn lebend gesehen hatte. Wenn er an der Spitze der Soldaten aus dem großen Tor auf die hunderttausend Mann starke Armee des Sultans zustürmte, dann würde er als einer der Ersten den Tod finden. Antonio, der Mann, den sie liebte. Wenn er nur gewusst hätte, dass Coen längst entschieden hatte, ihn fallen zu lassen. Dass er ihn bestenfalls auf eine abgelegene Insel verbannen und schlimmstenfalls töten wollte. Sie hätte es ihm sagen sollen. Dann hätte er sich vielleicht zum Bleiben entschlossen.

Sie musste auf einen der Bastiontürme. Sie musste sehen, was geschah. Augenblicklich löste sie sich aus ihrer Erstarrung und ging los. Auf dem kurzen Weg konnte sie den dichten Pulk von berittenen Soldaten sehen, der sich vor dem Tor sammelte. Gleich würde es geöffnet werden.

Minuten später stand sie auf der obersten Plattform.

Es war ein niederschmetternder Anblick, die gewaltige Streitmacht auf die Festung zumarschieren zu sehen. Sie mussten Tausende von Fackeln entzündet haben, denn so weit das Auge reichte, flackerten kleine Lichtpunkte in der Finsternis. Zwischen den javanischen Kriegern schritten wie leibhaftige Fabelwesen die gepanzerten Kriegselefanten. Es war unvorstellbar, dass Antonio das überleben würde.

„Es sind viele, nicht wahr?", fragte der wachhabende Soldat. Sie antwortete nicht. Es war Wahnsinn, völliger Wahnsinn, sich diesem Heer mit ein paar Reitern entgegenzuwerfen. Aber gut, diese Armee konnte man sowieso nicht aufhalten. Vermutlich würden sie alle noch diese Nacht sterben.

Jetzt hörte man, wie unten das Tor geöffnet wurde. Ein dumpfes, lang gezogenes Geräusch. Die Festung öffnete sich im Angesicht des Feindes und entblößte ihr Inneres. Eva sah auf den freien Platz vor dem Tor. Noch war er leer. Aber jetzt ergoss sich etwas aus der Zitadelle nach draußen. Es waren allerdings keine Reiter, das erkannte sie sofort. Es waren kleine Feuer, die unglaublich schnell auf die feindlichen Truppen zurasten. Sie hatte nicht die geringste Ahnung, was es war: Eine Wunderwaffe? Eine neue Art von Kanonenkugeln?

„Was ist das da unten?", fragte sie den Soldaten.

„Brennende Schweine", antwortete er. „Wir haben ihnen Strohballen auf den Rücken gebunden und sie angezündet."

„Und wozu soll das gut sein?"

Doch der Soldat brauchte nichts mehr zu sagen, denn nun erreichten die ersten Schweine die vordersten Reihen der Armee. Sofort gerieten die Kriegselefanten in Panik. Sie machten kehrt und brachen mitten in die langen Reihen der javanischen Soldaten ein. Eva konnte es in der Dunkelheit nur erahnen, doch es schien ihr, dass die Tiere in einem Wimpernschlag Dutzende niedermähten. Die vielen kleinen Lichter der Fackeln, die sich zuvor wie an einer Schnur aufgereiht in gleichmäßiger Geschwindigkeit auf die Festung zubewegt hatten, schwirrten mit einem Mal kreuz und quer durcheinander oder erloschen. Aus der Ferne fing sie die Schmerzensschreie der niedergetrampelten Menschen und das Trompeten der gepanzerten Kolosse auf. Binnen weniger Augenblicke verwandelte sich die Ordnung der Krieger in ein Bild des Zerfalls.

Jetzt galoppierten die Reiter aus der Festung. Sie feuerten auf den zurückweichenden Gegner, der bereits außerstande war, sich neu zu formieren. Eine abgestimmte Gegenwehr gab es nicht mehr, davon zeugte das planlose Gewimmel der Lichter. In alle Richtungen stoben die flackernden Punkte auseinander – offenbar hatten die Javaner nur noch einen Gedanken im Kopf: Weg von den Elefanten – nur nicht zermalmt werden!

„Unfassbar", sagte der Wachsoldat neben Eva und schüttelte den Kopf. „Ein paar geröstete Schweine besiegen die Armee des Sultans von Mataram. Wer hätte das gedacht!" Eine ganze Zeit lang verfolgte Eva, wie sich die Lichter immer weiter zerstreuten und im Dunkel verloren. Die Geräusche wurden schwächer. Schließlich sah sie die ersten Reiter zurückkehren – sofort beeilte sie sich, nach unten zu kommen.

„Habt Ihr van Diemen gesehen?", rief sie den Männern zu. „Ist van Diemen am Leben?" Aber sie bedauerten – er war vorneweg geritten, und sie hatten ihn in der Dunkelheit schnell aus den Augen verloren. Wieder einmal hatte Eva das Gefühl, sie bestünde nur noch aus Angst. Was, wenn er nun nicht mehr zurückkam? Der Feind geschlagen – aber der geliebte Mann tot! Wobei sie keinen Augenblick vergaß:

Selbst wenn er zurückkam – da war immer noch Coen mit seiner fürchterlichen Drohung.

Plötzlich Hufgetrappel, ein Reiter sprengte durch das offene Tor, sprang aus dem Sattel – Antonio! Unendliche Erleichterung! Eva stürzte auf ihn zu und fiel ihm in die Arme. Sollten die anderen doch schauen und sich wundern, dachte sie, so hatten sie wenigstens noch diesen Augenblick für sich. Die Erinnerung daran konnte ihnen niemand mehr nehmen.

Natürlich konnte es nur ein ganz kurzer Moment sein. „Antonio …", flüsterte sie, „Antonio, er weiß es."

Sie sah ihm an, dass er auf Anhieb verstand, was sie meinte und wie es nun um sie stand.

„Er hat mir gesagt, ich solle alles gestehen. Dann würde er einen Neuanfang mit mir machen und dich nach Ambon oder sonst wohin verbannen. Andernfalls will er mich foltern und uns nach einem Geständnis hinrichten lassen. Was sollen wir tun?"

Er gab keine Antwort.

„Vielleicht ist sein Angebot auch nur eine Falle. Vielleicht will er mich nur dazu verleiten, alles zuzugeben, und dann macht er uns doch den Prozess."

„Ich werde alles auf mich nehmen", sagte er mit fester Stimme. „Ich übernehme die Verantwortung. Ich bin viel älter als du, ich hätte niemals in deine Kammer kommen dürfen …"

„Sag das nicht … bitte, hör auf! Das ist doch alles Unsinn – wir wollten es beide."

„Ich werde mit ihm sprechen. Jetzt. Sofort."

„Das ist das Ende, Antonio! Schmerz und Eifersucht haben ihn noch weiter verhärtet – er ist jetzt zu allem fähig."

„Wir haben keine andere Wahl", entschied Antonio. „Ich hätte wissen müssen, dass man vor ihm nichts verheimlichen kann. Vielleicht hilft es mir, dass wir den Feind zurückgeschlagen und besiegt haben. Wir werden sehen. Bleib du hier."

„Nein!", widersprach sie. „Ich komme mit. Das steht fest." Sie ergriff seine Hand. Und so gingen sie über den Hof, Hand in Hand, als ein Paar. Rings herum fielen sich Menschen um den Hals und jubelten, weil die Belagerung vorbei war. Eva nahm das nur wie durch einen Schleier wahr. Sie kam sich vor wie beim Gang aufs Schafott. Er würde keine Gnade walten lassen, das wusste sie sicher. Alles, was er jetzt noch wollte, war Rache. Rache dafür, dass sie ihm das angetan hatten.

Andererseits aber war sie mit der Welt im Reinen. Sie war vereint mit Antonio, und das war es, was sie zuletzt immer gewollt hatte. Egal was jetzt geschehen würde, sie würden es gemeinsam durchstehen.

Nur noch wenige Schritte, dann würden sie vor ihm stehen. Die Wege hier waren so kurz. Fünf Schritte, vier Schritte, drei Schritte ... da war seine Tür.

Jemand kam aus seiner Wohnung, es war Doktor Bontius. Sein Gesicht war sehr ernst.

„Exzellenz", sagte er und trat vor sie hin. „Ich muss Euch etwas sehr Schlimmes mitteilen."

Ihr fiel auf, dass sie zitterte.

„Euer Ehemann ist tot."

Die Liebe

Langsam verblassten die dunkelblauen Samtfarben der Nacht. Vom Meer her wehten die grauen Schleier des dämmernden Tages herauf. Nicht mehr lange, dann würde die rote Glut der Morgensonne über dem Meer emporsteigen.

In der Linken trug Eva die Kiste mit Jasper, mit der Rechten hielt sie Antonios Hand fest. Auf der anderen Seite ging Sara.

Vor ihnen lag der Hafen, so früh am Morgen noch still und menschenleer, doch gleichzeitig bis zum letzten Ankerplatz mit Schiffen gefüllt. In mehreren Reihen nebeneinander vertäut lagen die Dschunken mit ihren rotbraunen Bastsegeln. Seit sich herumgesprochen hatte, dass Batavia wieder frei war, strömten die Chinesen in nie gekannter Zahl in die Stadt. Schon wurden die ersten Blöcke von Korallenkalkstein angelandet, schon standen die Holzrahmen für die ersten neuen Häuser. So zeichnete sich bereits ab, dass Batavia wie Phönix aus der Asche auferstehen würde, ganz so wie Coen es prophezeit hatte.

Der Moment der Heimreise. Wie oft hatte Eva ihn anfangs herbeigesehnt. Doch diese Zeit lag lange zurück. Jetzt bedeutete die Fahrt nach Holland den Abschied von Antonio und Sara, den Menschen, die sie liebte.

Sie drückte Antonios Hand. Wie lange würde sie ihn nicht mehr spüren? Zwei Jahre oder mehr? Bei dem Gedanken krampfte sich ihr Herz zusammen. Er hatte ihr geschworen, so schnell wie möglich nachzukommen, zahllose Male hatte sie ihm den Eid abgenommen. Nur noch den Wiederaufbau Batavias in die Wege leiten und darauf achten, dass keine neuen Kinderbordelle entstanden, dann würde er seinen Posten als Generalgouverneur aufgeben und nach Hause zurückkehren. Dann würden sie heiraten. So hatte er es versprochen – aber konnte sie sich darauf verlassen? Würde er die Macht für die Liebe aufgeben? Oder würde seine Liebe zu ihr mit der Zeit vielleicht abkühlen, wenn sie mehr und mehr zu einer fernen Erinnerung wurde?

Natürlich hatte sie immer wieder die Möglichkeit durchgespielt zu bleiben. Doch noch immer bestimmte Coen ihre Geschicke. In seinem öffentlich verlesenen Testament – von ihm aufgesetzt einige Monate vor seinem überraschenden Tod – hatte er nicht nur verfügt, dass Antonio sein Nachfolger werden solle. Er hatte ihr auch befohlen, in die Niederlande zurückzukehren.

Sie hätte sich seinem Wort widersetzen können, aber seltsamerweise fühlte sie sich daran gebunden. Schließlich war sie es gewesen, die ihm untreu geworden war – nicht umgekehrt. Sie stand in seiner Schuld, trotz allem, was er ihr angetan hatte. Er hatte sie nicht wirklich geliebt, nein, denn er war zur Liebe nicht fähig gewesen. Wäre er es aber gewesen, hätte er sie mehr geliebt als alle anderen. Dafür sprach auch, dass er ihr sein gesamtes Vermögen vermacht hatte – sie war nun eine reiche Frau.

Doch es gab noch einen anderen, einen noch wichtigeren Grund dafür, wegzugehen. Sie trug wieder ein Kind in sich. Ob es von Antonio war oder von Coen, wusste sie nicht. Was sie wusste, war, dass sie es nicht dem Seuchenherd Batavia aussetzen wollte. Es sollte in Holland groß werden. Es sollte leben.

Sie standen am Hafenkai. Im Morgendunst verschwammen See und Himmel, davor zeichnete sich auf der Reede die Retourflotte ab, bereit, die Anker zu lichten. Das Flaggschiff, das sie heimbringen sollte, trug den Namen *Die Liebe*, eine merkwürdige Bezeichnung, fand Eva, fast ein Fingerzeig des Schicksals: Allein schon dieser Name würde sie während der nächsten sieben, acht Monate immer an Antonio erinnern.

Man konnte sehen, dass ein Ruderboot auf den Hafen zuhielt. Eva wusste, dass es kam, um sie abzuholen. Alle anderen waren schon seit dem gestrigen Abend an Bord, auch van den Broecke als Kommandant. Es war tröstlich, dass er es war, der sie zurückbringen würde. Auch eine Hebamme aus Batavia begleitete sie. Wenn die Reise nicht ungewöhnlich schnell verlaufen würde, würde sie das Kind auf dem Schiff bekommen. Der Gedanke daran machte ihr ein wenig Angst.

Ihnen blieb nur noch die Zeit, die das Ruderboot benötigte, um den Kai zu erreichen. Jetzt strömten ihr die Tränen über das Gesicht. Antonio nahm sie in den Arm. Als sie wieder aufschaute, war das Boot ein ganzes Stück näher gekommen.

Sie wandte sich Sara zu. „Leb wohl", sagte sie leise. „Ich weiß, dass du glücklich werden wirst auf Bali."

Sie nickte. In ihren mandelförmigen Augen, die noch im Lachen schwermütig aussahen, lag etwas unendlich Trauriges. Sara war nun kein Kind mehr, die Ereignisse der vergangenen Monate hatten sie reifen lassen. Eva wusste, wie schwer es für sie war, damit leben zu müssen, einen Menschen getötet zu haben, auch wenn sie es nur getan hatte, um sie – Eva – zu retten. An jenem Abend, als Coen sie geschlagen hatte, hatte Sara aus dem Nebenzimmer alles mit angehört und Angst gehabt, er würde sie totprügeln. Obschon schwer verletzt von den Peitschenhieben, hatte sie sich aufgerafft und den Medikamentenkoffer angesehen, den Bontius neben ihrem Bett abgestellt hatte. Dabei war ihr das Fläschchen mit der Aufschrift *Hexenblume* aufgefallen. Die Bezeichnung kam ihr bekannt vor – sie war ja zufällig dabei gewesen, als Bontius Eva von Gerrits guter Arbeit im Kräutergarten berichtet hatte. Als Coen kurz darauf eingenickt war, hatte sie ihm den Inhalt in sein

Weinglas gegossen. Doktor Bontius hatte die genaue Todesursache niemals ermitteln können – jedenfalls behauptete er das, auch wenn er ohne Zweifel bemerkt haben dürfte, dass der Extrakt der Hexenblume in seinem Koffer fehlte. Vermutlich habe eine noch unbekannte asiatische Krankheit den General hinweggerafft, hatte er erklärt.

Eva drückte Sara an sich und spürte ihr weiches Haar, das nach Kokosöl duftete. „Du wirst niemals alt für mich werden, nie verblassen, nicht sterben", flüsterte sie.

Sara entgegnete: „Wir werden uns noch in mancherlei Gestalt und in vielen Leben begegnen. Unsere Schicksale sind untrennbar miteinander verbunden."

Eva blickte zum Wasser. Ein Schwarm Libellen stand schwirrend in der lauen Luft. Das Boot hatte die Hafeneinfahrt passiert.

Antonio schlang seine Arme um sie und küsste sie. Das Leben durchströmte sie wie warme Milch den ausgekühlten Körper an einem Wintertag. „Ich will bei ihm bleiben! Warum fahre ich weg, obwohl ich doch hierbleiben will?", ging es ihr durch den Kopf.

„Ich werde dich immer lieben, Eva", sagte er. „Du bist das Beste, was mir in meinem Leben passiert ist. Deshalb folge ich dir, so schnell ich kann. Und bis dahin bleibt mein Bett kalt."

Sie konnte nichts mehr antworten. Es war, als hätte sie ihre Stimme verloren.

Jetzt hielten sie sich beide im Arm. Eva musste daran denken, wie sie einst mit Gerrit so auf der Straße gestanden hatte, an dem Tag, als Coen ihr eröffnet hatte, dass sie nach Ostindien gehen würden. Gerrits Pfeife und das Bild, das er aus Batavia mitgebracht hatte, waren jetzt ihr kostbarster Besitz. Van den Broecke hatte sie persönlich an sich genommen und an Bord der *Liebe* gebracht.

„Exzellenz!", rief eine Stimme. Sie wandte sich um. Das Boot lag vor der Kaimauer. An dieser Stelle führten einige steinerne Stufen nach unten.

Sie löste sich aus Antonios Armen und nahm die Kiste mit Jasper.

Damit drehte sie sich um und stieg hinunter. Auf dem Wasser trieb ein schwacher Wind Inseln aus grünen Blättern mit großen, weißen Blüten vor sich her.

Wortlos stieg sie in das Boot ein und setzte sich auf eine der Bänke. Einer der Ruderer stieß das Boot von der Kaimauer ab, und sie glitten vom Land weg. Genau jetzt ging die Sonne auf, und der Himmel schimmerte in zart-rosa-goldenem Perlmutt.

Sanft schaukelten sie in der Strömung hin und her. Das Eintauchen der Ruder machte ein plätscherndes Geräusch. Sie drehte sich zur Landseite um und sah Antonio und Sara nebeneinanderstehen. Die Sonne tauchte sie in ein überirdisch schönes Licht.

Da war ihr, als würde ihr ganzes bisheriges Leben in sich zusammenschmelzen, gebündelt in diesem einzigen, glitzernden Augenblick.

Nachwort

Eva Ment hat wirklich gelebt. Sie wurde am 1. Januar 1606 in der Alten Kirche in Amsterdam getauft, demnach muss sie in den letzten Tagen des Jahres 1605 geboren worden sein, denn damals erfolgte die Taufe so schnell wie möglich. Vor etwa 30 Jahren wurde ich zum ersten Mal auf Eva aufmerksam, als ich für meine Dissertation über die Vereinigte Ostindische Compagnie (VOC) recherchierte. Seitdem habe ich mich oft gefragt, wie es wohl für sie gewesen sein muss, aus ihrem vertrauten Amsterdam nach Java zu reisen und dort ein neues Leben zu beginnen. Diese Welt im Indischen Ozean war so unendlich weit weg und so unvorstellbar fremd, dass damit heute fast nur ein Flug zum Mars zu vergleichen ist.

Ich malte mir aus, wie ihre Ehe mit Jan Pieterszoon Coen (1587–1629) verlaufen sein könnte. Dieser Coen - ausgesprochen *Kuhn* - ist eine der bekanntesten und um-strittensten Gestalten der niederländischen Geschichte. Er gilt als Begründer des späteren Kolonialreichs in Südostasien, Niederländisch-Indien, aus dem Indonesien hervorging. Das von ihm gegründete Batavia heißt heute Jakarta und ist nach Tokio die größte Metropolregion der Welt. Lange wurde Coen in den Niederlanden als National-held verehrt. Heute fordern manche, sein Bronzedenkmal in Hoorn am Ijsselmeer abzureißen. „Genozid" prangte 2016 in roten Buchstaben auf dem Sockel. Er wird als „Schlächter von Banda" geschmäht, weil er 1621 die Bevölkerung der Banda-Inseln ausrottete, um der Compagnie das Monopol für den Muskathandel zu sichern.

In Hoorns Westfriesischem Museum sind sie beide noch vereint, Jan Pieterszoon Coen und Eva Ment. Sie überdauern auf den Porträts, die sie vor ihrer Abreise nach

Batavia von dem Maler Jacob Waben anfertigen ließen. Es sind Bildnisse, die eines Fürstenpaars würdig wären. Aus goldenen Rahmen schauen sie auf die Besucher des Museums herab. Coen scheint den Betrachter geradezu zu fixieren. Sie sind verdammt gut gemalt, diese tief liegenden Augen in dem hageren Gesicht. Hohle Wangen, spitzes Kinn, rechte Hand in die Seite gestemmt, die linke am Degenknauf. Gestatten? Jan Pieterszoon Coen, General-gouverneur der Vereinigten Ostindischen Compagnie!

Eva könnte auch eine Königin sein. Sie trägt einen bombastischen Spitzenkragen, Mühlsteinkragen genannt. Ein Fächer aus Pfauenfedern, Perlenketten um ihre Hand-gelenke und Ringe mit Edelsteinen künden von ihrem Reichtum. Ebenso wie bei Coen ist ihre Kleidung mit Gold-fäden bestickt. „Nur Adlige und Dandys ließen sich im 17. Jahrhundert so abbilden", schreibt Coens Biograf Jur van Goor. Evas Kleidung sei geradezu unvergleichlich präch-tig und kostbar. „Die Botschaft ist klar: Hier stehen der mächtigste Mann und die First Lady von Niederländisch-Indien." Evas Gesicht bleibt für mich allerdings maskenhaft. Coen hat etwas fast unheimlich Lebendiges, Eva dagegen wirkt wie eine angekleidete Puppe.

Im Gegensatz zu ihm ist über sie auch nicht so viel bekannt. Eva entstammte vornehmen Amsterdamer Kreisen, doch war die Familie etwas heruntergekommen. Die Verbindung zu Coen wurde wahrscheinlich von ihrem einflussreichen Verwandten Pieter Hasselaer hergestellt, einem Amsterdamer Bürgermeister und Sohn eines der Gründer der VOC. Am 8. April 1625 heiratete Eva in Amsterdam mit 19 Jahren den doppelt so alten Coen und segelte mit ihm im März 1627 inkognito nach Batavia. Dabei wurde sie begleitet von ihrer Mutter Sophia Benning, ihrer Schwester Lysbeth und ihrem Bruder Gerrit. Weitere

Passagiere waren der Arzt Jacobus Bontius, der tropische Pflanzen und Krankheiten erforschen sollte, und der aufbrausende und auf seinen Status bedachte persische Botschafter Musa Berg. Die Reise dauerte gut sechs Monate, was vergleichsweise kurz war.

Evas zweijähriger Aufenthalt in Batavia war von Schicksalsschlägen überschattet. Es starben ihre Mutter, ihr Bruder Gerrit und ihre kleine Tochter Geertruit. Coen beauftragte sie damit, sich um Kinder zu kümmern, die von Compagnie-Angestellten mit einheimischen Frauen gezeugt und dann zurückgelassen worden waren. Eines der ihr anvertrauten Mädchen war seit 1628 die frühreife Sara Specx, Tochter des VOC-Kaufmanns Jacques Specx und seiner japanischen Konkubine. Sara verlobte sich 1629 mit dem 16 Jahre alten Fähnrich Pieter Cortenhoeff, der ebenfalls in Asien geboren war. Beide konnten die Hochzeitsnacht jedoch nicht abwarten: Im Mai 1629 verschaffte sich Cortenhoeff Zutritt zu Coens Haus, in dem Sara wohnte, und hatte dort mehrfach Sex mit der 13-Jährigen. Als Coen das herausbekam, war er außer sich vor Zorn. Er setzte schwere Strafen durch: Cortenhoeff wurde enthauptet, Sara öffentlich ausgepeitscht. Antonio van Diemen, der in der VOC-Hierarchie in Batavia den höchsten Posten nach Coen bekleidete, weigerte sich, das Urteil zu unterzeichnen. Dadurch sei er „in die Ungunst des seligen Generals Coen geraten", erinnerte er sich später. Vielleicht aus Rache befahl Coen dem militärisch unerfahrenen van Diemen, einen gefährlichen Ausfall aus der belagerten Festung anzuführen.

Dies war eine seiner letzten Entscheidungen. Kurz darauf starb er völlig unerwartet am 21. September 1629 in der Endphase der dramatischen Belagerung Batavias durch den Sultan von Mataram. Mittags hatte er noch gut gegessen, in der darauf folgenden Nacht war er schon tot. An seinem Krankenbett saßen Eva und Doktor Bontius. Die Nachricht von Coens Tod verursachte nach den Worten von Oberkaufmann Pieter van den Broecke sowohl „große Traurigkeit als auch Freude bei vielen". Vermutlich erlag Coen der Ruhr oder der Cholera, wobei der Historiker Menno Witteveen bemerkt: „Merkwürdigerweise ist nie an eine Vergiftung durch einen seiner Feinde gedacht worden." Giftmorde waren in Batavia nicht ungewöhnlich.

Coens unmittelbarer Nachfolger als General-gouverneur wurde der einen Tag nach seinem Tod in Batavia eingetroffene Jacques Specx (van Diemen kam erst später an die Reihe). Specx war empört über Coens Vorgehen gegen seine Tochter und ihren Liebhaber. Den beiden sei nichts vorzuwerfen, da sie bereits verlobt gewesen seien, argumentierte er. Als neuer starker Mann in Batavia setzte er alles daran, die an dem Urteil beteiligten Personen vor Gericht zu bringen. Auch weigerte er sich, mit ihnen gemeinsam das Abendmahl in der Kirche zu feiern. Umso auffälliger ist, dass er Coens Witwe in den höchsten Tönen lobte: Eva Ment sei „eine Dame, die sowohl vor als auch nach dem Tod ihres Mannes aufgrund ihres diskreten, ehrlichen Umgangs und ihrer guten Manieren von jeder-mann geliebt und respektiert wurde". Ihr Ansehen hatte wahrscheinlich auch damit zu tun, dass sie es abgelehnt hatte, sich zu Beginn der Belagerung wie andere Frauen in Sicherheit bringen zu lassen.

Sara Specx heiratete später den deutschen Prediger Georg Candidus und ging mit ihm nach Taiwan, wo sie dank großzügiger finanzieller Unterstützung ihres Vaters ein gutes Leben führen konnte. Sie starb aber schon mit 19 Jahren um 1636. Ihr Schicksal wurde in der nieder-ländischen Literatur immer wieder aufgegriffen, so in dem

Theaterstück „Jan Pietersz. Coen" von Jan Jacob Slauerhoff aus dem Jahr 1931. Weil dieses Drama scharfe Kritik an Coen übte, blieb seine Aufführung noch lange nach dem Zweiten Weltkrieg tabu.

Auf Jacques Specx' Bitte, noch länger in Batavia zu bleiben, ging Eva nicht ein. Nach einem zu ihren Ehren gegebenen Festmahl nahm sie am 18. Dezember 1629 Abschied von Sara. Gemeinsam mit ihrer wenige Tage vor Coens Tod geborenen Tochter Johanna segelte sie mit einer Flotte unter dem Kommando von Pieter van den Broecke nach Holland zurück. Die kleine Johanna starb auf der Reise. In der Heimat begann ein langwieriger Rechtsstreit um Coens Erbe mit den Kindern seiner Schwester Aafje. Die VOC scheint zudem nicht seinen ganzen ausstehenden Sold gezahlt zu haben.

Eva blieb ihr ganzes weiteres Leben in Amsterdam. Sie heiratete noch zweimal, zunächst den VOC-Kaufmann und späteren Direktor der Westindischen Compagnie Marinus Louwissen van Bergen (1598–1645), den sie schon auf der Rückfahrt aus Batavia kennengelernt hatte, und nach dessen Tod den 13 Jahre jüngeren Advokaten Isaac Buys (1618–1684). Aus der zweiten Ehe mit van Bergen gingen vier Söhne und eine Tochter hervor. Nur von einem der Söhne ist sicher, dass er das Erwachsenenalter erreichte. Eva selbst wurde 46 Jahre alt. Am 12. Mai 1652 wurde sie in der Amsterdamer Westerkerk begraben, derselben Kirche, in der 17 Jahre später der Maler Rembrandt seine letzte Ruhestätte finden sollte. Teilweise wird 1658 als ihr Todesjahr angegeben, doch beruht das wohl auf einem Irrtum.

Aus dieser Schilderung geht schon hervor, dass ich mich in diesem Buch längst nicht immer an die Fakten gehalten habe. Es ist eben ein Roman und keine wissenschaftliche Biografie. Eine solche könnte man über Eva auch nicht schreiben, denn viel mehr Einzelheiten als die hier angeführten sind nicht bekannt. Es gibt keine Briefe oder gar Tagebücher. Evas Persönlichkeit habe ich dementsprechend frei erfunden. Die historische Eva hatte noch nicht einmal rote Haare und Sommersprossen, wie man auf dem Porträt in Hoorn sehen kann. Auch wurde sie nie als Muskatprinzessin bezeichnet. Es verwundert deshalb nicht, dass die niederländische Schriftstellerin Simone van der Vlugt, die ebenfalls einen Roman über Eva Ment verfasst hat (*Het schaduwspel*, erschienen 2018), einen ganz anderen Menschen beschreibt. Auch die übrigen Personen haben zwar alle gelebt, müssen aber nicht so gewesen sein wie von mir dargestellt. Am stärksten ist die Figur von Coen an die historische Persönlichkeit angelehnt, aber auch hier habe ich überzeichnet. Der echte Coen – das sei zu seiner Ehrenrettung ausdrücklich gesagt – hätte sicher nie seine Frau geschlagen.

Zum Schluss möchte ich mehreren Menschen danken. Ich danke meiner Literaturagentin Lianne Kolf, ohne die ich niemals auf die Idee gekommen wäre, mich an einen Roman zu wagen. Ich danke meiner Verlegerin Petra Mattfeldt, ohne die das Buch nicht erschienen wäre. Ich danke meiner Lektorin Diana Schaumlöffel, die viele gute Verbesserungsvorschläge gemacht und mich auch zu diesem Nachwort angeregt hat. Und ich danke meiner Frau Barbara Driessen, die mit mir gemeinsam den Plot entwickelt und mich immer wieder zum Weiterschreiben ermutigt hat. Ich selbst bin alles andere als ein Antonio van Diemen. Aber meine Frau hat etwas von Eva. Nicht zuletzt die roten Haare.

Christoph Driessen

Dr. Christoph Driessen wurde 1967 in Oberhausen als niederländischer Staatsbürger geboren und wuchs in Deutschland auf. Nach seinem Studium (Journalistik und Geschichte) promovierte er mit einer Arbeit über die Vereinigte Ostindische Compagnie. Er war 14 Jahre lang Auslandskorrespondent in Den Haag, London und New York. Inzwischen leitet er das Kölner Büro der Deutschen Presse-Agentur dpa.

Driessen ist Autor mehrerer Sachbücher über historische Themen, darunter die erfolgreiche „Geschichte der Niederlande" und „Rembrandt und die Frauen". Im Fernsehen und im Radio tritt er regelmäßig als Experte für die Geschichte der Niederlande und das niederländische Königshaus in Erscheinung.

Bei Recherchen stieß er schon vor Jahren auf das Schicksal der Amsterdamerin Eva Ment, die im 17. Jahrhundert ein neues Leben auf der Insel Java im Indischen Ozean begann. Eine Geschichte, die ihn seither begleitet und nun die Inspiration für seinen ersten Roman ist. Mit der *Muskatprinzessin* möchte er die Vereinigte Ostinidische Compagnie einem größeren Publikum vorstellen und das Denken der damaligen Menschen ein Stück weit begreiflich machen.

Christoph Driessen ist mit der Journalistin Barbara Driessen verheiratet und hat drei Kinder. Die Familie lebt in Köln.

Zehn Fragen an ... Christoph Driessen

1. Was inspiriert Sie als Autor im Alltag am meisten?

Der persönliche Kontakt mit Menschen bei Recherchen, etwa für journalistische Reportagen. Der Text wird dann viel lebendiger und authentischer.

2. Welches Genre lesen Sie am liebsten und warum?

Historische Biografien, weil man damit in eine andere Zeit abtauchen kann.

3. Mit welcher Figur aus Ihrem Roman würden Sie am liebsten tauschen und wieso?

Mit dem Seefahrer Pieter van den Broecke, der um die Welt reist und dabei alles ganz genau erforscht.

4. Wenn Sie in einer beliebigen Zeit leben könnten (egal ob Zukunft oder Vergangenheit), wann wäre dies?

Das wäre das Holland des 17. Jahrhunderts, mit dem ich mich seit Jahrzehnten beschäftige. Als erstes würde ich dort das Atelier von Rembrandt aufsuchen – allerdings nicht mit einem freundlichen Empfang rechnen, denn der Meister war im Umgang eher schwierig.

5. Wer sind Ihre drei liebsten Autoren und warum?

Stefan Zweig, der bestechende Beobachter und Analytiker seiner Zeit, Golo Mann, der mit solcher Sprachgewalt das Leben Wallensteins schilderte, und Ian Kershaw, der über ein kaum vorstellbares Wissen verfügt und dabei doch ein so liebenswürdiger und bescheidener Mensch ist.

6. Mit welcher Romanfigur, die nicht aus Ihren Büchern stammt, würden Sie am liebsten zu Abend essen und warum?

Mit Barbara Havers aus der Inspector-Lynley-Serie von Elizabeth George. Sie ist eine unangepasste Persönlichkeit aus der Arbeiterklasse und gerät deshalb immer wieder mit dem aristokratischen Lynley aneinander. Gleichzeitig ist sie aber sehr couragiert und hat das Herz auf dem rechten Fleck. Mich würde interessieren, ob ich mit ihr zurechtkommen würde.

7. Was ist Ihr Lieblingsbuch und warum?

Das Tagebuch des Samuel Pepys, weil es einen beispiellos ehrlichen und direkten Einblick in den Alltag des 17. Jahrhunderts ermöglicht.

8. Was ist Ihre liebste Buchverfilmung und warum?

Die Verfilmung von Umberto Ecos „Der Name der Rose" mit Sean Connery und die Highland-Saga „Outlander". In beiden Fällen fühlt man sich wirklich in die Zeit zurückversetzt.

9. Was ist für Sie die optimale Ausgangslage zum Schreiben?

Am Esstisch, wenn sonst niemand im Haus ist. Weil ich aber eine recht große Familie habe, kommt das so gut wie nie vor.

10. Wer oder was hat Sie zum Schreiben bewegt?

Meine Frau Barbara, die mir das Selbstbewusstsein gegeben hat, mich an dieses Genre zu wagen.